ANNE RICE

Der Fürst der Finsternis

Buch

Als Lestat de Lioncourt, Sohn eines verarmten französischen Landadligen und einer italienischen Mutter, im letzten Drittel des achtzehnten Jahrhunderts geboren wird, schreibt man das Zeitalter der Aufklärung, der Morgendämmerung der Revolution. Paris ist zur pulsierenden Metropole des Landes gworden. Und so ist es auch der geheime Traum Lestats, aus der Enge des Elternhauses nach Paris zu fliehen. Und eines Tages ist es soweit: mit dem hübschen Bürgersohn Nicolas de Lenfent bricht Lestat in die französische Hauptstadt auf. Doch dort gibt es für ihn bald ein böses Erwachen: von einer dämonischen Gestalt in ein abgelegenes, finsteres Gemäuer verschleppt, wird er selbst – zum Vampir, zum Fürsten der Finsternis. Voll unstillbaren Durstes nach seinem ganz besonderen Lebenselixier durchstreift Lestat fortan das nächtliche Paris und bereist ruhelos Europa und den Orient, bis er schließlich in New Orleans in einen todesgleichen Schlaf sinkt. In den achtziger Jahren des letzten Jahrhunderts wird er plötzlich von den Klängen einer Rockband wieder zu neuem Leben erweckt …

Autorin

Anne Rice ist Autorin zahlreicher Bücher und gilt als Königin des modernen Schauerromans. Berühmt wurde sie mit ihrer »Chronik der Vampire«, einem Zyklus von jeweils vier in sich abgeschlossenen Romanen um den Vampir Lestat. Anne Rice wurde 1941 als Tochter irischer Einwanderer in New Orleans geboren. Dort lebt sie heute mit ihrer Familie in einem alten Landhaus. Mehr Informationen zur Autorin unter *www.annerice.com*

Von Anne Rice außerdem bei Goldmann lieferbar:

Engel der Verdammten. Roman (44524) · Die Mumie oder Ramses der Verdammte. Roman (45842) · Chronik der Vampire. Gespräch mit einem Vampir. Roman (41015) · Der Fürst der Finsternis. Roman (09842) · Die Königin der Verdammten. Roman (09843) · Nachtmahr. Roman (43400) · Memnoch der Teufel. Roman (44196) · Tanz der Hexen. Roman (45751 und 42664) · Hexenstunde. Roman (43193) · Die Mayfair-Hexen. Roman (44103) · Blut und Gold. Roman (45999)

Anne Rice

Der Fürst der Finsternis

Roman

Aus dem Amerikanischen
von Michael Schulte
und Charlotte Franke

GOLDMANN

Die Originalausgabe erschien unter dem Titel
»The Vampire Lestat.
The Second Book in the Chronicle of Vampires«
bei Alfred A. Knopf, Inc., New York.

Umwelthinweis:
Alle bedruckten Materialien dieses Taschenbuches
sind chlorfrei und umweltschonend.

Einmalige Sonderausgabe April 2006

Umschlaggestaltung: Design Team München
Umschlagfoto: buchcover.com/doublepointpictures
Druck und Bindung: GGP Media GmbH, Pößneck
Printed in Germany
ISBN-10: 3-442-46239-8
ISBN-13: 978-3-442-46239-1

www.goldmann-verlag.de

Dieses Buch ist in Liebe
Stan Rice, Karen O'Brien
und Allen Daviau
gewidmet

Stadtmitte

Samstagnacht im zwanzigsten Jahrhundert

1984

Ich bin der Vampir Lestat. Ich bin unsterblich. Mehr oder weniger. Sonnenlicht, die Hitze eines lodernden Feuers – das sind Dinge, die mir den Rest geben können. Aber vielleicht auch nicht.

Ich bin einsachtzig groß, was um 1780, als ich ein junger, sterblicher Mann war, als äußerst stattlich galt. Selbst heute ist das alles andere als klein. Ich habe volles, blondes, fast schulterlanges Lockenhaar, das in Neonlicht weiß erstrahlt. Meine Augen sind grau, aber in entsprechender Umgebung nehmen sie ohne weiteres eine blaue oder violette Färbung an. Meine Nase ist ziemlich kurz und schmal, und mein wohlgeformter Mund nimmt sich in meinem Gesicht ein wenig zu groß aus. Geradezu niederträchtig oder umwerfend großherzig kann er aussehen, dieser Mund. Auf jeden Fall sinnlich.

Daß ich ein Vampir bin, kann man leicht an meiner ungewöhnlich weißglänzenden Haut erkennen, die vor Kameraauftritten pfundweise mit Puder belegt werden muß. Und wenn mich nach Blut dürstet, sehe ich zum Davonlaufen aus – die Haut verschrumpelt, die Adern so dick wie Seile angeschwollen. Aber das passiert mir inzwischen nicht mehr. Verräterisch sind nur noch meine Fingernägel. Das alte Elend der Vampire. Unsere Fingernägel sehen aus wie Glas. Und das nehmen einige Leute wahr, wenn sie auch sonst nichts wahrnehmen.

Zur Zeit bin ich, was man in Amerika einen Rockstar nennt. Von meiner ersten Scheibe sind vier Millionen Exemplare verkauft worden. Demnächst werden meine Band und ich von San Francisco aus eine landesweite Konzerttournee starten. MTV, der beliebte Rockkanal im Fernsehen, hat zwei Wochen lang pausenlos meine Videos gezeigt. Jetzt sind sie in den englischen »Top of the Pops« zu sehen, und demnächst sind der Rest Europas und vermutlich größere Teile Asiens an der Reihe. Der Verkauf der Videokassetten läuft glänzend – weltweit.

Außerdem habe ich eine Autobiographie verfaßt, die vorige Woche erschienen ist.

Was mein Englisch betrifft – die Sprache, derer ich mich in meiner Autobiographie befleißige –, so habe ich die ersten Anfangsgründe vor circa zweihundert Jahren bei Mississippimatrosen aufgeschnappt. Wesentlich weiter hat mich später die Lektüre englischsprachiger Autoren gebracht – ich verschlang alles: von Shakespeare über Mark Twain bis zu H. Rider Haggard, den ich in den gerade verflossenen Jahrzehnten gelesen habe. Den letzten Schliff verliehen mir Anfang der zwanziger Jahre schließlich die Detektivgeschichten im *Black Mask Magazine.* Sam Spades Abenteuer von Dashiell Hammett, die ich dort fand, waren das letzte, was ich gelesen habe, bevor ich ebenso buchstäblich wie bildlich in den Untergrund ging.

Das war 1929 in New Orleans.

Und voriges Jahr bin ich wieder im zwanzigsten Jahrhundert aufgetaucht.

Zwei Dinge haben mich zurück nach oben geholt.

Zum einen die Botschaft kakophonisch röhrender Stimmen in der Luft, die meinen Dauerschlaf umhüllte. Ich spreche natürlich von Radio-, Phono- und Fernsehstimmen. Die Wellen der Autoradios drangen von den Straßen des Old Garden District zu meiner Ruhestätte. Ich hörte die Plattenspieler und Fernseher aus den Häusern um mich herum.

Nun, wenn ein Vampir in den Untergrund abtaucht, wie wir es nennen – wenn er aufhört, Blut zu schlürfen, und einfach in der Erde liegt –, wird er bald zu schwach, sich wieder hochzurappeln, und versinkt in eine Art Koma.

In diesem Zustand nahm ich träge jene Stimmen wahr und stattete sie mit meiner eigenen Bilderwelt aus, der Traumarbeit der Sterblichen nicht unähnlich. Aber irgendwann während der letzten fünfzig Jahre fing ich an zu »erinnern«, was ich hörte, die Unterhaltungssendungen wahrzunehmen, den Nachrichten, den Texten und Rhythmen der Schlager aufmerksamer zu folgen. Ich spitzte die Ohren, wenn von Kriegen oder neuen Erfindungen die Rede war, und nach und nach begriff ich das ganze Ausmaß der allgemeinen Umwälzungen da oben.

Dann erwachte langsam mein Bewußtsein wieder. Ich merkte, daß ich nicht mehr träumte. Ich dachte über das Gehörte nach. Ich war knallwach. Da lag ich also unter der Erde und lechzte nach Blut. Ich redete mir ein, meine alten Wunden wären inzwischen vernarbt. Vielleicht war ich ja wieder bei Kräften. Vielleicht war ich sogar stärker als je zuvor. Ich wollte es genau wissen.

Entscheidend für meine Auferstehung war freilich noch etwas anderes. Ganz in meiner Nähe tauchte da plötzlich eine junge Rockgruppe auf, die sich *Satan's Night Out* nannte. Sie zog in den Speicher eines Hauses in der Sechsten Straße – einen Katzensprung von meiner Ruhestätte unter meinem Haus beim Lafayette-Friedhof entfernt – und fing so um 1984 mit ihren Proben an.

Ich konnte das Jaulen der Elektrogitarren und den schrillen Gesang der Band gut hören. Das war keineswegs schlechter als die übliche Radiomusik, sogar um einiges melodischer. Trotz des wilden Schlagzeugs irgendwie romantisch. Das elektrische Klavier klang wie ein Cembalo.

Und ich konnte mir gut vorstellen, wie diese Musiker aussahen. Das waren schlanke, sehnige und rundum sympathische junge Sterbliche, ein wenig wild in Kleidung und Gehabe, zwei Männer und eine Frau.

So wollte ich mich denn erheben und mich dieser Rockband, die alle anderen Stimmen in meiner Umgebung übertönte, zugesellen. Ich wollte singen und tanzen.

Das soll nicht heißen, daß dieser Wunsch gleich zu Anfang bewußte Natur gewesen wäre. Es war eher ein pochender Impuls, drängend genug allerdings, um mich meinem Grab zu entwinden.

Die Welt der Rockmusik versetzte mich in einen Taumel der Begeisterung – allein schon, wie diese Sänger über Gut und Böse kreischten, sich zu Engeln oder Teufeln erklärten! Zuweilen kamen sie mir wie der fleischgewordene Wahnsinn vor. Und doch hatten der technische Schliff und die Komplexität des Ganzen etwas Bestechendes. Ich glaube kaum, daß vergangene Epochen jemals etwas derart Barbarisches und zugleich Faszinierendes gekannt haben dürften.

Selbstverständlich war all diese Raserei rein metaphorisch. Keiner dieser Sänger glaubte an Engel oder Teufel, egal, wie überzeugt sie sich gaben. Da waren die Typen der alten italienischen Commedia dell'arte nicht weniger schockierend, phantasievoll und unzüchtig gewesen. Und doch war das etwas völlig Neues, dieser Hang zum Extremen, diese herausfordernde Brutalität – und von den ärmsten Schluckern bis zu den dicksten Geldprotzen lag ihnen die ganze Welt zu Füßen. Außerdem hatte diese Rockmusik etwas Vampirisches an sich. Sie muß selbst denen, die nicht an das Übernatürliche glaubten, übernatürlich vorgekommen sein. Ich denke da an endlose elektronische Töne, an die Art und Weise, wie Harmonie auf Harmonie geschichtet werden konnte, bis man sich in den Klangteppich verwoben fühlte. Diese Musik war der reinste Hexensabbat. Nein, derlei hatte die Welt bislang noch nicht erlebt.

Und ich wollte mich ranschleichen, wollte mitmachen, dieser kleinen, unbekannten Band vielleicht zum Durchbruch verhelfen. Ich war bereit, mein Grab zu verlassen.

Es dauerte eine geschlagene Woche, bis ich fähig war, mich zu erheben. Ich ernährte mich vom Blut kleiner Tiere, die unter der Erde leben – wenn ich sie erwischte. Dann kroch ich der Oberfläche entgegen, wo ich mich an Ratten schadlos hielt. Einmal in Übung, war es nicht mehr schwierig, einiger Katzen habhaft zu werden und schließlich eines menschlichen Opfers, obgleich ich ziemlich lange auf meinen bevorzugten Leckerbissen warten mußte – einen reuelosen Mörder.

Schließlich kam einer des Wegs, ein junger unrasierter Mann, der jemanden in einer gottverlassenen Gegend am anderen Ende der Welt um die Ecke gebracht hatte. Ein Killer vom Scheitel bis zur Sohle. Dieser erste Kampf, dieser erste Schluck Menschenblut – unvergleichlich!

Ein paar Plünnen aus den Häusern der Umgebung stehlen, ein bißchen Gold und Schmuck aus meinen Verstecken im Lafayette-Friedhof holen, das war völlig unproblematisch.

Ab und zu bekam ich es freilich mit der Angst zu tun. Der Gestank von Chemikalien und Auspuffgasen schlug mir auf den Magen, und meine Ohren schmerzten vom Gedröhne der Klimaanlagen und Flugzeuge. Aber schon in der dritten Nacht knatterte ich auf einer großen Harley-Davidson durch New Orleans und produzierte nun meinerseits reichlich Lärm. Ich hatte Hunger und war auf der Suche nach neuen Mördern. Ich trug echt scharfe Lederkleidung, die von meinen Opfern stammte, und in meiner Tasche hatte ich einen kleinen Walkman, durch dessen winzige Kopfhörer Bachs *Kunst der Fuge* in meine Ohren drang, während ich durch die Gegend flitzte.

Ich war wieder der Vampir Lestat. Ich war wieder voll in Aktion. New Orleans war von neuem mein Jagdrevier.

Und meine Kondition? Besser denn je. Ich konnte von der Straße auf die Dächer dreistöckiger Gebäude springen. Ich konnte Eisengitter von den Fenstern reißen. Ich konnte Kupfermünzen zwischen zwei Fingern zerknicken. Ich konnte kilometerweit menschliche Stimmen und Gedanken aufnehmen, wenn mir danach war.

Am Ende der ersten Woche hatte ich in einem Bürohochhaus der Innenstadt eine hübsche Rechtsanwältin aufgetrieben, die mich mit einer Geburtsurkunde, einem Ausweis und einem Führerschein ausstattete. Ein Großteil meines alten Vermögens war von Geheimkonten der unsterblichen *Bank of London* und der *Rothschild Bank* auf dem Weg nach New Orleans.

Aber wichtiger noch war, daß ich förmlich in der Wirklichkeit badete. Ich wußte nun, daß alles zutraf, was mir die Radiostimmen über das zwanzigste Jahrhundert erzählt hatten. Und wie ich so durch die Straßen des New Orleans von 1984 streifte, wurde mir eines ganz klar: Die trübselige Industrieepoche, während der ich mich zur Ruhe gebettet hatte, gehörte endlich der Vergangenheit an, und die Amerikaner hatten sich von der Prüderie und dem Konformismus des Spießbürgertums losgelöst. Den Menschen stand der Sinn wieder nach Abenteuer und Erotik, genau wie in der guten alten Zeit, vor dem Ende des achtzehnten Jahrhunderts, als das spießige Bürgertum noch nicht das Heft in die Hand genommen hatte. Sie sahen sogar wieder aus wie in der guten alten Zeit. Die Männer waren nicht mehr wie Sam Spade gekleidet: Hemd, Schlips, grauer Anzug, grauer Hut. Sie trugen von neuem Samt und Seide in schreienden Farben, alles, wonach ihnen der Sinn stand, und die Haare mußten nicht mehr kurzgeschoren wie bei römischen Legionären sein, sondern sie trugen sie so lang, wie es ihnen gefiel.

Und die Frauen – ah, die Frauen waren phantastisch. Halbnackt in der Frühjahrssonne wie zu Zeiten der ägyptischen Pharaonen, hatten sie nur kurze Röcke und Kasackblusen an, oder sie trugen einfach Männerhosen und Hemden, die sich hauteng an ihre kurvenreichen Körper schmiegten. Sie malten sich an und behingen sich mit Gold und Silber, selbst wenn sie nur zum Gemüsehändler gingen. Sie hatten Wuschelkopffrisuren wie Marie Antoinette oder ließen ihr Haar frei im Wind flattern.

Erstmals vielleicht in der Geschichte waren sie so stark und interessant wie Männer.

Und es handelte sich um ganz gewöhnliche Menschen. Nicht nur um ein paar Reiche, die immer schon über den Geschlechterrollen gestanden und eine gewisse Joie de vivre gepflegt hatten, was die bürgerlichen Spießer von Revolutionären einst als dekadent verteufelt hatten. Nein, die alte aristokratische Sinnenfreude war Allgemeingut geworden. Jeder hatte ein Recht auf Liebe, Luxus und Abwechslung.

Die Kaufhäuser glichen in ihrer Pracht orientalischen Palästen – man bewegte sich auf weichen Teppichen zwischen den Waren und wurde von einlullender Musik und gedämpftem Licht umflutet. Flaschen mit grünem und violettem Shampoo leuchteten wie Edelsteine auf den funkelnden Glasregalen. Kellnerinnen fuhren in todschicken Limousinen zur Arbeit. Hafenarbeiter gingen abends nach Hause, um sich in ihren beheizten Swimming-pools zu erholen. Putzfrauen und Klempner warfen sich nach getaner Arbeit groß in Schale.

Bittere Armut und tiefer Dreck, seit Menschengedenken fester Bestandteil der Großstädte, gehörten scheinbar der Vergangenheit an. Nirgends erblickte man mehr Einwanderer, die halbverhungert umkippten. Die Slums, wo einst acht oder zehn Menschen in einem Zimmer hausen mußten, waren verschwunden. Bettler, Krüppel, Waisenkinder und Aussätzige waren nur noch so selten zu sehen, daß sie in den blitzsauberen Straßen kaum mehr auffielen. Und sogar die Alkoholiker und Schwachsinnigen, die auf Parkbänken und in Busbahnhöfen nächtigten, hatten ausreichend zu essen, besaßen Kofferradios und trugen saubere Kleidung.

Aber das war nur die Oberfläche. Viel verblüffender noch waren die wirklich tiefgreifenden Umwälzungen. So schien alle Vergänglichkeit wie magisch aufgehoben zu sein. Altes wurde nicht mehr routineartig durch Neues ersetzt. Die Umgangssprache etwa hatte sich seit dem neunzehnten Jahrhundert kaum verändert. Sogar alte Ausdrücke wie »Die Luft ist rein« oder »Total im Eimer« oder »Du wirst das Ding schon schaukeln« waren noch geläufig. Andererseits waren neue Redewendungen in aller Munde, wie »Sie haben dich einer Gehirnwäsche unterzogen« oder »Freudsche Fehlleistung« oder »Kann ich nix mit anfangen«.

In Kunst und Unterhaltung erfuhren sämtliche vorausgegangenen Jahrhunderte eine Art »Recycling«. Musiker spielten Mozart genauso selbstverständlich wie Jazz oder Rock, und die Leute gingen heute in ein Stück von Shakespeare und morgen in einen neuen französischen Film.

In riesigen, neonerleuchteten Kaufhäusern konnte man Kassetten mit mittelalterlichen Madrigalen erstehen und sie in seinem Autorecorder abspielen, während man mit hundertfünfzig Sachen über den Freeway rauschte. In den Buchhandlungen standen Gedichte aus der Renaissance neben Romanen von Dickens oder Ernest Hemingway. Auf ein und demselben Tisch lagen Schriften zur Sexualkunde neben dem *Ägyptischen Totenbuch*.

Zuweilen schien mir all der Reichtum, all diese makellose Sauberkeit um mich herum lediglich eine Halluzination zu sein. Ich war nahe daran durchzudrehen.

Wie von Sinnen starrte ich auf die Schaufensterauslagen, auf Computer und Telefone, deren Form und Farbgebung den exotischsten Muscheln in nichts nachstanden. Durch die Gassen des French Quarter glitten Limousinen wie riesige, unangreifbare Meeresungeheuer. Leuchtende Bürotürme stachen über den gedrungenen Ziegelbauten der Canal Street wie ägyptische Obelisken in die Nacht. Unzählige Fernsehprogramme strahlten in allen Hotelzimmern einen nie versiegenden Bilderstrom aus.

Aber bei alldem handelte es sich keineswegs um eine Halluzination. Dieses Jahrhundert hatte sich die Erde in jeder Beziehung untertan gemacht.

Und in all dieser Freiheit, in all diesem Wohlstand schienen die Menschen von einer merkwürdigen Unschuld zu sein. Der Gott der Christen war so tot wie schon vor zweihundert Jahren, und weit und breit war keine neue Religion in Sicht. Im Gegenteil, auch die schlichtesten Gemüter waren von einer weltlichen Moral geprägt, die jeder religiösen Moral, die mir untergekommen war, in nichts nachstand. Die Normen wurden von Intellektuellen gesetzt. Und ganz gewöhnliche Leute sorgten sich im ganzen Land mit inbrünstiger Hingabe um »den Frieden« und »die Armen«. Sie redeten sich die Köpfe über Abtreibung und Todesstrafe heiß, und gegen »Umweltverschmutzung« und »nukleare Bedrohung« zogen sie mit einer Verbissenheit zu Felde wie Menschen früherer Zeitalter gegen Hexen und Gottlose.

Und die Sexualität war nicht mehr von Furcht und Aberglauben geprägt. Sie hatte sich inzwischen der letzten religiösen Fesseln entledigt. Darum liefen die Leute halbnackt durch die Gegend. Darum umarmten und küßten sie sich mitten auf der Straße. Empfängnisverhütung war kein Problem mehr, und Geschlechtskrankheiten schienen unter Kontrolle.

Ah, das zwanzigste Jahrhundert! Ah, das Rad der Geschichte! Meine kühnsten Träume waren übertroffen worden. Die düsteren Propheten vergangener Epochen waren Lügen gestraft. Ich dachte viel nach über diesen Optimismus, diese sündenfreie, weltliche Moral, diese hellerleuchtete Welt, wo der Wert des menschlichen Lebens so hoch im Kurs stand wie noch nie zuvor.

Im gelben Zwielicht eines weitläufigen Hotelzimmers sah ich mir im Fernsehen einen brillanten Kriegsfilm an: *Apocalypse Now*. Ein wahrer Taumel an Farben und Tönen. Erzählt wurde die uralte Geschichte vom Kampf der westlichen Welt gegen das Böse. »Sie müssen auf der Seite des Schreckens und des moralischen Terrors stehen«, sagt der verrückte Kommandant in den wilden Gärten Kambodschas, worauf der Mann aus dem Westen das antwortet, was er schon immer geantwortet hat: »Nein.«

Nein. Schrecken und moralischer Terror waren keine echten Werte. Das Böse hatte auf der Welt nichts zu suchen.

Und das hieß ja wohl, daß *ich* hier nichts zu suchen hatte.

Allenfalls in Kunstformen, die das Böse zum Gegenstand hatten – in Drakulaheftchen, Schauerromanen, alten Gespenstergeschichten –, oder in den ohrenbetäubenden Liedern der Rockstars, in denen das Böse besungen wurde, mit dem jeder Sterbliche in seiner Brust zu ringen hat.

Das reichte wohl, um einem Monster aus der Alten Welt den Rest zu geben, auf daß es sich wieder in die Erde verkroch, sich einfach hinlegte und zu heulen begann. Genausogut konnte es aber auch Rocksänger werden, wenn man es recht bedachte ...

Aber wo waren eigentlich all die anderen Monster aus meinen alten Tagen? Das hätte ich nur zu gerne gewußt. Wie überlebten Vampire in einer Welt, in der jeder Todesfall in riesigen Computern gespeichert wurde, in der Leichen in tiefgekühlten Gruften verschwanden? Vermutlich hielten sie sich irgendwo in ihren Schattenlöchern versteckt wie eklige Insekten, ganz gleich, wie hochspurig sie auch daherreden oder wie viele Hexensabbate sie auch immer feiern mochten.

Aber wenn ich erst einmal meine Stimme in der kleinen Band namens *Satan's Night Out* erheben würde, dann würde ich sie sicher bald alle wieder ans Tageslicht heraufholen.

So kümmerte ich mich denn weiter um meine Bildung. Ich unterhielt mich mit Sterblichen an Bushaltestellen, an Tankstellen, in eleganten Bars. Ich las Bücher. Ich staffierte mich in den neuesten Modeboutiquen aus, trug weiße Sporthemden, lässige Safarijacken oder graue Samtblazer mit Kaschmirschals. Ich puderte mir das Gesicht, um nachts in dem künstlichen Licht der Supermärkte, Hamburgerketten und Vergnügungslokale nicht aufzufallen.

Ich lernte. Ich war verliebt.

Mein einziges Problem war nur, daß Mörder, deren ich als Nahrung bedurfte, reichlich rar waren. In dieser Glitzerwelt voller Unschuld und Überfluß, voller Nächstenliebe, Frohsinn und satter Mägen, waren die üblichen Raubmörder und Halsaufschlitzer vergangener Epochen die reinste Mangelware.

Also mußte ich hart arbeiten für meinen Lebensunterhalt. Andererseits war ich von Natur aus ein Jäger. Ich hatte eine Schwäche für diese dämmrigen, verräucherten Billardhallen, in denen sich die tätowierten ehemaligen Sträflinge trafen, ich hatte eine Schwäche für die schlüpfrigen Nachtklubs in den großen Betonhotels. Und ich erfuhr immer mehr über meine Killer – die Drogenhändler, die Zuhälter, die Mörder, die mit den Motorradgangs gemeinsame Sache machten.

Und weniger denn je war ich gewillt, unschuldiges Blut zu trinken.

Schließlich war die Zeit reif, meinen alten Nachbarn einen Besuch abzustatten, der Rockband *Satan's Night Out*.

An einem schwülen Samstagabend drückte ich gegen halb sieben Uhr auf die Klingel des Speicherstudios. Die hübschen jungen Sterblichen lungerten in ihren regenbogenfarbenen Seidenplünnen herum, rauchten Gras und meckerten über die lausigen Aussichten, ein Engagement an Land zu ziehen.

Mit ihrem zottigen Haar glichen sie alttestamentarischen Engeln. Sie trugen ägyptischen Schmuck. Selbst für die Probe hatten sie sich die Gesichter und Augenlider geschminkt.

Ein Blick genügte, und schon hatte ich sie in mein Herz geschlossen, Alex und Larry und die kleine, füllige Tough Cookie.

Und in einem magischen Augenblick, in dem die Welt stillzustehen schien, verriet ich ihnen, wer und was ich war. Das Wort »Vampir« konnte sie freilich nicht erschüttern. Drakulazähne und -mäntel gehörten zum Fundus jeder besseren Rockband. Und dennoch bemächtigte sich meiner ein seltsames Gefühl, als ich die verbotene Wahrheit Sterblichen gegenüber laut aussprach. In ganzen zweihundert Jahren hatte ich kein einziges Mal jemandem ein Sterbenswörtchen verraten, dem es nicht ohnehin bestimmt war, unserer Zunft beizutreten. Nicht einmal meine verröchelnden Opfer hatte ich aufgeklärt, bevor sie ihre Augen für immer schlossen. Und jetzt nahm ich plötzlich kein Blatt mehr vor den Mund. Ich sagte diesen liebenswerten Geschöpfen auch, daß ich gerne als Sänger bei ihnen anfangen würde und daß wir alle, falls sie mir Vertrauen schenkten, reich und berühmt werden könnten. Und daß ich sie auf einer Welle übernatürlichen und gnadenlosen Ehrgeizes aus diesem Speicher in die große Welt schwemmen würde.

Erst sahen sie mich mit verkniffenen Augen an, dann brachen sie in brüllendes Gelächter aus.

Ich übte mich in Geduld. Warum auch nicht? Ich wußte, daß ich als Dämon in der Lage war, so gut wie alle menschlichen Töne und Bewegungen nachzuahmen. Aber woher sollten sie das schon wissen. Also setzte ich mich an das elektronische Klavier, griff in die Tasten und sang dazu. Erst ahmte ich ein paar Rocksongs nach, dann trug ich alte Lieder vor, die mir auf einmal wieder einfielen – französische Kanzonetten, tief in meiner Seele verborgen, doch niemals ganz verschüttet –, um dann zu schmissigeren Rhythmen überzuleiten, wobei ich ein kleines, überfülltes Theater in einem längst vergangenen Paris vor mir sah.

Eine gefährliche Leidenschaft brodelte in mir, drohte, mich aus der Bahn zu werfen. Das war kein gutes Zeichen, aber ich sang unverdrossen weiter und hieb auf die weißen Tasten des Klaviers ein, und langsam fing etwas in meiner Seele an aufzubrechen. Und es war mir ganz gleich, daß diese sanften Sterblichen um mich herum von alldem eigentlich gar nichts wissen durften.

Es genügte, daß sie begeistert waren, daß sie diese furchterregende, aus den Fugen geratene Musik mochten, daß sie vor Freude Schreikrämpfe bekamen und endlich von dem Zukunftsglauben beseelt waren, der ihnen so lange abgegangen war. Sie schalteten die Tonbandgeräte ein, und wir fingen an, gemeinam zu singen und zu spielen. Bald war das Studio vom Geruch ihres Blutes und von unserer tosenden Musik durchtränkt.

Aber dann passierte etwas, das mir selbst in meinen übelsten Träumen nicht untergekommen war – etwas, das so außergewöhnlich war wie vorhin mein kleines Geständnis diesen Typen gegenüber. Etwas so Überwältigendes, daß es mich um ein Haar aus ihrer Welt und schnurstracks zurück in meine Erdgruft gejagt hätte.

Nicht daß ich dann wieder in einen neuerlichen Tiefschlaf versunken wäre, aber ich hätte die *Satan's Night Out* möglicherweise verlassen, um ein paar Jahre stumpfsinnig zu verdösen.

Alex, dem adretten Schlagzeuger, und Larry, seinem blonden, hochgewachsenen Bruder, kam nämlich mein Name nicht unbekannt vor, als ich ihnen erzählte, ich sei der Vampir Lestat. Er kam ihnen nicht nur vertraut vor, sie erinnerten sich sogar, ein Buch gelesen zu haben, in dem allerlei über mich gestanden hätte.

Sie waren vor Freude ganz aus dem Häuschen, daß ich nicht bloß vorgab, irgendein Vampir zu sein. Oder Graf Dracula. Graf Dracula hing den Leuten allmählich zum Hals raus. Sie freuten sich wie die Schneekönige, daß ich vorgab, der Vampir Lestat zu sein.

»Daß ich *vorgebe*, der Vampir Lestat zu sein?« fragte ich.

Sie lachten über meine Aufgebrachtheit, über meinen französischen Akzent. Für einen Augenblick sah ich sie eindringlich an und versuchte, ihre Gedanken zu lesen. Natürlich hatte ich nicht erwartet, daß sie mir glaubten, ein echter Vampir zu sein. Auch machte der Umstand, daß sie eine Romanfigur mit meinem ungewöhnlichen Namen kannten, die Sache nicht einfacher. Am schlimmsten aber war, daß mein ganzes Selbstvertrauen dahinzuschwinden begann, und wenn das passiert, gehe ich regelmäßig meiner übernatürlichen Kräfte verlustig. Der Speicherraum schien noch kleiner zu werden, und die Musikinstrumente, die Antenne, die Kabel hatten etwas Bedrohliches.

»Zeigt mir dieses Buch«, sagte ich.

Sie holten es aus dem Nebenzimmer: ein kleiner, zerfledderter Schundroman. Der Schutzumschlag fehlte, der Einband war lose, und das Ganze wurde von einem Gummiband zusammengehalten.

Mir lief es kalt über den Rücken, als ich den Titel las: *Gespräch mit dem Vampir*. Es schien irgend etwas über einen sterblichen Jungen zu sein, dem ein Untoter seine Geschichte erzählt, und mit ihrer Erlaubnis begab ich mich ins Nebenzimmer, legte mich auf ihr Bett und fing an zu lesen. Als ich halb durch war, verließ ich das Haus und stellte mich reglos unter eine Straßenlaterne, wo ich das Buch zu Ende las. Dann steckte ich es sorgfältig in meine Brusttasche.

Sieben Nächte lang ließ ich mich bei der Band nicht mehr blicken.

Während dieser Zeit habe ich mich von neuem viel herumgetrieben, bin auf meiner Harley-Davidson durch die Nacht geknattert, Bachs *Goldberg Variationen* auf volle Pulle gedreht. Und ich fragte mich, Lestat, was willst du jetzt tun?

Die übrige Zeit las ich die dicksten Wälzer über die Geschichte der Rockmusik und ihre Stars. Ich hörte mir sämtliche verfügbaren Platten an und ließ die Videos auf mich wirken.

Und wenn des Nachts alles ruhig und wie ausgestorben war, dann hörte ich sie wieder, die Stimmen des *Gesprächs mit dem Vampir* wie Stimmen aus einem Grab. Ich las das Buch wieder und wieder. Und dann packte mich eine unbeschreibliche Wut, und ich zerfetzte es in tausend Stücke.

Schließlich traf ich eine Entscheidung.

Ich traf mich mit meiner jungen, hübschen Anwältin Christine in deren Hochhausbüro. Die Räume wurden lediglich durch das Lichtermeer der umliegenden Wolkenkratzer erleuchtet.

»Es genügt nicht mehr, daß meine kleine Rockband erfolgreich ist«, sagte ich ihr. »Wir müssen so berühmt werden, daß mein Name und meine Stimme noch in die hintersten Winkel der Erde getragen werden.«

Ruhig und bedächtig, wie Juristen nun einmal sind, riet sie mir davon ab, mein ganzes Vermögen aufs Spiel zu setzen. Als ich aber mit geradezu manischer Besessenheit fortfuhr, meinen Plan zu entwickeln, konnte ich deutlich spüren, wie sie der Versuchung nicht länger widerstehen konnte, wie ihr gesunder Menschenverstand allmählich den Bach hinunterging.

»Ich will die besten französischen Regisseure für die Videoclips«, sagte ich. »Sie müssen sie nach New York und Los Angeles locken. Geld spielt keine Rolle. Hier gibt es die idealen Studios und jede Menge Toningenieure – und auch da dürfen Sie nur die allerbesten anheuern. Mir ist ganz egal, was das alles kostet. Hauptsache, daß von unserer Arbeit kein Wort nach außen dringt, bis wir dann mit geballter Kraft gleichzeitig unsere Platten, unsere Filme und das Buch herausbringen, das ich schreiben werde.«

Schließlich war ihr ganz schwindlig, so sehr waren ihr die Träume von Reichtum und Macht zu Kopf gestiegen. Mit flitzender Feder machte sie Notizen.

Und wovon träumte ich, als ich so zu ihr sprach? Von einem beispiellosen Aufstand, von der großen und teuflischen Herausforderung meiner Artgenossen in aller Welt.

»Diese Videoclips«, sagte ich. »Sie müssen Regisseure finden, die meine Visionen umzusetzen verstehen. Die Clips müssen in Fortsetzungen gedreht werden. Sie müssen die Geschichte erzählen, die ich in meinem Buch niederlegen werde. Und die Songs erst, ich habe bereits eine ganze Reihe geschrieben. Sie müssen Instrumente höchster Qualität auftreiben – Synthesizer, die besten Lautsprecheranlagen, Elektrogitarren, Violinen. Über weitere Details können wir uns später noch unterhalten: über das Design der Vampirkostüme, die Art und Weise, wie wir die Musikkanäle im Fernsehen für uns gewinnen, das Management unseres ersten Livekonzerts in San Francisco – und das perfekte Timing. Wichtig ist im Moment nur, daß Sie sich ans Telefon hängen und alle Informationen an Land ziehen, die wir für den Anfang benötigen.«

Ich ließ mich bei *Satan's Night Out* nicht mehr blicken, ehe die ersten Verträge unter Dach und Fach waren. Termine wurden festgelegt, Studios gemietet, schriftliche Vereinbarungen getroffen. Dann machte ich mich in einem Ungetüm von Limousine für meine jungen Rocklieblinge Larry, Alex und Tough Cookie auf den Weg. Christine begleitete mich. Wir hatten Geld in Hülle und Fülle, und wir mußten stapelweise Verträge unterschreiben.

Unter den schattigen Eichen der ruhigen Garden District Street goß ich uns allen Champagner in funkelnde Gläser: »Es lebe *Der Vampir Lestat!*« sangen wir im Mondenschein. Das sollte der neue Name der Band sein. Tough Cookie warf ihre Pummelärmchen um meinen Hals, und wir küßten uns zärtlich inmitten all des champagnerseligen Gelächters. Ah, der Geruch unschuldigen Blutes!

Und nachdem die anderen in dem Luxusschlitten davongefahren waren, schlenderte ich allein durch die sanfte Nacht der St. Charles Avenue entgegen und dachte über die Gefahr nach, der sich meine kleinen, sterblichen Freunde ausgesetzt hatten. Nicht daß ihnen von mir Gefahr gedroht hätte. Aber wenn wir erst einmal die lange Zeit der geheimen Vorbereitungen hinter uns hätten, würden sie in aller Welt unschuldig und unwissend zusammen mit ihrem düsteren und unverfrorenen Star im Rampenlicht stehen. Schön, ich würde ihnen Leibwächter besorgen und sie so gut wie möglich vor anderen Unsterblichen schützen. Und wenn die Unsterblichen noch so wie früher waren, würden sie sich nie auf eine ordinäre Rauferei mit gewöhnlichen Menschen wie ihnen einlassen.

Der Verkehr war noch ziemlich lebhaft, und ich setzte meine verspiegelte Sonnenbrille auf und nahm die alte, klapprige Straßenbahn zur Innenstadt. Ich schob mich durch das Gedränge der Fußgänger und betrat eine vornehme Buchhandlung. Wie gebannt starrte ich auf eine kleine Taschenbuchausgabe des *Gesprächs mit dem Vampir.*

Ich hätte gerne gewußt, wie viele meiner Artgenossen dieses Buch wahrgenommen hatten. Lassen wir einmal die Sterblichen außer acht, die es für reine Fiktion hielten. Aber was dachten die Vampire darüber? Denn wenn es ein Gesetz gibt, das allen Vampiren heilig ist, dann dieses: *Erzähle niemals einem Sterblichen von uns.*

Man verrät Menschen nicht unsere »Geheimnisse«, es sei denn, man will sie in unserer Mitte aufnehmen und ihnen all unsere finsteren Fähigkeiten verleihen. Man erwähnt nie andere Unsterbliche, und man erzählt nie, wo man ihre Ruhestätten vermutet. Und mein geschätzter Louis aus dem *Gespräch mit dem Vampir* hatte genau das alles getan. Er war viel weiter gegangen als ich mit meiner kleinen Enthüllung den Rocksängern gegenüber. Er hatte Hunderttausenden von Lesern *alles* verraten. Es hätte nur noch gefehlt, daß er ihnen einen Stadtplan von New Orleans gezeichnet hätte mit einem X an der Stelle, wo ich unter der Erde ruhte. Wie gut er in dieser Hinsicht Bescheid wußte und was überhaupt seine Absicht war, wurde allerdings nicht recht klar.

Aber wie dem auch sein mochte: Früher oder später würden ihn andere Vampire für das strafen, was er getan hatte. Und es war ein Kinderspiel, einen Vampir zu vernichten, vor allem heutzutage. Falls er überhaupt noch lebte, dann als Ausgestoßener, zu Tode gejagt von seinesgleichen und von Gefahren umlauert, wie sie sich kein Sterblicher auch nur vorstellen kann.

Ein Grund mehr für mich, das Buch und die *Vampire-Lestat*-Band so schnell wie möglich berühmt zu machen. Ich mußte Louis finden. Ich mußte ihn sprechen. Ich verzehrte mich nach ihm, nach seinen phantastischen Wahnvorstellungen, sogar nach seiner Unehrenhaftigkeit. Ich verzehrte mich nach seiner weltmännischen Arglist, nach seiner körperlichen Nähe, nach dem einschmeichelnd sanften Klang seiner Stimme.

Natürlich haßte ich ihn wegen all der Lügen, die er über mich verbreitet hatte. Aber meine Liebe war weit stärker als mein Haß. Wir hatten die dunklen und romantischen Jahre des neunzehnten Jahrhunderts gemeinsam verbracht, und ich fühlte mich ihm enger verbunden, als ich es je einem anderen Unsterblichen gewesen war.

Und ich brannte darauf, für ihn meine Geschichte niederzuschreiben – nicht als Antwort auf seine böswilligen Lügen im *Gespräch mit dem Vampir*, sondern als Geschichte meiner Erlebnisse vor unserer gemeinsamen Wegstrecke, als Geschichte all dessen, was ich ihm bislang nicht hatte erzählen können.

Die alten, oben erwähnten Regeln sollten mich jetzt auch keinen Deut mehr kümmern. Ich wollte sie übertreten, ausnahmslos. Und der Zweck meiner Band und meines Buches war, nicht nur Louis, sondern auch alle anderen Dämonen, die mir lieb und teuer waren, auf den Plan zu rufen. Ich wollte meine Freunde wiederfinden, alle auferwecken, die schliefen, wie ich geschlafen hatte.

Alte Vampire und junge, schöne und verderbte, irrsinnige und hartherzige – sie alle würden zu mir kommen, sobald sie diese Videos sahen, die Platten hörten und das Buch in den Auslagen der Buchläden fanden, und sie würden genau wissen, wo sie mich suchen müßten. Mich, Lestat, den Superstar des Rock. Kommt einfach nach San Francisco zu meinem ersten Liveauftritt. Ich werde da sein.

Aber ich verfolgte mit alldem noch eine andere Absicht – etwas, das noch gefährlicher und verwegener und verrückter war. Und ich wußte, daß Louis mich verstehen würde. Er hatte mit seinem Buch, seinen Bekenntnissen, wohl das gleiche Ziel verfolgt. Ich wollte, daß die Sterblichen von unserer Existenz erfuhren. Ich wollte es der Welt verkünden, so wie ich es Alex und Larry und Tough Cookie und meiner reizenden Anwältin Christine erzählt hatte. Und es machte mir nichts aus, daß sie kein Wort glaubten. Es machte mir nichts aus, daß sie es für reine Erfindung hielten. Hauptsache war, daß ich mich nach zwei Jahrhunderten im Verborgenen den Sterblichen zeigte. Ich sprach meinen Namen laut aus. Ich machte aus meiner wahren Natur keinen Hehl. Ich war da!

Ich ging viel weiter als Louis. Seine Geschichte, so seltsam sie auch war, galt als bloße Fiktion. In der Welt der Sterblichen war sie so wenig bedrohlich wie das lebende Bild im alten Vampirtheater in Paris, wo die Untoten auf einer von Gaslampen erleuchteten Bühne vorgaben, Schauspieler zu sein, die vorgaben, Untote zu sein.

Ich hingegen würde in gleißendem Licht vor die Kameras treten, würde mit meinen eisigen Fingern Tausende warmer, gieriger Hände berühren. Ich würde sie in Furcht und Schrecken oder Entzücken versetzen, würde nichts unversucht lassen, ihnen reinen Wein einzuschenken.

Und angenommen – nur mal angenommen –, plötzlich spazierten scharenweise Leichen durch die Gegend, und so langsam würde den Leuten um mich ein Licht aufgehen, dann würde die vermeintliche Fiktion nicht bloße Erfindung, sondern reine Wirklichkeit sein. Sollte es ihnen tatsächlich wie Schuppen von den Augen fallen, sollten sie tatsächlich begreifen, daß die Dämonen der Alten Welt in ihrer schönen neuen Welt noch immer am Leben waren: Oh, was für ein großer und glorreicher Krieg würde uns dann vielleicht erwarten! Die Menschen würden uns kennen. Sie würden uns jagen! Und wir würden in den glitzernden Großstadtdschungeln von ihnen bekämpft werden wie noch kein Monster je zuvor.

Wie sollte mich nicht schon der bloße Gedanke daran vor Freude erzittern lassen? Wie sollte das alles nicht wert sein, jede Gefahr, jeden Einsatz und jede Niederlage zu riskieren? Denn selbst im Augenblick der Vernichtung würde ich immer noch so lebendig sein wie nie zuvor.

Aber um ehrlich zu sein, ich hielt es für ausgeschlossen, daß es je so weit kommen könnte – ich meine, daß Sterbliche an uns glauben würden. Sterbliche haben mir noch nie Angst eingejagt.

Ein anderer Krieg schien mir viel wahrscheinlicher: der Krieg all meiner Artgenossen untereinander oder aller gegen mich allein. Das also war das Spiel, das ich spielte. Das war der wahre Zweck der *Vampire-Lestat*-Band.

Aber diese andere hübsche ‚Möglichkeit echter Aufklärung und einer schönen kleinen Katastrophe ... Nun, das verlieh dem ganzen Unternehmen erst die rechte Würze!

So verließ ich denn die umtriebige Canal Street und stieg die Treppe zu meinem altmodischen Hotelzimmer im French Quarter empor. Es war ruhig, so wie ich es mochte. Durch das Fenster konnte ich die kleinen, engen Gassen sehen mit ihren spanischen Stadthäusern, die mir so wohlvertraut waren.

Auf meinem Videorecorder sah ich mir Viscontis *Tod in Venedig* an. Ein Schauspieler sagt da an einer bestimmten Stelle, das Böse sei eine Notwendigkeit. Er hat es wohl kaum so gemeint. Aber schön wäre es doch gewesen, wenn es sich so verhalten hätte. Dann hätte ich einfach Lestat, das Monster, sein können, oder? Und als Monster war ich ja immer in Hochform gewesen. Na ja ...

Ich legte eine neue Diskette in meinen tragbaren Computer und fing an, meine Lebensgeschichte niederzuschreiben.

LEHRJAHRE
UND ABENTEUER
DES
VAMPIRS LESTAT

Teil I

LELIOS AUFSTIEG

1

Im Winter meines einundzwanzigsten Lebensjahres ritt ich allein aus, um ein Rudel Wölfe zu töten.

Das war auf den Ländereien meines Vaters in der Auvergne, nur wenige Jahrzehnte vor der Französischen Revolution.

Es war der schlimmste Winter, an den ich mich erinnern konnte. Die Wölfe rissen die Schafe unserer Bauern und rannten nachts sogar durch die Straßen des Dorfes.

Das waren harte Jahre damals für mich. Mein Vater war der Marquis, und ich war sein siebenter Sohn und der jüngste jener drei, die überlebt hatten. Meine Zukunftsaussichten waren alles andere als rosig, da ich weder Anspruch auf den Titel des Marquis noch auf die Ländereien hatte. Selbst in einer reichen Familie wäre es dem Jüngsten nicht unbedingt besser ergangen, aber unser Vermögen war schon längst verbraucht. Mein ältester Bruder Augustin, der rechtmäßige Erbe unseres gesamten Hab und Guts, hatte die bescheidene Mitgift seiner Frau schon kurz nach der Hochzeit durchgebracht.

Das Schloß meines Vaters, seine Ländereien und das nahegelegene Dorf waren mein ganzes Universum. Und ich war von Geburt an ruhelos – der Träumer, der Ungeduldige, der Unzufriedene der Familie. Ich hatte keine Lust, am Kamin zu sitzen und über vergangene Kriege und die Zeit des Sonnenkönigs zu reden. Geschichte bedeutete mir nichts. Statt dessen bin ich in dieser trüben und altmodischen Welt zum Jäger geworden. Ob Fasan, Wildbret oder Forelle, ich beschaffte alles, was die Familie brauchte, um sich zu ernähren. Das war damals mein alleiniger Lebensinhalt – gottlob muß man sagen, denn es gab Jahre, in denen wir sonst buchstäblich verhungert wären.

Natürlich war das eine recht vornehme Beschäftigung, auf dem Land der Vorfahren zu jagen, und nur wir hatten das Recht dazu. Selbst der wohlhabendste Bürger durfte in meinen Wäldern nicht einmal sein Gewehr anlegen. Das hatte er allerdings auch nicht nötig, da er Geld hatte.

Zweimal hatte ich versucht, diesem Leben zu entfliehen, nur um mit gebrochenen Flügeln wieder eingefangen zu werden. Doch davon später mehr, denn im Augenblick denke ich an den Schnee, der die Berge ringsum bedeckte, an die Wölfe, die die Dorfbewohner in Furcht und Schrecken versetzten und meine Schafe rissen. Und ich denke an eine Redensart, die im alten Frankreich geläufig war – daß kein Ort der Welt weiter von Paris entfernt sei als die Auvergne.

Da ich ein Adliger, und zwar der einzige Adlige weit und breit war, der überhaupt noch reiten und mit einem Gewehr umgehen konnte, war es ganz natürlich, daß die Dorfbewohner zu mir kamen, um über die Wölfe zu klagen. Sie erwarteten von mir, daß ich sie erlegte; das war meine Pflicht.

Ich hatte nicht die geringste Angst vor den Wölfen. Ich hatte noch nie erlebt oder auch nur gehört, daß ein Wolf einen Menschen angegriffen hätte.

Am einfachsten wäre es gewesen, sie zu vergiften, aber das hätte das kostbare Fleisch ungenießbar gemacht. So machte ich mich eines kalten Januarmorgens auf den Weg, um die Wölfe zu töten; einen nach dem anderen. Ich besaß ein Steinschloßgewehr, drei Pistolen sowie einige Musketen, und das alles nahm ich zusammen mit dem Degen meines Vaters mit mir. Aber bevor ich das Schloß verließ, bereicherte ich dieses kleine Arsenal noch mit zwei alten Waffen, um die ich mich nie zuvor gekümmert hatte.

Unser Schloß war mit alten Rüstungen vollgestopft. Meine Vorfahren hatten an unzähligen Kriegen seit den Tagen Ludwigs des Heiligen und seiner Kreuzzüge teilgenommen. Und über all diesem Gerümpel hingen jede Menge Lanzen, Kampfäxte, Morgensterne und Streitkolben an den Wänden.

Ich nahm also an diesem Vormittag einen riesigen Streitkolben – das ist eine Keule mit Eisenspitzen – und einen ansehnlichen Morgenstern mit.

Man darf nicht vergessen, daß wir uns im achtzehnten Jahrhundert befinden, einer Zeit also, da die Pariser weiße Perücken trugen, in Satinschuhen mit hohen Absätzen einherstolzierten, Schnupftabak nahmen und sich die Näschen mit Spitzentaschentüchern betupften.

Ich hingegen ging in Rohlederstiefeln und einem groben Wollmantel auf die Jagd, alte Waffen an den Sattel geschnürt und begleitet von meinen beiden größten Bulldoggen mit ihren vor Eisenspitzen starrenden Halsbändern.

So also sah mein Leben aus. Und es unterschied sich kaum von dem Dasein, das die Leute im Mittelalter gefristet hatten. Ich hatte genug von den elegant gekleideten Durchreisenden an der Poststation aufgeschnappt, um mir dessen schmerzlich bewußt zu sein. Der Hochadel in der Hauptstadt nannte uns Landadlige »Karnickelfänger«. Natürlich konnten wir die Nase über sie rümpfen und sie Lakaien des Königs und der Königin nennen. Unser Schloß war tausend Jahre alt und hatte sogar den Kriegszügen des großen Kardinals Richelieu erfolgreich getrotzt. Aber wie gesagt, ich machte mir nicht viel aus Geschichte.

Kreuzunglücklich und geladen ritt ich also den Berg hinan. Ich sehnte mich nach einem guten Kampf mit den Wölfen. Das Rudel bestand aus fünf Tieren, wenn man den Dorfbewohnern glauben durfte, und ich hatte die Gewehre bei mir und zwei Hunde mit derart kräftigen Gebissen, daß sie einem Wolf das Rückgrat wie nichts durchknacken konnten.

Ich mag eine gute Stunde durch die Berge geritten sein, als ich in ein kleines Tal kam, das mir so vertraut war, daß ich es trotz der Schneemassen wiedererkannte. Und während ich mich über das weite Feld dem kahlen Wald näherte, hörte ich den ersten Wolf heulen. Innerhalb weniger Sekunden stimmten andere Wölfe in das Geheul ein, und sie heulten in einem solchen Einklang, daß ich nicht hätte sagen können, wie groß das Rudel war. Fest stand nur, daß sie mich gesehen hatten und sich zusammenrotteten, so wie ich es erhofft hatte.

Ich kann mich nicht erinnern, auch nur die geringste Angst verspürt zu haben. Aber ich spürte etwas anderes, was mir die Gänsehaut über den Rücken jagte. Das Land schien öd und leer. Ich machte meine Gewehre schußbereit. Ich befahl meinen Hunden, mit ihrem Geknurre aufzuhören, und ein unbestimmtes Gefühl sagte mir, daß ich schleunigst das offene Feld verlassen und Schutz im Wald suchen sollte.

Plötzlich schlugen die Hunde an. Ich blickte über die Schulter und sah, wie drei riesige, graue Wölfe ein paar hundert Meter hinter mir über den Schnee auf mich zurasten.

Ich stob in Richtung Wald davon. Es sah ganz so aus, als hätte ich es mit Leichtigkeit schaffen können, ehe die drei Bestien Gelegenheit hatten, mich einzuholen, aber Wölfe sind verdammt schlaue Viecher, und als ich wie der Teufel den Bäumen entgegengaloppierte, sah ich den Rest des Rudels, fünf voll ausgewachsene Tiere, links vor mir auftauchen. Ich war in einen Hinterhalt geraten und hatte keine Chance mehr, den Wald rechtzeitig zu erreichen. Und das Rudel bestand aus acht, nicht aus fünf Wölfen, wie die Dorfbewohner versichert hatten.

Selbst jetzt fürchtete ich mich noch keineswegs. Ich machte mir einfach nicht klar, daß diese Tiere völlig ausgehungert waren und ihre natürliche Scheu vor Menschen kurzerhand über Bord geworfen hatten.

Ich machte mich kampfbereit. Ich steckte den Morgenstern in meinen Gürtel und legte das Gewehr an. Mit dem ersten Schuß erlegte ich einen kräftigen Rüden. Dann lud ich die Büchse nach, während meine Hunde und das Rudel übereinander herfielen. Die Wölfe konnten den beiden Bulldoggen wegen der Halsbänder mit den Eisenspitzen nicht an den Nacken. Und so überwältigten meine Tiere fast augenblicklich einen der Wölfe. Einen weiteren brachte ich zur Strecke. Aber das Rudel hatte die Hunde umzingelt. Zwar feuerte ich, was das Zeug hielt, und lud nach, so schnell es ging, aber schon sah ich, wie die kleinere der beiden Bulldoggen mit gebrochenen Hinterläufen zu Boden ging. Blut strömte über den Schnee. Der zweite Hund hielt sich fern, während sich das Rudel gierig über das sterbende Tier hermachte, aber kaum zwei Minuten später hatten sie auch ihm den Garaus gemacht.

Wie gesagt, diese Bulldoggen waren keine Schoßhündchen. Ich hatte sie selbst gezüchtet und abgerichtet. Und jede wog an die zweihundert Pfund. Ich hatte sie immer mit zur Jagd genommen, und als ich sie jetzt sterben sah, schwante mir, worauf ich mich eingelassen hatte.

All das hatte nur ein paar Minuten gedauert. Vier Wölfe hatten inzwischen ihr Leben gelassen, und ein fünfter war tödlich verwundet. Aber noch waren drei andere übrig, und einer von ihnen hatte bereits aufgehört, die Hunde zu zerfleischen, um mich aus schrägen Augen zu fixieren.

Ich legte an, verfehlte ihn, feuerte die Muskete ab, und mein Pferd bäumte sich auf, als der Wolf auf mich zuschoß.

Wie von unsichtbaren Fäden gezogen, ließen die anderen Wölfe ebenfalls von ihrer Beute ab, während ich kräftig an den Zügeln zog und das Pferd auf kürzestem Weg in den schützenden Wald galoppieren ließ. Ich blickte mich nicht um, selbst als ich ganz nah schon das Knurren der Tiere und das Zuschnappen ihrer Kiefer hörte. Aber dann spürte ich ihre Fänge an meinem Knöchel. Ich zog die andere Muskete, wandte mich nach links und feuerte. Der Wolf streckte sich taumelnd hoch, entschwand aber sofort meinem Blick, und mein Roß bäumte sich wieder auf. Um ein Haar wäre ich abgestürzt. Und dann spürte ich, wie die Hinterbeine des Pferdes unter mir zusammensackten.

Wir hatten den Wald schon fast erreicht, und ich sprang ab, ehe es zu Boden ging. Ich hatte noch ein geladenes Gewehr, und als einer der Wölfe zum Sprung ansetzte, drückte ich ab und blies ihm die Schädeldecke fort. Aber noch immer waren zwei Wölfe übrig. Das Pferd stieß ein tiefes, rasselndes Wiehern aus, das in einen trompetenartigen Schrei mündete, das schrecklichste Geräusch, das ich je von einem Lebewesen vernommen hatte. Die beiden Wölfe hatten es in ihrer Gewalt.

Ich raste über den Schnee, spürte die harte, felsige Erde unter mir, und erreichte den Wald. Würde es mir gelingen, das Gewehr neu zu laden, könnte ich sie von hier aus niedermachen. Die Äste standen so hoch an den Stämmen, daß es unmöglich war, auf einen Baum zu klettern. Also sprang ich hoch, um einen Zweig zu ergattern, doch meine Füße rutschten an der eisüberzogenen Rinde ab, und ich fiel rücklings zu Boden, während die Wölfe bedrohlich näherrückten. Keine Zeit mehr, das Gewehr zu laden. Mir blieben nur noch der Morgenstern und der Degen, den Streitkolben hatte ich schon längst verloren.

Ich glaube, als ich mich wieder hochrappelte, wußte ich, daß ich wohl sterben würde. Aber ich dachte nicht daran aufzugeben. Ich geiferte vor Wut, blickte dem vorderen der beiden Wölfe geradewegs in die Augen.

Ich stellte mich spreizbeinig hin, um Halt zu gewinnen. Mit dem Morgenstern in meiner Linken, zog ich den Degen. Die Wölfe hielten inne. Der vordere senkte den Kopf und trottete ein paar Schritte seitwärts. Der andere stand reglos da, als würde er auf ein Signal zur Attacke warten. Der erste sah mich auf jene unheilvoll ruhige Art an, dann stürzte er vor.

Ich schwang den Morgenstern, und die spitzenbezackte Kugel sirrte kreisförmig durch die Luft. Mein Atem ging schwer, ich beugte die Knie, als wollte ich jeden Moment losspringen, und mit all meiner Kraft schleuderte ich den Morgenstern, um das Tier zu zertrümmern, doch ich schrammte nur seinen Kiefer.

Der Wolf schoß zur Seite, und der andere umkreiste mich, tänzelte vor und zurück. Sie kamen so nahe, daß ich wieder den Morgenstern in Bewegung setzte und einen Degenhieb zu landen versuchte. Blitzschnell traten sie den Rückzug an.

Ich weiß nicht mehr, wie lange das so weiterging, aber die Strategie der Bestien war deutlich. Sie wollten mich zermürben, und sie hatten die Kraft dazu. Ich war ihre Jagdbeute geworden.

Ich drehte mich um mich selbst, kämpfte und schlug drauflos und wäre beinahe gestrauchelt. Wahrscheinlich hat das alles kaum länger als eine halbe Stunde gedauert, aber mir schien es eine Ewigkeit zu sein.

Als ich spürte, wie meine Beine zu versagen drohten, setzte ich alles auf eine Karte. Ich rührte mich nicht, die Waffen griffbereit. Und sie kamen, diesmal, um mich zu töten, genau wie ich es erwartet hatte. In letzter Sekunde schwang ich den Morgenstern. Ich hörte die Kugel Knochen brechen, und schon grub sich mein Degen in den Schlund der Bestie.

Der andere Wolf war dicht neben mir. Er schlug seine Zähne in meine Reithosen. Noch eine Sekunde, und er würde mir das Bein aus dem Gelenk reißen. Aber ein gezielter Degenhieb schlitzte ihm den halben Kopf auf. Ich setzte mit dem Morgenstern nach. Der Wolf ließ von mir ab. Ich sprang zurück, und jetzt hatte ich genug Bewegungsfreiheit, um den Degen bis zum Heft in die Brust des Tiers zu rammen.

Das war das Ende.

Das Rudel war tot. Ich lebte.

Und die einzigen Geräusche in dem leeren, schneebedeckten Tal waren mein Atem und das Röcheln meines sterbenden Pferdes. Ich weiß nicht, ob ich noch Herr meiner Sinne war. Ich weiß nicht, ob das, was mir durch den Kopf ging, Gedanken waren. Am liebsten hätte ich mich in den Schnee sinken lassen. Statt dessen schleppte ich mich zu dem Pferd. Es versuchte aufzustehen, wobei es wieder diesen markerschütternden Klagelaut ausstieß. Ein Schrei, der sich in den Bergen brach und bis in die Wolken dröhnte. Ich nahm mein Gewehr vom Sattel, lud durch und gab ihm den Gnadenschuß.

Das Pferd hatte seinen Frieden gefunden; tot und blutend lag es in dem lautlosen Tal. Mir schauderte. Der Gestank der Wölfe und der Gestank des Blutes hingen schwer in der Luft, und mit einem würgenden Geräusch kotzte ich in den Schnee.

Als ich zu laufen versuchte, wäre ich beinahe hingefallen. Aber ich ging geradewegs zu dem Wolf, der mich um ein Haar getötet hätte, warf ihn über meine Schulter und begab mich auf den Heimweg.

Ich brauchte wohl zwei Stunden. Doch sicher bin ich mir in dieser Beziehung abermals nicht. Aber was ich auch immer während meines Kampfes empfunden und durchgemacht haben mochte – diese Wölfe wollten mir nicht mehr aus dem Kopf. Jedesmal, wenn ich stolperte und hinfiel, verhärtete sich, verschlimmerte sich etwas in mir.

Ich glaube, als ich das Schloßtor endlich erreicht hatte, war ich nicht mehr Lestat. Es war jemand anderes, der da durch die Eingangshalle taumelte mit diesem Wolf über der Schulter. Alle Lebenswärme war aus dem Kadaver gewichen, und die plötzliche Kaminglut brannte mir in den Augen. Ich war so erschöpft, daß ich nicht mehr wußte, wo mir der Kopf stand.

Und obgleich ich sofort zu erzählen anfing, als sich meine Brüder vom Tisch erhoben und meine Mutter meinen Vater anstippte, der damals schon blind war und wissen wollte, was los sei, habe ich keine Ahnung, was ich redete. Ich weiß, daß meine Stimme ziemlich dumpf klang, und mir entging wohl auch nicht ganz, daß mein Bericht ungewöhnlich schlicht ausfiel: »Und dann ... und dann ...« Ungefähr so.

Aber plötzlich weckte mich mein Bruder Augustin aus meiner Trance. Beleuchtet von dem Kaminfeuer hinter ihm, trat er mir entgegen und setzte meinem monotonen Redefluß ein jähes Ende. »Du kleiner Mistkerl«, sagte er kühl und mit angewidertem Gesicht. »Du hast keine acht Wölfe getötet!«

Kaum hatte er freilich zu Ende gesprochen, da schien er aus irgendeinem Grund zu bemerken, einen Fehler begangen zu haben. Vielleicht war es mein Gesichtsausdruck. Vielleicht war es der wütend gemurmelte Protest meiner Mutter oder der Umstand, daß mein anderer Bruder überhaupt nichts sagte. Wahrscheinlich war es mein Gesicht. Aber was auch immer es gewesen sein mag, fast augenblicklich malte sich schieres Entsetzen auf seinen Zügen.

Er fing an, etwas zu brabbeln wie, das sei ja unglaublich, und ich wäre wohl fast ums Leben gekommen, und ob die Diener mir nicht sofort ein wenig Suppe bringen sollten und so weiter, aber das half nun auch nichts mehr. Was in diesem einzigen Augenblick geschehen war, konnte nicht mehr gekittet werden, und als nächstes erinnere ich mich nur noch, daß ich allein in meinem Zimmer lag. Von Blut und Dreck verkrustet, kroch ich unter die Bettdecke und fiel in einen tiefen Schlaf.

Danach habe ich mein Zimmer tagelang nicht mehr verlassen. Augustin kam und erzählte mir, daß die Dorfbewohner in den Bergen gewesen seien und die Wölfe gefunden und zum Schloß gebracht hätten, aber ich antwortete nichts darauf.

So verging etwa eine Woche. Als ich allmählich wieder den Gedanken ertragen konnte, andere Hunde um mich zu haben, ging ich zum Zwinger hinunter, um mir zwei halb ausgewachsene Welpen zu holen. Sie leisteten mir Gesellschaft. Und nachts schlief ich zwischen ihnen.

Die Diener kamen und gingen. Aber sie ließen mich in Ruhe.

Und dann betrat meine Mutter das Zimmer, leise, fast verstohlen.

2

Es war Abend. Ich saß auf meinem Bett, der eine Hund lag neben mir ausgestreckt, der andere unter meinen Knien. Im Kamin knisterte ein Feuer. Und da kam also endlich meine Mutter, was schicklicherweise meinen Erwartungen hätte entsprechen müssen.

Im Halbdunkel hatte ich sie an ihren Bewegungen erkannt, und ich sagte nichts. Jeder andere Mensch, der sich mir zu nähern gewagt hätte, wäre mit einem entschiedenen »Hau ab!« begrüßt worden. Aber sie liebte ich heiß und unerschütterlich; und ich glaube, ich war der einzige in unserer Familie, der für sie so empfand. Sie war mir unter anderem so sehr ans Herz gewachsen, weil sie niemals die gängigen Phrasen drosch: »Mach die Tür zu«, »Iß deine Suppe auf«, »Hampel nicht rum«. Derlei ist nie über ihre Lippen gedrungen. Außerdem las sie unentwegt; ja, sie war die einzige in unserer Familie, die ein wenig gebildet war, und wenn sie sprach, dann nur, wenn sie etwas zu sagen hatte.

Darum störte mich ihre Gegenwart jetzt auch nicht. Im Gegenteil, sie weckte meine Neugierde. Was hatte sie zu sagen, und würde es mich kümmern? Ich hatte sie nicht herbeigesehnt, nicht einmal an sie gedacht, und ich drehte mich nicht um, als sie hereinkam.

Aber wir verstanden uns, innig und ohne Worte. Ich dachte an die beiden Male, als ich versucht hatte abzuhauen und wieder nach Hause zurückgebracht worden war. Damals war sie es gewesen, die mir den Weg aus meinem Kummer gewiesen hatte. Wahre Wunder hatte sie bei mir bewirkt, auch wenn keiner um uns herum das je bemerkt hatte.

Das erste Mal hatte sie sich quergelegt, als ich zwölf gewesen war und der alte Gemeindepfarrer, der mich ein paar lateinische Verse hatte auswendiglernen lassen, den Wunsch äußerte, mich in die nahegelegene Klosterschule zu stecken.

Mein Vater sagte nein, ich könne alles Wissen, das ich brauchte, auch zu Hause erwerben. Da kannte er meine Mutter aber schlecht. Sie tauchte aus ihren Büchern auf und keifte auf ihn ein. Wenn ich diese Schule besuchen wollte, sagte sie, würde ich sie besuchen. Und sie verkaufte etwas von ihrem Schmuck, um das Geld für meine Bücher und die Schuluniform aufzutreiben. Ihre Juwelen hatte sie von ihrer italienischen Großmutter geerbt, und jedes Stück hatte seine eigene Geschichte, und es war ihr bestimmt schwergefallen, etwas davon veräußern zu müssen. Aber sie hat keine Sekunde gezögert.

Mein Vater war spuckewütend und wiederholte starrsinnig, daß er früher, vor seiner Erblindung, seinen Willen schon durchgesetzt hätte. Und meine Brüder versicherten ihm, daß sein jüngster Sohn über kurz oder lang wieder zurücksein werde. Ich würde reumütig in den Schoß der Familie heimkehren, sobald man einmal etwas von mir verlangte, das mir gegen den Strich ginge.

Nun, ich kehrte nicht in den Schoß der Familie zurück. Ich liebte die Klosterschule. Ich liebte die Kapelle und die Hymnen, die Bibliothek mit ihren Tausenden alter Bücher, die Glocken, die den Tag einteilten, die sich ständig wiederholenden Rituale. Ich war begeistert von der Reinlichkeit und dem tadellosen Zustand meiner neuen Umgebung, ich war begeistert, daß in diesem großen Haus und in den Gärten ununterbrochen gearbeitet wurde.

Wenn ich zurechtgewiesen wurde, was nicht oft der Fall war, erfüllte mich das mit unbeschreiblichem Glück, da man zum erstenmal in meinem Leben versuchte, einen guten, lernfähigen Menschen aus mir zu machen.

Schon nach einem Monat war ich bereit, ein Gelübde abzulegen. Ich wollte dem Orden beitreten. Ich wollte den Rest meines Lebens in diesem makellosen Kloster zubringen, in der Bibliothek auf Pergament schreiben und des Lesens alter Bücher kundig werden. Ich wollte für alle Ewigkeit bei Menschen eingekapselt bleiben, die überzeugt waren, ich könne rechtschaffen sein, wenn ich mich nur fest genug darin bemühte.

Ich war beliebt. Allein das war ungewöhnlich genug. Ich machte niemanden unglücklich oder wütend.

Der Vater Superior schrieb meinem Vater sofort, um seine Erlaubnis einzuholen. Ehrlich gesagt, ich dachte, mein Vater würde drei Kreuze schlagen, mich endlich loszuwerden. Aber drei Tage später kamen meine Brüder an, um mich nach Hause zu bringen. Ich heulte und flehte darum, bleiben zu dürfen, aber der Vater Superior konnte nichts machen.

Kaum waren wir im Schloß angekommen, nahmen mir meine Brüder meine Bücher weg und sperrten mich ein. Ich hatte keine Ahnung, warum sie so wütend waren. Es gab da irgendeine Andeutung, ich hätte mich wie ein Idiot benommen. Ich heulte ohne Unterlaß. Ich lief wie ein Tiger im Käfig hin und her, trommelte gegen die Wände und trat gegen die Tür.

Dann fing mein Bruder Augustin an, mich von Zeit zu Zeit zu

besuchen und sich mit mir zu unterhalten. Erst wollte er nicht so recht mit der Sprache heraus, aber schließlich verklickerte er mir, daß es keinem Mitglied einer großen französischen Familie zieme, ein armer Klosterbruder zu werden. Wie habe ich nur alles so völlig mißverstehen können? Man habe mich dort hingeschickt, damit ich lesen und schreiben lernte. Warum müsse ich stets von einem ins andere Extrem fallen? Warum müsse ich mich immer wie ein wildes Tier benehmen?

Und was eine aussichtsreiche kirchliche Karriere beträfe, nun, ich sei doch der jüngste Sohn unserer Familie, oder etwa nicht? Ich solle doch meine Pflichten meinen Neffen und Nichten gegenüber im Auge behalten.

In anderen Worten: Wir haben kein Geld, eine Kirchenkarriere für dich zu lancieren, dich zum Bischof oder Kardinal zu machen, wie es unserer gesellschaftlichen Stellung entspräche. Es bleibt dir also nur, weiterhin hier als Analphabet und Bettler dein Dasein zu fristen. Komm bitte runter und spiele Schach mit deinem Vater.

Nachdem ich das begriffen hatte, ließ ich beim Abendessen die Tränen ungeniert auf den Tisch strömen und murmelte abfällige Äußerungen wie, dieses Haus sei das reinste Chaos, worauf man mich zur Strafe wieder auf mein Zimmer schickte.

Dann kam meine Mutter. Sie sagte: »Du weißt doch gar nicht, was Chaos bedeutet. Warum nimmst du solche Wörter in den Mund?«

»Und ob ich es weiß«, sagte ich. Ich schilderte ihr den Schmutz und Verfall, der hier allenthalben herrsche, und wie schön sauber und ordentlich das Kloster gewesen sei, eine Stätte, wo man mit Fleiß und Ausdauer etwas hätte erreichen können.

Sie widersprach mir nicht. Und trotz meiner Jugend wußte ich, daß sie meine Worte mit Wohlwollen aufnahm.

Am nächsten Morgen durfte ich sie auf einer Reise begleiten. Nach einem Halbtagesritt erreichten wir das eindrucksvolle Château unseres Nachbarn, und sie führte mich in Begleitung des Hausherrn zu einem Zwinger, wo ich mir aus einem neuen Wurf zwei kleine Bulldoggen aussuchen durfte. Noch nie hatte ich etwas so Zartes und Liebenswertes wie diese kleinen Bulldoggen gesehen. Und die großen Hunde sahen uns wie verschlafene Löwen an. Einfach herrlich!

Ich war so aufgeregt, daß ich mich fast außerstande sah, eine Wahl zu treffen. Dann entschied ich mich für ein Männchen und ein Weibchen, die ich in einen Korb setzte und während der ganzen Heimreise auf meinem Schoß hielt.

Und schon einen Monat später kaufte mir meine Mutter meine erste Steinschloßmuskete und mein erstes eigenes Pferd. Sie hat nie verraten, warum sie all das tat. Aber auf meine eigene Weise verstand ich, was ich ihr zu verdanken hatte. Ich zog die Hunde groß, richtete sie ab und erkor sie zu Stammeltern eines eigenen Zwingers.

Mit diesen Hunden entwickelte ich mich zu einem Jäger aus echtem Schrot und Korn, und als ich sechzehn war, lebte ich praktisch nur noch draußen.

Aber zu Hause galt ich mehr denn je als leidige Nervensäge. Kein Mensch wollte mir zuhören, wenn ich von dem jämmerlichen Zustand der Weinberge und Felder sprach und was man dagegen unternehmen sollte. Oder wenn ich darauf hinwies, daß uns die Dienerschaft schamlos bestahl.

Ich konnte nichts ausrichten. Und allmählich wirkte das trübe Einerlei des Alltagslebens wie ein tödliches Gift auf mich. Jeden Feiertag ging ich zur Kirche, nur um etwas Abwechslung in die Monotonie meines Lebens zu bringen. Und ich ließ keinen Dorfjahrmarkt aus, sog gierig die lächerlichen Darbietungen in mich auf, denn mir war alles recht, was ein wenig Abwechslung bot.

Es machte mir nichts aus, daß immer wieder dieselben alten Jongleure, Schausteller und Akrobaten auftraten. Das war allemal amüsanter als der ewige Wechsel der Jahreszeiten und das dumme Geschwätz über die ruhmreiche Vergangenheit unseres Geschlechts.

Aber in dem Jahr, da ich sechzehn geworden war, zog eine italienische Spielmannstruppe mit einem buntbemalten Planwagen durch unser Dorf. Sie entluden den Wagen und bauten eine Bühne auf, so unvorstellbar schön, wie ich sie noch nie gesehen hatte, und dann führten sie eine alte italienische Komödie auf mit Hanswurst und Pulcinella und dem jungen Liebespaar Lelio und Isabella und dem alten Doktor und allen altbekannten Ränken und Intrigen.

Ich war hell begeistert: So etwas hatte ich noch nie gesehen. Das war so bunt und schnell und schlau in Szene gesetzt! Ich war hingerissen, obwohl die Dialoge so schnell abgehaspelt wurden, daß ich kein Wort verstand.

Nach der Aufführung folgte ich den Komödianten in das Dorfwirtshaus und gab für sie alle Wein aus, den ich mir eigentlich gar nicht leisten konnte, nur, um mich mit ihnen unterhalten zu können. Ich war diesen Männern und Frauen aus ganzer Seele zugetan. Sie erklärten mir, wie jeder Schauspieler lebenslang *seine* Rolle spielte und daß sie keine Texte auswendiglernten, sondern alles auf der Bühne improvisierten. Jeder kannte seinen Namen, seine Rolle und spielte sie so, wie er es für richtig hielt. Darin bestand der Geist dieser Art von Theater. Man nannte das Commedia dell'arte.

Ich war wie verzaubert. Und ich verliebte mich in das junge Mädchen, das die Isabella spielte. Später folgte ich den Gauklern in ihren Planwagen und betrachtete die Kostüme und die bunten Bühnenbilder, und als wir wieder in die Kneipe zurückgekehrt waren und weitertranken, ließen sie mich den Lelio, den jungen Liebhaber Isabellas, vorspielen, und sie applaudierten und sagten, ich hätte Talent und sei auch nicht schlechter als sie selbst.

Zuerst dachte ich, sie wollten mir bloß schmeicheln, aber im Grunde war es mir völlig gleichgültig, ob sie mir nur schmeichelten oder nicht. Und als sie am nächsten Morgen das Dorf verließen, war ich mit von der Partie. Ich lag hinten im Wagen versteckt und hatte meine jämmerlichen Ersparnisse dabei und alle meine Kleider, die ich in eine Decke gehüllt hatte. Ich wollte Schauspieler werden.

Nun soll der Lelio in der alten italienischen Komödie besonders gut aussehen; wie gesagt, er ist der Liebhaber und trägt keine Maske. Wenn er sich außerdem zu benehmen weiß, wenn er gute Manieren und ein würdevoll aristokratisches Auftreten hat, dann um so besser, denn das gehört zu seiner Rolle. Mit einem Wort: Die Truppe war der Überzeugung, daß ich über all dies reichlich verfügte. Sie verlor keine Zeit, mit mir für den nächsten Auftritt zu proben. Und am Tag vor der ersten Aufführung ging ich durch die Stadt – es war unzweifelhaft ein größerer und interessanterer Ort als unser Dorf –, um zusammen mit den anderen die Werbetrommel für unser Stück zu rühren.

Ich schwebte im siebenten Himmel. Und doch waren weder die

Reise noch die Vorbereitungen, noch die Kameradschaft, die mich mit meinen Mitspielern verband, so berauschend wie das Hochgefühl, das ich schließlich empfand, als ich endlich oben auf der kleinen Holzbühne stand.

Ich legte mich gewaltig ins Zeug, um Isabella zu erobern, ich sprühte nur so vor Reimen und geistreichen Bemerkungen, wie ich es mir selbst nie zugetraut hätte. Ich konnte hören, wie sich meine Stimme an den steinernen Wänden um mich herum brach, ich badete mich in dem Gelächter des Publikums. Sie mußten mich förmlich von der Bühne prügeln, so sehr war ich in Fahrt, aber alle wußten, daß es ein großer Erfolg gewesen war.

Die Schauspielerin, die meine Geliebte dargestellt hatte, schenkte mir in dieser Nacht nicht nur auf der Bühne ihre Gunst. Ich schlief in ihren Armen ein, und ich erinnere mich noch, wie sie sagte, daß wir in Paris auf dem Jahrmarkt von St.-Germain auftreten würden, und dann würden wir der Truppe den Rücken kehren und in Paris bleiben und uns bis zur Comédie Française hocharbeiten und für Marie Antoinette und König Ludwig spielen.

Als ich am nächsten Morgen aufwachte, war sie verschwunden. Auch die Schauspieler waren fort, doch dafür waren meine Brüder da.

Ich habe nie erfahren, ob meine Freunde bestochen worden waren, mich auszuliefern, oder ob man sie einfach vertrieben hatte. Vermutlich letzteres. Wie auch immer, ich wurde wieder nach Hause gebracht.

Natürlich war meine Familie zutiefst entsetzt über meine neueste Eskapade. Wenn man mit zwölf Mönch werden wollte, mochte das ja noch durchgehen. Aber dem Theater haftete der Makel des Teufels an. Selbst dem großen Molière war ein christliches Begräbnis verweigert worden. Und ich war mit einer Truppe zerlumpter italienischer Vagabunden abgehauen, hatte mein Gesicht weiß angemalt, um mit ihnen auf Dorfplätzen für Geld aufzutreten.

Ich bin gründlich vermöbelt worden, und als ich alle mit Flüchen überschüttete, haben sie mich wieder verprügelt. Die schlimmste Strafe aber war der Gesichtsausdruck meiner Mutter. Ich hatte ihr nicht einmal gesagt, daß ich von zu Hause fliehen würde. Und ich hatte sie verletzt, was noch nie vorgekommen war.

Aber sie hat nie ein Wort darüber verloren. Wenn sie zu mir kam, hörte sie stumm zu, wie ich weinte. Ich sah Tränen in ihren Augen. Und sie legte die Hand auf meine Schulter, was bei ihr mehr als ungewöhnlich war.

Ich habe ihr nicht erzählt, was ich in diesen wenigen Tagen erlebt hatte. Aber ich glaube, daß sie es wußte; etwas Magisches war für immer verloren. Und einmal mehr hat sie sich gegen meinen Vater durchgesetzt, denn sie sorgte dafür, daß ich nicht mehr beschimpft, geschlagen oder sonstwie bestraft wurde.

Beim Essen durfte ich neben ihr sitzen. Sie fügte sich meinen Wünschen und erging sich, ganz gegen ihre Gewohnheit, in langen Gesprächen mit mir, bis sie auf diese Weise den Haß der Familie auf mich gemildert und schließlich halbwegs aufgelöst hatte.

Dann veräußerte sie, wie schon einmal zuvor, wieder ein Stück aus ihrer Schmuckschatulle und kaufte mir das schöne Jagdgewehr, das ich später dabeihatte, als ich die Wölfe tötete. Es war eine erlesene und teure Waffe, und trotz meines Elends konnte ich es kaum erwarten, sie auszuprobieren. Und meine Mutter erfreute mich mit einem weiteren Geschenk, einer kastanienbraunen Stute, die so kräftig und schnell war wie kein anderes Pferd, das ich kannte.

Doch meine Verbitterung wollte nicht abklingen. Ich konnte die Zeit nicht vergessen, da ich Lelio gewesen war. Die Geschehnisse hatten mich innerlich noch mehr verhärtet, und ich ging nie, nie wieder auf einen Jahrmarkt. Ich machte mich mit dem Gedanken vertraut, den Rest meiner Tage auf diesem Gut zu verbringen, und seltsamerweise wuchs meine Nützlichkeit proportional zu meiner Verzweiflung. Ich allein lehrte, seit ich achtzehn war, die Diener und Hintersassen, in der Furcht des Herrn zu leben. Ich allein sorgte dafür, daß wir genug zu essen hatten. Und aus irgendeinem seltsamen Grund erfüllte mich all das mit großer Zufriedenheit. Ich weiß nicht warum, aber es gefiel mir, am Tisch zu sitzen und zu wissen, daß alle das aßen, was ich herbeigeschafft hatte.

Das alles hatte mich meiner Mutter nähergebracht. Das alles hatte unsere Liebe füreinander geweckt, auch wenn die Menschen um uns es nicht bemerkten, da sie derlei nicht kannten. Und jetzt war sie zu mir gekommen, zu einer Zeit, da mir, warum auch immer, die Gesellschaft jedes anderen Menschen unerträglich war.

Die Augen auf das Feuer gerichtet, nahm ich kaum wahr, wie sie sich neben mich auf das Strohlager sinken ließ.

Stille. Nur das Knistern des Feuers und das gleichmäßige Atmen der schlafenden Hunde. Dann blickte ich sie kurz an und erschrak. Sie litt schon seit Winteranfang an einem chronischen Husten, aber jetzt sah sie wirklich krank aus, und ihre Schönheit, die mir immer soviel bedeutet hatte, schien zum erstenmal verletzlich zu sein.

Ihre hohen Wangenknochen verliehen ihrem hageren Gesicht eine milde Würde, ihre Kinnbacken waren markant und gleichzeitig ausgesprochen feminin, und ihre klaren, kobaltblauen Augen wurden von dichten Wimpern umrahmt. Wenn ihrem Äußeren überhaupt ein Makel anhaftete, dann vielleicht, daß alles in ihrem Gesicht ein wenig klein geraten war, was ihr etwas Mädchenhaftes gab. Ihre Augen wurden noch kleiner, wenn sie wütend war, und obwohl ihr Mund lieblich war, wirkte er oft hart. Er war vollkommen ebenmäßig und glich einer kleinen rosa Rose auf ihrem Gesicht, und wenn sie sehr ernst dreinblickte, sah ihr Mund, ohne daß sie ihn auch nur im geringsten verzogen hätte, irgendwie gemein aus.

Jetzt aber war ihr Gesicht ein wenig eingefallen, auch wenn es mir noch immer schön erschien. Ich sah sie gerne an. Ihr Haar war voll und blond, und das hatte ich von ihr geerbt.

Rein äußerlich bin ich ihr in der Tat nicht unähnlich. Aber mein Gesicht ist ausladender und ungehobelter, und mein Mund ist beweglicher, auch wenn er ebenfalls sehr gemein aussehen kann. Außerdem hat sich mein Humor in meinen Gesichtszügen niedergeschlagen, desgleichen mein schalkhaftes Temperament und mein beinahe hysterisches Lachen, das ich mir auch in Zeiten tiefsten Unglücks zu wahren gewußt habe. Sie dagegen lachte fast nie.

Nun, ich sah oder starrte sie an, als sie sich neben mir niederließ und augenblicklich zu reden anfing. »Ich weiß, wie das ist«, sagte sie. »Du haßt sie. Weil sie nicht wissen, was du durchgemacht hast. Sie haben einfach nicht die Phantasie, um sich vorstellen zu können, was dir da draußen auf dem Berg widerfahren ist. Genauso war es, als ich zum erstenmal ein Kind zur Welt brachte. Die Wehen dauerten zwölf Stunden, und ich wußte, daß mich nur die Geburt oder mein Tod von meinen Schmerzen befreien könnten. Als es überstanden war, hielt ich deinen Bruder Augustin im Arm, aber ich wollte sonst keine Menschenseele sehen. Ich machte niemandem einen Vorwurf, ich hatte nur Stunde um Stunde diese Höllenqualen durchgemacht und war der Hölle entronnen. Sie dagegen waren nicht in der Hölle gewesen. Und mit einemmal fühlte ich mich ganz ruhig. Während dieses alltäglichen Vorgangs, dieses vulgären Akts der Geburt, begriff ich, was es heißt, völlig einsam zu sein.«

»Ja, das ist es«, erwiderte ich, ein wenig betroffen von ihren Worten.

Sie antwortete nicht. Das hätte mich auch überrascht. Sie hatte gesagt, was sie zu sagen hatte. Dafür legte sie mir die Hand auf die Stirn – etwas, das sehr ungewöhnlich für sie war –, und erst als sie bemerkte, daß ich noch immer meine blutverschmierte Jagdkleidung trug, fiel auch mir das auf.

Sie schwieg eine Weile. Und als ich so dasaß und an ihr vorbei in das Feuer blickte, wollte ich ihr so vieles sagen und besonders, wie sehr ich sie liebte. Aber ich war vorsichtig. Sie hatte so eine Art, mir ins Wort zu fallen, und auch wenn ich sie liebte, so gab es doch einiges, was ich ihr nicht verzeihen konnte.

Mein Leben lang hatte ich ihr zugesehen, wie sie ihre italienischen Bücher las und Briefe an Leute in Neapel kritzelte, wo sie aufgewachsen war, und doch hatte sie nicht einmal die Geduld, mir oder meinen Brüdern das Alphabet beizubringen. Und daran hatte sich selbst dann nichts geändert, als ich aus dem Kloster zurückgebracht worden war.

Ich war über zwanzig und konnte nichts lesen oder schreiben außer meinem Namen und ein paar Gebeten. Ich haßte den schieren Anblick ihrer Bücher; ich haßte es, wenn sie sich in sie vertiefte. Und auf verschwommene Weise haßte ich es auch, daß ich ihr nur in Phasen extremsten Leids ein klein wenig Wärme und Interesse abnötigen konnte.

Und doch hatte sie mich gerettet. Und nur sie. Und ich war meines Alleinseins so überdrüssig, wie es vielleicht nur ein junger Mensch sein kann. Und genügte es denn nicht, daß sie jetzt hier war, daß sie ihren Bibliothekskerker verlassen hatte, um mir ihre Aufmerksamkeit zu schenken?

Als ich daher sicher war, daß sie nicht wieder aufstehen und fortgehen würde, drangen mir schließlich die Worte wie von selbst über die Lippen. »Mutter«, sagte ich leise, »das ist nicht alles. Es gab Zeiten, da ich schreckliche Gedanken hatte.« Sie verzog keine Miene. »Das heißt, manchmal träume ich, daß ich sie alle umbringe. Im Traum bringe ich meine Brüder und meinen Vater um. Ich gehe von Zimmer zu Zimmer und schlachte sie ab, wie ich die Wölfe abgeschlachtet habe. Ich spüre in mir das Verlangen zu morden ...«

»Ich auch, mein Sohn«, sagte sie. »Ich auch.« Und ein merkwürdiges Lächeln ließ ihr Gesicht erstrahlen, als sie mich ansah.

»Ich höre mich dann schreien«, fuhr ich leise fort. »Ich sehe mein Gesicht zu einer Fratze entstellt und höre, wie sich meinem Mund brüllende, kreischende Laute entwinden.«

Sie nickte verständnisvoll.

»Und auf dem Berg, Mutter, als ich mit den Wölfen kämpfte ... da war es auch ein bißchen so.«

»Nur ein bißchen?« fragte sie.

Ich nickte. »Ich hatte das Gefühl, nicht ich selbst zu sein, als ich die Wölfe tötete. Und jetzt weiß ich nicht, wer neben dir sitzt – dein Sohn Lestat oder der andere, der Killer.«

Sie schwieg lange Zeit. »Nein«, sagte sie endlich. »Das warst du, der die Wölfe getötet hat. Du bist der Jäger, der Krieger. Du bist stärker als jeder andere hier, das ist deine Tragödie.«

Ich schüttelte den Kopf. Sie hatte zwar recht, aber das erklärte noch nicht mein Elend. Aber wozu sollte ich das aussprechen?

Sie wandte sich kurz von mir ab, dann blickte sie mich wieder an. »Aber du bestehst aus vielen Wesen«, sagte sie. »Nicht nur aus einem. Du bist auch der andere, der Killer. Und laß den Killer in dir nicht die Oberhand gewinnen, nur weil du sie haßt. Du brauchst nicht die Bürde des Mordes oder des Wahnsinns auf dich zu nehmen, nur um von hier fortzukommen. Es muß noch andere Möglichkeiten geben.«

Ihre beiden letzten Sätze trafen mich wie ein Keulenschlag. Ich hatte immer geglaubt, ich könnte nicht ein guter Mensch sein und gleichzeitig meine Familie bekämpfen. Gut sein hieß, sich von ihnen besiegen zu lassen.

Eine Zeitlang saßen wir schweigend nebeneinander. Wir fühlten uns einander näher als je zuvor. Sie blickte ins Feuer und fuhr sich durch ihr volles Haar, das auf ihrem Hinterkopf zu einer Schnecke gewunden war. »Weißt du, was ich mir vorstelle?« sagte sie. »Nicht mal so sehr, sie umzubringen, als sich auf eine Weise gehenzulassen, die sie völlig ignoriert. Ich stelle mir vor, Wein zu trinken, bis ich so blau bin, daß ich meine Kleider abwerfe und nackt in den Gebirgsbächen bade.«

Beinahe hätte ich gelacht. Ich sah sie an, da ich einen Moment lang meinen Ohren nicht getraut hatte. Aber sie hatte diese Worte tatsächlich ausgesprochen, und sie war noch nicht zu Ende.

»Und dann stelle ich mir vor, wie ich hinunter ins Dorf laufe und in die Wirtschaft gehe und mit jedem Mann dort schlafe – mit Bauernlümmeln, großen Männern, alten Männern, Buben. Einfach nur so daliegen und einen nach dem anderen nehmen und dieses herrliche Triumphgefühl auskosten, ohne auch nur einen Gedanken an deinen Vater und deine Brüder zu verschwenden, ohne mich darum zu kümmern, ob sie tot oder lebendig sind. In diesem Moment bin ich nur ich selbst. In diesem Moment gehöre ich niemandem.«

Ich war zu erstaunt und zu schockiert, um irgend etwas zu sagen. Und doch hatten ihre Worte auch wieder etwas unbeschreibbar Komisches an sich. Es bereitete mir unendliches Vergnügen, mir auszumalen, wie mein Vater und meine Brüder und die aufgeblasenen Ladeninhaber im Dorf auf so etwas reagieren würden. Es war fast zum Totlachen. Wenn ich dennoch nicht laut gelacht habe, dann wahrscheinlich nur, weil ich glaubte, daß dies beim Gedanken an meine nackte Mutter nicht schicklich gewesen wäre. Aber ganz ruhig konnte ich nicht bleiben. Ich kicherte ein wenig, und sie nickte mir lächelnd zu und hob ihre Augenbrauen, als wollte sie sagen: »Wir verstehen uns.«

Schließlich brach ich in brüllendes Gelächter aus. Ich schlug mir auf die Schenkel, und beinahe hätte sie selbst gelacht. Vielleicht hat sie ja auch auf ihre eigene stille Weise gelacht.

Was für ein seltsamer Anblick! Wir verstanden uns wirklich, und aller Groll, den ich gegen sie gehegt hatte, zählte nicht mehr.

Sie zog die Nadel aus ihrem Haar und ließ es auf ihre Schultern fallen. Danach saßen wir wohl eine Stunde schweigend nebeneinander. Kein Gelächter mehr, kein Wort mehr. Nur noch das lodernde Feuer, und sie ganz nahe bei mir.

Sie hatte sich dem Feuer zugewandt. Ihr Profil, ihre feingeschnittene Nase, ihre zierlichen Lippen waren schön anzusehen. Dann blickte sie mich wieder an, und mit fester, fast gefühlloser Stimme sagte sie: »Ich werde nicht mehr von hier fortgehen. Ich sterbe bald.«

Ich war wie betäubt. Der kleine Schock zuvor war nichts gegen das.

»Den Frühling werde ich überleben«, fuhr sie fort, »und vielleicht auch den Sommer, aber nicht noch einen Winter. Das weiß ich. Meine Lungen schmerzen zu sehr.«

Ich stöhnte auf vor Pein. Ich glaube, ich beugte mich vor und sagte: »Mutter!«

»Sag nichts mehr«, antwortete sie. Ich glaube, sie haßte es, Mutter genannt zu werden, aber ich hatte es nicht ändern können. »Ich wollte es nur jemandem anvertrauen«, sagte sie. »Ich wollte es laut ausgesprochen hören. Der Gedanke daran ist blankes Entsetzen. Ich habe Angst.«

Ich wollte ihre Hände ergreifen, aber ich wußte, daß sie das niemals zugelassen hätte. Sie wollte nicht angefaßt werden. Sie hat nie jemanden in ihre Arme genommen. Und so hielten wir uns mit Blicken umfangen, während meine Augen sich mit Tränen füllten.

Sie streichelte meine Hand. »Denk nicht daran«, sagte sie. »Ich tu's ja auch nicht. Nur ab und zu. Aber du mußt bereit sein, ohne mich zu leben, wenn die Zeit kommt. Und das könnte dir schwerer fallen, als du ahnst.«

Ich versuchte, etwas zu sagen, aber die Worte blieben mir im Halse stecken. Dann verließ sie mich so leise, wie sie gekommen war. Und obgleich sie keinen Ton über meine Kleider oder meinen Bartwuchs oder mein schreckliches Aussehen gesagt hatte, schickte sie die Diener zu mir, um mir frische Kleider und das Rasiermesser und warmes Wasser zu bringen, und stumm gab ich mich ihrer Obhut hin.

3

Allmählich fühlte ich mich etwas besser. Ich dachte nicht mehr an mein Erlebnis mit den Wölfen, ich dachte an meine Mutter.

Ich dachte über den Ausdruck »blankes Entsetzen« nach und wußte nicht, was das bedeuten sollte, auch wenn ich eine Wahrheit darin spürte. Ich würde mich nicht anders fühlen, wenn ich langsam sterben müßte. Dann schon lieber auf dem Berg mit den Wölfen.

Aber da schwang noch etwas anderes mit. Im Innersten war sie immer unglücklich gewesen. Sie haßte unser träges und hoffnungsloses Leben genauso wie ich. Und jetzt, nach acht Kindern, drei lebenden und fünf toten, ging es ans Sterben. Ihr Ende war gekommen.

Um ihr eine Freude zu bereiten, beschloß ich aufzustehen. Aber als ich es versuchte, versagten meine Kräfte. Der Gedanke an ihren Tod war unerträglich, und so wanderte ich in meinem Zimmer rastlos auf und ab, aß die Mahlzeiten, die man mir brachte, aber ich ging nicht zu ihr.

Am Ende des Monats mußte ich schließlich mein Zimmer verlassen, weil Besuch kam. Meine Mutter kam zu mir und sagte, ich müsse die Händler aus dem Dorf empfangen, die mir, da ich die Wölfe getötet habe, ihre Ehrerbietung erweisen wollten.

»Ach, zum Teufel mit ihnen«, antwortete ich.

»Nein, du mußt hinunterkommen«, sagte sie. »Sie haben Geschenke für dich. Tu deine Pflicht.«

Wie ich all das haßte! Als ich die Eingangshalle betrat, waren darin die reichen Kaufleute versammelt, lauter Männer, die ich gut kannte, und alle dem Anlaß gemäß gekleidet.

Aber unter ihnen war ein auffallender, junger Mann, den ich nicht sofort wiedererkannte. Er war ungefähr so alt wie ich, ziemlich groß, und als sich unsere Blicke trafen, begriff ich, wer er war. Nicolas de Lenfent, der älteste Sohn des Tuchhändlers. Nicolas de Lenfent, den man nach Paris geschickt hatte, damit er dort studierte.

Er sah umwerfend aus. Angetan mit einem golddurchwirkten Brokatmantel, trug er Schuhe mit goldenen Absätzen, und seinen Kragen zierte italienische Spitze. Nur sein Haar war unverändert, dunkel und sehr lockig, und es sah irgendwie kleinjungenhaft aus, obwohl es mit einem Seidenbändchen zurückgebunden war. Neueste Pariser Mode. Und ich stand ihm gegenüber in meinem abgewetzten Gewand, meinen ausgetretenen Lederstiefeln und meinem vergilbten, siebzehnmal gestopften Spitzenhemd.

Wir verbeugten uns voreinander, da er offensichtlich der Sprecher der Delegation war, und dann packte er einen großen, roten, pelzgesäumten Samtmantel aus. Seine Augen leuchteten, als er seinen Blick auf mich heftete. Man hätte denken können, daß er einem Monarchen gegenüberstand.

»Monsieur, wir bitten Sie, das anzunehmen«, sagte er sehr ernst. »Der beste der Wolfspelze hat Verwendung für diesen Saum gefunden, und wir dachten, dieser Mantel könne Ihnen im Winter zu Diensten sein, wenn Sie zur Jagd ausreiten.«

»Und diese ebenfalls, Monsieur«, sagte sein Vater und überreichte mir ein Paar pelzgefütterte Wildlederstiefel. »Für die Jagd, Monsieur«, sagte er.

Ich war gerührt. Das waren Gesten aufrichtigen Wohlwollens, einem Aristokraten dargeboten von Männern, die über einen Wohlstand verfügten, von dem ich nur träumen konnte. Und so nahm ich den Mantel und die Stiefel entgegen und dankte ihnen überschwenglicher, als ich mich jemals für irgend etwas bei irgend jemandem bedankt hatte. Und dann hörte ich, wie hinter mir mein Bruder Augustin sagte: »Jetzt ist er erst recht unmöglich!«

Mein Gesicht verfärbte sich. Wie unverschämt, so etwas vor all den Leuten zu sagen, aber als ich Nicolas de Lenfent einen Blick zuwarf, entging mir nicht, daß er mich voller Mitgefühl ansah.

»Auch ich bin unmöglich, Monsieur«, flüsterte er, als ich ihn zum Abschied küßte. »Darf ich wieder einmal vorbeikommen, damit Sie mir erzählen können, wie Sie sie alle getötet haben? Nur der Unmögliche vermag das Unmögliche zu tun.«

Keiner dieser Kaufleute hatte jemals mit mir in dieser Weise gesprochen. Einen Augenblick lang waren wir wieder Buben. Und ich lachte laut auf. Sein Vater war verwirrt. Meine Brüder hörten zu flüstern auf, aber Nicolas de Lenfent lächelte mit weltmännischer Gelassenheit.

Sobald sie gegangen waren, nahm ich meinen roten Samtmantel und meine Wildlederstiefel und begab mich in das Zimmer meiner Mutter. Wie üblich war sie in ein Buch vertieft, während sie sich mit einer Bürste langsam durchs Haar fuhr, in dem ich zum erstenmal ein paar graue Strähnen bemerkte. Ich erzählte ihr, was Nicolas de Lenfent gesagt hatte.

»Warum ist er unmöglich?« fragte ich sie. »Er hat das mit Gefühl gesagt, als ob es etwas Bestimmtes bedeute.«

Sie lachte. »Ja, es bedeutet etwas Bestimmtes«, sagte sie. »Er ist in Ungnade gefallen. Du weißt, daß seine Familie immer bemüht war, einen kleinen Pseudoaristokraten aus ihm zu machen. Nun, bereits im ersten Semester seines Jurastudiums in Paris entdeckte er seine Leidenschaft für das Geigenspiel. Offenbar hatte er einen italienischen Virtuosen gehört, ein Genie aus Padua, dem man nachsagt, seine Seele dem Teufel verkauft zu haben. Nicolas ließ sofort alles stehen und liegen und nahm Stunden bei Wolfgang Mozart. Er verkaufte seine Lehrbücher. Er übte von früh bis spät und fiel durch sämtliche Examen. Er möchte Musiker werden. Stell dir das vor!«

»Und sein Vater ist außer sich.«

»Genau. Er hat die Geige sogar in Stücke geschlagen, und du weißt, daß der gute Tuchhändler nichts mehr schätzt als teure Waren.«

Ich lächelte. »Und Nicolas hat jetzt keine Geige mehr?«

»Und ob er eine hat! Er ging schnurstracks zu Clermont und verkaufte seine Uhr, um eine neue erstehen zu können. Er ist also unmöglich, aber das Schlimmste ist, daß er recht gut spielt.«

»Hast du ihn gehört?«

Sie verstand etwas von Musik. Immerhin war sie in Neapel aufgewachsen. Ich dagegen hatte nur den Kirchenchor gehört und die Musiker auf den Jahrmärkten.

»Ich habe ihn letzten Sonntag auf dem Weg zur Messe gehört«, sagte sie. »Er spielte in dem Schlafzimmer über dem Laden. Jeder konnte ihn hören, und sein Vater drohte, ihm die Hände zu brechen.«

Vor Entsetzen keuchte ich auf. Ich war zutiefst beeindruckt! Ich glaube, ich liebte Nicolas schon jetzt, weil er einfach das tat, wonach ihm der Sinn stand.

»Natürlich wird er es nie zu etwas bringen«, fuhr sie fort.

»Warum nicht?«

»Weil er zu alt ist. Es hat keinen Sinn, mit zwanzig mit Geigenunterricht anzufangen. Aber was weiß ich? Auf seine Weise spielt er göttlich. Und vielleicht kann er ja dem Teufel seine Seele verkaufen.«

Ich lachte ein wenig gequält. Das hörte sich alles faszinierend an.

»Aber warum gehst du nicht ins Dorf und schließt Freundschaft mit ihm?« fragte sie.

»Warum zum Teufel sollte ich das tun?« fragte ich.

»Na hör mal. Deine Brüder werden sich die Haare raufen. Und der alte Händler wird außer sich sein vor Freude. Sein Sohn und der Sohn des Marquis!«

»Das ist alles noch kein Grund.«

»Er war in Paris«, sagte sie und sah mich lange an. Dann wandte sie sich wieder ihrem Buch zu.

Ich beobachtete sie beim Lesen, ein Anblick, den ich haßte. Ich wollte sie fragen, wie es ihr gehe und ob ihr Husten sie quäle, aber ich konnte es unmöglich aussprechen.

»Geh schon runter und rede mit ihm, Lestat«, sagte sie, ohne aufzublicken.

4

Ich brauchte eine geschlagene Woche, ehe ich mich aufraffte und Nicolas de Lenfent besuchte.

Ich zog den roten Samtmantel und die gefütterten Wildlederstiefel an und begab mich vor die Dorfschänke auf der Hauptstraße. Der Laden von Nicolas' Vater lag der Wirtschaft genau gegenüber, aber von Nicolas keine Spur.

Ich hatte gerade genug Geld für ein Glas Wein dabei und wußte nicht so recht, was ich machen sollte, als der Wirt erschien, sich verbeugte und mich in die Schänke bat, um mir eine Flasche seines besten Rebensaftes zu kredenzen.

Diese Leute hatten mich zwar schon immer wie den Sohn des Marquis behandelt, aber es war nicht zu übersehen, daß sich seit der

Geschichte mit den Wölfen die Dinge geändert hatten. Und seltsamerweise fühlte ich mich dadurch noch einsamer als sonst.

Kaum hatte ich das erste Glas geleert, erschien Nicolas in seiner ganzen Farbenpracht unter dem Türrahmen. Er war gottlob nicht so herausgeputzt wie neulich, und doch war sein Reichtum nicht zu übersehen. Seide und Samt und funkelnagelneues Leder.

Aber sein Gesicht glühte, als sei er gerade einen langen Weg gerannt, und sein Haar war durcheinander, und seine Augen brannten vor Erregung. Er verbeugte sich in meine Richtung, wartete, bis ich ihn aufforderte, Platz zu nehmen, und dann fragte er mich: »Wie war das, Monsieur, als Sie die Wölfe töteten?« Er stützte die Arme auf den Tisch und starrte mich an.

»Warum erzählen Sie mir nicht, wie es in Paris ist, Monsieur?« entgegnete ich und merkte sofort, daß das spöttisch und unverschämt klang. »Tut mir leid«, sagte ich schnell. »Ich meine es ernst. Haben Sie die Universität besucht? War Mozart wirklich Ihr Lehrer? Was treiben die Leute in Paris? Worüber sprechen sie? Was denken sie?«

Er lachte mild über diesen Schwall von Fragen, und ich mußte selbst lachen. Ich ließ ein zweites Glas kommen und schob ihm die Flasche hin. »Erzählen Sie«, sagte ich, »sind Sie in Paris ins Theater gegangen, in die Comédie Française vielleicht?«

»Oft«, sagte er knapp. »Aber hören Sie, jeden Moment wird die Postkutsche eintreffen, dann wird es zu laut hier. Gestatten Sie mir die Ehre, Sie in einem Privatzimmer oben zum Abendessen einladen zu dürfen. Das wäre mir am liebsten –«

Noch ehe ich höflich protestieren konnte, hatte er alles in die Wege geleitet. Man führte uns in eine schlichte, aber gemütliche Kammer.

Ich hatte mich fast noch nie in einem kleinen Zimmer mit Holzwänden wie diesem aufgehalten, aber ich fühlte mich sofort wohl. Der Tisch war bereits gedeckt, das Kaminfeuer strahlte wirklich Wärme aus, im Gegensatz zu den tosenden Flammenmeeren in unserem Schloß, und die dicken Fensterscheiben waren sauber genug, daß man den blauen Winterhimmel und die schneebedeckten Berge sehen konnte.

»Jetzt erzähle ich Ihnen alles, was Sie über Paris wissen möchten«, sagte Nicolas bereitwillig und ließ mich zuerst Platz nehmen. »Ja, ich habe die Universität besucht.« Er schnaubte verächtlich. »Und ich habe tatsächlich bei Mozart gelernt, der mir wohl gesagt hätte, daß ich ein hoffnungsloser Fall sei, wenn er nicht gerade Schüler gebraucht hätte. Nun, wo soll ich anfangen? Beim Gestank dieser Stadt oder bei ihrem infernalischen Lärm? Bei den hungernden Massen, die einen auf Schritt und Tritt umgeben? Bei den Dieben in jedem Durchgang, die nur darauf warten, einem die Kehle aufzuschlitzen?«

Ich winkte ab. Sein Lächeln kontrastierte seltsam zu seinem Tonfall, und seine ganze Art war aufgeschlossen und sympathisch.

»Bei einem wirklich großen Pariser Theater...«, sagte ich. »Beschreiben Sie es mir... Erzählen Sie mir, wie es da zugeht!«

Ich glaube, wir verbrachten volle vier Stunden in diesem Zimmer, und die ganze Zeit über haben wir nichts anderes getan als zu trinken und zu reden.

Nicolas zeichnete mit einem angefeuchteten Finger die Grundrisse der Theater auf die Tischplatte, schilderte die Aufführungen, die er gesehen hatte, die berühmten Schauspieler, die kleinen Häuser entlang der Boulevards. Bald vergaß er seinen Zynismus, und angefeuert von meiner Neugierde erzählte er drauflos, erzählte von der Ile de la Cité, dem Quartier Latin, der Sorbonne, dem Louvre.

Wir wandten uns allgemeineren Themen zu, wie die Zeitungen über die Tagesereignisse berichteten, wie seine Kommilitonen sich in den Cafés trafen und diskutierten. Er erzählte mir, daß die Leute aufmüpfig wurden und nichts mehr für die Monarchie übrig hatten. Sie wollten eine neue Regierung und fingen an, unruhig zu werden. Er erzählte mir von den Philosophen Diderot, Voltaire und Rousseau.

Ich habe nicht alles verstanden. Dennoch gelang es ihm, mir ein faszinierend vollständiges Bild vom Paris dieser Tage zu entwerfen. Natürlich überraschte es mich nicht zu erfahren, daß die gebildeten Leute nicht an Gott glaubten und weit mehr an den Naturwissenschaften interessiert waren und daß Adel und Kirche ein ziemlich mieses Ansehen genossen. Das Zeitalter der Vernunft hatte die Zeiten des Aberglaubens abgelöst, und je länger er sprach, desto mehr begriff ich von allem.

Bald kam er auf die *Encyclopédie* zu sprechen, Diderots gewaltiges

Sammelwerk des Wissens seiner Zeit, auf die Salons, die er aufgesucht hatte, auf Zechgelage und seine Abende in der Gesellschaft von Schauspielerinnen und auf die öffentlichen Hofbälle im Palais Royal, bei denen sich Marie Antoinette unter das gemeine Volk zu mischen pflegte.

»Aber glauben Sie mir«, sagte er schließlich, »hier in diesem Zimmer klingt das alles verdammt viel besser, als es in Wirklichkeit ist.«

»Das ist nicht wahr«, sagte ich sanft. Ich wollte nicht, daß er aufhörte zu erzählen. Ich wollte, daß er bis in alle Ewigkeit weitersprach.

»Wir leben in einem säkularen Zeitalter, Monsieur«, sagte Nicolas und füllte unsere Gläser aus einer neuen Flasche Wein nach. »Und in einem sehr gefährlichen.«

»Warum gefährlich?« flüsterte ich. »Die Zeiten des Aberglaubens sind vorbei. Was könnte besser sein?«

»Gut gesprochen, so wie es sich für einen echten Mann des achtzehnten Jahrhunderts gehört, Monsieur«, sagte er melancholisch lächelnd. »Aber es gibt keine Werte mehr. Mode ist alles. Sogar der Atheismus ist eine Mode.«

Ich hatte schon immer weltliche Ansichten vertreten, aber nicht aus philosophischen Erwägungen heraus. In meiner Familie hatte noch nie jemand so recht an Gott geglaubt. Das gaben sie natürlich nicht zu und gingen regelmäßig zur Messe. Aber nur aus Pflichtgefühl. Wahre Religion gab es in meiner Familie wie bei Tausenden anderer Adelsgeschlechter schon längst nicht mehr. Selbst im Kloster hatte ich nicht an Gott geglaubt. Ich hatte an die Mönche geglaubt.

Ich versuchte das Nicolas in möglichst schlichter Sprache auseinanderzusetzen, ohne seine Gefühle zu verletzen, da man in seiner Familie anders über diese Dinge dachte. Sogar sein armseliger, geldraffender Vater (den ich heimlich bewunderte) war tiefreligiös.

»Aber kann der Mensch ohne diesen Glauben leben?« fragte Nicolas fast traurig. »Können Kinder ohne ihn in die Welt treten?«

Ich verstand allmählich, warum er so sarkastisch und zynisch war. Er hatte erst kürzlich seinen alten Glauben eingebüßt. Das verbitterte ihn. Doch trotz seines beißenden Sarkasmus strahlte er Lebensfreude und eine unwiderstehliche Leidenschaftlichkeit aus. Und darum fühlte ich mich zu ihm hingezogen. Ich glaube, ich liebte ihn. Noch zwei Gläser Wein, und ich würde ihm ein absolut lächerliches Geständnis machen.

»Ich bin immer ohne Glauben ausgekommen«, sagte ich.

»Ja. Ich weiß«, antwortete er. »Können Sie sich an die Geschichte mit den Hexen erinnern? Als Sie am Hexenplatz geweint haben?«

»Ich? Über Hexen geweint?« Ich sah ihn einen Moment lang verständnislos an. Aber er hatte an etwas Schmerzliches, Peinliches gerührt. Allzu viele meiner Erinnerungen waren dieser Art. Und jetzt sollte ich mich an ein Geplärr über Hexen erinnern. »Keine Ahnung«, sagte ich.

»Wir waren noch klein. Der Pfarrer brachte uns die Gebete bei. Und er war es auch, der uns zu der Stelle führte, wo sie früher die Hexen verbrannt haben, zu den alten Scheiterhaufen und der brandgeschwärzten Erde.«

»Ach, dieser Platz.« Mir schauderte. »Dieser schreckliche, schreckliche Platz.«

»Sie fingen an zu heulen und zu schreien. Jemand mußte die Marquise herbeirufen, da Ihre Kinderschwester Sie nicht beruhigen konnte.«

»Ich war ein entsetzliches Kind«, sagte ich und wollte das alles mit einem Achselzucken abtun. Natürlich erinnerte ich mich jetzt – wie ich heulte, nach Hause getragen wurde, Alpträume hatte. Wie mir jemand die Stirn kühlte und rief: »Lestat, wach auf.« Aber ich hatte an diese kleine Szene schon jahrelang nicht mehr gedacht. Allerdings, wann immer ich in die Nähe dieses Platzes geriet, mußte ich an Scheiterhaufen denken, an Männer und Frauen und Kinder, die lebendigen Leibes verbrannt worden waren.

Nicolas beobachtete mich. »Als Ihre Mutter kam, um Sie abzuholen, hat sie die Ignoranz und Grausamkeit des Pfarrers beschimpft. Sie war furchtbar wütend auf ihn, weil er uns diese alten Geschichten erzählt hatte.«

Ich nickte. Am schlimmsten war es gewesen, hören zu müssen, daß alle diese längst vergessenen Menschen unseres ureigenen Dorfes für nichts und wieder nichts hatten sterben müssen, daß sie gänzlich unschuldig gewesen waren. »Opfer des Aberglaubens«, hatte sie gesagt. »Es gibt keine Hexen.« Kein Wunder, daß ich mich in Schreikrämpfen gewunden hatte.

»Meine Mutter dagegen«, sagte Nicolas, »hat eine ganz andere Geschichte erzählt. Die Hexen seien im Bund mit dem Teufel gestanden, hätten Ernten vernichtet und, als Wölfe verkleidet, Schafe und kleine Kinder getötet –«

»Aber wird die Welt nicht besser sein, wenn man niemals mehr jemanden im Namen Gottes verbrennen kann?« fragte ich. »Wenn der Glaube an Gott verschwindet, damit sich die Menschen nicht mehr derlei antun können? Was soll denn an einer säkularisierten Welt so gefährlich sein, wenn solche Greuel nicht mehr vorkommen können?«

Nicolas beugte sich vor, die Stirn in Falten gelegt. »Die Wölfe auf dem Berg haben Sie nicht verletzt, oder?« fragte er schmunzelnd. »Sie sind mittlerweile nicht zufällig ein Werwolf geworden, ohne daß wir anderen davon etwas wüßten?« Er zupfte mich an meinem Mantel, den ich noch immer über die Schultern geworfen trug. »Vergessen Sie nicht, was uns der gute Priester erzählt hat – daß sie damals jede Menge Werwölfe verbrannt haben. Sie seien eine ernstzunehmende Gefahr gewesen.«

Ich lachte. »Wenn ich mich in einen Wolf verwandele«, antwortete ich, »dann werde ich nicht hier herumlungern, um kleine Kinder zu fressen, das dürfen Sie mir glauben. Ich werde dieses elende Drecksloch von Dorf, in dem sie kleine Jungen mit Geschichten von Hexenverbrennungen quälen, auf der Stelle verlassen. Ich werde mich nach Paris aufmachen und nicht eher stehenbleiben, bis ich seine Stadtmauern sehe.«

»Und Sie werden feststellen, daß auch Paris ein elendes Drecksloch ist«, sagte Nicolas, »wo sie zur Belustigung des Volkes die Diebe öffentlich rädern und ihnen die Knochen brechen.«

»Nein«, sagte ich. »Ich werde eine herrliche Stadt sehen, den Geburtsort großer Ideen, die noch in die dunkelsten Ecken der Welt Licht werfen werden.«

»Ach, Sie sind ein Träumer!« sagte Nicolas, aber er war entzückt. Wenn er lächelte, war er noch schöner als sonst.

»Und ich werde Menschen wie Sie kennen«, fuhr ich fort, »Menschen, die Gedanken in ihren Köpfen haben und gewandte Zungen, um sie formulieren zu können, und wir werden in den Cafés sitzen und zusammen trinken und für den Rest unseres Lebens in göttlichem Feuer miteinander reden.«

Er schlang seinen Arm um meinen Hals und küßte mich. Um ein Haar hätten wir den Tisch umgestoßen, so selig betrunken waren wir. »Großer Gott, der Bezwinger der Wölfe«, flüsterte er.

Als die dritte Flasche Wein gebracht worden war, fing ich an, so offenherzig wie noch nie zuvor von meinem Leben zu erzählen – wie das war, jeden Tag in die Berge zu reiten, so weit, daß ich die Türme meines väterlichen Anwesens nicht mehr sehen konnte, über die Äcker zu galoppieren bis hin zu jenen Regionen, wo der Wald verwunschen zu sein schien. Die Worte sprudelten nur so hervor, und bald sprachen wir über tausend Dinge, die wir auf dem Herzen hatten. Wir sprachen über unsere Einsamkeit, unsere Sehnsüchte und unseren Ärger und ließen in des anderen Rede ständig Wendungen einfließen wie »Ja, ja« und »Genau« und »Ich weiß genau, was Sie meinen« und »Das kenn' ich nur zu gut«.

Noch eine Flasche, noch ein paar Scheite in den Kamin. Ich bat Nicolas, mir auf der Geige vorzuspielen, und er eilte sofort nach Hause, um sie zu holen. Es war jetzt später Nachmittag. Die Sonne schien schräg durch das Fenster, und das Feuer heizte ordentlich ein. Wir waren sturzbetrunken. Wir hatten kein Abendessen bestellt. Und ich glaube, ich war glücklicher als jemals in meinem Leben zuvor. Ich lag, die Hände unter dem Kopf verschränkt, auf der zerbeulten Strohmatratze des kleinen Bettes und sah ihm zu, wie er seine Geige auspackte. Er legte das Instrument auf seine Schulter und zupfte die Saiten und drehte an den Wirbeln. Dann hob er den Bogen und strich ihn hart über die Saiten, um die ersten Töne erklingen zu lassen.

Ich setzte mich auf und drückte meinen Kopf gegen die holzgetäfelte Wand und starrte ihn an, wie von einem Bannstrahl berührt.

Er riß die Töne förmlich aus seiner Geige, und jede Note war wie von Licht durchflutet. Seine Augen waren geschlossen, sein Mund war leicht verzerrt, und was mich fast ebenso wie die Musik selbst bewegte, war die Art und Weise, wie sein Körper und seine Seele in der Musik aufgingen.

Noch nie hatte ich solche Musik gehört, solch perlende Tonbäche, die er seinem Instrument zu entlocken wußte. Er spielte Mozart, und die Musik war von frohgemuter, heiterer Ausgelassenheit, wie alles, was Mozart schrieb.

Als er fertig war, starrte ich ihn noch immer an, und ich merkte, daß ich meinen Kopf umklammert hielt.

»Monsieur, was ist?« fragte Nicolas fast hilflos, und ich erhob mich und umarmte ihn und küßte ihn auf beide Wangen und küßte die Geige.

»Hören Sie auf, mich mit Monsieur anzureden«, sagte ich. »Reden Sie mich mit meinem Namen an.« Ich warf mich auf das Bett, verbarg meinen Kopf in den Armen und fing zu weinen an und konnte nicht mehr aufhören.

Er setzte sich neben mich, hielt mich fest und fragte, warum ich weine, und obwohl ich ihm nicht antworten konnte, entging mir nicht, wie überwältigt er war, daß seine Musik diese Wirkung gezeitigt hatte.

Ich glaube, er hat mich in dieser Nacht nach Hause getragen.

Und am nächsten Morgen stand ich vor dem Geschäft seines Vaters und warf Kieselsteine an sein Fenster.

Als er den Kopf hervorstreckte, sagte ich: »Möchtest du runterkommen und mit unserer Unterhaltung fortfahren?«

5

Von da an gehörte mein Leben, wenn ich nicht gerade auf Jagd war, Nicolas und »unserer Unterhaltung«.

Es wurde Frühling, die Berge waren grün gesprenkelt, die Apfelbäume blühten. Und Nicolas und ich waren ständig zusammen. Wir machten Bergwanderungen, lagen auf sonnigen Wiesen, um Brot zu essen und Wein zu trinken, durchstreiften die Ruinen eines alten Klosters. Wir hielten uns in meinen Gemächern auf oder kletterten auf die Zinnen. Und wir suchten unser Zimmer in der Dorfschänke auf, wenn wir allzu betrunken und laut waren.

Und während die Wochen ins Land strichen, eröffneten wir einander immer mehr. Nicolas erzählte mir von seiner frühen Schulzeit, von den kleinen Enttäuschungen seiner Kindheit, von allen, die er gekannt und geliebt hatte. Und ich erzählte ihm von meinen schmerzlichen Erfahrungen – und schließlich von der alten Schande, da ich mit den italienischen Gauklern getürmt war.

Das war in jener Nacht, als wir wieder einmal in der Wirtschaft und, wie üblich, betrunken waren. Wir hatten den Grad der Trunkenheit erreicht, wo jedes Wort sinnbeladen scheint und den wir den Goldenen Augenblick zu nennen übereingekommen waren. Wir versuchten immer, diesem Augenblick soviel Dauer wie möglich zu geben, bis schließlich einer von uns bekennen mußte: »Ich kann dir nicht mehr folgen, ich fürchte, der Goldene Augenblick ist überschritten.«

In dieser Nacht sandte ich meinen Blick durch das Fenster zu dem Mond, der über den Bergen stand, und sagte im Goldenen Augenblick, es sei gar nicht so schlimm, daß wir nicht in Paris seien, daß wir uns nicht in der Opéra oder der Comédie befänden und dem ersten Akt entgegenfieberten.

»Du und deine Pariser Theater«, sagte Nicolas. »Egal, worüber wir sprechen, du kommst immer wieder auf das Theater und die Schauspieler –«

Seine großen braunen Augen blickten zutraulich drein. Und so betrunken er auch war, in seinem roten Pariser Samtgehrock sah er noch immer äußerst adrett aus.

»Schauspieler und Schauspielerinnen sind Zauberer«, sagte ich. »Sie füllen die Bühne mit Leben, sie erfinden Dinge, sie sind schöpferisch.«

»Warte, bis du siehst, wie ihnen der Schweiß über die geschminkten Gesichter rinnt«, antwortete Nicolas.

»Du mußt reden«, sagte ich, »ausgerechnet du – einer, der alles aufgegeben hat, um sich dem Geigenspiel zu verschreiben.«

Nicolas wurde plötzlich schrecklich ernst, seiner inneren Kämpfe überdrüssig, wie es schien. »Das stimmt«, gab er zu.

Das ganze Dorf wußte, daß sich er und sein Vater nicht grün waren. Nicki weigerte sich, sein Studium in Paris wiederaufzunehmen.

»Du erweckst etwas zum Leben, wenn du musizierst«, sagte ich. »Du erschaffst etwas aus dem Nichts. Du bereicherst die Welt um etwas Gutes. Und das ist etwas ganz Geheiligtes für mich.«

»Ich mache Musik, und das macht mich glücklich«, sagte er. »Was soll daran schon heilig sein?«

Ich winkte ab, wie immer, wenn er zynisch wurde. »Mein ganzes Leben habe ich unter Menschen verbracht, die kein bißchen schöpferisch sind und die nichts bewegen«, sagte ich. »Schauspieler und Musiker – das sind Heilige für mich.«

»Heilige?« fragte er. »Geheiligt sein? Lestat, deine Sprache setzt mich in Erstaunen.«

Ich lächelte und schüttelte den Kopf. »Du verstehst mich nicht. Ich spreche von einem bestimmten Charakter der Menschen und nicht von irgendwelchen Glaubensdingen. Ich spreche von jenen, die sich nicht mit einem nutzlosen Leben abfinden, nur weil es ihnen von Geburt an so vorgegeben scheint. Ich meine jene, die eigene Wege gehen, die arbeiten, Opfer bringen, Dinge bewegen ...«

Er war sichtlich bewegt, und ich war ein wenig überrascht, daß ich mich zu solchen Worten hatte hinreißen lassen. Dennoch spürte ich, daß ich ihn irgendwie verletzt hatte.

»Darin liegt Glückseligkeit«, sagte ich. »Darin liegt etwas Heiliges. Und es bereichert die Welt um etwas Gutes, Gott hin, Gott her. Ich weiß das, so wie ich weiß, daß da draußen die Berge sind und die Sterne leuchten.«

Er schien traurig und verletzt zu sein. Aber im Moment dachte ich nicht an ihn. Ich dachte an das Gespräch, das ich mit meiner Mutter geführt hatte, und an die Vorstellung, daß man nicht gleichzeitig ein guter Mensch sein und seine Familie verabscheuen konnte. Aber ich war überzeugt von dem, was ich sagte ...

Als ob er meine Gedanken lesen konnte, fragte er: »Aber du bist von alldem überzeugt?«

»Vielleicht. Vielleicht auch nicht«, sagte ich. Ich konnte es nicht mehr ertragen, ihn so traurig zu sehen.

Und wohl nur darum habe ich ihm die ganze Geschichte mit den Gauklern erzählt. Ich erzählte ihm alles über diese wenigen Tage und das Glück, das ich damals gekostet hatte.

»Wie hätte das nicht gut und bereichernd sein sollen«, fragte ich, »solches Glück zu empfangen und zu schenken? Wir haben dieses Städtchen mit unserem Stück aufgeweckt. Reine Magie, glaube mir. Es hat die Kranken wieder gesund gemacht, wirklich.«

Nicolas schüttelte den Kopf. Und ich wußte, daß ihm einiges auf der Zunge brannte, das er aus Hochachtung vor mir nicht auszusprechen wagte.

»Das verstehst du nicht, oder?« fragte ich.

»Lestat, die Sünde ist immer wohltuend«, sagte er ernst. »Begreifst du das denn nicht? Warum hat die Kirche die Gaukler wohl immer verdammt? Das Theater geht auf Dionysos, den Gott des Weines, zurück. Das kannst du bei Aristoteles nachlesen. Und Dionysos war ein Gott, der die Menschen zu Ausschweifungen verführte. Du hast dich auf dieser Bühne wohl gefühlt, weil sie unzüchtig und lasterhaft war – der uralte Götzendienst am Gott der Rebe –, und du schwebtest im siebten Himmel, weil du dich deinem Vater widersetzt hast –«

»Nein, Nicki. Tausendmal nein.«

»Lestat, wir sind Brüder in der Sünde«, sagte er und lächelte endlich wieder. »Das waren wir schon immer. Wir haben uns beide schlecht und schändlich benommen. Das bindet uns aneinander.«

Jetzt war es an mir, traurig und verletzt auszusehen. Und der Goldene Augenblick war entschwunden – es sei denn, etwas Neues würde geschehen.

»Mach schon«, sagte ich plötzlich. »Hol deine Geige, und wir verkrümeln uns in den Wald, wo die Musik niemanden stört. Wollen mal sehen, ob das nicht doch was Gutes ist.«

»Du spinnst«, sagte er und ergriff schon die noch verkorkte Flasche und stob zur Tür. Ich folgte ihm auf den Fersen.

Als er mit der Geige aus seinem Haus trat, sagte er: »Laß uns zum Hexenplatz gehen. Schau, wir haben Halbmond. Genug Licht. Wir tanzen den Teufelstanz und spielen den Geistern der Hexen auf.«

Ich lachte. Wenn ich nicht betrunken gewesen wäre, hätte ich da wohl kaum mitgemacht. »Wir werden diesen Fleck Erde neu weihen«, beharrte ich, »mit guter und reiner Musik.«

Ich war schon jahrelang nicht mehr auf dem Hexenplatz gewesen. Der Mond spendete tatsächlich genug Licht, daß man die verkohlten Scheiterhaufen und die düstere Erde sehen konnte, auf der selbst hundert Jahre nach den großen Verbrennungen nichts mehr gewachsen war. Und der Wind konnte ungehindert in die Lichtung peitschen, und darüber am Felshang waberte das Dorf in der Finsternis.

Ein schwaches Frösteln lief mir über den Rücken, wie ein fernes

Echo der Qualen, die ich als Kind durchlitten hatte, als ich jene schrecklichen Worte »lebendig verbrannt« vernommen, als ich mir die Höllenqualen vor Augen geführt hatte.

Nickis weiße Spitzenschuhe schimmerten in dem fahlen Licht, und er spielte unverzüglich ein Zigeunerlied und tanzte dabei im Kreis. Ich saß unterdessen auf einem verkohlten Baumstumpf und setzte die Flasche an den Hals. Und das Herz wurde mir weich, wie immer, wenn ich Musik hörte. Welcher Sünde machte ich mich schuldig, dachte ich, außer der, mein Leben in dieser entsetzlichen Umgebung auszukosten? Und bald weinte ich still vor mich hin.

Obgleich es den Anschein hatte, daß die Musik keinen Moment aufhörte, saß Nicki plötzlich neben mir und tröstete mich. Er sagte, die Welt sei voller Ungerechtigkeiten, und wir, er und ich, seien Gefangene dieser schrecklichen Gegend in Frankreich, und eines Tages würden wir ausbrechen. Und ich dachte an meine Mutter in dem Schloß hoch oben in den Bergen, und die Traurigkeit übermannte mich, daß ich zu zerspringen drohte, und Nicki fing wieder zu spielen an und forderte mich auf, zu tanzen und alles andere zu vergessen.

Er tanzte im Kreis herum, und ich tat es ihm nach. Die Töne schienen wie Goldflocken aus seiner Geige zu fliegen; ich konnte sie fast glitzern sehen. ich breitete meinen Mantel zu Flügeln aus und warf den Kopf zurück, um den Mond zu betrachten, und die Musik umfing mich wie Rauch, und der Hexenplatz war verschwunden. Es gab nur noch den Himmel da oben, der sich über die Berge wölbte.

Ein paar Nächte später geschah etwas völlig Außergewöhnliches. Es war schon spät. Wir waren mal wieder im Wirtshaus, und Nicolas, der wild gestikulierend in unserem Zimmer auf und ab ging, sprach aus, was uns schon längst auf der Seele brannte. Daß wir nach Paris abhauen sollten, auch wenn wir keinen roten Sou hätten, denn das sei immer noch besser als hierzubleiben. Selbst wenn wir uns als Bettler durchschlagen müßten! Schlimmer könne das auch nicht sein.

Natürlich hatten wir beide darauf hingearbeitet. »Herrliche Zukunftsaussichten, Nicki«, sagte ich. »Straßenbettler in Paris. Lieber schmachte ich in der Hölle, ehe ich den verarmten Vetter vom Lande spiele, der bei den Reichen um ein Almosen bettelt.«

»Glaubst du, daß mir das Spaß machen würde?« fragte Nicolas. »Aber wir müssen weg von hier, Lestat. Zahl es ihnen heim. Allen.«

Wollte ich so weitermachen? Unsere Väter würden uns mit einem Fluch belegen. Doch hier war unser Leben *sinnlos*.

Natürlich wußten wir, daß diese gemeinsame Flucht tausendmal schwerer wiegen würde als alles, was ich bislang ausgefressen hatte. Wir waren keine kleinen Jungen mehr, wir waren Männer. Unsere Väter würden uns bestimmt mit einem Fluch belegen, und das war etwas, das keiner von uns auf die leichte Schulter nehmen konnte. Außerdem waren wir alt genug, um zu wissen, was Armut bedeutete.

»Was soll ich in Paris machen, wenn ich Hunger habe?« fragte ich. »Ratten fürs Abendessen schießen?«

»Wenn es nicht anders geht, werde ich auf dem Boulevard du Temple Geige spielen, und du kannst zum Theater gehen!« Jetzt setzte er mir das Messer auf die Brust. Seine unausgesprochene Frage lautete: ›Bist du eigentlich nur ein Maulheld, Lestat?‹ »So wie du aussiehst, stehst du in Null Komma nichts auf einer der Bühnen am Boulevard du Temple.«

Ich war von dieser neuen Richtung »unseres Gesprächs« begeistert! Ich war begeistert von seiner Überzeugung, daß wir es schaffen könnten. Sein ganzer Zynismus war wie weggeblasen, obwohl er das Wort »heimzahlen« alle paar Sekunden im Munde führte. Alles schien auf einmal möglich. Und der Gedanke an die Sinnlosigkeit unseres Lebens hier fachte uns weiter an.

Ich kam auf mein altes Thema zurück, daß Musik und Schauspielkunst gut und geheiligt seien, da sie das Chaos eindämmen würden. Chaos sei die Sinnlosigkeit unseres Alltagslebens, und wenn wir jetzt sterben müßten, sei unser Leben nichts anderes als Sinnlosigkeit gewesen. Sogar der bevorstehende Tod meiner Mutter sei sinnlos, und ich vertraute Nicolas ihre Worte an. »Der Gedanke daran ist blankes Entsetzen. Ich habe Angst.«

Falls sich ein Goldener Augenblick herausgeschält gehabt hatte, dann war er jetzt gründlich entschwunden. Dafür geschah etwas anderes.

Man könnte von einem finsteren Augenblick sprechen, der mit einemmal eingetreten war, auch dieser erregend und spannungsgeladen. Wir sprachen schnell, verfluchten diese Sinnlosigkeit, und als sich Nicolas endlich hinsetzte und seinen Kopf in den Händen verbarg, leerte ich beherzt ein Glas Wein und ging gestikulierend auf und ab, so wie er zuvor. Und im selben Moment, als ich es aussprach, wurde mir schlagartig klar, daß uns selbst im Sterben keine Antwort auf die Frage zuteil würde, warum wir überhaupt gelebt hatten. Selbst der ausgekochteste Atheist glaubt vermutlich, daß der Tod mit einer Antwort aufwartet. Gott wird ihn erwarten oder aber das Nichts.

»Darauf läuft es hinaus«, sagte ich, »wir werden in dieser Stunde auch nicht das geringste erkennen. Wir hören einfach auf. Wir gleiten in die Nichtexistenz, ohne jemals etwas gewußt zu haben.« Ich sah das Universum, eine Vision der Sonne, der Sterne und Planeten, der ewigen schwarzen Nacht. Und ich mußte lachen. »Geht das in deinen Kopf hinein?! Wir werden niemals wissen, warum, zum Teufel, wir das alles durchgemacht haben, nicht einmal, wenn es vorbei ist!« brüllte ich Nicolas zu, der zurückgelehnt auf dem Bett saß, zustimmend nickte und Wein trank. »Wir werden sterben und nichts wissen. Nichts – und all diese Sinnlosigkeit wird weiter- und weiterleben. Und wir werden nicht einmal dabeisein. Wir werden nicht einmal mehr versuchen können, uns einen Reim darauf zu machen. Wir werden einfach verschwunden sein, tot, tot, tot, ohne etwas begriffen zu haben!«

Ich hatte zu lachen aufgehört. Ich blieb stehen und verstand den Sinn meiner Worte vollkommen! Es gab kein Jüngstes Gericht, keine gültige Erklärung, keinen Gnadenstrahl, der all die schrecklichen Fehler und Untaten auslöschte. Nie würden die auf dem Scheiterhaufen verbrannten Hexen gerächt werden. Nie würde uns jemand etwas sagen können!

Nein, das habe ich in diesem Augenblick nicht begriffen. Ich habe es *gesehen*. Und ich stieß einen einzigen Laut aus: »Oh!« Ich sagte noch einmal »Oh!«, und dann sagte ich es lauter und lauter und lauter, und ich ließ die Weinflasche auf den Boden fallen und führte die Hände zum Kopf, formte die Lippen rund und sagte in einem fort: »Oh, oh, oh!«

Es klang wie ein gewaltiger Schluckauf, den ich nicht unter Kontrolle zu bringen vermochte. Nicolas packte und schüttelte mich und sagte: »Lestat, hör auf!«

Aber ich konnte nicht aufhören. Ich rannte zum Fenster, öffnete es hastig und sah zu den Sternen empor. Ich konnte ihren Anblick nicht ertragen. Ich konnte diese völlige Leere, diese Stille, diese totale Abwesenheit irgendeiner Antwort nicht ertragen, und ich fing an zu toben, als mich Nicolas ins Zimmer zog und das Fenster schloß.

»Es wird ja alles gut«, sagte er immer wieder. Jemand pochte an die Tür. Es war der Wirt, der wissen wollte, was los war. »Morgen ist alles wieder gut«, sagte Nicolas. »Du mußt nur schlafen.«

Wir hatten das ganze Haus aufgeweckt, aber ich konnte keine Ruhe geben. Ich stieß unentwegt diesen Laut aus. Und ich rannte aus der Wirtschaft. Nicolas mir dicht auf den Fersen, und ich rannte die Dorfstraße hinunter und dem Schloß entgegen und durch das Tor und hinauf in mein Zimmer.

»Du mußt nur ausschlafen«, versuchte Nicolas mich verzweifelt zu überzeugen. Ich hatte mich gegen die Wand gelehnt und hielt mir die Ohren zu, und wie von selbst drang dieser Laut hervor: »Oh, oh, oh.«

»Morgen früh«, sagte er, »ist alles wieder besser.«

Nichts war besser in der Frühe.

Und abends auch nicht, ja, mit wachsender Dunkelheit wurde es nur noch schlimmer.

Nach außen hin benahm ich mich wie ein normaler, zufriedener Mensch, aber in Wirklichkeit war ich am Boden zerstört. Ich zitterte. Meine Zähne klapperten. Ich konnte nichts dagegen machen. Alles um mich herum erfüllte mich mit Schrecken: die Dunkelheit, die alten Rüstungen in der Eingangshalle, der Streitkolben und der Morgenstern, mit denen ich die Wölfe bekämpft hatte, die Gesichter meiner Brüder – was ich auch erblickte, hinter allem vermochte ich nur eins zu sehen: den Tod. Aber nicht den Tod, wie ich ihn früher aufgefaßt hatte, sondern wie ich ihn jetzt auffaßte. Den echten Tod, unbedingt und unvermeidlich, unwiderruflich und keine Frage beantwortend.

Und in diesem unerträglichen Zustand tat ich etwas, was ich nie zuvor getan hatte. Ich quälte die Menschen um mich herum unbarmherzig mit Fragen.

»Aber glaubst du denn an Gott?« fragte ich meinen Bruder Augustin. »Und wenn nicht, wie kannst du dann überleben?!«

»Glaubst du an irgendwas?« begehrte ich von meinem blinden Vater zu wissen. »Wenn du wüßtest, daß du in dieser Minute sterben wirst, würdest du erwarten, Gott in der Finsternis zu sehen? Antworte mir!«

»Du bist verrückt, du warst schon immer verrückt!« brüllte er mich an. »Scher dich zum Teufel! Du bringst uns noch alle um den Verstand.« Er erhob sich, was ihm schwerfiel, da er verkrüppelt und blind war, und er versuchte, mir sein Trinkglas nachzuwerfen, aber er traf natürlich daneben.

Und die ganze Zeit über konnte ich weder den Anblick noch die Nähe meiner Mutter ertragen. Ich wollte sie nicht mit meinen Fragen malträtieren. Also ging ich zur Wirtschaft hinunter. Allein der Gedanke an den Hexenplatz war mir unerträglich. Keine zehn Pferde hätten mich dort hintreiben können. Ich hielt mir die Ohren zu und schloß meine Augen. »Geht weg!« sagte ich beim Gedanken an jene, die da gestorben waren, ohne jemals etwas verstanden zu haben.

Am zweiten Tag war noch immer keine Besserung eingetreten. Ich aß, trank und schlief, aber jeder wache Augenblick war reiner Schrekken und Schmerz. Ich besuchte den Dorfpfarrer und wollte wissen, ob er wirklich glaubte, daß Jesus leibhaftig bei der Einsegnung zugegen sei. Und nachdem ich mir seine stammelnden Antworten angehört hatte, ging ich verzweifelter fort, als ich gekommen war.

»Aber wie könnt ihr leben, wie könnt ihr weiteratmen und durch die Welt laufen und arbeiten, wenn ihr wißt, daß es keine Erklärung gibt?« rief ich. Ich hatte alle Beherrschung verloren. Und dann sagte Nicolas, Musik würde mich vielleicht beruhigen. Er würde Geige spielen.

Ich hatte Angst vor der Macht der Musik. Aber wir gingen in den Obstgarten, und die Sonne schien, und Nicolas spielte alle Melodien, die er kannte, und ich saß mit verschränkten Armen und hochgezogenen Knien da, und meine Zähne klapperten, obwohl wir mitten in der heißen Sonne waren, und die Sonne überzog die Geige mit grellem Glanz, und ich beobachtete, wie Nicolas in seiner Musik aufging, während die Töne Tal und Garten verzauberten, und dann nahm mich Nicolas in den Arm, und wir saßen schweigend nebeneinander, und dann sagte er ganz sanft: »Glaub mir, Lestat, das geht vorüber.«

»Spiel weiter«, sagte ich. »Die Musik ist unschuldig.«

Nicolas nickte lächelnd. Irre soll man hätscheln.

Ich wußte, daß sich mein Zustand dadurch nicht bessern würde, aber es erfüllte mich mit unendlicher Dankbarkeit, daß es inmitten dieses Grauens etwas so Schönes wie Musik gab.

Man konnte die Welt weder verstehen noch ändern. Aber man konnte solche Musik machen. Und die gleiche Dankbarkeit empfand ich, wenn ich die Dorfkinder tanzen sah, wenn ich sah, wie sie ihre Arme und Beine bewegten und ihre Körper zum Takt ihrer Lieder drehten. Ich sah ihnen zu und mußte weinen.

Dann ging ich in die Kirche und betrachtete die alten Statuen und empfand die gleiche Dankbarkeit beim Anblick ihrer Gesichter und der kunstvoll geschnitzten Finger und Nasen und Ohren und der Falten in ihren Gewändern, und wieder mußte ich weinen.

Wenigstens gab es all diese schönen Dinge, sagte ich mir.

Aber in der Natur konnte ich nichts Schönes mehr entdecken. Schon der Anblick eines Baumes im Feld konnte mir Schüttelkrämpfe verursachen. Füllt die Gärten mit Musik!

Und lassen Sie mich ein kleines Geheimnis verraten. Wirklich losgeworden bin ich diesen Zustand nie mehr – *nie mehr.*

6

Wie war es nur dazu gekommen? Lag es an den nächtlichen Trinkgelagen und Gesprächen, oder hatte es etwas mit meiner Mutter und ihrer Ankündigung des nahenden Todes zu tun? Hatten die Wölfe etwas damit zu tun? Oder hatte der Hexenplatz mich mit einem Fluch belegt?

Ich weiß es nicht. Es hatte mich wie eine Krankheit befallen. Einen Augenblick lang spielte sich das alles nur in meiner Vorstellung ab, und im nächsten Moment schon war es *wirklich.*

Natürlich ließ es mit der Zeit nach. Aber der Himmel leuchtete mir nie wieder so blau. Die Welt sah von da an anders aus, und selbst in Augenblicken größten Glücks lauerte ein dunkler Schatten, der mich an unsere Vergänglichkeit und Hoffnungslosigkeit gemahnte.

Vielleicht handelte es sich um eine Vorahnung. Ich glaube aber nicht. Es war etwas Tiefgreifenderes, und außerdem halte ich, ehrlich gesagt, nichts von Vorahnungen.

Aber um den Faden der Erzählung wiederaufzunehmen, während dieser ganzen Elendszeit ging ich meiner Mutter aus dem Weg. Freilich hatte alle Welt ihr bereits mitgeteilt, daß ich nicht mehr richtig im Kopf sei. Und schließlich, am ersten Sonntag der Fastenzeit, suchte sie mich auf.

Ich war allein in meinem Zimmer, die anderen waren bei Einbruch der Dämmerung ins Dorf gegangen, um sich das traditionelle Freudenfeuer anzusehen.

Ich hatte dieses Fest schon immer gehaßt. Es hatte etwas Grauenerregendes – die lodernden Flammen, das Tanzen und Singen, die Bauern, die mit Fackeln und zu mißtönenden Liedern durch die Gärten zogen.

Wir hatten einmal für kurze Zeit einen Pfarrer gehabt, der das heidnisch gescholten hatte. Aber den sind sie schnell wieder losgeworden. Die Bauern in unseren Bergen hingen an ihren alten Bräuchen. Dieses Fest sollte eine gute Ernte sicherstellen und reichen Obstertrag und so. Und wenn ich ihnen zusah, konnte ich immer deutlich fühlen, daß dies genau die Sorte Männer und Frauen war, die Hexen verbrannte.

In meinem gegenwärtigen Geisteszustand konnte das alles nur Entsetzen hervorrufen. Ich saß an meinem eigenen kleinen Feuer und versuchte dem Drang zu widerstehen, ans Fenster zu gehen und das große Feuer in Augenschein zu nehmen, das mich im gleichen Maße anzog, wie es mir Angst einflößte.

In diesem Augenblick kam meine Mutter herein, schloß die Tür hinter sich und sagte, daß sie mit mir sprechen müsse. Sie war die Zärtlichkeit in Person. »Bist du so verwirrt, weil ich bald sterbe?« fragte sie. »Sag's mir, wenn das der Grund ist. Und lege deine Hände in meine.«

Sie küßte mich sogar. Sie sah gebrechlich aus in ihrem zerschlissenen Morgenrock. Das Haar trug sie offen, und die grauen Strähnen waren mir ein unerträglicher Anblick. Sie sah hungrig aus.

Aber ich sagte ihr die Wahrheit. Daß ich es nicht wisse. Und dann erzählte ich ihr einiges von dem, was sich unten im Wirtshaus zugetragen hatte. Ich versuchte, das Grauen und die eigentümliche Logik des Ganzen etwas herabzuspielen. Ich wollte nicht, daß es so schrecklich absolut, so ausweglos aussah.

Sie hörte mir zu, dann sagte sie: »Du bist eine Kämpfernatur, mein Sohn. Du wirst es nie *hinnehmen*. Selbst wenn es das Schicksal der ganzen Menschheit ist, wirst du es nicht hinnehmen.«

»Ich kann einfach nicht«, sagte ich düster.

»Und darum liebe ich dich«, sagte sie. »Das sieht dir ähnlich, spätnachts beim Weintrinken in einer kleinen Stube im Wirtshaus diese Erkenntnisse zu haben. Und es sieht dir ähnlich, daß du dagegen anrennst, wie du gegen alles andere anrennst.«

Ich fing wieder an zu weinen, obwohl ich wußte, daß sie mich nicht verurteilte. Dann zog sie ein Taschentuch hervor und entfaltete es, und eine Handvoll Goldmünzen kam zum Vorschein.

»Du kommst schon drüber weg«, sagte sie. »Im Moment zerstört dir der Gedanke an den Tod das Leben, das ist alles. Aber das Leben ist wichtiger als der Tod. Das wirst du bald genug merken. Jetzt hör mir gut zu. Ich habe den Arzt kommen lassen und die alte Frau aus dem Dorf, die von Heilkunde mehr versteht als er. Beide sagen, daß ich nicht mehr lange zu leben habe.«

»Hör auf, Mutter!« rief ich, wohl wissend, wie egoistisch ich mich benahm, aber unfähig, etwas dagegen auszurichten. »Und diesmal will ich keine Geschenke. Steck das Geld weg!«

»Setz dich«, sagte sie und deutete auf die Bank neben dem Kamin. Widerstrebend gehorchte ich ihr. Sie setzte sich neben mich. »Ich weiß«, sagte sie, »daß du und Nicolas vom Abhauen redet.«

»Ich werde bleiben, Mutter ...«

»Was, bis ich tot bin?«

Ich antwortete nicht. Mir fehlen die Worte, meinen Gemütszustand zu beschreiben. Ich fühlte mich noch immer wie eine offene Wunde, und wir mußten über die unabänderliche Tatsache sprechen, daß diese lebendige, atmende Frau bald zu leben und atmen aufhören, daß ihre Seele in einen Abgrund fahren, daß alles, was sie im Leben durchlitten hatte, sich in nichts auflösen würde.

Ihr kleines Gesicht war wie auf einen Schleier gemalt. Und vom Dorf in der Ferne klang dünn der Gesang der Bauern zu uns herauf. »Ich möchte, daß du nach Paris gehst, Lestat«, sagte sie. »Ich möchte, daß du das Geld hier nimmst, den Rest meines Familienerbes. Ich möchte dich in Paris wissen, Lestat, wenn meine Stunde schlägt. Ich möchte in dem Wissen sterben, daß du in Paris bist.«

Ich war wie vor den Kopf geschlagen. Ich erinnerte mich ihres gekränkten Blicks vor Jahren, nachdem man mich der italienischen Truppe entrissen hatte. Ich sah sie lange an. Beinahe verärgert suchte sie mich zu überreden.

»Ich habe Angst vorm Sterben«, sagte sie. Ihre Stimme drohte zu versagen. »Und ich schwöre, daß ich durchdrehe, wenn ich nicht sicher sein darf, daß du in Paris und frei bist, wenn es schließlich soweit ist.«

Ich sah sie fragend an. Ich fragte sie mit meinen Augen: »Meinst du das wirklich?«

»Ich habe dich nicht weniger als dein Vater an dieses Schloß gefesselt«, sagte sie. »Nicht weil ich stolz auf dich war, sondern aus purem Egoismus. Und das werde ich jetzt wiedergutmachen. Du wirst gehen. Und es ist mir egal, was du in Paris machst, ob du singst, während Nicolas Geige spielt, oder ob du auf irgendeiner Bühne Purzelbäume schlägst. Aber geh und mach das, was du machst, so gut du kannst.«

Ich nahm sie in den Arm. Erst sträubte sie sich ein wenig, aber dann spürte ich, wie sie nachgab und sich an mich schmiegte, und zwar so innig, daß ich auf einmal zu verstehen glaubte, warum sie immer so zurückhaltend gewesen war. Zum erstenmal in meinem Leben hörte ich sie weinen. Mir tat das unendlich wohl, und ich schämte mich darum. Ich hielt sie zärtlich fest, und ich küßte sie, was sie noch nie zuvor zugelassen hatte.

Dann beruhigte sie sich. Sie bekam sich wieder in die Gewalt, entwand sich meinen Armen und stieß mich zur Seite.

Sie sprach lange, und vieles habe ich damals nicht verstanden; was sie zum Beispiel über das wundersame Vergnügen erzählte, wenn sie mich zur Jagd ausreiten sah oder wenn ich alle bis aufs Blut ärgerte und meinem Vater und meinen Brüdern tausend unbequeme Fragen über unser ödes Leben an den Kopf warf. Sie sagte noch andere seltsame Dinge, daß ich im geheimen ein Teil von ihr sei, daß ich ihr ein Organ sei, über das Frauen sonst nicht verfügten.

»Du bist der Mann in mir«, sagte sie. »Und ich habe dich hierbehalten aus Angst, ohne dich leben zu müssen, und wenn ich dich jetzt fortschicke, entledige ich mich vielleicht nur einer alten Schuld.« Ihre Worte schockierten mich ein wenig. Ich hätte nie gedacht, daß eine Frau derlei fühlen oder aussprechen könnte. »Nicolas' Vater weiß, was ihr vorhabt«, fuhr sie fort. »Der Wirt hat euch belauscht. Darum dürft ihr jetzt keine Zeit mehr verlieren. Nehmt die Kutsche bei Tagesanbruch, und schreibe mir, sobald ihr in Paris angekommen seid. Beim Friedhof Les Innocents in der Nähe vom Marktplatz von St.-Germain findest du Briefschreiber. Treibe einen auf, der italienisch schreiben kann, damit niemand außer mir deinen Brief zu lesen vermag.«

Nachdem sie gegangen war, konnte ich kaum fassen, was mir soeben widerfahren war. Ich starrte bewegungslos vor mich hin. Ich starrte auf mein Bett mit seiner Strohmatratze, auf meine beiden Jacken und den roten Mantel und meine Lederstiefel neben dem Kamin. Ich starrte durch das Fenster auf die schwarzen, unförmigen Berge, die mir so vertraut waren, und einen kostbaren Augenblick lang hellte sich mein verdüstertes Gemüt auf. Und dann rannte ich die Treppe hinab und den Berg hinunter ins Dorf, um Nicolas zu suchen und ihm mitzuteilen, daß wir nach Paris gehen würden! Nichts und niemand würde uns diesmal daran hindern.

Nicolas war mit seiner Familie bei dem Freudenfeuer. Kaum hatte er mich gesehen, warf er mir die Arme um den Hals, und ich legte den Arm um seine Hüfte und ging mit ihm ans andere Ende der Wiese, wo wir allein sein konnten.

Die Frühlingsluft roch frisch und grün. Sogar der Gesang der Bauern klang nicht allzu schrecklich. Ich tanzte im Kreis herum. »Hol deine Geige!« sagte ich. »Spiel ein Lied über eine Reise nach Paris, wir sind so gut wie unterwegs. Wir brechen in den Morgenstunden auf!«

»Und wovon sollen wir uns in Paris ernähren?« sang er und spielte auf einer unsichtbaren Geige. »Wirst du uns zum Abendessen Ratten schießen?«

»Frag nicht, was wir erst tun, wenn wir dort anlangen!« sagte ich. »Wichtig ist nur, daß wir überhaupt hinkommen.«

7

Keine zwei Wochen später fand ich mich zur Mittagszeit inmitten der Menschenmenge auf dem riesigen Friedhof Les Innocents mit seinen alten Familiengrüften und stinkenden offenen Gräbern wieder – der wahnwitzigste Marktplatz, der mir je untergekommen war –, und von Lärm und Modergerüchen umbrandet, beugte ich mich über einen italienischen Briefschreiber und diktierte meinen ersten Brief an meine Mutter.

Ja, wir seien gut angekommen, und wir hätten ein Quartier auf der Ile de la Cité, und wir seien unbeschreiblich glücklich, und Paris sei schöner und großartiger, als die kühnste Phantasie es sich vorstellen könne.

Ich wollte, ich hätte ihr selber schreiben können. Ich wollte, ich hätte ihr erzählen können, wie mir zumute war, als ich diese turmhohen Villen sah, diese altberühmten Straßen, in denen es von Bettlern, Hausierern und Edelleuten wimmelte, diese drei- und vierstöckigen Häuser links und rechts der überfüllten Boulevards. Ich wollte, ich hätte ihr die Kutschen schildern können, die goldüberladen über den Pont Neuf und den Pont Notre Dame rollten, dem Louvre und dem Palais Royal entgegen. Ich wollte, ich hätte ihr die Menschen beschreiben können, die Männer, wie sie mit ihren Kniestrümpfen und silbernen Spazierstöckchen in duftigem Schuhwerk durch den Schlamm staksten, die Damen mit ihren perlenübersäten Perücken und wogenden Reifröcken aus Seide und Musselin, und ich hätte ihr gern erzählt, wie ich Königin Marie Antoinette durch die Tuilerien spazierengehen sah.

Natürlich hatte sie schon lange vor meiner Geburt viel von der Welt gesehen. Sie hatte mit ihrem Vater in Neapel und London und Rom gelebt. Aber ich wollte ihr erzählen, was ich ihren Überredungskünsten verdankte, wie es war, den Chor in Notre Dame zu hören, mit Nicolas in den überfüllten Cafés zu sitzen und mit seinen alten Kommilitonen zu schwatzen, wie es war, sich in Nicolas' feinste Kleider zu werfen – er bestand darauf –, um in der Comédie Française die Schauspieler zu bewundern.

Statt dessen beschränkte ich mich in meinem Brief auf die Hauptsache: auf die Adresse unserer Mansardenzimmer auf der Ile de la Cité sowie auf folgende Nachricht: »Ich habe eine Stellung in einem der führenden Theater gefunden, um die Kunst des Schauspielens zu erlernen, und habe gute Aussichten, in naher Zukunft eine Rolle angeboten zu bekommen.«

Nicht erzählt habe ich ihr, daß wir sechs Treppen zu unseren Kammern erklimmen mußten, daß unsere Nachbarn Tag und Nacht einen Höllenlärm veranstalteten und daß wir schon jetzt keinen Knopf Geld mehr besaßen, da ich darauf bestanden hatte, keine einzige Theater-, Opern- und Ballettaufführung auszulassen. Und daß das Unternehmen, bei dem ich arbeitete, eine winzige Klitsche war, nicht viel besser als eine Jahrmarktsbühne, und daß sich meine Tätigkeit darin erschöpfte, den Zuschauerraum zu fegen und Radaubrüder hinauszuwerfen.

Dennoch kam ich mir wie im Paradies vor. Und Nicolas ging es nicht anders, obwohl ihn kein anständiges Orchester in der ganzen Stadt haben wollte und er froh sein mußte, bei der Kapelle in dem Theater untergekommen zu sein, für das auch ich arbeitete. Und wenn wir wirklich knapp bei Kasse waren, spielte er als Straßengeiger auf, während ich mit dem Hut in der Hand neben ihm stand. Wir kannten keine Hemmungen.

Jede Nacht keuchten wir die Treppe empor, aber nie ohne eine Flasche Billigwein und einen Laib jenes guten Pariser Brots, das uns gegen den Fraß in der Auvergne wie Ambrosia vorkam. Und im Schein unserer Talgkerze verwandelte sich die Mansarde in die herrlichste Behausung meines Lebens.

Wie gesagt, außer in dem Dorfwirtshaus hatte ich mich selten in einem kleinen Zimmer aufgehalten. Nun, dieses Zimmer hatte Gipswände und eine Gipsdecke. Das war Paris! Es hatte einen blankgescheuerten Holzfußboden und sogar einen winzigen Kamin mit einem neuen Schornstein, der wirklich zog.

Was machte es schon aus, daß wir auf ausgebeulten Strohlagern schlafen mußten, daß wir wegen der streitenden Nachbarn keine Minute ruhig schlafen konnten? Wir waren in Paris und konnten stundenlang Arm in Arm durch die Straßen und Gassen schlendern, in Geschäfte voller Schmuck und Geschirr und Gobelins lugen und den unvorstellbaren Reichtum allerorten bewundern. Sogar die stinkenden Fleischmärkte entzückten mich. Das Getose und Geklapper der Stadt, die pausenlose Betriebsamkeit Tausender und Abertausender Handwerker und Arbeiter, die Menschenmassen, die Tag und Nacht auf den Beinen waren.

Tagsüber dachte ich so gut wie nie an die finstere Vision, die mich damals in der Dorfschänke heimgesucht hatte, es sei denn, ich sah in einem verdreckten Durchgang eine der zahlreichen Leichen, die man einfach liegengelassen hatte, oder ich war zufällig Zeuge einer öffentlichen Hinrichtung auf dem Place de Grève geworden. Und es gab *immer* eine öffentliche Hinrichtung, wenn ich zufällig auf dem Place de Grève war.

Ich verließ dann die Stätte jedesmal zitternd, klagend und dem Wahnsinn nahe. Aber Nicolas war unerbittlich. »Lestat, kein Wort über die Ewigkeit, das Unabwendbare, die Finsternis!«

Er drohte, mich zu verprügeln, wenn ich anfing. Und wenn sich die Abenddämmerung niedersenkte – die Tageszeit, die ich mehr denn je haßte –, dann fing ich innerlich zu beben an, ob ich eine Hinrichtung gesehen hatte oder nicht, ob der Tag ein Freudenfest oder nur Verdruß und Ärger gewesen war. Und meine einzige Rettung war dann die Aufregung in dem hellerleuchteten Theater, und ich setzte alles daran, es regelmäßig vor Sonnenuntergang zu betreten.

Nun waren solche Boulevardtheater im Paris jener Jahre nicht einmal offiziell zugelassen, geschweige denn anerkannte Häuser. Nur die Comédie Française und das Théâtre des Italiens waren von der Regierung sanktionierte Schauspielhäuser, und nur da gab es ernstzunehmende Aufführungen, die Stücke von Racine, Corneille und dem brillanten Voltaire.

Aber die alte italienische Commedia, die ich so sehr liebte – Hanswurst, Harlekin, Skaramuz und all die anderen –, lebte auf den Jahrmärkten mit ihren Seiltänzern, Akrobaten, Jongleuren und Marionettenspielern weiter. Und die Boulevardtheater hatten sich aus den Jahrmärkten entwickelt. Zu meiner Zeit, den letzten Jahrzehnten des achtzehnten Jahrhunderts, waren sie vom Boulevard du Temple schon nicht mehr fortzudenken, und obgleich sie für die Armen spielten, die sich die großen Häuser nicht leisten konnten, fanden sich auch wohlhabende Bürger im Publikum. In den Logen drängten sich Adelige und Mitglieder der reichen Bourgeoisie, die Gefallen an den Boulevardaufführungen fanden, da diese lebendiger waren als die steifen Dramen des großen Racine und des großen Voltaire.

Wir spielten die italienische Komödie, so wie ich es gelernt hatte, ständig improvisierend, so daß jeden Abend etwas Neues und anderes und doch gleiches dargeboten wurde. Wir hatten auch Gesang auf der Bühne und trieben allerhand Blödsinn, nicht nur, weil die Leute das mochten, sondern weil wir dazu gezwungen waren: Nur so konnte man uns nicht nachsagen, daß wir an das Monopol der Staatstheater gerührt hätten, die allein das Recht hatten, richtige Dramen zu geben.

Das Haus selbst war ein schäbiges Rattenloch, das dreihundert Leute faßte, aber die kleine Bühne und die Requisiten waren recht elegant, und es verfügte über einen luxuriösen, blauen Samtvorhang, und die Schauspieler strotzten vor Talent – so kam es mir jedenfalls vor.

Selbst wenn mich nicht neuerlich wieder die Angst vor der Dunkelheit befallen gehabt hätte, selbst wenn ich frei gewesen wäre von dieser »Krankheit zum Tode«, wie Nicolas es zu nennen pflegte, selbst dann hätte für mich nichts erregender sein können, als bei Einbruch der Dämmerung durch den Bühneneingang zu schlüpfen.

Für fünf, sechs Stunden lebte und atmete ich jeden Abend in einem kleinen Universum aus Geschrei und Gelächter und zankenden Männern und Frauen, die um den einen und gegen den anderen kämpften, Kameraden allesamt unter gemeinsamen Fittichen, selbst wenn wir nicht befreundet waren. Es war, als säßen wir alle mitten im Ozean in einem Boot, in ein und dieselbe Richtung rudernd, unfähig, einander zu entkommen. Es war göttlich.

Nicolas' Begeisterung hielt sich in Grenzen, was nicht anders zu erwarten war. Und sein Zynismus wurde noch befeuert, wenn ihn seine wohlhabenden Studienkollegen besuchten. Ihrer Ansicht nach war er verrückt, ein solches Leben zu führen. Und für mich, einen Adeligen, der Schauspielerinnen in ihre Kostüme zwängte und Putzeimer auskippte, fehlten ihnen alle Worte.

All diese jungen Bürgersöhnchen wollten freilich nichts lieber als Aristokraten sein. Sie kauften Titel, und wann immer sich eine

Gelegenheit bot, heirateten sie in Adelsfamilien ein. Und es ist einer der Treppenwitze der Geschichte, daß sie samt und sonders an der Revolution beteiligt waren und jene Klasse auslöschen halfen, der sie um jeden Preis angehören mochten.

Nicolas' Freunde scherten mich herzlich wenig. Die Schauspieler wußten nichts über meine Familie, und meinen wirklichen Namen, de Lioncourt, hatte ich zugunsten eines schlichten Lestat de Valois aufgegeben.

Ich eignete mir alles an, was mit Bühnenkunst zu tun hatte. Ich lernte Rollen auswendig, ahmte alles nach, stellte endlos Fragen. Und ich wandte allabendlich meinen Blick nur von der Bühne, wenn Nicolas mit seinem Geigensolo an der Reihe war. Dann erhob er sich von seinem Sitz in dem Miniorchester und stand im Rampenlicht, während er seine kleine Sonate runterfiedelte, die lieblich und kurz genug war, um stürmischen Beifall auszulösen. Und immerzu träumte ich von meiner eigenen großen Stunde, wenn die alten Schauspieler, denen ich wie ein Lakai gedient, die ich studiert und imitiert und belästigt hatte, endlich sagen würden: »Gut, Lestat, heute abend mußt du den Lelio spielen. Inzwischen weißt du ja, was du zu tun hast.«

Ende August war es soweit. Die Hundstage lagen über Paris, und selbst nachts war es noch warm in der Stadt, und das Haus war ausverkauft, und ein ungeduldiges Publikum fächerte sich mit Flugblättern und Schnupftüchern Kühlung zu. Die weiße Schminke schmolz mir im Gesicht schon während ich sie auftrug. Ich trug ein Pappschwert und Nicolas' besten Samtmantel, und ich zitterte vor Aufregung, ehe ich die Bühne betrat und dachte: »Das ist, als würde man seiner Hinrichtung entgegenschreiten.« Oder so etwas Ähnliches.

Aber sobald ich auf den Brettern stand, blickte ich direkt in den überfüllten Zuschauerraum, und da geschah etwas äußerst Seltsames – meine Angst löste sich in Luft auf. Ich strahlte das Publikum an und verbeugte mich langsam. Und dann starrte ich die hübsche Flaminia an, als hätte ich sie nie zuvor gesehen. Ich mußte ihr Herz gewinnen. Die Balgerei nahm ihren Lauf.

Die Bühne gehörte mir, wie vor vielen Jahren schon in jenem gottverlassenen Nest. Und während wir über die Bühne tollten – uns stritten und herzten und Schabernack trieben –, erzitterte das Haus vor brüllendem Gelächter.

Wie eine Umarmung konnte ich die Aufmerksamkeit der Zuschauer spüren. Jede Geste, jedes Wort wurde mit Lachen belohnt – es klappte fast zu einfach –, und wir hätten noch gut eineinhalb Stunden so weitermachen können, wenn die anderen Schauspieler, die nach uns an der Reihe waren, uns nicht buchstäblich von der Bühne vertrieben hätten.

Das Publikum erhob sich von den Sitzen, um uns zu applaudieren. Und das war ein anderes Publikum als das auf dem Lande. Das waren *Pariser,* die Lelio und Flaminia wieder und wieder vor den Vorhang riefen.

Hinten, im Schatten der Kulissen, wurde mir dann schwindlig, und beinahe wäre ich zusammengebrochen. Mir schwirrten die Zuschauer vor Augen, wie sie mich bewundernd anstarrten. Ich wollte sofort wieder auf die Bühne. Ich packte mir Flaminia und küßte sie und stellte fest, daß sie meinen Kuß leidenschaftlich erwiderte.

Dann kam Renaud, der alte Theaterdirektor, und zerrte sie von mir fort. »Also gut, Lestat«, sagte er mißgelaunt. »Also gut, du hast dich ganz ordentlich geschlagen, ich lass' dich von jetzt an regelmäßig auftreten.«

Doch ehe ich noch vor Freude so recht in die Hände klatschen konnte, hatte sich bereits das halbe Ensemble um uns versammelt. Und Luchina, eine der besten Schauspielerinnen, warf sich sofort in die Brust für mich. »O nein, du wirst ihn nicht regelmäßig auftreten *lassen*!« sagte sie. »Er ist der hübscheste Schauspieler auf dem ganzen Boulevard du Temple, und du wirst ihn voll einstellen und voll bezahlen, und er wird keinen Besen oder Schrubber mehr anrühren.«

Ich war schreckensbleich. Gerade erst hatte meine Karriere begonnen, da stand sie schon wieder auf dem Spiel. Aber erstaunlicherweise ging Renaud auf all ihre Bedingungen ein.

Natürlich schmeichelte es mir ungemein, als gutaussehend zu gelten, und für die Rolle des Lelio, des Liebhabers, war niemand besser geeignet als ein Aristokrat, mit welcher Ausbildung auch immer. Aber wenn ich wollte, daß das Pariser Publikum mich wirklich wahrnahm, wenn ich wollte, daß man in der Comédie Française über mich sprach, dann mußte ich mehr sein als irgendein blondschöpfiger Engel, der aus einem Adelsgeschlecht auf die Bühne geplumpst war. Ich mußte ein großer Schauspieler sein, und genau das war mein Ziel.

In dieser Nacht veranstalteten Nicolas und ich ein gewaltiges Saufgelage. Wir hatten die ganze Truppe in unsere Zimmer eingeladen, und ich kletterte auf den rutschigen Dachfirst und streckte Paris meine Arme entgegen, und Nicolas stand im Fenster und spielte Geige, bis wir die ganze Nachbarschaft aufgeweckt hatten.

Die Musik war ekstatisch, doch die Leute fluchten, was das Zeug hielt, und trommelten auf Töpfe und Pfannen. Aber das kümmerte uns nicht. Wir tanzten und sangen wie einst auf dem Hexenplatz, und um ein Haar wäre ich in die Tiefe gestürzt.

Die Flasche in der Hand, diktierte ich am nächsten Tag die ganze Geschichte dem italienischen Briefschreiber auf Les Innocents und stellte sicher, daß der Brief unverzüglich meiner Mutter geschickt wurde. Am liebsten hätte ich jeden auf der Straße umarmt. Ich war Lelio. Ich war ein Schauspieler.

Bereits im September stand mein Name auf den Reklamezetteln, und auch diese schickte ich meiner Mutter.

Und diesmal spielten wir nicht die alte Commedia, sondern eine Posse eines berühmten Autors, die wegen eines allgemeinen Dramatikerstreiks in der Comédie Française nicht über die Bretter gehen konnte. Natürlich mußten wir seinen Namen geheimhalten, aber jeder wußte, daß wir sein Werk aufführten, und allabendlich fand sich der halbe Hof in Renauds Haus ein.

Ich spielte nicht die Hauptrolle, aber ich war der jugendliche Liebhaber, wieder eine Art Lelio, was fast besser als die Hauptrolle war, und ich war der Mittelpunkt einer jeden Szene, in der ich mitwirkte. Nicolas hatte die Rolle mit mir einstudiert, wobei er ständig schimpfte, daß ich noch immer nicht die Kunst des Lesens erlernt hatte. Und nach der vierten Aufführung erweiterte der Autor sein Stück um ein paar Textstellen eigens für mich.

Nicki feierte seinen eigenen Triumph, wenn er allabendlich durch seine Interpretation einer ebenso kurzen wie seichten Mozartsonate das Publikum in Bann schlug. Sogar seine Kommilitonen tauchten wieder auf. Man lud uns zu privaten Ballveranstaltungen ein. Alle paar Tage stahl ich mich auf den Friedhof Les Innocents fort, um meiner Mutter zu schreiben, und schließlich konnte ich ihr sogar einen Artikel der englischen Zeitung *The Spectator* schicken, in dem unser launiges Stück und insbesondere der blonde Schlingel gelobt wurden, der die Herzen der Damenwelt im dritten und vierten Akt zu verzaubern wußte. Selbstverständlich konnte ich diesen Artikel nicht selbst lesen, aber der Gentleman, der ihn mir überreicht hatte, und auch Nicolas verbürgten sich für den schmeichelhaften Inhalt.

Als es dann im Herbst kalt wurde, trug ich auf der Bühne meinen roten, pelzbesetzten Mantel. Selbst ein Blinder hätte ihn noch von der letzten Reihe der obersten Galerie aus sehen können. Ich konnte mittlerweile auch geschickter mit meiner weißen Schminke umgehen, indem ich da und dort Schatten auftrug, um meine Gesichtszüge markanter zu gestalten, und obgleich meine Augen schwarz umrandet und meine Lippen leicht gerötet waren, sah ich gleichzeitig dämonisch und menschlich aus. Die Damen im Publikum überhäuften mich mit Liebesbriefchen.

Nicolas ließ sich vormittags von einem italienischen Maestro im Geigenspiel unterweisen. Dennoch hatten wir genug Geld, um ausreichend Brennholz, Kohle und gutes Essen zu kaufen. Zweimal wöchentlich erreichten mich Briefe meiner Mutter, in denen sie mir mitteilte, daß es mit ihr gesundheitlich wieder bergauf gehe. Sie habe keine Schmerzen mehr, und ihr Husten habe nachgelassen. Dafür hätten uns unsere Väter enterbt und duldeten nicht, daß unsere Namen in ihrer Gegenwart erwähnt würden.

Wir waren zu glücklich, um uns deswegen graue Haare wachsen zu lassen. Aber das finstere Grauen, die »Krankheit zum Tode«, peinigte mich zusehends, je kälter die Tage wurden.

In Paris war die Kälte noch schlimmer. Sie war nicht so klar und sauber wie in den Bergen. Die Armen kauerten in den Torwegen, schnatternd und hungrig, und die Straßen waren mit schmutzigem Matsch bedeckt. Barfüßige, verelendete Kinder, liegengelassene Leichen, wohin das Auge blickte. Noch nie war ich meines pelzbesetzten Mantels so froh gewesen. Ich legte ihn Nicolas um, wenn wir engumschlungen durch Schnee und Regen stapften.

Aber ob Kälte oder nicht – mir fehlen die Worte, das Glück dieser

Tage zu beschreiben. Das Leben hielt seine schönsten Versprechungen. Und ich wußte, daß ich nicht ewig in Renauds Theater bleiben würde. Das sagte jeder. Ich träumte von den großen Bühnen, von Gastspielen in London und Italien und sogar Amerika. Dennoch hatte ich keine Eile. Das Füllhorn des Glücks schien unerschöpflich.

8

Im Oktober jedoch, als in Paris bereits eine barbarische Kälte herrschte, fiel mir regelmäßig ein Gesicht im Publikum auf, das mich ständig verwirrte, und zwar in einem Maße, daß ich manchmal nicht mehr wußte, was ich auf der Bühne tat. Und dann war es plötzlich wieder verschwunden wie ein Traum.

Zwei Wochen ging das so, ehe ich Nicki davon erzählte. Ich kam mir einigermaßen läppisch vor und hatte Schwierigkeiten, die richtigen Worte zu finden: »Da ist jemand im Zuschauerraum, der mich beobachtet«, sagte ich.

»Jeder beobachtet dich«, sagte Nicki. »Deswegen stehst du schließlich auf der Bühne.«

Er war leicht melancholischer Stimmung an diesem Abend, darum fiel seine Antwort ein wenig spitz aus. Kurz zuvor, während er das Kaminfeuer entfachte, hatte er gesagt, er würde es nie sehr weit auf der Geige bringen. Trotz seines Gehörs und seiner Fertigkeiten gebe es zu vieles, was er nicht beherrsche. Ich aber würde mit Sicherheit ein großer Schauspieler werden. Ich widersprach ihm zwar, doch erinnerte ich mich der Äußerung meiner Mutter, er habe zu spät angefangen.

Er sei nicht neidisch, sagte er, nur ein bißchen unglücklich. Ich beschloß, die Angelegenheit mit dem mysteriösen Gesicht besser nicht zu vertiefen, und überlegte, wie ich ihm Mut zusprechen könnte. Ich erinnerte ihn, daß das Publikum von seinem Spiel hingerissen war, daß sogar die Schauspieler hinter der Bühne erstarrten, um ihm zuzuhören. Ganz zweifellos habe er Talent.

»Aber ich möchte ein großer Virtuose sein«, sagte er. »Und ich fürchte, daß mir das nie vergönnt sein wird. Solange wir noch zu Hause waren, konnte ich mir und den anderen etwas vormachen.«

»Du darfst nicht aufgeben«, sagte ich.

»Lestat, laß mich offen mit dir reden«, sagte er. »Für dich ist alles leichter. Was du dir in den Kopf setzt, gelingt dir auch. Ich weiß, was du von all den Jahren hältst, die du elend zu Hause gefristet hast. Aber selbst damals hast du erreicht, was du wolltest. Und wir haben uns an dem Tag nach Paris aufgemacht, an dem *du* dich für Paris entschieden hattest.«

»Du bereust doch nicht, daß du nach Paris gezogen bist, oder?« fragte ich.

»Natürlich nicht. Ich meine nur, daß du auch das Unmögliche für erreichbar hältst, Dinge, die zumindest für die meisten von uns nicht machbar sind. Wie das Töten der Wölfe ...«

Ein Kälteschauer umfing meine Seele, als er das sagte. Und aus irgendeinem Grund mußte ich wieder an jenes mysteriöse Gesicht im Publikum denken. Hatte was mit den Wölfen zu tun. Hatte was mit Nickis trüben Bemerkungen zu tun. Machte keinen Sinn. Und ich versuchte, nicht mehr daran zu denken.

»Wenn du damals angefangen hättest, Geige zu spielen, würdest du jetzt wahrscheinlich bei Hofe auftreten«, sagte er.

»Nicki, solche Gedanken sind reines Gift«, keuchte ich. »Man kann nichts weiter tun, als versuchen, sein Traumziel zu erreichen. Du wußtest, daß deine Chancen nicht allzu rosig waren, als du anfingst. Es gibt nichts, außer ...«

»Ich weiß.« Er lächelte. »Außer Sinnlosigkeit und den Tod.«

»Ja«, sagte ich. »Du kannst nicht mehr erreichen, als deinem Leben einen Sinn zu verleihen, es zum Guten zu führen –«

»Nicht schon wieder«, sagte er. »Du und deine Krankheit zum Tode und deine Krankheit zum Guten.« Er starrte eine Weile ins Feuer, dann wandte er sich mir mit verächtlicher Miene zu. »Wir sind Gauklerpack, dem nicht einmal ein Begräbnis in geweihter Erde zusteht. Wir sind Ausgestoßene.«

»Himmel, wenn du nur daran glauben könntest«, sagte ich, »daß wir Gutes tun, wenn wir den Menschen helfen, sich ihrer Sorgen zu entledigen, sie für ein paar Stunden vergessen lassen, daß sie ...«

»Was? Daß sie sterben müssen?« Er grinste mich boshaft an. »Lestat, ich hatte gehofft, daß dich solche Gedanken in Paris nicht mehr heimsuchen würden.«

»Diese Bemerkung hättest du dir sparen können, Nicki«, antwortete ich. Er machte mich allmählich wütend. »Ich tue Gutes im Boulevard du Temple. Ich spüre es –«

Ich hielte inne. Da stand es wieder vor meinen Augen, dieses mysteriöse Gesicht, und ein finsteres Gefühl beschlich mich wie ein Omen. Seltsam war allerdings, daß dieses beunruhigende Gesicht meistens lächelte. Ja, freudig lächelte...

»Lestat, ich liebe dich«, sagte Nicki ernst. »Ich liebe dich, wie ich nur wenige Menschen in meinem Leben geliebt habe, aber mit deinen Flausen über das Gute bist du ein ausgesprochener Schwachkopf.«

Ich lachte. »Nicolas«, sagte ich, »ich komme ohne Gott aus. Ich komme sogar ohne den Gedanken an ein Jenseits aus. Aber ich könnte nicht weiterleben, wenn ich nicht an die Möglichkeit glauben würde, Gutes zu tun. Anstatt dich dauernd über mich lustig zu machen, erzähl mir lieber mal, woran du glaubst.«

»Wie sich die Dinge mir darstellen«, sagte er, »gibt es Schwäche und Stärke, gibt es gute und schlechte Kunst. Daran glaube ich. Und momentan sind wir damit beschäftigt, ziemlich schlechte Kunst zu machen, und das hat rein gar nichts mit guten Taten zu tun!«

»Unser Gespräch« hätte an diesem Punkt in einen saftigen Streit ausarten können, wenn ich ihm meine Ansichten über seinen bürgerlichen Schwulst an den Kopf geworfen hätte. Ich war nämlich fest überzeugt, daß unsere Arbeit bei Renaud in vieler Hinsicht wertvoller war als das, was die großen Theater boten. Nur der äußere Rahmen war weniger eindrucksvoll. Warum war diese bürgerliche Krämerseele unfähig, etwas anderes als die Oberfläche zu sehen?

Ich atmete tief durch.

»Falls es das Gute gibt«, sagte er, »bin ich das Gegenteil. Ich suhle mich im Bösen. Ich scheiß auf das Gute. Und wenn du es genau wissen willst, ich musiziere nicht, um die Idioten, die zu Renaud kommen, glücklich zu machen. Ich musiziere für mich, für Nicolas.«

Ich wollte nichts mehr hören. Es war Zeit, schlafen zu gehen. Aber unser kleiner Schwatz hatte mich ernsthaft mitgenommen, und das wußte er, und als ich mir die Stiefel auszog, erhob er sich von seinem Stuhl und setzte sich neben mich.

»Tut mir leid«, sagte er mit brechender Stimme. Dieser Sinneswandel kam so plötzlich, daß ich zu ihm aufsah, und er war so jung und so elend, daß ich nicht anders konnte, als meinen Arm um ihn zu legen und ihn zu bitten, sich keine Gedanken mehr zu machen.

»Du strahlst etwas aus, Lestat«, sagte er, »das die Menschen anzieht. Sogar wenn du wütend bist oder verletzt –«

»Papperlapapp«, sagte ich. »Wir sind beide müde.«

»Nein, das stimmt«, sagte er. »Du strahlst ein Licht aus, das einen fast blendet. Aber in mir ist nur Finsternis. Manchmal glaube ich, daß das wie die Finsternis ist, die dich damals in der Dorfschänke heimgesucht hat. Du hast geschrien und gezittert und warst dem so hilflos ausgesetzt. Ich versuche, dich vor dieser Finsternis zu bewahren, weil ich dein Licht brauche. Ich brauche es verzweifelt, aber du brauchst die Finsternis nicht.«

»Dummkopf«, sagte ich. »Wenn du dich sehen, wenn du deine Stimme, deine Musik hören könntest – die du freilich nur für dich spielst –, würde die Finsternis von dir weichen, Nicki. Du würdest dein ureigenes Licht erstrahlen sehen.«

Am nächsten Abend klappte die Aufführung besonders gut. Das Publikum ging so prächtig mit, daß wir ein paar Extraeinlagen wagten. Ich legte ein paar Tanzschritte hin, die bei den Proben immer reichlich lasch, aber nun auf der Bühne wahre Wunder wirkten. Und Nicki, der eine eigene Komposition spielte, entpuppte sich als Meister seines Instruments.

Aber gegen Ende der Vorstellung gewahrte ich wieder das mysteriöse Gesicht. Es verwirrte mich mehr denn je, und beinahe wäre ich bei meinem Schlußcouplet aus dem Takt geraten. Einen Augenblick lang drohten mir die Sinne zu schwinden.

Als Nicki und ich allein waren, mußte ich darüber sprechen – wie ich mitten auf der Bühne zu schlafen und zu träumen geglaubt hatte. Wir hockten mit unserem Wein am Kamin, und im Schein des flackernden Feuers sah Nicki so müde und niedergeschlagen aus wie in der vorigen Nacht. Ich wollte ihm keine Sorgen machen, aber ich konnte das Gesicht nicht vergessen.

»Nun, wie sieht er aus?« fragte Nicolas. Er wärmte sich die Hände. Und über seine Schultern hinweg erblickte ich durch das Fenster die schneebedeckten Dächer, die mich noch mehr frieren ließen. Mir gefiel diese Unterhaltung nicht.

»Das ist das Schlimmste«, sagte ich. »Ich nehme nur ein Gesicht wahr. Offenbar trägt er einen Mantel oder sogar eine Kapuze. Und dieses Gesicht sieht wie eine Maske aus, ganz weiß und seltsam deutlich. Die Falten seines Gesichts sind so tiefgefurcht, daß sie wie schwarz geschminkt aussehen. Es blitzt kurz auf, fast glühend, dann ist es sofort wieder verschwunden. Aber ich übertreibe, es ist alles viel versponnener...«

Meine Beschreibung schien Nicki nicht minder zu beunruhigen als mich. Er sagte nichts, aber er blickte weniger verhärmt drein, als würde er seine Trauer einen Augenblick vergessen.

»Na ja, ich möchte dir keine falschen Hoffnungen machen«, sagte er. »Aber vielleicht *ist* es eine Maske, die du da siehst. Vielleicht ist es jemand von der Comédie Française, der deine Schauspielkunst begutachten will.«

Ich schüttelte den Kopf. »Wollte, es wäre so. Aber niemand würde eine solche Maske tragen. Und ich will dir noch etwas verraten.«

Er wartete, und ich spürte, wie meine Vorahnungen auch von ihm Besitz ergriffen. Er nahm die Weinflasche und füllte mein Glas nach.

»Wer immer es ist«, sagte ich, »er weiß über die Wölfe Bescheid.«

»Er weiß was?«

»Er weiß über die Wölfe Bescheid.« Es war, als würde ich von einem längst vergessenen Traum erzählen. »Er weiß, daß ich damals die Wölfe getötet habe. Er weiß, daß mein Mantel mit ihrem Fell gesäumt ist.«

»Was redest du da eigentlich? Hast du mit ihm gesprochen?«

»Nein, aber es ist so«, sagte ich. Es war alles reichlich verwirrend und nebelhaft. »Ich habe nie ein Wort mit ihm gewechselt, ich war nie in seiner Nähe. Aber er weiß Bescheid.«

»Ach, Lestat«, sagte Nicolas. Er lehnte sich zurück und lächelte mich zartfühlend an. »Demnächst wirst du noch Gespenster sehen. Du hast die blühendste Phantasie, die mir je untergekommen ist.«

»Es gibt keine Gespenster«, sagte ich leise. Ich starrte in das Feuer und hing meinen finsteren Gedanken nach. Dann legte ich ein paar Scheite nach.

Nicolas wurde plötzlich sehr ernst. »Wie zum Teufel kann er etwas über die Wölfe wissen? Und wie kannst du ...«

»Ich hab' dir schon gesagt, ich weiß es nicht!« unterbrach ich ihn. Dann verstummte ich, so albern kam mir das alles vor.

Und während wir so schweigend zusammensaßen und dem Feuer lauschten, schoß mir das Wort *Wolfkiller* durch den Kopf, so deutlich, als hätte es jemand laut ausgesprochen.

Aber niemand hatte es ausgesprochen. Ich sah Nicki an, wohl wissend, daß kein Laut über seine Lippen gedrungen war, und das Blut wich mir aus dem Gesicht. Ich wurde nicht, wie so oft zuvor, vom Schrecken des Todes heimgesucht, sondern von einem Gefühl, das mir ganz ähnlich vorkam: Angst.

Ich saß noch immer da, zu verwirrt, um ein Wort sprechen zu können, als Nicolas mich küßte. »Laß uns zu Bett gehen«, sagte er sanft.

Teil II

DAS VERMÄCHTNIS DES MAGNUS

1

Es muß drei Uhr morgens gewesen sein; ich hatte die Kirchenglocken in meinem Schlaf gehört. Wie alle vernünftigen Leute in Paris hatten wir Tür und Fenster verrammelt. Wir waren sicher eingeschlossen.

Ich träumte von den Wölfen. Sie hatten mich auf dem Berg umzingelt, und ich schwang meine mittelalterlichen Waffen. Dann waren die Wölfe tot, und der Traum war nicht mehr so bedrückend, nur mußte ich jetzt meilenweit durch den Schnee stapfen. Das Pferd schrie auf und verwandelte sich in ein ekliges, halbzertretenes Insekt auf den Steinfußboden.

Eine tiefe, schleppende Stimme sagte »Wolfkiller«, ein Flüstern, das gleichzeitig wie eine Anklage und eine Huldigung klang.

Ich öffnete die Augen. Oder glaubte sie zu öffnen. Es stand jemand im Zimmer. Eine große, gebeugte Gestalt mit dem Rücken zu dem kleinen Kamin, in dem noch die Asche glühte, gerade genug, um die Umrisse der Gestalt bis zu den Schultern sichtbar werden zu lassen. Obwohl der Kopf in der Dunkelheit verharrte, wußte ich, daß ich geradewegs in das weiße Gesicht blickte, das ich im Zuschauerraum gesehen hatte. Und während ich aufwachte und meine Sinne sammelte, wurde mir klar, daß das Zimmer zugesperrt war, daß Nicolas neben mir lag und sich diese Gestalt über unser Bett beugte.

Ich hörte Nicolas atmen. Ich blickte in das weiße Gesicht.

»Wolfkiller«, raunte die Stimme wieder, ohne die Lippen zu bewegen. Die Gestalt kam noch näher, und ich sah, daß das Gesicht keine Maske war. Schwarze Augen, schnelle und kalte Augen, und eine weiße Haut und ein schrecklicher Geruch, wie modernde Kleider in einer feuchten Kammer.

Ich glaube, ich stand auf. Oder vielleicht wurde ich hochgehoben. Denn unversehens war ich auf den Beinen. Der Schlaf fiel wie ein alter Kittel von mir. Ich wich zurück.

Die Gestalt hatte meinen roten Mantel in Händen. Verzweifelt dachte ich an meinen Degen, meine Musketen. Aber die waren unter dem Bett. Der Fremde warf mir den roten Mantel um, und dann spürte ich seine Hand.

Ich wurde nach vorne gerissen, dann verlor ich den Boden unter den Füßen. Ich rief nach Nicolas, ich schrie »Nicki, Nicki!«, so laut ich konnte. Ich sah das halbgeöffnete Fenster, und dann zersplitterten die Scheiben plötzlich in tausend Scherben, und der Holzrahmen zerbarst, und ich flog über die Gassen, sechs Stockwerke über dem Pflaster.

Ich schrie. Ich trat gegen dieses Wesen, das mich trug, wand mich in dem roten Mantel, versuchte freizukommen. Aber schon flogen wir über den Dachfirst und sausten eine Ziegelmauer empor. Ich baumelte im Arm dieser Kreatur, die mich plötzlich neben einer Art Zinne fallen ließ.

Einen Augenblick lang lag ich da, sah Paris in weitem Bogen unter mir – den weißen Schnee, die Schornsteine und Glockentürme und die unheimliche Finsternis des Himmels. Dann stand ich auf, stolperte über den pelzgesäumten Mantel und rannte los. Ich rannte zum Rand des Daches und blickte hinunter. Ein hundert Meter tiefer Abgrund! Ich rannte zur anderen Seite – der gleiche Anblick.

Verzweifelt drehte ich mich um, nach Atem ringend. Wir waren auf einem viereckigen Turm von kaum mehr als fünfzehn Metern Durchmesser. Und weit und breit war kein höheres Gebäude zu sehen. Und die Gestalt stand da und starrte mich an, und ihrer Kehle entwand sich ein tiefes, krächzendes Gelächter.

»Wolfkiller«, sagte sie erneut.

»Zum Teufel mit dir!« rief ich. »Wer bist du?« Und in einem Wutanfall schlug ich mit meinen Fäusten auf sie ein. Aber das Wesen rührte sich nicht. Ich hätte ebensogut auf die Ziegelmauer trommeln können. Ich prallte buchstäblich ab, rutschte im Schnee aus, rappelte mich hoch und ging zu einem neuen Angriff über. Das Gelächter schwoll an, überschüttete mich genüßlich mit Hohn und Spott. Ich rannte bis zur Kante des Turms und drehte mich dann wieder zu der Gestalt um.

»Was hast du mit mir vor?« rief ich. »Wer bist du?« Aber statt einer Antwort hörte ich nur wieder dieses kreischende Gelächter, und da stürzte ich mich erneut auf sie. Aber diesmal attackierte ich mit zu Krallen gekrümmten Händen ihr Gesicht und ihren Hals und riß ihr die Kapuze vom Kopf und sah ihr schwarzes Haar und ihren Menschenkopf. Weiche Haut. Sie rührte sich so wenig wie zuvor.

Sie trat nur ein, zwei Schritte zurück und hob die Arme, um mich wie ein kleines Kind hin- und herzuschubsen. Blitzschnell bewegte sie ihren Kopf und wich ohne die geringste Mühe meinen Attacken aus, während ich wie besessen versuchte, ihr irgendwelche Verletzungen zuzufügen, aber nur gelegentlich ihre weiße, weiche Haut und ihr dünnes, schwarzes Haar streifte.

»Tapferer, kleiner Wolfkiller«, sagte die Gestalt.

Wie gebannt hielt ich inne. Keuchend und schweißüberströmt starrte ich sie an und sah ihr tiefzerfurchtes Gesicht nun deutlicher. Der Mund war zum Lächeln eines Possenreißers verzerrt.

»O Gott, hilf mir, hilf mir...«, sagte ich zurücktaumelnd. Es schien ein Ding der Unmöglichkeit, daß so ein Gesicht sich überhaupt bewegen konnte, zu so einem zärtlichen Ausdruck fähig war, wie zu dem, mit dem es mich gerade anblickte. »Gott!«

»Was ist das für ein Gott, Wolfkiller?« fragte sie.

Ich drehte mich um und ließ einen markerschütternden Schrei ertönen. Ich spürte ihre Hände wie eiserne Klauen auf meinen Schultern, und während ich noch einmal verzweifelt den Kampf aufzunehmen versuchte, schleuderte sie mich herum, heftete ihre großen, dunklen Augen auf mich, und dann beugte sie sich lächelnd über mich, und ich spürte, wie sich ihre Zähne in meinen Hals gruben.

Und aus längst vergangenen Kindheitserzählungen, aus alten Legenden, tauchte der Name auf wie etwas, das auf dem Grund eines Teiches geruht hatte und plötzlich ins Sonnenlicht an die Oberfläche schoß.

»Vampir!«

Noch einmal schrie ich auf wie ein Wahnsinniger und versuchte, die Gestalt mit aller Kraft fortzustoßen. Dann war alles ruhig. Vollkommene Stille.

Ich wußte, daß wir noch immer auf dem Dach waren. Ich wußte, daß mich die Gestalt in ihren Armen hielt. Dennoch hatte ich das

Gefühl, daß wir keinen Boden mehr unter den Füßen hatten, sondern schwerelos durch die Dunkelheit reisten.

»Ja, ja«, wollte ich sagen, »genau.«

Ein wohltönendes Geräusch umfing mich, vielleicht der Klang eines tiefen Gongs, der langsam und gleichmäßig geschlagen wurde, ein Klang, der höchst angenehm durch all meine Glieder strömte.

Meine Lippen bewegten sich, aber sie blieben stumm; doch darauf kam es nicht an. Alles, was ich jemals hatte sagen wollen, stand mir deutlich vor Augen, nur darauf kam es an, nicht, daß es ausgesprochen wurde. Und es gab so viel Zeit, so unendlich viel Zeit, um etwas zu sagen, um etwas zu tun. Es gab keinen Grund zur Eile.

Verzückung. Ich sagte das Wort, und ich wußte, was es bedeutete, dieses eine Wort, obwohl ich es nicht laut aussprechen oder meine Lippen bewegen konnte. Und mir fiel auf, daß ich nicht mehr atmete. Etwas atmete an meiner Statt, und zwar genau im Rhythmus der Gongschläge, und ich liebte diesen körperlosen, ewigen Rhythmus, und ich mußte nicht mehr atmen oder sprechen oder irgend etwas wissen.

Meine Mutter lächelte mir zu. Und ich sagte zu ihr: »Ich liebe dich ...« Und sie sagte: »Ja, immer geliebt, immer geliebt ...« Und ich saß in der Klosterbibliothek, und ich war zwölf Jahre alt, und der Mönch sagte zu mir: »Ein großer Gelehrter.« Und ich schlug die Bücher auf und konnte alles lesen, Latein, Griechisch, Französisch. Die gemalten Buchstaben waren unbeschreiblich schön, und ich drehte mich um und sah mich dem Publikum in Renauds Theater gegenüber, und alle hatten sich erhoben, und eine Frau ließ den bemalten Fächer sinken, hinter dem sie ihr Gesicht verborgen hatte, und es war Marie Antoinette. »Wolfkiller«, sagte sie, und Nicolas rannte mir entgegen und beschwor mich zurückzukommen. In seinem Gesicht malten sich Qual und Pein, und sein Haar war zerwühlt, und seine Augen waren blutumrändert. Und er versuchte, mich festzuhalten, aber ich sagte: »Nicki, ziehe deiner Wege!« Und voll Schmerz bemerkte ich, daß der Klang des Gongs entschwand.

Und ich schrie auf und flehte. Nicht aufhören, bitte, bitte. Ich will nicht ... ich ... bitte.

»Lelio, der Wolfkiller«, sagte die Gestalt und hielt mich in ihren Armen, und ich schluchzte, da der Zauberbann brach.

»Nicht, nicht!«

Ich hatte meinen Körper wieder mit seinem Gewicht und seinem Leid und Schmerz, von Heulkrämpfen geschüttelt, und ich wurde emporgehoben, emporgeschleudert über die Schultern der Gestalt, und ich fühlte, wie sie ihren Arm um meine Knie legte.

Ich wollte »Gott schütze mich« sagen, ich wollte es mit jeder Faser meines Körpers sagen, aber ich brachte kein Wort hervor, und unter mir waren wieder die Gassen, der Abgrund, und Paris neigte sich schräg, und dann umfingen mich nur noch Schnee und ein beißender Wind.

2

Als ich erwachte, hatte ich großen Durst. Ich hatte Lust auf kalten Weißwein, von der Art, wie man ihn im Herbst aus dem Keller holt. Ich hatte Lust, etwas Frisches und Süßes zu essen, einen reifen Apfel etwa.

Ich öffnete die Augen und wußte, daß es früh am Abend war. Das Licht hätte auch die Morgendämmerung sein können, aber dazu war zuviel Zeit verstrichen. Es war Abend. Und durch ein großes, schwer vergittertes Fenster sah ich schneebedeckte Hügel und Wälder und in der Ferne die Dächer und Türme der Stadt. So hatte ich sie seit dem Tag meiner Ankunft in der Postkutsche nicht mehr gesehen. Ich schloß die Augen.

Der Raum war trotz des Fensters warm. Ich konnte riechen, daß geheizt worden war, aber das Feuer war erloschen. Ich versuchte, meine Gedanken zu ordnen, aber ich mußte ständig an kalten Weißwein und einen Korb voller Äpfel denken. Ich konnte die Äpfel sehen. Es kam mir vor, als würde ich vom Ast eines Apfelbaums fallen, und ich roch das frischgeschnittene Gras.

Das Sonnenlicht überflutete die grünen Felder, spielte auf Nicolas' braunem Haar und dem glänzenden Lack seiner Geige. Die Musik stieg zu den Wolken empor, und gegen den Himmel sah ich die Zinnen des väterlichen Schlosses.

Zinnen. Ich öffnete die Augen wieder. Und ich wußte, daß ich in einem Turmzimmer lag, mehrere Kilometer außerhalb von Paris.

Und unmittelbar vor mir, auf einem kleinen Holztisch, stand eine Flasche kalten Weißweins, genau wie ich sie mir erträumt hatte.

Ich sah sie ausgiebig an, betrachtete die kalten Tropfen, die über sie rannen, und hielt es für unmöglich, sie zu ergreifen und auszutrinken.

Noch nie in meinem Leben war ich so durstig gewesen. Mein ganzer Körper war durstig. Aber ich war unendlich schwach. Außerdem wurde mir allmählich ein wenig kalt.

Wenn ich mich bewegte, bewegte sich das Zimmer. Durchs Fenster schimmerte der Himmel. Und als ich endlich der Flasche habhaft wurde und sie entkorkte und mir das herbe, köstliche Aroma in die Nase stieg, fing ich hemmungslos zu trinken an. Die Folgen waren mir egal, es war mir egal, wo ich war oder warum man mir die Flasche gebracht hatte.

Mein Kopf kippte vornüber. Die Flasche war fast leer, und in der Ferne löste sich die Stadt auf, sprenkelte ein kleines Lichtermeer in den schwarzen Himmel.

Ich führte die Hände zum Kopf. Das Bett, auf dem ich geschlafen hatte, war nicht viel mehr als ein mit Stroh bedeckter Stein, und langsam dämmerte mir, daß ich mich möglicherweise in einer Art Gefängnis befand.

Aber der Wein. Derlei bekam man in einem Gefängnis gewöhnlich nicht kredenzt – es sei denn, der Gefangene war zum Tode verurteilt worden.

Und schon sog ich einen neuen Duft ein, so überwältigend köstlich, daß ich aufstöhnte. Ich sah mich um, oder besser gesagt, ich versuchte, mich umzusehen, da ich fast zu schwach war, mich zu rühren. Aber die Quelle dieses Duftes war nicht weit entfernt, und es war eine große Schüssel Rinderbrühe. Eine dicke Brühe mit reichlich Fleischbrocken, und ich konnte sie dampfen sehen. Sie war noch heiß.

Mit beiden Händen ergriff ich die Schüssel und leerte sie so unbeherrscht und gierig wie die Weinflasche. Das tat so wohl, als hätte ich noch nie eine warme Mahlzeit zu mir genommen, und als die Schüssel leer war, ließ ich mich mit prallem Magen auf das Stroh sinken.

In diesem Augenblick war mir, als würde sich neben mir in der

Dunkelheit etwas bewegen. Aber ich war mir nicht sicher. Dann hörte ich Glas klirren.

»Mehr Wein«, sagte eine Stimme. Ich kannte sie. Nach und nach fiel mir alles wieder ein. Die Gleitfahrt die Mauern empor, der kleine, quadratische Turm, das lächelnde, weiße Gesicht.

Einen Moment lang dachte ich, nein, unmöglich, es war alles nur ein böser Traum. Aber es war wirklich geschehen, und ich erinnerte mich an die Verzückung, den Klang des Gongs, und mir fing alles an, sich zu drehen, als würden mir erneut die Sinne schwinden.

Ich nahm mich zusammen. Ich würde es nicht noch einmal dazu kommen lassen. Und dann befiel mich die Angst, und ich wagte nicht, mich zu rühren.

»Mehr Wein«, sagte die Stimme wieder.

Ich wandte meinen Kopf ein wenig zur Seite und sah eine neue Flasche zu meiner Verfügung.

Ich war auch schon wieder durstig, und das Salz der Brühe tat eine zusätzliche Wirkung. Also wischte ich mir den Mund, dann griff ich nach der Flasche und trank erneut. Schließlich sank ich gegen die Steinmauer und versuchte angstvoll, in der Dunkelheit etwas auszumachen.

Natürlich war ich inzwischen voll wie eine Haubitze. Ich sah das Fenster, die Stadt. Ich sah den kleinen Tisch. Und während ich mit meinen Augen die dämmerigen Winkel des Raums abtastete, sah ich plötzlich *ihn*.

Er trug nicht mehr seinen schwarzen Kapuzenmantel. Er hatte sich seitlich gegen den Fensterrahmen gelehnt, ein Knie an die Mauer gebeugt, das andere Spindelbein nach hinten gestreckt. Seine Arme hingen schlaff hinab.

Er schien völlig leblos zu sein, dennoch war sein Gesicht so beredt wie vorige Nacht. Die riesigen schwarzen Augen betonten seine weißen, zerfurchten Züge, die lange, schmale Nase, das Lächeln des Possenreißers. Die Fangzähne berührten die farblosen Lippen, und das Haar fiel ihm leuchtend schwarz und silbern bis weit über die Schultern.

Ich glaube, daß er lachte.

Ich war mehr als erschrocken. Ich konnte nicht einmal aufschreien und ließ den Wein fallen. Die Flasche kullerte über den Boden. Und als ich mich betrunken und unbeholfen zu bücken versuchte, wurden seine dünnen, schlaksigen Glieder sofort lebendig.

Er kam auf mich zu.

Ich grunzte ihn wütend an, rappelte mich von meinem Bett hoch, stolperte über das Tischchen und rannte von ihm fort, so schnell ich konnte.

Aber er bekam mich mit seinen langen, weißen Fingern zu fassen, die so stark und kalt waren.

»Laß mich los! Scher dich zum Teufel, zum Teufel, zum Teufel!« Ich stotterte. Ich versuchte, um Gnade zu winseln. »Ich gehe einfach fort, bitte. Laß mich hier raus. Du mußt. Laß mich gehen.«

Sein schauerliches Gesicht waberte über mir, die Lippen scharf in die weißen Wangen hochgezogen, und er brach in ein anhaltendes zügelloses Gelächter aus. Ich kämpfte vergeblich gegen ihn an, wand mich, bat wieder um Erbarmen, stammelte Unsinn und Entschuldigungen, und dann rief ich: »Gott, so hilf mir doch!« Und er legte mir seine monströse Hand auf den Mund.

»Nichts von diesem Zeug in meiner Gegenwart, Wolfkiller, oder ich werde dir das Maul mit allen Höllenhunden stopfen«, sagte er höhnisch grinsend. »Hmmm? Antworte mir. Hmmmm?«

Ich nickte, und er löste seinen Griff. Seine Stimme beruhigte mich einen Augenblick lang. Er schien vernünftigen Argumenten zugänglich, wenn er sprach. Er hörte sich beinahe kultiviert an.

Er hob seine Hände und streichelte mir über den Kopf, als ich mich duckte.

»Sonnenlicht im Haar«, flüsterte er, »und der blaue Himmel für alle Ewigkeit in deine Augen gesenkt.« Er sah fast nachdenklich aus. Sein Atem war völlig geruchlos, sein Körper ebenfalls. Der Modergeruch kam von seiner Kleidung.

Obwohl er mich nicht mehr festhielt, wagte ich nicht, mich zu rühren. Statt dessen fixierte ich seine Gewandung. Ein zerschlissenes Seidenhemd mit weiten Ärmeln, Kammgarngamaschen und kurze, zerlumpte Beinkleider. Alles in allem war er wie jemand aus einem längst vergangenen Jahrhundert gekleidet. Ich hatte solche Mode auf den Gobelins zu Hause gesehen, auf den Gemälden von Caravaggio und La Tour, die die Zimmer meiner Mutter schmückten.

»Du bist goldrichtig, mein Lelio, mein Wolfkiller«, sagte er, wobei sich sein Mund so weit öffnete, daß ich wieder die kleinen weißen Fangzähne sehen konnte. Sonst hatte er keine Zähne.

Mir schauderte. Ich sank zu Boden. Er hob mich auf und legte mich sanft auf das Bett.

Innerlich betete ich inbrünstig: ›Hilf mir, Gott, heilige Jungfrau Maria, hilf mir, hilf mir, hilf mir‹, während ich ihn nicht aus den Augen ließ.

Und was sah ich? Was hatte ich letzte Nacht gesehen? Eine Maske hohen Alters, gezeichnet von den Spuren der Zeit und dennoch erstarrt. Er war kein Lebewesen. Er war ein Monster. Ein Vampir war er, ein blutsaugender, einem Grab entstiegener Leichnam, ausgestattet mit Geist und Verstand.

Und warum erfüllte mich sein Äußeres mit Schrecken? Er sah aus wie ein Mensch, aber er bewegte sich nicht wie ein Mensch. Es schien ihm nichts auszumachen, ob er lief oder kroch, ob er sich vorbeugte oder hinkniete. Ich verabscheute ihn, und doch faszinierte er mich. Ich konnte nicht umhin zuzugeben, daß er mich faszinierte. Aber ich schwebte in zu großer Gefahr, um solch seltsamen Gefühlen nachzugeben.

Spreizbeinig und aus vollem Halse lachend stand er da, über mich gebeugt, die Finger auf meiner Wange ruhend. »Jaaaaa, mein Lieber, ich bin kein schöner Anblick«, sagte er. »Ich war schon alt, als ich das wurde, was ich bin. Aber du bist goldrichtig, mein Lelio, mein blauäugiger Jüngling, schöner noch als auf der Bühne.«

Die lange weiße Hand spielte wieder mit meinem Haar, fuhr durch die Strähnen, dann stöhnte er. »Nicht weinen, Wolfkiller«, sagte er. »Du bist auserwählt, und deine schäbigen kleinen Theatertriumphe werden dir nichts mehr bedeuten, noch ehe der Morgen graut.«

Wieder brach er in sein schauerliches Gelächter aus, und ich hegte in diesem Augenblick nicht den geringsten Zweifel, daß er ein Gesandter des Teufels war, daß Gott und der Teufel existierten, daß ich irgendwie von einem unermeßlichen Reich finsterer Wesen und schrecklicher Bedeutungen vereinnahmt worden war.

Der Gedanke blitzte in mir auf, daß das die Strafe für mein Leben sei, aber dann schien mir das wieder ein absurder Gedanke. Millionen Menschen auf der ganzen Welt dachten so wie ich. Warum zum

Teufel widerfuhr also ausgerechnet mir das alles? Und eine gespenstische Vorstellung nahm in meinem Inneren Gestalt an – daß die Welt genauso sinnlos war wie je und daß das hier nur eine zusätzliche Variante des allgemeinen Grauens war.

»Bei Gott dem Allmächtigen, verschwinde!« rief ich. Ich *mußte* jetzt an Gott glauben. Ich mußte. Das war meine einzige Hoffnung. Ich bekreuzigte mich.

Einen Augenblick lang starrte er mich mit wuterfüllten Augen an. Dann wurde er ganz ruhig. Er sah mir zu, wie ich mich weiter bekreuzigte. Er hörte mir zu, wie ich wieder und wieder Gott anrief. Und die ganze Zeit über lächelte er nur, wobei sein Gesicht zu einer Maske erstarrte.

Ich aber wand mich wie ein kleines Kind in Heulkrämpfen. »Dann regiert also Satan im Himmel, und der Himmel ist die Hölle«, sagte ich zu ihm. »O Herr, verlasse mich nicht...« Ich rief alle Heiligen an, die ich jemals kurz verehrt hatte.

Schließlich versetzte er mir einen gewaltigen Schlag ins Gesicht. Ich kippte zur Seite und wäre beinahe vom Bett auf den Fußboden gefallen. Das Zimmer drehte sich. Der säuerliche Weingeschmack kam mir hoch. Und wieder spürte ich seine Finger in meinem Genick.

»Kämpfe nur, Wolfkiller«, sagte er. »Gehe nicht kampflos in die Hölle. Verspotte Gott.«

»Ich spotte nicht«, protestierte ich.

Wieder zog er mich zu sich heran. Und ich wehrte mich heftiger, als ich mich je im Leben gegen etwas gewehrt hatte, die Wölfe eingeschlossen. Ich schlug und trat auf ihn ein, ich riß ihn an den Haaren. Aber ich hätte es ebensogut gegen einen Wasserspeier an der Kathedrale aufnehmen können.

Er grinste nur. Dann wich alles Leben aus seinem Gesicht. Seine Wangen waren hohl, die Augen fast erstaunt aufgerissen, und er öffnete den Mund. Die Unterlippe zog sich zusammen, und ich sah deutlich die Fangzähne.

»Verflucht seist du, verflucht seist du, verflucht seist du!« schrie und brüllte ich. Und er beugte sich über mich, und die Zähne drangen in mein Fleisch.

Diesmal nicht, sagte ich mir wutentbrannt, diesmal nicht. Ich werde nichts spüren. Ich werde widerstehen. Diesmal werde ich um meine Seele kämpfen.

Aber es geschah wieder. Die wonnigen Schauer und die Welt weit entrückt; und selbst er in all seiner Häßlichkeit konnte mir nichts anhaben, wie einen ein Insekt nicht ekelt, das von außen gegen das Fenster fliegt; und der Klang des Gongs und ein Wohlbefinden sondergleichen; und dann war ich allem ganz und gar entrückt. Ich war körperlos und versank in ein Netz strahlender Träume.

Ich sah eine Katakombe. Ein bleicher Vampir lag erwachend in seinem flachen Grab. Er war in schwere Ketten gelegt, der Vampir, und über ihn stand jenes Monster gebeugt, das mich entführt hatte, und ich wußte, daß sein Name Magnus war und daß er in diesem Traum noch sterblich war, ein großer und mächtiger Alchimist. Und er hatte diesen schlummernden Vampir just vor der folgenschweren Stunde der anbrechenden Dunkelheit ausgegraben und gefesselt.

Und nun, da das Licht vom Himmel schwand, trank Magnus das magische und verfluchte Blut seines hilflosen, unsterblichen Gefangenen, das ihn selbst zu einem der lebenden Toten machen würde. Es war Verrat, Diebstahl der Unsterblichkeit. Ein finsterer Prometheus, der ein flackerndes Feuer stahl. Gelächter in der Dunkelheit. Gelächter, das durch die Katakombe, durch die Jahrhunderte hallte. Und der Gestank des Grabes. Und ein unergründlicher, unwiderstehlicher Taumel, der langsam verebbte.

Ich weinte. Ich lag auf dem Stroh, und ich flehte: »Nicht aufhören, bitte ...«

Magnus hielt mich nicht mehr in seinen Armen, und ich atmete wieder selbst, und die Träume hatten sich aufgelöst. Ich fiel in einen unendlichen Abgrund, und die Sterne entfernten sich nach oben, Edelsteine auf einem dunklen, lila Schleier. »Sehr raffiniert. Und ich hatte geglaubt, der Himmel sei ... echt.«

Die kalte Winterluft strich in das Zimmer. Ich spürte die Tränen auf meinem Gesicht. Ich verging fast vor Durst. Und in weiter, weiter Ferne stand Magnus und sah mich an. Seine Hände baumelten neben den dünnen Beinen.

Ich versuchte, mich zu bewegen. Mein ganzer Körper war durstig.

»Du stirbst, Wolfkiller«, sagte er. »Das Licht erlischt in deinen blauen Augen, als wären all die Sommertage entschwunden ...«

»Nein, bitte...« Dieser Durst war unerträglich. Ich lag da, den Rücken gekrümmt, den Mund weit offen. Und da war es nun, das letzte Grauen, der Tod, einfach so.

»Bitte darum, Kind«, sagte er. Sein Gesicht war nicht länger die grinsende Maske, es drückte tiefes Mitgefühl aus. Er sah beinahe menschlich aus, beinahe auf natürliche Weise gealtert. »Bitte, und du wirst empfangen«, sagte er.

Ich sah das Wasser aller Gebirgsbäche meiner Kindheit. »Hilf mir. Bitte.«

»Ich werde dir das Wasser aller Wasser geben«, flüsterte er in mein Ohr, und es schien, als sei er nicht mehr weiß. Er war bloß ein alter Mann, der neben mir saß. Sein Gesicht war menschlich und fast traurig.

Aber als ich ihn lächeln und die grauen Augenbrauen heben sah, wußte ich, daß das nicht stimmte. Er war kein Mensch. Er war dasselbe alte Monster, nur daß jetzt mein Blut in ihm war!

»Der Wein aller Weine«, keuchte er. »Das ist mein Leib, das ist mein Blut.« Und dann umfingen mich seine Arme. Er zog mich an sich, und ich spürte, daß er Wärme ausströmte, und er schien nicht von Blut durchpulst zu sein, sondern von Liebe zu mir. »Bitte darum, Wolfkiller, und du wirst ewig leben«, sagte er, aber seine Stimme klang matt und leblos, und sein Blick war von Tragik verschleiert.

Ich wandte mich ab. Ich würde um nichts bitten, ich würde sterbend der Versuchung widerstehen, und dann lag sie vor mir, die große Hoffnungslosigkeit, vor der ich so viel Angst hatte, die Leere, die Tod heißt, und dennoch sagte ich nein. Ich würde nicht schwach werden angesichts des Chaos und des Schreckens. Ich sagte nein.

»Das ewige Leben«, flüsterte er. Mein Kopf sank auf seine Schulter. »Starrsinniger Wolfkiller.« Seine Lippen berührten mich, warmer, geruchloser Atem auf meinem Hals.

»Nicht starrsinnig«, flüsterte ich. Meine Stimme war so schwach, daß ich nicht wußte, ob er mich hören konnte. »Tapfer. Nicht starrsinnig.« Warum sagte ich das überhaupt? Warum noch diese Eitelkeit? Und »starrsinnig« war so ein banales, grausames Wort...

Er hob meinen Kopf hoch, und während er mich mit seiner Rechten hielt, hob er die linke Hand und fügte mit den Fingernägeln seinem eigenen Hals eine klaffende Wunde zu. Mein Körper bäumte sich vor Entsetzen auf, aber er preßte meinen Kopf gegen die Wunde und sagte: »Trink!«

Ich schrie so laut auf, daß mein Trommelfell zu bersten drohte. Aber das Blut floß aus der Wunde und benetzte meine ausgedörrten Lippen. Ich kam um vor Durst.

Und meine Zunge leckte das Blut auf. Mich traf es wie ein Peitschenschlag. Und mein Mund öffnete sich und klammerte sich an die Wunde, und mit aller Macht gab ich mich der Quelle hin, die meinen Durst wie keine andere je würde löschen können.

Blut und Blut und Blut. Und nicht nur mein quälender Durst wurde gelöscht, sondern all mein Verlangen, alles, was ich jemals begehrt und erstrebt hatte.

Noch weiter öffnete sich mein Mund, noch fester klammerte er sich an ihn. Ich spürte, wie mir das Blut den Hals entlanglief. Ich spürte, wie sich sein Kopf an mich preßte. Ich spürte, wie mich seine Arme umschlungen hielten. Ich spürte seine Sehnen, seine Knochen, seine Hände. Ich *kannte* seinen Körper. Und doch durchflutete mich plötzlich eine Art Taubheit, als ob alle meine Glieder langsam einschliefen, und dann war da ein erregendes Prickeln, das sich allmählich steigerte, als mein Körpergefühl von neuem erwachte, aufs äußerste geschärft, und die Taubheit durchdrang, bis ich fast sehen konnte, was ich fühlte.

Aber schöner noch war das süße, köstliche Blut, das in mich floß, während ich trank und trank. Mehr, noch mehr, das war alles, woran ich denken konnte, falls ich überhaupt einen Gedanken hatte, und dieser dickflüssige Saft war wie Licht, das in mich drang, meinen Geist zu durchfluten schien, ein gleißender, roter Strom, der alle verzweifelten Wünsche meines Lebens tausendfach erfüllte.

Magnus' Körper jedoch, dieses Gerüst, an das ich mich klammerte, sackte allmählich neben mir zusammen. Sein Atem war nur noch ein Röcheln, aber er ließ mich gewähren.

Ich liebe dich, wollte ich sagen, Magnus, mein unirdischer Meister, entsetzliches Geschöpf, das du bist, ich liebe dich, liebe dich, das ist es, was ich immer so begehrt habe und nie bekommen konnte, und du hast es mir gegeben!

Ich spürte, daß ich sterben würde, wenn es so weiterginge, und es ging weiter, und ich bin nicht gestorben. Statt dessen fühlte ich plötzlich seine Hände liebevoll meine Schultern streicheln, und dann zwang er mich mit aller Kraft, von ihm abzulassen.

Ich stieß einen klagenden Schrei aus. Er führte mich zum Fenster, ich stützte meine Hände in den steinernen Rahmen und blickte hinaus. Ich lehnte die Stirn an das Eisengitter.

Weit unter mir ragte eine dunkle Hügelkuppe auf, von Bäumen überwuchert, die im fahlen Sternenlicht schimmerten. Und weiter weg lag das Lichtergestrüpp der Stadt in einem weichen, violetten Nebel. Der Schnee schmolz und schien zu glühen. Dächer, Türme, Mauern, alles flirrende, pastellfarbene Kristalle.

Da vor mir breitete sich Metropolis aus. Und als ich schärfer hinsah, erblickte ich eine Million Fenster wie aufgefächerte Strahlenbündel, und mehr noch, in den Schluchten der Stadt machte ich das Gewimmel der Menschen aus. Winzige Sterbliche in winzigen Gassen, unzählige Seelen wie Mosaiksteinchen auf dem Mantel der Nacht ausgelegt, und die Luft war erfüllt vom dünnen Gesumm menschlicher Stimmen. Schreie, Lieder, verwehte Melodiefetzen, entfernte Glockenschläge.

Ich stöhnte auf. Eine Brise umschmeichelte mein Haar. Die Stadt verblaßte, und ihre Menschen lösten sich auf im wundersamen Spiel der violetten Schatten und des schwindenden Lichts.

»Was hast du getan, was hast du mir da geschenkt?« flüsterte ich. Und es war, als ob ich gar nicht mehr aufhören konnte zu fragen und zu staunen, bis meine Worte zu einem einzigen Aufschrei zusammenflossen, in dem all mein Entsetzen und all mein Glück ihren Ausdruck gefunden zu haben schienen.

Falls es einen Gott gab, hatte das jetzt keine Bedeutung mehr. Er gehörte einem öden und trostlosen Reich an, dessen Geheimnisse und dessen Licht längst versiegt waren. Dies hier war der vibrierende Mittelpunkt des wahren Lebens in seiner ganzen Vielfalt. Und welch herrliches Gefühl, dabeizusein!

Ich hörte, wie hinter mir das Monster nahte, und drehte mich um. Magnus war bleich und blutleer und sah aus wie eine bloße Hülle seiner selbst. In seinen Augen standen blutrote Tränen, und er streckte mir schmerzlich flehend die Arme entgegen.

Ich zog ihn an meine Brust. Ich liebte ihn inbrünstiger, als ich je jemanden zu lieben vermocht hatte.

»Weißt du es noch immer nicht?« röchelte er mühselig. »Du bist mein Erbe, auserwählt, das Geschenk der Finsternis von mir entgegenzunehmen. Du wirst ein wahres Kind der Finsternis werden.«

Ich küßte seine Lider. Ich ließ sein weiches, schwarzes Haar durch meine Finger gleiten. Für mich war er jetzt kein furchteinflößendes Geschöpf mehr. Seine eingefallenen Wangen, sein langer Hals, seine dünnen Beine ... das war sein ganz natürliches Äußeres.

»Nein, Grünschnabel«, seufzte er. »Hebe dir deine Küsse für die Welt auf. Meine Stunde hat geschlagen, und du schuldest mir nur noch einen einzigen Dank. Folge mir.«

3

Er zog mich eine Wendeltreppe hinunter. Gierig nahm ich alles auf, was sich meinen Blicken darbot. Die grobbehauenen Steine schienen ihr eigenes Licht auszustrahlen, und sogar die Ratten, die durch die Dunkelheit schossen, waren von seltsamer Schönheit.

Dann schloß er eine schwere eisenbeschlagene Holztür auf, und indem er mir seinen mächtigen Schlüsselring überreichte, führte er mich in einen großen, kahlen Raum. »Du bist jetzt mein Erbe, wie du weißt«, sagte er. »Du wirst dieses Haus und all meine Schätze übernehmen. Aber erst mußt du dich noch meinen Anweisungen fügen.«

Die vergitterten Fenster gewährten einen grenzenlosen Blick auf die mondbeschienenen Wolken, und wieder sah ich die flimmernde Stadt, die ihre Arme auszubreiten schien.

»Später kannst du zur Genüge von all jenen trinken, die du jetzt siehst«, sagte Magnus. Er packte mich, drehte mich zu sich um, und ich sah, daß er vor einem riesigen Holzhaufen stand, der auf dem Fußboden aufgeschichtet war.

»Hör mir gut zu«, sagte er, »da ich dich bald verlassen werde.« Er deutete auf das Holz. »Und da sind noch ein paar Dinge, die du wissen mußt. Du bist jetzt unsterblich. Und ganz von selbst wirst du bald dein erstes menschliches Opfer finden. Schlage schnell zu und zeige keine Gnade. Aber brich selbst den köstlichsten Festschmaus ab, ehe das Herz des Opfers zu schlagen aufhört. In ein paar Jahren wirst du genau wissen, wann dieser erhabene Augenblick erreicht ist, aber bis dahin laß Vorsicht walten, wenn du nicht bitter für deinen Leichtsinn büßen willst.«

»Aber warum verläßt du mich?« fragte ich verzweifelt. Ich klammerte mich an ihn. Opfer, Gnade, Schmaus... Mir kamen diese Worte wie eine Tracht Prügel vor.

Er entwand sich meiner Umarmung und zeigte auf die Steine der gegenüberliegenden Wand. Einer der größten Quader ragte fast einen halben Meter aus der Wand heraus.

»Ergreife diesen Stein«, sagte er, »und ziehe ihn heraus.«

»Aber das ist unmöglich«, sagte ich. »Der wiegt mindestens ...«

»Zieh ihn raus!« Er wies mit einem seiner langen, knochigen Finger auf die Wand und blickte so streng, daß ich seinem Befehl Folge zu leisten versuchte. Zu meiner Überraschung ließ sich der Stein mühelos entfernen, und dahinter war eine Öffnung, gerade groß genug, um durchzurobben.

Magnus ließ ein schnarrendes Lachen hören und nickte. »Hier, mein Sohn, ist der Gang, der zu meinem Schatz führt«, sagte er. »Verfahre mit meinen irdischen Besitztümern, wie es dir beliebt. Aber jetzt ist es Zeit, daß du mir meinen letzten Wunsch erfüllst.«

Er brach zwei Zweige aus dem Holzhaufen und rieb sie mit solcher Vehemenz aneinander, daß sie bald lodernd Feuer fingen. Dann warf er die brennenden Zweige auf das Holz, das sofort in Flammen stand und Deckengewölbe und Steinwände in loderndes Licht tauchte.

Ich prallte zurück. Dieser flackernde Tumult aus Gelb und Orange erfüllte mich gleichermaßen mit Furcht und Entzücken, und obgleich ich die Hitze hautnah spürte, löste sie doch ein ungeahntes Wohlempfinden aus. Keine Spur einer natürlichen Angst zu verbrennen. Statt dessen hatte das gleißende Feuer eine äußerst angenehme Wirkung, und mir wurde erst jetzt bewußt, wie kalt mir war. Ich war von einer Eisschicht überzogen, die in der Hitze schmolz.

Magnus stieß wieder sein hohles, keuchendes Gelächter aus und fing an in dem Flackerlicht zu tanzen; ein tanzendes Skelett mit einem weißen Menschgesicht. Die Arme über den Kopf gekrümmt, den Rücken und die dünnen Beine gekrümmt, drehte er Runde um Runde um das Feuer.

»*Mon Dieu!*« flüsterte ich. Ich taumelte. Noch vor einer Stunde hätte mich dieser Anblick mit nacktem Entsetzen erfüllt, aber nun war ich von diesem Schauspiel so hingerissen, daß ich nicht umhin konnte, ihm Schritt für Schritt zu folgen. Das Licht vollführte ein wahres Feuerwerk auf seinen Satinlumpen, seinen Beinkleidern, seinem zerfetzten Hemd.

»Aber du darfst mich nicht verlassen!« flehte ich und versuchte, meine Gedanken zu ordnen, versuchte, mir seiner Worte klarzuwerden. Meine Stimme hallte mir schauerlich in den Ohren. Ich bemühte mich, ihr einen tieferen, weicheren Klang zu verleihen. »Wo gehst du hin?«

Darauf lachte Magnus so laut wie noch nie. Er klopfte sich auf die Schenkel und tanzte fort von mir, streckte seine Arme dem Feuer entgegen.

Schon loderten auch die dicksten Scheite. Der Raum, so groß er war, glich einem Schmelzwerk, dicke Rauchschwaden quollen aus den Fenstern.

»Nicht ins Feuer!« Ich stob zurück, warf mich flach gegen die Wand. »Du darfst nicht ins Feuer gehen!« Angst übermannte mich.

»O doch, ich darf«, lachte er. »O doch, ich darf!« Er warf seinen Kopf zurück und ließ sein Lachen in Geheul münden. »Aber für dich, Grünschnabel«, sagte er und hielt vor mir inne, den Zeigefinger auf mich gerichtet, »für dich ist es Zeit, mir einen letzten Dankesdienst zu erweisen. Komm schon, besinn dich ein bißchen auf die alte Ehre der Sterblichen, oder ich muß dich, auch wenn mir darüber das Herz zerspringt, ins Feuer werfen und mir einen anderen Nachkommen erwählen. Antworte mir!«

Ich brachte kein Wort hervor. Ich nickte. Im tobenden Schein des Feuers sah ich, daß meine Hände weiß geworden waren. Und ein stechender Schmerz durchfuhr meine Unterlippe: Meine Eckzähne hatten sich bereits in Fangzähne verwandelt! Ich starrte ihn erschrokken an, aber er schien mein Entsetzen zu genießen.

»Nun, wenn ich verbrannt bin«, sagte er und umklammerte mein Handgelenk, »und das Feuer verloschen ist, *mußt* du meine Asche verstreuen. Hör mir zu, Kleiner. Meine Asche verstreuen. Sonst könnte ich zurückkommen, und in welcher Gestalt, wage ich nicht auszudenken. Grabe meine Worte in deinem Gedächtnis ein, denn wenn du es zuläßt, daß ich zurückkomme, abscheulicher gar, als ich jetzt bin, werde ich dich bis ans Ende der Welt jagen und dir Brandnarben zufügen, bis du aussiehst wie ich, hast du verstanden?«

Ich brachte noch immer kein Wort hervor. Nicht etwa aus Angst. Sondern weil es die Hölle war. Ich konnte meine Zähne wachsen und meinen Körper vor Erregung zittern fühlen.

»Ah, ja.« Magnus lächelte. Das Feuer hinter ihm loderte bis zur Decke, umgab sein Gesicht mit einem flackernden Lichtkranz. »Um der Gnade willen werde ich jetzt die Hölle suchen gehen, falls es eine Hölle gibt, oder das süße Vergessen, das ich mit Sicherheit nicht verdiene. Wenn es einen Fürst der Finsternis gibt, werde ich ihn endlich sehen. Ich werde ihm ins Gesicht spucken ... Also, verstreue, was verbrannt ist, wie ich dir befohlen habe, und wenn das getan ist, begebe dich durch diesen Schacht zu meiner Lagerstatt, und achte sorgsam darauf, mit dem Stein die Mauer hinter dir zu verschließen. Drinnen wirst du meinen Sarg vorfinden. Und in dieses Behältnis mußt du dich tagsüber verfügen, oder das Sonnenlicht wird dich zu Asche verbrennen. Präge dir meine Worte gut ein, nichts auf Erden kann deinem Leben ein Ende setzen, außer der Sonne oder einem Flammenmeer wie diesem hier, aber sogar dann nur, und ich betone *nur*, wenn deine Asche danach verstreut wird.«

Ich wandte mich von ihm und den Flammen ab. Doch er zog mich von dem Feuer fort, hin zu jenem Stein in der Wand. »Bitte bleib bei mir, bitte«, flehte ich ihn an. »Nur noch ein Weilchen, nur noch eine Nacht, bitte!« Ich umarmte ihn, hielt ihn fest. Sein hageres weißes Gesicht und seine schwarzen, seltsam ausdrucksvollen Augen schienen mir auf unerklärliche Weise schön.

»Ach, du mein gieriger Sohn«, sagte er. »Genügt es nicht, unsterblich zu sein, mit der ganzen Welt als Tafelfreude? Leb wohl, Kleiner. Befolge meine Worte. Vergiß die Asche nicht! Und die Kammer hinter diesem Stein. Dort findest du alles, was du zu deinem Glück brauchst.«

Ich hielt ihn mit aller Macht fest. Er lachte und wunderte sich, wie stark ich war. »Ausgezeichnet, ausgezeichnet«, flüsterte er. »Jetzt lebe in alle Ewigkeit, schöner Wolfkiller, nutze die Gaben, die ich dir verliehen habe.«

Er stieß mich von sich. Und mit einem gewaltigen Satz sprang er mitten in das Flammenmeer.

Ich sah ihn zu Boden gehen. Ich sah, wie die Flammen sich seiner Kleidung bemächtigten. Sein Kopf verwandelte sich in eine Fackel, und dann, ganz plötzlich, riß er Mund und Augen zu großen, schwarzen Höhlen auf, und sein gellendes Lachen schwoll derart an, daß ich mir die Ohren zuhielt.

Er schien auf allen vieren in den Flammen hoch- und niederzuspringen, und auf einmal merkte ich, daß meine Schreie sein Gelächter übertönten.

Die spindeldürren Arme und Beine tauchten auf und verschwanden, tauchten auf und verschwanden, und dann welkten sie plötzlich dahin. Das Feuer loderte noch einmal bullernd auf, und dann waren nur noch die züngelnden Flammen selbst zu sehen.

Ich fiel auf die Knie, die Hände auf die Augen gepreßt. Aber hinter meinen Lidern konnte ich noch immer die Flammen sehen – einen Funkenregen nach dem anderen, bis ich meine Stirn gegen die Steine des Bodens drückte.

4

Jahrelang, so schien es mir, war ich auf dem Boden gelegen und hatte dem Feuer zugeschaut, wie es sich ausbrannte, bis nur noch ein paar verkohlte Scheite übrig waren.

Der Raum war ausgekühlt. Durch das offene Fenster strich eisige Luft. Und wieder und wieder mußte ich weinen; mein Schluchzen hallte mir in den Ohren, bis ich es nicht mehr ertragen konnte.

Ab und zu betete ich wieder. Ich bat um Vergebung, obwohl ich nicht hätte sagen können, um Vergebung wofür. Ich betete zur Jungfrau Maria, zu den Heiligen. Ich murmelte das *Gebenedeit seist du, Maria* so oft, bis es ein sinnentleertes Geplapper wurde.

Meine Tränen aber waren aus Blut und ließen ihr Mal auf meinen Händen, wenn ich mir über die Augen wischte.

Schließlich lag ich nur mehr erschöpft auf dem Steinboden, und statt der Gebete murmelte ich monoton jene verschwommenen Bittgesuche, die wir an alles richten, das heilig ist und mit Macht ausgestattet, alles, das existieren mag oder auch nicht, alles, das wir mit Namen behaften können. Laß mich hier nicht allein. Laß mich nicht im Stich. Ich bin an der Hexen Stelle. Ich bin auf dem Hexenplatz. Laß mich nicht tiefer fallen, als ich in dieser Nacht schon gefallen bin. Laß es nicht geschehen ... *Lestat, erwache.*

Aber dann mußte ich wieder an die Worte des Magnus denken; sie gingen mir nicht aus dem Sinn: *Die Hölle finden, falls es eine Hölle gibt ... Wenn es einen Fürsten der Finsternis gibt ...*

Schließlich rappelte ich mich auf die Knie und Hände hoch. Mir war schwindlig. Ich betrachtete das Feuer und sah, daß ich es wieder entfachen und mich hineinstürzen könnte. Aber als ich wirklich darüber nachdachte, begriff ich, daß ich das nicht ernstlich wollte.

Warum sollte ich derlei auch tun? Was hatte ich schon angerichtet, um das Schicksal der Hexen erleiden zu müssen? Ich wollte keinen Augenblick lang in der Hölle sein. Und in Dreiteufelsnamen, ich hatte keine Lust, dort einzuziehen, um dem Fürsten der Finsternis ins Gesicht zu spucken.

Im Gegenteil, wenn ich verdammt war, dann sollte sich dieser Scheißkerl gefälligst um mich kümmern und mir sagen, warum es mir bestimmt war, so zu leiden. Das hätte ich echt gern gewußt.

Und was die Vergebung anbetraf, nun ja, das hatte schließlich noch ein wenig Zeit ... oder?

Eine ungewohnte Ruhe bemächtigte sich meiner. Ich war düster und verbittert und doch betörend selbstbewußt.

Ich hatte mein Menschsein abgelegt.

Und während ich so nachdenklich am Boden kauerte und in die verglühende Asche starrte, ballte sich in mir eine enorme Kraft. Mein kindisches Geschluchze versiegte nach und nach. Und ich wandte meine Aufmerksamkeit erneut meiner weißen Haut zu, meinen beiden scharfen, bösen Zähnen und meinen Fingernägeln, die in der Dunkelheit phosphoreszierten. Und ich stellte mit Befriedigung fest, daß all die kleinen, wohlvertrauten Schmerzen aus meinem Körper gewichen waren.

Die Zeit verging – und sie verging auch wieder nicht. Der leise Luftzug, der durch den Raum wehte, liebkoste meine Haut. Und wenn die Kirchenglocken von fern die Stunde schlugen, zeigten sie mir nicht die flüchtige Zeit der Sterblichen an. Für mich war das reinste Musik, der ich auf dem Rücken liegend lauschte, während ich dem Zug der Wolken nachblickte.

Doch dann begann sich in meiner Brust ein neuer, zutiefst brennender und lebhafter Schmerz bemerkbar zu machen. Er floß durch meine Adern und schien sich in meinem Magen und Gedärm zu sammeln. Ich hatte keine Angst vor diesem Schmerz, vielmehr fühlte ich ihn, als würde ich ihm zuhören.

Ich legte meinen Kopf zur Seite und blickte an mir herab. Nun konnte ich sehen, was den Schmerz verursachte. Meine Ausscheidungen entströmten mir wie ein kleiner Bach, ohne daß ich dagegen etwas hätte unternehmen können. Ich sah zu, wie die Bescherung meine Kleider verschmutzte und empfand dabei nicht den geringsten Ekel. Dann krochen Ratten herbei und näherten sich lautlos dem Unrat, und selbst das verursachte mir keinen Ekel. Es berührte mich auch nicht, als sie über mich kletterten, um die Ausscheidungen zu fressen. Ja, ich konnte mir beim besten Willen nichts vorstellen, das mir Übelkeit verursacht hätte, nicht einmal die glitschigen Insekten im Grab, die mir bald über Gesicht und Hände kriechen würden.

Ich gehörte nicht zu jener Welt, die vor derlei erschauderte. Und ich mußte lächeln, als mir bewußt wurde, daß ich die Seite gewechselt hatte – ich gehörte zu den Dingen, die erschaudern *machten*. Der Gedanke bereitete mir solches Vergnügen, daß ich in Gelächter ausbrach.

Und doch war da noch ein Rest Trauer, den ich nicht zu bezwingen vermochte, die flüchtige und gleichwohl nur zu begründete Ahnung des Verderbens, das mich ergriffen hatte: Ich war tot und ein Vampir. Und andere würden sterben, um mich am Leben zu erhalten; ich würde ihr Blut trinken, um leben zu können. Und ich würde nie wieder Nicolas sehen oder meine Mutter oder sonst einen Menschen, den ich gekannt und geliebt hatte. Ich würde Blut trinken. Und ich würde ewig leben.

Ich rappelte mich hoch. Ich fühlte mich unbeschwert und stark und auf seltsame Weise betäubt. Ich ging zu dem erloschenen Feuer und stapfte durch die verbrannten Scheite.

Knochen waren keine da. Es war, als hätte sich Magnus in nichts aufgelöst. Und wie er es mir befohlen hatte, nahm ich alle vorhandene Asche und trug sie nach und nach in meinen Händen zum Fenster. Und als der Wind sie davontrug, flüsterte ich Magnus ein

Lebewohl hinterher und hätte gerne gewußt, ob er mich hören konnte.

Zum Schluß waren nur noch verkohltes Holz und ein wenig Ruß übrig, den ich auflas und in die Dunkelheit streute. Es war Zeit, die Gruft hinter der Mauer in Augenschein zu nehmen.

5

Der Stein ließ sich auch jetzt wieder ohne weiteres entfernen. Er hatte an seiner Rückseite einen Haken, so daß ich ihn hinter mir von neuem in das Loch ziehen konnte. Aber um durch den Schacht zu gelangen, mußte ich mich auf den Bauch legen. Und als ich auf die Knie sank und hineinspähte, konnte ich am anderen Ende keinerlei Licht ausmachen.

Wäre ich noch unter den Sterblichen gewesen, hätte mich keine Macht der Welt dazu bewegen können, da hineinzukriechen. Aber der alte Vampir hatte mir ja klipp und klar erklärt, daß mich Sonne und Feuer vernichten konnten. Also mußte ich mich in den Sarg begeben. Und mit einemmal fiel mich die Angst an.

Ich legte mich flach hin und kroch wie ein Salamander in den Schacht. Wie befürchtet, konnte ich kaum den Kopf heben. Es war so eng, daß ich auch nicht umdrehen und den Haken in dem Stein erreichen konnte. Ich mußte meinen Fuß in den Haken stecken und vorwärtskriechend den Quader wieder in die Öffnung ziehen.

Völlige Finsternis. Und gerade genug Platz, um mich ein paar Zentimeter hoch auf die Ellbogen zu stützen. Ich keuchte, und die Angst hatte mich im Würgegriff, und ich drehte beinahe durch bei dem Gedanken, daß ich meinen Kopf nicht heben konnte, und ich schlug ihn aus lauter Verzweiflung gegen die Steine, bis ich winselnd zusammenbrach.

Aber ich hatte keine Wahl, ich mußte den Sarg erreichen. Ich riß mich zusammen und setzte meinen Weg beschleunigt fort. Meine Knie scheuerten die Steine entlang, meine Hände tasteten nach Spalten und Schlitzen, an denen ich mich entlangziehen konnte. Mein Genick war völlig verkrampft, so sehr achtete ich darauf, den Kopf nicht mehr zu heben.

Plötzlich versperrte mir ein Stein den Weg. Ich schob ihn mit aller Kraft nach vorne, und fahles Licht schimmerte mir entgegen.

Ich wand mich aus dem Schacht und fand mich in einem kleinen Raum. Die Decke war niedrig und gewölbt, und das schmale Fenster oben war mit dem vertrauten Eisengitter versehen, aber das liebliche, violette Licht der Nacht strömte herein und ließ einen großen, mit Holz bestückten Kamin in der gegenüberliegenden Wand sichtbar werden. Und daneben, unter dem Fenster, stand ein alter Steinsarkophag.

Mein roter, pelzbesetzter Samtmantel lag auf dem Sarkophag. Und über eine rustikale Bank gebreitet, erblickte ich einen prächtigen Anzug aus rotem Samt, von Gold durchwirkt und reichlich mit italienischer Spitze versehen, ferner rote Kniehosen aus Seide und weiße Seidenstrümpfe und Schuhwerk mit roten Absätzen.

Ich strich mir das Haar aus dem Gesicht und wischte mir den blutdurchtränkten Schweiß von Lippen und Stirn. Dann ging ich hinüber zu dem Kamin, nahm zwei Stöckchen, wie der alte Vampir zuvor, und rieb sie fest und schnell gegeneinander, bis sie sich in einer emporschießenden Flamme auflösten. Das hatte mit Magie nichts zu tun; es war reine Übungssache. Das Feuer wärmte mich, und ich zog meine verdreckten Kleider aus, wischte mit dem Hemd die letzten Reste menschlicher Ausscheidungen weg und warf alles in die Flammen, ehe ich mich in die neuen Gewänder hüllte.

Rot, betörendes Rot. Nicht einmal Nicolas hatte solche Kleider gehabt. Das waren Kleider für den Hof zu Versailles, die Stickerei mit Perlen und kleinen Rubinen versehen.

Ich warf den Wolfsmantel über meine Schultern. Und obgleich die Kälte von meinen Gliedern gewichen war, kam ich mir wie ein Wesen aus Eis gemeißelt vor.

Ich betrachtete den Sarg im Feuerschein. Den schweren Deckel zierte das Bildnis eines alten Mannes, das Magnus recht ähnlich sah, wie ich sofort bemerkte.

Da lag er in vollkommener Ruhe, den Possenreißermund geschlossen, das Haar eine gestriegelte Mähne aus kunstvoll gemeißelten Wellen und Locken.

Der Sarg mußte mindestens dreihundert Jahre alt sein. Die Hände des Mannes waren auf der Brust gefaltet, er war mit einem knöchellangen Gewand angetan, und von seinem Steinschwert hatte jemand den Griff und einen Teil der Scheide abgebrochen.

War es die Kreuzform, weshalb dieser Teil mit Gewalt entfernt worden war? Ich fuhr mit dem Finger über die Abbruchstelle. Natürlich passierte nichts, sowenig wie einst beim Abmurmeln meiner Gebete. Und in den Staub neben dem Sarg zog ich ein Kreuzeszeichen.

Wieder tat sich nichts.

Dann zog ich ein paar Striche über das Kreuz, die Christus darstellen sollten, seine Arme, seine gebeugten Knie, seinen seitwärts geneigten Kopf. Ich schrieb »Unser Herr Jesus Christus«, die einzigen Worte, die ich, außer meinem Namen, ohne Schwierigkeiten schreiben konnte, und wieder geschah nichts. Und während ich noch ängstlich auf die Worte und das kleine Kruzifix blickte, versuchte ich, den Deckel des Sarg zu heben.

Trotz meiner neuverliehenen Kräfte war das alles andere als leicht. Kein Sterblicher hätte das allein vermocht. Aber was mich am meisten verblüffte, war, daß mir das überhaupt Mühe machte. Ich verfügte nicht über grenzenlose Kraft. Und mit Sicherheit war ich nicht so stark wie der alte Vampir. Ich war vielleicht so stark wie drei oder vier Männer; es ließ sich unmöglich genau abschätzen.

Ich blickte in den Sarg. Er war sehr schmal und voller Schatten, nicht gerade einladend. In den Rand waren lateinische Wörte eingeschrieben, die ich nicht lesen konnte.

Das setzte mir zu. Ich wollte, diese Wörter wären nicht dagewesen, und meine Sehnsucht nach Magnus und meine Hilflosigkeit drohten, mich zu überwältigen. Ich haßte ihn, weil er mich verlassen hatte. Und es kam mir wie eine Ironie des Schicksals vor, daß ich Liebe für ihn empfunden hatte, kurz bevor er ins Feuer gesprungen war. Und daß ich Liebe für ihn verspürt hatte, als ich seine roten Gewänder betrachtet hatte.

Konnten Teufel einander lieben? Liefen sie Arm in Arm durch die Hölle und sagten sich Dinge wie : »O mein Freund, wie sehr ich dich liebe«? Andererseits waren das reichlich theoretische Fragen, da ich ja nicht an die Hölle glaubte. Oder war das alles nicht eigentlich nur eine Frage der Definition des Bösen?

Alle Höllenbewohner sollten einander hassen, wie alle Erretteten ohne Ausnahme die Verdammten haßten. So hatte ich es von Kindheit an gelernt. Und schon als Kind hatte mich der Gedanke in Furcht und Schrecken versetzt, daß ich in den Himmel kommen und meine Mutter in der Hölle enden könnte und daß ich sie dann hassen müßte. Ich konnte sie nicht hassen. Und was, wenn wir beide in der Hölle landen würden?

Nun, Hölle hin, Hölle her, jetzt wußte ich, daß sich Vampire lieben konnten und daß man nicht zu lieben aufhört, auch wenn man sich dem Bösen verschrieben hat. So schien es wenigstens in diesem Augenblick. Aber jetzt bloß nicht wieder weinen. Dieses Geheule war nicht mehr auszustehen.

Ich nahm eine Holztruhe in Augenschein, die hinter dem Sarg verborgen stand. Sie war nicht verschlossen, und ihr morscher Dekkel fiel fast aus den Scharnieren, als ich sie öffnete. Und obwohl mir der alte Meister gesagt hatte, daß ich seine Schätze erben würde, war ich wie vor den Kopf gestoßen von dem, was ich da sah. Die Truhe war mit Edelsteinen und Gold und Silber bis obenhin vollgestopft. Da waren zahllose besetzte Ringe, diamantene Halsbänder, Perlenketten, Münzen und haufenweise andere Kostbarkeiten.

Ich ließ meine Finger durch die Schätze gleiten und nahm dann ganze Hände voll und keuchte, als mir die roten Rubine und grünen Smaragde entgegenleuchteten. Das war ein Farbengefunkel, von dem ich nie zu träumen gewagt hätte, ein unvorstellbarer Reichtum. Und das gehörte jetzt alles mir.

Dann sah ich mir die Sachen etwas genauer an. Vereinzelt tauchten persönliche Artikel auf, an denen bereits der Zahn der Zeit genagt hatte. Satinmasken mit verrotteter Goldverzierung, Spitzentaschentücher und Stoffetzen, an denen Schmucknadeln und Broschen steckten, ein mit goldenen Glöckchen behangener Lederhalfter, ein durch einen Ring gezogenes und vermoderndes Spitzentüchlein, dutzendweise Schnupftabakdosen, Medaillons an violetten Bändern.

Hatte Magnus das alles seinen Opfern geraubt?

Ich hob ein juwelenbesetztes und für meine Zeit bereits ungewohnt schweres Schwert hoch und einen abgetragenen Pantoffel, der vielleicht nur wegen seiner Schnalle aus Bergkristall aufbewahrt worden war. Natürlich hatte Magnus sich genommen, was er wollte.

Doch er selbst hatte nur Lumpen getragen, die zerfetzte Tracht eines versunkenen Zeitalters, und er hatte hier wie ein Eremit aus einem früheren Jahrhundert gelebt. Ich konnte das einfach nicht verstehen.

Aber der Schatz beherbergte noch andere Dinge. Rosenkränze aus prächtigsten Edelsteinen, an denen noch immer die Kruzifixe hingen! Ich berührte sie, wobei ich den Kopf schüttelte und mir auf die Lippen biß, als wollte ich sagen: ›Wie schrecklich, daß er das alles gestohlen hat!‹ Und doch amüsierte mich der Gedanke. Und war es nicht auch ein neuer Beweis, daß Gott keinerlei Macht über mich hatte?

Und während ich noch solchen Gedanken nachhing, ergriff ich aus dem Schatz einen erlesenen Handspiegel mit perlengeschmücktem Griff. Fast unabsichtlich blickte ich in den Spiegel. Und ich sah, daß meine Haut so weiß wie die des alten Satans geworden war und daß meine Augen nicht mehr blau waren, sondern ein leicht phosphoreszierendes Mittel von Violett und Kobalt angenommen hatten. Mein Haar war von leuchtendem Glanz, und als ich es mit meinen Fingern durchfuhr, spürte ich in ihm eine neue und seltsame Kraft.

Nein, aus dem Spiegel blickte mich nicht Lestat an, sondern sein Abbild, das aus einer anderen Materie bestand! Und die wenigen Falten, die sich in meinen zwanzig Jahren in mein Gesicht eingegraben hatten, waren teils verschwunden, teils holzschnittartig vertieft.

Ich starrte auf das Spiegelbild. Ich wurde fast rasend, *mich* darin zu entdecken. Ich rieb mir über das Gesicht, rieb sogar über den Spiegel und preßte die Lippen aufeinander, um nicht loszuschreien. Schließlich schloß ich die Augen und öffnete sie wieder, und ich lächelte diesem Wesen sanft zu. Es lächelte zurück. Ja, das war Lestat. Und sein Gesicht strahlte nichts Boshaftes aus. Nicht allzusehr jedenfalls. Lediglich die alte Ausgelassenheit und Leidenschaft. Dieses Geschöpf hätte ohne weiteres für einen Engel gelten können, es sei denn, ihm schossen die Tränen in die Augen, die Tränen, die rot wie Blut waren und die den ganzen Spiegel in Rot tauchten, weil seine Augen dann unter einem blutigen Schleier lagen. Und er hatte freilich diese üblen, kleine Zähne, die auf seiner Unterlippe ruhten, wenn er lächelte, und ihm ein wahrhaft furchteinflößendes Aussehen verliehen. Ein recht annehmbares Gesicht mit einem einzigen, aber schrecklichen Makel!

Doch dann fiel mir plötzlich auf, daß ich mich in dem Spiegel *sah!* Und hatte man nicht immer wieder gehört, daß Geister und Gespenster und alle, die ihre Seele an die Hölle verloren hatten, ihres Spiegelbilds verlustig gingen?

Und ich wurde von einem brennenden Verlangen erfüllt, zu wissen, wer und was ich nun war. Ich wollte unbedingt wissen, wie es sein würde, sich unter den Sterblichen zu bewegen. Ich wollte in den Straßen von Paris sein, um mit meinen neuen Augen alle Wunder des Lebens aufzusaugen. Ich wollte die Gesichter der Menschen sehen, die blühenden Blumen, die Schmetterlinge. Ich wollte Nicki sehen, wollte ihn seine Musik spielen hören – nein.

Ich mußte mich in Entsagung üben. Aber gab es nicht tausend Arten der Musik? Ich brauchte nur die Augen zu schließen, und schon konnte ich fast das Opernorchester und die Arien hören, so deutlich haftete mir noch alles im Gedächtnis.

Aber nichts würde von jetzt an wie früher sein. Weder Freude noch Schmerz, noch die belangloseste Erinnerung. Alles würde von einer schmerzhaften Sehnsucht nach Dingen bestimmt sein, die unwiederbringlich verloren waren.

Ich legte den Spiegel aus der Hand, nahm ein altes, vergilbtes Spitzentaschentuch aus der Truhe und wischte mir die Tränen. Dann drehte ich mich um und ließ mich langsam vor dem Kamin nieder. Die Wärme tat meinem Gesicht und meinen Händen wohl.

Eine schwere, angenehme Müdigkeit befiel mich, und als ich meine Augen schloß, versank ich sofort in einen seltsamen Traum, in dem Magnus mein Blut trank. Ich war erregt und verzaubert – Magnus hielt mich in den Armen, er war mit mir verbunden, während mein Blut in ihn strömte. Aber ich hörte auch die Ketten auf dem Boden der alten Katakombe rasseln, ich sah den hilflosen Vampir in Magnus' Armen. Das war nicht einfach ein gewöhnlicher Traum, das war mehr... etwas Wichtiges. Etwas von Bedeutung. Etwas über Diebstahl und Verrat, etwas über Standhaftigkeit gegenüber allem und jedem – Gott, Dämon und Mensch.

Halb wachend, halb träumend dachte ich angestrengt darüber nach und hatte plötzlich den verrückten Einfall, all das Nicki zu erzählen. Sobald ich nur zu Hause wäre, würde ich ihm den Traum schildern, und dann würden wir uns über seine mögliche Bedeutung unterhalten...

Ich schreckte hoch und öffnete die Augen. Der Mensch in mir

fühlte sich elend und hilflos und fing wieder zu weinen an. Das neugeborene Monster war noch zu jung, um ihn im Zaum zu halten. Das Geheul kam wie ein Schluckauf hoch, und ich preßte mir die Hand auf den Mund.

Magnus, warum hast du mich verlassen? Magnus, was soll ich nur machen, wie soll es weitergehen?

Ich zog die Knie hoch und legte den Kopf auf sie, und langsam wurden meine Gedanken wieder klarer. Es hatte mir Spaß gemacht, mir auszumalen, ein Vampir zu werden, diese prachtvollen Kleider zu tragen, die Schätze durch die Finger gleiten zu lassen. Aber ich konnte mich einfach nicht von lebendigen Menschen ernähren! Selbst wenn ich ein Monster war, hatte ich noch so etwas wie ein Gewissen, lebte in mir so etwas wie ... Gut und Böse. Ich konnte nicht leben, ohne den Glauben an ... ich konnte nicht ewig die alten Grundsätze ... morgen würde ich ... würde ich was?

Ich würde Blut trinken, nicht wahr?

Das Gold und die kostbaren Edelsteine leuchteten in der Truhe wie glühende Kohlen, und durch das vergitterte Fenster sah man in weiter Ferne die Lichter der Stadt gegen die grauen Wolken schimmern. Blut. Warmes, lebendiges Blut, nicht Monsterblut. Ich fuhr mit der Zunge über meine Fangzähne.

Denke daran, Wolfkiller.

6

Schließlich erhob ich mich und nahm den eisernen Schlüsselring. Ich machte mich auf, den Rest meines Turms zu besichtigen.

Leere Zimmer. Vergitterte Fenster. Das Rauschen der Nacht über den Zinnen. Das war alles, was ich in den überirdischen Räumen vorfand. Aber unten im Erdgeschoß, genau neben der Treppentür zu den Verliesen, steckte eine Harzfackel in einer Halterung, und in der Nische daneben stand ein Zunderfaß. Spuren im Staub. Das Schloß war gut geölt und leicht zu öffnen, nachdem ich endlich den passenden Schlüssel gefunden hatte. Meinen Weg mit der Fackel erleuchtend, stieg ich eine schmale Wendeltreppe hinab, ein wenig von dem Gestank umnebelt, der mir von weit unten entgegenschlug.

Natürlich kannte ich diesen Gestank von den Pariser Friedhöfen her. Auf Les Innocents war er so penetrant wie Giftgas, und man mußte ihn einatmen, wenn man mit den Händlern oder Briefschreibern zu tun hatte. Es war der Gestank der Verwesung.

Und obwohl mir anfangs fast schlecht wurde, so daß ich schnell wieder ein paar Stufen treppauf hasten mußte, gewöhnte ich mich alsbald daran, zumal der Geruch des brennenden Harzes alles etwas erträglicher machte.

Ich setzte meinen Weg nach unten fort. Wenn da tote Sterbliche liegen sollten, nun, dann konnte ich auch nichts machen. Doch fand ich in dem ersten unterirdischen Geschoß keine Leichen. Nur eine geräumige, kühle Grabkammer mit offenstehendem Eisengatter und drei riesigen Steinsarkophagen. Sie glich Magnus' Zelle oben, nur daß sie sehr viel größer war. Die gleiche niedere, gewölbte Decke, der gleiche schmucklose, klaffende Kamin.

Und was konnte das anderes bedeuten, als daß hier einst andere Vampire geruht hatten? Kein Mensch baute Grabkammern mit Kaminen. Es gab sogar Steinbänke. Und die Sarkophage waren wie jener oben mit großen Skulpturen versehen.

Im Lauf der Jahre hatte sich überall eine dicke Staubschicht gebildet. Und an Spinnweben herrschte auch kein Mangel. Mit Sicherheit hausten hier zur Zeit keine Vampire. Völlig unmöglich. Aber seltsam war es schon. Wo waren sie abgeblieben, die einst in diesen Särgen gelegen hatten? Hatten sie sich selbst verbrannt wie Magnus? Oder lebten sie noch irgendwo?

Ich öffnete einen Sarkophag nach dem anderen. Nichts als Staub. Keine Spur, die auf Vampire hingedeutet hätte.

Also verließ ich die Gruft und ging weiter die Treppe hinunter, obgleich der Verwesungsgestank immer stärker wurde. Er quoll hinter einer Gittertür hervor, die ich weit unten sehen konnte, und es kostete mich große Überwindung, meinen Weg fortzusetzen. Natürlich war mir schon als Lebender dieser Gestank unerträglich gewesen, aber längst nicht so sehr wie jetzt. Mein neuer Körper wäre am liebsten geflohen.

Doch der Gestank war nichts gegen den Anblick, der sich mir unten bot. Eine Gefängniszelle, angefüllt mit Leichen in allen möglichen Stadien der Verwesung; die Knochen und das faulende Fleisch wimmelten von Würmern und Geziefer. Vom Licht der Fackel aufgeschreckt, huschten mir Ratten zwischen den Beinen durch und der Treppe entgegen. Der Brechreiz steckte mir wie ein Knoten im Hals. Der Gestank drohte mich zu ersticken. Und doch konnte ich den Blick nicht von diesen Leichen wenden. Hier ging etwas Wichtiges vor, etwas schrecklich Wichtiges, das ergründet werden mußte. Und plötzlich fiel mir auf, daß alle diese Opfer Männer gewesen waren – die Stiefel und zerlumpten Kleider bewiesen es – und samt und sonders so blond wie ich. Die wenigen, die noch so etwas wie ein Gesicht hatten, waren offensichtlich Jünglinge, groß und schlank. Und der neueste Bewohner hier – die feuchte und übelriechende Leiche lag auf dem Boden und hatte die Arme durch das Gitter gestreckt – sah mir so ähnlich, daß er mein Bruder hätte sein können.

Wie benommen wankte ich vor, bis meine Stiefelspitze seinen Kopf berührte. Ich senkte die Fackel, und mein Mund öffnete sich, als wollte ihm ein Schrei entweichen. Die feuchten, von Fliegen umschwärmten Augen waren blau!

Ich taumelte zurück, von wahnwitziger Angst gepackt, daß sich das Ding bewegen und meine Fußgelenke umklammern könnte. Ich schwankte ein paar Schritte nach hinten und stolperte über einen Teller mit verdorbenem Essen und einen Krug. Der Krug kippte um und zerbrach, und über den Boden ergoß sich geronnene Milch wie Erbrochenes.

Schmerzen durchstachen mir die Brust. Wie flüssiges Feuer schoß mir Blut in den Mund und rann über meine Lippen und klatschte auf den Boden. Ich mußte die offene Tür erreichen, wenn ich mich wieder sammeln wollte.

Doch so übel mir auch war, konnte ich nicht umhin, das Blut anzustarren. Ich war hingerissen von diesem Karmesinrot im Licht der Fackel. Ich sah zu, wie sich das Blut dunkel verfärbte, während es in dem Mörtel zwischen den Steinen versickerte. Das Blut war lebendig, und sein süßer Duft schnitt wie eine Klinge in den Verwesungsgestank. Ein Durstanfall vertrieb das Gefühl der Übelkeit. Wie von selbst bückte ich mich tiefer und tiefer dem Fleck am Boden entgegen.

Und dabei wirbelten mir die ganze Zeit Gedanken durch den Kopf: Der junge Mann hier hatte in dieser Zelle noch gelebt; das

Essen und die Milch waren ihm gebracht worden, um ihn zu laben oder zu foltern. Er war in dieser Zelle gestorben, gefangen zwischen all den Leichen, wohl wissend, daß er bald zu ihnen zählen würde.

Ich war auf den Knien, vornübergebeugt, die Fackel in meiner Linken, und mein Kopf neigte sich dem Blut entgegen, und ich sah, wie meine Zunge salamandergleich aus meinem Mund schnellte. Sie schabte über das Blut auf dem Boden. Welch ein Wonneschauer!

War das wirklich ich? Leckte ich dieses Blut keine fünf Zentimeter von der Leiche hier auf? Wurde mir bei jedem Schlückchen fröhlicher ums Herz, keine fünf Zentimeter von diesem toten Jungen entfernt, den Magnus so wie mich hierhergebracht hatte? Diesem Jungen, den Magnus zum Tode verurteilt hatte, anstatt ihm Unsterblichkeit zu schenken.

Flackernde Schatten huschten über die ekelerregende Zelle, während ich das Blut aufleckte. Das Haar des toten Mannes berührte meine Stirn. Sein Auge starrte mich an wie ein geborstener Kristall.

Warum war ich nicht in diese Zelle gebracht worden? Welche Prüfung hatte ich bestanden, die es mir nun ersparte, schreiend an den Gitterstäben zu rütteln, die ganzen Schrecknisse zu durchleiden, die ich in der Dorfschänke vorausgesehen hatte?

Das Blut pulste wie rasend durch meine Arme und Beine. Und ich hörte einen Klang – so schön und bezaubernd wie das Rot des Blutes, das Blau der Augen dieses Knaben, das Flirren der Mückenflügel, der feuchte Schimmer der Würmer, das Leuchten der Fackel –, und dieser Klang war mein eigenes brüllendes Geschrei.

Ich ließ die Fackel fallen und kroch rückwärts auf meinen Knien, wobei ich gegen den Blechteller und den zerbrochenen Krug stieß. Ich stand auf und rannte die Treppe hoch. Und als ich die Tür zu den Verliesen zuschlug, brachen sich meine Schreie in den höchsten Gewölben des Turms, schallten zurück, überrollten mich wie Lawinen. Ich konnte nicht aufhören, konnte meinen Mund nicht schließen.

Aber durch die vergitterte Vorhalle und durch ein Dutzend kleiner Fenster sah ich den Morgen heraufdämmern. Ich verstummte. Die Mauersteine fingen zu glühen an. Das Licht umfing mich wie kochender Dampf, es brannte auf meinen Lidern.

Ich überlegte keine Sekunde, sondern rannte mechanisch los, stürzte hoch in meine Kammer.

Als ich aus dem Schacht kroch, erglühte das Zimmer in rosafarbenem Licht. Die Juwelen quollen aus der Truhe und schienen sich zu bewegen. Wie geblendet hob ich den Deckel des Sarkophags.

Mit einem dumpfen Knall siegelte er mich ein. Die Schmerzen auf Gesicht und Händen ließen nach, und Ruhe und Sicherheit umfingen mich, und Angst und Trauer schmolzen in eine kühle und tiefe Dunkelheit.

7

Durst weckte mich auf.

Und sofort wußte ich, wo ich war und was ich war.

Keinerlei Träume von gekühltem Weißwein und frischem, grünem Gras neben den Apfelbäumen im Garten meines Vaters.

Im Dunkel meines engen Steinsargs fuhr ich mit den Fingern über meine Fangzähne und stellte fest, daß sie gefährlich lang und scharf wie kleine Messerklingen waren.

Und da war ein Sterblicher, der sich im Turm herumtrieb, und obwohl er noch nicht einmal die Tür des vorderen Zimmers erreicht hatte, konnte ich seine Gedanken *hören*.

Ich *hörte*, wie verwirrt er war, als er entdeckte, daß die Tür zur Treppe nicht abgesperrt war. Das war noch nie vorgekommen. Ich hörte seine Angst, als er die verkohlten Scheite auf dem Fußboden sah und »Meister« rief. Ein Diener war er, und keiner von der angenehmsten Sorte.

Diese Fähigkeit, seine bloßen Gedanken hören zu können, faszinierte mich schon, aber gleichzeitig brachte mich etwas ganz durcheinander. Ja, sein Geruch!

Ich hob den Steindeckel des Sarkophags und kletterte heraus. Der Geruch war schwach, aber fast unwiderstehlich. Es war der Moschusduft der ersten Nutte, in deren Bett ich meine Leidenschaft ausgelebt hatte. Es war das gebratene Wildbret nach endlosen Hungerperioden im Winter. Es war neuer Wein oder ein frischer Apfel oder Quellwasser an einem heißen Tag im Gebirge. Nur, dieser Duft war unendlich viel reichhaltiger als all das und weckte einen viel heftigeren und schlichteren Appetit.

Wie ein Molch schlängelte ich mich durch den Schacht, stieß den Stein in das vordere Zimmer und richtete mich auf.

Da stand er, der Sterbliche, und starrte mich schreckensbleich an; ein alter, verdorrter Mann, und seine wirren Gedankengänge verrieten mir, daß er der Stallknecht und Kutscher war. Aber das war beileibe nicht alles.

Der Groll, den er augenblicklich gegen mich hegte, traf mich wie die Hitzewelle eines Ofens. Da gab es überhaupt keinen Zweifel. Er musterte mich mit haßerfüllten Augen. Er hatte die erlesene Kleidung, die ich trug, herbeigeschafft; er hatte all die Unglücklichen in das Verlies gesperrt, während sie noch lebten. Und warum, fragte er in stummer Wut, bist du nicht auch da?

Ich war also ganz begeistert von diesem Kerl, wie man sich unschwer denken kann. Am liebsten hätte ich ihn auf der Stelle erwürgt.

»Der Meister!« sagte er verzweifelt. »Wo ist er? Meister!«

Aber wofür hielt er den Meister? Für einen Zauberer irgendeines Königs, dafür hielt er ihn. Und jetzt hatte ich die Macht. Im großen und ganzen wußte er nichts, was mir hätte nutzen können.

Aber während mir all das klarwurde, indem ich gegen seinen Willen seine Gedanken schlürfte, versetzten mich die Adern in seinem Gesicht und auf seinen Händen in wahres Entzücken. Und sein Geruch machte mich geradezu trunken. Ich konnte seinen schwachen Herzschlag förmlich spüren, sein Blut förmlich schmekken.

»Der Meister hat uns verlassen, ist im Feuer verbrannt«, murmelte ich und schlurfte ihm langsam entgegen.

Er blickte erst auf den rußschwarzen Boden, dann an die rußschwarze Decke. »Nein, das ist eine Lüge«, sagte er. Wut flackerte in seinen Augen, und ich wußte, daß er verbittert und verzweifelt nach einer Erklärung suchte.

Welch herrlicher Anblick war doch lebendes Fleisch! Ich war von gnadenlosem Appetit übermannt. Und er wußte es. Auf seine dumpfe, blinde Art spürte er es, und indem er mir einen letzten feindseligen Blick zuwarf, rannte er zur Treppe.

Ich fing ihn sofort ein. Es machte mir sogar Spaß, ihn hochzuheben, ihn hilflos an meiner Hand zappeln zu sehen. Strampelnd mühte er sich, mir Fußtritte zu versetzen.

Es war wie der Kampf eines starken Mannes gegen ein Kleinkind. In seinem Kopf tobte ein rasender Wirrwarr der Gedanken, aber ihm fiel nichts ein, was zu seiner Rettung hätte führen können.

Doch weit mehr als das schwächliche Summen seiner Gedanken interessierte mich der Anblick, den er mir bot. Seine Augen waren nicht länger die Fenster seiner Seele. Sie waren Gelatinebällchen, die mir das Wasser im Munde zusammenlaufen ließen. Und sein Körper war nur noch ein zappelnder Leckerbissen aus warmem Fleisch und Blut, den ich um jeden Preis haben mußte.

Zuerst erschreckte mich die Vorstellung, daß meine Mahlzeit lebendig war, daß köstliches Blut durch diese sich sträubenden Arme und Finger floß, und dann war es mir nur recht. Er war, was er war, und ich war, was ich war, und ich würde genüßlich tafeln.

Ich zog ihn zu meinen Lippen und riß seine geschwollene Halsschlagader auf. Als mir das Blut gegen den Gaumen spritzte, schrie ich leise auf. Das war nicht der sengende Saft, der des Meisters Blut gewesen war, nicht jenes liebliche Elixier, jenes flüssige Licht, das ich von dem Steinfußboden gesogen hatte. Nein, das hier war tausendmal leckerer, die Geschmacksessenz des Herzens und seines warmen, rauchigen Geruchs.

Meine Schultern hoben sich, und meine Finger krallten sich tiefer in das Fleisch, und ein summendes Geräusch entwand sich meiner Kehle. Ich mußte meinen ganzen Willen zusammennehmen, um vor dem endgültigen Augenblick von ihm abzulassen. Wie gerne hätte ich doch gespürt, wie sein Herz immer langsamer schlug und dann völlig stehenblieb.

Aber ich wagte es nicht. Er sank aus meinen Armen, seine Gliedmaßen spreizten sich über den Fußboden, unter den halbgeschlossenen Lidern war nur das Weiße der Augen zu sehen.

In stummer Faszination sah ich zu, wie er starb, unfähig, mich abzuwenden. Nicht das kleinste Detail durfte mir entgehen. Ich hörte, wie sein Atem verröchelte, ich beobachtete, wie aus seinem Körper ohne Todeskampf das Leben wich.

Das Blut wärmte mich. Ich fühlte es durch meine Adern pulsieren.

Mein Gesicht glühte. Ich fühlte mich stärker, als ich es mir jemals hätte träumen lassen.

Ich hob den Leichnam auf, trug ihn die Wendeltreppe hinab in das stinkende Verlies und warf ihn zu seinesgleichen.

8

Es war Zeit aufzubrechen, Zeit, meine Fähigkeiten auszuprobieren.

Ich füllte meine Geldkatze und meine Hosentaschen mit Münzen, schnallte mir einen juwelenbesetzten Degen um, ging hinunter und sperrte das eiserne Turmgatter hinter mir zu.

Offensichtlich war der Turm der letzte intakte Teil einer Gebäuderuine. Ich witterte Pferdegeruch und ging um das Gebäude zu einem Behelfsstall, wo ich nicht nur eine ansehnliche alte Kutsche vorfand, sondern auch vier prächtige Rappen, die wunderbarerweise keinerlei Scheu vor mir zeigten. Ich küßte ihre glatten Flanken und langen, weichen Nüstern. Ich war so verliebt in diese Pferde, daß ich Stunden mit ihnen hätte zubringen können. Aber ich war auf anderes erpicht.

In dem Stall war auch ein Mensch, was meiner Nase nicht entgangen war. Aber er schlief tief und fest, und als ich ihn wachrüttelte, sah ich, daß er ein junger Dummbeutel war, der mir nicht gefährlich werden konnte.

»Ich bin jetzt dein Herr«, sagte ich und gab ihm eine Goldmünze.

»Sattle ein Pferd für mich, ansonsten brauche ich dich heute abend nicht mehr.«

Er teilte mir mit, daß kein Sattel vorhanden sei, und sank wieder in Schlaf.

Auch gut. Ich entfernte die Zügel von dem Zaumzeug, das an der Kutsche hing, legte sie selbst dem schönsten der Pferde um und ritt ungesattelt aus.

Einfach nicht zu beschreiben, dieses stürmende Pferd unter mir, dieser pfeifende Wind und dieses hohe, nächtliche Himmelszelt. Mein Körper war mit dem Tier verschmolzen. Ich flog über den Schnee, lachte laut, trällerte dann und wann ein Lied. Mein Stimmumfang reichte plötzlich vom Falsett bis zum sonoren Bariton.

Manchmal stieß ich einfach Schreie aus, vor Freude wohl. Es muß Freude gewesen sein. Aber wie konnte ein Monster Freude empfinden?

Ich wollte natürlich nach Paris reiten. Aber ich wußte, daß ich dafür noch nicht reif war. Ich wußte noch nicht genug über meine neuen Fähigkeiten. Also ritt ich in die entgegengesetzte Richtung, bis ich die Ausläufer eines kleinen Dorfes erreichte.

Keine Menschenseele weit und breit, und als ich mich der kleinen Kirche näherte, schäumte eine leidenschaftliche, menschliche Wut in mein seltsam abgehobenes Glücksgefühl. Schnell stieg ich ab, öffnete die Sakristeitür und ging durch das Mittelschiff zum Altargitter vor.

Ich weiß nicht mehr, was ich in diesem Augenblick empfand. Vielleicht wollte ich, daß irgend etwas passierte. Ich war in einer mörderischen Stimmung. Aber es passierte nichts. Ich starrte in das rote Flackern des Ewigen Lichts über dem Altar. Ich blickte zu den Figuren empor, die in die lichtlose Schwärze der bunten Kirchenfenster wie eingefroren schienen. Und in meiner Verzweiflung kletterte ich über das Altargitter und legte Hand an das Tabernakel. Ich brach seine Türchen auf und nahm den edelsteinverzierten Kelch mit seinen heiligen Hostien heraus. Nein, hier war keine Macht im Spiel, nichts, das meine Monstersinne in Wallung gebracht oder mich irgendwie berührt hätte. Einfach nur Oblaten und Gold und Wachs und Licht.

Ich beugte meinen Kopf auf den Altar. Ich muß wie ein Priester ausgesehen haben, der die Messe zelebrierte. Dann sperrte ich wieder alles in das Tabernakel. Ich schloß es sorgfältig ab, so daß niemand das begangene Sakrileg bemerken würde.

Anschließend spazierte ich das eine Seitenschiff entlang und ging durch das andere zurück, wobei die unheimlichen Gemälde und Statuen meine Aufmerksamkeit fesselten. Mir fiel auf, daß ich den Arbeitsprozeß der Maler und Bildhauer sah, nicht nur das Ergebnis ihrer Bemühungen. Selbst kleine Fehler in der Perspektive entgingen mir nicht.

Dann kniete ich nieder, um die Zeichnungen im Marmor zu betrachten, bis ich merkte, daß ich flach dalag und mit aufgerissenen Augen den Boden unter meiner Nase anstarrte.

Offenbar geriet hier alles außer Kontrolle. Ich stand auf; ich fröstelte ein wenig. Die Kerzen kamen mir wie lebendig vor, und ich hatte es allmählich satt.

Höchste Zeit, hier abzuhauen und ins Dorf zu gehen.

Zwei Stunden habe ich mich im Dorf aufgehalten, und die meiste Zeit hat mich niemand gesehen oder gehört.

Ohne die geringste Mühe konnte ich über Gartenmauern hechten, vom Erdboden aus auf niedrige Dächer und vom zweiten Stock auf die Straße hinabspringen. Ich konnte Häuserfronten emporklettern, wobei ich meine Fingernägel und Zehen in den Mörtel zwischen den Steinen grub.

Ich spähte in Fenster. Ich sah Ehepaare in ihren zerknitterten Betten schlafen, Babys in ihren Wiegen dösen, alte Frauen bei schwachem Licht nähen.

Und die Wohnungen sahen aus wie Puppenstuben. Richtige Spielzeugsammlungen mit ihren niedlichen Holzstühlen und polierten Kamineinfassungen, ihren ausgebesserten Vorhängen und gescheuerten Fußböden.

Ich betrachtete das alles, als hätte ich nie am Leben teilgenommen, und noch die schlichtesten Details versetzten mich in Entzücken. Eine gestärkte, weiße Schürze an einem Haken, alte Stiefel bei der Feuerstelle, ein Krug neben einem Bett.

Und die Menschen ... ach, die Menschen waren einfach wunderbar. Natürlich erschnupperte ich ihren Geruch, aber ich war satt, und so machte er mir nichts aus. Ich war ganz vernarrt in ihre rosa Haut und zarten Glieder, überhaupt in ihre Lebensweise – als hätte ich nie zu ihnen gehört. Mir fiel auf, daß sie an jeder Hand fünf Finger hatten. Sie gähnten, sprachen, bewegten sich im Schlaf. Ich war hingerissen.

Und selbst die dicksten Mauern konnten nicht verhindern, daß ich mithörte, wenn sie sich unterhielten.

Am schönsten aber war, daß ich *die Gedanken dieser Menschen hörte,* genau wie bei dem fürchterlichen Diener, den ich getötet hatte. Unglücklichsein, Elend, Erwartungen. Strömungen in der Luft, einige schwach, andere erschreckend stark, wieder andere kaum mehr als ein Glimmen, das vergangen war, ehe ich seine Quelle ausgemacht hatte.

Andererseits konnte ich, genaugenommen, nicht Gedanken lesen.

Ganz alltägliche Gedanken blieben mir verborgen, und wenn ich meinen eigenen Überlegungen nachhing, fanden selbst die leidenschaftlichsten Wallungen keinen Eingang in mein Inneres. Kurz gesagt, nur intensive Gefühle drangen zu mir durch, und auch das nur dann, wenn ich es wollte. Und bei einigen Gemütern vermochte ich nichts zu empfangen, selbst wenn sie vor Wut kochten.

Diese Entdeckungen überwältigten mich ebensosehr wie die schlichte Schönheit, die sich mir überall darbot, der Glanz im Gewöhnlichen. Aber ich wußte nur allzu gut, daß dahinter ein Abgrund lauerte, in den ich ebenso plötzlich wie hilflos stürzen konnte. Schließlich gehörte ich nicht zu diesen warmblütigen, pulsierenden Wunderwesen aus Verstrickungen und Unschuld. Sie waren meine Opfer.

Zeit, das Dorf zu verlassen. Ich hatte hier genug erfahren. Aber ehe ich mich auf den Heimweg machte, ließ ich mich noch auf ein letztes gewagtes Abenteuer ein. Ich konnte nicht anders, ich mußte es einfach tun.

Ich schlug den Kragen meines Mantels hoch, ging in die Wirtschaft, setzte mich in eine Ecke und bestellte ein Glas Wein. Alle sahen mich verstohlen an, aber nicht, weil sie ein übernatürliches Wesen in ihrer Mitte wußten. Sie warfen nur flüchtige Blicke auf diesen opulent gekleideten *Gentilhomme*. Und während der zwanzig Minuten, die ich blieb, hat niemand etwas gemerkt, nicht einmal der Mann, der mich bediente. Natürlich habe ich den Wein kaum angerührt. Nach einem winzigen Schluck wußte ich, daß mein Körper derlei nicht vertrug. Aber wichtig war, *ich konnte Sterbliche zum Narren halten!* Ich konnte mich unter ihnen bewegen!

Ich war bester Laune, als ich die Wirtschaft verließ. Sobald ich den Wald erreicht hatte, rannte ich los, so schnell, daß der Himmel und die Bäume verschwommen. Ich flog beinahe dahin.

Dann blieb ich stehen, vollführte einen Freudentanz. Ich hob Steine auf und warf sie so weit, daß ich nicht sehen konnte, wo sie landeten. Und als ich einen dicken, verharzten Baumstamm auf der Erde liegen sah, ergriff ich ihn und brach ihn über meinem Knie wie einen verdorrten Ast.

Ich stieß Schreie aus und fing wieder lauthals zu singen an. Dann warf ich Mantel und Degen fort und begann radzuschlagen, geradeso wie die Akrobaten bei Renaud. Und anschließend legte ich einen vollendeten Salto hin. Und gleich noch einen, aber rückwärts, und dann wieder vorwärts, und dann Doppel- und Dreifachsalti, und dann einen Fünfmetersprung in die Luft. Ich landete elegant, wenn auch ein wenig außer Atem, auf meinen Füßen und wollte am liebsten ewig so weitermachen.

Aber der Morgen graute.

Zwar nur ein kaum merklicher Umschwung in Luft und Himmel, aber ich reagierte darauf, als würden die Glocken der Hölle ertönen. Ach, dieser Anblick des dahinschmelzenden Nachthimmels, der blaß schimmernden Zinnen! Und ein sonderbarer Gedanke schoß mir durch den Kopf: Das Licht der Höllenfeuer war möglicherweise so stark wie das Sonnenlicht, und das würde vielleicht das einzige »Sonnenlicht« sein, das ich je wieder sehen würde.

Aber was hatte ich getan? Ich hatte das nicht gewollt, ich hatte mich gewehrt. Noch als Magnus mir sagte, daß ich sterben würde, hatte ich ihn mit Zähnen und Klauen bekämpft, und dennoch hörte ich jetzt die Glocken der Hölle.

Nun ja, wen scherte es?

Als ich den Friedhof erreichte, um nach Hause zu reiten, wurde ich abgelenkt. Ich hielt gerade die Zügel meines Pferdes in Händen und ließ meinen Blick über die Gräber schweifen, als mir etwas auffiel, ohne daß ich es hätte genau ausmachen können. Da war es wieder, und mit einemmal hatte ich begriffen. Ich spürte ganz deutlich, daß etwas *anwesend* war.

Ich verhielt mich so ruhig, daß ich das Blut in meinen Adern pochen hörte. Diese *Anwesenheit* war nicht menschlicher Natur. Sie war geruchlos und strömte keine menschlichen Gedanken aus, aber kein Zweifel, sie beobachtete mich.

Oder bildete ich mir alles nur ein?

Ich blickte umher, lauschte. Graue Grabsteine ragten aus dem Schnee. Weit hinten standen einige Mausoleen, bombastisch und reich verziert, aber nicht weniger verfallen als die Gräber.

Es hatte den Anschein, daß sich *die Anwesenheit* irgendwo bei den Mausoleen herumtrieb, und dann spürte ich sie plötzlich deutlich, als sie sich den Bäumen der Kirchhofumfriedung näherte.

»Wer bist du?« rief ich. Meine Stimme war schneidend wie ein Messer. Und dann noch lauter: »Antworte mir!«

Ich fühlte, wie das die *Anwesenheit* in tiefsten Aufruhr versetzte, und ich war sicher, daß sie sich auf schnellstem Weg aus dem Staub machte. Wie ein Pfeil schoß ich ihr hinterher. Doch ich sah noch immer nichts. Und mir wurde klar, daß ich stärker war als sie und daß sie Angst hatte vor mir.

Angst vor mir!

Und ich hatte keine Ahnung, ob es sich um ein physisches Wesen handelte, einen Vampir wie mich, oder um etwas Körperloses.

»Eins steht fest«, sagte ich, »du bist ein Feigling!«

Ein Zittern in der Luft. Einen Moment lang schienen die Bäume zu atmen.

Geahnt hatte ich es ja schon, aber jetzt wußte ich es – ich hatte vor nichts Angst. Weder vor der Kirche noch vor dem Dunkel, noch vor den Würmern auf den Leichen in meinem Verlies. Nicht einmal vor dieser unheimlichen Macht, die sich da hinter die Bäume verkrümelte und dann wieder greifbar nahe zu sein schien. Nicht einmal vor Menschen.

Ich war schon ein ganz ausgepichter Unhold! Wenn ich auf den Stufen zur Hölle herumgelungert und der Teufel gesagt hätte, »Lestat, komm rein und such dir aus, als was für ein Unhold du durch die Welt ziehen möchtest«, wie hätte ich etwas Besseres wählen können, als was ich bereits war? Und mir war, als sei Leid etwas gewesen, das ich einmal in einem anderen Leben gekannt hatte und nie wieder erfahren würde.

Wenn ich heute an diese Nacht, vor allem aber an dieses Friedhofserlebnis denke, muß ich einfach lachen.

9

In der nächsten Nacht zog ich durch Paris mit so viel Gold in den Taschen, wie ich nur tragen konnte. Die Sonne war gerade hinter den Horizont gesunken, und der Himmel verströmte sein letztes blaues Licht, als ich das Pferd bestieg und in die Stadt ritt. Ich hatte brüllenden Hunger.

Das Glück wollte es, daß mich ein Raubmörder überfiel, noch ehe ich die Stadtmauer erreicht hatte. Er kam pistolenknallend aus dem Wald gedonnert, und ich sah die Kugel an mir vorbeiflitzen, als ich vom Pferd sprang und ihn mir vorknöpfte.

Er war ein Baumstamm von Kerl, und ich war überrascht, wie sehr mir sein Gefluche und Gezappel Spaß machte. Der widerliche Diener, den ich mir gestern gekrallt hatte, war alt gewesen. Das hier dagegen war ein gestählter, junger Körper. Sein unrasiertes Gesicht fühlte sich rauh an, und ich genoß seine kräftigen Fausthiebe. Aber es war ein ungleicher Wettkampf. Er erstarrte, als ich meine Zähne in seine Halsschlagader senkte, und das hervorquellende Blut war die reinste Wollust. Es war so schmackhaft, daß ich völlig vergaß, vor seinem letzten Herzschlag von ihm abzulassen.

Wir kauerten im Schnee, und wie eine Lawine raste mit dem Blut neues Leben in mich herein. Ich war wie versteinert. Hm, brichst jetzt schon die Regeln, dachte ich. Muß ich jetzt sterben? Sah nicht danach aus. Nur dieses brausende Delirium. Und dieser arme tote Dreckskerl in meinen Armen, der mir mit seiner Pistole um ein Haar den Kopf durchsiebt hätte.

Der Himmel wurde dunkler, und vor mir türmten sich die Schatten von Paris. Und Wärme und wachsende Kraft stiegen in mir auf.

So weit – so gut. Ich stand auf und leckte mir über die Lippen. Dann warf ich den leblosen Körper, so weit ich konnte, in die verschneite Landschaft. Ich war kräftiger denn je.

Und eine Zeitlang stand ich da, ich, ein blutrünstiger Vielfraß, der am liebsten gleich wieder getötet hätte, um sich dieser Ekstase noch für ein Weilchen hinzugeben. Aber ich hätte beim besten Willen kein Blut mehr trinken können, und langsam beruhigte ich mich. Ein Gefühl trostloser Einsamkeit beschlich mich, als sei dieser Strauchdieb ein Freund oder Verwandter gewesen, der mich verlassen hatte. Mir war das ein Rätsel, obwohl das Schlürfen seines Blutes schon recht intim gewesen war. Sein Geruch, der mir ganz gut gefiel, war auf mich übergegangen. Aber er lag da, meterweit entfernt in den Schnee gepfercht, und seine Hände und sein Gesicht sahen grau aus unter dem aufgehenden Mond.

Teufel, dieser Mistkerl war drauf und dran gewesen, mich umzubringen, oder etwa nicht?

Innerhalb einer Stunde hatte ich im Marais einen fähigen Rechtsanwalt aufgetrieben. Er hieß Pierre Roget und war ein ehrgeiziger, junger Mann, der mir völlig aufgeschlossen begegnete. Geldgierig, gerissen, gewissenhaft. Genau, was ich wollte. Ich konnte nicht nur seine Gedanken lesen, wenn er nicht sprach, er glaubte auch alles, was ich ihm erzählte.

Selbstverständlich stehe er dem Gatten einer Millionenerbin aus Santo Domingo gerne zur Verfügung. Und selbstverständlich mache es ihm nichts aus, sämtliche Kerzen bis auf eine zu löschen, wenn meine von Tropenfieber schmerzenden Augen Licht nicht vertrügen. Und was mein Vermögen in Edelsteinen anbetreffe, er stehe mit erstklassigen Juwelieren in Verbindung. Bankkonten und Kreditbriefe für meine Familie in der Auvergne – kein Problem, bitte sehr – bitte gleich.

Das ging leichter, als Lelio zu spielen. Aber mir fiel es höllisch schwer, mich zu konzentrieren. Alles lenkte mich ab – die rauchende Kerze neben dem Schreibzeug, das Goldmuster der chinesischen Tapeten und Monsieur Rogets erstaunlich kleiner Kopf mit seinen funkelnden Äuglein hinter einer achteckigen Brille.

Ganz gewöhnliche Möbelstücke schienen zu tanzen. Die Metallgriffe einer Truhe starrten mich wie Augen an. Und der Gesang einer Frau ein Stockwerk höher schien mir etwas in einer bebenden Geheimsprache zuzuraunen, so etwas wie: »Komm, komm zu mir.«

Ich durfte mich derlei nicht allzu willfährig hingeben; ich mußte mich wieder in die Gewalt bekommen. Noch diese Nacht sei nicht nur meinem Vater und meinen Brüdern per Kurier Geld zuzustellen, sondern auch Nicolas de Lenfent – Musiker in Renauds Theater –, dem lediglich mitzuteilen sei, daß er diesen Geldsegen seinem Freund Lestat de Lioncourt zu verdanken habe. Außerdem sei es Lestat de Lioncourts Wunsch, daß Nicolas de Lenfent unverzüglich eine anständige Wohnung auf der Ile de St.-Louis oder sonstwo beziehe, wobei ihm Roget selbstredend behilflich zu sein habe, und dann solle Nicolas de Lenfent das Geigenspiel studieren. Roget solle überdies Nicolas de Lenfent die bestmögliche Geige erstehen, eine Stradivari.

Und schließlich solle meiner Mutter, der Marquise de Lioncourt, ein Brief geschrieben werden, auf italienisch, damit ihn niemand sonst zu lesen vermöge, und ihr sei eine pralle Geldkatze mitzuschicken. Eine Reise nach Süditalien, ihrer Heimat, würde sie vielleicht ihrem Siechtum entreißen.

Mir schwindelte bei dem Gedanken, daß sie die Chance zur Flucht besaß. Ich hätte gerne gewußt, was sie davon hielt.

Roget redete auf mich ein, aber ich hörte ihm nicht zu. Ich stellte mir vor, wie sie einmal im Leben als die Marquise gekleidet sein würde, die sie war, und mit ihrem Sechsspänner durch die Tore fuhr. Und dann erinnerte ich mich an ihr ausgezehrtes Gesicht und hörte sie aus den Tiefen ihrer Lungen husten, als säße sie neben mir.

»Schicken Sie ihr den Brief und das Geld noch heute nacht«, sagte ich. »Es ist mir egal, was das kostet. Aber sorgen Sie dafür.« Ich häufte ihm Gold auf den Tisch, genug für ein ganzes Leben, wenn sie noch ein ganzes Leben gehabt hätte. »Nun«, sagte ich, »kennen Sie einen Händler, der erlesene Möbel feilbietet – Gemälde, Tapeten? Jemand, der uns zu dieser Stunde Laden und Lager öffnet?«

»Selbstverständlich, Monsieur. Gestatten Sie mir, Ihren Mantel zu holen. Wir werden uns sofort auf den Weg machen.«

Und schon waren wir nach Faubourg St.-Denis unterwegs.

Dann strich ich stundenlang mit meinen sterblichen Begleitern durch ein Paradies materiellen Wohlstands und suchte mir alles aus, wonach mir zumute war. Sofas und Sessel, Geschirr aus Porzellan und Silber, Vorhangstoffe und Statuen. Und in meiner Vorstellung richtete ich das Schloß, in dem ich aufgewachsen war, ganz neu ein, und mehr und mehr Waren wurden verpackt und sofort in Richtung Süden abgeschickt. Meinen kleinen Neffen und Nichten schickte ich Spielwaren, von denen sie niemals zu träumen gewagt hätten – Schiffchen mit richtigen Segeln, Puppenstuben von geradezu unglaublicher Kunstfertigkeit.

Später am Abend gab ich meinem Anwalt noch einen letzten Auftrag: Er solle dem Theaterbesitzer Renaud hundert Kronen überbringen lassen, mit schönen Grüßen von mir und dem besten Dank für seine gütige Behandlung.

»Finden Sie heraus, wie es um dieses kleine Theater steht«, sagte ich. »Finden Sie heraus, ob sie Schulden haben.«

Natürlich würde ich mich nie in die Nähe des Theaters wagen. Sie durften niemals erfahren, was mit mir geschehen war. Und im Moment hatte ich für alle meine Lieben getan, was ich konnte, oder?

Aber als all das erledigt war, als die Kirchenglocken die dritte Stunde über die weißen Dächer schlugen und ich so hungrig war, daß ich überall Blut roch, fand ich mich doch auf dem menschenleeren Boulevard du Temple wieder.

Der Schnee war unter den Kutschenrädern zu schmutzigem Matsch geworden und ich war in den Anblick von Renauds Theater versunken, mit seinen besudelten Mauern und zerfetzten Plakaten, auf denen noch immer in roten Buchstaben der Name des jungen, sterblichen Schauspielers Lestat de Valois zu lesen stand.

10

Die folgenden Nächte waren wüst. Ich fing an, Paris leerzutrinken, als bestünde die Stadt nur aus Blut. Am frühen Abend plünderte ich die heruntergekommensten Viertel, rangelte mich mit Dieben und Mördern, spielte zuweilen Katz und Maus mit ihnen, um sie dann zähnefletschend in die Arme zu schließen und mich bis an die Grenze der Völlerei gütlich an ihnen zu tun.

Ich unterschied zwischen verschiedenen Geschmacksrichtungen: große, schwerfällige Typen, kleine, drahtige Rauhbeine und Farbige, aber am liebsten waren mir die ganz jungen Schurken, die bereit waren, dir wegen ein paar Münzen in der Hosentasche die Kehle aufzuschlitzen.

Ich liebte ihr Grunzen und Fluchen. Manchmal hielt ich sie mit nur einer Hand fest und lachte sie aus, bis sie vor Wut kochten, und dann warf ich ihre Messer über die Dächer und ihre Pistolen gegen die Hausmauern. Und ich haßte es, wenn sie in Panik gerieten. Zeigte ein Opfer echte Angst, verlor ich gewöhnlich das Interesse.

Mit der Zeit verstand ich es, den Zeitpunkt des Tötens hinauszuzögern. Ich trank von diesem ein wenig und von jenem ein bißchen mehr und schlug erst beim dritten oder vierten richtig zu. Und wenn ich für den Abend so viel geschlürft hatte, daß sechs gestandene Vampire davon satt geworden wären, wandte ich mich dem übrigen

Paris zu, all den phantastischen Freizeitvergnügungen, die ich mir früher nie hatte leisten können.

Zuvor ging ich jedoch regelmäßig bei Roget vorbei, um mich nach Nachrichten von Nicolas oder meiner Mutter zu erkundigen. Ihre Briefe waren voller Seligkeit über mein Glück, und sie versprach, im Frühjahr nach Italien zu reisen, falls ihre Gesundheit es erlaube. Erst aber solle ich ihr Bücher aus Paris schicken und Zeitungen und Cembalonoten. Und sie wollte wissen, ob ich wirklich glücklich sei. Ob meine Träume in Erfüllung gegangen seien. Mein Reichtum beunruhige sie irgendwie. Ich sei bei Renaud doch so glücklich gewesen. Ich müsse ihr vertrauen.

Es war qualvoll, diesen Worten zuzuhören, während Roget sie mir vorlas. Ganz gegen meine Gewohnheit mußte ich lügen. Aber für sie war ich bereit dazu.

Und was Nicki anbetraf, ich hätte mir denken können, daß er sich nicht mit Geschenken und vagen Berichten zufriedengab, er wollte mich sehen und ließ nicht locker. Er versuchte Roget ein wenig einzuschüchtern.

Aber es nutzte nichts. Der Anwalt konnte ihm nur das übermitteln, was ich ihm erzählt hatte. Und ich hatte so wenig Lust, Nicki zu sehen, daß ich mich nicht einmal nach seiner neuen Adresse erkundigte. Ich beauftragte den Anwalt, darauf zu achten, daß er Unterricht bei seinem italienischen Maestro nahm und daß er alles hatte, was er sich wünschte.

Dann kam mir eines Tages zu Ohren, daß Nicki den Absprung vom Theater nicht gefunden hatte und noch immer bei Renaud Geige spielte. Ich war spuckewütend. Warum zum Teufel war er immer noch da? Weil es ihm dort so gut gefiel wie einst mir – darum. Mußte man mich da erst mit der Nase drauf stoßen? Wir waren doch alle wie eine Familie gewesen in dieser kleinen Klitsche. Bloß nicht an den Augenblick denken, wenn sich der Vorhang hob, wenn das Publikum zu klatschen und johlen begann...

Nein. Besser, ich schickte kistenweise Wein und Champagner ins Theater, besser, ich schickte Blumen für Jeannette und Luchina, die beiden Mädchen, mit denen ich am meisten gestritten und die ich am liebsten gemocht hatte, und beglückte Renaud mit noch mehr Gold und zahlte seine Schulden.

Aber als Nacht für Nacht diese Geschenke zugeliefert wurden, zeigte sich Renaud allmählich peinlich berührt. Zwei Wochen später unterbreitete mir Roget einen Vorschlag Renauds.

Ich sollte sein Theater kaufen und ihn als Intendanten halten und mit genug Kapital ausrüsten, um größere und aufwendigere Vorstellungen als je zuvor in Szene setzen zu können. Mit meinem Geld und seinem Talent könnten wir das Haus zum Stadtgespräch von Paris machen.

Ich habe nicht sofort geantwortet. Es dauerte eine Zeitlang, bis ich begriff, daß ich einfach so dieses Theater besitzen konnte, so wie die Edelsteine in der Truhe oder die Kleider, die ich trug, oder die Puppenstube, die ich meiner Nichte geschickt hatte. Und dann sagte ich nein, ging hinaus und schlug die Tür hinter mir zu. Aber ich kehrte sofort um.

»Also gut, kaufen Sie das Theater«, sagte ich, »und geben Sie ihm zehntausend Kronen zu seiner freien Disposition.« Das war ein Vermögen. Und ich wußte nicht einmal, warum ich diese Entscheidung getroffen hatte.

Vielleicht hatte es damit zu tun, daß ich einen Großteil meiner Zeit in den angesehensten Theatern von Paris verbrachte. Von den besten Plätzen aus genoß ich die Ballette und Opern, die Dramen von Molière und Racine. Ich saß an der Rampe und bestaunte die großen Schauspieler und Schauspielerinnen. Ich war in Kleidung aus feinstem Material gewandet, meine Finger zierten kostbare Ringe, und ich trug die modischsten Perücken und Schuhe mit diamantbesetzten Schnallen und goldenen Absätzen. Und mir stand die Ewigkeit offen, um mich an der Poesie zu betrinken, die ich von der Bühne hörte, am Gesang und an den Bewegungen der Tänzer, an der rauschenden Orgel in Notre Dame, am Klang der Turmuhren, die mir die Stunden zählten, am Schnee, der sich stumm auf die leeren Gärten der Tuilerien senkte.

Und jede Nacht bewegte ich mich unachtsamer unter den Sterblichen, jede Nacht wurde ich freier im Umgang mit ihnen. Noch kein Monat war vergangen, da hatte ich schon den Mut, mich in das Getümmel eines Balls im Palais Royal zu stürzen. Ich war warm und rosenwangig von meinem letzten Mord, und niemand hegte den leisesten Verdacht. Vielmehr schienen die Damen von mir angetan zu sein, und ich liebte es, ihre heißen Finger, ihre weichen Arme und Brüste zu spüren.

Danach nahm ich ein Bad in der Menschenmenge, die die Boulevards am frühen Abend zu bevölkern pflegt. Ich eilte an Renauds Theater vorbei und quetschte mich in die anderen Etablissements, um die Puppenspieler, Pantomimen und Akrobaten zu sehen. Ich scheute nicht mehr das Licht der Straßenlaternen. Ich besuchte Cafés und unterhielt mich mit den Menschen, wenn mir danach war.

Ich diskutierte sogar mit ihnen über den Zustand unserer Monarchie, und ich gab mich mit wahrer Leidenschaft dem Billard- und Kartenspiel hin, und es wäre mir völlig normal vorgekommen, in Renauds Theater zu gehen, eine Eintrittskarte zu kaufen, um vom Balkon aus das Geschehen zu verfolgen. Um Nicolas zu sehen!

Nun, ich habe es nicht getan. Was träumte ich da überhaupt davon, in Nickis Nähe zu geraten! Es war eine Sache, Fremde zum Narren zu halten, Männer und Frauen, mit denen ich nie Bekanntschaft schließen würde. Aber was würde Nicolas sehen, wenn er mir in die Augen schaute? Was würde er sehen, wenn er meine Haut erblickte?

Außerdem hatte ich ohnehin bereits genug um die Ohren. Denn ständig erfuhr ich mehr über meine wahre Natur und über meine Fähigkeiten.

Mein Haar, zum Beispiel, war heller und voller geworden und wuchs kein Stück mehr. Auch meine bedrohlich glänzenden Finger- und Zehennägel wuchsen nicht mehr, obwohl sie sich in Tagesfrist zu der Länge in meiner Todesstunde regenerierten, wenn ich sie gefeilt hatte. Und obwohl die Leute solcher Geheimnisse nicht gewahr wurden, fielen ihnen doch andere Sachen auf – das unnatürliche, vielfarbene Flimmern meiner Augen und das schwache Phosphoreszieren meiner Haut.

Ich begriff auch, daß ich Menschen mit meinem Blick in Furcht und Bann schlagen konnte und daß ich meine Stimme disziplinierter einsetzen mußte. Manchmal war sie zu leise für das sterbliche Gehör, und wenn ich losbrüllte oder loslachte, war des guten Nachbarn Trommelfell in Gefahr, und selbst meine Ohren schmerzten dann bisweilen.

Auch hatte ich Schwierigkeiten, meine Bewegungen zu zügeln. Ich ging und rannte, tanzte, lächelte und gestikulierte zwar wie ein Mensch, aber im Zustand der Überraschung, des Schreckens, der Trauer konnte sich mein Körper wie der eines Akrobaten krümmen und winden. Ja, einmal sprang ich gar, vom Spiel des Lichts auf den Häuserfassaden fasziniert, empor und ließ mich im Schneidersitz auf dem Dach einer Kutsche nieder.

Ich muß sagen, daß derlei die Leute in Schrecken versetzte. Aber in aller Regel blickten sie einfach zur Seite. Bald merkte ich, daß sie dem Irrtum frönten, es gebe für alles eine logische Erklärung. Typisch achtzehntes Jahrhundert!

Immerhin war schon seit hundert Jahren kein Fall von Hexerei mehr bekanntgeworden, seit dem Prozeß gegen die La Voisin nicht mehr, eine Wahrsagerin und Giftmischerin, die zur Zeit des Sonnenkönigs lebendigen Leibes verbrannt worden war.

Außerdem waren wir hier in Paris. Wenn ich es also versehentlich zuließ, daß Gläser zersplitterten, sobald ich sie ergriff, oder daß Türen hinter mir von selbst wieder zuschlugen, dachten die Leute einfach, ich sei betrunken.

Hin und wieder passierte es allerdings, daß ich Fragen beantwortete, ehe sie die Sterblichen mir gestellt hatten. Dann starrte ich stumpfsinnig in die Luft und verharrte so lange reglos, bis man sich besorgt nach meinem Wohlbefinden erkundigte.

Aber am meisten machte mir mein Gelächter zu schaffen. Ich wurde von Lachkrämpfen geschüttelt und konnte nicht mehr aufhören. Der geringste Anlaß genügte. Ich brauchte bloß an meine verrückte Existenz zu denken.

Noch heute habe ich mit diesem Problem zu kämpfen. Der schmerzlichste Verlust, das größte Leid, die tiefste Einsicht in meine Lage vermögen daran kaum etwas zu ändern. Ich finde etwas komisch, und schon pruste ich los und kann nicht mehr aufhören.

Andere Vampire macht das übrigens teufelswild. Aber ich greife voraus.

Andere Vampire! Wo waren sie eigentlich? In ganz Paris war kein anderer Vampir zu finden. Nur Sterbliche links, Sterbliche rechts, und ab und zu – wenn ich am wenigsten daran dachte – diese unheimliche, unfaßbare *Anwesenheit*.

Stets blieb sie so körperlos wie in jener ersten Nacht auf dem Gottesacker der Dorfkirche. Und ausnahmslos hielt sie sich in der Gegend eines Pariser Friedhofs auf.

Jedesmal blieb ich stehen, drehte mich in alle Richtungen, versuchte, ihrer habhaft zu werden. Vergebens – sie war verschwunden, ehe ich nur den Hauch einer Spur zu erhaschen imstande war. Allein würde ich sie niemals aufspüren, zumal der Gestank der städtischen Friedhöfe derart ekelerregend war, daß es mir unmöglich war, sie zu betreten. Der Anblick oder der Geruch des Todes erfüllte mich mit Abscheu, was zu meiner Natur zu gehören schien.

Hinrichtungen konnte ich sowenig zusehen wie einst als verschreckter Junge aus der Auvergne, und wenn ich eine Leiche sah, verhüllte ich mein Haupt. Ich glaube, der Tod war mir eine schlichte Beleidigung, sofern ich nicht seine Ursache war. Und selbst von meinen toten Opfern mußte ich mich immer fast augenblicklich entfernen.

Die Stunden flogen nur so dahin, während ich mich in der Stadt tummelte. Und nur widerwillig verließ ich die Gesellschaft der Menschen, um mich tagsüber in meinem Turm zu verbergen.

Doch immer häufiger fragte ich mich: »Wenn du mit ihnen tanzen, sprechen und Billard spielen kannst, warum kannst du dann nicht unter ihnen wohnen, so wie einst, als du noch lebtest? Warum solltest du nicht als einer der ihren *durchgehen*? Und am eigentlichen Leben teilnehmen, wo ... was ist? Sag's schon!«

Und dann kündigte sich allmählich der Frühling an. Die Nächte wurden wärmer, und mein Theater setzte ein neues Stück aufs Programm mit neuen Akrobaten zwischen den Akten. Und die Bäume blühten wieder, und kein Augenblick verging, in dem ich nicht an Nicki dachte.

In einer Nacht im März machte ich eine seltsame Entdeckung. Roget las mir einen Brief meiner Mutter vor, als mir klarwurde, daß ich ebensogut wie er lesen konnte. Ich hatte praktisch ohne eigenes Zutun die Kunst des Lesens erlernt. Ich nahm den Brief mit nach Hause.

Sogar in meiner Turmkammer herrschten keine Wintertemperaturen mehr. Ich setzte mich ans Fenster und las erstmals ganz für mich die Worte meiner Mutter. Ich konnte fast ihre Stimme hören:

»Nicolas schreibt, daß Du Renauds Unternehmen erworben hast. Jetzt besitzt Du also Dein eigenes kleines Theater an jenem Boulevard, der Dir soviel Glück bedeutet hatte. Aber besitzt Du auch noch das Glück? Wann antwortest Du mir?«

Ich faltete den Brief zusammen und steckte ihn in meine Tasche. Bluttränen schossen mir in die Augen. Warum verstand sie so viel und doch so wenig?

11

Die Winterstürme waren Frühlingswinden gewichen. Alle Gerüche der Stadt erblühten aufs neue. Und die Märkte waren voller Blumen. Ich hetzte ohne Sinn und Verstand zu Roget und fragte ihn nach Nicolas' Adresse.

Ich wollte nur kurz vorbeischauen, mich überzeugen, daß es ihm gut ging, daß er in einem angemessen vornehmen Haus wohnte.

Es lag auf der Ile St.-Louis und war in seiner Stattlichkeit ganz nach meinem Geschmack, doch zu den Quais hin waren alle Fensterläden verschlossen.

Lange blieb ich in den Anblick des Hauses versunken, während die Kutschen über die nahegelegene Brücke ratterten. Und ich wußte, daß ich Nicki einfach sehen mußte.

Ich kletterte die Fassade empor, so wie damals im Dorf, und es bereitete mir nicht die geringste Mühe. Stockwerk um Stockwerk kletterte ich hinan, höher als jemals zuvor, und dann eilte ich über das Dach und ließ mich an der Hofseite hinunter, um Nickis Wohnung zu suchen.

Ich glitt an ein paar offenstehenden Fenstern vorbei, ehe ich das richtige ausgekundschaftet hatte. Und da war Nicolas fürstlich tafelnd, und bei ihm waren Jeannette und Luchina, und sie aßen spät zu Nacht, wie früher wir alle zusammen, wenn das Theater aus war.

Als ich ihn erblickte, prallte ich vom Fensterflügel zurück und schloß die Augen. Ich hatte das Zimmer nur den Bruchteil einer Sekunde gesehen, und doch hatte sich mir jedes Detail eingegraben.

Er hatte jene alte, grüne Samtkleidung an, die er in den heimatlichen Gassen so zwanglos zu tragen verstanden hatte. Doch überall prangten die Luxusgegenstände, die ich ihm hatte zukommen lassen – ledergebundene Bücher in den Regalen, ein mit Intarsien verzierter Schreibtisch, ein ovales Gemälde, nicht zu vergessen die italienische Geige auf dem neuen Pianoforte.

Er trug den kostbaren Ring, den ich ihm geschickt hatte, und sein braunes Haar war mit einem schwarzen Seidenband zurückgeschnürt, und er saß brütend da, die Ellbogen auf den Tisch gestützt, und rührte keinen Bissen an.

Vorsichtig öffnete ich meine Augen und sah ihn wieder an. Das gleißende Kerzenlicht beleuchtete seine zarten, doch sehnigen Glieder, seine großen, nüchternen braunen Augen und seinen Mund, der trotz aller Sarkasmen, die er von sich gab, kindlich weich war.

Er schien von einer inneren Zerbrechlichkeit zu sein, die ich nie zuvor an ihm wahrgenommen hatte. Aber er sah auch unendlich intelligent aus, mein Nicki, und eine Fülle verschlungener Gedanken ging ihm durch den Kopf, während er der schnell schwatzenden Jeannette zuhörte.

»Lestat hat geheiratet«, sagte sie, und Luchina nickte zustimmend, »seine Frau ist wohlhabend, und sie darf nicht wissen, daß er ein einfacher Schauspieler war, das ist alles.«

»Ich schlage vor, daß wir ihn in Frieden lassen«, sagte Luchina. »Er hat das Theater vor dem Bankrott bewahrt und überhäuft uns mit Geschenken ...«

»Ich glaube das nicht«, sagte Nicolas bitter. »Er würde sich unserer nicht schämen.« Nur mühsam unterdrückte er seine Wut, seine Trauer. »Und warum hat er uns auf diese seltsame Weise verlassen? Ich hörte, wie er nach mir rief! Das Fenster war in tausend Stücke zerborsten! Ich war halbwach und hörte seine Stimme ...«

Ein unbehagliches Schweigen folgte. Sie schenkten seiner Version, wie ich aus der Mansarde verschwunden sei, keinen Glauben, und je öfter er seine Geschichte erzählte, desto verbitterter wurde er.

»Ihr habt Lestat nicht wirklich gekannt«, sagte er mürrisch. »Lestat würde jedem ins Gesicht spucken, der sich unserer schämte! Er schickt mir Geld. Was soll ich damit anfangen? Er hält uns zum Narren!«

Die anderen antworteten nicht. Bloß kein Wort gegen den geheimnisvollen Wohltäter, die Dinge liefen allzugut. Und in dem allgemeinen Schweigen spürte ich Nickis Seelenpein in ihrem ganzen Ausmaß, ja, ich *sah* sie, als würde ich geradewegs durch seine Schädeldecke spähen. Und ich konnte es nicht ertragen.

Ich konnte nicht ertragen, in seine Seele zu dringen, ohne daß er es wußte. Und doch spürte ich, ganz leise und ohne es wirklich zu wollen, daß in seinem Inneren eine geheimnisvolle, finstere Dimension zu entdecken war, und ich erinnerte mich seiner Worte, daß es in ihm eine dunkle Seite gebe, die er mir zu verbergen trachte.

Ich konnte es fast sehen und wollte es nicht sehen. Ich wollte nicht fühlen, was er fühlte. Aber was konnte ich für ihn tun? Darum ging es. Was konnte ich tun, um ihn ein für allemal von dieser Qual zu erlösen?

Ich wünschte nichts sehnlicher, als ihn zu berühren – seine Hände, seine Arme, sein Gesicht. Ich wollte sein Fleisch mit meinen neuen, unsterblichen Fingern fühlen. Und ich ertappte mich, wie ich das Wort »lebendig« flüsterte. Ja, du bist lebendig, und das heißt, du bist sterblich. Und wenn ich dich anblicke, sehe ich nichts Stoffliches. Alles ist eine Mischung aus kleinen Bewegungen und undefinierbaren Farben, als seist du völlig körperlos, als würdest du lediglich aus Wärme und Licht bestehen. Du bist das Licht selbst, und was bin ich jetzt?

Trotz meiner Unsterblichkeit war ich im Glanz dieses Lichts nur noch ein Häufchen Asche.

Die Stimmung drinnen im Zimmer hatte umgeschlagen. Luchina und Jeannette traten unter höflichen Worten den Rückzug an. Nicolas beachtete sie nicht einmal. Er hatte sich dem Fenster zugewandt und erhob sich, als hätte ihn eine geheimnisvolle Stimme gerufen.

Sein Gesichtsausdruck läßt sich in Worten nicht beschreiben. Er wußte, daß ich da war!

Sofort schoß ich über die rutschige Fassade aufs Dach. Aber ich konnte ihn da unten noch immer *hören*. Ich beugte mich vor und sah seine Hände auf der Fensterbank. Und durch die Stille hörte ich förmlich seine Bestürzung. Er spürte, daß ich da war! Er spürte meine Anwesenheit, so wie ich *die Anwesenheit* auf den Friedhöfen spürte.

Ich war zu schockiert, um irgend etwas unternehmen zu können.

Ich hielt mich an der Dachrinne fest, und ich spürte, daß die anderen inzwischen gegangen waren, daß er jetzt allein war. Und mich ließ die Frage nicht locker: »Was zum Teufel ist das für eine Anwesenheit, die er da spürt?«

Schließlich war ich nicht mehr Lestat, ich war dieser Dämon, dieser mächtige und gierige Vampir, aber dennoch spürte er meine Anwesenheit, die Anwesenheit Lestats, des jungen Mannes, den er gekannt hatte. Irgend etwas hatte er in meinem Monsterwesen ausgemacht, das er kannte und liebte.

Ich lauschte nicht mehr auf ihn. Ich lag einfach auf dem Dach. Aber ich wußte, daß er sich da unten bewegte. Ich wußte, daß er seine Geige von ihrem Platz auf dem Pianoforte nahm, und ich wußte, daß er wieder am Fenster stand.

Und ich hielt mir die Ohren zu.

Doch es half nichts. Die Töne erhoben sich von seinem Instrument und zerteilten die Nacht. Er strich über die Saiten, und ich konnte ihn unter meinen Augenlidern sehen, wie er sich hin und her wiegte, den Kopf auf die Geige gelehnt, als wollte er eins werden mit der Musik. Dann verschwand sein Bild, und nur die Töne blieben.

Beseeltes Vibrato, schluchzende Glissandi, ein beredtes Singen, das keine andere Sprache zuließ. Doch je leidenschaftlicher die Musik wurde, desto verzweifelter klang sie auch, bis ihre Schönheit nur noch zufälliges Beiwerk einer aller Wahrheit entblößten Groteske war.

War das sein Glaubensbekenntnis, war das seine Antwort auf meine unendlichen Monologe über das Gute? Ließ er die Geige sprechen? Verkündeten diese langgezogenen, tropfenden Noten, daß ihm Schönheit nichts bedeute, da sie mit seiner Verzweiflung unvereinbar sei; und daß Verzweiflung niemals schön sein könne? Und daß Schönheit nur eine schauerliche Ironie sei?

Ich wußte keine Antwort. Aber die Musik wuchs über seine Verzweiflung hinaus, glitt mühelos in eine getragene Melodie, wie Wasser, das sich seinen Weg über einen Berghang sucht. Ich lag auf dem Dach, die Augen zu den Sternen gerichtet.

Winzige Lichtpünktchen, den Sterblichen unsichtbar. Geisterwolken. Und die rauhe, eindringliche Geigenmusik, die nach einem letzten Aufbäumen langsam verebbte.

Ich rührte mich nicht.

Ich war in stillem Einklang mit der Sprache, die die Geige mir zuraunte. Nicki, könnten wir doch wieder... Wenn sich »unser Gespräch« doch nur fortsetzen ließe.

Schönheit war kein trügerischer Schein, wie er glaubte, Schönheit war eher ein in keinem Atlas verzeichnetes Land, in dem man tausend tödlichen Irrtümern erliegen konnte, ein wildes und gleichgültiges Paradies, in dem es keine Wegweiser zum Guten oder Bösen gab.

Trotz der Kunstwerke, die die Zivilisation hervorgebracht hatte, trotz der schwindelerregenden Vollkommenheit eines Streichquartetts oder der atemberaubend großartigen Gemälde eines Fragonard blieb Schönheit etwas Wildes. Sie war so gefährlich und anarchisch, wie die Erde es gewesen war, Äonen ehe der Mensch den ersten vernünftigen Gedanken in seinem Kopf zusammengebraut oder Gesetze in Lehmtafeln geritzt hatte. Schönheit war ein wilder Garten.

Warum tat es ihm also weh, daß selbst die verzweifeltste Musik so voller Schönheit war? Warum wurde er zynisch darüber und traurig und argwöhnisch?

Gut und Böse waren Kategorien, die der Mensch sich ausgedacht hatte. Und der Mensch war wirklich besser als der wilde Garten.

Aber tief innen hatte Nicki vielleicht immer von einer allumfassenden Harmonie geträumt, die es, wie ich wußte, nicht geben konnte. Nicki hatte nicht von Güte geträumt, sondern von Gerechtigkeit.

Aber wir konnten über diese Dinge jetzt nicht mehr miteinander sprechen. Niemals wieder würden wir in dem Wirtshaus zusammensein können. Vergib mir, Nicki. Gut und Böse gibt es noch und wird es immer geben. Aber »unser Gespräch« ist für immer vorbei.

Doch als ich das Dach verließ, mich lautlos von der Ile St.-Louis fortstahl, wußte ich, was ich tun würde. Ich gestand es mir nicht ein, aber ich wußte es.

Am nächsten Abend hatte ich mich verspätet, als ich auf dem Boulevard de Temple ankam. Ich hatte auf der Ile de la Cité ein vorzügliches Blutmahl gehabt, und der erste Akt hatte in Renauds Theater bereits begonnen.

12

Ich war gekleidet, als sei ich bei Hofe eingeladen – Silberbrokat von Kopf bis Fuß und eine lavendelfarbene Samtmantille über die Schultern geworfen. Ich trug einen neuen Degen mit reichverziertem Silbergriff, und meine Schuhe zierten die üblichen schweren, überladenen Schnallen, ansonsten Spitzen, Handschuhe, Dreispitz, das übliche eben. Und ich kam in einer Mietkutsche zum Theater.

Kaum hatte ich den Kutscher entlohnt, begab ich mich zur Rückseite des Gebäudes und öffnete den Bühneneingang, ganz so wie früher.

Sofort umfing mich wieder die alte Atmosphäre, der Geruch der Schminke, der billigen, verschwitzten, parfümierten Kostüme. Ich konnte einen Teil der erleuchteten Bühne sehen und das brüllende Gelächter aus dem Zuschauerraum hören. Eine Gruppe Akrobaten wartete auf ihre Einlage zwischen den Akten, ein Haufen Possenreißer in roten Strumpfhosen, Narrenkappen und gezackten Kragen mit kleinen, goldenen Glöckchen.

Einen Augenblick lang schwindelte mir, hatte ich Angst. Ich fühlte mich gefährlich eingeengt, und dennoch war es einfach wundervoll, wieder hier zu sein. Und Trauer erfüllte mich, nein, eigentlich eher Panik.

Luchina erblickte mich und stieß einen Schrei aus. Die Türen der Schminkräume flogen auf. Renaud stob mir entgegen und schüttelte mir die Hand. Aus allen Ecken und Enden quollen Menschen hervor, und ich hatte nichts Eiligeres zu tun, als mich von einem qualmenden Kandelaber zurückzuziehen und hastig die Worte zu sprechen: »Meine Augen ... ausmachen.«

»Löscht die Kerzen, sie tun seinen Augen weh, merkt ihr das nicht?« keifte Jeannette. Alle umringten mich, sogar die Akrobaten, die mich nicht einmal kannten, aber auch die altbekannten Kulissenmaler und Theaterschreiner, die mir so viel beigebracht hatten. Luchina sagte: »Holt Nicki.« Und fast hätte ich nein geschrien.

Applaus erschütterte das kleine Theater. Der Vorhang wurde zugezogen, und sofort belagerten mich die altbekannten Schauspieler, und Renaud rief nach Champagner.

Ich hielt mir die Augen zu, da ich mir wie ein Basilisk vorkam, der alles tötet, was in sein Blickfeld gerät, und ich war den Tränen nahe, war aber so eng umringt, daß ich mein Taschentuch nicht hervorziehen konnte. Und in einem schrecklichen Schwächeanfall schlang ich meine Arme um Jeannette und Luchina, und ich drückte mein Gesicht gegen Luchinas Gesicht. Wie kleine Vögelchen kamen sie mir vor, mit ihrem zarten Gebein, mit ihren flügelflatternden Herzen, und eine Sekunde lang lauschte ich mit dem Ohr des Vampirs dem Pulsschlag ihres Blutes, was mir geradezu unzüchtig vorkam. Ich gab mich ihren Umarmungen und Küssen hin, scherte mich nicht um das Klopfen ihrer Herzen, hielt sie umarmt und sog den Duft ihrer gepuderten Haut ein.

»Du hast ja keine Ahnung, was für Sorgen wir uns um dich gemacht haben!« dröhnte Renaud. »Und dann die Geschichten über dein Glück! Alle mal her!« Er klatschte in die Hände. »Das ist Monsieur de Valois, der Besitzer dieses hervorragenden Etablissements theatralischer Kunst...«, und er fuhr wortreich fort, mir Honig ums Maul zu schmieren, und zog die neuen Schauspieler und Schauspielerinnen herbei, auf daß sie mir die Hände küßten oder die Füße. Ich umklammerte die Mädchen, als müßte ich zerbersten, wenn ich sie losließe, und dann hörte ich Nicki, und ich wußte, daß er nur einen Schritt entfernt war und mich anstarrte und vor Glück, mich zu sehen, allen Schmerz vergessen hatte.

Ich hielt meine Augen geschlossen, aber ich spürte, wie seine Hand über mein Gesicht strich, und als er mir in die Arme sank, hatte ich Mühe, meinen inneren Aufruhr zu verbergen. Aber das Licht hier war dämmerig, und ich hatte wie ein Wahnsinniger Blut getrunken, um mir Körperwärme und menschliches Aussehen zu verleihen, und ich wußte nicht, zu wem ich beten sollte, daß mir die Täuschung gelänge. Und dann war für mich nur noch Nicolas da, und alles andere war mir egal.

Ich öffnete die Augen und sah ihm ins Gesicht.

Wie soll man nur beschreiben, wie Menschen für uns aussehen?! Wie soll ich beschreiben, was uns der Anblick lebendigen Fleisches bedeutet. Die Lebewesen, denen ja unsere ganze Aufmerksamkeit gilt, bestehen für uns aus Milliarden kleiner Farbpartikel und minutiöser Bewegungsabläufe. In unseren Augen sind alle Menschen schön, sogar die Alten und die Kranken. Sie sind alle wie sich ewig öffnende Blumen, wie ewig aus dem Kokon steigende Schmetterlinge.

All das sah ich, als ich Nicki sah, und ich roch sein pulsierendes Blut, und einen trunkenen Moment lang entbrannte ich in Liebe, eine Liebe, die alle Erinnerungen an die Schrecken löschte, die mich zu dem gemacht hatten, was ich war.

Aber noch etwas anderes wühlte mich auf. Es nahm so schnell überhand, daß ich kaum noch in der Lage war, mich zu beherrschen. Es war etwas Entsetzliches und Monströses und so natürlich für mich, wie die Sonne unnatürlich war. Ich wollte Nicki. Ich begehrte ihn wie jedes andere Opfer, mit dem ich auf der Ile de la Cité gekämpft hatte. Ich wollte sein wohlschmeckendes, duftendes, heißes Blut.

Aus dem Zuschauerraum ertönte Gejohle und Gelächter. Renaud befahl den Akrobaten, ihr Intermezzo über die Bühne zu bringen, und bat Luchina, den Champagner zu öffnen. Aber wir verharrten in unserer Umarmung, aus der ich mich erst löste, als ich in seiner Körperwärme zu erstarren drohte.

Und plötzlich überkam mich eine unbeschreibliche Wut. Ausgerechnet der Mensch, den ich wie meine Mutter liebte – der einzige Mensch, der mir zärtliche Gefühle entlockt hatte –, war eine uneinnehmbare Festung, trotzte in unschuldiger Ignoranz meinem Blutdurst, während Hunderte von Opfern sich kampflos hingegeben hatten.

Dazu also war ich ausersehen. Das also war der Weg, den zu beschreiten mir bestimmt war. Was bedeuteten mir jetzt noch all die anderen – die Diebe und Killer, die ich im Dschungel von Paris ausgesaugt hatte? Nur das wollte ich, nur ihn wollte ich. Und der Gedanke an Nickis möglichen Tod ließ mein Hirn fast explodieren.

Das Dunkel unter meinen geschlossenen Augenlidern hatte eine blutrote Färbung angenommen. Ich konnte mich nicht rühren. Mir war, als hätte ich meine Zähne bereits in seinen Hals gegraben, als würde sein Blut in mich strömen. »Nimm ihn«, rief es in mir, »schaff ihn fort von hier und labe dich an ihm und labe dich an ihm … bis …« Bis was? Bis er tot ist!

Ich stieß ihn zurück. Die Leute um uns veranstalteten einen Höllenlärm. Renaud brüllte die Akrobaten an, die uns angafften. Das

Publikum verlangte mit rhythmischem Klatschen nach dem Intermezzo. Das Orchester dudelte schon das fröhliche Begleitliedchen für die Akrobaten. Knochen und Fleisch pufften und knufften mich, die reinste Metzgerei, durchschwängert vom Gestank schlachtreifer Lebewesen. Und ein allzumenschliches Gefühl bemächtigte sich meiner: Übelkeit.

Nicki war irgendwie außer sich, und als sich unsere Blicke trafen, gewahrte ich nur Vorwürfe, Elend und Verzweiflung.

Ich fegte an allen vorbei, den Schauspielern, den Akrobaten mit ihren bimmelnden Glöckchen, und ich weiß selbst nicht, warum ich in die Kulissen stob, anstatt durch die Seitentür das Weite zu suchen. Ich wollte Bühnenluft schnuppern. Ich wollte das Publikum sehen. Ich wollte in eine Welt eindringen, für die ich weder Namen noch Begriff hatte.

Aber ich kochte vor Wut. Meine Brust krampfte sich zusammen, und der Durst war wie eine tollwütige Katze, die ausbrechen wollte. Und während ich noch an dem Holzpfosten neben dem Vorhang stand, eilte Nicki, der nichts begriff und zutiefst beleidigt war, wieder an meine Seite.

Mein Durst tobte, riß mir fast das Gedärm auf. Und in meiner Erinnerung tauchten alle meine Opfer auf, der Abschaum von Paris, und wie nie zuvor war ich mir bewußt, ein Verdammter zu sein.

Den köstlichsten Wein hatte ich aus geborstenen Fässern getrunken, und nun stand der Priester auf den Stufen des Altars vor mir und reichte mir den Kelch mit dem Blut des Lamms.

Nicki redete wie ein Wasserfall: »Lestat, was ist los mit dir? Sag schon!« Er kümmerte sich nicht um die anderen. »Wo warst du? Was war los? Lestat!«

»Los, auf die Bühne!« blaffte Renaud die gaffenden Akrobaten an. Sie trollten sich hinaus und legten ein paar Salti hin. Das Orchester imitierte auf seinen Instrumenten zwitschernde Vögel. Ein roter Blitz, Harlekinsärmel, klimpernde Glöckchen, Spottrufe aus der ungehaltenen Menge: »Zeigt uns was, na los, kommt, zeigt uns was!«

Luchina gab mir einen Kuß, und ich starrte ihren weißen Hals an, ihre milchfarbenen Hände. Ich konnte die Adern in Jeannettes Gesicht sehen, und ihre Unterlippe erinnerte an ein weiches Kissen. Wir tranken Champagner aus kleinen Gläsern. Renaud hielt eine

Rede über unsere »Partnerschaft«, und die kleine Komödie, die heute abend gegeben werde, sei nur der Anfang, und bald seien wir das bedeutendste Theater der Stadt. Ich sah mich als Lelio herausgeputzt und hörte das Liedchen, das ich auf gebeugtem Knie Flaminia entgegensang.

Vor mir wirbelten kleine Sterbliche über die Bühne, und das Publikum johlte, als der Anführer der Akrobaten eine vulgäre Bewegung mit seinem Hintern machte.

Wie von einem Mechanismus getrieben, ging ich auf die Bühne. Ich stand genau in der Mitte. Der Qualm der Rampenlichter stach mir in die Augen, und ich starrte auf die überfüllten Ränge, die Logen, die Zuschauer im Parkett. Und ich hörte, wie ich den Akrobaten befahl, zu verschwinden.

Das Gelächter und Gejohle, mit dem ich begrüßt wurde, war ohrenbetäubend, und hinter jedem Gesicht im Zuschauerraum machte ich einen grinsenden Schädel aus. Ich summte eine Zeile des Liedchens, das ich als Lelio gesungen hatte, »liebste, liebste Flaminia«, wieder und wieder, bis die Wörter zu sinnentleerten Klängen wurden.

Beleidigungen tönten durch den Lärm. »Weiter mit der Aufführung!« und »Bist ja 'n hübscher Junge, aber jetzt wollen wir was sehen!« Vom dritten Rang warf jemand einen halbaufgegessenen Apfel, der genau neben meinen Füßen einschlug.

Ich ließ erst meinen violetten Mantel zu Boden sinken, dann den silbernen Degen. Das Lied war zu einem wirren Gesumme hinter meinen Lippen geraten, aber eine wahnwitzige Poesie pulsierte in meinem Kopf. Ich sah das Schöne in seiner ungezügelten Wildheit, so wie ich es vorige Nacht gesehen hatte, als Nicki Geige spielte, und die moralische Welt schien ein verzweifelter Traum der Vernunft zu sein, der in diesem wuchernden und stinkenden Dschungel nicht den Hauch einer Chance hatte. Es handelte sich um eine Vision, die ich eher *sah* als verstand, und ich war ein Teil dieser Vision, so natürlich wie die Katze, die mit leidenschaftsloser Kälte ihre Klauen in den Rücken der schreienden Ratte gräbt.

»'n hübscher Junge ist der Sensenmann«, grummelte ich hervor, »der all die Lebenslichter hier ausblasen kann, jedes Flatterseelchen, das die Luft dieses Hauses atmet.«

Die Worte waren meiner Kontrolle entzogen, sie bewegten sich in einer Sphäre, in der ein Gott existierte, der vielleicht die Zeichnung auf einer Schlangenhaut begriff oder die acht herrlichen Noten, die Nickis Geigenmusik ausmachten, aber niemals das Gesetz jenseits des Häßlichen und des Schönen: »Du sollst nicht töten.«

Hunderte fettiger Gesichter glotzten mich aus dem Dunkel des Zuschauerraums an. Räudige Perücken und unechter Schmuck und verdreckter Flitterkram, Haut, die sich wie Wasser über krumme Knochen ergoß. Ein Haufen zerlumpter Bettler krakeelte und pfiff von den Rängen herunter, bucklig und einäugig, Krücken unter die stinkenden Achselhöhlen geklemmt, und Zähne so vergilbt wie die alter Totenschädel.

Ich warf meine Arme empor. Ich wippte in den Knien und fing an, mich im Kreis zu drehen, so wie die Akrobaten und Tänzer, auf einem Fußballen, fast schwerelos und immer schneller und schneller, bis ich Salti rückwärts und Purzelbäume vorwärts vollführte und alles nachmachte, was ich den Gauklern auf den Jahrmärkten abgeguckt hatte.

Sofort wurde ich mit Applaus belohnt. Ich war so beweglich wie einst im Dorf, und die Bühne war winzig und unzulänglich, und der Qualm der Rampenlichter verursachte mir Atemnot. Das Ständchen an Flaminia fiel mir wieder ein, und ich fing an, es lauthals zu singen, während ich weiter Luftsprünge machte und mich um die eigene Achse drehte. Und dann blickte ich zur Decke, spannte die Muskeln und machte einen gewaltigen Sprung in die Höhe.

In Sekundenschnelle berührte ich die Dachsparren, um elegant und lautlos wieder auf der Bühne zu landen. Das Publikum hielt den Atem an. Die anderen hinter der Bühne waren wie vom Donner gerührt. Die Musiker im Orchestergraben, die sich die ganze Zeit über ruhig verhalten hatten, gerieten in Bewegung. Sie konnten sehen, daß ich nicht an einem Draht hing.

Aber zum Entzücken des Publikums schwebte ich wieder empor, diesmal bis zur Decke Salti schlagend, um noch langsamer und noch kunstvoller dem Boden entgegenzustreben.

Das Publikum tobte vor Begeisterung, aber die hinter der Bühne waren wie versteinert. Nicki stand an der Seite, und seine Lippen formten stumm meinen Namen.

»Das muß ein Zaubertrick sein«, tuschelte es aus allen Ecken. Einen Moment lang sah ich Renauds Gesicht – der Mund offen, die Augen ungläubig aufgerissen.

Aber ich hatte wieder zu tanzen angefangen. Und diesmal war es eher eine Tanzparodie. Jede Bewegung war ausladender, langsamer, als es einem menschlichen Tänzer möglich gewesen wäre. Jemand rief mir etwas aus den Kulissen zu und wurde sofort zum Schweigen gebracht. Die Musiker und die Leute in den vorderen Reihen stießen kleine Schreie aus. Den Zuschauern wurde ungemütlich zumute, und nur der Mob auf den Rängen applaudierte weiter.

Plötzlich schoß ich zur Rampe vor, als wollte ich dem schlechten Benehmen des Publikums Einhalt gebieten. Ein paar Leute waren so erschrocken, daß sie sich erhoben und die Flucht ergreifen wollten. Ein Hornist ließ sein Instrument fallen und kletterte aus dem Orchestergraben.

Sie waren beunruhigt, ja, verärgert. Was waren das für Zaubertricks? Auf einmal fanden sie das alles nicht mehr amüsant; so viel Geschicklichkeit ging ihnen über den Verstand; und irgend etwas in meinem ernsthaften Gebaren flößte ihnen Furcht ein. Einen schrecklichen Augenblick lang spürte ich ihre Hilflosigkeit.

Und ich spürte ihr Verderben.

Eine Horde klappernder Skelette waren sie, eingeschnürt in Fleisch und Lumpen, und dennoch hatten sie genug Mut, mich in ihrem unerschütterlichen Stolz anzubrüllen.

Langsam hob ich die Hände, um um Ruhe zu bitten, und sehr laut und festen Tons sang ich das Liedchen an Flaminia, meine liebste Flaminia, ein langweiliges, kleines Couplet, das in ein anderes Couplet überging, und ich ließ meine Stimme immer mehr anschwellen, bis die Leute plötzlich aufstanden und mich anschrien, aber ich sang noch lauter, bis ich jedes andere Geräusch übertönte und übertoste, und sie erhoben sich, warfen die Bänke um und preßten sich die Ohren zu.

Ihre Gesichter waren zu Fratzen, ihre Münder zu lautlosen Schreien verzerrt.

Pandämonium. Gekreisch, Gefluche, alles tobte und stolperte den Ausgängen entgegen. Vorhänge wurden herabgerissen, Männer sprangen von den Rängen, um nach draußen zu eilen.

Ich hörte mit dem schrecklichen Gesang auf. Ich sah ihnen ohne Anteilnahme zu, diesen schwächlichen, schwitzenden Gestalten, die in alle Richtungen stoben. Der Wind pfiff durch die geöffneten Türen, und eine seltsame Kälte überzog meine Gliedmaßen, und meine Augen schienen aus Glas zu sein.

Ohne hinzusehen, hob ich meinen Degen auf und legte ihn wieder an, und meinen staubigen, zerknüllten Mantel griff ich mit gekrümmtem Zeigefinger am Samtkragen. Diese Gesten waren nicht minder grotesk als alles andere, was ich getan hatte, und mir war es gleichgültig, daß Nicki meinen Namen rief und sich zwei Schauspielern zu entwinden suchte, die ihn entsetzt festhielten.

Aber in diesem ganzen Chaos fesselte doch etwas meine Aufmerksamkeit. Es war mir alles andere als gleichgültig, ja, sogar überaus wichtig, daß da oben in einer der Logen eine Gestalt stand, die nicht zu entkommen versuchte, sich nicht einmal bewegte.

Ich drehte mich langsam um und sah zu ihr hinauf, als wollte ich sie zum Verweilen herausfordern. Es war ein alter Mann, und seine dumpfen, grauen Augen durchbohrten mich in starrer Wut. Und als ich ihn anblickte, hörte ich, wie sich meiner Kehle ein lauter Schrei entwand. Ein Schrei, der aus meiner Seele zu kommen schien und lauter und lauter wurde, bis die wenigen, die noch geblieben waren, sich die Ohren zuhielten, und sogar Nicolas, eben im Begriff vorzustürmen, krümmte sich und umklammerte seinen Kopf. Der Mann aber stand unbeweglich da, blickte finster drein, starr und grimmig, mit buschigen Augenbrauen unter seiner grauen Perücke.

Ich trat einen Schritt zurück, schnellte mit einem Sprung durch den leeren Zuschauerraum und landete genau vor ihm in der Loge. Unwillkürlich ließ er den Unterkiefer fallen, und seine Augen weiteten sich aufs schrecklichste. Vor lauter Alter war er völlig entstellt, seine Schultern waren gebeugt, seine Hände knotig, aber sein Blick verriet einen unbeugsamen Geist. Verbitterter Mund, hervorspringendes Kinn. Unter seinem Gehrock zog er eine Pistole hervor und zielte mit beiden Händen auf mich.

»Lestat!« rief Nicki noch. Aber der Schuß löste sich, und die Kugel traf mich mit voller Kraft. Ich rührte mich nicht. Ein Schmerz durchfuhr mich und hörte dann auf, bis auf ein schreckliches Zerren in all meinen Adern.

Blut brach hervor. Es floß, wie ich Blut niemals habe fließen sehen. Es durchnäßte mein Hemd, und ich fühlte es meinen Rücken hinunterrinnen. Das Zerren wurde immer stärker, und ein warmes, prikkelndes Gefühl überzog Brust und Rücken.

Der Mann starrte mich sprachlos an. Die Pistole entglitt seiner Hand. Sein Kopf kippte nach hinten, die Augen brachen, und sein Körper zerschrumpelte, als hätte man die Luft aus ihm gelassen, und er lag auf dem Boden.

Nicki war die Treppen emporgerast und stürmte jetzt in die Loge. Er stammelte wirres Zeug, glaubte, meinem Ableben beizuwohnen. Meine ganze Aufmerksamkeit galt meinem Körper, während ich ruhig dastand, umfangen von jener schrecklichen Einsamkeit, die mich verfolgte, seit Magnus mich zum Vampir gemacht hatte. Und ich wußte, daß die Wunden nicht mehr waren.

Das Blut trocknete auf der Seidenweste, auf meinem zerrissenen Mantel. Ein klopfendes Hämmern an der Körperstelle, wo die Kugel eingedrungen war, und in den Adern noch dieses Zerren, aber die Verletzung war verschwunden.

Und Nicolas gewann allmählich wieder die Besinnung und sah, daß mir nichts passiert war, obwohl ihm der gesunde Menschenverstand das Gegenteil sagte.

Ich schob mich an ihm in Richtung Treppe vorbei. Er warf sich mir entgegen, doch ich schüttelte ihn ab. Ich konnte weder seinen Anblick noch seinen Geruch ertragen.

»Laß mich in Ruhe!« sagte ich.

Aber er kam mir nach und klemmte mir seinen Arm um den Hals. Sein Gesicht war aufgedunsen, und ein schrecklicher Laut entwand sich ihm.

»Laß mich los, Nicki!« Ich drohte ihm. Stieße ich ihn zu brutal fort, würde ich ihm die Arme aus den Gelenken reißen, seinen Rücken brechen.

Seinen Rücken brechen ...

Er jammerte, stotterte. Und für den qualvollen Bruchteil einer Sekunde waren die Laute, die er von sich gab, so schrecklich wie der Laut meines sterbenden Pferdes, damals in den Bergen.

Ich wußte kaum, was ich tat, als ich seine Hände fortstemmte.

Die Menge stob schreiend auseinander, als ich auf den Boulevard hinaustrat.

Renaud rannte zu mir, obwohl ihn einige zurückzuhalten suchten. »Monsieur!« Er ergriff meine Hand, um sie zu küssen, hielt jedoch inne, als er das Blut sah.

»Alles in Ordnung, mein lieber Renaud«, sagte ich und war einigermaßen überrascht, wie ruhig und sanft meine Stimme klang. Aber irgend etwas lenkte mich ab, als ich wieder zu sprechen anhob, etwas, dem ich meine Aufmerksamkeit hätte schenken sollen, wie ich mir halbbewußt eingestand.

»Verschwenden Sie keinen Gedanken daran, mein lieber Renaud«, sagte ich. »Künstliches Blut, nur ein Zaubertrick. Es war alles ein Zauberkunststück. Eine neue Theaterrichtung. Groteskes Theater, ja, groteskes Theater.«

Aber wieder diese Ablenkung, etwas, das ich in dem Gewühl um mich herum spürte, zwischen all den Leuten, die sich herbeidrängten und dennoch Distanz wahrten. Nicolas starrte mich wie betäubt an.

»Machen Sie weiter so«, sagte ich, fast unfähig, mich auf meine eigenen Worte zu konzentrieren, »mit Ihren Akrobaten, Ihren Tragödien, Ihren, wenn Sie wollen, etwas kultivierteren Darbietungen.«

Ich zog ein Paket Banknoten aus meiner Tasche und drückte es ihm in die zitternde Hand. Ich streute Goldmünzen auf das Pflaster. Die Schauspieler huschten vor, um sie aufzusammeln. Ich ließ meine Blicke über die Menge schweifen, um die Quelle jener eigentümlichen Ablenkung auszumachen. *Was war das?* Nicolas war es nicht, der mich vom Theatereingang aus mit gebrochenem Herzen beobachtete. Nein, es war etwas Vertrautes und zugleich Fremdes und hatte etwas mit der Finsternis zu tun.

»Engagieren Sie die besten Gaukler«, stammelte ich, »die besten Musiker, die großen Bühnenbildner.« Noch mehr Banknoten. Meine Stimme wurde wieder laut, die Vampirstimme, mir entging nicht, daß sie wieder Fratzen schnitten und die Hände hoben, aber sie hatten Angst, ich konnte sehen, wie sie sich die Ohren zuhielten. »Sie können alles erreichen, Ihnen sind keine Grenzen gesetzt, KEINE GRENZEN.«

Dann ergriff ich die Flucht, zog meinen Mantel hinter mir her, und der Degen rasselte über das Pflaster, da ich ihn nicht richtig umgeschnallt hatte. Und als ich in die erste Seitengasse einbog und zu rennen anfing, wußte ich, was mich abgelenkt hatte: *die Anwesenheit*! Ich wußte es aus einem ganz einfachen Grund – ich rannte schneller durch die Gassen, als ein Sterblicher jemals hätte laufen können, und *die Anwesenheit* war kein Stück langsamer, und *die Anwesenheit* war mehr als einer!

Ich blieb stehen, als ich mir dessen sicher war. Ich war nur eine Meile von dem Boulevard entfernt, und die Gasse, in der ich mich befand, war so eng und schwarz, wie ich in noch keiner gewesen war. Und ich hörte *sie*, ehe sie ebenso plötzlich wie absichtlich keinen Laut mehr von sich gaben.

Mir war zu elend zumute, um noch Spielchen mit ihnen treiben zu können! Ich war zu verwirrt. Ich rief ihnen die alte Frage zu: »Wer seid ihr? Sprecht mit mir!« In den umliegenden Häusern klirrten die Fensterscheiben. Die Sterblichen regten sich in ihren kleinen Kammern. In dieser Gegend gab es keinen Friedhof. »Antwortet mir, ihr Feiglinge. Sprecht, wenn ihr eine Stimme habt, oder laßt mich ein für allemal in Ruhe!«

Und dann wußte ich, warum auch immer, daß sie mich hören konnten und daß sie mir, wenn sie wollten, antworten konnten. Und ich wußte, daß das, was ich immer gehört hatte, nichts anderes war als der aufdringliche Beweis ihrer Nähe, die sie gleichwohl zu verbergen verstanden. Ihre Gedanken aber hielten sie völlig geheim. Sie verfügten über einen Intellekt und über eine Sprache.

Ich stöhnte.

Ihr Schweigen kränkte mich, aber noch tausendmal mehr kränkte mich das, was soeben geschehen war, und wie schon so oft zuvor, kehrte ich ihnen den Rücken.

Sie folgten mir. Es gelang mir nicht, sie abzuhängen. Und ich wurde ihr unsichtbares und lautloses Geflimmer nicht los, bis ich die Place de Grève erreicht hatte und in der Kathedrale von Notre Dame verschwand.

Ich verbrachte den Rest der Nacht in der Kathedrale, zusammengekauert in einer Nische im rechten Seitenschiff. Mich dürstete nach dem Blut, das ich verloren hatte, und jedesmal wenn sich ein Sterblicher in meiner Nähe aufhielt, spürte ich ein starkes Zerren und Klopfen an der Stelle, wo die Wunde gewesen war.

Aber ich ließ mir Zeit.

Erst als sich eine junge Bettlerin mit ihrem kleinen Kind näherte, wußte ich, daß es soweit war. Sie sah die Blutflecken und setzte alles daran, mich ins nächste Krankenhaus, das Hôtel-Dieu, zu schaffen. Ihr Gesicht war von Hunger ausgemergelt, und dennoch versuchte sie, mich mit ihren dünnen Ärmchen hochzuheben.

Ich sah ihr in die Augen, bis sie ganz glasig wurden. Ich spürte ihre warmen Brüste unter ihren Lumpen. Ihr weicher, saftiger Körper sank mir entgegen, gab sich mir hin, während ich sie in meine blutverschmierte Brokat- und Spitzenkleidung kuschelte. Ich küßte sie, entfernte ihr schmutziges Halstuch und saugte sie so geschickt aus, daß das Kind nichts merkte. Dann öffnete ich vorsichtig und mit zitternden Fingern das zerlumpte Kinderhemdchen. Auch dieser kleine Hals sollte mir gehören.

Meinen Verzückungstaumel können Worte nicht beschreiben. Bislang hatte ich nur die Wonnen der Notzucht ausgekostet, aber bei diesen Opfern hier war echte Liebe mit im Spiel. Ihre Unschuld, ihre Güte schienen ihr Blut noch köstlicher zu machen.

Ich sah sie hinterher an, wie sie da zusammen in ihrem Todesschlaf ruhten. Die Kathedrale war ihnen in dieser Nacht eine schlechte Zufluchtsstätte geworden.

Da wußte ich, daß meine Vision von dem Garten der wilden Schönheit der Wirklichkeit entsprach. Der Sinn der Welt, ihre Gesetze, das Unvermeidliche, das alles hatte nur ästhetische Bedeutung. Und in diesem wilden Garten gehörten die Unschuldigen den Vampiren.

Ich war jetzt bereit, nach Hause zu gehen. Und als ich in den frühen Morgen schritt, wußte ich, daß die letzte Schranke zwischen meinem Appetit und der Welt sich aufgelöst hatte.

Jetzt war niemand mehr, auch der Unschuldigste nicht, vor mir sicher. Und meine lieben Freunde in Renauds Theater und mein geliebter Nicki bildeten da keine Ausnahme.

13

Ich wollte sie aus Paris haben. Ich wollte die Plakate entfernt und die Tore geschlossen wissen; ich wollte Ruhe und Dunkelheit in dem kleinen Schmierentheater, in dem ich die glücklichste Zeit meines sterblichen Daseins verbracht hatte.

Selbst ein Dutzend unschuldiger Opfer pro Nacht konnte nicht verhindern, daß ich ständig an sie denken mußte, konnte meinen inneren Schmerz nicht lösen.

Ich schämte mich in Grund und Boden, wenn ich daran dachte, wie sehr ich sie in Furcht und Schrecken versetzt hatte. Wie hatte ich ihnen das nur antun können?! Warum nur mußte ich mir auf so brutale Weise vor Augen führen, daß ich ihnen niemals wieder würde angehören können?

Nein. Ich hatte Renauds Theater gekauft, hatte es zum Schmuckstück des Boulevards gewandelt. Jetzt würde ich es dichtmachen.

Sie hatten keinerlei Verdacht geschöpft. Sie schenkten den dümmlichen Ausreden Glauben, die Roget ihnen auftischte – ich sei gerade aus der Hitze der Tropenkolonien zurückgekehrt, der gute Pariser Wein habe meinen Geist umnebelt. Und wieder jede Menge Geld, um den Schaden auszubügeln.

Gott allein weiß, was sie wirklich dachten. Schon am nächsten Abend spulten sie wieder ihr gewöhnliches Programm ab, und die dumpfen Zuschauermassen hatten für die blutigen Ereignisse der letzten Nacht sicher ein Dutzend feinsinniger Erklärungen bereit. Sie standen Schlange.

Nur Nicki hatte die Segel gestrichen. Er verfiel zusehends dem Alkohol und weigerte sich, wieder einen Fuß in das Theater zu setzen oder seine musikalischen Studien fortzusetzen. Als Roget bei ihm vorbeischaute, wurde er von Nicolas mit Beleidigungen überhäuft. Er suchte die schlüpfrigsten Pinten auf und strich nachts allein durch verrufene Gassen.

Nun ja, dachte ich, in dieser Hinsicht sind wir uns ähnlich.

Erfahren habe ich das alles von Roget, dem ich mit versteinertem Gesicht zuhörte, um ihm die wahre Natur meiner Gedanken zu verbergen.

»Geld bedeutet dem jungen Mann nicht sehr viel, Monsieur«, sagte er. »Der junge Mann beteuert, er habe genug Geld in seinem Leben gehabt. Seine Äußerungen machen mir Sorgen, Monsieur, gefallen mir ganz und gar nicht.«

Roget sah wie eine Witzfigur aus in seinem Nachtgewand und Zipfelmützchen, mit seinen nackten Beinen und Füßen, da ich ihn mal wieder mitten in der Nacht hochgejagt und ihm keine Zeit gelassen hatte, Pantoffeln anzuziehen oder sich wenigstens zu kämmen.

»Was sagt er?« verlangte ich zu wissen.

»Er spricht von Hexerei, Monsieur. Er meint, Sie verfügten über ungewöhnliche Fähigkeiten. Er spricht von der La Voisin und der *Chambre Ardente,* er spricht von dem alten Gerichtsfall unter dem Sonnenkönig, von der Hexe, die für den Hof als Giftmischerin tätig war.«

»Wer glaubt denn heutzutage noch solchen Quatsch?« Ich täuschte echte Bestürzung vor. In Wahrheit standen mir die Nackenhaare zu Berge.

»Monsieur, er äußert üble Dinge«, fuhr er fort. »Daß Ihresgleichen, wie er es nennt, jederzeit Zugang zu großen Geheimnissen habe. Er erwähnt dauernd einen Platz in Ihrem Heimatdorf, der Hexenplatz genannt wird.«

»Meinesgleichen!«

»Daß Sie Aristokrat seien, Monsieur«, sagte Roget. Es war ihm peinlich. »Wenn jemand so verärgert wie Monsieur de Lenfent ist, neigt man zu überspitzten Formulierungen. Aber er behält seine Verdächtigungen für sich. Er vertraut sich nur mir an. Er sagt, Sie würden verstehen, warum er Sie verachtet. Sie hätten sich geweigert, ihn an Ihren Entdeckungen teilhaben zu lassen. Ja, Monsieur, Ihren Entdeckungen. Er spricht immer wieder von der La Voisin, über Dinge zwischen Himmel und Erde, die sich einer vernünftigen Erklärung entzögen. Er sagt, er wisse, warum Sie auf dem Hexenplatz in Tränen ausgebrochen seien.«

Einen Moment lang konnte ich Roget nicht in die Augen blicken. Das war alles so eine hübsche Verdrehung der wahren Umstände. Und dennoch traf es den Nagel auf den Kopf. Einfach großartig und gleichzeitig völlig daneben! Auf seine Weise hatte Nicki recht.

»Monsieur, Sie sind der gütigste Mensch …«, sagte Roget.

»Verschonen Sie mich, bitte …«

»Aber Monsieur de Lenfent behauptet Sachen, die wirklich zu weit gehen. Er habe gesehen, wie Sie von einer Pistolenkugel getroffen worden seien, die Sie hätte töten müssen.«

»Die Kugel ging daneben«, sagte ich. »Roget, hören Sie damit auf. Schaffen Sie sie aus Paris fort, alle.«

»Fortschaffen?« fragte er. »Aber Sie haben doch soviel Geld in dieses kleine Unternehmen gesteckt …«

»Na und? Wen kümmert das?« sagte ich. »Schicken Sie sie nach London, in die Drury Lane. Bieten Sie Renaud genug, daß er sein eigenes Theater in London eröffnen kann. Von da aus können sie dann nach Amerika gehen – New Orleans, New York. Machen Sie das, Monsieur, egal, was es kostet. Schließen Sie mein Theater und schaffen Sie sie außer Landes!«

Und dann müßte der Schmerz eigentlich verschwinden. Ich würde nicht mehr mit ihnen hinter der Bühne zusammensein, würde nicht mehr an Lelio denken, den Jungen aus der Provinz, dem es Spaß machte, ihre Mülleimer zu leeren.

Roget sah einigermaßen verwirrt aus. Wie fühlt man sich, wenn man für einen gutgekleideten Geisteskranken arbeitet, der einem dreifach überhöhtes Honorar zahlt, um gegen jede bessere Einsicht zu handeln?

»Was Nicolas betrifft«, sagte ich, »so werden Sie ihn überreden, nach Italien zu ziehen, und ich werde Ihnen sagen, wie Sie das anstellen sollen.«

»Monsieur, ihn auch nur zu überreden, mal frische Wäsche anzuziehen, ist schon menschenunmöglich.«

»Das jetzt wird einfacher. Sie wissen doch, wie krank meine Mutter ist. Bringen Sie ihn dazu, sie nach Italien zu begleiten. Er kann am Konservatorium von Neapel Musik studieren, in genau der Stadt, die ich für meine Mutter vorgesehen habe.«

»Er schreibt ihr Briefe … ist sehr angetan von ihr.«

»Eben. Überzeugen Sie ihn, daß sie ohne ihn diese Reise niemals machen würde. Bereiten Sie alles vor. Monsieur, da darf nichts schieflaufen. Er muß Paris verlassen. Sie haben bis zum Wochenende Zeit, dann werde ich kommen, um zu hören, daß er abgereist ist.«

Natürlich war das ziemlich viel verlangt. Aber ich hatte keine andere Wahl. Niemand würde Nickis Gerede über Hexerei Glauben schenken, da hatte ich keine Sorgen. Aber ich wußte, daß Nicki, wenn er in Paris bliebe, langsam den Verstand verlieren würde.

Die Nächte vergingen, Nächte, in denen ich mich jede wache Minute zwingen mußte, ihn nicht aufzusuchen.

Ich wartete einfach zu, wohl wissend, daß ich ihn für immer verlieren und er die wahren Gründe nie erfahren würde. Ausgerechnet ich, der einst gegen die Sinnlosigkeit unseres Daseins gewettert hatte, verjagte ihn ohne jede Erklärung, eine Ungerechtigkeit, die ihn vielleicht bis ans Ende seiner Tage quälen würde.

Immer noch besser als die Wahrheit, Nicki. Vielleicht verstehe ich jetzt alle trügerischen Hoffnungen ein wenig besser. Und wenn du nur meine Mutter dazu bringen kannst, nach Italien zu gehen, wenn meiner Mutter nur noch Zeit bleibt ...

Die Sonne war gerade untergegangen, als ich nach einer Woche vor Rogets Tür stand und an der Glocke zog.

Er öffnete schneller, als ich erwartet hatte, trug wie üblich sein weißes Flanellnachthemd und blickte besorgt drein.

»Allmählich finde ich Gefallen an Ihrer Aufmachung, Monsieur«, sagte ich müde. »Ich glaube, ich würde Ihnen nicht halb soviel vertrauen, wenn Sie ein Hemd, Kniehosen und einen Rock trügen ...«

»Monsieur«, unterbrach er mich. »Etwas recht Unerwartetes ...«

»Antworten Sie mir zuerst. Renaud und die anderen sind glücklicherweise nach England gezogen?«

»Ja, Monsieur. Sie sind bereits in London, aber ...«

»Und Nicki? Zu meiner Mutter in die Auvergne gefahren. Sagen Sie mir, daß ich recht habe. Es ist vollbracht.«

»Aber Monsieur!« sagte er. Dann hielt er inne. Und völlig unerwartet sah ich das Bild meiner Mutter in seinem Kopf.

Hätte ich nachgedacht, wäre mir sofort ein Licht aufgegangen. Meines Wissens hatte dieser Mann meine Mutter niemals gesehen; wie war es dann möglich, daß sie vor seinem inneren Auge auftauchte? Aber ich machte keinen Gebrauch von meinem Verstand.

»Sie ist doch nicht... Sie wollen doch nicht erzählen, daß es zu spät ist«, sagte ich.

»Monsieur, lassen Sie mich meinen Rock überziehen...«, sagte er unerklärlicherweise und wollte dem Diener läuten. Und da war es wieder, ihr Bild, ihr Gesicht, verhärmt und blaß und so deutlich, daß ich es nicht ertragen konnte.

Ich packte Roget bei den Schultern.

»Sie haben sie gesehen! Sie ist hier.«

»Ja, Monsieur. Sie ist in Paris. Ich werde Sie jetzt zu ihr bringen. Der junge de Lenfent hat mir mitgeteilt, daß sie kommen würde. Aber ich konnte Sie nicht erreichen, Monsieur! Ich weiß nie, wo Sie zu erreichen sind. Und gestern ist sie eingetroffen.«

Ich war zu niedergeschmettert, um antworten zu können. Ich ließ mich in einen Sessel fallen. Sie lebte und war in Paris. Und Nicki war noch in der Stadt, und er war bei ihr.

Roget stellte sich vor mich hin und streckte seine Arme aus, als wollte er mich berühren: »Monsieur, gehen Sie schon einmal los, während ich mich anziehe. Sie ist auf der Ile St.-Louis, drei Türen rechts von Monsieur Nicolas. Sie müssen sich beeilen.«

Ich blickte ihn fassungslos an, ohne ihn wirklich zu sehen. Ich sah nur sie. Noch eine knappe Stunde bis zum Sonnenaufgang. Und ich würde für den Weg schon eine dreiviertel Stunde brauchen.

»Morgen... morgen abend«, stotterte ich.

»Monsieur, Sie verstehen nicht! Ihre Mutter wird nicht nach Italien reisen. Sie hat ihre letzte Reise hierher gemacht, um Sie zu sehen.«

Als ich nicht antwortete, packte er mich und versuchte, mich zu rütteln. So hatte ich ihn noch nie erlebt. Für ihn war ich ein kleiner Junge, und er war der Mann, der mich zur Besinnung bringen mußte.

»Ich habe ihr ein Quartier besorgt«, sagte er. »Krankenschwestern, Ärzte, alles was Sie wollen. Aber sie können sie nicht am Leben erhalten. Nur Sie können sie am Leben erhalten, Monsieur. Sie muß Sie sehen, ehe sie ihre Augen schließt. Nun scheren Sie sich nicht um die späte Stunde und gehen Sie zu ihr. Selbst ein so starker Wille wie der ihre kann keine Wunder bewirken.«

Ich konnte nicht antworten. Ich konnte keinen zusammenhängenden Gedanken zuwege bringen.

Ich erhob mich und ging zur Tür, wobei ich ihn hinter mir herzog. »Sie gehen jetzt zu ihr«, sagte ich, »und versichern ihr, daß ich morgen abend da sein werde.«

Er schüttelte den Kopf. Er war empört. Und er wollte mir den Rücken zukehren. Aber das ließ ich nicht zu.

»Sie gehen da sofort hin, Roget«, sagte ich. »Bleiben Sie den ganzen Tag bei ihr und sehen Sie zu, daß sie wartet – daß sie auf mich wartet. Verstanden? Lassen Sie sie nicht aus den Augen, wenn sie schläft. Wecken Sie sie auf und reden Sie mit ihr, wenn sie ihren Geist aufzugeben droht. Lassen Sie sie nicht sterben, ehe ich da bin!«

Teil III

VIATIKUM FÜR DIE MARQUISE

1

Im Jargon der Vampire bin ich ein Frühaufsteher. Kaum ist die Sonne am Horizont versunken, während der Himmel noch rot erglüht, stehe ich auf. Viele Vampire erheben sich dagegen nicht vor völligem Einbruch der Dunkelheit, und sie müssen auch mindestens eine Stunde vor mir wieder in ihre Gräber zurückkehren. Ein gewaltiger Vorteil für mich.

So war ich denn am nächsten Abend schon auf dem Weg nach Paris, als der Himmel noch in Flammen stand. Ich hatte meinen Sonntagsstaat bereits angelegt, ehe ich mich in meinen Sarkophag begab, und jetzt jagte ich der Sonne gen Westen, gen Paris, nach.

Die Stadt schien zu brennen, so hell und furchterregend war das Licht, bis ich schließlich über die Brücke zur Ile St.-Louis donnerte. Ich überlegte nicht, was ich meiner Mutter erzählen oder wie ich ihr meine wahre Natur verbergen sollte. Ich wußte nur, daß ich sie sehen und in Armen halten mußte, solange noch Zeit war. Ich vermochte nicht an ihren Tod zu denken. Und wie ein gewöhnlicher Sterblicher redete ich mir ein, daß sich alles zum Guten wenden würde, gelänge es mir nur, ihr ihren letzten Wunsch zu erfüllen.

Am Himmel verblutete das letzte Licht in der Dämmerung, als ich ihr Haus an den Quais fand. Eine stattliche Villa. Roget hatte gute Arbeit geleistet, und an der Haustür wartete bereits ein Diener, um mich nach oben zu führen. Zwei Dienstmädchen und eine Krankenschwester waren im Salon der Wohnung.

»Monsieur de Lenfent ist bei ihr, Monsieur«, sagte die Krankenschwester. »Sie bestand darauf, sich für Ihren Empfang anzukleiden. Sie wollte am Fenster sitzen und den Blick auf die Türme von Notre Dame genießen, Monsieur. Sie sah Sie über die Brücke reiten.«

»Löschen Sie alle Kerzen in ihrem Zimmer, bis auf eine«, sagte ich. »Und bitten Sie Monsieur de Lenfent und meinen Anwalt zu mir.«

Roget kam sofort heraus, und dann erschien Nicolas. Auch er hatte sich für sie in Schale geworfen, trug knallroten Samt zu seinem alten Prachtleinen und den weißen Handschuhen. Durch die Alkoholexzesse der letzten Zeit war er schlanker geworden, er sah fast abgezehrt aus. Und doch ließ ihn das nur noch schöner erscheinen. Als sich unsere Blicke trafen, traf mich sein Groll mitten ins Herz.

»Die Marquise fühlt sich heute ein wenig besser, Monsieur«, sagte Roget. »Aber sie blutet wirklich schlimm. Die Ärzte meinen, daß sie kaum ...« Er unterbrach sich und sah zum Schlafzimmer. Seine Gedanken verrieten mir, daß sie die Nacht nicht überleben würde. »Bringen Sie sie so schnell wie möglich wieder zu Bett, Monsieur.«

»Und wozu sollte das gut sein?« fragte ich mit dumpfer Stimme. »Vielleicht will sie an diesem verdammten Fenster sterben. Warum auch nicht, zum Teufel noch mal?!«

»Monsieur!« beschwor mich Roget.

Ich wollte ihn bitten, zusammen mit Nicki wegzugehen. Aber da widerfuhr mir etwas, was mich daran hinderte. Ich ging zurück in die Eingangshalle und warf einen Blick ins Schlafzimmer. Und da saß sie. Eine dramatische physische Veränderung ging in mir vor. Ich konnte mich nicht bewegen, und ich konnte nicht sprechen. Sie saß da drinnen und war am Sterben.

All die kleinen Geräusche in der Wohnung gingen in ein Summen über. Durch die Doppeltür sah ich ein wunderhübsches Schlafzimmer, ein weißes Bett mit goldenen Vorhängen, und in den hohen Fenstern hing der Himmel mit seinen verblassenden goldenen Strichwölkchen. Aber irgendwie haftete all dem etwas Schreckliches an – da war der Luxus, den ich ihr immer gewünscht hatte, und sie saß mittendrin und wußte genau, daß ihr Körper jede Sekunde versagen konnte. Ich hätte gerne gewußt, ob sie darüber wütend war oder ob sie einfach nur lachte.

Der Arzt kam, gefolgt von der Krankenschwester, die mir versicherte, daß nur noch eine Kerze brenne, ganz wie ich befohlen habe. Der Geruch der Arzneien mischte sich mit Rosenparfum, *und ich merkte, daß ich ihre Gedanken hörte.*

Das dumpfe Pochen ihres Geistes, während sie wartete – mit

schmerzenden Knochen in ihrem ausgemergelten Fleisch. Obgleich sie in einem weichgepolsterten Sessel am Fenster saß und in eine Decke gehüllt war, hatte sie höllische Qualen auszustehen.

Aber worum kreisten ihre Gedanken, abgesehen von der verzweifelten Vorahnung? Lestat, Lestat, Lestat – das konnte ich hören. Aber dann noch: »Laß die Schmerzen schlimmer werden, weil ich nur sterben will, wenn die Qualen wirklich unerträglich sind. Würden sie doch so schlimm werden, daß ich gerne sterbe und nicht mehr solche Angst habe! O wenn ich nur keine Angst mehr hätte!«

»Monsieur.« Der Arzt berührte meinen Arm. »Sie möchte keinen geistlichen Beistand.«

»Nein... möchte sie wohl nicht.«

Sie hatte ihren Kopf der Tür zugewandt. Ginge ich jetzt nicht hinein, würde sie ungeachtet ihrer Schmerzen aufstehen und mir selbst entgegengehen.

Ich hatte das Gefühl, mich nicht von der Stelle rühren zu können. Dennoch schob ich mich an dem Arzt und der Krankenschwester vorbei, und ich betrat das Zimmer und schloß die Tür.

Blutgeruch.

Im blaßvioletten Licht des Fensters saß sie da, herrlich in dunkelblauen Taft gekleidet, die eine Hand auf dem Schoß, die andere auf der Armlehne ruhend, ihr volles, gelbes Haar hinter den Ohren zusammengebunden, so daß sich die Locken von den rosa Bändern über ihre Schultern ergossen. Ein Hauch von Rouge lag auf ihren Wangen.

Einen unheimlichen Augenblick lang sah sie mich an wie damals, als ich noch ein kleiner Junge war. So schön. Dem Gleichmaß ihres Gesichts hatten weder Zeit noch Krankheit etwas anhaben können. Ein herzzerreißendes Glück durchströmte mich, der anheimelnde Wahn, daß ich wieder sterblich sei und unschuldig und bei ihr, und alles war wieder gut, wirklich wieder gut.

Es gab weder Tod noch Schrecken, nur sie und ich in ihrem Schlafzimmer, und sie würde mich in ihre Arme nehmen. Ich blieb stehen. Ich stand ganz nahe bei ihr, und sie weinte, als sie aufblickte. Die Haut hing so dünn und farblos an ihrem Hals und ihren Händen, daß ich kaum hinsehen konnte. Sie roch nach Tod. Sie roch nach Verfall. Aber sie strahlte, und sie war mein; sie war, wie sie schon immer gewesen war, und ganz stumm, nur mittels meiner Fähigkeiten sagte ich ihr, daß sie noch so schön sei wie in meinen frühesten Erinnerungen, da sie sorgfältig ihre bunten Gewänder anlegte, um mich in der Kutsche auf ihrem Schoß zur Kirche zu bringen.

Und als ich sie in diesem seltsamen Augenblick das alles wissen ließ, merkte ich, daß sie mich *hörte*, und sie antwortete mir, daß sie mich liebe und mich immer geliebt habe.

Und das war die Antwort auf eine Frage, die ich niemals gestellt hatte und um deren Bedeutung sie wußte; das sah ich ihren Augen an.

Falls sie die wunderliche Tatsache bemerkt hat, daß wir ohne Worte miteinander sprechen konnten, so hat sie es jedenfalls für sich behalten. Mit Sicherheit hat sie es nicht voll erfaßt. Wahrscheinlich hat sie lediglich einen Liebesschwall erfühlt.

»Komm näher, damit ich dich sehen kann«, sagte sie, »so wie du jetzt bist.«

Die Kerze stand neben ihr auf der Fensterbank. Ich löschte die Flamme aus. Sie runzelte die Stirn, zog ihre blonden Brauen zusammen, und ihre blauen Augen weiteten sich ein wenig, als sie mich und mein leuchtendes Gewand aus Seidenbrokat anblickte, das ich ihr zu Ehren angelegt hatte, und den Degen mit seinem juwelenbesetzten Griff an meiner Hüfte.

»Warum willst du nicht, daß ich dich sehe?« fragte sie. »Ich bin nach Paris gekommen, um dich zu sehen. Zünd die Kerze wieder an.« Aber es lag kein tadelnder Ton in ihrer Stimme. Ich war hier bei ihr, und das genügte.

Ich kniete vor ihr nieder. Ich wollte ihr vorschlagen – die typische Verlegenheitkonversation der Sterblichen –, mit Nicki nach Italien zu reisen, aber noch ehe ich eine Silbe gesprochen hatte, sagte sie: »Zu spät, mein Liebling, ich würde diese Reise nicht überstehen. Ich bin weit genug gereist.«

Ein Schmerzanfall unterbrach sie, und um sich nichts anmerken zu lassen, bewegte sie keinen Muskel in ihrem Gesicht. Dabei sah sie wie ein kleines Mädchen aus, und wieder roch ich ihre Krankheit, das Vermodern ihrer Lungen und die Blutklumpen darin.

Sie war rasend vor Angst. Sie wollte mir entgegenschreien, daß sie Angst hatte. Sie wollte mich anflehen, sie festzuhalten und bei ihr zu bleiben, bis alles vorbei war, aber sie konnte sich nicht dazu überwinden, und zu meinem Erstaunen mußte ich feststellen, daß sie dachte, ich würde ihr diese Bitte abschlagen, weil ich zu jung und unbekümmert sei, um für derlei Verständnis zu haben.

Das war der Todeskampf.

Ohne es zu merken, hatte ich mich erhoben und ging durchs Zimmer. Dumme kleine Details prägten sich meinem Bewußtsein ein: spielende Nymphen auf der bemalten Decke, die hohen, vergoldeten Türgriffe und an den weißen Kerzen das geschmolzene Wachs wie bröckelige Tropfsteinfelsen, die ich abbrechen und durchkneten wollte. Die Wohnung war grauenvoll und überladen. Haßte sie diese Umgebung? Sehnte sich sich nach ihren kargen Steingemächern?

Ich dachte über sie nach, als hätte sie noch endlos zu leben. Ich drehte mich um, sah, wie sie sich an der Fensterbank festhielt. Der Himmel hinter ihr war schwarz geworden, und ein anderes Licht, das Licht der Hauslaternen, der vorbeifahrenden Kutschen und der Fenster in der Nachbarschaft umschmeichelte ihr gebrechliches Gesicht.

»Erzähl mir was«, sagte sie sanft. »Erzähl mir, wie alles gekommen ist. Du hast uns alle so glücklich gemacht.« Sogar das Sprechen verursachte ihr Schmerzen. »Aber wie geht es dir? Dir!«

Ich glaube, ich war nahe dran, ihr mit Hilfe all meiner Fähigkeiten ein Märchen aufzutischen. Ich hatte Sterbliche mit unsterblichem Geschick angelogen. Ich war drauf und dran, einen geschliffenen, wohlüberlegten Redeschwall vom Stapel zu lassen. Aber da passierte es.

Irgend etwas in mir machte eine schmerzhafte Wandlung durch. Einen Moment lang sah ich eine ungeheure, erschreckende Möglichkeit vor mir, und im selben Augenblick stand mein Entschluß fest.

Nicht, daß ich mir wirklich bewußt gewesen wäre, was ich vorhatte. Ich hatte keinen klaren Plan, den ich in Worte hätte fassen können. Und hätte mich jemand in diesem Augenblick gefragt, ich hätte glatt geleugnet und gesagt: »Nein, niemals, nichts liegt mir ferner. Für was für ein Monster halten Sie mich eigentlich?«

Und dennoch, die Würfel waren gefallen.

Sie hatte zu sprechen aufgehört, sie hatte wieder Angst und Schmerzen, und trotz der Schmerzen erhob sie sich von ihrem Sessel.

Die Steppdecke glitt zu Boden, und ich wußte, daß sie auf mich zukam und daß ich sie daran hätte hindern sollen, aber ich tat es nicht.

Ich sah noch, wie sich mir ihre Hände entgegenreckten, und schon war sie zurückgeschnellt, als hätte sie ein gewaltiger Windstoß angeweht.

Sie war rückwärts über den Teppich getaumelt und hatte sich neben dem Sessel gegen die Wand fallen lassen. Aber sie war sofort ganz ruhig, und obwohl ihr Herz raste, war alle Angst aus ihrem Gesicht verschwunden und einer erstaunten Ruhe gewichen.

Falls ich mir überhaupt etwas gedacht hatte, weiß ich nicht mehr, was. Ich näherte mich ihr so ruhig, wie sie mir entgegengekommen war, bis wir uns so nahe waren wie gerade zuvor. Sie starrte meine Haut und meine Augen an, hob plötzlich wieder ihre Hände und berührte mein Gesicht.

»Nicht lebendig!« Das war ihre fürchterliche, unausgesprochene Erkenntnis. »In irgendwas verwandelt. Aber *nicht lebendig*.«

Ganz ruhig sagte ich nein. Das war nicht richtig. Und ich sandte ihr einen kühlen Bilderstrom entgegen, eine Folge kurzer Einblicke in mein wahres Wesen, mein nächtliches Treiben in Paris.

Rasselnd atmete sie aus. Der Schmerz ballte in ihr seine Faust, öffnete seine Klaue. Sie schluckte, durchbohrte mich buchstäblich mit ihren Blicken. Sie wußte jetzt, daß sie es nicht mit Sinnestäuschungen, sondern mit meinen konkreten Gedanken zu tun hatte.

»Wie denn?« fragte sie.

Und ohne mich um die Folgen zu scheren, weihte ich sie in meine Geschichte ein, Stück für Stück, wie ich durch das geborstene Fenster entführt worden war von einem gespenstischen Wesen, das mich bis ins Theater verfolgt hatte. Ich verhehlte ihr nichts, weder den Turm noch die Blutspende, noch die Gruft, in der ich schlief, noch meine Streifzüge, meine Fähigkeiten und am wenigsten die Beschaffenheit meines Durstes. Der Geschmack des Blutes und das Gefühl, wenn es meine Kehle hinunterrann, und was es hieß, wenn alle Gier und Leidenschaft sich nur auf dieses eine Verlangen konzentrierten, wenn dieses eine Verlangen wieder und wieder frischer Nahrung und neuer Todesopfer bedurfte.

Der Schmerz fraß sie auf, aber sie spürte ihn nicht mehr. Sie starrte mich an und schien nur noch aus ihren Augen zu bestehen. Ich drehte mich langsam um, so daß mein Gesicht voll im Licht der vorbeifahrenden Kutschen stand.

Ohne den Blick von ihr zu wenden, ergriff ich den silbernen Kerzenleuchter auf der Fensterbank, hob ihn hoch und verbog ihn zwischen den Fingern zu Schlaufen und Schlingen.

Die Kerzen fielen zu Boden.

Sie verdrehte die Augen und taumelte fort von mir, und als sie mit ihrer Linken die Bettvorhänge zu fassen bekam, strömte Blut aus ihrem Mund. In lautlosem Husten kam es aus ihren Lungen. Sie sank auf die Knie, und das Blut ergoß sich über das Bett.

Ich betrachtete das Silberding in meiner Hand mit all seinen blöden Verbiegungen, die nichts bedeuteten, und ließ es fallen. Und sie konnte sich nicht länger auf den Beinen halten, sank zu Boden, kämpfte gegen ihre Schmerzen an und wischte plötzlich mit einer schlaffen Bewegung über ihren Mund, wie ein Betrunkener, der sich gerade erbrochen hatte.

Ich stand über ihr. Ich beobachtete sie, und ihr momentaner Schmerz bedeutete nichts im Licht der Frage, die ich ihr nun stellte. Wortlos abermals und nur im stummen Flug der Gedanken; dieser Frage, die ungeheuerlicher war, als daß sie je in Worte zu fassen gewesen wäre.

Möchtest du jetzt mit mir kommen? MÖCHTEST DU JETZT MIT MIR KOMMEN?

Ich verberge dir nichts, weder meine Unwissenheit noch meine Angst, noch die schlichte Furcht, daß mein Versuch mißlingen könnte. Ich weiß nicht einmal, ob es mir vergönnt ist, mich öfter als einmal zu verschenken, und welchen Preis ich zu zahlen habe, aber für dich nehme ich das Wagnis auf mich, und wir werden die verborgenen Geheimnisse und Schrecken gemeinsam entdecken, so wie ich alles andere bisher allein entdeckt habe.

Aus ganzer Seele sagte sie ja.

»Ja!« schrie sie plötzlich laut auf, trunken, mit einer Stimme, die vielleicht schon immer ihre Stimme gewesen war, die ich aber noch nie vernommen hatte. Ihre Augen schlossen sich, ihr Kopf drehte sich von links nach rechts. »Ja!«

Ich beugte mich vor und küßte das Blut auf ihren geöffneten Lippen. Ein Zischen fuhr mir durch sämtliche Glieder, und meine Arme schlangen sich um ihren kleinen, leichten Körper und hoben sie hoch, und wir standen vor dem Fenster, und das Blut quoll aus ihren Lungen hervor, aber das war nun einerlei.

Alle Erinnerungen an unser gemeinsames Leben umgaben uns, woben ihr Leichentuch um uns und verhüllten die Welt: die zarten Gedichte und Lieder der Kindheit und wie ich sie wahrgenommen hatte, noch ehe es Wörter für mich gab, sie in ihren Kissen und über ihr an der Decke nur ein Kerzenflackern und ihr Geruch und ihre einlullende Stimme, wenn ich plärrte, und dann die Zeit, da ich sie gleichermaßen haßte und brauchte, die Zeit, da ich sie hinter tausend geschlossenen Türen verlor, und dann ihre grausamen Antworten und ihre Gleichgültigkeit und ihre undefinierbare Kraft.

Und in diesen Wirbel mischte sich der Durst, der ihr Wesen nicht auslöschte, sondern in allen Fasern destillierte, bis sie unter dem grausamen Druck meiner grausamen Finger und Lippen zu Fleisch und Blut, zur Mutter und Geliebten geworden war und zu allem, was ich mir je gewünscht hatte. Ich senkte meine Zähne in sie, spürte, wie sie keuchend starr und steif wurde, wie sich mein Mund weitete, um die heiße Flut aufzufangen.

Ihr Herz und ihre Seele klafften auf. Sie hatte Alter und Zeit abgestreift. Mein Wissen um sie verflackerte, und dann hatte ich keine Mutter mehr; sie war einfach, die sie war. Sie war Gabrielle.

Und ihr ganzes Leben bot ihr Schützenhilfe, die endlosen Jahre des Leidens und der Einsamkeit, die verschwendete Zeit in diesen feuchten, höhlenartigen Gemächern, in die sie verdammt war, und die Bücher, ihr einziger Trost, und die Kinder, die sie auslaugten und dann verließen, und Schmerz und Siechtum, ihre letzten Feinde, die ihr unter dem Vorwand, Freunde zu sein, Linderung versprochen hatten. Jenseits aller Worte und Bilder brach das Geheimnis ihrer Leidenschaft hervor, ihre Weigerung zu verzweifeln.

Ich hielt sie, hielt sie in der Luft, meine Arme hinter ihrem schmalen Rücken verschränkt, und ich stöhnte so laut im Rhythmus ihres pulsierenden Blutes, daß mein Stöhnen zu einem Gesang mit ihrem Herzschlag verschmolz. Aber allzu schnell versiegte das Herz. Ihr Tod nahte, und mit aller Willenskraft kämpfte sie dagegen an, und in einem letzten Aufbäumen stieß ich sie von mir fort und hielt sie dennoch fest.

Ich wäre beinahe in Ohnmacht versunken. Der Durst begehrte ihr Herz. Und ich stand da mit geöffnetem Mund und glasigen Augen, und ich hielt sie mit ausgestreckten Armen fest, weit von mir fest, als sei ich ein Doppelwesen, dessen eine Hälfte sie zermalmen, dessen andere sie einverleiben wollte.

Ihre Augen waren geöffnet, nahmen aber nichts wahr. Einen Moment lang war sie allem Leiden entrückt, befand sich in einem Land, in dem nur Liebenswürdigkeit und sogar so etwas wie Verständnis herrschten, aber dann hörte ich sie meinen Namen rufen.

Ich führte mein rechtes Handgelenk zu meinem Mund, biß die Schlagader auf und preßte sie ihr an die Lippen. Sie rührte sich nicht, als das Blut über ihre Zunge spritzte.

»Trink, Mutter«, sagte ich lodernd und ließ noch mehr Blut vorquellen, aber in ihr hatte sich bereits eine Wandlung zu vollziehen begonnen. Ihre Lippen bebten, und ihr Mund hatte sich in mich verkeilt, und plötzlich durchzuckte mich der Schmerz und verkrampfte mein Herz.

Ihr Körper streckte sich, spannte sich an, ihre Linke umklammerte mein Handgelenk, während sie den ersten Strahl schluckte. Und immer heftiger wurde der Schmerz, so daß ich beinahe laut aufgeschrien hätte. Ich konnte den Schmerz sehen, wie er geschmolzenem Eisen gleich durch sämtliche Adern, Sehnen und Glieder strömte, angesogen von den gierigen Schlucken, mit denen sie wieder das Blut einnahm, das ich ihr geraubt hatte. Sie stand nun wieder auf ihren Füßen, den Kopf nur noch leicht an meine Brust gebettet.

Immer schneller und begieriger sog sie das Naß ein, und ich spürte, wie sie mich immer fester umklammerte und wie ihr Körper erstarrte. Ich wollte sie fortschieben und unterließ es doch, und als meine Beine versagten, war sie es, die mich aufrecht hielt. Ich taumelte, und das Zimmer verschwamm, aber sie ließ nicht ab, und eine bleierne Stille senkte sich über alles, und ohne es eigentlich zu wollen, stieß ich sie von mir.

Sie stolperte und stand am Fenster, die langen Finger flach gegen ihren geöffneten Mund gepreßt. Und ehe ich mich umdrehte und in dem nächsten Sessel zusammenbrach, warf ich einen Blick auf ihr weißes Gesicht, und sie schien unter ihrem dunkelblauen Taftkleid anzuschwellen, und ihre Augen hatten sich in zwei funkelnde Kristallkugeln verwandelt.

Ich glaube, ich sagte »Mutter«, ganz wie ein blöder Sterblicher, und ich schloß die Augen.

2

Ich saß in dem Sessel. Es schien, als hätte ich eine Ewigkeit geschlafen, aber in Wirklichkeit hatte ich keine Sekunde geschlummert.

Ich war zurück im Schloß meines Vaters. Ich suchte den Schürhaken und meine Hunde und schaute nach, ob noch Wein übrig war, und dann sah ich die golddurchwirkten Vorhänge an den Fenstern und die Rückseite von Notre Dame gegen das nächtliche Firmament, und ich sah auch sie.

Wir waren in Paris. Und wir würden ewig leben.

Sie hielt etwas in Händen. Einen Kandelaber und eine Zunderbüchse. Sie bewegte sich schnell und entschlossen. Sie entfachte einen Funken und zündete die Kerzen an, eine nach der anderen. Und die Flämmchen züngelten empor, und die Blumen auf den Tapeten kullerten zur Decke hoch, tanzten und tollten umher, um im nächsten Moment wieder in ihren Lichtkreisen zu erstarren.

Sie stand vor mir, den Kandelaber in ihrer Rechten. Und ihr Gesicht war weiß und unendlich sanft. Jeder Schönheitsfehler, jeder Makel, der sie verunziert haben mochte, war verschwunden. Sie war jetzt vollkommen.

Ihre Altersfalten hatten sich gleichzeitig geglättet und vertieft, so daß sich winzige Lachfältchen von ihren Augen- und Mundwinkeln fächerten. Und ihre Lippen schimmerten im zartesten Rosa. Sie glich einem zart funkelnden Diamanten, den das Licht umspielt. Ich schloß die Augen und öffnete sie wieder und sah, daß ich keinem Trugbild aufgesessen war. Und ich sah auch, daß ihr Körper eine noch gründlichere Metamorphose durchgemacht hatte. Sie war wieder zu einer jungen Frau erblüht. Ihre Brüste, die die Krankheit ausgedorrt hatte, waren über ihrem Korsett angeschwollen. Und ihr Haar schien geradezu zu leben. Es war derart von Farben durchsetzt, daß es wirkte, als ob es sich bewegte, Milliarden von winzigen Strähnen, die um ihr weißes Gesicht, ihren makellosen Hals herumwuselten.

Die Wunden an ihrem Hals waren verschwunden.

Jetzt mußte nur noch die letzte Mutprobe bestanden werden. Ihr in die Augen zu blicken. Mit Vampiraugen zum erstenmal ein Wesen meinesgleichen anzublicken, seit Magnus ins Feuer gesprungen war.

»Gabrielle«, flüsterte ich ihr zu, denn anders konnte ich sie von nun an nicht mehr nennen, auch wenn ich sie niemals zuvor so angeredet hatte, außer in meinen Tagträumen. Und ich sah, wie sie beinahe lächelte.

Ich betrachtete mein Handgelenk. Die Wunden waren verschwunden, aber der Durst tobte in mir. Meine Adern flehten mich an. Und ich starrte Gabrielle an und bemerkte, wie ihre Lippen leise zuckend Hunger verrieten. Und es war, als wollte sie mir sagen: »Verstehst du nicht?«

Aber kein Laut drang über ihre Lippen. Stille, nur der Blick ihrer schönen Augen und die Liebe vielleicht, die uns beide umfing, aber sonst nur die unergründliche Stille. Zog sie sich in sich selbst zurück? Ich fragte sie, ohne zu sprechen, aber sie schien nicht zu begreifen.

»Jetzt«, sagte sie, und ihre Stimme verblüffte mich. Sie war weicher und voller als zuvor. Einen Moment lang waren wir wieder in der Auvergne, es schneite, und sie sang mir etwas vor. Aber das war vorbei. Sie sagte: »Geh ... wir haben es vollbracht, schnell jetzt!« Sie nickte mir aufmunternd zu, kam näher und zerrte an meiner Hand. »Sieh dich mal im Spiegel an«, flüsterte sie.

Aber ich wußte schon Bescheid. Ich hatte ihr mehr Blut gegeben, als ich von ihr genommen hatte. Ich hatte brüllenden Hunger, zumal ich nichts getrunken hatte, ehe ich sie besuchte.

Aber ich war so sehr von der Erinnerung an den leise rieselnden Schnee und das Lied gefangengenommen, daß ich nicht gleich antwortete. Ich sah, wie ihre Finger mich berührten und daß unser Fleisch von gleicher Beschaffenheit war. Ich erhob mich aus dem Sessel und nahm sie bei den Händen. Es war vollbracht, und ich lebte noch! Jetzt war sie bei mir! Sie hatte ihre schreckliche Einsamkeit überstanden, und sie war bei mir, und plötzlich war ich von dem Verlangen überwältigt, sie zu umarmen, sie an mich zu drücken, sie nie mehr fortzulassen.

Ich hob sie hoch. Ich hielt sie in meinen Armen, und wir drehten uns im Kreise. Sie warf ihren Kopf zurück und stimmte ein Gelächter an, das immer lauter wurde, bis ich ihr den Mund zudrückte.

»Mit deiner Stimme wirst du noch alles Glas im Zimmer zerbrechen«, flüsterte ich. Ich warf einen Blick zur Tür. Nicki und Roget waren da draußen.

»Dann laß es mich zerbrechen!« sagte sie und meinte es offenbar ernst. Ich ließ sie zurück auf den Boden gleiten. Dann haben wir uns, glaube ich, immer wieder umarmt. So albern es war, ich konnte nicht anders.

Draußen waren unruhige Schritte zu hören; der Arzt und die Krankenschwester wahrscheinlich, die wohl gerne wieder einmal nach dem Rechten gesehen hätten.

Auch Gabrielle hörte sie und blickte zur Tür.

Sie löste sich aus meiner Umklammerung und musterte alle Gegenstände im Zimmer. Sie stellte die Kerzen vor dem Spiegel auf und betrachtete ihr Gesicht.

Ich wußte, was in ihr vorging. Sie brauchte Zeit, um sich an ihr neues Aussehen zu gewöhnen. Aber wir mußten von hier verschwinden.

Durch die Wand konnte ich Nicki hören, der den Arzt drängte, an die Tür zu klopfen.

Wie konnte ich Gabrielle bloß von hier fortschaffen und die anderen loswerden?

»Nein, nicht dort durch«, sagte sie, als sie mich in Richtung Tür blicken sah.

Sie nahm das Bett, die Gegenstände auf dem Tisch in Augenschein. Sie ging zum Bett und holte ihren Schmuck unter dem Kopfkissen hervor. Sie betrachtete ihn und steckte ihn wieder in ihre zerschlissene Samthandtasche. Dann befestigte sie die Tasche an ihrem Rock, so daß sie in den Falten versank.

Diesen kleinen Gebärden haftete etwas Bedeutsames an. Obwohl ich ihre Gedanken nicht lesen konnte, wußte ich, daß sie sonst nichts mitnehmen wollte. Sie trennte sich von ihren Sachen, den Kleidern, die sie mitgebracht hatte, ihrem alten Silberkamm und der Haarbürste und den zerlesenen Büchern auf dem Nachttisch.

Es klopfte.

»Warum nicht hier durch?« fragte sie und öffnete das Fenster. Der Wind blähte die golddurchwirkten Vorhänge und wehte ihr Haar empor, und als sie sich umdrehte, erschauderte ich bei ihrem Anblick, ihr Haar wild verheddert, ihre Augen geweitet und von unendlich vielen Farben und fast tragischem Licht durchflutet. Sie fürchtete sich vor nichts.

Ich hielt sie fest und kuschelte mein Gesicht in ihr Haar, und wieder konnte ich nur noch daran denken, daß wir zusammen waren und daß uns nichts mehr würde trennen können. Ich konnte mir ihr Schweigen nicht erklären, die Tatsache, daß ich sie nicht *hören* konnte, aber ich wußte, daß das nicht in ihrer Absicht lag, und vielleicht würde sich das ja auch wieder ändern. Sie war bei mir. Das war die Welt. Der Tod war mein Herr, und ich bescherte ihm tausend Opfer, aber ich hatte ihm sein Vorrecht entrissen. Ich sprach es laut aus. Ich sagte noch mehr unsinniges Zeug. Wir waren die gleichen schrecklichen und tödlichen Geschöpfe, wir zwei, wir lustwandelten im Wilden Garten, und ich versuchte, ihr die Bedeutung des Wilden Gartens bildreich zu erklären, aber falls sie nichts verstand, war es auch egal.

»Der Wilde Garten«, wiederholte sie ehrfurchtsvoll und lächelte sanft.

Sie küßte mich und flüsterte mir etwas zu, das wie die Begleitmusik zu ihren Gedanken klang. »Jetzt komm, hilf mir hier raus, ich möchte dir *dabei* zusehen, jetzt; wir haben noch die ganze Ewigkeit, um uns zu umarmen. Los!«

Durst. Ich verlangte eindeutig nach Blut, und ihr ging es nicht viel anders. Wieder klopfte es. Und die Tür war nicht abgesperrt.

Ich stieg auf die Fensterbank und reichte ihr die Hand, und sofort war sie in meinen Armen. Sie wog nichts, aber ich konnte ihre Kraft spüren, ihren festen Griff. Als sie jedoch tief unten die Gasse sah und den Kai jenseits der Mauer, schien sie einen Moment lang zu zögern.

»Leg die Arme um meinen Hals«, sagte ich, »und halt dich gut fest.«

Ich kletterte die Mauersteine hoch, Gabrielle in meinen Armen, bis wir die rutschigen Dachschiefer erreichten. Dann nahm ich sie bei der Hand und zog sie hinter mir her, wobei ich immer schneller rannte, hinweg über Regenrinnen und Schornsteine und im Sprung über schmale Gassen, bis wir das andere Ende der Insel erreicht hatten. Ich war darauf gefaßt, daß sie jeden Moment laut aufschreien oder sich an mich krallen würde, aber sie hatte keine Angst. Sie verhielt sich ganz ruhig, blickte über die Dächer des linken Ufers und auf den Fluß, auf dem es von kleinen, dunklen Booten wimmelte, und im Moment schien sie nur den Wind zu spüren, der ihr Haar entwirrte. Es hätte mir vollauf genügt, sie zu betrachten, alle Züge ihrer Metamorphose zu studieren, wenn ich nicht so sehr von dem Wunsch beseelt gewesen wäre, ihr die ganze Stadt zu zeigen, sie in alles einzuweihen, sie alles zu lehren, was ich wußte.

Unten am Kai raste eine Kutsche entlang. Der Fahrer hatte seine liebe Not, auf dem Kutschbock sein Gleichgewicht zu halten. Ich deutete hinunter und umklammerte ihre Hand. Als die Droschke genau unter uns war, setzten wir zum Sprung an, und geräuschlos landeten wir auf dem lederbezogenen Dach. Der Kutscher drehte sich nicht einmal um. Ich hielt sie fest, stützte sie, bis wir beide Halt gefunden hatten, jederzeit bereit, von dem Gefährt zu springen.

Es war unbeschreiblich aufregend, dieses Abenteuer mit ihr zusammen zu bestehen.

Wir jagten über die Brücke an der Kathedrale vorbei, durch die Menschenmenge auf dem Pont Neuf hindurch. Wieder vernahm ich ihr Gelächter. Den Leuten, die von ihren Fenstern auf uns hinabsahen, müssen wir einen seltsamen Anblick geliefert haben: zwei buntgekleidete Gestalten, die auf einem schwankenden Kutschendach saßen, wie zu Streichen aufgelegte Kinder auf einem Floß.

Die Kutsche bog um eine Ecke. Wir rasten in Richtung St.-Germain-des-Prés, und die Menschen stoben vor uns auseinander, und schon ging es vorbei an dem unerträglichen Gestank des Friedhofs Les Innocents auf das nächste Wohnviertel zu.

Eine Sekunde lang nahm ich einen Schimmer der *Anwesenheit* wahr, aber so kurz nur, daß ich an mir selbst zweifelte. Ich drehte mich um und konnte nicht das geringste ausmachen. Mit unbeschreiblicher Freude wurde mir plötzlich klar, daß sich Gabrielle und ich über *die Anwesenheit* unterhalten würden, daß wir über alles zusammen sprechen, alles zusammen in Angriff nehmen würden. Auf ihre Weise war diese Nacht von ebenso umwälzender Bedeutung wie die Nacht, da Magnus mich verwandelt hatte, und diese Nacht hier hatte gerade erst angefangen.

Wir befanden uns jetzt in einer geradezu perfekten Umgebung. Ich nahm Gabrielle wieder bei der Hand und hob sie von der Kutsche auf die Straße.

Wie benommen blickte sie den dahinrasenden Rädern nach. Sie sah nicht gerade gesellschaftsfähig aus, eine Frau, der Zeit und Welt entrissen, mit nichts weiter am Leib als Pantoffeln und einem Kleid, aller irdischen Fesseln ledig und frei, sich in unendliche Höhen zu schwingen.

Wir bogen in eine schmale Gasse und rannten engumschlungen los. Sie ließ ihre Blicke über die Mauern schweifen, über die Reihen geschlossener Fensterläden, durch die Lichtstreifen drangen.

Ich wußte, was sie sah. Ich wußte, welche Geräusche in sie drangen. Aber noch immer konnte ich ihr Inneres nicht erlauschen, und ich hatte ein wenig Sorge, daß sie mich absichtlich ausschloß.

Unterdessen war sie stehengeblieben. Sie wurde von den ersten Todeskrämpfen heimgesucht; ich sah es ihrem Gesicht an. Ich beruhigte sie: »Der Schmerz wird schnell vorbeigehen, er ist nichts im Vergleich zu dem, was du vorher erduldet hast. In ein paar Stunden ist alles überstanden, vielleicht schon eher, wenn wir jetzt trinken.«

Sie nickte, wobei sie mehr Ungeduld als Angst verriet.

Wir gelangten auf einen kleinen Platz. Im Tor einer Villa stand ein junger Mann, den Mantelkragen hochgeschlagen, der offenbar auf jemanden wartete. War sie kräftig genug, sich seiner zu bemächtigen? War sie so kräftig wie ich? Zeit, das herauszufinden.

»Wenn der Durst dich nicht ganz von allein antreibt, dann ist es zu früh«, erklärte ich ihr.

Ich blickte sie an, und es lief mir kalt über den Rücken. Sie war beinahe vollkommen menschlich in ihrer Entschiedenheit und Zielstrebigkeit und Konzentration; und ihre Augen waren wieder von jener Tragik umschattet, die ich schon vorher bemerkt hatte. Aber als sie sich dem Mann näherte, war sie alles andere als menschlich. Sie war die personifizierte Raubgier geworden, und dennoch war sie eine Frau, die langsam auf einen Mann zuging – eine Dame sogar, die sich hilflos und ohne Schutz einem *Gentilhomme* näherte, um seinen hilfreichen Beistand zu erbitten. Sie war all das gleichzeitig.

Es war ein greulicher Anblick, wie sie sich so über das Pflaster bewegte, fast ohne es zu berühren, und alles, sogar der Wind, der ihr Haar verwehte, schien ihr irgendwie zu gehorchen. Kein Zweifel, mit einem kräftigen Schritt hätte sie ohne weiteres durch die Mauer dringen können.

Ich zog mich in die Dunkelheit zurück.

Der Mann bewegte sich, drehte sich knirschend auf seinem Absatz um, und sie stellte sich auf die Zehen, als wollte sie ihm etwas ins Ohr flüstern. Ich glaube, sie hat ganz kurz gezögert. Vielleicht war sie doch ein wenig entsetzt. Doch dann nahm sie sich ihn, und er war machtlos, und ich war zu fasziniert, um etwas anderes zu tun, als zuzuschauen.

Da fiel mir unvermutet ein, daß ich vergessen hatte, sie vor dem letzten Herzschlag des Opfers zu warnen. Wie hatte ich das nur vergessen können?! Ich eilte zu ihr, doch sie hatte bereits von ihm abgelassen. Er saß gegen die Mauer geschrumpelt, den Kopf zur Seite geneigt, den Hut zu Füßen. Er war tot.

Sie stand da, betrachtete ihn, und ich sah, wie das Blut seine Wirkung tat, sie aufheizte, ihrer Haut und ihren Lippen Farbe verlieh. Sie warf mir einen Blick zu, und ihre Augen glichen einem violetten Blitz, fast genau von der Farbe des Himmels, als ich ihr Schlafzimmer betreten hatte. Ich beobachtete sie stumm, während sie leicht erstaunt in den Anblick ihres Opfers versunken war, als würde sie nicht so recht ihren Augen trauen. Ihr Haar war völlig zerzaust, und ich ordnete es ein wenig.

Sie sank mir in die Arme, und ich geleitete sie fort. Sie drehte sich noch ein- oder zweimal um, dann blickte sie nur noch geradeaus.

»Das reicht für diese Nacht. Wir sollten uns in den Turm begeben«, sagte ich. Ich wollte ihr meine Schätze zeigen, bei ihr sein an einem sicheren Ort, sie an mich drücken und trösten, falls sie von alldem überwältigt werden sollte. Auch machten sich ihre Todeskrämpfe wieder bemerkbar. Dort konnte sie sich am Kaminfeuer ausruhen.

»Nein, ich möchte noch nicht gehen«, sagte sie. »Die Schmerzen werden schon nachlassen, du hast es ja versprochen, und dann möchte ich hier sein.« Sie sah zu mir hoch und lächelte. »Ich bin nach Paris gekommen, um zu sterben, oder?« flüsterte sie.

Alles erregte ihre Aufmerksamkeit, der tote Mann da hinten, der in seinem Mantel zusammengesackt war, der Himmel, der sich in einer Pfütze spiegelte, eine Katze, die über eine Mauer huschte. Das Blut kochte in ihr, trieb sie an.

Ich ergriff ihre Hand und drängte sie, mir zu folgen. »Ich muß trinken«, sagte ich.

»Ja«, flüsterte sie. »Du hättest ihn nehmen sollen. Daran hätte ich früher denken ... Du bist und bleibst ein *Gentilhomme.*«

»Ein halbverhungerter *Gentilhomme.*« Ich lächelte. »Aber laß uns nicht über die Etikette streiten, das schickt sich nicht für Monster.« Ich lachte. Ich hätte sie geküßt, irgend etwas lenkte mich plötzlich ab. Unwillkürlich preßte ich ihre Hand zusammen.

Weit weg, aus der Richtung von Les Innocents, vernahm ich *die Anwesenheit* wieder, eindringlicher als je zuvor.

Wir blieben stehen, und sie neigte ihren Kopf langsam zur Seite, strich das Haar hinters Ohr.

»Hörst du das?« fragte ich.

Sie blickte zu mir hoch. »Einer von unserer Sorte!« Sie spähte in die Richtung, aus der die okkulte Strömung gekommen war.

»Galgenvogel!« sagte sie laut.

»Was?« *Galgenvogel, Galgenvogel, Galgenvogel.* Ein Schwindelgefühl bemächtigte sich meiner, die ferne Erinnerung an einen Traum. Das Bruchstück eines Traumes. Aber ich konnte mich nicht konzentrieren. Ich *mußte* trinken.

»Sie hat uns Galgenvögel genannt«, sagte sie. »Hast du es nicht gehört?« Und wieder lauschte sie, aber alles blieb ruhig, und ich war mir ohnehin nicht völlig sicher, ob ich dieses *Galgenvogel* gehört hatte.

»Mach dir nichts draus«, sagte ich. »Was immer es auch ist, es bleibt auf Distanz.« Aber während ich noch sprach, wurde mir klar, daß es sich diesmal bösartiger als früher verhalten hatte. Ich wollte aus dem Bannkreis von Les Innocents verschwinden. »Es lebt auf Friedhöfen«, murmelte ich. »Es kann wohl nicht woanders leben ... in absehbarer Zeit.«

Aber noch ehe ich zu Ende gesprochen hatte, spürte ich *die Anwesenheit* wieder, und nie zuvor hatte sie ein solches Maß an Feindseligkeit ausgesondert.

»Sie lacht!« flüsterte Gabrielle.

Ich beobachtete sie. Kein Zweifel, sie konnte sie viel deutlicher als ich hören. »Fordere sie heraus!« sagte ich. »Schimpf sie einen Feigling! Sag ihr, sie soll sich zeigen!«

Sie warf mir einen erstaunten Blick zu.

»Ist das wirklich dein Ernst?« keuchte sie. Sie zitterte ein wenig, und ich stützte sie.

»Dann eben nicht«, sagte ich. »Das ist nicht der richtige Zeitpunkt. Wir werden sie wieder hören, gerade wenn wir dabei sind, sie ganz und gar zu vergessen.«

»Sie ist fort«, sagte sie. »Aber es haßt uns, dieses Ding ...«

»Laß uns von hier verschwinden«, sagte ich verächtlich, schlang meinen Arm um sie und jagte mit ihr davon.

Ich verriet ihr nicht, woran ich dachte, was weit schwerer auf mir lastete als *die Anwesenheit* mit ihren üblichen Tricks. Wenn sie *die Anwesenheit* so gut oder gar besser als ich hören konnte, dann verfügte sie über die gleichen Fähigkeiten wie ich, vermochte also auch Gedanken und bildliche Vorstellungen zu empfangen und zu senden. Aber noch immer konnten wir uns nicht gegenseitig *hören*!

3

Kaum hatten wir den Fluß überquert, fand ich auch schon ein Opfer. Und kaum hatte ich den Mann erspäht, durchflutete mich das wohlige Gefühl, daß ich alles, was ich bislang allein gemacht hatte, nun mit ihr zusammen machen würde. Sie würde mir jetzt lernbegierig zusehen. Der Gedanke, so intim mit ihr zu sein, ließ mich fast erröten.

Und als ich das Opfer aus der Taverne lockte, als ich Schabernack mit ihm trieb, es wütend machte und mir dann krallte, wußte ich wohl, daß ich eine Schau für sie abzog, alles etwas grausamer und verspielter gestaltete. Und als ich ihn zur Strecke gebracht hatte, war ich völlig erschöpft.

Sie war begeistert. Sie sog mit ihren Augen alles so begierig auf, wie sie das Blut aufgesogen hatte. Wir waren wieder beisammen, und ich nahm sie in meine Arme, und ich spürte ihre Erregtheit und sie die meine. Und wir hielten einander fest, zwei glühende Statuen in der Finsternis.

Danach schien die Zeit aufgehoben zu sein. Die Nacht war eine der längsten, die ich als Unsterblicher durchgemacht habe. Sie war endlos und unergründlich und schwindelerregend, und zuweilen hätte ich mir einen Schutzschild gegen all die Vergnügungen und Überraschungen gewünscht, aber ich hatte keinen. Und obwohl ich immer wieder ihren Namen aussprach, um mich an ihn zu gewöhnen, war sie noch nicht wirklich Gabrielle für mich. Sie war einfach *sie*, sie, die ich immer mit jeder Faser meines Daseins gebraucht hatte. Die einzige Frau, die ich jemals geliebt hatte.

Ihr eigentliches Sterben dauerte nicht lange. Wir suchten uns einen leeren Kellerraum, in dem wir blieben, bis alles vorbei war. Ich hielt sie in meinen Armen und sprach mit ihr, während das Unvermeidliche sich vollzog. Ich erzählte ihr noch einmal alles, was mir widerfahren war. Und ich erzählte ihr von dem Verdacht, den Nicki geschöpft und ihr gegenüber natürlich nicht erwähnt hatte. Und ich erklärte, daß ich besorgter denn je um ihn sei. Schon wieder ein offenes Fenster, schon wieder ein leeres Zimmer, und diesmal Zeugen, die die eigenartigen Vorkommnisse bestätigen konnten.

Aber keine Sorge, ich würde Roget schon eine plausible Geschichte auftischen. Ich würde Mittel und Wege finden, die Kette der Verdächtigungen zu sprengen, die Nicki an mich band.

Das alles schien sie zwar zu faszinieren, aber im Grunde war es ihr ziemlich einerlei. Ihr kam es auf die Zukunft an. Und nachdem sie ihr Sterben beendet hatte, war sie nicht mehr zu bremsen. Es gab keine Mauer, die sie nicht erklimmen konnte, keine Tür, durch die sie nicht gehen wollte, kein Dach, das zu steil für sie gewesen wäre.

Es war, als wollte sie nicht glauben, daß sie nun ewig leben würde; als ob sie fürchtete, nur diese eine Nacht übernatürlicher Vitalität zur Verfügung zu haben, und meinte, vor ihrem endgültigen Ableben im Morgengrauen alles ausgekostet haben zu müssen.

Immer wieder versuchte ich sie zu überreden, nach Hause zum Turm zu gehen. Nach einigen Stunden bemächtigte sich meiner eine gewisse geistige Erschöpfung. Ich sehnte mich nach Ruhe, wollte alles überdenken. Aber sie lechzte nach neuen Abenteuern.

Sie schlug vor, erst einmal in Wohnungen von Sterblichen nach geeigneter Kleidung für sie zu suchen. Sie lachte, als ich sagte, daß ich meine Kleidung stets auf ehrliche Weise zu erwerben pflegte.

»Wir können hören, ob ein Haus leer ist«, sagte sie und huschte durch die Straßen, ihre Blicke auf die Fenster der dunklen Villen geheftet. »Wir können hören, ob die Diener schlafen.«

Das stimmte zwar, und doch wäre mir derlei nie in den Sinn gekommen. Aber wenig später folgte ich ihr auf engen Hintertreppen und durch teppichbelegte Flure und war von den kleinen Dingen in den Zimmern der Sterblichen fasziniert. Es gefiel mir, persönliche Gegenstände anzufassen: Fächer, Schnupftabakdosen, die Zeitung, die der Hausherr gelesen hatte, seine Stiefel neben der Feuerstelle. Das machte ebensoviel Spaß, wie durch die Fenster zu spähen.

Aber sie verfolgte unbeirrt ihr Ziel. Im Ankleidezimmer eines großen Hauses in St.-Germain fand sie endlich eine betörende Auswahl prächtigster Kleider, die ihrem neu erblühten Körper paßten. Ich half ihr, sich des alten Taftzeugs zu entledigen und in rosa Samt zu schlüpfen und ihr Haar in schmucke Löckchen zu legen, ehe sie einen mit Straußenfedern geschmückten Hut aufsetzte. Wieder erschreckte mich ihr Anblick, und es war ein seltsam unheimliches Gefühl, mit ihr durch dieses überreich möblierte Haus voller sterblicher Gerüche zu wandern. Sie nahm sich ein paar Sachen von der Frisierkommode. Ein Fläschchen Parfum, eine kleine, goldene Schere. Sie betrachtete sich im Spiegel.

Ich küßte sie wieder, und sie ließ es zu. Wir waren ein Liebespaar, ein blaßgesichtiges Liebespaar, das sich küßte und dann durch den Dienstboteneingang auf die nächtliche Straße huschte.

Kurz darauf statteten wir der Opéra und der Comédie einen Besuch ab, ehe sie schlossen, und dann dem Ballfest im Palais Royal. Sie war entzückt darüber, wie die Sterblichen uns sahen, ohne uns wirklich zu sehen, wie sie sich von uns angezogen fühlten und sich so vollkommen täuschen ließen.

Danach durchstreiften wir die Kirchen und hörten plötzlich sehr deutlich *die Anwesenheit*, aber nur kurz. Wir bestiegen Glockentürme, um die Aussicht auf unser Königreich zu genießen, dann pferchten wir uns eine Zeitlang in überfüllte Cafés, nur um die Sterblichen um uns zu spüren und zu riechen, um heimliche Blicke auszutauschen und in uns hineinzulachen.

Sie geriet ins Träumen, während sie in den Dampf blickte, der von der Kaffeetasse aufstieg, in den Tabakqualm, der um die Lampen schwelte.

Die dunklen, leeren Straßen und die frische Luft mochte sie lieber als alles andere. Sie wollte wieder auf die Dachfirste klettern. Sie wunderte sich, daß ich meinen Weg durch die Stadt nicht immer über die Dächer nahm oder auf Kutschendächern, wie wir es zuvor getan hatten.

Kurz nach Mitternacht gingen wir Hand in Hand über den menschenleeren Marktplatz. Wir hatten gerade wieder *die Anwesenheit* gehört, aber diesmal konnten wir nichts Feindseliges ausmachen. Das verwirrte mich. Noch immer setzte sie alles um uns herum in Erstaunen – der Müll, die streunenden Katzen, die sonderbare Ruhe, der Umstand, daß selbst die finstersten Ecken der Metropole für uns ungefährlich waren. Vielleicht gefiel ihr das sogar am besten, daß wir mit Leichtigkeit jeden bezwingen konnten, der dumm genug war, sich mit uns anzulegen, daß wir beide sichtbar und unsichtbar zugleich waren, daß man uns anfassen, aber nicht erfassen konnte.

Und als ein hübscher schlanker Jüngling durch die leeren Verkaufsstände geritten kam, sah ich ihn an, als sei er eine Erscheinung, jemand, der aus dem Reich der Lebendigen in das Reich der Toten kam. Mit seinem dunklen Haar und seinen dunklen Augen erinnerte er mich an Nicolas. Er hätte sich nicht allein auf den Markt wagen sollen. Er war jünger als Nicki und wirklich sehr leichtsinnig. Aber wie leichtsinnig er war, merkte ich erst, als sie wie eine große Katze vorhechtete und ihn fast geräuschlos vom Pferd holte.

Ich war entsetzt. Die Unschuld ihrer Opfer scherte sie nicht im geringsten. Sie hatte keinerlei moralische Bedenken. Aber was berechtigte eigentlich *mich*, sie zu kritisieren? Dennoch, wie selbstverständlich sie den jungen Mann umbrachte, wie anmutig sie ihm das Genick brach, da er nach dem kleinen Schluck Blut, mit dem sie sich begnügt hatte, noch nicht tot war, das erzürnte mich, obwohl ich zugleich mit fieberhafter Erregung zusah.

Sie war kaltherziger als ich. »Sei gnadenlos«, hatte Magnus gesagt. Aber hatte er damit gemeint, wir sollten töten, auch wenn es nicht notwendig war?

Einen Augenblick später war klar, warum sie diese Tat begangen hatte. Sie riß ihm die Samtkluft vom Leib und zog sie sich an. Sie hatte den Knaben wegen seiner Kleidergröße ausgesucht und niedergemacht.

Um der Wahrheit die Ehre zu geben: Als sie seine Sachen anzog, verwandelte sie sich in einen Knaben. Sie zog seine cremefarbenen Seidenstrümpfe und scharlachroten Kniehosen an, das Spitzenhemd und das gelbe Wams und dann den scharlachroten Gehrock, und sie nahm sich sogar noch das Stirnband des Jungen.

Irgend etwas bäumte sich in mir auf, als sie so verwegen in diesen neuen Kleidern da stand, mit ihrem Haar, das noch immer über die Schultern wallte, aber jetzt eher einer Löwenmähne als weiblicher Lockenpracht glich. Am liebsten hätte ich alles in Fetzen gerissen. Ich schloß die Augen.

Als ich sie wieder ansah, schwirrte mir den Kopf nach allem, was wir zusammen erlebt hatten. Ich konnte die Nähe des toten Jungen nicht mehr ertragen.

Sie umwickelte ihr Haar mit dem Stirnband und ließ die blonden Locken über ihren Rücken fließen. Sie deckte den Leichnam des Knaben mit ihrem rosa Kleid zu, und sie schnallte sich seinen Degen um und nahm seinen cremefarbenen Paletot.

»Laß uns jetzt gehen, Liebling«, sagte sie und küßte mich.

Ich war wie angewurzelt. Ich wollte zurück zum Turm und nur bei ihr sein. Sie sah mich an und drückte meine Hand, um mir einen Ruck zu geben. Und schon stob sie los, und ich holperte hintendrein und hatte meine liebe Not, sie einzuholen.

Sie schien zu fliegen. Und ich verlor fast das Gleichgewicht, wie sie so zwischen den brettervernagelten Ständen und Müllhaufen durchjagte. Schließlich blieb ich wieder stehen.

Sie kehrte um und küßte mich. »Aber es gibt doch keinen vernünftigen Grund, mich noch so wie früher zu kleiden, oder?« fragte sie in einem Ton, als spräche sie mit einem Kind.

»Nein, natürlich nicht«, sagte ich. Vielleicht war es ein Segen, daß sie meine Gedanken nicht lesen konnte. Ich konnte meine Blicke nicht von ihren Beinen wenden, die in den cremefarbenen Strümpfen einfach vollendet aussahen. Man darf nicht vergessen, daß man damals Frauenbeine nie zu Gesicht bekam. Oder so etwas wie die seidenen Kniestrümpfe, die sich eng über ihre Schenkel spannten.

Aber eigentlich war sie ja jetzt keine richtige Frau mehr, oder? Genausowenig wie ich ein Mann war. Eine stumme Sekunde lang sickerte das Grauen des Ganzen in mein Bewußtsein.

»Komm, ich möchte wieder auf die Dächer«, sagte sie. »Ich möchte zum Boulevard du Temple, um das Theater zu sehen, das du gekauft und dann zugemacht hast. Zeigst du's mir?« Sie beobachtete mich genau, während sie diese Frage stellte.

»Natürlich«, sagte ich. »Warum nicht?«

Zwei Stunden waren von dieser endlosen Nacht noch übrig, als wir schließlich zur Ile St.-Louis zurückkehrten und auf den mondhellen Kais standen. Ganz hinten auf der gepflasterten Straße sah ich mein Pferd, da wo ich es angebunden hatte.

Wir spitzten die Ohren, um ein Lebenszeichen von Nicki oder Roget zu erhaschen, aber das Haus war finster und verlassen.

»Nickis Wohnung«, sagte ich. »Und von Nickis Wohnung aus kann jemand leicht das Pferd im Auge behalten, ein Diener etwa, der unsere Rückkunft abpassen soll.«

»Lieber das Pferd da lassen und ein anderes stehlen«, sagte sie.

»Nein, es gehört mir«, sagte ich.

In diesem Augenblick umklammerte sie erschrocken meine Hand. Da war sie wieder, unsere alte Freundin, *die Anwesenheit*, und jetzt schlurfte sie auf der anderen Seite der Insel die Seine entlang, dem linken Ufer entgegen.

»Sie ist vorbei«, sagte sie. »Laß uns gehen. Wir können ein anderes Pferd stehlen.«

»Warte, vielleicht kann ich es herlocken. Vielleicht kann ich es dazu bringen, den Haltestrick zu durchreißen.«

»Meinst du?«

»Mal sehen.« Ich bündelte meine ganze Konzentrationskraft auf das Pferd und befahl ihm stumm, sich loszureißen und herzukommen.

Keine Sekunde verging, und das Pferd tänzelte los und zerrte am Zaumzeug. Dann bäumte es sich auf und war frei.

Es trappelte uns entgegen, und schon saßen wir auf, Gabrielle zuerst und ich sogleich hinter ihr. Ich ergriff die Reste des Zügels und trieb das Pferd zu einem mörderischen Galopp an.

Als wir die Brücke überquerten, gewahrte ich hinter uns einen Tumult, einen Aufruhr sterblicher Seelen. Aber da tauchten wir schon in die undurchdringlichen Schatten der Ile de la Cité ein.

Nachdem wir den Turm erreicht hatten, zündete ich die Harzfackel an und führte Gabrielle in das Verlies. Die Zeit reichte nicht mehr, ihr die obere Kammer zu zeigen.

Sie hatte glasige Augen, und sie sah sich gelangweilt um, als wir die Wendeltreppe hinabstiegen. Ihre scharlachrote Kleidung hob sich leuchtend gegen die dunklen Steine ab. Die Feuchtigkeit war ihr sichtlich unangenehm.

Der Gestank aus den Gefängniszellen verwirrte sie, aber ich beruhigte sie. Und als wir erst einmal in der großen Grabkammer waren, schottete uns die schwere Platte von dem Geruch ab.

Die Fackel beleuchtete die Deckengewölbe und die drei gewaltigen Sarkophage mit ihren auf sie gemeißelten Bildnissen.

Gabrielle hatte offenbar keine Angst. Ich sagte ihr, sie solle einmal versuchen, die Steinplatte von dem Sarkophag zu heben, den sie für sich haben wolle. Vielleicht müsse aber auch ich das für sie tun.

Sie nahm die drei Figuren in Augenschein. Und nachdem sie kurz überlegt hatte, entschied sie sich nicht für den Sarkophag der Frau, sondern für den mit dem steinernen Ritter in seiner Rüstung. Und langsam schob sie die Platte zur Seite, um das Innere zu betrachten.

Nicht so stark wie ich, aber stark genug.

»Hab keine Angst«, sagte ich.

»In dieser Hinsicht brauchst du dir bestimmt keine Sorgen zu machen«, antwortete sie sanft. In ihrer Stimme klang ein ferner Anflug von Traurigkeit mit. Sie schien zu träumen, als sie mit den Händen über den Stein fuhr.

»Zu dieser Stunde«, sagte sie, »wäre sie wohl schon aufgebahrt, deine Mutter. Und das Zimmer würde von üblen Gerüchen und dem Rauch Hunderter von Kerzen überquellen. Ist der Tod nicht etwas schrecklich Demütigendes? Wildfremde hätten sie ausgezogen, gewaschen, neu eingekleidet – Wildfremde hätten sie begleitet, wenn sie sich ausgemergelt und hilflos auf den Weg zum großen Schlaf begeben hätte. Und flüsternd hätten sie in den Fluren über ihre Gesundheit gesprochen und daß in ihren Familien nie jemand krank gewesen sei, nein, keine Spur von Schwindsucht in ihren Familien. ›Die arme Marquise‹, hätten sie gesagt. Hat sie wohl Geld gehabt? Hat sie es ihren Söhnen vermacht? Und wenn die alte Dienerin gekommen wäre, um das verschmutzte Bett abzuziehen, hätte sie einen Ring von der Hand der Toten gestohlen.«

Ich nickte. Statt dessen sind wir in dieser Gruft, wollte ich sagen, und sind dabei, uns in Gesellschaft von Ratten in steinerne Betten zu legen. Ist doch zehnmal besser, oder? Hat was von finsterer Größe, in alle Ewigkeit durch die Gefilde eines Nachtmahrs zu schreiten.

Sie sah bleich und erkaltet aus. Müde zog sie etwas aus ihrer Tasche. Es war die goldene Schere, die sie von dem Frisiertisch in St.-Germain genommen hatte. Das Ding funkelte im Licht der Fackel.

»Nein, Mutter!«, rief ich. Meine Stimme brach sich in den Dekkengewölben. Die Figuren auf den Sarkophagen erschienen mir wie gnadenlose Zeugen.

Ein gräßlich klingendes Schnippschnapp, und ein Stich durchfuhr mein Herz. Ihr Haar sank in großen, langen Locken zu Boden.

»Oooooh, Mutter!«

Sie schubste die Locken mit ihrer Stiefelspitze umher, und dann sah sie zu mir auf, und jetzt hatte sie sich vollends in einen Jüngling verwandelt. Aber ihre Augenlider fielen allmählich zu. Sie streckte mir die Arme entgegen, und die Schere entglitt ihrer Hand.

»Nur noch schlafen«, flüsterte sie.

»Es ist nur die aufgehende Sonne«, beruhigte ich sie. Ihre Kräfte schwanden schneller als meine. Sie wandte sich von mir ab und ging auf den Sarg zu. Ich hob sie hoch, und sie schloß ihre Augen. Ich schob den Sarkophagdeckel noch weiter zurück und legte sie hinein, wobei ihre geschmeidigen Glieder ganz von selbst die bequemste Lage fanden.

Der Schlaf hatte ihre Züge bereits sanft geglättet, Knabenlocken umrahmten ihr Gesicht.

Sie schien tot zu sein, bar jeglicher Magie.

Ich konnte meine Blicke nicht von ihr reißen. Ich biß mir in die Zungenspitze, bis das heiße Blut hervorquoll. Dann beugte ich mich über sie und ließ das Blut auf ihre Lippen tropfen. Ihre Augen öffneten sich. Blauviolett und funkelnd starrten sie mich an. Das Blut floß in ihren geöffneten Mund, und langsam hob sie ihren Kopf, um meinen Kuß entgegenzunehmen. Meine Zunge drang in sie. Ihre Lippen waren kalt. Meine Lippen waren kalt. Aber das Blut war heiß und vermischte sich in unseren Mündern.

»Gute Nacht, mein Liebstes«, sagte ich. »Mein dunkler Engel Gabrielle.«

Sie sank zurück. Ich schloß den Sarkophag.

4

In dieser schwarzen, unterirdischen Grabkammer wieder aufzustehen, fiel mir nicht ganz leicht. Ich mochte die eisige Luft so wenig wie den fernen Gestank aus der Gefängniszelle, wo all die Toten lagen. Außerdem bemächtigte sich meiner plötzlich eine dunkle Angst. Was, wenn sie nicht aufstehen würde? Was, wenn sie nie wieder die Augen aufschlagen würde? Wie konnte ich denn wissen, was ich da wirklich angerichtet hatte?

Gleichwohl schien es mir wie eine geradezu obszöne Anmaßung, den Sargdeckel fortzuschieben und sie in ihrem Schlaf zu betrachten. Ich schämte mich wie ein Sterblicher. Zu Hause hätte ich nie gewagt, ihre Tür ohne anzuklopfen zu öffnen, hätte nie gewagt, ihre Bettvorhänge zur Seite zu ziehen.

Sie würde aufstehen. Sie mußte einfach. Und es wäre freilich besser, wenn sie die Steinplatte selber fortstemmte, damit sie lernte, wie man aufstand, von Durst getrieben den richtigen Moment abpaßte.

Ich zündete ihr die Fackel an der Wand an und ging einen Moment hinaus, um frische Luft zu schöpfen. Ich ließ Tür und Tor hinter mir offenstehen und begab mich in Magnus' Zelle, um das letzte Tageslicht vom Himmel schmelzen zu sehen. Ich würde sie schon hören, wenn sie aufwachte, dachte ich.

So muß eine Stunde verstrichen sein. Das Blau des Himmels verdämmerte, die Sterne gingen auf, und das ferne Paris besprenkelte sich mit unzähligen kleinen Lichtern. Ich erhob mich von der Fensterbank und ging zu der Truhe, um Schmuck für sie auszuwählen.

Schmuck mochte sie noch immer. Sie hatte ihre alten Andenken ja mitgenommen, ehe sie ihr Zimmer verließ. Um besser sehen zu können, steckte ich die Kerzen an, obwohl das eigentlich nicht nötig war. Mir gefiel einfach, wie die Juwelen im Lichterglanz funkelten. Ich fand ein paar äußerst hübsche Dinge für sie – perlenbesetzte Anstecknadeln, die sie vielleicht gerne am Revers ihres kleinen Herrenmantels tragen würde, und Ringe, die ihren kleinen Händen ein männliches Aussehen verleihen könnten, falls sie das wollte.

Ich lauschte ab und zu in ihre Richtung. Mein Herz krampfte sich zusammen. Was, wenn sie nicht aufstand? Was, wenn ihr nur diese eine Nacht vergönnt gewesen war? Entsetzen packte mich. Und der ganze Schmuck in der Truhe, das Kerzenlicht, das sich in den Edelsteinen und Goldgeschmeiden brach – es bedeutete nichts!

Aber ich hörte sie nicht. Ich hörte den Wind draußen, das Rauschen der Bäume, das schwache Gepfeife des Stallburschen, das Wiehern meiner Pferde.

In der Ferne läutete eine Kirchenglocke.

Dann hatte ich plötzlich das Gefühl, daß ich beobachtet wurde. Das war so ungewohnt, daß ich fast verrückt wurde. Ich fuhr herum und starrte in die Öffnung des Geheimgangs. Niemand da. Ich ganz allein in diesem kleinen, leeren Heiligtum. Nur das Kerzenlicht huschte über die Steinblöcke und Magnus' grimmiges Konterfei auf dem Sarkophag.

Dann richtete ich den Blick auf das vergitterte Fenster vor mir. Und sie sah mich geradewegs an.

Sie schien in der Luft zu schweben, hielt mit beiden Händen die Gitterstäbe umklammert. Und sie lächelte.

Beinahe hätte ich laut aufgeschrien. Ich prallte zurück, und am ganzen Körper brach mir der Schweiß aus, einen derartigen Schrekken hatte sie mir eingejagt.

Aber sie verharrte bewegungslos, noch immer lächelnd, wobei ihr Gesichtsausdruck allmählich von heiterer Ausgelassenheit zu Boshaftigkeit wechselte.

»Nicht sehr nett, andere Unsterbliche so zu erschrecken«, sagte ich. Sie lachte, ausgelassener als jemals zu Lebzeiten. »Wie bist du bloß hierhergekommen?« fragte ich. Ich ging zum Fenster, langte durch die Gitterstäbe und umklammerte ihre Handgelenke.

Ihr kleiner Mund bestand nur aus lieblichem Gelächter, und ihr Haar umkränzte ihr Gesicht wie eine schimmernde Mähne.

»Ich bin die Mauer hochgeklettert«, sagte sie. »Was sonst?«

»Gut, geh jetzt wieder runter. Das Gitter ist zu eng. Ich treffe dich dann unten und zeige dir den Weg hierher.«

»Ja, tu das«, sagte sie. »Ich hab's schon an allen Fenstern versucht. Aber laß uns lieber bei den Zinnen oben treffen. Geht schneller.«

Sie machte sich an den Aufstieg und war sofort außer Sicht. Und ich eilte nach oben, wo ich sie aufgekratzt fand wie schon in der Nacht zuvor.

»Warum hängen wir hier rum?« sagte sie, als wir die Treppe zusammen herunterkamen. »Warum machen wir uns nicht nach Paris auf?«

Irgend etwas stimmte nicht mit ihr, so zauberhaft sie auch war, irgend etwas war nicht in Ordnung... aber was?

Sie wollte jetzt nicht geküßt werden, und sie wollte auch nicht reden. Und das war ein klein wenig schmerzlich.

»Ich möchte dir die Kammer zeigen«, sagte ich. »Und den Schmuck.«

»Den Schmuck?« fragte sie.

Vom Fenster aus hatte sie ihn nicht gesehen; der Deckel der Truhe hatte ihr die Sicht versperrt. Jetzt ging sie vor mir in das Zimmer, in dem Magnus sich verbrannt hatte, und dann legte sie sich hin, um durch den Tunnel zu robben.

Als sie der Truhe ansichtig wurde, war sie wie vom Donner gerührt. Sie beugte sich sogleich über all die Schätze, die Broschen, die Ringe, den ganzen Zierat, in Erinnerung an jene Erbstücke versunken, die sie vor langer Zeit Stück für Stück hatte veräußern müssen.

»Wirklich, er muß Jahrhunderte daran gesammelt haben«, sagte sie. »Und so erlesene Sachen. Er war ganz schön wählerisch, was? Er muß schon ein sagenhafter Typ gewesen sein.«

»Sieh dir nur diese Perlen an«, sagte ich. »Und diese Ringe.« Ich zeigte ihr die, die ich bereits für sie ausgewählt hatte. Ich ergriff ihre Hand und streifte ihr die Ringe über. Ihre Finger bewegten sich, als seien sie selbständige Lebewesen, die Freude empfinden konnten. Und wieder lachte sie.

»Ach, wir sind schon so zwei Teufel, was?«

»Jäger im Wilden Garten«, sagte ich.

»Dann laß uns nach Paris gehen«, sagte sie. Ein Anflug von

Schmerz in ihrem Gesicht. Der Durst. Sie ließ ihre Zunge über die Lippen gleiten. Faszinierte ich sie nur halb soviel wie sie mich? Sie strich sich das Haar aus der Stirn, und ihre Augen verfinsterten sich im selben Maß wie ihre Worte.

»Ich möchte heute nacht ganz früh speisen«, sagte sie, »und dann raus aus der Stadt und in die Wälder! Da, wo keine Männer und Frauen sind. Da, wo nur Wind und schwarze Bäume sind und über uns die Sterne. Da, wo nur segensreiche Ruhe ist.«

Sie ging zum Fenster. Ihr Rücken war schmal und aufrecht, und die Ringe durchpulsten ihre Hände mit Leben. Und im Kontrast zu den klobigen Ärmeln wirkten ihre Hände noch zarter und feingliedriger, als sie ohnehin schon waren. Sie blickte wohl zu den hohen, blassen Wolken, den Sternen, die durch den purpurroten Abendnebel glimmten.

»Ich muß zu Roget«, murmelte ich, »muß mich um Nicki kümmern, ihnen eine Lüge über dein Verschwinden auftischen.«

Sie drehte sich um, sah mich eiskalt an, wie damals zu Hause, wenn sie über irgend etwas wütend war. »Warum ihnen was über mich erzählen?« fragte sie. »Warum sich noch einen Deut um sie kümmern?«

Ich war entsetzt. Aber nicht wirklich überrascht. Vielleicht hatte ich nur darauf gewartet. Vielleicht hatte ich diese unausgesprochenen Fragen schon lange erwartet.

Ich wollte sagen, Nicki saß an deinem Bett, als du im Sterben lagst, bedeutet das denn gar nichts? Aber das hätte so blödsinnig nach der Sentimentalität der Sterblichen geklungen. Und doch war es alles andere als blödsinnig.

»Ich will dich nicht kritisieren«, sagte sie. Sie verschränkte ihre Arme und lehnte sich gegen das Fenster. »Ich versteh' das einfach nicht. Warum hast du uns geschrieben? Warum hast du uns mit Geschenken überhäuft? Warum hast du nicht einfach dein Glück beim Schopf gepackt, um damit abzuhauen?«

»Aber wohin denn?« fragte ich. »Weg von allen, die ich gekannt und geliebt hatte? Ich wollte nicht aufhören, an dich, an Nicki, sogar an meinen Vater und an meine Brüder zu denken. Ich hab' gemacht, was ich tatsächlich wollte.«

»Dein Gewissen hat dabei keine Rolle gespielt?«

»Wenn man seinem Gewissen folgt, macht man das, was man eigentlich will«, sagte ich. »Aber es war noch einfacher. Ich wollte dich an meinem Reichtum teilhaben lassen. Ich wollte, daß du... daß du glücklich bist.«

Sie dachte lange nach.

»Hättest du vielleicht gewollt, daß ich *dich* vergesse?« fragte ich erbost.

Sie antwortete nicht sofort. »Nein, natürlich nicht«, sagte sie dann. »Und wenn es umgekehrt gewesen wäre, hätte ich dich auch niemals vergessen. Da bin ich ganz sicher. Aber die anderen? Die sind mir keinen Pfifferling wert. Ich werde nie wieder ein Wort mit ihnen wechseln. Ich werde sie keines Blickes mehr würdigen.«

Ich nickte. Aber ich haßte, was sie da sagte. Sie jagte mir Angst ein.

»Ich muß immerzu daran denken, daß ich gestorben bin«, sagte sie. »Daß ich von allen Lebewesen vollständig abgeschnitten bin. Ich kann schmecken, ich kann sehen, ich kann fühlen. Ich kann Blut trinken. Aber ich bin wie etwas, das man nicht sehen kann, das keine Zuneigung zeigen kann.«

»Das stimmt nicht«, sagte ich. »Und wie lange meinst du, kannst du's ertragen, bloß zu fühlen und sehen und schmecken, wenn da die Liebe nicht ist? Und ohne daß jemand bei dir ist?« Der gleiche verständnislose Gesichtsausdruck. »Ach, warum erzähl' ich dir das überhaupt?« sagte ich. »Ich bin bei dir. Wir sind zusammen. Du weißt nicht, wie das war, allein zu sein. Du kannst dir das nicht denken.«

»Ich quäle dich, ohne es zu wollen«, sagte sie. »Erzähl ihnen, was du willst. Vielleicht kannst du ja eine glaubwürdige Geschichte zusammenbrauen. Ich weiß es nicht. Wenn du willst, daß ich dich begleite, komme ich mit. Ich mache, was immer du verlangst. Aber ich habe noch eine Frage.« Sie senkte ihre Stimme. »Du willst sie doch nicht an unseren Geheimnissen, an unserer Macht, teilhaben lassen!?«

»Nein, niemals.« Ich schüttelte den Kopf, als wollte ich diesen unglaublichen Gedanken verscheuchen. Ich ließ den Blick über die Juwelen schweifen und dachte an all die Geschenke, die ich verschickt hatte, dachte an die Puppenstube. Ich hatte ihnen eine

Puppenstube geschickt. Ich dachte an Renauds Schauspieler auf der anderen Seite des Kanals.

»Nicht einmal Nicolas?«

»Nein, gütiger Gott, nein!« Ich sah sie an.

Sie nickte zustimmend. Und wieder fuhr sie sich wie abwesend durchs Haar. »Warum nicht Nicolas?« fragte sie.

Ich hatte keine Lust mehr, dieses Gespräch fortzusetzen.

»Weil er jung ist«, sagte ich, »und weil er sein Leben noch vor sich hat. Er steht nicht an der Schwelle des Todes.« Ich fühlte mich jetzt mehr als unbehaglich. Mir war elend zumute.

»Vielleicht stirbt er schon morgen«, sagte sie. »Vielleicht wird er von einer Kutsche überfahren...«

»Möchtest du, daß ich ihn zum Dritten im Bunde mache?« Ich starrte sie wütend an.

»Nein, das nicht. Aber ich kann dir keine Vorschriften machen. Ich versuche dich zu verstehen.«

Ihr langes, schweres Haar reichte ihr wieder über die Schultern, und sie griff es entsetzt mit beiden Händen. Dann gab sie plötzlich einen zischenden Laut von sich, und ihr Körper erstarrte. Sie hielt ihre wuchernde Lockenpracht umklammert und starrte sie an. »Mein Gott«, flüsterte sie. Dann ließ sie ihr Haar los und bekam einen Schreikrampf.

Ich war wie gelähmt. Ihre Stimme drang mir wie ein schmerzender Blitzstrahl in den Kopf. Ich hatte sie noch nie schreien gehört. Und sie schrie wie am Spieß. Sie war gegen das Fenster getaumelt und schrie noch lauter, als sie ihr Haar ansah. Sie berührte es, doch dann zuckten ihre Finger wie von einer glühenden Ofenplatte zurück. Und dann warf sie sich schreiend hin und her, als versuche sie, ihrem eigenen Haar zu entfliehen.

»Hör auf!« rief ich. Ich packte sie an den Schultern und schüttelte sie. Sie keuchte. Ich wußte sofort, was geschehen war. Während sie geschlafen hatte, war ihr Haar wieder zu voller Länge gewachsen. Es war üppiger denn je. Das also hatte mit ihrem Aussehen nicht gestimmt; ich hatte es bemerkt und auch nicht bemerkt! Und sie selbst war erst eben darauf aufmerksam geworden.

»Hör auf, hör endlich auf!« rief ich noch lauter, während ihr Körper so heftig zuckte, daß ich sie kaum in meinen Armen halten konnte. »Es ist nachgewachsen, das ist alles! Bei dir ist das ganz natürlich, begreifst du das nicht? Es hat nichts zu bedeuten!«

Sie würgte, versuchte, sich zu beruhigen. Sie berührte das Haar und schrie wieder los, als würde sie gerädert. Sie wollte sich von mir fortreißen und zog wie panisch an ihrem Haar.

Diesmal schüttelte ich sie wirklich heftig. »Gabrielle!« sagte ich. »Verstehst du mich? Es ist nachgewachsen, und das wird es jedesmal tun, wenn du es abschneidest! Das ist überhaupt nichts Schlimmes, und hör jetzt um Himmels oder um der Hölle willen auf!« Wenn sie nicht aufhört, dachte ich, drehe ich durch. Ich zitterte genauso stark wie sie.

Schließlich beruhigte sie sich und keuchte nur noch. So hatte ich sie noch nie erlebt, nie in all den Jahren in der Auvergne. Sie ließ sich zu der Bank neben dem Kamin führen und setzte sich hin. Dann legte sie die Hände gegen die Schläfen und rang nach Luft, wobei ihr Körper langsam hin- und herwippte.

Ich sah mich nach einer Schere um. Hier war keine; die kleine Goldschere war unten in der Grabkammer zu Boden gefallen. Also zog ich mein Messer hervor.

Sie schluchzte stumm in ihre Hände.

»Soll ich es wieder abschneiden?« fragte ich. Sie antwortete nicht. »Gabrielle, hör mir zu.« Ich zog ihre Hände von ihrem Gesicht. »Ich schneide es wieder ab, wenn du willst. Jeden Abend abschneiden und verbrennen. Das ist alles.«

Sie sah mich so geistesabwesend an, daß ich mir nicht zu helfen wußte. Ihr Gesicht war von den Tränen blutverschmiert, und auch auf ihrer Kleidung war Blut. Die ganze Kleidung voller Blut.

»Soll ich es abschneiden?« fragte ich erneut.

Sie sah aus, als hätte sie jemand blutig geschlagen. Die Bluttränen wallten über ihre sanften Wangen. Dann versiegte der Strom, und die Tränen verkrusteten auf ihrer weißen Haut. Ich wischte ihr Gesicht vorsichtig mit meinem Spitzentaschentuch ab. Dann holte ich neue Kleider, die ich mir in Paris hatte schneidern lassen, und die ich im Turm aufbewahrte.

Ich streifte ihr den Mantel ab. Sie blieb regungslos sitzen, und ich knöpfte ihr Leinenhemd auf. Ich sah ihre Brüste, die bis auf die blaßrosa Brustwarzen makellos weiß waren. Ich bemühte mich, nicht hinzusehen, und zog ihr schnell das frische Hemd an. Dann bürstete ich ihr Haar, bürstete und bürstete es, wollte es nicht mit meinem Messer absäbeln und flocht es zu einem langen Zopf, und darauf legte ich ihr den Mantel um.

Ich spürte, wie sie wieder ihre Fassung gewann. Sie schien sich nicht zu schämen. Sie dachte nur nach. Aber sie sagte nichts. Sie rührte sich nicht.

Und ich redete auf sie ein. »Als ich klein war, hast du mir immer erzählt, wo du überall warst. Du hast mir Bilder von Venedig und Neapel gezeigt, weißt du noch? Diese alten Bücher? Und du hattest kleine Andenken aus London und St. Petersburg, von überall her.« Sie antwortete nicht. »Ich möchte mit dir dahin. Ich möchte das alles sehen, jetzt. Ich möchte das sehen und dort leben. Ja, ich möchte sogar in Gegenden, von denen ich zu Lebzeiten nicht einmal zu träumen wagte.«

Ihr Gesichtsausdruck änderte sich ein wenig.

»Wußtest du, daß es zurückwachsen würde?« fragte sie flüsternd.

»Nein. Das heißt, ja, das heißt, ich hab' nicht nachgedacht. Ich hätte es wissen müssen.«

Lange Zeit sah sie mich wieder stumm und apathisch an. »Das alles ... jagt es dir niemals ... Angst ein?« fragte sie. Ihre Stimme klang fremd. »Gebietet dir nichts ... jemals ... Einhalt?« fragte sie. Ihr Mund blieb offen, wohlgeformt sah er aus, wie ein Menschenmund.

»Ich weiß nicht«, flüsterte ich hilflos. »Was meinst du eigentlich?« Ich war völlig verwirrt. Ich schlug ihr wieder vor, es jeden Abend abzuschneiden und zu verbrennen. Ganz einfach. »Ja, verbrenne es«, stöhnte sie. »Sonst verstopft es noch alle Zimmer im Turm, oder? Wie Rapunzels Haar im Märchen. Wie das Gold, das die Müllerstochter aus Stroh spinnen muß im Märchen von dem ekelhaften Rumpelstilzchen.«

»Wir schreiben uns unsere eigenen Märchen, meine Liebste«, sagte ich. »Keine Macht der Welt kann mehr das zerstören, was du jetzt bist. Du bist eine Göttin.«

»Und die Göttin ist durstig«, sagte sie.

Ein paar Stunden später, als wir wie zwei Studenten Arm in Arm durch die Menschentrauben auf den Boulevards spazierten, war alles bereits vergessen. Unsere Gesichter waren knackig, unsere Haut war rot und warm.

Ich habe meinen Anwalt nicht aufgesucht, und sie wollte von einem Ausflug aufs Land nichts mehr wissen. Wir blieben zusammen. Ab und zu drehten wir uns um, wenn sich in der Ferne *die Anwesenheit* bemerkbar machte.

5

Zur dritten Stunde, als wir zu den Mietställen gelangten, wußten wir, daß wir von *der Anwesenheit* verfolgt wurden.

Mal hörten wir sie eine halbe oder dreiviertel Stunde lang überhaupt nicht, dann ertönte wieder das dumpfe Summen. Es machte mich verrückt.

Und obwohl wir uns große Mühe gaben, ein paar klare Gedanken herauszuhören, konnten wir nichts anderes als grollende Bosheit wahrnehmen und gelegentlich ein Getöse, das wie in Feuer geworfenes Laub klang.

Sie war froh, daß wir nach Hause ritten. Sie fühlte sich von dem Wesen nicht belästigt, sie wollte nur die Ruhe und Weite des Landes genießen.

Nachdem wir das offene Land erreicht hatten, rasten wir so schnell dahin, daß wir nur noch den Wind hörten, und ich glaube, sie hat wieder aufgelacht, aber da bin ich mir nicht sicher. Sie liebte den Wind so sehr wie ich, sie liebte die funkelnden Sterne über den schwarzen Hügeln.

Aber ich fragte mich, ob sie in dieser Nacht nicht ab und zu heimlich in sich hineingeschluchzt hatte. Manchmal hatte sie sich in finsteres Schweigen gehüllt, und ihre Augen hatten gebebt, als weinte sie, aber es war keine einzige Träne zu sehen gewesen.

Ich war tief in Gedanken versunken, als wir einen dichten Wald erreichten, der die Ufer eines seichten Flusses säumte, und sich plötzlich unser Pferd aufbäumte. Um ein Haar hätte es mich abgeworfen. Gabrielle klammerte sich an meinen rechten Arm.

Jede Nacht toste ich über die schmale Holzbrücke in diese kleine Lichtung. Ich liebte den Klang der Hufe auf dem Holz und den steilen Ritt am Ufer entlang. Und mein Pferd kannte den Weg. Aber heute war alles anders.

Es scheute und hätte sich beinahe wieder aufgebäumt, dann drehte es einfach um und galoppierte gen Paris zurück, bis ich es unter Aufbietung all meiner Willenskräfte wieder unter Kontrolle brachte.

Gabrielle ließ ihre Blicke zu dem dichten Unterholz schweifen, den dunklen, wippenden Ästen, die den Fluß verbargen. Und im hohlen Heulen des Windes, im Rascheln des Blattwerks machten wir *die Anwesenheit* in den Bäumen aus.

Wir mußten sie gleichzeitig gehört haben, da ich im selben Moment meinen Arm um sie schlang, als sie meine Hand ergriff. »Sie ist stärker!« sagte sie schnell. »Und sie ist nicht eine allein.«

»Ja«, sagte ich wutentbrannt, »und sie versperrt uns den Weg zu unserem Unterschlupf!« Ich zog meinen Degen, während ich Gabrielle in meinen linken Arm geklammert hielt.

»Du reitest da nicht hin«, rief sie.

»Von wegen«, sagte ich und versuchte, das Pferd zu zügeln. »Wir haben nur noch knapp zwei Stunden bis Sonnenaufgang. Zieh deinen Degen!«

Sie wollte mir noch etwas sagen, aber ich trieb das Pferd bereits an. Und sie zog ihren Degen, wie ich ihr befohlen hatte, und hielt ihn mit kleiner, kräftiger Hand.

Kein Zweifel, das Ding würde die Flucht ergreifen, sobald wir das Unterholz erreicht hatten. Schließlich hatte dieses verdammte Ding nie etwas anderes getan, als davonzulaufen. Ich war wütend, weil es mein Pferd und dann Gabrielle in Furcht und Schrecken versetzt hatte.

Ein fester Tritt, die Kraft meines Willens, und das Pferd raste wie ein Pfeil in Richtung Brücke.

Ich hatte die Waffe fest im Griff. Ich duckte mich, Gabrielle neben mir, und schnaubte zornerfüllt wie ein Drache, und als die Hufe über die Holzplanken dröhnten, sah ich sie, sah ich die Dämonen zum erstenmal!

Weiße Gesichter und weiße Arme über uns, eine Sekunde nur,

und aus ihren Mündern drang entsetzliches Gekreisch, als sie die Äste schüttelten und einen Sturzbach von Blättern auf uns regnen ließen.

»Zum Teufel mit euch Natterngezücht!« rief ich, als wir das andere Ufer erreichten, aber Gabrielle hatte einen Schrei ausgestoßen.

Etwas war hinter mir auf dem Pferd gelandet, und das Pferd geriet auf dem feuchten Boden ins Schlingern, und das Ding packte mich an dem Arm, mit dem ich den Degen zu schwingen versuchte.

Ich riß die Waffe über Gabrielles Kopf und schlug wie wild auf das Wesen ein, und ich sah es davonfliegen, ein weißer, huschender Schatten in der Dunkelheit, aber schon sprang uns ein anderes Wesen entgegen, mit klauenartigen Händen. Gabrielles Klinge fuhr durch seinen ausgestreckten Arm. Der Arm wirbelte durch die Luft, eine Blutfontäne spritzte auf, und die Schreie gingen in ein klägliches Gewimmer über. Ich wollte sie allesamt in Stücke hauen, aber ich riß die Zügel zu heftig an, und das Pferd bäumte sich auf und wäre beinahe gestürzt. Doch Gabrielle hatte fest die Mähne gepackt und lenkte es wieder auf die offene Straße.

Während wir dem Turm entgegenrasten, kamen sie schreiend näher. Und als dem Pferd die Kräfte versagten, ließen wir es, wo es war, und rannten Hand in Hand zum Tor unseres Turmes.

Ich wußte, daß wir im Geheimgang zu meiner Kammer sein mußten, ehe sie die Außenmauer erklommen. Sie durften nicht sehen, wie wir den Stein entfernten.

So schnell wie möglich verschloß ich Tür und Tor hinter mir und trug Gabrielle die Treppe hoch. Und kaum hatten wir die Geheimkammer erreicht und den Stein wieder eingefügt, hörte ich sie schon heulen und kreischen und an den Mauern scharren.

Ich raffte einen Armvoll Kaminscheite und warf ihn vor das Fenster.

»Schnell, das Feuerholz«, sagte ich.

Aber schon tauchte an den Gitterstäben ein halbes Dutzend weißer Gesichter auf. Ihre Schreie brachen sich gespenstisch in der kleinen Zelle. Ich prallte zurück und starrte sie einen Moment lang an. Wie eine Traube Fledermäuse hingen sie am Gitter, aber sie waren keine Fledermäuse. Sie waren Vampire, Vampire in Menschengestalt, so wie wir.

Schwarze Augen fixierten uns, Augen unter verdrecktem Haarwust, und das Geheul schwoll an und wurde grimmiger, und schmutzverkrustete Finger umkrallten die Eisenstäbe. Ihre Kleidung bestand nur aus ausgebleichten Lumpen. Und sie verströmten Friedhofsgeruch.

Gabrielle schlug das Feuerholz gegen die Wand und sprang zurück, da sie sie zu packen trachteten. Sie bleckten ihre Fangzähne. Sie kreischten. Hände grapschten nach den Scheiten, um sie uns an den Kopf zu werfen. Mit vereinten Kräften zerrten sie an dem Gitter, wollten es aus den Steinen reißen.

»Hol die Zunderbüchse«, rief ich. Ich hob einen kräftigen Scheit auf und stieß ihn in das nächstbeste Gesicht, und ohne Mühe vermochte ich das Wesen von der Mauer zu werfen. Schwächlinge. Es fiel schreiend in die Tiefe, aber die anderen hielten den Scheit umklammert und rangen mit mir, während ich einen weiteren kleinen Drecksdämon verjagte. Dann hatte Gabrielle das Feuerholz entfacht, und die Flammen loderten auf. Das Geheul wich einem Wirrwarr höchst alltäglicher Worte: »Feuer, nichts wie weg und runter, haut ab, ihr Idioten! Runter, runter. Das Gitter ist heiß! Schnell weg!«

Ganz normales Französisch! Mehr noch, eine anschwellende Flut recht derben Vokabulars. Ich brach in Gelächter aus, stampfte auf und zeigte auf sie, während ich Gabrielle ansah.

»Verflucht seist du, Gotteslästerer!« schrie einer noch. Dann umzüngelte das Feuer seine Hände, und er stürzte aufheulend hinab.

»Verflucht seien die Gottlosen, die Galgenvögel!« drangen die Schreie von unten empor. Sie vereinigten sich zu einem regelrechten Chor. »Verflucht seien die Galgenvögel, die es gewagt haben, den Tempel Gottes zu betreten!« Aber sie sackten wie die Fliegen nach unten. Der Holzhaufen stand in Flammen, das Feuer flackerte zur Decke.

»Geht zurück zum Friedhof, wo ihr hergekommen seid, ihr Faxenmacher!« rief ich und hätte ihnen die flammenden Scheite nachgeworfen, wenn der Weg zum Fenster nicht versperrt gewesen wäre.

Gabrielle stand stillschweigend da, die Augen ruhig zusammengekniffen, und hörte offenbar zu.

Von unten tönte weiter Geschrei und Geheul herauf. Ein neuer Choral von Verfluchungen auf alle, die angeblich die heiligen Gesetze übertreten, gelästert und den Zorn Gottes und des Satans heraufbeschworen hatten. Sie zerrten an den Toren und den unteren Fenstern. Sie warfen Steine gegen die Mauer.

»Sie können nicht rein«, sagte Gabrielle mit dumpfer Stimme. »Sie können das Tor nicht zertrümmern.«

Da war ich mir nicht so sicher. Das Tor war uralt und morsch. Es blieb nichts anderes übrig, als abzuwarten.

Erschöpft ließ ich mich auf den Boden sinken, die Seite gegen den Sarkophag gelehnt, die Arme über der Brust verschränkt, den Rücken gekrümmt. Mir war sogar das Lachen vergangen.

Gabrielle ließ sich ebenfalls nieder, setzte sich mit gespreizten Beinen an die Wand. Ihre Brust hob und senkte sich ein wenig, und ihr Haar löste sich. Es stand wie die Brillenzeichnung einer Kobra um ihr Gesicht, und lose Strähnen schmiegten sich an ihre weißen Wangen. Ihre Kleider waren voller Ruß.

Die Hitze des Feuers war erdrückend. Der dichtverschlossene Raum war rauchdurchschwängert, und die Flammen schossen hoch und sperrten die Nacht aus. Aber das bißchen übrige Luft genügte uns zum Atmen. Wir litten nur unter der Hitze und unserer Erschöpfung.

Und langsam merkte ich, daß sie recht hatte – es war ihnen nicht gelungen, das Tor zu zertrümmern. Ich hörte sie den Rückzug antreten.

»Möge der Zorn Gottes die Ungläubigen strafen!«

Dann tat sich plötzlich irgendwas bei den Ställen. Und ich sah vor meinem inneren Auge, wie der arme, schwachsinnige, sterbliche Stalljunge aus seinem Versteck gezogen wurde, und meine Wut verdoppelte sich. In Gedankenübertragung sandten sie mir die Bilder seiner Ermordung. Verdammt seien sie.

»Bleib ganz ruhig«, sagte Gabrielle. »Zu spät.«

Sie kniff ihre Augen zusammen und lauschte nach draußen. Er war tot, der arme, geschundene Kerl.

Ich gewahrte seinen Tod, als hätte ich einen kleinen, dunklen Vogel plötzlich von den Ställen auffliegen sehen. Und sie beugte sich vor, als würde sie ihn auch sehen, und sank dann wie bewußtlos zurück. Sie murmelte etwas von »rotem Samt«, aber so leise, daß ich sie nicht genau verstand.

»Das werdet ihr mir büßen, ihr elenden Flegel«, rief ich ihnen zu. »Ihr bringt Kummer über mein Haus. Ich schwöre, daß ihr dafür bezahlen werdet.«

Meine Glieder wurden bleischwer. Die Hitze raubte einem fast die Sinne. Die ganzen seltsamen Ereignisse der Nacht forderten ihren Tribut.

Ausgelaugt und vom Feuer geblendet, konnte ich nicht einmal raten, wie spät es war. Ich glaube, einen Moment lang versank ich in einem Traum, dann erwachte ich fröstelnd, ohne jedes Gefühl, wieviel Zeit verstrichen sein mochte.

Ich blickte auf und sah die Gestalt eines unirdischen, jungen Knaben, eines vornehmen, jungen Knaben, der über den Boden schritt.

Aber es war natürlich nur Gabrielle.

6

Sie schien vor zügelloser Kraft förmlich zu strotzen, wie sie da so auf und ab ging. Gleichwohl war jede Bewegung, jede Geste von ungebrochener Grazie. Sie versetzte den Holzscheiten einen Tritt, und das Feuer flackerte noch einmal kurz auf, um dann vollends zu verlöschen. Ich konnte den Himmel sehen. Wir hatten etwa noch eine Stunde.

»Aber wer sind sie?« fragte sie. Sie stand breitbeinig über mir. »Warum schelten sie uns Galgenvögel und Gotteslästerer?«

»Ich habe dir alles erzählt, was ich weiß«, bekannte ich. »Bis heute abend war mir neu, daß sie Gesichter und Gliedmaßen und echte Stimmen haben.«

Ich rappelte mich hoch und klopfte meine Kleider aus.

»Sie belegten uns mit Flüchen, weil wir in Kirchen waren!« sagte sie. »Hast du die Bilder gesehen, die sie uns aussandten? Und sie wissen nicht, wie wir das geschafft haben. Sie hätten derlei niemals gewagt.«

Zum erstenmal bemerkte ich, daß sie zitterte. »Gabrielle«, sagte ich, wobei ich mir Mühe gab, meiner Stimme einen festen und beruhigenden Klang zu verleihen. »Wichtig ist jetzt nur, daß wir von hier fortkommen. Wir wissen nicht, wie früh diese Kreaturen aufstehen und wie bald nach Sonnenuntergang sie wieder auftauchen. Wir müssen uns ein neues Versteck suchen.«

»Die Grabkammer unten«, sagte sie.

»Die reinste Mausefalle, wenn sie durch das Tor eindringen«, sagte ich. Ich nahm den Himmel wieder kurz in Augenschein und stieß den Stein aus der Wand. »Komm jetzt«, sagte ich.

»Aber wo gehen wir hin?« fragte sie. Zum erstenmal in dieser Nacht sah sie fast gebrechlich aus.

»In ein Dorf östlich von hier«, sagte ich. »Ganz klar, daß wir nirgends sicherer sind als in der Dorfkirche selbst.«

»Das würdest du tun?« fragte sie. »In der Kirche?«

»Selbstverständlich. Wie du gerade gesagt hast, die kleinen Ungeheuer würden sich da niemals hineintrauen! Und die Gruftgewölbe unter dem Altar sind so tief und dunkel wie jedes andere Grab.«

»Aber Lestat, ausgerechnet unter dem Altar!«

»Mutter, du erstaunst mich«, sagte ich. »Ich habe mir schon Opfer unter dem Dach von Notre Dame gesucht.« Da hatte ich eine Idee. Ich begab mich zu Magnus' Truhe und durchwühlte die Schätze. Ich zog zwei Rosenkränze hervor, einer aus Perlen, der andere aus Smaragden, beide mit dem üblichen Kruzifix.

Gabrielle beobachtete mich, blaß und bedrückt. »Hier, der ist für dich«, sagte ich und gab ihr den Smaragdrosenkranz. »Hab ihn immer bei dir. Und wenn wir ihnen über den Weg laufen, zeige ihnen das Kruzifix. Wenn ich nicht irre, treten sie dann den Rückzug an.«

»Aber was, wenn wir keinen sicheren Unterschlupf in der Kirche finden?«

»Keine Ahnung. Dann gehen wir eben wieder hierher zurück!«

Ich spürte, wie sich Angst in ihr zusammenballte, als sie zögernd durch die Fenster den verblassenden Sternen nachblickte. Sie hatte die Schwelle zur Ewigkeit überschritten, und schon wieder lauerte überall Gefahr.

Ich nahm ihr den Rosenkranz fort, küßte sie und ließ ihn dann in ihrer Wamstasche verschwinden. »Smaragde bedeuten ewiges Leben, Gabrielle«, sagte ich.

Sie war wieder ganz der Knabe, wie sie so dastand und die letzte Glut des Feuers ihr Profil vergoldete.

»Wie ich schon gesagt habe«, flüsterte sie, »du hast vor nichts, aber auch vor gar nichts Angst, stimmt's?«

»Was tut das zur Sache?« Ich zuckte die Schultern. Ich nahm sie beim Arm und zog sie zum Durchgang. »Wir sind die Wesen, vor denen sich andere fürchten«, sagte ich. »Vergiß das nicht.«

Als wir zum Stall kamen, sah ich, daß der Junge auf abscheuliche Weise ermordet worden war. Sein Körper lag zerschlagen und verkrümmt auf dem strohbedeckten Boden, als hätte ihn ein Riese dahingeschleudert. Sein Hinterkopf war zerschmettert, und als wollten sie ihn oder mich verspotten, hatten sie ihm einen extrafeinen samtenen Gehrock angezogen. Roter Samt. Diese Worte hatte sie gemurmelt, nachdem sie ihr Verbrechen begangen hatten. Ich hatte nur seinen Tod gesehen. Ich wandte mich voll Abscheu zur Seite. Alle Pferde waren fort.

»Dafür werden sie bezahlen«, sagte ich.

Schließlich nahm ich Gabrielle bei der Hand. Aber sie starrte wie gebannt auf den Leichnam des unglücklichen Jungen. Dann sah sie mich an. »Mir ist kalt«, flüsterte sie. »Meine Kräfte schwinden. Ich muß, ich muß irgendwohin, wo es dunkel ist. Ich spüre es.«

Und schnell führte ich sie über den nahegelegenen Hügel der Straße zu.

Auf dem Dorffriedhof hatten sich natürlich keine kleinen, schreienden Monster versteckt, ganz wie ich erwartet hatte. Die Erde auf den alten Gräbern war schon ewig nicht mehr umgegraben worden.

Ich schleppte Gabrielle zum Seiteneingang der Kirche und brach geräuschlos den Riegel.

»Mich friert am ganzen Leib. Meine Augen brennen«, keuchte sie. »Nur irgendwohin, wo es dunkel ist.« Aber als ich sie ins Innere geleiten wollte, hielt sie inne. »Was ist, wenn sie recht haben«, sagte sie, »und wir im Haus Gottes nichts zu suchen haben?«

»Blödsinniges Geschwafel. Gott ist nicht im Haus Gottes.«

»Tu's nicht! ...« Sie stöhnte. Aber ich zerrte sie durch die Sakristei und vor den Altar. Sie bedeckte ihr Gesicht, und als sie aufblickte, sah sie das Kruzifix und das Tabernakel. Sie rang nach Atem. In Wirklichkeit hatte sie freilich die Augen vor den bunten Glasfenstern abgeschirmt. Die aufgehende Sonne, die ich noch nicht einmal spürte, versengte sie bereits!

Ich hob sie hoch, wie letzte Nacht. Ich mußte eine alte Grabkammer finden, eine, die schon jahrelang nicht mehr geöffnet worden war. Ich eilte zum Altar der Heiligen Jungfrau, dessen Inschriften fast völlig verwittert waren. Kniend umkrallte ich mit meinen Fingernägeln eine Steinplatte, riß sie schnell aus dem Boden und legte eine unterirdische Grabstätte mit nur einem morschen Sarg frei.

Ich zog sie mit mir in die Grabkammer und schob die Fliese wieder an ihren Platz.

Rabenschwarze Dunkelheit, und der Sarg zersplitterte unter mir, so daß meine rechte Hand in einen bröckelnden Schädel fuhr. Andere Knochen rammten sich mir spitz in die Brust. Gabrielle sprach wie in Trance: »Ja. Weg vom Licht.«

»Wir sind in Sicherheit«, flüsterte ich.

Ich stieß die Knochen fort und machte uns ein Nest aus dem morschen Holz und dem Staub, der zu alt war, um noch jedwelche Verwesungsgerüche auszusondern.

Aber ich konnte mindestens eine Stunde nicht einschlafen. Mir ging der Stalljunge nicht aus dem Kopf, der zerfleischt in seinem roten Samtrock dalag. Ich hatte diesen Rock schon einmal gesehen, aber ich wußte nicht mehr wo. Hatte er mir gehört? Waren sie in den Turm eingedrungen? Hatten sie den Rock nachschneidern lassen? So viel Aufwand, um mich zu verspotten? Nein. Wären diese Kreaturen zu derlei überhaupt fähig gewesen? Dennoch ... dieser spezielle Rock. Irgend etwas ...

7

Als ich die Augen öffnete, vernahm ich allerlieblichsten Gesang. Und wie Klänge so oft, entführten sie mich in meine Kindheit, zurück zu den winterlichen Nächten, in denen die ganze Familie zur Dorfkirche hinunterging und stundenlang zwischen den lodernden Kerzen stand und den schweren, schwelenden Geruch des Weihrauchs einatmete, wenn der Priester mit hocherhobener Monstranz zum Altar schritt.

Ich erinnerte mich an den Augenblick der runden, weißen, von Glitzerwerk umgebenen Hostie hinter den dicken Scheiben und dem darüber bedenklich schwankenden Baldachin, den die Ministranten ungeschickt in Balance zu halten suchten.

Und unauslöschlich haben sich mir die Worte des alten Chorals ins Gedächtnis gegraben:

O Salutaris Hostia
Quae caeli pandis ostium
Bella premunt hostilia,
Da robur, fer auxilium ...

Und als ich in den Resten dieses geborstenen Sargs lag, unter den weißen Marmorfliesen des Seitenaltars dieser Dorfkirche, Gabrielle noch schlaftrunken an mich geschmiegt, wurde ich ganz allmählich gewahr, daß über mir ganze Hundertschaften von Menschen ebendiesen Choral sangen.

Die Kirche war voller Leute! Und wir konnten diesem verdammten Knochennest nicht entkommen, bis sie alle fort waren.

Ich spürte, wie sich in der Dunkelheit um mich Lebewesen bewegten. Ich konnte das zerbröselte Skelett riechen, auf dem ich lag. Ich konnte auch die Erde riechen, und feuchte, beißende Kälte umfing mich.

Gabrielles Hände ruhten auf mir – Leichenhände. Ihr Gesicht war knochenstarr.

Ich grübelte nicht weiter darüber nach und rührte mich nicht. Hunderte von Menschen atmeten und stöhnten da oben. Vielleicht sogar tausend. Und jetzt stimmten sie einen zweiten Choral an.

Was kommt als nächstes? dachte ich düster. Die Litanei, der Segen? In dieser Nacht der Nächte hatte ich keine Zeit, grübelnd dazuliegen. Ich mußte fort. Das Bild des roten Samtrocks tauchte wieder vor mir auf, als sei damit etwas äußerst Dringliches verbunden, und ebenso unerklärlich durchfuhr mich der Blitzstrahl eines Schmerzes.

Unversehens öffnete Gabrielle die Augen. Nicht, daß ich es gesehen hätte; es war stockfinster hier unten. Ich fühlte es vielmehr. Ich fühlte, wie ihr Körper zu neuem Leben erwachte.

Und kaum hatte sie sich ein wenig bewegt, als sie vor Angst erstarrte. Ich ließ meine Hand über ihren Mund gleiten.

»Ganz ruhig«, flüsterte ich, aber ich spürte ihre Furcht. All die Schrecken der vergangenen Nacht brachen vermutlich wieder über sie herein, jetzt, wo sie sich neben einem zerbröckelten Skelett liegen fand, eine zentnerschwere Steinplatte über sich.

»Wir sind in der Kirche!« flüsterte ich. »Und wir sind in Sicherheit.«

Der Gesang brauste auf. »*Tantum ergo Sacramentum, Veneremur cernui.*«

»Nein, das ist ein Segensspruch«, keuchte Gabrielle. Sie versuchte, ruhig liegenzubleiben, aber plötzlich konnte sie nicht mehr an sich halten, und ich mußte sie mit aller Gewalt mit beiden Armen festhalten. »Wir *müssen* hier raus«, flüsterte sie. »Lestat, das Heilige Sakrament ist auf dem Altar, um der Liebe Gottes willen!«

Die Reste des Holzsargs klapperten und knarrten gegen die steinerne Mauer, und mir blieb nichts anderes übrig, als mich auf sie zu wälzen und sie mit meinem Körpergewicht niederzudrücken.

»Bleib jetzt endlich ruhig liegen, verstanden?« sagte ich. »Wir müssen warten, ob wir wollen oder nicht.«

Aber ihre Panik griff auf mich über. Die Knochensplitter knirschten unter meinen Knien, und ich roch das faulende Tuch. Die Mauern der Grabkammer schienen von Todesgeruch durchdrungen zu sein, und ich wußte, daß ich in diesem Geruch nicht mehr lange würde ausharren können.

»Unmöglich«, keuchte sie. »Wir können hier unmöglich bleiben. Ich muß raus!« Sie winselte beinahe. »Lestat, ich kann nicht.« Sie strich mit beiden Händen die Mauern und dann die Steinfliese über uns entlang. Ich hörte, wie sich ihren Lippen ein stummer Schrekkensschrei entwand.

Der Choral oben war verklungen. Jetzt ging wohl der Priester die Altarstufen empor und hielt die Monstranz hoch. Dann würde er sich der Gemeinde zuwenden und die Heilige Hostie segnen. Gabrielle wußte das natürlich, und sie drehte plötzlich durch; sie stemmte mich fast zur Seite.

»Na schön, hör zu!« zischte ich. Ich war nicht mehr Herr der Lage. »Wir gehen raus. Aber wie anständige Vampire, verstanden? In der Kirche sind tausend Leute, und wir werden sie zu Tode erschrecken.

Ich hebe die Steinplatte hoch, und wir werden zusammen aufstehen, und dann streckst du deine Arme empor und schneidest die entsetzlichste Fratze, deren du fähig bist, und läßt möglichst noch einen Schrei los. Dann werden sie hintüberfallen, und wir werden zum Ausgang hetzen, bevor sie überhaupt noch auf die Idee kommen, sich auf uns zu stürzen und uns einzukerkern.«

Sie fand nicht einmal Zeit zu antworten, da sie sich bereits krümmte und mit den Absätzen gegen die morschen Bretter trat. Also erhob ich mich, stieß die Marmorplatte mit beiden Händen fort, sprang aus dem Gewölbe und warf mir meinen Mantel mit einer ausladenden Geste um. Ich landete auf dem Boden des von Kerzenlicht überfluteten Chors und stieß einen markerschütternden Schrei aus.

Sie standen wie ein Mann auf und öffneten kreischend ihre Münder, und mit einem neuerlichen Schrei ergriff ich Gabrielles Hand, sprang über das Altargitter und stob ihnen entgegen. Sie preßte einen höchst eindrucksvollen Klagelaut hervor und hob ihre linke Hand wie eine Klaue, während ich mit ihr durch den Mittelgang raste. Entsetzen überall, Männer und Frauen rissen ihre Kinder an sich, kreischten auf und sanken um.

Die massiven Türen prallten gegen den schwarzen Himmel und ließen den brausenden Sturm herein, und während ich Gabrielle vor mir hertrieb, wandte ich mich noch einmal zurück, um den lautesten Schrei meines Lebens auszustoßen. Ich zeigte der jammernden, sich vor Schrecken windenden Gemeinde meine Fangzähne, und ohne sagen zu können, ob mir nun einige einfach schreckensbleich hinterherstolperten oder ob sie mich verfolgen wollten, griff ich in meine Taschen und ließ Goldmünzen auf den Marmorboden regnen.

»Der Teufel teilt Geld aus!« rief jemand, und schon fegten wir durch den Friedhof und über die Felder.

In Sekundenschnelle hatten wir den Wald erreicht, und ich nahm den Stallgeruch eines großen Anwesens wahr, das jenseits der Bäume lag.

Ich blieb stehen und zitierte unter Aufbietung aller Willenskräfte die Pferde herbei. Wir rannten ihnen entgegen, als wir hörten, wie sie mit den Hufen gegen die Stallwände trappelten. Ich sprang mit Gabrielle über die Hecke und riß die Tür aus ihren Scharnieren, und gerade in diesem Augenblick stob ein edler Wallach aus seinem zerborstenen Stall, und wir hechteten auf seinen Rücken, und ich warf meine Arme um Gabrielle.

Ich stieß meine Absätze in das Tier und ritt südlich in die Wälder, Richtung Paris.

8

Während wir uns der Stadt näherten, versuchte ich, einen Plan zu entwickeln, aber in Wahrheit hatte ich keine Ahnung, wie es weitergehen sollte. Es gab keine Möglichkeit, diese kleinen Drecksmonster zu meiden. Wir ritten einer Schlacht entgegen. Ganz ähnlich wie an jenem Morgen, an dem ich mich aufgemacht hatte, die Wölfe zu töten, als Kampfgefährten meine Wut und meinen Überlebenswillen.

Kaum hatten wir Montmartre mit seinen verstreuten Bauernhäusern erreicht, als wir schon für den Bruchteil einer Sekunde ihr mattes Murmeln hörten. Wie giftige Dämpfe.

Gabrielle und ich wußten, daß wir sofort trinken mußten, um ihnen gewappnet zu sein. Rasch suchten wir uns eines der kleinen Gehöfte aus, schlichen durch den Garten zur Hintertür und fanden drinnen einen Mann und eine Frau vor, die vor einem erloschenen Kamin eingenickt waren.

Als wir fertig waren, verließen wir zusammen das Haus und gingen in den kleinen Gemüsegarten, wo wir einen Moment ruhig dastanden und den perlgrauen Himmel betrachteten. Weit und breit kein Geräusch. Nur die Ruhe, die Lauterkeit des frischen Blutes und die Gefahr, daß es regnete, da sich dunkle Wolken zusammenzogen.

Schließlich drehte ich mich um, befahl den Wallach stumm zu mir, ergriff die Zügel und wandte mich Gabrielle zu. »Uns bleibt nichts anderes übrig, als nach Paris zu gehen«, sagte ich, »um diesen kleinen Biestern frontal entgegenzutreten. Aber ehe sie auftauchen und den Krieg wieder von vorne anfangen, muß ich noch einiges erledigen. Ich muß über Nicki nachdenken. Ich muß mit Roget sprechen.«

»Das ist nicht der Augenblick für diesen Blödsinn der Sterblichen«, sagte sie.

Der Schmutz aus der kirchlichen Grabkammer hing noch an ihrer Kleidung und in ihrem blonden Haar, und sie sah wie ein Engel aus, den man durch den Staub gezogen hatte.

»Ich werde nicht zulassen, daß sie mir und meinen Vorhaben in die Quere kommen«, sagte ich.

Sie atmete tief ein. »Willst du diese Kreaturen deinem geliebten Monsieur Roget vorstellen?« fragte sie.

Ein wahrhaft entsetzlicher Gedanke! Die ersten Regentropfen fielen, und mir war trotz des Blutes kalt. Gleich würde es in Strömen regnen. »Schön«, sagte ich. »Wir können nichts unternehmen, ehe das erledigt ist.« Ich bestieg das Pferd und reichte ihr die Hand.

»Wunden stacheln dich nur an, oder?« sagte sie. Sie beobachtete mich. »Was immer sie anrichten oder anzurichten versuchen, es gibt dir nur neue Kraft.«

»Das nenne *ich* nun Blödsinn der Sterblichen!« sagte ich. »Hör schon auf!«

»Lestat«, sagte sie nüchtern. »Sie haben deinem Stalljungen einen Herrenrock angezogen, nachdem sie ihn umgebracht hatten. Hast du diesen Rock gesehen? Hattest du ihn nicht schon mal früher gesehen?«

Dieser verfluchte rote Samtrock...

»Ich habe ihn gesehen«, sagte sie. »Ich habe ihn stundenlang an meinem Krankenbett in Paris vor Augen gehabt. Es war Nicolas de Lenfents Rock.«

Ich sah sie lange an, ohne sie zu sehen. Stumme Wut durchtobte mich. Die Wut wird so lange währen, bis ich den Beweis habe, daß es Trauer sein sollte, dachte ich. Aber eigentlich dachte ich überhaupt nichts. Ich bewegte meine Lippen, aber kein Wort drang über sie.

»Ich glaube nicht, daß sie ihn getötet haben, Lestat«, sagte sie.

Ich versuchte wieder zu sprechen. Ich wollte fragen: ›Warum sagst du das?‹ Aber ich konnte nicht. Ich starrte in den Garten.

»Ich glaube, er lebt«, sagte sie. »Und daß sie ihn gefangenhalten. Sonst hätten sie einfach seinen Leichnam dahin gelegt und dem Stalljungen nichts getan.«

»Vielleicht, vielleicht auch nicht.« Ich mußte meinen Mund regelrecht zwingen, die Worte zu formen.

»Der Rock war eine Botschaft.«

Ich hielt es nicht mehr aus. »Ich werde es ihnen zeigen«, sagte ich. »Willst du zum Turm zurück? Wenn ich da versage...«

»Ich habe nicht die Absicht, dich allein zu lassen«, sagte sie.

Als wir den Boulevard du Temple erreichten, platterte der Regen nieder, und auf dem nassen Pflaster schwammen die Lichter der Laternen.

Meine strategischen Überlegungen waren mehr vom Instinkt als von Vernunft bestimmt. Und ich war so kampfbereit wie noch nie. Aber wir mußten erst herausfinden, woran wir waren. Wie viele gab es überhaupt? Und was wollten sie wirklich? Wollten sie uns fangen und vernichten oder uns nur in Furcht und Schrecken versetzen und verjagen? Ich mußte meine Wut zügeln, mußte mir ins Gedächtnis rufen, daß sie kindisch waren, abergläubisch und denkbar leicht zu verwirren und zu verängstigen.

Kaum hatten wir die alten Mietshäuser in der Gegend von Notre Dame erreicht, *hörte* ich sie ganz in unserer Nähe, eine Schwingung wie ein Silberblitz, der gleich wieder verschwand. Gabrielle richtete sich auf, und ich spürte ihre Linke an meinem Handgelenk. Ihre rechte Hand schnellte zum Griff ihres Degens.

Wir waren in eine dunkle, krumme Seitengasse eingebogen, die Pferdehufe zerklapperten die Stille, und ich mußte aufpassen, daß mich das Geräusch nicht völlig entnervte.

Wir sahen sie offenbar gleichzeitig.

Gabrielle drückte sich an mich, und mir blieb ein Entsetzensschrei in der Kehle stecken, der beinahe meine Angst verraten hätte. Hoch über uns, zu beiden Seiten der Gasse, tauchten ihre weißen Gesichter hinter den Dachgesimsen auf, ein schwacher Schein in dem lautlosen Silbergeniesel.

Ich trieb das Pferd an. Oben huschten sie wie kleine Ratten über die Dächer. Sie stimmten ein piepsendes Geheul an, das Sterbliche niemals hätten hören können.

Gabrielle unterdrückte einen Schrei, als wir sie mit ihren weißen Armen und Beinen die Mauern vor uns heruntersteigen sahen, und hinter uns hörte ich auf dem Pflaster das sanfte Getrappel ihrer Füße.

»Vorwärts!« rief ich, und meinen Degen ziehend, setzte ich über die beiden zerlumpten Gestalten, die sich uns in den Weg geworfen hatten, hinweg. »Verdammte Dinger, weg da!« schrie ich und hörte ihr Geschrei unter mir.

Einen Augenblick lang erhaschte ich ein paar gepeinigte Gesichter. Die über uns verschwanden, und die hinter uns schienen schlappzumachen, und wir stürmten vorwärts, vergrößerten den Abstand zwischen uns und unseren Verfolgern, bis wir endlich den menschenleeren Place de Grève erreichten.

Aber sie rotteten sich an der Peripherie des Platzes wieder zusammen, und diesmal hörte ich all ihre Gedanken. So wollte einer wissen, über welche Kräfte wir schon groß verfügten, und warum sie eigentlich Angst haben sollten, und ein anderer bestand darauf, sich langsam an uns heranzuarbeiten.

In diesem Moment ging offenbar eine gewisse Gewalt von Gabrielle aus, da sie buchstäblich auf den Rücken fielen, als sie einen Blick in ihre Richtung schleuderte und ihren Degen noch fester umklammerte.

»Bleib stehen und halte sie dir vom Leib!« flüsterte sie. »Ein gewaltiger Schreck ist in sie gefahren.« Dann hörte ich sie fluchen, da aus den Schatten des Hôtel-Dieu mindestens sechs kleine Dämonen wehkreischend und mit flatternden Haaren auf uns zugeflogen kamen, die Glieder notdürftig in Lumpen gehüllt. Sie peitschten die anderen wieder auf. Wir waren von gefährlich anschwellender Niedertracht umzingelt.

Das Pferd bäumte sich auf und hätte uns beinahe abgeworfen. Sie befahlen ihm stehenzubleiben, während ich ihm strammen Galopp befahl.

Zuletzt legte ich meinen Arm um Gabrielles Hüfte, sprang vom Pferd und rannte so schnell ich konnte zu den Portalen von Notre Dame.

Ein entsetzlicher Schwall aus Gejammer und Geschrei und Drohungen drang stumm in meine Ohren: »Untersteht euch, untersteht euch!«

Ihre Bosheit traf uns wie die Hitze aus einem Schmelzofen, während ihre Füße um uns pochten und platschten und ihre Hände nach meinem Degen und meinem Rock grapschten.

Aber ich wußte, was geschehen würde, hatten wir erst einmal die Kirche erreicht. Ich setzte, Gabrielle in meinen Armen, zum Endspurt an, so daß wir zusammen durchs Portal und über die Schwelle schlitterten und ausgestreckt auf dem Steinfußboden der Kathedrale landeten.

Schreie. Schreckliche, röchelnde Schreie, und dann ein Umschwung, als sei die ganze Meute von einer Kanonendetonation auseinandergescheucht worden.

Ich rappelte mich hoch und lachte sie lauthals aus. Gabrielle war auch wieder auf den Füßen, und sie zog mich hinter sich her, und wir eilten zusammen durch das dämmrige Mittelschiff, an aufragenden Bogengängen vorbei, bis wir beim kerzenfahlen Allerheiligsten waren, und nachdem wir uns dann ein leeres, dunkles Eckchen bei einem Seitenaltar gesucht hatten, sanken wir gemeinsam auf die Knie.

»Genau wie diese verdammten Wölfe!« sagte ich. »Ein gemeiner Hinterhalt.«

»Schschscht, sei einen Moment ruhig«, sagte Gabrielle und klammerte sich an mich. »Oder mein unsterbliches Herz zerspringt.«

9

Nach einem Augenblick wie eine Ewigkeit fühlte ich, wie sich ihre Muskeln anspannten. Sie blickte zum Platz hin.

»Denke nicht an Nicolas«, sagte sie. »Sie warten und lauschen. Sie hören alles, was in unseren Köpfen vorgeht.«

»Aber was denken *sie?*« flüsterte ich. »Was geht in *ihren* Köpfen vor?«

Ich spürte, wie sie sich konzentrierte.

Ich drückte sie an mich und blickte in das silberne Licht, das weit weg durch das offene Portal drang. Ich konnte sie jetzt auch hören, auch wenn ich lediglich ein diffuses, kollektives Stimmgewirr vernahm.

Und als ich so in den Regen starrte, kam ganz langsam ein unglaublicher Friede über mich. Ich hatte den Eindruck, daß wir uns ihnen ohne weiteres ausliefern könnten, daß es geradezu idiotisch sei, ihnen noch länger zu widerstehen. Alle Probleme wären gelöst, würden wir nur zu ihnen da rausgehen und uns ergeben. Sie würden

Nicolas nicht foltern, den sie in ihrer Gewalt hatten; sie würden ihm nicht ein Glied nach dem anderen ausreißen.

Ich wußte Nicolas in ihrer Gewalt. Ich hörte ihn aufheulen, als sie ihm die Arme auskugelten. Ich preßte mir die Hand auf den Mund, damit mein Schrei nicht die Sterblichen in der Kirche aufscheuchte.

Gabrielle berührte mit ihren Fingern meine Lippen.

»Sie tun ihm nichts«, murmelte sie. »Es ist nichts weiter als eine Drohung. Denke nicht an ihn.«

»Dann lebt er also noch?« flüsterte ich.

»Das sollen wir denken. Hör!«

Wieder stellte sich der Seelenfriede ein, gepaart mit der Aufforderung, uns ihnen anzuschließen. Die Stimme sagte: *Kommt aus der Kirche. Ergebt euch, wir heißen euch willkommen, und wir werden euch nichts tun, wenn ihr nur kommt.*

Ich wandte mich dem Portal zu und erhob mich. Gabrielle erhob sich ebenfalls und warnte mich mit einer besorgten Geste. Sie hütete sich, auch nur ein Wort mit mir zu wechseln, als wir beide dem großen Türbogen aus silbernem Licht entgegensahen.

Ihr lügt uns an, sagte ich. *Ihr habt keine Macht über uns!* Ein Sturzbach trotzigen Widerstands schäumte ihnen durch das ferne Portal entgegen. *Wir sollen uns ergeben? Wenn wir's tun, was hindert euch dann, uns alle drei gefangenzuhalten? Warum sollten wir rauskommen? In der Kirche sind wir sicher; wir können uns in die entlegensten Grabkammern zurückziehen. Wir könnten die Gläubigen überfallen und in den Nischen und Seitenkapellen so unauffällig ihr Blut trinken, daß man uns niemals entdecken wird. Und dann schicken wir unsere Opfer zum Sterben nach draußen. Was wollt ihr schon machen, die ihr nicht einmal über diese Schwelle treten könnt? Außerdem glauben wir nicht, daß ihr Nicolas habt. Zeigt ihn uns. Laßt ihn zur Tür kommen und mit uns sprechen.*

Gabrielle war völlig durcheinander. Sie sah mich forschend an, wollte unbedingt wissen, was ich ihnen mitteilte. Sie konnte sie ohne weiteres hören, was mir versagt war, wenn ich ihnen meine Botschaften aussandte.

Allem Anschein nach wurden ihre Impulse schwächer, ohne aber ganz aufzuhören. Und wie zuvor, als hätte ich ihnen nichts geantwortet, hob das leise Summen wieder an. Es versprach Waffenruhe, und dann sprach es in heller Verzückung, daß in freundschaftlicher Verbindung alle Probleme sich lösen würden.

»Elende Feiglinge, allesamt«, keuchte ich. Diesmal sprach ich die Worte laut aus, damit sie Gabrielle auch hören konnte. »Laßt Nicolas in die Kirche.«

Das Stimmengesumm verebbte fast vollständig. Dann hörte ich so etwas wie einen Anflug von Streit und Aufruhr.

Gabrielle kniff die Augen zusammen.

Stille. Nur noch Sterbliche da draußen, die gegen den Wind rudernd den Place de Grève überquerten. Ich hätte nicht geglaubt, daß sie sich zurückziehen würden. Was sollten wir jetzt tun, um Nicki zu retten?

Plötzlich war ich sehr müde. Ein Gefühl der Verzweiflung beschlich mich, und ich dachte bestürzt: ›Das ist lächerlich, ich verzweifle nie! Andere vielleicht, aber ich doch nicht. Ich kämpfe weiter, egal was passiert. Immer.‹ Und erschöpft und wütend, wie ich war, sah ich Magnus in den Flammen hoch- und niederspringen, ich sah sein fratzenartiges Gesicht, ehe das Feuer ihn ergriff und er verschwand. War das Verzweiflung?

Das Bild lähmte mich. Entsetzte mich so sehr wie damals die Wirklichkeit. Und ich hatte das seltsame Gefühl, daß mir irgend jemand von Magnus erzählte. Darum hatte ich auch plötzlich an Magnus denken müssen!

»Sehr schlau ...«, flüsterte Gabrielle.

»Hör nicht hin. Sie spielen unseren Gedanken einen Streich«, sagte ich.

Aber als ich an ihr vorbei zu dem offenen Portal blickte, sah ich eine kleine Gestalt sich nähern. Die gedrungene Gestalt eines Knaben, nicht eines Mannes.

Ich hoffte bebend, daß es Nicolas sei, wußte aber sofort, daß er es nicht war. Der da war kleiner, wenn auch kräftiger gebaut als Nicolas. Und die Gestalt war kein Mensch.

Die Gestalt war nicht gerade zeitgemäß gekleidet. Sie trug eine umgürtete Tunika mit weiten Ärmeln, sehr elegant, und Socken an den wohlgeformten Beinen. Sie war tatsächlich wie Magnus angezogen, und einen Moment lang dachte ich, daß Magnus durch Zauberkraft zurückgekommen sei.

Dummer Gedanke. Es handelte sich, wie gesagt, um einen Knaben, und er hatte langes Lockenhaar, und er ging geradewegs und festen Schritts durch das silberne Licht in die Kirche. Er zögerte einen Moment. Offenbar blickte er nach oben. Und er kam uns durch das Mittelschiff entgegen, und zwar völlig geräuschlos.

Er blieb im Kerzenschein des Seitenaltars stehen. Seine einst schöne Kleidung war aus schwarzem Samt, kräftig vom Zahn der Zeit angenagt und überdies schmutzverkrustet. Aber sein Gesicht war strahlend weiß, einfach vollkommen, einem Götterantlitz gleich, Amor, einem Caravaggio-Gemälde entstiegen, verführerisch doch überirdisch, mit kastanienfarbenem Haar und dunkelbraunen Augen.

Ich hielt Gabrielle noch fester im Arm, als ich ihn musterte. Am meisten verblüffte mich an ihm, an dieser un-menschlichen Kreatur, wie unverhohlen er uns anstarrte. Er nahm jedes Detail an uns in prüfenden Augenschein, und dann berührte er ganz leicht den Altar neben sich. Er betrachtete den Altar, das Kruzifix, die Heiligen und sah dann wieder uns an.

Er stand nur ein paar Meter entfernt, und sein Gesicht nahm einen erhabenen Ausdruck an. Und die Stimme, die ich schon zuvor vernommen hatte, drang aus ihm, forderte uns zum Nachgeben auf, sagte mit unbeschreiblicher Freundlichkeit, daß wir einander lieben müßten, er und Gabrielle – deren Namen er nicht aussprach – und ich.

Das Ganze mutete ein wenig naiv an.

Ich hielt ihm eisern stand. Instinktiv. Meine Augen wurden undurchsichtig, als habe sich eine Wand niedergesenkt, um den Zugang zu meinen Gedanken zu versperren. Und dennoch war ich von einer derartigen Sehnsucht nach ihm erfüllt, der Sehnsucht, ihm zu verfallen und zu folgen und mich von ihm führen zu lassen, daß all meine früheren Sehnsüchte dagegen verblaßten. Er war mir ebenso geheimnisvoll wie einst Magnus. Nur daß er schön war, unbeschreiblich schön, und er schien von einer Vielschichtigkeit und Tiefe durchdrungen zu sein, die Magnus abging.

Die Pein meines unsterblichen Lebens lastete wie ein Mühlstein auf mir. Er sagte: *Komm zu mir. Komm zu mir, da nur ich und meinesgleichen dich von deiner Einsamkeit befreien können*. Diese Worte loteten die tiefsten Abgründe meiner Traurigkeit aus, und in meinem Hals bildete sich ein dicker Knoten, aber ich blieb standhaft.

Wir zwei sind zusammen, beharrte ich und klammerte Gabrielle noch fester an mich. Und dann fragte ich ihn: *Wo ist Nicolas?* Hartnäckig stellte ich diese Frage, ließ mich durch nichts ablenken.

Er leckte sich über die Lippen; ein äußerst menschlicher Akt. Und lautlos näherte er sich uns bis auf einen halben Meter, sah uns abwechselnd an. Und er sprach mit einer Stimme, die sich alles andere als menschlich anhörte.

»Magnus«, sagte er unaufdringlich und zärtlich. »Er ging ins Feuer, wie du sagtest?«

»Das habe ich nie gesagt«, antwortete ich. Der menschliche Klang meiner Stimme verblüffte mich. Aber ich wußte jetzt, daß er auf meine gerade verflossenen Gedankenbilder anspielte. »Das ist richtig«, antwortete ich. »Er ging ins Feuer.« Warum hätte ich die Wahrheit verheimlichen sollen?

Ich versuchte, sein Inneres zu durchschauen, was ihm nicht entging. Er bestürmte mich mit derart seltsamen Bildern, daß ich keuchte. Was hatte ich da einen Augenblick lang gesehen? Ich wußte es selbst nicht. Himmel und Hölle oder beides in einem, Vampire im Paradies, die Blut von üppig wuchernden Blumen tranken.

Abscheu erfüllte mich. Mir war, als sei er wie ein Sukkubus in meine intimsten Träume eingedrungen.

Aber er hatte sogleich wieder aufgehört. Er kniff die Augen leicht zusammen und blickte fast rücksichtsvoll zu Boden. Er hatte wohl mit einer anderen Reaktion gerechnet. Was er nicht erwartet hatte, war... was? Solche Kraft?

Genau, und er ließ es mich auf beinahe höfliche Weise wissen. Und ich erwiderte diese Höflichkeit. Ich ließ ihn das Turmzimmer mit mir und Magnus sehen; ich rief Magnus' Worte wach, ehe er ins Feuer ging. Ich ließ ihn alles wissen.

Er nickte, und als ich die Worte des Magnus wiederholte, veränderte sich sein Gesichtsausdruck kaum merklich, die Stirn glättete, die Haut straffte sich. Aber er vergalt mir meine Offenheit nicht mit Einblicken in sein Wesen. Im Gegenteil, zu meiner großen Überraschung wandte er seinen Blick zum Hauptaltar. Er glitt an uns vorbei, kehrte uns den Rücken zu, als hätte er von uns nichts zu befürchten, als hätte er uns momentan vergessen.

Er schritt durch das Mittelschiff, aber seine Bewegungen waren nicht die eines Menschen. Er huschte von Schatten zu Schatten, so daß er ständig zu verschwinden und wieder aufzutauchen schien. Im Licht war er stets unsichtbar. Und wenn ihn einer der Sterblichen in der Kirche zufällig ansah, löste er sich sofort in Luft auf.

Ich bewunderte sein Geschick, denn um nichts weiter handelte es sich. Und um herauszufinden, ob ich mich auch so vorwärtsbewegen könnte, folgte ich ihm zum Chor. Gabrielle kam lautlos hinter mir her.

Es klappte besser, als wir uns vorgestellt hatten. Und er war sichtlich verblüfft, als er uns neben sich sah. Und in dieser Verblüffung enthüllte er mir kurz seinen schwächsten Punkt – Stolz. Er fühlte sich gedemütigt, weil wir so unbeschwerlich an ihn herangeschlichen waren und ihm gleichzeitig unsere Gedanken hatten verheimlichen können.

Aber es sollte noch schlimmer kommen. Als er begriff, daß ich das erkannt hatte ... er hatte einen verräterischen Bruchteil einer Sekunde nicht aufgepaßt ... war er um so wütender. Er sandte eine verdorrte Hitzewelle aus, die alles andere als heiß war.

Gabrielle entfuhr ein verächtliches Schnauben. Sie warf ihm einen kurzen Blick zu, ein verstohlenes Kommunizieren, das mich außen vor ließ.

Er schien verwirrt zu sein. Aber er hatte noch irgendeinen weit größeren Kampf zu bestehen, dessen Geheimnis ich vergeblich zu lüften trachtete. Er sah die Gläubigen an und den Altar und all die Symbole des Allmächtigen und der Jungfrau Maria. Und wenn das Licht auf seinem weißen, unschuldig blickenden Gesicht spielte, war er wirklich ein von Caravaggio gemalter Gott.

Dann führte er seinen Arm unter meinen Umhang und legte ihn mir um die Hüfte. Das fühlte sich so lieblich und verführerisch an, daß ich mich nicht rührte. Er legte den anderen Arm um Gabrielles Hüfte, und als ich die beiden so zusammen sah, Engel neben Engel, geriet ich völlig außer mich.

Er sagte: *Ihr müßt kommen.*

»Warum, wohin?« fragte Gabrielle. Ich spürte, wie er mich einem gewaltigen Druck aussetzte. Er wollte mich gegen meinen Willen in Bewegung setzen, was ihm aber nicht gelang. Ich blieb wie angewurzelt stehen. Gabrielles Gesichtszüge verhärteten sich, als sie ihn ansah. Und wieder war er erstaunt. Er war verärgert und konnte es nicht vor uns verbergen.

Er hatte also unsere körperliche wie auch geistige Kraft unterschätzt. Interessant.

»Ihr müßt jetzt kommen«, sagte er und wollte mir mit aller Gewalt seinen Willen aufzwängen, aber das durchschaute ich so schnell, daß er mich nicht täuschen konnte. »Kommt raus, und meine Anhänger werden euch nichts tun.«

»Du lügst uns an«, sagte ich. »Du hast deine Anhänger fortgeschickt, und du möchtest, daß wir rausgehen, bevor sie zurück sind, weil du nicht willst, daß sie dich aus der Kirche kommen sehen. Sie sollen nicht wissen, daß du hier drinnen warst!«

Gabrielle konnte sich ein kurzes, spöttisches Lachen nicht verkneifen.

Ich legte meine Hand auf seine Brust und versuchte, ihn fortzustoßen. Er war wohl ebenso stark wie Magnus. Aber ich weigerte mich, Angst zu haben. »Warum sollen sie das nicht wissen?« flüsterte ich und sah ihm geradewegs ins Gesicht.

Er machte eine derart verblüffende und gräßliche Wandlung durch, daß es mir den Atem verschlug. Sein engelhaftes Aussehen schien dahinzudorren, seine Augen weiteten sich, und seine Mundwinkel waren scharf nach unten gezogen. Sein Körper krümmte sich vor Anstrengung, nicht mit den Zähnen zu knirschen und die Fäuste zu ballen.

Gabrielle wandte sich zur Seite. Ich lachte. Konnte es mir einfach nicht verkneifen. Es war gespenstisch. Aber es war auch sehr komisch.

Doch so plötzlich, wie es gekommen war, verschwand dieses Trugbild, wenn es denn eins war, und er gewann seine alte Fassung wieder. Sogar der erhabene Ausdruck stellte sich wieder ein. In einem ruhig fließenden Gedankenstrom teilte er mir mit, daß ich unendlich viel stärker sei, als er vermutet habe. Aber es würde den anderen einen Schrecken einjagen, wenn sie ihn aus der Kirche kommen sähen, und darum sollten wir uns sofort aufmachen.

»Schon wieder gelogen«, flüsterte Gabrielle.

Und ich wußte, daß sein Stolz nichts verzieh. Gott helfe Nicolas, sollte es uns nicht gelingen, ihn zu überlisten!

Ich wandte mich um, nahm Gabrielles Hand, und wir gingen dem Eingangsportal entgegen, Gabrielle blickte mich fragend an, ihr Gesicht blaß und angespannt.

»Geduld«, flüsterte ich. Er stand weit weg von uns, mit dem Rücken zum Hauptaltar, und er starrte uns aus riesigen Augen an, wie ein ekelerregender Geist.

Ich ging zur Vorhalle und übermittelte den anderen mit meiner ganzen Geisteskraft meine Kunde. Und zwar laut geflüstert, wegen Gabrielle. Ich forderte sie auf, zurück und in die Kirche zu kommen, kein Haar würde ihnen gekrümmt werden, ihr Anführer sei schließlich auch in der Kirche, ja, stehe wohlauf direkt vor dem Hochaltar.

Ich ließ meine Stimme anschwellen, während ich sprach, verlieh meinen Worten einen regelrechten Befehlston, und Gabrielle fiel harmonisch ein und sprach die Sätze unisono mit mir.

Ich spürte, wie er sich uns vom Hochaltar aus näherte, und dann war er plötzlich wie vom Erdboden verschwunden, ich wußte nicht mehr, wo er war.

Unvermittelt packte er mich, materialisierte sich neben mir, und Gabrielle wurde zu Boden geworfen. Er versuchte, mich hochzuheben und durch das Portal zu schleudern.

Aber ich wehrte mich. Und während ich mir verzweifelt alles ins Gedächtnis rief, was mich an Magnus erinnerte – seinen seltsamen Gang etwa, der den eigentümlichen Bewegungen dieser Kreatur nicht unähnlich war –, katapultierte ich ihn mitten durch die Luft.

Genau wie ich erwartet hatte, machte er einen Salto und knallte gegen die Wand.

Die Sterblichen schreckten auf. Sie gewahrten Bewegung, hörten Geräusche. Aber schon wieder war er verschwunden. Und Gabrielle und ich sahen wie ganz normale Gemeindemitglieder aus.

Ich bedeutete Gabrielle, die Flucht zu ergreifen. Da tauchte er wieder auf und schoß auf mich zu, aber ich wußte schon, was er im Schilde führte, und sprang zur Seite.

Gut fünf Meter von mir entfernt lag er auf dem Boden ausgestreckt, und er starrte mich so ehrfurchtsvoll an, als sei ich ein Gott. Sein langes, kastanienfarbenes Haar war durcheinander, seine braunen Augen waren zu Wagenrädern geweitet. Und trotz seines freundlichen Unschuldsgesichts toste seine Willenskraft auf mich ein, ein kochender Strom von Verwünschungen, um mir mitzuteilen, daß ich schwach und ein Narr sei und daß mir seine Anhänger gleich jedes Glied einzeln ausreißen würden. Sie würden meinen sterblichen Liebhaber langsam zu Tode braten.

Ich lachte in mich hinein. Das war alles so absurd wie ein Kampf in der alten Commedia.

Gabrielle sah uns abwechselnd an, während ich wieder anfing, den anderen meine Aufforderungen gedanklich zu übermitteln, und diesmal hörte ich sie antworten, Fragen stellen.

»Kommt in die Kirche«, wiederholte ich unentwegt, sogar noch, als er sich erhob und mir in blinder Wut entgegenstürzte. Gabrielle bekam ihn gleichzeitig mit mir zu fassen, und wir hielten ihn fest, und er konnte sich nicht bewegen.

Dann ein Schrecken ohnegleichen – er versuchte, seine Fangzähne in meinen Hals zu rammen. Seine Augen waren rund und leer, als seine geschürzten Lippen die Zähne freigaben. Ich stieß ihn zurück, und schon war er wieder verschwunden.

Da näherten sie sich, die anderen.

»Er ist in der Kirche, euer Meister, seht ihn euch an!« sagte ich. »Jeder von euch kann in die Kirche kommen. Euch wird nichts geschehen.«

Gabrielle schrie auf, um mich zu warnen. Zu spät. Er tauchte direkt vor mir auf, wie aus dem Boden gestampft, verpaßte mir einen Haken gegen das Kinn und riß meinen Kopf nach hinten, daß ich die Kirchendecke sah. Und ehe ich noch Luft holen konnte, hatte er mir einen gewaltigen Schlag auf den Rücken versetzt und mich durch das Portal mitten auf den Platz gewirbelt.

Teil IV

DIE KINDER DER FINSTERNIS

1

Regen. Das war alles, was ich sehen konnte. Aber ich konnte sie allesamt um mich herum hören. Und er schnarrte seine Befehle.

»Nicht viel los mit den beiden«, sagte er ihnen mittels seiner Gedanken. Es hatte den Anschein, als würde er einen Haufen vagabundierender Kinder befehligen. »Nehmt sie beide gefangen.«

Gabrielle sagte: »Lestat, wehre dich nicht. Es hat keinen Zweck, das unnötig in die Länge zu ziehen.«

Und ich wußte, daß sie recht hatte. Aber ich hatte mich noch nie im Leben jemandem ergeben. Und ich zog sie hinter mir her, vorbei am Hôtel-Dieu, der Brücke entgegen.

Wir kämpften uns an durchnäßten Mänteln und dreckverspritzten Kutschen vorbei, aber sie holten auf, flitzten so geschwind, daß sie für die Sterblichen so gut wie unsichtbar blieben, und sie hatten jetzt kaum noch Angst vor uns.

In den dunklen Straßen des linken Ufers war das Spiel aus. Weiße Gesichter tauchten über und unter mir wie dämonische Engelchen auf, und als ich meine Waffe zu ziehen versuchte, spürte ich ihre Hände auf meinen Armen. Ich hörte Gabrielle sagen: »Laß es uns hinter uns bringen.«

So sehr ich auch mit dem Degen um mich schlug, es nutzte nichts, sie hoben mich und Gabrielle empor. Ein Flammenmeer gräßlicher Bilder loderte auf, und ich wußte, wohin sie uns brachten. Zum Friedhof Les Innocents, nur ein paar Meter von hier. Ich konnte schon das Flackern der Feuer sehen, die jede Nacht zwischen den stinkenden, offenen Gräbern entfacht wurden, um die üblen Ausdünstungen zu vertreiben.

Ich klemmte meinen Arm um Gabrielles Hals und schrie aus Leibeskräften, daß ich diesen Gestank nicht ertragen könne, aber sie trugen uns hurtig durch die Dunkelheit, durch die Gatter und an den weißen Marmorgrüften vorbei.

»Ihr haltet das doch auch nicht aus«, sagte ich kämpfend. »Warum lebt ihr unter den Toten, wenn ihr dazu bestimmt wurdet, euch an den Lebenden gütlich zu halten?«

Aber schließlich war ich von derartigem Abscheu erfüllt, daß ich mich nicht mehr wehren konnte. Weder physisch noch verbal. Überall um uns herum lagen Leichen in verschiedenen Stadien der Verwesung, und selbst aus den vornehmen Grabstätten quoll dieser betäubende Geruch. Und als wir uns den dunkleren Gefilden des Friedhofs näherten, als wir eine riesige Grabstätte betraten, wurde mir klar, daß sie den Gestank nicht minder haßten als ich. Ihr Ekel war offenkundig, und dennoch öffneten sie geradezu begierig ihre Münder und Lungen. Gabrielle grub zitternd ihre Finger in meinen Hals.

Wir gelangten durch ein neuerliches Portal, und dann, bei fahlem Fackellicht, ging es eine Treppe aus gestampfter Erde hinab. Der Geruch wurde stärker, er schien geradezu aus den Lehmwänden zu dünsten. Ich neigte meinen Kopf und kotzte einen dünnen Blutstrom auf die Stufen unter mir, der hinter unseren Schritten rasch versikkerte.

»Zwischen Gräbern zu hausen!« sagte ich wütend. »Sagt doch mal, warum erleidet ihr jetzt schon aus freien Stücken die Hölle?«

»Sei ruhig«, flüsterte eine schwarzäugige Frau mit hexenzerzaustem Haar neben mir. »Du Gotteslästerer, du fluchbelegter Heide.«

»Laß dich nicht vom Teufel zum Narren halten, Liebling!« höhnte ich. Wir standen uns Aug in Aug gegenüber. »Es sei denn, er behandelt euch auch nur ein Stück besser als der Allmächtige!«

Sie lachte. Oder vielmehr, sie fing zu lachen an, hörte dann aber gleich wieder auf, als sei Lachen nicht schicklich. Alles deutete auf ein reizendes Beisammensein hin!

Immer tiefer ging es hinab in das Erdreich. Flackerndes Licht, das Scharren ihrer nackten Füße, schmutzige Lumpen, die mir ins Gesicht flatterten. Einen Augenblick lang sah ich einen grinsenden Schädel. Dann wieder einen, dann eine ganze Pyramide von Totenköpfen in einer Wandnische.

Als ich mich loszureißen versuchte, stieß ich mit dem Fuß gegen eine andere Pyramide, und die Schädel klapperten über die Treppe. Die Vampire packten uns fester an, versuchten, uns höher zu heben, vorbei an entsetzlich verwesten, in Lumpen gehüllten Leichen, die wie Statuen an den Wänden lehnten.

»Einfach ekelerregend!« sagte ich mit zusammengebissenen Zähnen.

Dann hatten wir das Ende der Treppe erreicht und wurden durch eine große Katakombe getragen. Ich vernahm rasche Paukenschläge. Weiter vorne flammten Fackeln auf, und von einem wehklagenden Chor untermalt, waren ferne, schmerzvolle Schreie zu hören. Aber noch etwas anderes hatte meine Aufmerksamkeit gefesselt: Unter all der Fäulnis spürte ich die Anwesenheit eines Sterblichen. Es war Nicolas, und er lebte, und ich konnte ihn hören, seinen Gedankenstrom, in den sich sein Körpergeruch mischte. Und irgend etwas stimmte ganz und gar nicht mit seinen Gedanken. Sie waren völlig chaotisch.

Dann wurden wir plötzlich beide zu Boden geworfen, und die anderen wichen von uns zurück. Ich erhob mich und half Gabrielle auf die Beine. Und ich sah, daß wir uns in einem großen Kuppelsaal befanden, nur schwach von drei Fackeln erleuchtet, gehalten von Vampiren, die sich um uns aufgestellt hatten. Und hinten im Raum etwas Großes und Schwarzes; Holz- und Pechgeruch, Geruch feuchten, schimmelnden Stoffs, Geruch eines lebenden Sterblichen. Nicolas.

Gabrielles Haar hatte sich unter dem Stirnband gelöst und wallte über ihre Schultern, während sie sich an mir festhielt und behutsam um sich blickte.

Von allen Seiten ertönte Wehklagen, aber am durchdringendsten war das Flehen jener anderen Wesen, die wir bereits vorher vernommen hatten, Geschöpfe, irgendwo tief im Erdreich gefangen. Und ich verstand, daß es sich um begrabene Vampire handelte, die nach Blut schrien, nach Vergebung und Erlösung, ja sogar nach den Feuern der Hölle. Und ihre Schreie waren ebenso unerträglich wie der Gestank.

Keine richtigen Gedanken von Nicki, nur das formlose Flirren seines Geistes. Träumte er? War er verrückt geworden?

Die Pauken waren sehr nahe und sehr laut, und dennoch wurden sie immer wieder von diesen unrhythmischen, stechenden Schreien übertönt. Das Wehklagen in unserer unmittelbaren Nähe verebbte, aber die Pauken fuhren fort, wobei ihr Dröhnen plötzlich aus meinem Kopf kam. Verzweifelt bemühte ich mich, mir nicht die Ohren zuzuhalten.

Mindestens zehn dieser Kreaturen hatten sich im Kreis um uns aufgestellt. Ich machte junge und alte aus, Männer und Frauen, auch einen Knaben – und sie alle waren mit den Resten menschlicher Gewänder bekleidet, und sie waren erdverkrustet, barfüßig und trugen wirres, verschmutztes Haar. Unter ihnen war die Frau, mit der ich auf der Treppe gesprochen hatte, ihr wohlgeformter Körper war von einem schmutzigen Kleid umhüllt, ihre schnellen, schwarzen Augen funkelten uns wie Juwelen an. Und dahinter schlugen zwei Schatten auf die Pauken ein.

Ich versuchte Nicolas zu hören, ohne eigentlich an ihn zu denken. Heiliger Schwur: *Ich werde uns alle hier hinausbekommen, auch wenn ich im Moment noch nicht genau weiß, wie.*

Die Paukenschläge dröhnten langsamer, mißtönender, und ein ungewohntes Angstgefühl legte sich wie eine Faust an meinen Hals. Einer der Fackelträger näherte sich.

Ich spürte die Vorfreude der anderen, eine greifbare Erregung, als mir die Flamme entgegenleuchtete. Und dann schnappte ich mir die Fackel und drehte der Kreatur den rechten Arm um, bis sie in die Knie ging. Mit einem gewaltigen Fußtritt streckte ich sie nieder, und als die anderen herbeieilten, vertrieb ich sie mit der Fackel.

Herausfordernd warf ich die Fackel zu Boden.

Dergestalt überrumpelt, gaben sie plötzlich keinen Laut mehr von sich. Die Erregung war erloschen, war einer Art lebloser Beharrlichkeit gewichen.

Die Paukenschläge schwollen an, aber es schien, als würden sie das nicht einmal wahrnehmen. Sie starrten unsere Schuhschnallen, unser Haar und unsere Gesichter gequält und lechzend an. Und der Knabe streckte mit schmerzvollem Gesichtsausdruck die Hand vor, um Gabrielle zu berühren.

»Zurück!« zischte ich. Er gehorchte, und im selben Augenblick griff er sich die Fackel vom Boden. Aber ich wußte es jetzt ganz sicher – wir waren von Neid und Neugierde umgeben, und das war unser größter Vorteil.

Ich ließ den Blick von einem zum anderen schweifen. Und hübsch langsam klopfte ich mir den Staub von meinem Gehrock und den Kniehosen. Ich strich meinen Mantel glatt und richtete mich auf. Dann fuhr ich mir durchs Haar und stand mit verschränkten Armen da, ein Bild gelassener Würde.

Gabrielle konnte ein Lächeln nicht unterdrücken. Sie stand ruhig da, ließ die Hand auf dem Griff ihres Degens ruhen.

All das bewirkte grenzenloses Erstaunen. Die schwarzäugige Frau war entzückt. Ich zwinkerte ihr zu. Ich ließ sie stumm wissen, daß sie großartig aussähe, wenn man sie mal für eine halbe Stunde unter einen Wasserfall hielte. Sie trat zwei Schritte zurück und zog ihr Gewand enger über ihre Brüste. Interessant. Wirklich sehr interessant.

»Dürfte ich vielleicht um eine Erklärung bitten?« sagte ich und blickte sie nacheinander an. »Was stellt ihr eigentlich dar? Kettenrasselnde Gespenster, die in Friedhöfen und alten Schlössern spuken?«

Sie sahen sich an, es wurde ihnen unbehaglich zumute. Die Pauken schwiegen.

»Meine Kinderschwester hat mir mit Geschichten über solche Unholde oft Gänsehaut über den Rücken gejagt«, sagte ich. »Hat mir erzählt, daß sie jederzeit aus den Rüstungen in unserem Haus springen könnten, um mich schreiend davonzutragen.« Ich stampfte auf und schnellte vor. *»Ist es das, was ihr seid?«* Sie kreischten auf und wichen zurück. Nur die schwarzäugige Frau rührte sich nicht.

Ich lachte matt. »Und eure Körper sind genau wie unsere, oder?« fuhr ich langsam fort. »Lieblich, makellos, und in euren Augen lese ich Anzeichen meiner eigenen Fähigkeiten. Äußerst seltsam ...«

Verwirrung machte sich breit. Und das Geheul in den Wänden schien nachzulassen, als würden die Begrabenen trotz ihrer Qual zuhören.

»Macht es eigentlich großen Spaß, in diesem Dreck und Gestank zu leben?« fragte ich.

Angst und Neid. Wie war es uns bloß gelungen, ihrem Schicksal zu entrinnen?

»Unser Meister ist Satan«, sagte die schwarzäugige Frau scharf. Kultivierte Stimme. Mit ihr war sicher nicht zu spaßen gewesen, als sie noch sterblich war. »Und wir dienen Satan, wie es unsere Aufgabe ist.«

»Warum?« fragte ich höflich.

Bestürzung allenthalben. Und ein fernes Lebenszeichen von Nicolas. Ziellose Unruhe. Hatte er meine Stimme gehört?

»Du wirst mit deiner Widerspenstigkeit den Zorn Gottes auf uns alle laden«, sagte der Junge, der kleinste von ihnen, wohl noch keine sechzehn, als er erschaffen wurde. »In eitler Gottlosigkeit mißachtest du die Wege der Finsternis. Du lebst unter Sterblichen! Du wandelst in den Stätten des Lichts.«

»Und warum ihr nicht?« fragte ich. »Schwebt ihr mit weißen Flügeln gen Himmel, wenn ihr euere Zeit der Buße hier abgeleistet habt? Ist es das, was euch Satan verspricht? Erlösung? Würde ich mich an eurer Stelle nicht allzusehr drauf verlassen.«

»Du wirst für deine Sünden in den tiefsten Höllenschlund geworfen werden«, sagte ein häßliches, altes Weib. »Du wirst kein Unheil auf Erden mehr anrichten können.«

»Und wann ist es soweit?« fragte ich. »Seit einem halben Jahr bin ich, was ich bin. Gott und Satan sind mir nicht in die Quere gekommen! Ihr kommt mir in die Quere!«

Einen Moment lang waren sie wie gelähmt. Warum konnten wir ungestraft Kirchen betreten? Wie konnten wir das sein, was wir waren?

Es wäre jetzt ohne weiteres möglich gewesen, sie auseinanderzujagen und zu besiegen. Aber wie stand es um Nicki? Wenn seine Gedanken bloß in eine bestimmte Richtung gewiesen hätten, dann hätte ich gewußt, was genau hinter dem Haufen schimmeliger, schwarzer Tücher lag.

Ich heftete meinen Blick auf die Vampire.

Holz, Pech, sicher handelte es sich um einen Scheiterhaufen. Und diese verdammten Fackeln.

Die schwarzäugige Frau drängte sich herbei. Keinerlei Bosheit, lediglich Faszination. Aber der Knabe stieß sie zur Seite, was ihr die Zornesröte ins Gesicht trieb. Er trat so nahe an mich heran, daß ich seinen Atem spürte.

»Mistkerl!« sagte er. »Dich hat der Ausgestoßene, Magnus, geschaffen, ungeachtet unseres Ordens und der Wege der Finsternis. Und so hast du dieser Frau die Gabe der Finsternis geschenkt, nicht minder leichtfertig, als sie einst dir geschenkt worden ist.«

»Wenn Satan nicht straft«, sagte die zierliche Frau, »werden wir strafen, wie es unser Recht und unsere Pflicht ist!«

Der Knabe wies auf den schwarzverhangenen Scheiterhaufen. Er gab den anderen ein Zeichen zurückzuweichen.

Die Pauken dröhnten wieder, schnell und laut. Die Vampire bildeten einen größeren Kreis, und die Fackelträger näherten sich dem Tuch. Dann zogen zwei der anderen Vampire den Behang fort, und eine dichte Staubwolke wirbelte empor.

Der Scheiterhaufen war ebenso groß wie jener, der Magnus verschlungen hatte. Und oben auf dem Scheiterhaufen ein primitiver Holzkäfig, in dem Nicolas kauerte. Er starrte uns glasigen Blicks an, und nichts deutete darauf hin, daß er uns erkannte.

Sie hielten die Fackeln hoch, damit wir alles sehen konnten. Und ich spürte, wie ihre Erregung wieder anschwoll.

Gabrielle drückte meine Hand, um mich zu ermahnen, Ruhe zu bewahren. Ihr Gesicht blieb bewegungslos.

Auf Nickis Hals waren blaue Flecken. Sein Spitzenhemd war so verschmutzt wie ihre Lumpen, und seine Kniehosen waren zerrissen. Er war über und über mit Blutergüssen bedeckt und buchstäblich fast zu Tode erschöpft.

Mein Herz drohte vor Angst zu zerbersten, aber ich wußte, daß sie genau das sehen wollten, und so ließ ich mir nichts anmerken.

Der Käfig war kein Problem, ich konnte ihn zertrümmern. Und es gab lediglich drei Fackeln. Die Frage war nur, wann und wie ich zuschlagen sollte. So jedenfalls würden wir nicht untergehen, so nicht.

Kalten Blicks starrte ich Nicolas und die Holzscheite und den roh zusammengezimmerten Käfig an. Gabrielles Gesicht war in Haß erstarrt.

Der Gruppe schien das nicht zu entgehen, und sie wich ein wenig zurück, um zögernd und verunsichert abzuwarten. Dann schloß sich der Kreis wieder enger um uns.

Gabrielle berührte meinen Arm. »Der Meister kommt«, sagte sie.

Eine Tür hatte sich im Hintergrund geöffnet. Die Paukenschläge brandeten hoch, und aus den Wänden flehten die Gefangenen um Vergebung. Die Vampire hier unten stimmten in rasender Verzückung ein. Mit Mühe vermied ich es, mir die Ohren zuzuhalten.

Mein Instinkt befahl mir, den Meister nicht anzusehen. Aber ich konnte ihm nicht widerstehen, und langsam wandte ich ihm meinen Blick zu, um erneut seine Macht abzuschätzen.

2

Er schritt in die Mitte des großen Kreises, den Rücken dem Scheiterhaufen zugewandt, eine seltsame Vampirfrau zu seiner Seite. Und als ich ihn nun im Fackellicht sah, durchfuhr mich der gleiche Schreck wie vorher schon, als er Notre Dame betreten hatte.

Das lag nicht allein an seiner Schönheit, sondern eher an der verblüffenden Unschuld seines Knabengesichtes. Er bewegte sich derart leicht und flink, daß ich ihn nicht einmal Schritte machen sah. Seine riesigen Augen betrachteten uns ruhig, sein Haar, so staubverfilzt es war, gab ein schwaches rötliches Glitzern von sich.

Ich versuchte sein Inneres zu begreifen, versuchte zu verstehen, warum ein solch erhabenes Wesen diese traurigen Geister befehligte, wo ihm doch die ganze Welt zu kurzweiliger Verfügung stand. Ich versuchte zu ergründen, was ich schon beinahe ergründet hatte, als wir vor dem Altar in der Kathedrale standen, diese Kreatur und ich. Wenn ich das herausfände, könnte ich ihn vielleicht besiegen, und besiegen würde ich ihn.

Ich glaubte eine stumme Antwort auszumachen, einen Himmelsstrahl im Höllenschlund seines unschuldigen Gesichts, als habe sich der Teufel nach dem Fall noch das Antlitz des Engels bewahrt.

Aber irgend etwas stimmte nicht. Der Meister schwieg. Die Pauken dröhnten unverdrossen, doch irgendwie wurde uns nicht der Prozeß gemacht. Die schwarzäugige Vampirfrau hatte sich an dem verzückten Gewimmer nicht beteiligt; ein paar andere auch nicht.

Und die Frau, die mit dem Meister gekommen war, ein seltsames Wesen, wie eine zerlumpte Königin aus alter Zeit gekleidet, fing zu lachen an.

Der Vampirorden oder wie sich diese Versammlung hier nannte, war verständlicherweise einigermaßen erstaunt. Eine der Pauken verstummte. Und die Königin lachte lauter und immer lauter. Ihre weißen Zähne blitzten durch den Dreckschleier ihres wirren Haars.

Sie mußte einmal sehr schön gewesen sein. Und nicht das Alter der Sterblichen hatte sie verunstaltet. Sie glich vielmehr einer Wahnsinnigen, mit ihrem grimassierenden Mund, ihren wild rollenden Augen, ihrem Körper, der sich in zügellosem Gelächter wand, so wie sich Magnus gewunden hatte, als er um seinen tödlichen Scheiterhaufen tanzte.

»Hab ich dich nicht gewarnt?« kreischte sie. »Hab ich doch, oder?«

Weit hinter ihr rührte sich Nicolas in seinem kleinen Käfig. Mir war, als würde er ausgelacht. Aber er blickte mich fest an, und in seinem Gesicht, so entstellt es war, malte sich das gewohnte Zartgefühl. Angst und Groll kämpften in ihm, Fassungslosigkeit und Verzweiflung.

Der Meister mit dem kastanienfarbenen Haar starrte die Vampirkönigin mit versteinerter Miene an, und der Junge mit der Fackel trat vor und brüllte sie an, sofort ruhig zu sein. Er legte jetzt selbst ein recht königliches Gehabe an den Tag, trotz seiner Lumpen.

Die Frau aber wandte ihm nur den Rücken zu und blickte uns an. Mit heiserer, geschlechtsloser Stimme sprudelte sie ihre Worte hervor, um dann wieder in brüllendes Gelächter auszubrechen.

»Tausendmal hab ich's gesagt, aber ihr wolltet ja nicht auf mich hören«, erklärte sie. Ihr Gewand schlotterte um ihren zitternden Leib. »Und ihr habt mich für verrückt gehalten, eine vagabundierende Kassandra gescholten, verdorben durch eine allzu lange Nachtwache auf dieser Erde. Seht selbst, all meine Prophezeiungen haben sich bewahrheitet.« Der Meister tat, als würde er sie völlig ignorieren. »Und da mußte erst dieser Kerl auftauchen ...« – sie näherte sich mir, ihr Gesicht zu einer abscheulichen Maske verzerrt, die an Magnus erinnerte –, »... dieser umhertollende Ritter, um euch ein für allemal den Beweis zu liefern.«

Sie holte tief Atem und stand dann aufrecht da. Und einen stummen Augenblick lang verwandelte sie sich in eine Schönheit. Ich hatte Lust, ihr Haar zu kämmen, es mit eigenen Händen zu waschen und ihr neue, zeitgemäße Kleider anzulegen und sie im Spiegel meiner Tage zu sehen. Ja, ich war plötzlich wie wild darauf, sie zu neuem Leben zu erwecken und ihr die Fratze des Bösen abzuwaschen.

Und für einen flüchtigen Augenblick hatte ich, glaube ich, eine Vorstellung von der Ewigkeit. Und ich begriff, was Unsterblichkeit bedeutete. Alles war mit dieser Frau möglich, so schien es wenigstens in dieser einen Sekunde.

Sie fixierte mich und sog meine Gedankenbilder auf, und die Schönheit ihres Gesichts erstrahlte noch stärker, aber ihr zügelloses Temperament gewann bereits wieder die Oberhand.

»Bestraft sie!« schrie der Junge. »Ruft das Gericht Satans herbei! Entfacht das Feuer!«

Aber niemand rührte sich. Die alte Frau summte mit geschlossenen Lippen einen unheimlichen Sprechgesang, und der Meister stand noch immer starren Blicks da.

In blinder Wut stürzte der Junge auf uns zu. Er entblößte seine Fangzähne und hob seine zur Klaue verkrampfte Hand, aber ich entriß ihm die Fackel und versetzte ihm einen leichten Schlag gegen die Brust, der ihn geradewegs über den Boden in das Feuerholz beim Scheiterhaufen schleuderte. Ich drückte die Fackel in der Erde aus.

Die Vampirkönigin lachte so schallend auf, daß sie die anderen in Furcht und Schrecken versetzte, doch der Meister verzog keine Miene.

»Ich werde mich dem Gericht Satans nicht beugen!« sagte ich und blickte in die Runde. »Es sei denn, ihr bringt Satan her.«

»Gib's ihnen, Junge! Verlange ihnen eine Antwort ab!« rief die alte Frau triumphierend.

Inzwischen war der Junge wieder auf den Füßen. »Du kennst deine Verbrechen«, brüllte er, als er aufs neue in den Kreis trat. Er tobte jetzt vor Wut, und er strahlte Kraft aus, und mir wurde klar, daß es unmöglich war, sie alle hier nach ihrer sterblichen Erscheinung zu beurteilen. Gut möglich, daß er in Wirklichkeit uralt, die verhutzelte kleine Frau jedoch blutjung und der knabenhafte Meister der Älteste von allen war.

»Seht her!« sagte er und trat näher. Seine grauen Augen leuchteten auf, als er aller Aufmerksamkeit spürte. »Dieser Unhold hier war weder bei uns noch sonstwo Novize; er hat nicht um Aufnahme in unseren Orden gebeten. Er hat sich Satan nie verschworen. Er hat auf dem Totenbett seine Seele nicht aufgegeben, ja, er ist nicht einmal gestorben!« Seine Stimme schwoll an. »Er wurde nicht beerdigt! Er hat sich nicht als Kind der Finsternis aus dem Grab erhoben! Er erdreistet sich vielmehr, die Welt in der Gestalt eines lebenden Wesens zu durchstreifen! Und mitten in Paris führt er als Sterblicher ein Unternehmen!«

Schreie antworteten ihm von den Wänden. Aber die Vampire im Rund blieben stumm, während er seinen Blick auf sie heftete. Dann warf er seine Arme empor und stieß Klagelaute aus. Einer oder zwei der anderen folgten seinem Beispiel. Sein Gesicht war wutverzerrt, während sich die alte Vampirkönigin vor Lachen schüttelte und mich mit einem wahnsinnigen Grinsen ansah.

Aber der Junge gab nicht auf. »Er sucht häusliche Geborgenheit, und das ist strikt verboten«, schrie er und stampfte auf. »Er spaziert geradewegs in die Paläste sinnlichen Vergnügens und mischt sich unter die Sterblichen, wenn sie zum Tanz aufspielen!«

»Reg dich ab!« sagte ich, obwohl ich ihm eigentlich gerne zu Ende zugehört hätte.

Er stob vor und streckte mir seinen Zeigefinger ins Gesicht. »Kein Ritual kann ihn läutern!« rief er. »Zu spät für die Schwüre der Finsternis, die Segnungen der Finsternis ...«

»Schwüre der Finsternis? Segnungen der Finsternis?« Ich wandte mich der alten Königin zu. »Was sagst du dazu? Du bist so alt wie Magnus, als er in die Flammen stieg ... Warum nimmst du das alles bloß auf dich?«

Ihre Augen gerieten plötzlich in Bewegung, und wieder brach sie in brüllendes Gelächter aus.

»Ich werde dir nie etwas antun, mein Kleiner«, sagte sie. »Keinem von euch beiden.« Sie blickte Gabrielle liebevoll an. »Ihr strebt auf der Straße des Teufels einem großen Abenteuer entgegen. Was hab ich schon für ein Recht, in das einzugreifen, was die Jahrhunderte für euch bereithalten?«

Die Straße des Teufels. Das war das erste Wort, das meine Seele zum Klingen brachte. Allein ihr Anblick erfrischte mich. Auf ihre Weise war sie Magnus' Zwilling.

»O ja, ich bin so alt wie dein Vorgänger!« Sie lächelte, und ihre weißen Fangzähne blitzten kurz auf. Dann warf sie einen Blick auf den Meister, der sie regungslos und ohne die geringste Anteilnahme ansah. »Ich gehörte diesem Orden hier an«, sagte sie, »als Magnus uns unserer Geheimnisse beraubte, dieser verschlagene Alchimist, ... als er das Blut trank, das ihm in einer Art, wie es die Welt der Finsternis nie zuvor gekannt hatte, ewiges Leben schenkte. Und nun sind drei Jahrhunderte vergangen, und er hat die Gabe der Finsternis rein und unverfälscht an dich weitergereicht, schönes Kind!« Wieder verwandelte sich ihr Gesicht in die gehässige, grinsende Maske, die Magnus' Züge trug. »Zeig mir die Kraft, die er dir verliehen hat, Kind«, sagte sie. »Weißt du, was es bedeutet, von jemandem zum Vampir gemacht worden zu sein, der so mächtig war und noch nie seine Gabe weitergereicht hat? Hier ist das verboten, Kind, niemand von solchem Alter tritt seine Macht ab! Täte er es dennoch, könnte der Neuling von seinen Gnaden mit Leichtigkeit diesen anmutigen Meister und seinen ganzen Orden bezwingen.«

»Hör mit deinen Phantastereien auf!« unterbrach sie der Junge. Aber alle hörten zu. Die schöne, schwarzäugige Frau hatte sich uns genähert, um die alte Königin besser sehen zu können, und sie schien alle Furcht vor uns oder allen Haß auf uns ganz vergessen zu haben.

»Vor hundert Jahren hast du uns schon genug erzählt«, fuhr der Knabe die alte Königin an und befahl ihr mit einem Handzeichen zu schweigen. »Du bist verrückt, wie alle Alten. Ich versichere euch allen, dieser Ausgestoßene muß bestraft werden. Die Ordnung wird erst wiederhergestellt sein, wenn er und die Frau, die sein Werk ist, vor unser aller Augen vernichtet werden.« Mit neuerlicher Wut wandte er sich den anderen zu. »Ich sage euch, nur durch Gottes Willen wandert ihr, wie alle üblen Dinge, auf Erden, um den Sterblichen ihm zum Ruhme Leid zuzufügen. Und durch Gottes Willen könnt ihr, wenn ihr seiner lästert, vernichtet werden und in die Abgründe der Hölle geworfen werden, da eure Seelen verdammt sind und euch Unsterblichkeit nur um den Preis von Qual und Marter geschenkt wurde.«

Zögernd fing wieder der Wehgesang an.

»Das also ist es«, sagte ich, »das also ist die ganze Philosophie. Und ich sage euch, das Ganze ist auf einer Lüge gegründet. Und wie Bauern, die vor dem Grundherrn kuschen, habt ihr euch aus freien Stücken schon jetzt in die Hölle begeben, elendere Knechte als der elendeste Sterbliche, und ihr wollt uns strafen, weil wir dieses Los nicht wollen? Folgt unserem Beispiel und fügt euch nicht länger in euer Los!«

Einige Vampire starrten uns an, andere fingen wie wild zu debattieren an. Immer wieder warfen sie einen Blick auf den Meister und die alte Königin. Aber der Meister sagte kein einziges Wort.

Und der Junge rief die Versammlung schreiend zur Ordnung. »Ist es nicht genug, daß er heilige Stätten entweiht hat«, sagte er, »ist es nicht genug, daß er als Sterblicher umhergeht? Erst heute nacht hat er die gesamte Gemeinde einer Dorfkirche in Furcht und Schrecken versetzt. Ganz Paris spricht davon, von diesen leichenfressenden Dämonen, die aus den Gräbern genau unter dem Altar aufgetaucht sind, er und diese Vampirfrau, die er ohne Erlaubnis und rechtes Ritual mit den Zaubern der Finsternis geschaffen hat, genau wie er erschaffen wurde.«

Keuchen, Gemurmel. Aber die alte Königin quietschte vor Vergnügen.

»Das sind Kapitalverbrechen«, sagte er. »Ich sage euch, sie müssen bestraft werden. Und wer von euch wüßte nicht um sein Possenspiel auf der Bühne jenes Boulevardtheaters, das er sich als Sterblicher hält! Dort hat er tausend Parisern seine Fähigkeiten als Kind der Finsternis frech zur Schau gestellt! Und das Geheimnis, das wir Jahrhunderte bewahrt haben, wurde zum Vergnügen des Pöbels gebrochen.«

Die alte Königin rieb sich die Hände und neigte ihren Kopf zur Seite, als sie mich ansah. »Stimmt das alles, Kind?« fragte sie. »Bist du in einer Loge in der Oper gesessen? Hast du mit dem König und der Königin im Tuilerienpalast getanzt, du und diese Schöne, die du so vollkommen erschaffen hast? Stimmt es, daß ihr in einer goldenen Kutsche über die Boulevards gefahren seid?« Sie lachte und lachte, wobei sie die anderen forschend ansah und sie zu bändigen suchte. »Ach, dieser Putz, diese Würde«, fuhr sie fort. »Was geschah, als ihr die große Kathedrale betratet? Sag schon!«

»Absolut nichts, Madame!« versicherte ich.

»Kapitalverbrechen!« geiferte der Vampirknabe. »Diese Untaten genügen, die ganze Stadt, wenn nicht das ganze Königreich gegen uns aufzubringen. Und das nach Jahrhunderten, in denen wir hier in aller Heimlichkeit unserer Saugjagd nachgegangen sind und allenfalls Stoff für ängstlich geflüsterte Schauergeschichten über unsere große Macht geliefert haben. Spukgestalten sind wir, Geschöpfe der Nacht, die die Ängste der Menschen schüren sollen, nicht rasende Dämonen!«

»Ach, aber es ist doch einfach zu großartig«, flötete die alte Königin, die Augen zur Kuppeldecke gerichtet. »Auf meinem steinernen Kopfkissen habe ich von der sterblichen Welt da oben geträumt. Ich habe ihre Stimmen, ihre neue Musik gehört, Wiegenlieder in meinem Grab. Ich habe ihre phantastischen Entdeckungen geschaut, und obwohl ich an alldem nicht teilnehmen darf, ersehne ich nichts stärker, als sie furchtlos auf der Straße des Teufels zu durchstreifen.«

Der grauäugige Junge war außer sich. »Verzichtet auf den Prozeß«, sagte er, den Meister fixierend. »Zündet den Scheiterhaufen gleich jetzt an!«

Die Königin trat beiseite und machte mir den Weg frei, als der Junge nach der nächstbesten Fackel griff. Ich stürzte auf ihn zu, entwand ihm die Fackel und schleuderte ihn kopfüber zur Decke, und kopfüber landete er wieder auf dem Boden. Ich trat die Fackel aus.

Jetzt war nur noch eine übrig. Und der Orden der Vampire war völlig durcheinander. Einige eilten dem Jungen zur Hilfe, andere raunten einander zu, und der Meister stand stocksteif, wie traumverloren da.

Ich nutzte die allgemeine Verwirrung, stob vor, kletterte auf den Scheiterhaufen und riß die Vorderseite des kleinen Holzkäfigs weg. Nicolas sah wie ein lebendiger Leichnam aus. Seine Augen waren bleiern, und sein Mund lächelte mich haßverzerrt an. Ich befreite ihn aus dem Käfig und trug ihn hinunter. Er hatte Fieber. Er stieß mich beiseite und verfluchte mich leise.

Die alte Königin sah fasziniert zu, und Gabrielle zeigte nicht die geringsten Anzeichen von Furcht. Ich zog den Perlenrosenkranz aus meinem Wams und ließ das Kruzifix baumeln, dann hängte ich Nicolas den Rosenkranz um den Hals. Er starrte abwesend auf das kleine Kreuz, und dann fing er voll Groll und Verachtung zu lachen an. Sein Lachen war das genaue Gegenteil der Laute, die die Vampire von sich gaben. Man hörte das menschliche Blut ertönen. Er machte plötzlich einen gesunden und heißblütigen und seltsam unfertigen Eindruck, der einzige Sterbliche in unserer Mitte, wie ein Kind unter Porzellanpuppen.

»Nach euren eigenen Regeln dürft ihr ihm nichts tun«, sagte ich, »hat ihm doch ein Vampir seinen übernatürlichen Schutz gewährt.«

Ich trug Nicki nach vorne. Und Gabrielle nahm ihn sogleich in ihre Arme. Er ließ sie gewähren, obgleich er sie wie eine Fremde ansah und sogar die Hand hob, um ihr Gesicht zu berühren. Sie schob seine Hand wie die eines Babys fort und ließ den Meister und mich nicht aus den Augen.

»Da euer Meister sich in Schweigen hüllt, werde ich das Wort an euch richten«, sagte ich. »Wascht euch in der Seine und kleidet euch wie Menschen, falls ihr noch wißt, wie das geht, und mischt euch unter die Menschen, denn das ist eure offenkundige Bestimmung.«

Der Vampirknabe stolperte in den Kreis zurück und stieß alle unsanft zur Seite, die ihm auf die Beine geholfen hatten.

»Armand«, beschwor er den stummen Meister. »Ruf den Orden zur Ordnung! Armand! Rette uns!«

»Warum in aller Welt«, übertönte ich ihn, »hat der Teufel euch Schönheit, Behendigkeit, visionäre Augen und Zauberkräfte verliehen?«

Alle Blicke waren auf mich gerichtet, alle. Der Junge rief wieder »Armand!«, doch vergeblich.

»Ihr verschwendet eure Gaben!« sagte ich. »Und schlimmer noch, ihr verschwendet eure Unsterblichkeit! Nichts in der Welt ist so unsinnig und widersprüchlich, außer jene Sterblichen vielleicht, die in der Zwangsjacke vergangenen Aberglaubens leben.«

Vollkommene Stille. Ich konnte Nicki atmen hören. Ich spürte seine Körperwärme und seinen halbbetäubten Kampf gegen den Tod.

»Habt ihr eigentlich kein bißchen Scharfsinn?« fragte ich die anderen mit schwellender Stimme. »Fehlt euch eigentlich jeglicher gesunde Menschenverstand? Wie kann ich in lustvoller Vielfalt schwelgen, ich, das reinste Waisenkind gegen euch, die ihr von diesen üblen Eltern gehegt worden seid« – ich wandte den Blick vom Meister und dem zornigen Jungen ab –, »während ihr wie blinde Würmer unter der Erde kriecht?«

»Die Macht Satans wird dich in die Hölle schleudern«, brauste der Junge mit letzter Kraft auf.

»Das wiederholst du ständig!« sagte ich. »Und nichts geschieht, wie wir alle sehen können!« Lautes, zustimmendes Geraune! »Und wenn du an deine Worte wirklich glauben würdest, hättest du dir nie die Mühe gemacht, mich hierher zu bringen.«

Noch lautere Zustimmung.

Ich sah die kleine, hilflose Gestalt des Meisters an. Und alle Blicke wandten sich von mir zu ihm. Sogar die verrückte Vampirkönigin sah ihn an.

Und er flüsterte in die Stille: »Es ist aus.«

Sogar die Gemarterten in der Wand gaben keinen Laut von sich.

Und wieder erhob der Meister seine Stimme: »Geht jetzt, allesamt, das ist das Ende.«

»Armand, nein!« flehte der Knabe.

Aber die anderen traten den Rückzug an, flüsternd die Gesichter hinter den Händen verborgen. Die Pauken lagen umgekippt, die letzte Fackel hing an der Wand.

Ich beobachtete den Meister. Ich wußte, daß seine Worte uns nicht Freiheit verheißen sollten. Und nachdem er den protestierenden Knaben schweigend mit den anderen hinausgetrieben hatte, so daß nur noch die Königin bei ihm war, wandte er mir seinen Blick wieder zu.

3

Der große, leere Kuppelsaal mit nur noch diesen beiden Vampiren, die uns nicht aus den Augen ließen, wirkte im Schummerlicht der letzten Fackel nur noch gespenstischer.

Würden die anderen den Friedhof verlassen, oder würden sie sich oben auf der Treppe herumdrücken? Würden sie zulassen, daß ich Nicki lebend von hier fortbrachte? Der Knabe würde sich gewiß in der Nähe aufhalten, aber der Knabe war schwach; und die alte

Königin würde nichts unternehmen. Blieb eigentlich nur der Meister übrig. Aber ich durfte jetzt nicht unüberlegt handeln.

Er sah mich noch immer schweigend an. »Armand?« sagte ich ehrerbietig. »Darf ich dich so anreden?« Ich näherte mich ihm ein paar Schritte, wobei ich genau achtgab, ob sich sein Gesichtsausdruck änderte. »Du bist offensichtlich der Meister. Und du bist es, der uns all dies zu erklären vermag.«

Aber diese Worte verbargen nur schlecht meine Gedanken. Ich fragte ihn mit Inbrunst, wie er sie zu all dem verleitet hatte. Ich sah ihn wieder in seiner ganzen Erhabenheit vor dem Altar von Notre Dame stehen. Und ich erkannte mich in ihm wieder, und ich erkannte seine Möglichkeiten.

Ich glaube, ich durchforschte ihn jetzt nach wenigstens einer kleinen menschlichen Regung. Und der verwundbare Sterbliche in mir, der in der Dorfschänke geweint hatte, sagte: »Armand, was bedeutet das alles?«

Ein Zaudern in seinen braunen Augen. Doch dann verzerrte sich sein Gesicht derart in nackte Wut, daß ich zurückwich.

Ich traute meinen Augen nicht. Seine plötzlichen Temperamentswechsel in Notre Dame waren nichts dagegen. Eine solch vollkommene Verkörperung reiner Bosheit hatte ich noch nie gesehen. Sogar Gabrielle bewegte sich von ihm fort. Sie hob ihren rechten Arm, um Nicki zu schützen, und ich trat zurück, bis ich neben ihr stand und sich unsere Hände berührten.

Auf ebenso eigentümliche Weise schmolz sein Haß wieder dahin. Sein Gesicht war wieder das eines lieblichen, frischen, sterblichen Jungen. Die alte Königin aber lächelte matt und fuhr mit ihren weißen Klauen durch ihr Haar.

»Du verlangst eine Erklärung von mir?« fragte der Meister. Er ließ seinen Blick zu Gabrielle und zu dem betäubten Nicolas an ihrer Schulter schweifen. Dann wandte er sich wieder an mich. »Ich könnte bis zum Ende der Zeiten sprechen«, sagte er, »und dir dennoch nicht erklären, was du hier alles zerstört hast.«

Mir schien, daß die alte Königin ein höhnisches Schnauben losließ, aber vielleicht täuschte ich mich auch, denn allzusehr war ich von Armand in Anspruch genommen, von dem milden Tonfall seiner Rede und der tobenden Wut in seinem Inneren.

»Seit Anbeginn der Zeit«, sagte er, »haben diese Mysterien bestanden.« Er sah klein aus, wie er da in diesem Riesengemach mit schlaff herabhängenden Händen stand und mit fast tonloser Stimme sprach. »Seit uralten Tagen treibt unsereins sein Wesen in den Städten der Menschen, unseren nächtlichen Jagdgründen, die Gott und der Teufel uns zugewiesen haben. Wir sind die Erwählten des Satans, und wer in unsere Reihen aufgenommen werden wollte, hatte sich erst einmal durch hundert Verbrechen zu bewähren, ehe ihm das Geschenk der Finsternis, die Unsterblichkeit, zuteil wurde.«

Er näherte sich mir ein wenig, und das Licht der Fackel glomm in seinen Augen.

»Vor den Augen ihrer Lieben schienen die Auserwählten zu sterben«, sagte er, »und mit nur einer winzigen Infusion unseres Blutes haben sie ihr schreckliches Sargdasein ertragen, auf uns gewartet. Dann, und nur dann, wurde ihnen das Geschenk der Finsternis verliehen, und danach wurden sie erneut im Grab eingesargt, bis ihnen ihr Durst die Kraft verlieh, das enge Gehäuse zu sprengen und aufzuerstehen.«

Seine Stimme wurde ein wenig lauter, volltönender. »In diesen finsteren Grüften haben sie den Tod erfahren«, sagte er. »Um den Tod und die Macht des Bösen wußten sie, als sie sich erhoben, den Sarg und die Eisengatter aufbrachen. Und Erbarmen den Schwachen, denen es nicht gelang. Wir haben ihnen keine Gnade gewährt. Aber die, die sich aus dem Grab erhoben, ah, das waren die Vampire, die auf Erden wandelten, geläuterte Kinder der Finsternis, aus unschuldigem Blut geboren, ohne die Macht eines alten Meisters, so daß sie ganz allmählich die Weisheit erwarben, mit den Gaben der Finsternis umzugehen. Und diesen Erwählten wurden die Gesetze der Finsternis auferlegt – unter den Toten zu leben, denn wir sind tote Wesen, die stets zum eigenen Grab zurückkehren, das Licht zu meiden, Opfer anzulocken und ihnen den Tod zu bringen, und in alle Ewigkeit die Allmacht Gottes, das Kruzifix, die Sakramente heilig zu halten und nie den Tempel Gottes zu betreten, damit Er sie nicht in die Hölle werfe, um ihr Erdendasein in lodernder Marter zu beenden.«

Er hielt inne. Er sah die alte Königin zum erstenmal an, und es schien, obwohl ich mir da nicht ganz sicher war, daß ihn ihr Gesicht verärgerte. »Du hast für diese Dinge nur Verachtung übrig«, sprach er sie an. »Wie Magnus!« Er fing zu zittern an. »Er war wahnsinnig, so wie du wahnsinnig bist, aber ich sage dir, diese Mysterien verstehst du nicht! Du zerschlägst sie einfach wie ein Stück Glas, aber du bist schwach, du hast keinerlei Gaben, bis auf deine Ignoranz. Du zerschlägst alles, sonst nichts.«

Er wandte sich von ihr ab. Und während er seinen Blick durch die riesige Gruft schweifen ließ, fing die alte Vampirkönigin ganz leise zu singen an, wobei sie sich in den Hüften wiegte, den Kopf zur Seite geneigt, die Augen traumverloren. Und wieder war sie von großer Schönheit.

»Das Spiel ist aus für meine Kinder«, flüsterte der Meister. »Aus und vorbei. Weil sie jetzt wissen, daß sie all diese Dinge getrost mißachten können. Und diese Dinge haben uns zusammengeschweißt und uns die Kraft verliehen, als Verdammte zu überdauern! Im Schutz der Mysterien.«

Wieder sah er mich an.

»Und du verlangst Erklärungen von mir, als sei dir das alles unverständlich!« sagte er. »Du, für den die Zauber der Finsternis nichts weiter als Instrumente deiner schamlosen Gier sind. Du hast mit ihnen dem Schoß Unsterblichkeit geschenkt, der dich getragen hat! Warum nicht auch dem hier, dem Teufelsgeiger, den du Nacht für Nacht aus weiter Ferne anbetest?«

»Hab ich's dir nicht gesagt?« sang die alte Vampirkönigin. »Haben wir es nicht immer schon gewußt? Wir müssen uns vor nichts fürchten, weder vor dem Kreuz noch vor dem Weihwasser, noch vor dem Sakrament selbst ...« Sie wiederholte die Worte und variierte leise die Melodie, als sie fortfuhr. »Und die alten Riten, den Weihrauch, das Feuer, die Gelübde, wenn wir den Bösen in der Finsternis zu sehen glaubten ...«

»Schweig!« sagte der Meister. In einer seltsam menschlichen Geste hätte er sich beinahe die Ohren zugehalten. Er sah verloren wie ein kleiner Junge aus.

Wieder heftete er seinen Blick auf mich. Einen Moment lang glaubte ich, er würde wieder eine seiner fürchterlichen Metamorphosen durchmachen oder in zügellose Gewalt ausbrechen, und ich war auf der Hut.

Aber er beschwor mich stumm.

Warum mußte das geschehen?! Seine Stimme blieb ihm fast im Halse stecken, als er das laut wiederholte, während er seine Wut zu zügeln suchte. »Du bist *mir* eine Erklärung schuldig. Warum tobst du wie ein aufgedonnerter Pfau durch die Welt, ausgerechnet du, der du so stark wie zehn Vampire bist und den Mut einer ganzen Hölle voller Teufel besitzt. Lelio, der Schauspieler, der sich uns in einem Boulevardtheater zur Schau stellte! Warum? Warum bloß?«

»Es war Magnus' Kraft, Magnus' Genie«, sang die Vampirin sehnsüchtig lächelnd.

»Nein!« Er schüttelte den Kopf. »Es ist mehr als das. Ich sage dir, er kennt keine Grenzen, und deshalb kann ihm auch nichts und niemand Grenzen setzen. Aber warum?«

Er kam ein wenig näher, anscheinend ohne die Füße zu bewegen, eher wie eine Erscheinung, die besser gesehen werden wollte.

»Warum ausgerechnet du«, begehrte er zu wissen, »der du die Dreistigkeit hast, in ihren Straßen zu spazieren, ihre Türschlösser aufzubrechen, sie mit Namen anzusprechen. Du spielst an ihren Tischen, du betrügst und umarmst sie, trinkst ihr Blut nur ein paar Schritte von jenen Stätten entfernt, wo andere Sterbliche lachen und tanzen. Du, der du Friedhöfe meidest und aus Grabkammern in Kirchen auftauchst. Warum ausgerechnet du? Gedankenlos, arrogant und verächtlich wie du bist! Du schuldest *mir* eine Erklärung. Antworte mir!«

Mein Herz raste. Mein Gesicht war warm und von Blut durchpulst. Ich hatte jetzt keine Angst vor ihm, aber ich war so wütend, wie kein Sterblicher je wütend sein kann, und ich wußte nicht einmal genau, warum.

Ich hatte beabsichtigt, sein Inneres zu durchdringen – und alles, was ich hörte, waren diese abergläubischen Absurditäten. Er war kein erhabener Geist, der verstand, was seine Jünger nicht verstanden hatten. Er war nicht nur gläubig, er hatte an all das selbst geglaubt, was tausendmal schlimmer war!

Und mir wurde klar, was er war – keineswegs ein Dämon oder Engel, sondern ein zartfühlendes Wesen, geschmiedet in einer finsteren Zeit, als die Sterne nichts weiter als kleine Laternen der Götter und Göttinnen waren, einer Zeit, da der Mensch der Mittelpunkt des

Universums war, einer Zeit, da es auf jede Frage eine Antwort gab. Genau das war er, ein Kind vergangener Tage, als Hexen noch um den Mond tanzten und Ritter Drachen bezwangen.

Ach, armes, verirrtes Kind, das die Katakomben unter einer Großstadt durchstreift, noch dazu in einem dir unverständlichen Jahrhundert. Vielleicht ist deine sterbliche Gestalt passender, als ich dachte.

Aber ich hatte keine Zeit, ihn zu bemitleiden, so schön er auch war. Die Eingemauerten litten, weil er es wollte, und alle, die er hinausgeschickt hatte, konnten zurückbeordert werden.

Ich mußte mir auf seine Frage eine Antwort einfallen lassen, die er akzeptieren konnte. Die Wahrheit reichte nicht. Sie mußte poetisch verpackt werden, so wie es die alten Gelehrten im Zeitalter vor der Aufklärung getan hätten.

»Meine Antwort?« sagte ich mild. Ich sammelte meine Gedanken und spürte förmlich Gabrielles Warnsignale, Nickis Angst. »Ich bin weder ein Reisender in Sachen Mysterien«, sagte ich, »noch ein Freund der Philosophie. Aber es ist eindeutig, was hier geschah.«

Er fixierte mich mit seltsamer Ernsthaftigkeit.

»Wenn du die Macht Gottes so sehr fürchtest«, sagte ich, »dann sind dir ja die Lehren der Kirche nicht unbekannt. Du mußt wissen, daß jede Epoche unter frommen Tugenden etwas anderes versteht, daß jedes Zeitalter seine eigenen Heiligen verehrt.« Offenbar schenkte er meinen Ausführungen Beachtung.

»Früher«, sagte ich, »gab es Märtyrer, die die Flammen zum Verlöschen brachten, in denen sie verbrennen sollten, Mystiker, die sich in die Luft erhoben, wenn sie die Stimme Gottes vernahmen. Aber mit der Welt haben sich die Heiligen verändert. Was sind sie heutzutage schon anderes als gehorsame Nonnen und Pfarrer? Sie errichten Spitäler und Waisenhäuser, aber sie rufen nicht die Engel herbei, um Armeen in die Flucht zu schlagen oder Raubtiere zu bändigen.«

Er blieb unbewegt, aber ich fuhr unverdrossen fort.

»Und so verhält es sich offensichtlich auch mit dem Bösen. Es ändert sich. Wer glaubt heute noch an das Kreuz, das deine Jünger in Furcht und Schrecken versetzt? Meinst du, daß sich die Sterblichen da oben über Himmel und Hölle unterhalten? Sie unterhalten sich über Philosophie und Wissenschaft! Was kümmert es sie schon, wenn weißgesichtige Spukgestalten nach Einbruch der Dunkelheit durch einen Friedhof streichen? Ein paar Mörder mehr in einem Dickicht von Mördern. Wie kann das für Gott oder den Teufel oder den Menschen von Interesse sein?«

Wieder hörte ich die alte Vampirkönigin lachen. Aber Armand rührte sich nicht und schwieg.

»Man wird dich sogar deiner Spielwiese hier berauben«, fuhr ich fort. »Dieser Friedhof, in dem du dich verbirgst, soll demnächst verschwinden. Selbst die Gebeine unserer Vorfahren sind in profanen Zeiten wie diesen nicht mehr heilig.«

Sein Gesicht veränderte sich plötzlich; diesmal konnte er seinen Schreck nicht verbergen.

»Les Innocents zerstört!« flüsterte er. »Du lügst mich an ...«

»Ich lüge nie jemanden an«, sagte ich gelassen. »Wenigstens niemanden, den ich nicht liebe. Die Bewohner von Paris haben die Nase voll von dem Gestank der Friedhöfe. Die Symbole der Toten liegen ihnen weniger am Herzen als dir. In ein paar Jahren werden hier Märkte, Straßen und Häuser sein. Handel und Wandel. So sieht das achtzehnte Jahrhundert nun mal aus.«

»Hör auf!« flüsterte er heiser. »Les Innocents gibt es schon so lange wie mich!« Sein Knabengesicht wirkte angespannt; die alte Königin aber blieb ungerührt.

»Verstehst du denn nicht?« sagte ich sanft. »Die Zeiten haben sich geändert. Auch das Böse muß sich ändern. Und ich *bin* dieses neue Böse.« Ich hielt inne, beobachtete ihn. »Ich bin der zeitgemäße Vampir.«

Auf derlei war er nicht gefaßt gewesen. Und ich sah, wie er allmählich verstand und es mit der Angst zu tun bekam.

»Dieser Zwischenfall in der Dorfkirche heute abend«, sagte ich vorsichtig, »das war unanständig, zugegeben. Meine Kapriolen auf der Bühne – noch schlimmer. Aber das waren nur Entgleisungen. Und du weißt, daß das nicht die Quelle deines Grolls ist. Vergiß das mal kurz und versuche, an meine Schönheit und Macht zu denken. Versuche, das Böse zu sehen, das ich bin. Ich stolziere in den Kleidern der Sterblichen durch die Welt – übler geht es nicht, das Monster, das aussieht wie jeder andere auch.«

Die Vampirfrau ließ ihr Gelächter in einen leisen Singsang gleiten.

Von Armand fing ich nur Schmerz auf und von ihr die warme Ausstrahlung ihrer Liebe.

»Denk darüber nach, Armand«, drang ich behutsam auf ihn ein. »Warum sollte der Tod in den Schatten lauern? Warum sollte der Tod am Gatter warten? Es gibt keine Schlafgemächer, keine Ballsäle, die mir verschlossen wären. Der Tod in der Kaminglut, der Tod auf Zehenspitzen im Korridor, das ist es, was ich bin. Du erzählst mir von den Gaben der Finsternis – ich gebrauche sie. Ich bin der Gentleman-Tod in Seide und Spitze, der kommt, um die Lebenslichter auszulöschen. Der Stachel am Stengel der Rose.«

Nicolas stöhnte schwach auf, und ich glaube, ich hörte Armand seufzen.

»Diese Gott- und Machtlosen, die Les Innocents zerstören wollen«, sagte ich, »können sich nirgends vor mir verstecken. Der Riegel, der mich aussperrt, muß erst noch erfunden werden.«

Er starrte mich wortlos an. Er machte einen traurigen und ruhigen Eindruck. Seine Augen hatten sich ein wenig verdüstert, aber sie zeigten keinerlei Groll oder Wut. Er schwieg lange. Dann sagte er: »Eine großartige Botschaft ist das, sie gnadenlos zu schikanieren, während du unter ihnen lebst. Aber du bist es, der noch immer nicht versteht.«

»Wie das?« fragte ich.

»Du kannst in der Welt nicht überdauern, wenn du unter den Menschen lebst, du kannst nicht überleben.«

»Offenbar doch«, sagte ich schlicht. »Die alten Mysterien haben einem neuen *Stil* Platz gemacht. Und wer weiß, was noch alles kommt? Bei dir ist jegliche Romantik ausgeklammert, bei mir bestimmt nicht!«

»So stark kannst du gar nicht sein«, sagte er, »um unter Menschen zu überdauern. Du weißt nicht, wovon du sprichst, du bist gerade erst entstanden, du bist zu jung.«

»Mir scheint dieses Kind sehr wohl sehr stark zu sein«, sagte die Königin grübelnd, »und seine hübsche, neugeborene Gefährtin desgleichen. Sie sind Dämonen mit aufgeblasenen Ideen und von großem Verstand.«

»Ihr könnt nicht unter Menschen leben!« beharrte Armand, und eine Sekunde lang schoß Farbe in sein Gesicht. Aber er war jetzt nicht mein Feind; er war vielmehr ein verwunderter alter Mann, der Schwierigkeiten hatte, mir eine unbequeme Wahrheit begreiflich zu machen. Und gleichzeitig schien er ein Kind zu sein, das mich anflehte, und dieser Widerspruch machte sein Wesen aus, Vater und Kind, die mich beide beschworen, ihm zuzuhören.

»Und warum nicht? Ich sage dir doch, daß ich unter Menschen gehöre. Schließlich verdanke ich ihrem Blut meine Unsterblichkeit.«

»Ach ja, Unsterblichkeit, aber das hast du noch nicht einmal angefangen zu begreifen«, sagte er. »Das ist nur ein Wort. Befasse dich mal mit dem Schicksal deines Erzeugers. Warum ist Magnus denn ins Feuer gegangen? Aufgrund einer uralten Wahrheit, von der du noch nicht einmal etwas ahnst. Das Leben unter Menschen und die flüchtige Zeit treiben einen in den Wahnsinn. Mitansehen zu müssen, wie andere alt werden und sterben, den Aufstieg und Fall ganzer Königreiche mitansehen zu müssen, alles zu verlieren, was man versteht und schätzt – wer kann das ertragen? Es wird dich in rasenden und verzweifelten Irrsinn treiben. Die Unsterblichen deinesgleichen sind dein Schutz, Rettung, dein *Heil.* Die uralten Prinzipien, die sich *nie geändert* haben!«

Er hielt inne, erschrocken, daß er dieses eine fromme Wort, Heil, benutzt hatte, und es hallte durch den Raum, und seine Lippen formten es stumm nach.

»Armand«, sang die alte Königin leise. »Der Wahnsinn kann auch die Ältesten packen, ob sie an den alten Prinzipien festhalten oder nicht.« Sie hob ihre weißen Klauen, als wollte sie ihn angreifen, und kreischte vor Lachen, als er sie nur kalt anblickte. »Ich bin die alten Pfade so lange wie du gewandelt, und ich bin wahnsinnig, oder vielleicht nicht?«

Verärgert protestierend schüttelte er seinen Kopf. War er nicht der lebende Beweis, daß es auch anders ging?

Aber die Königin näherte sich mir und packte meinen Arm. »Hat dir Magnus nichts erzählt, Kind?« fragte sie. Sie strahlte eine gewaltige Kraft aus. »Während sich die anderen in dieser geweihten Stätte aufhielten, bin ich allein über die schneebedeckten Felder gewandert, um Magnus zu finden. Ich kletterte zu seinem Fenster empor und entdeckte ihn in seiner Kammer, und zusammen sind wir zu den Zinnen gestiegen, und niemand hat uns gesehen, außer die fernen Gestirne.«

Sie kam noch näher, umklammerte mich noch fester.

»Magnus verfügte über große Weisheit«, fuhr sie fort. »Und dein Feind ist nicht der Wahnsinn, nicht, wenn du wirklich stark bist. Den Vampir, der seinen Orden verläßt, um unter den Menschen zu wohnen, ereilt eine grausame Hölle, schon lange, ehe der Wahnsinn von ihm Besitz ergreift: Er kann bald nicht mehr umhin, die Sterblichen zu lieben. Er erreicht den Punkt, wo er alles im Licht der Liebe *versteht*.«

»Laß ab von mir«, flüsterte ich. Ihr Blick hielt mich so fest wie ihre Hand.

»Im Lauf der Zeit lernt er die Sterblichen besser kennen, als sie sich jemals untereinander gekannt haben«, fuhr sie unbeirrt fort, »und schließlich kommt die Stunde, da er das Leben nicht mehr erträgt, da er es nicht mehr erträgt, Leid zuzufügen, und dann kann ihm nur noch der Wahnsinn oder sein Tod den Schmerz lindern. Das ist das Schicksal der alten Vampire, so wie Magnus es mir beschrieben hat, Magnus, der schließlich an all dem Elend zugrunde ging.«

Dann ließ sie mich frei, wich von mir zurück, wie das Trugbild im Trinkglas eines Matrosen.

»Ich glaube dir kein Wort«, flüsterte ich, aber das Flüstern geriet zu einem Zischen. »Magnus? Sterbliche lieben?«

»Natürlich glaubst du mir nicht«, sagte sie mit ihrem gefrorenen Spaßmacherlächeln. Auch Armand sah sie verständnislos an. »Meine Worte ergeben vielleicht jetzt keinen Sinn«, fügte sie hinzu. »Aber du hast *unendlich viel Zeit*, zu verstehen!«

Gelächter, heulendes Gelächter, drang zur Kuppel der Gruft. Wieder Schreie aus den Wänden. Lachend warf sie den Kopf zurück. Armand sah sie schreckensbleich an.

»Nein, das ist alles Lüge, eine schreckliche Vereinfachung!« sagte ich. Plötzlich verspürte ich ein Hämmern in meinem Kopf, in meinen Augen. »Diese Idee der Liebe ist eine Vorstellung, die auf moralischem Schwachsinn basiert!«

Ich hielt mir die Hände an die Schläfen. Ein mörderischer Schmerz erfüllte mich; er trübte meine Sehkraft und rief mir die Erinnerung an Magnus' Verlies wieder wach, an die sterblichen

Gefangenen, die in der stinkenden Gruft zwischen den verwesten Leichen ähnlich Unglücklicher gestorben waren.

Armand sah mich nun an, als würde ich ihn ebenso quälen, wie es die alte Königin mit ihrem Gelächter tat. Und ihr Gelächter schien kein Ende zu nehmen. Armand streckte seine Hände vor, als wollte er mich berühren, aber er wagte es nicht.

Alle Freude und alles Leid der letzten Monate bündelte sich in mir. Ich wollte plötzlich losbrüllen, wie damals auf Renauds Bühne. Meine Gefühle drohten mich zu überwältigen. Wieder stammelte ich blödsinniges Zeug.

»Lestat!« flüsterte Gabrielle.

»Sterbliche lieben?« sagte ich. Ich starrte das unmenschliche Gesicht der alten Königin an, plötzlich entsetzt über den Anblick ihrer schwarzen Wimpern, die dornengleich ihre glitzernden Augen umrandeten, und ihres Fleisches, das beseeltem Marmor glich. »Sterbliche lieben? Braucht man dazu dreihundert Jahre?« Ich warf Gabrielle einen Blick zu. »Schon in den ersten Nächten liebte ich sie, wenn ich sie in den Armen hielt. Ich liebe sie, wenn ich ihr Leben austrinke. Mein Gott, ist das nicht das Wesen der Gabe der Finsternis?«

Meine Stimme schwoll an, wie damals im Theater. »Ach, was seid ihr doch für jämmerliche Geschöpfe, daß ihr nicht lieben könnt, daß das eure höchste Weisheit ist, die simple Fähigkeit zu fühlen!«

Ich wich von ihnen zurück, ließ meinen Blick durch dieses riesige Grab schweifen mit seiner feuchten Erde, die sich über unseren Köpfen wölbte. Die Stätte schien sich zu dematerialisieren und in eine Halluzination zu wandeln.

»Gott, büßt ihr durch die Zauber der Finsternis euren Verstand ein«, fragte ich, »durch eure Rituale, durch eure Gewohnheit, Novizen in Gräber zu stecken? Oder wart ihr schon zu Lebzeiten Monster? Wie ist es nur möglich, daß wir nicht alle unausgesetzt die Sterblichen lieben?«

Keine Antwort. Nur die sinnlosen Schreie der Eingemauerten.

Keine Antwort. Bloß Nickis schwaches Herzschlagen.

»Wie auch immer, hört mich an«, sagte ich und deutete mit dem Finger erst auf Armand, dann auf die alte Königin. »Ich habe dem Teufel nie meine Seele versprochen! Und wenn ich diese Frau hier erschuf, dann um sie vor den Würmern zu bewahren, die hier unten die Leichen fressen. Wenn die Hölle, von der ihr sprecht, darin besteht, Sterbliche zu lieben, dann bin ich bereits in der Hölle. Ich habe meinen Schicksalsweg gefunden. Laßt ihn mich weiterschreiten, und damit sollen alle Rechnungen beglichen sein.«

Meine Stimme versagte. Ich keuchte. Ich fuhr mir mit den Händen durchs Haar. Armand schien zu leuchten, als er sich mir näherte. Sein Gesicht war ein Bild scheinbarer Reinheit und Ehrfurcht.

»Tote Wesen, tote Wesen ...«, sagte ich. »Komm nicht näher. In dieser stinkenden Stätte von Irrsinn und Liebe zu reden! Und dieses alte Monster Magnus, das sie alle in seinem Verlies eingekerkert hat. Wie hat er sie denn geliebt, seine Gefangenen? Wie ein kleiner Junge Schmetterlinge liebt, wenn er ihnen die Flügel ausreißt!«

»Nein, Kind, du glaubst nur zu verstehen«, sang die alte Vampirfrau gelassen. »Du hast erst zu lieben angefangen.« Sie ließ ein leises, trällerndes Lachen vernehmen. »Du hast Mitleid mit ihnen, das ist alles. Und mit dir, weil du nicht gleichzeitig menschlich und unmenschlich sein kannst. Stimmt das etwa nicht?«

»Lügen!« sagte ich. Ich legte meinen Arm um Gabrielle.

»Du wirst alles mit den Augen der Liebe sehen«, fuhr die alte Königin fort, »wenn du ein verderbtes und hassenswertes Wesen bist. Das ist deine Unsterblichkeit, Kind. Ein ständig wachsendes Verstehen.« Und sie warf brüllend die Arme empor.

»Hol euch der Teufel«, sagte ich. Ich nahm Gabrielle und Nicki in die Arme und trug sie in Richtung Ausgang. »Ihr seid bereits in der Hölle«, sagte ich, »und genau da beabsichtige ich euch jetzt zu lassen.«

Ich hob Nicolas aus Gabrielles Armen, und wir rannten durch die Katakombe der Treppe entgegen. Hinter uns brach die alte Königin in ekstatisches Gelächter aus. Und wie Orpheus blieb ich stehen und drehte mich um.

»Mach schnell, Lestat!« flüsterte mir Nicolas ins Ohr. Und Gabrielle trieb mich mit einer verzweifelten Geste zur Eile an.

Armand hatte sich nicht gerührt, und die alte Frau stand noch immer lachend neben ihm.

»Adieu, tapferes Kind«, krächzte sie. »Reite auf des Teufels Straße. Reite auf des Teufels Straße, solange du kannst.«

Die Vampire stoben wie aufgeschreckte Gespenster in den kalten Regen, als wir aus dem Grabgewölbe gestürzt kamen. Und verblüfft sahen sie uns zu, wie wir aus Les Innocents in die Stadt jagten.

Innerhalb weniger Augenblicke hatten wir eine Kutsche gestohlen, und schon waren wir auf dem Weg aufs Land.

Ich trieb die Pferde schonungslos an. Doch ich war so sterblich müde, daß mir meine übernatürliche Kraft plötzlich nur noch wie reine Einbildung erschien. Bei jeder Biegung der Straße befürchtete ich, wieder von den verdreckten Dämonen umringt zu werden.

Aber irgendwie gelang es mir, in einer Dorfschänke für Nicolas die Atzung aufzutreiben, deren er bedurfte, sowie ein paar Decken, um ihn warmzuhalten.

Schon lange bevor wir den Turm erreichten, war er bewußtlos geworden, und ich trug ihn die Treppe hoch in jene Zelle, in die mich Magnus anfangs gesperrt hatte. Sein Hals war noch immer geschwollen und voller blauer Flecke. Und obgleich er tief schlief, als ich ihn auf das Strohbett legte, spürte ich, wie der Durst in ihm gärte, dieses schreckliche Verlangen, das mich überkam, nachdem Magnus von mir getrunken hatte.

Nun, wenn er aufwachen würde, stünde ihm jede Menge Wein und Essen zur Verfügung. Und ich wußte, daß er nicht sterben würde.

Wie es ihm tagsüber ergehen würde, vermochte ich mir nicht vorzustellen. Aber sobald ich die Tür verriegelt haben würde, würde er in Sicherheit sein. Und egal, was er mir in der Vergangenheit bedeutet hatte oder was er mir in der Zukunft bedeuten würde, ich mußte ihn schon deshalb einschließen, weil kein Sterblicher frei durch meine Gemächer streifen durfte, während ich schlief.

Ich blickte noch immer auf ihn hinab und lauschte seinen verschwommenen, wirren Träumen – Alpträume über Les Innocents –, als Gabrielle hereinkam. Sie hatte gerade den unglücklichen Stalljungen beerdigt und sah wieder wie ein staubiger Engel aus mit ihrem zerzausten Haar, das zartes, gebrochenes Licht ausstrahlte.

Sie ließ ihre Augen lange Zeit auf Nicki ruhen, dann zog sie mich aus dem Zimmer. Nachdem ich die Tür zugesperrt hatte, führte sie mich in die untere Grabkammer. Sie schlang ihre Arme eng um mich, als wäre auch sie beinahe am Ende ihrer Kräfte.

»Hör zu«, sagte sie schließlich, löste ihre Arme und nahm mein Gesicht in ihre Hände. »Wir schaffen ihn aus Frankreich fort, sobald wir aufgestanden sind. Kein Mensch wird jemals seinen verrückten Geschichten Glauben schenken.«

Ich schwieg. Mir waren ihre Gedankengänge ebenso unklar wie ihre Absichten. Mein Kopf schwirrte.

»Du kannst ja seinen Impresario spielen«, sagte sie, »wie du es schon mit Renauds Gauklern getan hast. Du kannst ihn in die Neue Welt schicken.«

»Schlaf jetzt«, flüsterte ich. Ich küßte sie auf den geöffneten Mund. Ich sah wieder das unterirdische Gewölbe, hörte ihre seltsamen, unmenschlichen Stimmen. All das würde nicht enden.

»Wenn er einmal fort ist, können wir über diese anderen sprechen«, sagte sie ruhig. »Und ob es für uns ratsam ist, Paris eine Weile den Rücken zu kehren...«

Ich wandte mich von ihr ab, ging zu dem Sarkophag und lehnte mich auf den Steindeckel. Zum erstenmal in meinem Dasein als Unsterblicher sehnte ich mich nach der Ruhe des Grabes, nach dem Gefühl, daß mich das alles nichts mehr anging.

Es schien, als sagte sie dann noch etwas. *Tu es nicht!*

4

Als ich aufwachte, hörte ich ihn schreien. Er trommelte gegen die Eichentür, verfluchte mich, weil ich ihn gefangenhielt. Sein Lärmen drang durch den ganzen Turm, und sein Geruch quoll durch die Mauern: ach, dieser saftige Duft lebenden Fleisches und Blutes, seines Fleisches und Blutes!

Sie schlief noch.

Tu es nicht.

Eine Symphonie aus Groll und Wahnsinn drang durch die Mauern, ein Versuch, die schrecklichen Bilder, die Folter zu bändigen, in Worte zu fassen...

Kaum daß ich ins Treppenhaus trat, war es, als würde mich ein Wirbelwind seiner Schreie, seines menschlichen Geruchs umtosen. Und all die unvergessenen Düfte mischten sich darein – die Nachmittagssonne auf einem Holztisch, der Rotwein, der Rauch des Kaminfeuers.

»Lestat! Hörst du mich? Lestat!« Trommelnde Fäuste gegen die Tür. Und die Erinnerung an Kindermärchen: Der Riese sagt, er rieche Menschenblut in seiner Behausung. Entsetzen. Ich wußte, daß der Riese den Menschen finden würde. Ich konnte hören, wie er ihn aufspürte. Ich war der Mensch gewesen.

Und jetzt war das alles vorbei.

Rauch und Salz und Fleisch und pulsierendes Blut.

»Das ist der Hexenplatz! Lestat, hörst du mich? Das ist der Hexenplatz!«

Ein dumpfes Aufbeben unserer alten Geheimnisse, unserer Liebe, der Dinge, um die nur wir wußten. Tanz auf dem Hexenplatz. Kannst du das fortwischen, kannst du einfach alles fortwischen, was zwischen uns gewesen ist?

Ihn aus Frankreich schaffen. Ihn in die Neue Welt schicken. Und was dann? Er würde zeitlebens einer jener zwar ganz interessanten, doch recht ermüdenden Sterblichen sein, die Geister gesehen hatten und pausenlos darüber redeten, ohne daß ihm jemand Glauben schenkte. Fortschreitender Wahnsinn, würde man sagen, und vielleicht würde er schließlich als komischer Verrückter enden, der in einem zerlumpten Mantel in den Straßen von Port-au-Prince für die Leute Geige spielte. »Sei wieder sein Impresario«, hatte sie gesagt. War das meine Rolle? *Kein Mensch wird jemals seinen verrückten Geschichten Glauben schenken.*

Aber er weiß, wo wir tagsüber ruhen, Mutter. Er weiß unsere Namen, den Namen unserer Sippe – er weiß zuviel über uns. Und er wird nie freiwillig in ein anderes Land gehen. Und *sie* könnten seine Spur aufnehmen; *sie* werden ihn jetzt um keinen Preis leben lassen.

Wo sind *sie*?

Ich stieg im Wirbelwind seiner Schreie die Treppe hoch und blickte durch das kleine, vergitterte Fenster in die offene Landschaft. Sie würden wiederkommen. Sie mußten kommen. Zuerst war ich allein gewesen, dann war ich mit ihr zusammen und nun mit ihnen!

Aber was war das Problem? Daß Nicolas es wollte? Daß er Gift und Galle gespien hatte, weil ich ihm meine Macht vorenthielt?

Oder verhielt es sich vielmehr so, daß ich jetzt die Ausreden hatte, deren ich bedurfte, um ihn zu mir zu holen, wie ich es von Anfang an ersehnt hatte? Mein Nicolas, mein Geliebter. Die Ewigkeit wartet. All die großen und herrlichen Freuden des Totseins.

Ich stieg die Treppe weiter hoch, ihm entgegen, und der Durst brodelte in mir. Zum Teufel mit seinem Geschrei. Ich war das willfährige Instrument meines Durstes.

Und seine Schreie wurden immer unartikulierter, waren nur noch Grundlaute seiner Flüche, die dumpfe Begleitmusik seines Elends, das ich auch ohne akustisches Beiwerk hören konnte. Die Lautfetzen, die über seine Lippen drangen, hatten etwas ähnlich lustvoll Sinnliches wie der Blutstrom, der durch seine Adern pulsierte.

Ich steckte den Schlüssel ins Schloß, und sofort war Nicolas ruhig, seine Gedanken spülten zurück in sein Inneres, als könne der Ozean in die winzige Spirale einer einzigen Muschel gesogen werden.

Ich versuchte, *ihn* im Dunkel des Raumes auszumachen und nicht *sie* – die Liebe zu ihm, die schmerzvollen Monate voller Sehnsucht nach ihm, das schreckliche und nie nachlassende, menschliche Verlangen nach ihm, die Lust. Ich versuchte, den Sterblichen auszumachen, der nicht wußte, was er sagte, während er mich anstarrte.

»Du und dein Geschwätz über das Gute« – tiefe, gärende Stimme, funkelnde Augen –, »dein Geschwätz über Gut und Böse, über das Richtige und das Falsche und über den Tod, o ja, den Tod, das Grauen, die Tragödie ...«

Worte. Geboren aus dem ewig sprudelnden Strom des Hasses, wie Blumen, die sich im Strom öffnen, ihre Blütenblätter entfalten und dann vergehen.

»... und du hast sie teilhaftig werden lassen, der Sohn des Herrn beglückt die Frau des Herrn mit der Gabe der Finsternis. Die im Schloß wohnen, werden der Gabe der Finsternis teilhaftig – niemals wurden sie zum Hexenplatz gezerrt, wo am Fuße des verbrannten Scheiterhaufens menschliche Blutlachen kleben, nein, tötet das alte Weib, das nicht einmal mehr Strümpfe stopfen kann, und den Idiotenjungen, der kein Feld zu pflügen imstande ist. Und was schenkt er uns, der Herrschaftssohn, der Wolftöter, der auf dem Hexenplatz von einem Schreikrampf geschüttelt wurde? Brosamen, die von des Reichen Tisch fallen! Das ist gut genug für unsereins!«

Schaudern. Schweißdurchtränktes Hemd. Glänzendes, festes

Fleisch unter der zerrissenen Spitze. Aufreizend allein schon der Anblick, der schlanke, muskulöse Torso, den Bildhauer so sehr schätzen, rosa Brustwarzen auf der dunklen Haut.

»Diese Macht« – hervorgesprudelt, als habe er schon den ganzen Tag diese Worte mit gleichbleibender Heftigkeit wiederholt, als sei meine Anwesenheit ohne Belang –, »diese Macht, die all die Lügen sinnlos gemacht hat, diese finstere Macht, die sich über alles erhoben hat, die Wahrheit ausgelöscht hat ...«

Nein. Sprache. Keine Wahrheit.

Die Weinflaschen waren leer, die Speisen verzehrt. Seine sehnigen Arme waren angespannt, zum Kampf bereit – aber für welchen Kampf? –, sein braunes Haar fiel über das Stirnband, und seine Augen waren riesig und fieberten.

Aber plötzlich drängte er gegen die Wand, als wollte er durch sie hindurch und fort von mir – in ferner Erinnerung an die Blutsauger, die ihm zugesetzt hatten, an die Ohnmacht, die Ekstase –, doch schon zog es ihn wieder in die andere Richtung, und taumelnd suchte er Halt an Gegenständen, die gar nicht da waren.

Seine Stimme aber war versiegt, und Enttäuschung malte sich in seinem Gesicht. »Wie konntest du es mir nur vorenthalten?!« flüsterte er. Gedanken an die alte Magie, die strahlende Legende, die verborgenen Schichten, in denen alles Schattenhafte gedieh, ein Rausch aus verbotenem Wissen, in dem alle natürlichen Dinge unwichtig wurden. Die fallenden Herbstblätter entzaubert, die Sonne in den Baumkronen ohne jedes Geheimnis.

Nein.

Sein Körpergeruch schwelte aus ihm wie Weihrauch. Sein Herz klopfte unter der Haut seiner nackten Brust. Der kleine, feste Bauch erglänzte in Schweiß, und der Schweiß beizte den breiten Ledergürtel. Salzgeschwängertes Blut. Ich konnte kaum noch atmen.

Auch wir atmen. Wir atmen, und wir verfügen über einen Geschmacks- und einen Geruchs- und einen Tastsinn, und wir haben Durst.

»Du hast alles mißverstanden.« Ist das Lestat, der da spricht? Es hörte sich an, als würde irgendein abscheulicher Dämon versuchen, eine menschliche Stimme zu imitieren. »Du hast alles mißverstanden, was du je gesehen und gehört hast.«

»Ich hätte dich an allem teilhaben lassen!« Wut kochte wieder hoch. »Du warst es, der nichts verstanden hat«, flüsterte er.

»Wenn dir dein Leben lieb ist, nimm die Beine in die Hand und laufe fort, so schnell du kannst.«

»Begreifst du denn nicht, daß dies die Bestätigung für alles ist? Daß es das gibt, ist die Bestätigung – das unverfälschte Böse, das hehre Übel.« Triumphierende Blicke. Plötzlich nahm er mein Gesicht in seine Hände.

»Verspotte mich nicht!« sagte ich. Ich versetzte ihm einen derartigen Schlag, daß er hintüberfiel und ernüchtert verstummte. »Als ich verlockt wurde, habe ich nein gesagt. Ich sage dir, ich habe nein gesagt. Mit meinem letzten Atemzug habe ich nein gesagt.«

»Du warst schon immer ein Narr«, sagte er. »Ich habe dir das schon früher gesagt.« Aber er brach zusammen. Er zitterte, und seine Wut wich tiefer Verzweiflung. »Du hast an Dinge geglaubt, die völlig nebensächlich waren«, sagte er fast sanft. »Es gibt etwas, das du nie verstanden hast. Ist es möglich, daß du selbst nicht einmal weißt, worüber du jetzt verfügst?«

Das Flackern seiner Augen wurde von Tränen verschleiert. Sein Gesicht krampfte sich zusammen. Unausgesprochene Worte kündeten von seiner Liebe. Und in einer Anwandlung schrecklichen Selbstbewußtseins wurde ich der tödlichen Macht gewahr, die ich über ihn hatte und um die er wußte, und meine Liebe zu ihm fachte das Bewußtsein dieser Macht noch weiter an und trieb es in heillose Verwirrung, bis es plötzlich zu etwas ganz anderem wurde.

Wir waren wieder hinter der Bühne im Theater; wir waren in der kleinen Dorfschänke in der Auvergne. Ich roch nicht nur sein Blut, sondern sein plötzliches Entsetzen. Er war einen Schritt zurückgewichen. Und diese Bewegung und der Anblick seines schreckensbleichen Gesichts schürten mein inneres Feuer nur noch weiter an.

Er schien kleiner, zerbrechlicher zu werden. Dennoch war er mir nie stärker und verführerischer vorgekommen als jetzt. Sein Gesicht wurde völlig regungslos, als ich mich ihm näherte. Seine Augen waren kristallklar. Und sein Geist eröffnete sich, wie sich Gabrielles Geist eröffnet hatte, und für den Bruchteil einer Sekunde loderte etwas von unserem Zusammensein in der Dachstube auf, von unseren endlosen Gesprächen, während das Mondlicht auf den schneebedeckten Dächern lag, von unseren weinseligen Spaziergängen durch Paris, die Köpfe gegen die ersten Regenschauer des Winters gebeugt, und wie noch eine ganze Ewigkeit vor uns zu liegen schien, bis wir erwachsen und alt wurden, und wie wir tausend Freuden im Elend erlebten, ja selbst im Elend, und wie das alles in seiner Vergänglichkeit geheimnisvollerweise die wirkliche Ewigkeit, das wirklich Dauernde war. Aber die Vision verschwand in seinem schimmernden Gesicht.

»Komm zu mir, Nicki«, flüsterte ich. Ich hob beide Hände, um ihn herbeizuwinken. »Wenn du es willst, mußt du kommen...«

Ich sah einen Vogel aus seinem Käfig entweichen und über das offene Meer aufsteigen. Und der Vogel und die endlosen Wellen, über die er flog, hatten etwas Erschreckendes. Immer höher stieg er auf, und der Himmel wurde silberfarben, und dann verdämmerte das Silber, und der Himmel verdunkelte sich. Die Abenddämmerung, sonst nichts, wirklich nichts, wovor man hätte Angst haben müssen. Gesegnete Finsternis. Aber sie senkte sich mählich und unerbittlich nur auf diese winzige Kreatur, die im Wind über jener riesigen Öde krächzte, die die Welt war. Leere Höhlen, leere Sandflächen, ein leeres Meer.

Alles, was ich betrachtet oder erlauscht oder mit meinen Händen betastet hatte, war verschwunden, hatte nie existiert, und der Vogel segelte, flog weiter, über mir vorbei, oder besser, an niemandem vorbei, die ganze geschichts- und sinnlose Landschaft im matten Schwarz seines Knopfäugleins gebündelt.

Ich schrie lautlos auf. Ich spürte, wie sich mein Mund mit Blut füllte, wie jeder Schluck in unergründlichen Durst mündete. Und ich wollte sagen, ja, ich verstehe jetzt, ich verstehe, wie schrecklich, wie unerträglich diese Finsternis ist. Ich hatte es nicht gewußt, nicht wissen können. Der Vogel glitt weiter durch die Finsternis über die kahle Küste, die endlose See. Lieber Gott, gebiete Einhalt. Das war schlimmer als alle Schrecken in der Schänke. Schlimmer als das hilflose Trompeten des verwundeten Pferdes im Schnee. Aber schließlich war das Blut immerhin Blut, und das Herz – dieses köstlichste Herz aller Herzen – schmiegte sich an meine Lippen.

Jetzt, mein Geliebter, jetzt ist der Augenblick gekommen. Ich kann dir das Leben aus deinem Herzen saugen und dich in das Land des Vergessens schicken, wo es kein Verstehen und keine Vergebung gibt, oder ich kann dich zu mir bringen.

Ich stieß ihn fort. Ich hielt ihn wie einen zerbrochenen Gegenstand fest. Aber die Vision dauerte an.

Seine Arme schlangen sich um meinen Hals, sein Gesicht war naß, und seine Augen waren verdreht. Dann schoß seine Zunge hervor, drang in die Wunde, die ich für ihn in meinen Hals gerissen hatte. Drang begierig ein.

Aber laß bitte diese Vision verschwinden, diesen Vogelflug, diese schräg geneigte, farbleere Landschaft, dieses sinnlose Krächzen im Sturmgeheul. Der Schmerz ist nichts im Vergleich zu dieser Finsternis. Ich will nicht... ich will nicht...

Und die Vision löste sich auf. Löste sich langsam auf.

Dann war es vorbei. Der Schleier der Stille hatte sich niedergesenkt, wie damals schon bei ihr. Stille. Er hatte sich losgelöst. Und ich hielt ihn von mir fern, und er wäre beinahe gestrauchelt, die Hände an den Mund gepreßt, während das Blut in kleinen Bächen über sein Kinn rann. Seinem geöffneten Mund entwand sich ein trockener Laut, trotz des Blutes ein trockener Schrei.

Und hinter ihm und hinter der versunkenen Vision des gleißenden Meers und des einsamen Vogels erblickte ich sie in der Türöffnung, und ihr Haar legte sich wie der Goldschleier der Jungfrau Maria um ihre Schultern, und sie sagte mit unendlich traurigem Gesicht: »Katastrophal, mein Sohn.«

Um Mitternacht war es klar, daß er aus freien Stücken weder reden noch sich rühren würde. Wohin man ihn auch brachte, er zeigte nicht die geringste Regung. Falls ihm der Tod Schmerz bereitete, so ließ er sich nichts anmerken. Falls ihn die neuen Gegebenheiten erfreuten, behielt er es für sich. Nicht einmal Durst schien ihn zu quälen.

Nachdem ihn Gabrielle stundenlang schweigend beobachtet hatte, wusch sie ihn und legte ihm frische Kleider an. Einer meiner schwarzen Wollmäntel schien ihr angemessen und schlichtes Leinen, was ihm das Aussehen eines jungen, vielleicht ein wenig allzu ernsten und naiven Geistlichen verlieh.

Und als ich ihnen so zusah, hegte ich keinen Zweifel mehr, daß sie gegenseitig ihre Gedanken hören konnten. Wortlos nahm sie sich seiner Körperpflege an. Wortlos führte sie ihn zu der Kaminbank.

Schließlich sagte sie: »Er sollte sich jetzt auf die Jagd begeben.« Und als sie ihn anblickte, erhob er sich, ohne sie anzusehen, wie von einer Schnur gezogen.

Betäubt sah ich sie von dannen ziehen. Hörte ihre Tritte auf der Treppe. Und dann schlich ich ihnen heimlich nach, blieb am Gatter stehen und blickte ihnen hinterher, wie sie über die Felder huschten.

Kalt und undurchdringlich stülpte sich die Nacht über mich. Nicht einmal das Kaminfeuer vermochte mich zu wärmen, nachdem ich zurückgekehrt war. Dafür herrschte hier wenigstens die Ruhe, derer zu bedürfen ich mir nach dem gräßlichen Kampf in Paris eingeredet hatte. Ruhe – und die Erkenntnis, die wie ein hungriges Tier in mir nagte: *daß ich seinen Anblick jetzt nicht mehr ertragen konnte.*

5

Als ich meine Augen am folgenden Abend öffnete, wußte ich, was ich zu tun hatte. Ob ich seinen Anblick ertragen konnte oder nicht, war belanglos. Ich hatte ihn zu dem gemacht, was er nun war, und ich mußte ihn irgendwie aus seiner Lethargie rütteln. Die Jagd hatte ihn nicht verändert, obgleich er offenbar ausgiebig getrunken und getötet hatte. Ich betrachtete es als meine Pflicht, ungeachtet des Umschwungs meiner Gefühle, nach Paris zu eilen, um jenen einen Gegenstand zu holen, der ihn möglicherweise wieder zu sich bringen konnte.

Die Geige.

Vielleicht würde sie ihn aufwecken. Ich würde sie ihm in die Hände legen, und er würde sie wieder spielen wollen, würde sie mit neuer Kunstfertigkeit spielen wollen, und alles würde sich ändern, und meine Herzenskälte würde dahinschmelzen.

Kaum hatte sich Gabrielle erhoben, als ich ihr von meinem Plan berichtete.

»Und die anderen Dämonen?« sagte sie. »Du kannst nicht allein nach Paris reiten.«

»Aber ja doch«, sagte ich. »Du mußt hier bei ihm bleiben. Falls die kleinen Pestbeulen vorbeischauen sollten, könnten sie ihn in seinem Zustand leicht ins Freie locken. Außerdem möchte ich wissen, was bei Les Innocents vor sich geht. Ich möchte wissen, ob wir wirklich Waffenstillstand haben.«

»Das gefällt mir nicht«, sagte sie kopfschüttelnd. »Glaub mir, wenn ich nicht überzeugt wäre, daß wir uns noch einmal mit dem Meister unterhalten sollten, daß wir von ihm und der alten Frau viel lernen können, würde ich dafür plädieren, Paris auf der Stelle zu verlassen.«

»Und was in aller Welt können sie uns wohl beibringen?« sagte ich kühl. »Daß sich die Sonne in Wirklichkeit um die Erde dreht? Daß die Erde eine Scheibe ist?« Aber ich schämte mich der Härte meiner Worte.

Eines hätten sie mir allerdings verraten können – warum die Vampire, die ich erschaffen hatte, gegenseitig ihre Gedanken hören konnten, während mir diese Fähigkeit versagt blieb. Aber ich war allzu niedergeschlagen über den Abscheu, den ich vor Nicki empfand, um mir über derlei Dinge Gedanken machen zu können.

Ich warf nur einen Blick auf sie und dachte, wie herrlich die Zauber der Finsternis sie wieder in jene jugendlich-schöne Göttin verwandelt hatten, die sie für mich als Kind gewesen war. Doch Nickis Verwandlung kam seinem Tod gleich.

Und vielleicht verstand sie mich nur allzugut, auch ohne die Worte in meiner Seele zu lesen.

Wir umarmten uns. »Paß auf dich auf«, sagte sie.

Ich hätte als erstes in die Wohnung gehen sollen, um seine Geige zu suchen. Außerdem mußte ich noch meinem armen Roget ein paar Lügen auftischen. Und der Gedanke, Paris den Rücken zu kehren, schien auch mir allmählich unserer Situation immer angemessener.

Aber stundenlang tat ich erst mal alles, wonach mir gerade der Sinn stand. Ich durchjagte die Tuilerien und die Boulevards, tat, als gäbe es keinen Vampirorden unter Les Innocents, als sei Nicki lebendig und wohlauf, als läge mir Paris wieder zu Füßen.

Aber ich war vor ihnen auf der Hut. Ich dachte über die alte Königin nach. Und als ich es am wenigsten erwartete, hörte ich sie, auf dem Boulevard du Temple, während ich mich Renauds Theater näherte.

Seltsam, daß sie sich in Stätten des Lichts aufhielten, wie sie es nannten. Ich wußte sofort, daß sich einige von ihnen hinter dem Theater versteckt hatten. Und diesmal verströmten sie keinerlei Groll, sondern nur verzweifelte Erregung, als sie meiner Nähe gewahr wurden.

Dann sah ich das weiße Gesicht der Vampirfrau, jener schwarzäugigen Schönheit mit dem Hexenhaar. Sie war in dem Durchgang neben dem Bühneneingang, und sie schoß vor, um mich herbeizuwinken.

Ich ritt ein paarmal hin und her. Der Boulevard bot das übliche Frühlingsabendbild: Hunderte von Spaziergängern inmitten vorbeirollender Kutschen, jede Menge Straßenmusiker, Akrobaten und Jongleure, die Tore zu den erleuchteten Theatern einladend geöffnet. Dieses Treiben war sicher amüsanter als eine Unterhaltung mit diesen Kreaturen. Ich lauschte. Sie waren zu viert und warteten voller Verzweiflung auf mich. Sie litten schreckliche Angst.

Nun gut. Ich machte kehrt und ritt in den Durchgang bis zu der Stelle, wo sie sich gegen die Mauer duckten.

Der grauäugige Junge war zu meiner Überraschung auch da und sah recht benommen aus. Hinter ihm stand ein großer, blonder Vampir mit einer hübschen Frau, beide wie Leprakranke in Lumpen gehüllt. Die schöne Schwarzäugige, die über meinen kleinen Scherz auf der unterirdischen Treppe gelacht hatte, richtete das Wort an mich.

»Du mußt uns helfen!« flüsterte sie.

»So?« Ich versuchte das Pferd ruhigzuhalten. Es machte sich wenig aus dieser Gesellschaft. »Warum das?«

»Er vernichtet den Orden«, sagte sie.

»Vernichtet uns ...«, sagte der Junge. Aber er sah mich nicht an. Er starrte vielmehr die Mauer an, und sein Innerstes verriet mir, was los war, wie der Scheiterhaufen brannte, wie Armand seine Anhänger zwang, sich in die Flammen zu begeben.

Ich versuchte, die Bilder aus meinem Kopf zu verjagen, aber sie alle strömten sie jetzt aus. Die schöne Schwarzäugige blickte mir direkt in die Augen, in dem Bemühen, die Vision auszugestalten – Armand, einen riesigen, verkohlten Scheit schwingend, während er sie ins Feuer trieb und sie dann mit dem Holz in die Flammen zurückstieß, wenn sie entkommen wollten.

»Gütiger Himmel, ihr wart zu zwölft!« sagte ich. »Konntet ihr euch nicht wehren?«

»Das haben wir getan, und wir sind hier«, sagte die Frau. »Er hat sechs auf einen Schlag verbrannt, wir anderen sind geflohen. Von Entsetzen gepackt, spürten wir die seltsamsten Ruhestätten für die Tagesstunden auf. Noch nie zuvor hatten wir außerhalb unserer heiligen Gräber geschlafen. Wir wußten nicht, was uns das machen könnte. Als wir erwachten, war er da. Und hat zwei weitere vernichtet. Jetzt sind nur noch wir übrig. Er hat sogar die Eingemauerten verbrannt. Er hat die Tunnel zu unserem Versammlungsraum mit Erde zugeschüttet.«

Der Junge blickte langsam auf.

»Es ist deine Schuld«, flüsterte er. »Du hast uns zugrunde gerichtet.«

Die Frau trat vor.

»Du mußt uns helfen«, sagte sie. »Gründe mit uns einen neuen Orden. Hilf uns zu existieren, wie du existierst.« Sie warf dem Jungen einen ungeduldigen Blick zu.

»Aber die alte Frau?« fragte ich.

»Sie hat damit angefangen«, sagte der Junge verbittert. »Sie warf sich in das Feuer. Sie sagte, sie würde sich Magnus anschließen. Sie lachte. Erst dann trieb er die anderen in die Flammen.«

Ich senkte meinen Kopf. Sie war also nicht mehr. Und alles, was sie gewußt und erlebt hatte, war mit ihr verschwunden. Nur dieses rachsüchtige, verruchte Kind hatte sie hinterlassen, das glaubte, sie sei falschen Lehren aufgesessen.

»Du mußt uns helfen«, wiederholte die schwarzäugige Frau. »Du weißt, es ist sein Recht als Meister des Ordens, alle Schwachen zu vernichten, alle, die nicht überleben können.«

»Er konnte den Orden nicht im Chaos versinken lassen«, sagte die andere Vampirfrau, die hinter dem Jungen stand. »Ohne den Glauben an die Pfade der Finsternis hätten die anderen vielleicht die sterbliche Bevölkerung aufgebracht. Aber wenn du uns hilfst, einen neuen Orden zu gründen, uns neu zu vervollkommnen . . .«

»Wir sind die Stärksten des Ordens«, sagte der Mann. »Und wenn wir uns seiner lange genug erwehren können und ohne ihn zurechtkommen, läßt er uns vielleicht irgendwann in Ruhe.«

»Er wird uns vernichten«, murmelte der Junge. »Er wird uns nie in Ruhe lassen. Er lauert auf den Augenblick, da wir auseinandergehen ...«

»Er ist nicht unbesiegbar«, sagte der Mann. »Und er hat jegliche Überzeugungskraft eingebüßt. Vergeßt das nicht.«

»Und du hast Magnus' Turm, ein sicheres Versteck ...«, sagte der Junge verzweifelt und sah mich an.

»Nein, den kann ich nicht mit euch teilen«, sagte ich. »Diesen Kampf müßt ihr allein gewinnen.«

»Aber du kannst uns doch führen ...«, sagte der Mann.

»Ihr braucht mich nicht«, sagte ich. »Hat euch mein Beispiel noch nichts gelehrt? Was habt ihr aus dem gelernt, was ich gestern nacht gesagt habe?«

»Wir haben mehr aus dem gelernt, was du ihm hinterher gesagt hast«, meinte die schwarzäugige Frau. »Wir haben gehört, wie du ihm das neue, das zeitgemäße Böse beschrieben hast, dessen Bestimmung es ist, in adretter menschlicher Verkleidung durch die Welt zu streifen.«

»Dann schlüpft in diese Verkleidung«, sagte ich. »Nehmt die Gewänder eurer Opfer, nehmt das Geld aus ihren Taschen. Und dann könnt ihr euch, wie ich, unter den Sterblichen bewegen. Mit der Zeit werdet ihr genug Reichtum angehäuft haben, um eure eigene kleine Festung nebst Geheimfriedhof zu erstehen. Dann werdet ihr nicht mehr Bettler oder Gespenster sein.«

Verzweiflung malte sich auf ihren Gesichtern. Dennoch hörten sie aufmerksam zu.

»Aber unsere Haut, der Klang unserer Stimmen ...«, sagte die schwarzäugige Frau.

»Ihr könnt Sterbliche an der Nase herumführen. Es ist kinderleicht. Braucht nur ein bißchen Übung.«

»Aber wie sollen wir anfangen?« fragte der Junge schwerfällig. »Was für Sterbliche sollen wir darstellen?«

»Sucht es euch selbst aus!« sagte ich. »Seht euch um. Verkleidet euch als Zigeuner, das sollte nicht allzu schwierig sein – oder besser noch als Gaukler.« Ich warf einen Blick auf den lichterglänzenden Boulevard.

»Gaukler!« sagte die schwarzäugige Frau freudig erregt. »Ja, Komödianten. Straßenschauspieler. Akrobaten. Werdet Akrobaten. Ihr habt sie doch schon da draußen gesehen. Ihr könnt euch eure weißen Gesichter zuschminken, und eure bizarre Gestik und Mimik wird jedermann für selbstverständlich halten. Ich kann mir keine perfektere Verkleidung vorstellen. Auf den Boulevards könnt ihr alle Typen sterblicher Stadtbewohner studieren. Ihr werdet alles lernen, was ihr wissen müßt.«

Sie lachte und sah die anderen an. Der Mann war in Gedanken versunken, die andere Frau grübelte nach, der Junge war sich nicht sicher.

»Mit euren Fähigkeiten könnt ihr ohne weiteres Akrobaten und Jongleure werden«, sagte ich. »Das reinste Kinderspiel für euch. Tausende könnten euch sehen, ohne die geringste Ahnung zu haben, wer ihr wirklich seid.«

Ich nahm eine Handvoll Goldkronen aus meiner Tasche und gab sie der schwarzäugigen Frau. Sie nahm sie mit beiden Händen und starrte sie an, als wären sie schiere Glut. Dann blickte sie auf, und in ihren Augen erkannte ich mich selbst wieder, wie ich auf Renauds Bühne jene grausigen Kunststücke darbot, die die Zuschauer auf die Straße getrieben hatten. Aber noch ein anderer Gedanke beschäftigte sie. Sie wußte, daß das Theater leer stand, daß ich die Truppe fortgeschickt hatte.

Und eine Sekunde lang gab ich mich ihren Erwägungen hin, ließ den Schmerz mit doppelter Kraft in mir aufwallen, gespannt, ob die anderen es merkten. Warum eigentlich nicht?

»Ach bitte«, sagte die Hübsche. Sie berührte meine Hand mit ihren kalten, weißen Fingern. »Laß uns in das Theater! Bitte.« Sie drehte sich um und blickte auf den Bühneneingang.

Laß sie halt rein. Laß sie auf meinem Grab tanzen.

Vielleicht waren ja noch die alten Kostüme da, die ausrangierten Siebensachen einer Truppe, die überreichlich Geld hatte, sich neuen Putz zu kaufen. Alte Schminktöpfe. Tausend Schätze, zurückgelassen in der Hast des Aufbruchs.

Ich war wie betäubt, unfähig, meine Gedanken zu ordnen, nicht willens, all die Ereignisse vergangener Tage wieder aufleben zu lassen. »Na schön«, sagte ich schließlich und blickte zur Seite, als hätte mich irgendeine Kleinigkeit abgelenkt. »Geht rein, wenn ihr wollt. Ihr könnt alles benutzen, was ihr vorfindet.«

Sie kam noch näher und preßte plötzlich ihre Lippen auf meinen Handrücken. »Das werden wir dir nie vergessen«, sagte sie. »Ich heiße Eleni, dieser Knabe ist Laurent, der Mann hier ist Félix und die Frau an seiner Seite Eugénie. Wenn Armand dich angreift, greift er uns an.«

»Ich wünsche euch viel Erfolg«, sagte ich und meinte es eigenartigerweise ernst. Ich fragte mich, ob sie mit all ihren Pfaden und Ritualen der Finsternis diesen Alptraum, in dem wir alle gefangen waren, wirklich gewollt hatten. Wie ich waren sie da mehr oder weniger hineingeschlittert. Wir waren jetzt alle Kinder der Finsternis, auf Gedeih und Verderb.

»Aber seht euch vor«, warnte ich sie. »Bringt niemals eure Opfer hierher, und tötet niemanden hier in der Nähe. Paßt auf und bringt euer Versteck nicht in Gefahr.«

Es war schon drei Uhr, als ich über die Brücke zur Ile St.-Louis ritt. Ich hatte genug Zeit verschwendet. Und jetzt mußte ich die Geige auftreiben.

Aber kaum hatte ich Nickis Haus erreicht, wußte ich, daß irgend etwas nicht stimmte. Die Fenster hatten keine Vorhänge mehr, und dennoch erstrahlte das Haus, als hätte man drinnen Hunderte von Kerzen entzündet. Äußerst seltsam. Roget hatte die Wohnung noch nicht in Besitz nehmen können. Nicht genug Zeit, um ein Verbrechen an Nicki zu argwöhnen.

Ich eilte über das Dach, ließ mich an der hinteren Mauer zum Hoffenster nieder und sah, daß auch dort die Vorhänge entfernt worden waren.

Und in allen Kandelabern und Wandleuchtern brannten Kerzen. Einige steckten sogar im eigenen Wachs auf dem Pianoforte und dem Schreibpult. Und in dem Raum herrschte ein wildes Durcheinander.

Alle Bücher lagen vor den Regalen, einige waren sogar zerfetzt. Selbst die Noten waren blattweise über den Teppich verstreut, und die Bilder lagen zusammen mit anderen Habseligkeiten – Münzen, Geldscheinen, Schlüsseln – auf den Tischen.

Vielleicht hatten die Dämonen die Wohnung auseinandergenommen, als sie Nicki entführten. Aber wer hatte dann die ganzen Kerzen angesteckt? Ich stand vor einem Rätsel.

Ich lauschte. Niemand da. So schien es wenigstens. Aber auch wenn ich keine Gedanken vernahm, so waren doch kleine Geräusche auszumachen. Ich kniff die Augen zusammen, sammelte mich, und ich hörte, wie Seiten umgeblättert wurden und dann etwas zu Boden fiel. Erneut das Umblättern alter, fester Pergamentseiten. Wieder wurde das Buch fallen gelassen.

So leise es ging, öffnete ich das Fenster. Noch immer diese Geräusche, aber kein Menschenduft, kein Gedankenstrahl.

Und doch konnte ich einen Geruch ausmachen – stärker als der abgestandene Tabakqualm und das Kerzenwachs. Der Geruch, der Vampiren von der Friedhofserde anhaftet.

Noch mehr Kerzen im Korridor. Kerzen im Schlafzimmer und das gleiche Durcheinander, stapelweise aufgeschlagene Bücher, verknitterte Bettwäsche, Bilder zu Haufen geschichtet. Durchwühlte Schränke, herausgezogene Schubladen.

Und weit und breit keine Geige.

Nur die kleinen Geräusche aus einem anderen Zimmer, Seiten, die sehr schnell umgeblättert wurden.

Wer immer er auch war – und natürlich wußte ich, wer es sein mußte –, es kümmerte ihn einen Dreck, daß ich da war!

Ich ging den Korridor entlang, bis ich in der Tür zur Bibliothek stand und ihn geradewegs anstarrte, während er sich weiter seiner Arbeit widmete.

Natürlich war es Armand. Doch der Anblick, den er bot, traf mich einigermaßen unvorbereitet.

Kerzenwachs tropfte über die Büste Cäsars, ergoß sich über die farbenfrohen Länder des Globus. Und die Bücher türmten sich auf dem Teppich, außer denen im letzten Eckregal, vor dem er in alter Lumpenpracht stand und mich völlig ignorierte, während er mit der Hand über die Seiten strich, die Augen auf die Zeilen geheftet, die Lippen halb geöffnet, mit dem Gesichtsausdruck eines Insekts, das in konzentrierter Andacht ein Blatt verspeist.

Er sah zum Fürchten aus. Er schien das Buch förmlich leerzusaugen.

Schließlich ließ er es fallen, und sogleich nahm er ein anderes zur Hand, schlug es auf und verschlang es in nämlicher Weise, wobei seine Finger in astronomischer Geschwindigkeit über die Zeilen flogen.

Und mir wurde klar, daß er alles in der Wohnung penibel inspiziert hatte, sogar die Leintücher und Vorhänge, die Bilder, die von der Wand genommen worden waren, den Inhalt der Küchenschränke und Schubladen. Aber nur den Büchern entnahm er wirkliches Wissen. Alles von Cäsars »Gallischem Krieg« bis zu modernen englischen Romanen lag auf dem Boden.

Seine Vorgehensweise war freilich nicht das Schlimmste. Viel übler noch war das Chaos, das er anrichtete, die völlige Mißachtung aller Gegenstände, die er ergriff.

Und die völlige Mißachtung meiner Person.

Er durchblätterte das letzte Buch und wandte sich den alten Zeitungen zu, die in einem unteren Regal gestapelt lagen, und ich trat den Rückzug an, den Blick wie betäubt auf seine kleine, verschmutzte Gestalt gebannt. Sein Haar schimmerte, so dreckverfilzt es auch war; seine Augen flackerten wie zwei Lichter.

Zwischen all den Kerzen und den zarten Farben der Wohnung gab er eine einigermaßen groteske Figur ab, dieser schmuddelige Überrest des Schattenreichs, und doch war seine Schönheit ungebrochen. Und in diesem hellen Licht bemerkte ich zum erstenmal, daß er von wildem Groll durchdrungen war.

Ich war zutiefst verwirrt. Er war gleichzeitig gefährlich und von magischer Anziehungskraft. Ich hätte ihn noch ewig anschauen können, aber mein Instinkt sagte mir: Geh fort. Überlasse ihm diese Stätte, wenn er sie will. Was macht das jetzt schon aus?

Die Geige. Ich versuchte mit aller Kraft, an die Geige zu denken, meinen Blick von seinen Händen, dem schonungslosen Feuer seiner Augen zu reißen.

Ich drehte mich um und ging in den Salon. Meine Hände zitterten. Ich konnte den Gedanken an seine Anwesenheit kaum ertragen. Ich suchte überall, konnte aber diese verdammte Geige nirgends finden. Was hatte Nicki bloß mit ihr gemacht? Es war mir ein Rätsel.

Seiten wurden umgeblättert, Papier knisterte. Leises Geräusch niederfallender Zeitungen.

Geh sofort zum Turm zurück.

Ich ging rasch an der Bibliothek vorbei, als plötzlich seine stumme Stimme vorschoß und mich anhielt. Wie eine Hand, die sich um meinen Hals klammerte. Ich drehte mich um und sah, wie er mich anstarrte.

Liebst du sie, deine schweigsamen Kinder? Lieben sie dich?

Ich fühlte, wie mir das Blut zu Kopf stieg. Hitze durchströmte mein Gesicht, als ich ihn anblickte. Inzwischen waren alle Bücher auf dem Boden verstreut. Und er war eine Spukgestalt inmitten einer Trümmerlandschaft, ein Abgesandter des Teufels, an den er glaubte. Doch sein Gesicht war so zart, so jung.

Weißt du, die Zauber der Finsternis zeitigen niemals Liebe, sondern nur Schweigen. Seine Stimme schien weicher, klarer in ihrer Lautlosigkeit. *Wir haben immer gesagt, es ist Satans Wille, daß der Meister und der Novize einander keinen Trost spenden können. Wir hatten allein Satan zu dienen.*

Jedes Wort durchbohrte mich. Jedes Wort war verletzend, demütigend, und befriedigte doch eine geheime Neugierde. Ich ließ es ihn nicht anmerken.

»Was willst du von mir?« fragte ich wütend.

Ich hatte jetzt mehr Angst vor ihm als während aller früheren Kämpfe und Auseinandersetzungen, und ich hasse jeden, der mir Angst einflößt, der Dinge weiß, die ich wissen muß, der diese Macht über mich hat.

»Das ist, als könnte man nicht lesen, nicht wahr?« sagte er laut. »Und Magnus, deinen Schöpfer, den Ausgestoßenen, hat ihn deine Unwissenheit einen Deut geschert? Hat er dich auch nur in die einfachsten Dinge eingeweiht?« Sein Gesicht blieb regungslos, während er sprach. »War es so nicht schon immer gewesen? War irgendwem jemals daran gelegen, dir etwas beizubringen?«

»Du zitierst nur meine Gedanken ...«, sagte ich. Ich war entsetzt. Ich sah das Kloster, in dem ich als Junge gewesen war, reihenweise Bücher, die ich nicht lesen konnte, ich sah Gabrielle, mit dem Rücken zu uns über ihre Bücher gebeugt. »Hör auf!« flüsterte ich.

Scheinbar war eine Ewigkeit verstrichen. Er sprach wieder, aber stumm.

Nie befriedigen dich die, die du erschaffst. Mit wachsendem Unmut entfremden sie sich nur.

Ich wollte mich zwingen zu gehen, aber ich rührte mich nicht. Statt dessen starrte ich ihn an, während er fortfuhr.

Du hast Sehnsucht nach mir, und ich habe Sehnsucht nach dir, und in diesem Reich sind nur wir einander wert. Weißt du das nicht?

Die stummen Worte schienen sich zu dehnen wie ein nie endender Geigenton.

»Das ist Wahnsinn«, flüsterte ich. Ich mußte an all die Dinge denken, die er mir gesagt, die er mir vorgeworfen hatte, und an die Schrecknisse, die die anderen geschildert hatten – daß er seine Anhänger ins Feuer geworfen hatte.

»Ist das wirklich Wahnsinn?« fragte er. »Dann geh zu deinen Schweigsamen. Selbst jetzt sagen sie einander Dinge, die sie dir nicht sagen können.«

»Du lügst ...«, sagte ich.

»Und mit der Zeit werden sie immer selbständiger werden. Aber mache deine eigenen Erfahrungen. Du wirst mich ohne Schwierigkeiten finden, wenn du mich aufsuchen willst. Wo kann ich schon hin? Was kann ich schon tun? Du hast mich wieder zu einem Waisenkind gemacht.«

»Habe ich nicht –«

»O doch«, sagte er. »Hast du. Du hast alles zugrunde gerichtet.« Keinerlei Groll. »Aber ich kann warten, bis du kommst, bis du all die Fragen stellst, die nur ich beantworten kann.«

Ich blickte ihn lange an. Wie lange, weiß ich nicht. Es war, als ob ich mich nicht von der Stelle rühren konnte, und ich konnte nichts sehen außer ihn, und der große Seelenfriede, seine Zauberkraft taten wieder ihre Wirkung, wie damals in Notre Dame. Das Licht im Zimmer war zu hell. Er war ganz von dem Licht umfangen, und es war, als würden wir aufeinander zugehen, aber wir rührten uns nicht. Er zog mich, zog mich zu sich.

Ich wandte mich ab, stolperte vorwärts, verlor mein Gleichgewicht. Aber ich war aus dem Zimmer heraus. Ich rannte den Korridor entlang, und dann kletterte ich aus dem hinteren Fenster und zum Dach hinauf.

Ich ritt zur Ile de la Cité, als würde er mir nachjagen. Und mein Herz hörte erst zu rasen auf, nachdem die Stadt weit hinter mir lag.

Die Glocken der Hölle läuteten.

Der Turm hob sich gegen den ersten Morgendämmer ab. Mein kleiner Orden hatte sich bereits in seiner Gruft zur Ruhe begeben.

So verzweifelt gerne ich sie gesehen, Gabrielles Hand berührt hätte, ich verkniff es mir, ihre Gräber zu öffnen.

Ich stieg allein zu den Zinnen, um das Wunder des aufbrennenden Morgens zu betrachten, dessen volle Entfaltung ich nie wieder würde erleben können. Die Glocken der Hölle läuteten, meine heimliche Musik...

Aber noch ein anderer Klang drang zu mir, als ich die Treppe emporstieg. Ein leiser, lieblicher Gesang aus unendlich weiter Ferne.

Ich hatte einmal vor vielen Jahren einen Bauernjungen singen hören, der eine Straße außerhalb des Dorfes entlangging. Er wußte nicht, daß ihm jemand zuhörte. Er dachte, er sei ganz allein in der weiten Welt, und seine Stimme war von überirdischer Reinheit und Schönheit. Die Worte seines alten Liedes tun nichts zur Sache.

Genau diese Stimme rief mich jetzt an. Die einsame Stimme, die sich über alle Meilen erhob, die uns trennten.

Wieder hatte ich Angst. Dennoch öffnete ich die Tür am Ende der Treppe und trat auf das steinerne Dach. Eine seidene Morgenbrise, traumverloren das letzte Glimmen der Sterne. Nebel stieg über mir auf, verlor sich in unendlichen Höhen, spülte die Sterne fort.

Die ferne Stimme wurde deutlicher, drang in mich, wie ein Lichtstrahl die Dunkelheit durchdringt, und sang: *Komm zu mir; alles wird dir vergeben, wenn du nur zu mir kommst. Ich bin einsamer als je zuvor.*

Und mit der Stimme stellte sich das Gefühl grenzenloser Möglichkeiten ein und wundervollster Aussichten, und gepaart damit war das Traumbild von Armand im geöffneten Portal von Notre Dame. Zeit und Raum waren aufgehoben. Er erhob sich in dem fahlen Licht vor dem Hauptaltar, eine geschmeidige Gestalt in königlichen Lumpen, strahlend noch in seinem Verschwinden und nichts als Langmut in seinen Augen.

Ich glaube, ich kniete nieder und lehnte meinen Kopf gegen die schroffen Steine. Der Mond löste sich wie ein Phantom auf, und ich mußte die Augen vor der schmerzenden Sonne schließen.

Aber ich spürte eine ekstatische Erregung. Es war, als hätte die Stimme an meine verborgensten Seelenkräfte gerührt, meinem Geist alle Herrlichkeit der Zauber der Finsternis offenbart, ohne daß Blut fließen mußte.

Was willst du von mir, wollte ich wieder sagen. Wie ist solches Versöhnen möglich, wenn eben erst noch nur Haß und Groll regierten? Dein Orden vernichtet. Unvorstellbare Greuel ... Ich wollte es alles noch einmal sagen.

Aber sowenig wie zuvor vermochte ich die Worte zu formen. Und ich wußte, wenn ich es diesmal zu versuchen wagte, würde das Glücksgefühl hinwegschmelzen und mich einer schlimmeren Qual aussetzen, als es der Durst nach Blut war.

Doch obwohl ich schwieg, waberten in mir seltsame Bilder und Gedanken auf, die nicht die meinen waren.

Ich sah mich im Geiste in die Gruft steigen und die starren Körper meiner beiden geliebten Monster hochheben. Ich sah im Geiste, wie ich sie auf das Turmdach trug, um sie dort in ihrer Hilflosigkeit der aufgehenden Sonne auszusetzen. Vergeblich läuteten ihnen die Glocken der Hölle. Und die Sonne bemächtigte sich ihrer und verwandelte sie in verkohlte Strünke mit Menschenhaar.

Mein Geist schreckte zurück, schreckte in herzbrechender Enttäuschung zurück. »Schweig, Kind«, flüsterte ich. Schmerzende Enttäuschung, verwehender Traum ... »Wie töricht bist du nur, zu glauben, daß ich zu derlei fähig wäre.«

Die Stimme verdämmerte, zog sich von mir zurück. Und ich fühlte meine Einsamkeit in jeder Pore meiner Haut. Es war, als hätte man mich auf ewig aller Hüllen beraubt, als hätte ich für immer so nackt und elend bleiben müssen wie jetzt.

»Verrat!« rief ich. »Doch ach, wie traurig, wie vertan. Wie kannst du nur sagen, daß du *mich* begehrst?«

Fort war es. Vollkommen fort. Und verzweifelt wünschte ich es zurück, auch wenn es mit mir streiten wollte. Ich sehnte mich nach diesem Gefühl ungeahnter Möglichkeiten.

Und ich sah sein Gesicht in Notre Dame, knabenhaft und fast lieblich wie das Gesicht eines Heiligen von da Vinci. Und das Gefühl eines schrecklichen Verhängnisses bemächtigte sich meiner.

6

Nachdem sich Gabrielle erhoben hatte, zog ich sie fort von Nicki, um ihr in der Stille des Waldes alles zu erzählen, was sich in der vergangenen Nacht zugetragen hatte. Ich erzählte ihr alles, was Armand mir eingeflüstert hatte.

»Wir sollten Paris so schnell wie möglich verlassen«, sagte ich schließlich. »Dieser Kerl ist zu gefährlich. Und die gegenwärtigen Bewohner des Theaters – sie wissen nur das, was er sie gelehrt hat. Von mir aus können sie Paris haben. Laß uns des Teufels Straße nehmen, um es mit den Worten der alten Königin zu sagen.«

Eigentlich hatte ich erwartet, daß sie wütend auf Armand wurde. Aber sie hatte sich meine Geschichte seelenruhig angehört.

»Lestat, es gibt noch zu viele unbeantwortete Fragen«, sagte sie. »Ich möchte wissen, wie dieser alte Orden angefangen hat, ich möchte alles wissen, was Armand über *uns* weiß.«

»Mutter, ich kann auch ohne diese Informationen leben. Es ist mir egal, wie es angefangen hat. Ich bezweifle sogar, daß er es selbst weiß.«

»Ich kann dich verstehen, Lestat«, sagte sie ruhig. »Wirklich. Wenn einmal alles gesagt und getan ist, sind mir diese Geschöpfe gleichgültiger als die Bäume im Wald oder die Sterne über uns. Eher würde ich den Strömungen des Windes und den Zeichnungen auf fallenden Blättern meine Aufmerksamkeit schenken.«

»Genau.«

»Aber wir dürfen nichts überstürzen. Wichtig ist jetzt vor allem, daß wir drei zusammenbleiben. Wir sollten gemeinsam in die Stadt gehen und behutsam unsere Abreise vorbereiten. Und gemeinsam müssen wir versuchen, Nicolas mit der Geige aus seinem Dämmerzustand zu befreien.«

Ich wollte über Nicki sprechen. Ich wollte sie fragen, wie sein Schweigen zu erklären sei, was sie vermute. Aber die Worte blieben mir im Halse stecken. Immer wieder mußte ich an ihr Urteil denken: »Katastrophal, mein Sohn.«

Sie legte ihren Arm um mich und führte mich zum Turm zurück. »Ich brauche deine Gedanken nicht zu lesen«, sagte sie, »um zu wissen, was in deinem Herzen vorgeht. Laß uns Nicki nach Paris bringen. Laß uns versuchen, die Stradivari zu finden.« Sie stellte sich auf die Zehenspitzen, um mir einen Kuß zu geben. »Wir waren schon zusammen auf des Teufels Straße, ehe all das geschah«, sagte sie. »Und bald werden wir wieder auf ihr sein.«

Nicolas ließ sich ebenso bereitwillig nach Paris bringen wie überall sonst hin. Wie ein Gespenst bestieg er sein Pferd und ritt neben uns her, nur sein dunkles Haar und sein schwarzer Umhang schienen vom Wind beseelt.

Als wir auf der Ile de la Cité unseren Durst löschten, merkte ich, daß ich ihm beim Jagen oder Töten nicht zusehen konnte.

Es war wenig ermutigend, daß er diese einfachen Verrichtungen mit der Schwerfälligkeit eines Schlafwandlers vollführte. Es zeigte nur, daß er unter Umständen ewig in diesem Zustand verharren konnte, unser stummer Kumpan, der kaum mehr als ein lebender Leichnam war.

Doch als wir zusammen durch die Gassen zogen, beschlich mich ein unerwartetes Gefühl. Wir waren jetzt nicht mehr zu zweit, sondern zu dritt. Ein Orden. Wenn ich ihn nur hätte wachrütteln können ...

Aber zuerst mußte ich Roget besuchen – und zwar allein. Ich bat sie, in der Nähe zu warten, und als ich den Türklopfer betätigte, rüstete ich mich für den unsäglichsten Auftritt meiner bisherigen Theaterkarriere.

Nun, ich sollte sehr bald etwas über die Sterblichen lernen und ihre Bereitwilligkeit, die Welt für einen sicheren, ungefährlichen Ort zu halten. Roget war außer sich vor Freude, mich zu sehen. Er war derart erleichtert, daß ich »munter und wohlauf« sei und noch immer seine Dienste in Anspruch nehmen wolle, daß er zustimmend nickte, ehe ich noch mit meinen absurden Erklärungen angefangen hatte.

(Und was ich hier über den Seelenfrieden der Sterblichen lernte, habe ich nie wieder vergessen. Selbst wenn ein Geist ein Haus in seine Einzelteile zerlegt, mit Blechdosen wirft, Wasser auf Kopfkissen gießt, alle Uhren unentwegt die Stunde schlagen läßt, wird ein Sterblicher lieber die hirnrissigste »natürliche Erklärung« akzeptieren, als daß er an eine übernatürliche glauben würde, so sehr sie auch auf der Hand liegen mag.)

Es wurde sehr schnell deutlich, daß er annahm, Gabrielle und ich hätten die Wohnung damals durch die Dienstbotentür zum Schlafzimmer verlassen, eine hübsche Möglichkeit, auf die ich noch gar nicht gekommen war. Aber der verbogene Kerzenhalter bedurfte noch einer Erklärung, und ich murmelte etwas über meinen unbeschreiblichen Gram, als ich meine Mutter sah, wofür er volles Verständnis hatte.

Was unser Verschwinden anbelangte, nun ja, Gabrielle habe es plötzlich nach der Einsamkeit eines Klosters verlangt, wo sie im Moment auch sei.

»Ach, Monsieur, das Leben hat sie wieder, es grenzt an ein Wunder«, sagte ich. »Wenn Sie sie nur sehen könnten – aber genug. Wir wollen uns jetzt unverzüglich mit Nicolas de Lenfent nach Italien begeben und brauchen Bargeld, Kreditbriefe, was auch immer, und eine riesige Kutsche mit sechs guten Pferden. Sie kümmern sich darum. Erledigen Sie alles bis Freitagabend. Und schreiben Sie meinem Vater, daß wir meine Mutter nach Italien bringen. Meinem Vater geht es doch gut?«

»Ja, ja, natürlich, ich habe ihm nichts als beruhigende Nachrichten übermittelt –«

»Wie klug von Ihnen. Ich wußte, daß ich bei Ihnen in guten Händen bin. Was würde ich nur ohne Sie machen? Ach ja, und diese Rubine, können Sie sie noch schnell zu Geld machen? Und hier habe ich ein paar spanische Münzen, ziemlich alt und selten, nehme ich an.«

Er machte sich wie ein Verrückter Notizen, und seine Zweifel schmolzen in der Sonne meines Lächelns dahin. Er war so froh, etwas zu tun zu haben!

»Vermieten Sie keinesfalls meinen Besitz auf dem Boulevard du Temple«, sagte ich. »Und selbstverständlich werden Sie sich all meiner Angelegenheiten annehmen.« Und so weiter und so fort.

Mein Besitz auf dem Boulevard du Temple, das Versteck eines Haufens zerlumpter und verzweifelter Vampire, es sei denn, Armand hatte sie bereits aufgespürt und wie ein paar alte Kostüme verbrannt. Und wie es darum stand, sollte ich bald genug erfahren.

Als ich die Treppe hinunterging, pfiff ich mir nach Menschenart ein Liedchen, überglücklich, diese unerquickliche Aufgabe erledigt zu haben. Und dann merkte ich, daß Nicki und Gabrielle nirgends zu sehen waren.

Ich blieb stehen und drehte mich ein paarmal um.

Ich erblickte Gabrielle in dem Moment, da ich ihre Stimme hörte, eine schlanke Knabengestalt, die aus einer Seitengasse auftauchte, als habe sie sich in dieser Sekunde materialisiert.

»Lestat, er ist weg – verschwunden«, sagte sie.

Ich konnte ihr nicht antworten. Ich sagte etwas Blödsinniges wie, »Was heißt verschwunden?!« Aber meine Gedanken übertönten gewissermaßen die Worte in meinem Kopf. Alle Zweifel an meiner Liebe zu ihm waren wie fortgeblasen.

»Ich hatte mich nur kurz umgedreht, es ging alles so schnell«, sagte sie. Sie war gleichermaßen bedrückt wie verärgert.

»Hast du gehört, ob andere . . «

»Nein. Nichts. Er war einfach zu schnell.«

»Wenn er von allein abgehauen, wenn er nicht verschleppt worden ist . . .«

»Ich hätte seine Angst gehört, wenn Armand ihn verschleppt hätte«, beharrte sie.

»Aber kann er Angst empfinden? Kann er überhaupt etwas empfinden?« Ich war vor Schreck völlig aufgewühlt. Er war in der Dunkelheit verschwunden, die sich um uns legte wie ein gewaltiges Rad um seine Achse. Ich ballte meine Faust.

»Hör mir zu«, sagte sie. »Seine Gedanken drehen sich pausenlos nur um zwei Dinge . . .«

»Sag schon!«

»Einmal um den Scheiterhaufen unter Les Innocents, auf dem er beinahe gelandet wäre. Und dann um ein kleines Theater – Rampenlichter, eine Bühne.«

»Renauds«, sagte ich.

Keine Viertelstunde später hatten wir den lärmenden Boulevard erreicht, und wir stoben durch die Menschenmenge zum Bühneneingang von Renauds Theater.

Alle Schlösser waren aufgebrochen. Aber von Eleni und den anderen hörte ich keinen Laut, als wir hinter die Bühne gingen. Niemand da.

Vielleicht hatte Armand seine Kinder doch wieder eingesammelt, und das war dann meine Schuld, weil ich mich geweigert hatte, sie aufzunehmen.

Nichts außer dem Urwald aus Kulissen, den großen, bemalten Leinwänden, die Tag und Nacht und Berg und Tal darstellten, und den offenen Schminkräumen, diesen vollgestopften, kleinen Kabinen, in denen da und dort ein Spiegel im Licht glänzte, das durch den geöffneten Bühneneingang sickerte.

Dann ergriff Gabrielle meinen Ärmel. Sie wies in Richtung Kulissen. Und ihr Gesicht verriet mir, daß nicht die anderen da waren. Nicki war da.

Ich ging zur Rampe. Der Samtvorhang war vollständig aufgezogen, und ich sah seine Silhouette im Orchestergraben. Er saß auf seinem alten Platz, die Hände in den Schoß gelegt. Er sah mich an, bemerkte mich aber nicht. Er stierte wie üblich glasigen Blicks in die Luft.

Ich hielt nach der Geige Ausschau, und als ich sie nirgends sah, dachte ich: Noch ist nicht alles verloren.

»Bleib hier und paß auf ihn auf«, sagte ich zu Gabrielle. Mein Herz schlug mir bis zum Hals, als ich in den abgedunkelten Zuschauerraum blickte, als ich die alten Gerüche einatmete. Warum mußtest du uns hierherbringen, Nicki? Zu dieser verwunschenen Stätte? Aber andererseits, hatte ich ein Recht, darüber zu klagen? Ich war doch selbst zurückgekommen, oder?

Ich zündete die erstbeste Kerze an, die ich im Schminkraum der alten Primadonna fand. Überall lagen offene Schminktöpfe herum, und an den Haken hingen dutzendweise ausrangierte Kostüme. Alle Zimmer, die ich inspizierte, waren voll von abgelegten Kleidern, vergessenen Kämmen und Bürsten, in den Vasen verwelkte Blumen, Puder auf dem Fußboden.

Ich mußte wieder an Eleni und die anderen denken und bemerkte, daß sie einen kaum wahrnehmbaren Geruch nach Les Innocents hinterlassen hatten. Und in den Puderpfützen sah ich die deutlichen Abdrücke nackter Füße. Ja, sie waren hier gewesen. Und Kerzen hatten sie auch angezündet, man konnte es riechen.

Wie auch immer, meinen ehemaligen Schminkraum hatten sie nicht betreten, den Raum, den sich Nicki und ich vor jeder Aufführrung geteilt hatten. Er war noch immer abgesperrt. Und als ich die Tür aufbrach, rührte mich fast der Schlag. Der Raum war noch genauso, wie ich ihn verlassen hatte.

Er war sauber und ordentlich, sogar der Spiegel war noch poliert, und meine Habseligkeiten lagen unangetastet seit dem letzten Abend, den ich hier verbracht hatte. Am Haken hing mein alter Mantel, darunter die verschrumpelten Stiefel, und auf dem Tisch hübsch aufgereiht meine Schminktöpfe, die Perücke, der Stapel mit Gabrielles Briefen, die alten englischen und französischen Zeitungen, in denen unser Stück erwähnt worden war, und eine halbvolle Weinflasche mit vertrocknetem Korken.

Und da – im Dunkel neben dem Schminktisch, teilweise von einem zusammengefalteten, schwarzen Mantel überdeckt, lag ein blankgeputzter Geigenkasten. Nicht der, den wir den ganzen Weg von zu Hause mitgeschleppt hatten. Nein. Dieser hier mußte das kostbare Geschenk beherbergen, das ich ihm gekauft hatte, von den »Brosamen, die von des Reichen Tisch fielen«, die Stradivari.

Ich bückte mich und öffnete den Deckel. Es war tatsächlich das herrliche Instrument, zerbrechlich und dunkel glänzend lag es hier zwischen all dem Krimskrams.

Ich fragte mich, ob Eleni und die anderen es mitgenommen hätten, wären sie in diesem Zimmer gewesen. Hätten sie geahnt, was es zu bewirken vermochte?

Ich setzte die Kerze kurz ab und nahm das Instrument vorsichtig heraus, dann spannte ich den Bogen, wie ich es Nicki tausendmal hatte tun sehen. Ich trug die Geige und die Kerze zur Bühne, und ich bückte mich, um die lange Reihe der Rampenlichter zu entzünden.

Gabrielle sah mir teilnahmslos zu. Dann kam sie hoch, um mir zu helfen. Sie steckte eine Kerze nach der anderen an und schließlich noch den Wandleuchter neben den Kulissen.

Nicki schien sich zu bewegen. Aber vielleicht war es auch nur das ständig heller werdende Licht, das sich von der Bühne auf ihn und in den Zuschauerraum ergoß. Die kleinen Zierspiegel an den Rängen und Logen wurden nun selbst zu Lichtern.

Schön, hier bei uns. Das Tor zur Welt, solange wir sterbliche Wesen waren. Und schließlich das Tor zur Hölle.

Als ich fertig war, ließ ich meinen Blick über die vergoldeten

Geländer schweifen, die neuen Kronleuchter und die Decke mit ihren beiden Masken – Komödie und Tragödie –, die wie zwei Gesichter am selben Hals aussahen.

Draußen auf dem Boulevard grollte der dumpfe Donner des Verkehrs, dann und wann von dünnen Menschenstimmen durchsetzt, wie Funken über einem allgemeinen Gesumm. Eine schwere Kutsche fuhr wohl vorbei, da alles im Theater leicht zu beben anfing: die Kerzenflammen, der riesige Vorhang, die mit einem hübschen Gärtchen nebst Wolken bemalte Leinwand.

Ich stieg die kleine Treppe zu Nicki hinunter und näherte mich ihm mit der Geige.

Gabrielle hatte sich wieder in die Kulissen zurückgezogen, sie blickte kühl, doch geduldig drein. Lässig hatte sie sich an einen Balken gelehnt, wie ein Mann.

Ich senkte die Geige über Nickis Schulter in seinen Schoß. Er bewegte sich, als hätte er tief durchgeatmet. Seinen Hinterkopf an mich gepreßt, hob er langsam seine linke Hand, griff den Hals der Geige, nahm den Bogen in die rechte.

Ich kniete nieder und legte meine Hände auf seine Schultern. Kein Menschengeruch. Keine Menschenwärme. Nur die Skulptur meines Nicolas.

»Spiel«, flüsterte ich. »Spiel nur für uns.«

Langsam wandte er mir sein Gesicht zu, und zum erstenmal seit dem Moment der Zauber der Finsternis, blickte er mir in die Augen. Er gab einen winzigen Laut von sich. Die Stimme hatte ihren Dienst versagt. Aber dann fuhr er mit der Zunge über die Lippen, und er sagte so leise, daß ich ihn kaum verstand: »Das Instrument des Teufels.«

»Ja«, sagte ich. Wenn du das glauben mußt, dann glaub es halt. Aber spiel.

Seine Finger glitten über die Saiten. Er klopfte mit den Fingerspitzen vorsichtig auf das hohle Holz. Und nun zupfte er zitternd die Saiten, um sie zu stimmen, und drehte ganz langsam die Wirbel, als täte er es zum erstenmal.

Kinder lachten irgendwo draußen auf dem Boulevard. Holzräder ratterten über das Kopfsteinpflaster. Das Stakkato der Noten wurde schrill und dissonant, die Atmosphäre wurde noch angespannter.

Einen Augenblick lang preßte er das Instrument gegen sein Ohr. Und es schien mir, als würde er wieder eine Ewigkeit reglos verharren, bevor er sich langsam erhob. Ich verließ den Orchestergraben und begab mich in den Zuschauerraum, und ich stand da und betrachtete seine schwarze Silhouette im Gegenlicht der Bühne.

Er wandte sich dem Zuschauerraum zu, wie er es so oft bei seinem Intermezzo getan hatte, und er legte die Geige ans Kinn. Und mit einer sanften Bewegung ließ er den Bogen über die Saiten gleiten.

Ein paar volltönende Akkorde hämmerten in die Stille, dann drang wie durch alchimistischen Zauber eine betörende Tonfolge aus der zerbrechlichen Geige, bis sich plötzlich ein wahrer Melodienrausch in das Theater ergoß.

Die Musik durchströmte meinen Körper bis in die Knochen. Ich konnte nicht sehen, wie sich seine Finger bewegten, wie der Bogen über die Saiten flitzte; ich konnte nur sehen, wie sich sein Körper im Takt der Musik wiegte.

Die Läufe wurden immer gewagter, immer schneller, und dennoch war jede Note rein und klar. Sein Spiel war ohne Anstrengung, von traumhafter Virtuosität. Und die Geige sprach, sie sang nicht nur, sie erzählte eine Geschichte.

Die Musik war ein Lamento, entwarf ein künftiges Schreckensbild, wirbelte in hypnotische Tanzrhythmen empor, riß Nickis Körper hin und her. Sein Haar war ein leuchtender Wust im Rampenlicht. Ich konnte sein Blut riechen.

Ich ließ mich auf die Bank sinken, als würde ich mich aus Angst vor ihm wegducken, so wie sich einst die Sterblichen vor mir geduckt hatten.

Und ich wußte, daß die Geige alles erzählte, was Nicki widerfahren war. Die Finsternis explodierte und machte einer Schönheit Platz, die an glimmende Kohlen erinnerte; gerade genug Licht, um zu zeigen, wie tief das Dunkel wirklich war.

Auch Gabrielle hatte Mühe, unter diesem Ansturm ihren Körper zu zügeln; ihr Gesicht war verkrampft, die Hände hatte sie an die Schläfen gelegt. Die Löwenmähne ihres Haares hatte sich gelöst, die Augen hielt sie geschlossen.

Aber durch den Tonschwall drang ein anderer Laut. *Sie* waren da.

Sie waren ins Theater gekommen und näherten sich uns durch die Kulissen. Langsam tauchten sie hinter dem Vorhang auf – zuerst die stattliche Eleni, dann der Knabe Laurent und schließlich Félix und Eugénie. Sie hatten sich in Akrobaten, Straßenschauspieler verwandelt, und sie waren entsprechend gekleidet, die Männer in weißen Trikots unter ihren Harlekinsjacken, die Frauen in Pumphosen, gekräuselten Kleidern und Tanzschuhen, die weißen Gesichter mit Rouge bedeckt, und die strahlenden Vampiraugen schwarz umrändert.

Sie schwebten Nicki entgegen, wie von einem Magnet angezogen, und ihre Schönheit erblühte im Glanz der Bühnenkerzen, ihr Haar schimmerte, ihre Bewegungen waren behend und katzenhaft, und Verzückung malte sich auf ihren Gesichtern.

Nicki wandte sich ihnen langsam zu, und die Musik ging in ein wildes Flehen über, taumelte und brauste den Fluß der Melodie entlang.

Eleni starrte ihn mit weitgeöffneten Augen an, gleichzeitig entsetzt und verzaubert. Dann hob sie mit einer langsamen, dramatischen Geste die Arme über ihren Kopf, und ihr Körper straffte sich, und ihr Hals wurde noch länger und anmutiger. Die andere Frau hatte eine Pirouette angedeutet, das Knie gehoben, die Zehen nach unten gebogen. Aber es war der hochgewachsene Mann, der sich plötzlich vollständig Nickis Musik hingab, indem er seinen Kopf zur Seite warf und seine Arme und Beine in Bewegung setzte, als sei er eine große Marionette, die von vier Schnüren von den Dachsparren her geführt wurde.

Den anderen entging das nicht. Und plötzlich bewegten sie sich alle wie Marionetten, auf mechanisch-zuckende Weise, mit ausdruckslosen, hölzernen Gesichtern.

Ein Freudenschauer durchfuhr mich, als ob ich plötzlich im Hitzeschwall der Musik wieder atmen konnte, und ich stöhnte vor Vergnügen, als ich ihnen zusah, wie sie ihre Beine emporwarfen und an ihren unsichtbaren Schnüren wirbelten.

Jetzt spielte er ihnen auf, schritt der Bühne entgegen, sprang über die rauchende Mulde der Rampenlichter und landete in ihrer Mitte. Das Licht glitt von dem Instrument, von seinem Gesicht. Hohn und Spott mischten sich in die endlose Melodie, Synkopen durchtaumelten das Lied, verliehen ihm einen verbitterten und zugleich noch lieblicheren Charakter.

Die steifgliedrigen Puppen ruckten um ihn herum, schlurften und tänzelten über die Bodenbretter. Mit gespreizten Fingern und schaukelnden Köpfen drehten sie sich hopsend, bis Nickis Melodie in qualvolle Trauer verfiel, und schon lösten sie sich aus ihrer Starre, und ihr Tanz wurde geschmeidig und langsam und melancholisch.

Es war, als seien sie seinen Geisteskräften hörig, als tanzten sie nicht nur zu seiner Musik, sondern auch zu seinen Gedanken, und nun tanzte auch er, während er weiterspielte und wieder schnellere Rhythmen anschlug, und er wurde der Dorfgeiger am Freudenfeuer, und sie wurden zwei ländliche Liebespärchen, die fröhlich umhersprangen, und die Röcke der Frauen bauschten sich, und die Männer beugten die Knie und hoben die Frauen empor, und sie alle nahmen Posen zärtlichster Liebe ein.

Erstarrt sah ich dem Schauspiel zu: die übernatürlichen Tänzer, der Monstergeiger, Gliedmaßen, die sich in menschenfremder, aufreizender Langsamkeit und Grazie bewegten. Die Musik war wie ein Feuer, das uns alle verschlang.

Jetzt kündete sie aufheulend von Schmerz, von Grauen, vom Auflehnen der Seele gegen die ganze Welt. Und wieder setzten sie es um, quälend verzerrte Gesichter wie die Maske der Tragödie, und ich wußte, ich würde weinen, wenn ich mich nicht abwandte.

Ich wollte nichts mehr sehen oder hören. Nicki wiegte sich im Takt, und die Geige war ein Raubtier, das er nicht mehr unter Kontrolle hatte. Er traktierte die Saiten mit kurzen, harten Bogenhieben, und die Tänzer zogen vor und hinter ihm vorbei, umarmten ihn und hielten ihn plötzlich gefangen, als er seine Hände in die Höhe warf und die Geige hoch über seinem Kopf schwang. Und ein lautes, durchdringendes Gelächter brach aus ihm hervor, und er schüttelte sich am ganzen Körper, und dann neigte er seinen Kopf und heftete seinen Blick auf mich und schrie aus voller Brust:

»ICH ÜBERGEBE EUCH DAS THEATER DER VAMPIRE! DAS THEATER DER VAMPIRE! DAS GRÖSSTE SCHAUSPIEL AUF DEM BOULEVARD!«

Die anderen starrten ihn verblüfft an. Dennoch applaudierten sie ihm, vollführten Luftsprünge, stießen Freudenschreie aus. Sie warfen ihm die Arme um den Hals, küßten ihn ab. Und sie tanzten um ihn herum und drehten ihn im Kreis. Das Gelächter brauste auf, sprudelte aus ihnen hervor, als er sie seinerseits umarmte und ihre Küsse erwiderte, und mit ihren langen, rosa Zungen leckten sie ihm den Blutschweiß vom Gesicht.

»Das Theater der Vampire!« Sie ließen von ihm ab und grölten einem imaginären Publikum und der ganzen Welt zu. Sie verbeugten sich in Richtung der Rampenlichter, und jauchzend sprangen sie bis zu den Dachsparren, um sich dann zurück auf die vibrierende Bühne fallen zu lassen.

Die Musik war nun vollständig verebbt, war dieser Kakophonie aus Schreien, Stampfen und Gelächter gewichen.

Ich kann mich nicht erinnern, daß ich mich von ihnen abgewandt hätte und weggegangen wäre. Aber ich muß es wohl getan haben, denn plötzlich saß ich an meinem kleinen Schminktisch, den Kopf gegen den kühlen Spiegel gelehnt, und Gabrielle war da.

Mein Atem ging röchelnd, ein Geräusch, das mir Sorgen machte. Ich sah die Perücke, die ich auf der Bühne getragen hatte, den Pappschild, und all dies wühlte mein Innerstes auf. Ich war am Ersticken. Ich war unfähig, meine Gedanken zu sammeln.

Dann erschien Nicki in der Tür. Er stieß Gabrielle mit ungewöhnlicher Heftigkeit zur Seite und wies auf mich.

»Nun, wie gefällt dir das, mein Schutzherr und Gönner?« fragte er, während er näherkam. Die Worte sprudelten nur so aus ihm hervor. »Bewunderst du nicht diese Brillanz, diese Perfektion? Möchtest du uns nicht das Theater der Vampire von den Brosamen stiften, die so reichlich von deinem Tische fallen?«

Von einem Stummen hatte er sich in einen Besessenen gewandelt, und selbst als er zu reden aufhörte, sonderte er noch immer eine Flut sinnloser, hektischer Laute aus. Sein Gesicht war verkrampft und hart und glänzte von Bluttröpfchen, die seinen Leinenkragen verschmutzten.

Und hinter ihm erklang das fast unschuldige Gelächter der anderen, und nur Eleni blickte ihm schweigend über die Schulter und mühte sich zu verstehen, was zwischen uns vorging.

Nicolas aber kam noch näher und bohrte mir grinsend den Finger in die Brust. »So red schon. Siehst du nicht die geniale Ironie in diesem Unternehmen?« Er schlug sich mit geballter Faust auf die Brust. »Sie werden unsere Vorstellungen besuchen, unsere Truhen mit Gold füllen und nie erraten, wen sie da beherbergen, was da mitten ihrer Stadt gedeiht. In den Seitengassen saugen wir sie aus, und hier applaudieren sie uns ...«

Der Junge hinter ihm lachte. Das Geklingel eines Tamburins, der dünne Gesang der anderen Frau. Nicki trat vor, so daß er das Licht verdeckte. Ich konnte Eleni nicht mehr sehen.

»Das Böse in seiner ganzen Herrlichkeit!« sagte er. Er sah bedrohlich aus, und seine weißen Hände glichen Klauen, die jederzeit bereit waren, mich in Stücke zu reißen. »Um der Gottheit der Finsternis zu dienen, wie ihr noch nie hier im Herzen der Zivilisation gedient worden ist. Und zu diesem Zweck hast du das Theater behalten. Dieses Opfer ist nur deiner ritterlichen Gönnerschaft zu verdanken.«

»Aber das ist doch läppisch«, sagte ich. »Ganz hübsch und raffiniert, sonst nichts.«

Ich hatte ziemlich leise gesprochen, aber es brachte ihn und die anderen zum Schweigen. Und der Schock, den ich erlitten hatte, wich langsam einem anderen Gefühl, das nicht weniger schmerzlich, doch einfacher zu zügeln war.

Wieder nur die Boulevardgeräusche. Nicki verströmte finstere Wut, und seine Pupillen vibrierten, als er mich anblickte.

»Du bist ein Lügner, ein nichtswürdiger Lügner«, sagte er.

»Das hat nichts Großartiges«, antwortete ich. »Hat nichts Erhabenes. Hilflose Sterbliche an der Nase herumzuführen, sie verspotten, um sie dann auf ebenso klägliche Weise nachts ihres Lebens zu berauben, nur damit wir existieren können. Spiel deine Geige immerfort. Tanze, wie es dir beliebt. Biete ihnen etwas für ihr Geld, wenn es dir was zu tun gibt und dir die Ewigkeit vertreibt. Es ist ganz hübsch. Ein kleiner Hain im wilden Garten. Sonst nichts.«

»Abscheulicher Lügner!« knurrte er. »Du bist der Hofnarr Gottes, das ist alles. Du, der du das Geheimnis der Finsternis besessen hast, das über alles erhaben ist und das alles bedeutungslos macht: Was hast du mit ihm getan, als du allein von Magnus' Turm aus regiert hast, außer einen guten Menschen zu spielen? Einen guten Menschen!«

Er stand so nahe vor mir, daß er mich hätte küssen können, und sein blutiger Speichel sprühte mir ins Gesicht.

»Gönner der schönen Künste«, schnarrte er. »Spender großherziger Gaben an deine Familie und uns!« Er trat zurück und sah verächtlich auf mich nieder. »Also, hör zu, wir werden dieses kleine Theater übernehmen, das du golden ausgemalt und mit Samt vollgehängt hast«, sagt er, »und wir werden dem Teufel glorreicher dienen, als ihm jemals von dem alten Orden gedient worden ist.« Er wandte sich um und sah Eleni an. Er sah die anderen an. »Wir werden alles Heilige mit Hohn und Spott überziehen. Wir werden verblüffen und betrügen. Aber vor allem werden wir uns an ihrem Gold und Blut gütlich tun und in ihrer Mitte gedeihen und stark werden.«

»Ja«, sagte der Knabe hinter ihm. »Wir werden unbesiegbar werden.« Er sah Nicolas mit dem irren Gesichtsausdruck eines Fanatikers an.

»Und wir werden Macht über sie haben«, sagte die andere Frau, »und einen günstigen Ausgangspunkt, um sie zu studieren und kennenzulernen und unsere Methoden zu verfeinern, sie zu vernichten, wenn uns danach ist.«

»Ich will dieses Theater«, sagte Nicolas zu mir. »Ich will es von dir. Die Besitzurkunde und das Geld, um es neu zu eröffnen. Meine Assistenten hier sind bereit, mir zu gehorchen.«

»Du kannst es haben, wenn du es möchtest«, antwortete ich. »Es soll dir gehören, wenn ich dann nichts mehr mit dir und deiner Bosheit und deinem wirren Verstand zu tun haben muß.«

Ich stand von meinem Schminktisch auf und ging auf ihn zu, und ich glaube, er wollte mir den Weg versperren, doch da passierte etwas Seltsames. Als ich sah, daß er sich nicht von der Stelle rührte, schnellte meine Wut wie eine unsichtbare Faust aus mir hervor. Und er taumelte zurück, als habe die Faust ihm einen Schlag versetzt. Und er prallte gegen die Wand.

Ich hätte jetzt einfach meiner Wege ziehen können. Ich wußte, daß Gabrielle nur darauf wartete. Aber ich blieb. Ich sah zu ihm zurück. Er war noch immer an die Wand gedrückt, als könne er sich nicht mehr bewegen, und er blickte mich an, und sein Haß war so rein, so ungetrübt von der Erinnerung an unsere Liebe, wie er es schon die ganze Zeit über gewesen war.

Aber ich wollte verstehen, ich wollte wissen, was geschehen war. Und ich ging auf ihn zu, und diesmal sah ich bedrohlich aus, und *meine* Hände glichen Klauen, und ich spürte seine Angst.

Ich blieb unmittelbar vor ihm stehen, und er sah mich geradewegs an, und es war, als wisse er genau, was ich ihn fragte.

»Alles nur ein Mißverständnis, mein Geliebter«, sagte er. Säure auf der Zunge. Der Blutschweiß war ihm wieder ausgebrochen, und seine Augen glänzten, als seien sie naß. »Ich habe das alles nur getan, um den anderen weh zu tun, von Anfang an wollte ich nur Geige lernen, um sie zu ärgern, um mir eine Insel zu ergattern, die ihrer Macht entzogen war.«

Ich antwortete nicht. Ich wollte, daß er fortfuhr. »Und als wir beschlossen, nach Paris zu gehen, dachte ich, wir würden Hunger leiden dort und immer tiefer und tiefer und tiefer sinken. Das war es, was ich sogar wollte. Es war unsere Bestimmung unterzugehen.«

»O Nicki ...«, flüsterte ich.

»Aber du bist nicht untergegangen, Lestat«, sagte er und hob seine Augenbrauen. »Der Hunger, die Kälte – nichts konnte dich aufhalten. Du warst ein Erfolg!« Wieder trübte die Wut seine Stimme. »Du hast dich nicht in der Gosse zu Tode gesoffen. Du hast alles auf den Kopf gestellt! Und aus deiner beabsichtigten Verdammnis hast du in jeder Hinsicht Reichtum geschlagen, und endlos hast du Enthusiasmus und Leidenschaft verströmt – und Licht, immerzu Licht. Und in dem Maße, wie du Licht verströmtest, hat sich mein Inneres verfinstert! Und dann die Magie, als du der Magie teilhaftig wurdest, hast du, Gipfel der Ironie, mich davor beschützt! Und was hast du mit deinen satanischen Gaben angefangen, außer den guten Menschen zu spielen?«

Ich drehte mich um. Ich sah die anderen im Halbdunkel verstreut und ganz hinten die Gestalt Gabrielles. Ich sah, wie sie ihre Hand hob und mich herbeiwinkend zum Gehen aufforderte.

Nicki berührte meine Schultern. Ich spürte den Haß durch seine Berührung hindurch. Ein ekelerregendes Gefühl.

»Wie ein gedankenloser Sonnenstrahl hast du die Fledermäuse des alten Ordens verjagt«, flüsterte er. »Und wozu? Was soll das bedeuten, ein mordendes Monster, von Licht durchflutet?«

Ich drehte mich um und versetzte ihm einen Hieb, daß er krachend im Schminkraum landete, und seine rechte Hand zertrümmerte den Spiegel, und sein Kopf schlug gegen die Wand.

Einen Moment lang lehnte er wie ein zerbrochener Gegenstand an dem Haufen alter Kostüme, dann sammelte er sich wieder, und sein Gesicht glättete sich zu einem Lächeln. Er richtete sich auf und strich langsam seinen Mantel und sein wirres Haar glatt, so wie ich es unter Les Innocents getan hatte, nachdem meine Häscher mich zur Erde geworfen hatten.

Und gleichermaßen würdevoll trat er vor, und sein Lächeln war unbeschreiblich abstoßend. »Ich verachte dich«, sagte er. »Mit dir bin ich fertig. Du hast mir die Macht verliehen, und im Gegensatz zu dir weiß ich Gebrauch von ihr zu machen. Ich bin endlich in einem Reich angelangt, wo *ich* Triumphe feiern werde! In der Finsternis! Wir sind jetzt gleichrangig, und du wirst mir das Theater geben, weil du es mir schuldest und weil du ohnehin der große Spender bist – einer, der hungrigen Kindern Goldmünzen schenkt –, und ich werde mich nie wieder in deinem Licht blicken lassen.«

Er ging um mich herum und streckte den anderen die Arme entgegen.

»Kommt, meine Hübschen, kommt, wir müssen Stücke schreiben, die Geschäfte in die Hand nehmen. Ihr habt eine Menge von mir zu lernen. Ich weiß, was Sterbliche wirklich sind. Wir müssen unsere finstere und herrliche Kunst mit Phantasie beflügeln. Wir werden einen Orden gründen, der seinesgleichen nicht hat. Wir werden vollbringen, was noch nie vollbracht worden ist.«

Die anderen sahen mich an, verschreckt, zögernd. Und in diesem Moment angespannten Schweigens hörte ich mich tief einatmen. Mein Vorstellungsvermögen schwang sich zu neuen Höhen auf, und ich sah wieder die Kulissen, die uns umgaben und in die Dunkelheit schnitten, und das Lichterflackern an der Rampe der staubigen Bühne. Ich sah den von Schatten verschleierten Zuschauerraum, und im Schwall einer einzigen Erinnerung wurde alles lebendig, was sich hier ereignet hatte. Und ich sah, wie ein Alptraum den nächsten gebären würde und daß sich eine Geschichte dem Ende zuneigte.

»Das Theater der Vampire«, flüsterte ich. »Wir haben die Zauber der Finsternis auf diese bescheidene Stätte angewandt.« Niemand wagte zu antworten. Nicolas lächelte nur.

Und als ich mich umdrehte, um das Theater zu verlassen, hob ich meine Hand und trieb sie ihm alle mit einer scharfen Geste zu. Ich sagte Lebewohl.

Wir waren noch nicht weit vom Boulevard entfernt, als ich innehielt. Tausend Schreckensbilder bestürmten mich – Armand würde kommen, um ihn zu vernichten, seine neuen Brüder und Schwestern würden ihn, seiner Raserei überdrüssig, verlassen, und am nächsten Morgen würde er durch die Straßen irren und vergeblich ein Versteck vor der Sonne suchen. Ich blickte zum Himmel auf. Ich konnte weder sprechen noch atmen.

Gabrielle schlang ihre Arme um mich, und ich hielt sie fest, vergrub mein Gesicht in ihrem Haar. Ihre Haut, ihr Gesicht, ihre Lippen waren wie kühler Samt. Und ihre Liebe umfing mich mit einer monströsen Reinheit, wie sie menschliche Herzen und menschliches Fleisch niemals kennen konnten.

Ich hob sie hoch, umarmte sie. Und in der Dunkelheit waren wir wie zwei Liebende, die aus einem Stein gemeißelt worden waren und die nicht die geringste Erinnerung besaßen, jemals getrennte Leben geführt zu haben.

»Er hat seine Wahl getroffen, mein Sohn«, sagte sie. »Was geschehen ist, ist geschehen, und er fällt dir nicht mehr zur Last.«

»Mutter, wie kannst du so etwas sagen?« flüsterte ich. »Er wußte ja nicht... er weiß noch immer nicht...«

»Laß ihn ziehen, Lestat«, sagte sie. »Sie werden sich um ihn kümmern.«

»Aber jetzt muß ich diesen Teufel Armand auftreiben, oder?« sagte ich matt. »Ich muß erreichen, daß er sie in Ruhe läßt.«

Als ich am folgenden Abend nach Paris kam, erfuhr ich, daß Nicki bereits Roget aufgesucht hatte.

Es war gerade eine Stunde her, daß er wie ein Verrückter gegen seine Tür gepocht und brüllend die Besitzurkunde und das Geld verlangt hatte, das ich ihm angeblich versprochen hatte. Er hatte Roget und seine Familie bedroht. Außerdem hatte er Roget beauftragt, Renaud und seiner Truppe nach London zu schreiben, um sie zur Heimreise zu veranlassen, ein neues Theater erwarte sie, und er rechne mit ihrer unverzüglichen Rückkunft. Als sich Roget weigerte, verlangte er die Londoner Adresse der Schauspieler und fing an, Rogets Schreibtisch zu durchwühlen.

Ich kochte innerlich vor Wut, als ich das vernahm. Er wollte sie also allesamt zu Vampiren machen, dieser Grünschnabel von Dämon, dieses rücksichtslose und wildgewordene Monster.

So weit würde es nicht kommen.

Ich befahl Roget, einen Kurier mit der Botschaft nach London zu schicken, daß Nicolas den Verstand verloren habe und die Schauspieler nicht zurückkehren sollten.

Und dann begab ich mich zum Boulevard du Temple und fand ihn bei der Probenarbeit, so hektisch und verrückt wie zuvor. Er trug wieder seinen Sonntagsstaat und seinen alten Schmuck aus der Zeit, da er noch seines Vaters Lieblingssohn gewesen war, aber seine Krawatte war schief, seine Strümpfe waren heruntergekrempelt, und sein Haar war so wild und ungekämmt wie bei einem Gefangenen in der Bastille, der sich schon seit zwanzig Jahren nicht mehr im Spiegel gesehen hatte.

In Gegenwart von Eleni und den anderen sagte ich ihm, daß ich ihm nichts geben würde, wenn er mir nicht verspräche, daß der neue Orden keinem Schauspieler und keiner Schauspielerin in Paris jemals etwas antun würde. Daß Renaud und seine Truppe weder jetzt noch künftig in das Theater zurückgelockt werden würden. Und daß Roget, der den Etat des Theaters verwahren solle, kein Haar gekrümmt werden würde.

Er lachte mich aus, machte sich nur über mich lustig. Aber Eleni brachte ihn zum Schweigen. Sie war entsetzt, als sie von seinen schaurigen Absichten erfuhr. Sie war es, die alles versprach, was ich wollte, und die anderen ins Wort nahm. Sie war es, die ihn mit einem wahren Wortschwall einschüchterte und verwirrte, bis er klein beigab.

So übertrug ich schließlich Eleni die Verantwortung für das Theater der Vampire und die Finanzen, mit denen sie in Absprache mit Roget nach Belieben schalten und walten durfte.

Ehe ich Eleni an diesem Abend verließ, fragte ich sie, was sie über Armand wisse. Gabrielle war bei uns. Wir waren wieder in der Gasse hinter dem Bühneneingang.

»Er liegt auf der Lauer«, antwortete Eleni. »Manchmal läßt er sich blicken.« Ihr sorgenvoller Gesichtsausdruck verwirrte mich. »Aber Gott allein weiß, was er tun wird«, fügte sie verängstigt hinzu, »wenn er entdeckt, was hier wirklich vor sich geht.«

Teil V

DER VAMPIR ARMAND

1

Frühlingsregen. Regen aus Licht, der in den Straßen jedes neue Blatt an den Bäumen tränkte und das Pflaster erglänzen ließ, Regengüsse, die selbst die Dunkelheit mit Licht durchwoben.

Und ein Ball im Palais Royal.

Der König und die Königin waren anwesend. In den Schatten flüsterte man über dunkle Machenschaften und Intrigen. Wen kümmert's? Königreiche steigen auf und gehen unter. Verbrennt nur nicht die Gemälde im Louvre. Das ist alles.

Wieder einsam in einem Meer von Sterblichen; blühende Gesichter und rosige Wangen, auf den Köpfen der Damen Wälle gepuderten Haares, durchsetzt von allem möglichen Modeschnickschnack wie kleinen Dreimastern, Bäumchen, Vögelchen. Landschaften aus Perlen und Bändern. Männer wie Gockel in ausladenden Satinmänteln. Das Diamantgefunkel tat meinen Augen weh.

Und draußen, vor den geöffneten Portalen, der Regen.

Der Geruch der Menschen schürte allmählich meinen Hunger. Weiße Schultern, weiße Hälse, der ewige Rhythmus kräftig schlagender Herzen, nackte Kinder in Reichtum gehüllt, Wilde unter kostbarer Kleidung, Masken wie Wundschorf um ihre Augen.

Einem Körper entströmt Luft und dringt in den nächsten. Und Musik? Geht sie zu einem Ohr raus und zu einem anderen wieder rein, wie man so sagt? Wir atmen das Licht, wir atmen die Musik, wir atmen den Augenblick, der uns durchdringt.

Ab und zu ruhten ein paar verwirrte Blicke auf mir. Meine weiße Haut irritierte sie, aber sie ließen sich doch selbst zur Ader, um ihre vornehme Blässe zu wahren. (Darf ich die Schale halten und sie später austrinken?) Und was waren meine Augen schon in diesem Meer von Juwelen?

Doch ihr Getuschel umschlängelte mich. Und diese Gerüche, ah, keiner gleich dem anderen. Und so klar, als würden sie es laut aussprechen, vermittelten mir einige Sterbliche den Wunsch, sich mir hinzugeben, als ahnten sie, welcher Mächte Kind ich sei.

Sie schienen von Todessehnsucht erfüllt, während der Tod durch den Saal schritt. Aber wußten sie wirklich Bescheid? Natürlich nicht. Und ich auch nicht! Das war das vollkommene Grauen! Wer gab mir das Recht, dieses Geheimnis zu tragen, diese schlanke Frau dort drüben zu begehren, um ihr das Blut aus ihren runden, fleischigen Brüsten zu saugen?

Die Musik plätscherte weiter, Menschenmusik. Die Farben des Saals flammten einen Moment lang auf, als würde die ganze Welt zerschmelzen. Mein Hunger nahm bedrohliche Ausmaße an, war kein bloßer Gedanke mehr, hämmerte in meinen Adern. Irgend jemand würde sterben, leergesaugt in Null Komma nichts.

Unerträglich die Vorstellung, daß es über kurz oder lang passieren würde – meine Finger am Hals, die das Blut in der Ader, das nachgiebige Fleisch spüren würden, und nur noch ein Gedanke, gib es mir! *Das ist mein Leib, das ist mein Blut.*

Gebrauche deine Macht, Lestat, wie die Zunge eines Reptils, um blitzartig ein geeignetes Herz zu pflücken.

Kurze, dicke Arme, bereit, ausgepreßt zu werden, Männer mit wundrasierten Backen, unter denen das Blut schimmert, Muskeln, die sich meinen Fingern zur Wehr setzen: Ihr habt keine Chance!

Und unter all dem Flitterkram, der Verfall und Tod leugnen sollte, sah ich ihre Gebeine!

Schädel unter diesen grotesken Perücken, zwei klaffende Löcher, die hinter einem Fächer vorstarrten. Ein Raum voll schwankender Skelette, die nur darauf warteten, daß ihnen die Stunde schlug.

Ich mußte hier raus. Ich war einem schrecklichen Irrtum aufgesessen. *Das* war der Tod, und ich konnte ihm entfliehen, wenn ich hier nur wegkäme! Aber ich war in diese sterblichen Wesen verheddert, als sei ich in eine Vampirfalle geraten. Wenn ich einfach Reißaus genommen hätte, wäre eine allgemeine Panik die Folge gewesen. Also schob ich mich so unauffällig wie möglich der offenen Tür entgegen. Und aus meinen Augenwinkeln sah ich, wie er, einem Traumgespinst gleich, hinten an einer Wand lehnte, er, Armand.

Armand.

Falls er mir Signale gesandt hatte, so hatte ich sie nicht gehört.

Falls er mich jetzt begrüßte, so nahm ich es nicht wahr. Er sah mich bloß an, eine strahlende Gestalt in Spitzen und Juwelen. Und es war wie Aschenputtel, das sich auf diesem Ball zu erkennen gibt, wie Dornröschen, das unter einem Spinnengewebe seine Augen öffnet und es mit einer Handbewegung fortwischt. Vollendete, fleischgewordene Schönheit – mir verschlug es den Atem.

Gekleidet wie ein ganz normaler Sterblicher, wirkte er noch übernatürlicher. Sein Gesicht war allzu betörend, und seine Augen waren allzu unergründlich, und für den Bruchteil einer Sekunde blitzten sie auf, als seien sie die Fenster zu den Feuern der Hölle. Und als er sprach, war seine Stimme so leise, daß ich Mühe hatte, sie zu verstehen: *Die ganze Nacht hast du Ausschau nach mir gehalten*, sagte er, *und hier bin ich und warte auf dich. Ich habe die ganze Zeit auf dich gewartet.*

Als ich dastand, unfähig, meinen Blick von ihm zu wenden, hatte ich das Gefühl, daß mir in all meinen Erdenjahren nie wieder so klarwerden würde, welchen Schrecken wir wirklich darstellten.

Inmitten dieser Menschenmenge machte er einen herzzerreißend unschuldigen Eindruck. Und doch sah ich die Grabgewölbe, wenn ich ihn anblickte, und ich hörte das Getrommel der Pauken. Ich sah von Fackeln erleuchtete Gegenden, in denen ich nie gewesen war, hörte undeutliche Beschwörungen, spürte die Hitze tobender Feuer auf meinem Gesicht. Aber nicht er verströmte diese Visionen, sie kamen vielmehr aus meinem eigenen Inneren.

Selbst Nicolas, sterblich oder unsterblich, war nie so verführerisch gewesen. Und nie hatte mich Gabrielle derart in Bann geschlagen.

Gütiger Himmel, das war Liebe. Das war Begierde. Und all meine vergangenen Liebschaften waren in den Schatten gestellt. Und in murmelnden Gedankenströmen ließ er mich wissen, daß es äußerst töricht von mir gewesen sei, daran den geringsten Zweifel zu hegen.

Wer kann uns so lieben, dich und mich, wie wir einander lieben können? flüsterte er, und seine Lippen schienen sich tatsächlich zu bewegen.

Ich ging auf ihn zu. Ich war mir nicht sicher, ob er seine rechte Hand hob, um mich herbeizuwinken, dann hatte er sich umgewandt, und ich sah vor mir die Gestalt eines jungen Knaben mit schmalen Hüften und kräftigen Schultern und festen, schlanken Waden unter seinen Seidenstrümpfen, einen Knaben, der sich umdrehte, als er die Tür öffnete und mich wieder zu sich winkte.

Und mich beschlich ein verrückter Gedanke.

Ich ging hinter ihm her, und es war, als wären all die anderen Dinge nie passiert. Nie hatte es das Gewölbe unter Les Innocents, nie hatte es diesen schrecklichen Dämon gegeben.

Wir waren die Summe unserer Begierden, und das war unsere Rettung, und der grenzenlose Schrecken meiner Unsterblichkeit breitete sich nicht mehr vor mir aus, und wir segelten in ruhigen, vertrauten Gewässern, und die Zeit war reif, einander zu umfangen.

Ein dunkles Gemach umgab uns, einsam, kalt. Der Lärm des Festes war weit entfernt. Heiß durchpulste ihn das Blut, das er getrunken hatte, und ich konnte sein Herz in all seiner Kraft hören. Er zog mich näher an sich, und hinter den hohen Fenstern flackerten die Lichter der vorbeifahrenden Kutschen, kündeten von Geborgenheit und Wohlergehen und allem, was Paris ausmachte.

Ich war nie gestorben. Die Welt fing wieder von vorne an. Ich öffnete meine Arme und spürte sein Herz gegen meines schlagen, und laut rief ich meinem Nicolas zu, versuchte, ihn zu warnen, ihm zu sagen, daß wir alle dem Untergang geweiht waren. Unser Leben entglitt uns Stück um Stück, und als ich die Apfelbäume im Garten sah, durchtränkt von grünem Sonnenlicht, drohte ich den Verstand zu verlieren.

»Nein, nein, mein Liebster«, flüsterte er, »nur Friede und Zärtlichkeit und deine Arme in meinen.«

»Du weißt, daß alles reiner Zufall war«, flüsterte ich plötzlich. »Ich bin ein widerborstiger Kerl. Ich heule wie ein launisches Kind. Ich will heim.«

Ja, ja, seine Lippen schmeckten nach Blut, aber nicht nach Menschenblut. Es war das Elixier, das mir Magnus verabreicht hatte, und ich schreckte zurück – diesmal konnte ich davonkommen. Ich hatte noch mal eine Chance. Das Blatt hatte sich gewendet.

Ich schrie laut hervor, daß ich nicht trinken würde. Niemals. Und dann spürte ich, wie sich zwei Pfeile in meinen Hals gruben und mitten in meine Seele.

Ich konnte mich nicht rühren. Wie damals in jener Nacht durchflutete mich ein Verzückungstaumel, tausendfach stärker, als wenn ich Sterbliche in meinen Armen hielt. Und ich wußte, was er tat! Er labte sich an mir! Er saugte mich aus.

Er hielt mich fest, als mich die Kräfte verließen, das Blut mit monströser Lust aus mir quoll, der ich nicht Einhalt zu gebieten vermochte.

»Teufel!« versuchte ich zu schreien. Ich trieb das Wort empor, bis es mir von den Lippen brach, und ich schüttelte mir die Lähmung von den Gliedern. »Teufel!« brüllte ich wieder, und ich nutzte seine Ohnmacht, um ihn hintüber auf den Boden zu schleudern.

Ich packte ihn, zertrümmerte die Terrassentür und zerrte ihn mit mir in die Nacht hinaus.

Seine Absätze scharrten über das Pflaster, sein Gesicht war die Wut selbst. Ich drehte ihm den Arm auf den Rücken, daß sein Kopf zurückschnellte, und dann schlug ich auf ihn ein, bis ihm das Blut aus den Ohren und den Augen und der Nase lief.

Ich zog ihn hinter die Bäume, fort von den Lichtern des Palais. Und als er sich kämpfend zu befreien suchte, schleuderte er mir entgegen, daß er mich töten würde, da er jetzt über meine Kraft verfüge. Er habe sie von mir getrunken und mit seiner eigenen Kraft gepaart, und jetzt sei er unbesiegbar.

Wütend packte ich ihn am Hals und drückte seinen Kopf auf die Erde. Ich hielt ihn fest und würgte ihn, bis ihm das Blut in Strömen aus dem Mund quoll.

Er hätte geschrien, wenn er gekonnt hätte. Ich bohrte ihm meine Knie in die Brust. Sein Hals blähte sich unter meinen Händen, und das Blut spritzte und brodelte aus ihm heraus, und er warf seinen Kopf von einer Seite zur anderen, und seine Augen wurden immer größer und konnten doch nichts wahrnehmen, und erst als alle Kraft aus ihm gewichen war, ließ ich von ihm ab.

Doch schon schlug ich erneut auf ihn ein. Und dann zog ich meinen Degen, um ihm den Kopf abzutrennen.

Sollte er doch ohne Kopf leben, falls er das konnte. Sollte er doch ohne Kopf unsterblich sein, falls er das konnte. Ich hob das Schwert, und als ich auf ihn niederblickte, prasselte ihm der Regen ins Gesicht, und er sah wie ein Halbtoter zu mir hoch, unfähig, um Gnade zu bitten, unfähig sich zu rühren.

Ich wartete. Ich wollte, daß er mich anflehte. Ich wollte seine machtvolle, verlogene Stimme hören, die mich einen kurzen, seligen Augenblick lang glauben gemacht hatte, daß ich am Leben und frei sei und wieder im Zustand der Gnade. Abscheuliche, unverzeihliche Lüge. Lügen, die ich nie vergessen würde, solange ich auf Erden wandelte. Ich wollte, daß ihn meine Wut bis über die Schwelle seines Grabes verfolgte.

Aber er sagte nichts.

Und in diesem Augenblick des Schweigens und des Elends kehrte seine Schönheit langsam zurück.

Wie ein verlassenes Kind lag er auf dem Kies, nur ein paar Meter von dem vorbeirollenden Verkehr entfernt, vom Geklapper der Pferdehufe, vom Rumpeln der Holzräder.

Und in diesem verlassenen Kind ruhten das Böse und das Wissen ganzer Jahrhunderte, und seine Augen hatten finstere Zeitalter gesehen, von denen ich nur träumen konnte.

Ich ließ von ihm ab und steckte meinen Degen in die Scheide. Dann ging ich ein paar Schritte von ihm fort und sank auf eine nasse Steinbank.

In der Ferne machten sich ein paar Gestalten an der zerbrochenen Palasttür zu schaffen. Aber zwischen uns und diesen verwirrten Sterblichen lag die Nacht, und ich blickte ihn teilnahmslos an, wie er da auf der Erde lag.

Sein Gesicht war mir zugewandt, allerdings unabsichtlich, sein Haar war ein Knäuel aus Locken und Blut, und er sah aus, als sei er der verstoßene Abkömmling der Zeit, die Frucht eines übersinnlichen Mißgeschicks, kaum weniger unglücklich als ich selbst.

Was hatte er angerichtet, um das zu werden, was er war? Ich erhob mich und ging langsam zu ihm hin. Und dann stand ich über ihm und blickte ihn und das Blut an, das in sein Spitzenhemd sickerte und sein Gesicht verschmierte.

Er stöhnte wohl leise auf, hielt die Augen geschlossen, und Sterblichen wäre er vielleicht völlig apathisch vorgekommen. Aber ich spürte, wie sehr er litt, und ich wünschte, ich hätte es nicht spüren können, und einen Moment lang begriff ich die Kluft, die uns trennte, und die Kluft, die zwischen seinem Versuch, mich zu überwältigen, und meiner recht schlichten Selbstverteidigung klaffte.

Verzweifelt hatte er etwas zu bezwingen versucht, das er nicht verstand. Und fast mühelos hatte ich ihn abgewehrt.

Voll Schmerz mußte ich wieder an Nicolas denken und an Gabrielles Worte und an Nicolas' Verwünschungen. Was war meine Wut gegen sein Leid, seine Verzweiflung?

Das war vielleicht der Grund, warum ich mich bückte und ihn hochhob. Und vielleicht habe ich das auch nur getan, weil er so überaus schön und verzweifelt war, und immerhin gehörten wir ja derselben Zunft an.

Es war doch nur natürlich, daß ihn jemand seiner Gattung von dieser Stätte führte, wo ihn Sterbliche über kurz oder lang aufgespürt hätten, um ihn zu verjagen.

Er leistete keinerlei Widerstand. Er stand sofort wieder auf eigenen Füßen. Und dann ging er benommen neben mir her, und, mein Arm um seine Schulter geschlungen, lenkten wir unsere Schritte fort vom Palais Royal in Richtung Rue St.-Honoré.

Ich beachtete die Passanten kaum, bis ich unter den Bäumen eine vertraute Gestalt ausmachte, die keinen Geruch von Sterblichkeit verströmte, und mir wurde klar, daß Gabrielle dort schon eine ganze Weile gewartet hatte.

Sie stob hastig und lautlos vor, betroffenen Blicks, als sie die blutdurchtränkten Spitzen und die Wunden auf seiner weißen Haut sah, und sie wollte mir helfen, ihn fortzuschleppen, wenn sie auch nicht so recht wußte, wie.

Irgendwo weit hinten in den dunklen Gärten hielten sich die anderen auf. Ich *hörte* sie, ehe ich sie sah. Nicki war auch unter ihnen.

Sie waren gekommen, wie Gabrielle gekommen war, anscheinend von dem Getöse über Meilen hinweg angezogen, und sie warteten nur und sahen zu, wie wir unserer Wege zogen.

2

Wir brachten ihn zu den Mietställen, und dort hob ich ihn auf mein Pferd. Da er jeden Moment hinunterzufallen drohte, setzte ich mich hinter ihn, und dann ritten wir zu dritt los. Während des ganzen Wegs fragte ich mich, was ich tun sollte. Ich fragte mich, ob es eine gute Idee war, ihn in mein Versteck zu bringen. Gabrielle äußerte keinerlei Einwände. Von ihm vernahm ich gleichfalls nichts, und klein und verschlossen saß er vor mir, leicht wie ein Kind, aber alles andere als ein Kind.

Sicher hatte er schon immer gewußt, wo der Turm war, aber hatten ihm die Gitter den Zutritt verwehrt? Jetzt war ich drauf und dran, ihn hereinzubitten. Und warum schwieg sich Gabrielle so beharrlich aus? Das war schließlich die Zusammenkunft, die wir gewollt hatten, das Ereignis, auf das wir gewartet hatten, aber sie wußte mit Sicherheit, was er gerade angerichtet hatte.

Als wir endlich vom Pferd stiegen, ging er vor mir her und wartete am Gatter auf mich. Ich hatte den Eisenschlüssel hervorgeholt und überlegte, welche Versprechen man von solch einem Monster einfordern sollte, ehe man es über seine Schwelle ließ. Galten die alten Gesetze der Gastfreundschaft auch für die Geschöpfe der Nacht?

Seine Augen waren groß und braun und trüb verschlafen. Er blickte mich lange und schweigend an, und dann streckte er seine linke Hand vor, und seine Finger klammerten sich um die eiserne Querstange des Gatters. Hilflos sah ich zu, wie sich das Gatter laut knirschend von den Steinpfosten löste. Aber er hielt inne und begnügte sich, die Eisenstange ein wenig zu verbiegen. Alles klar. Er hätte jederzeit in den Turm dringen können.

»Komm«, sagte Gabrielle ein wenig ungeduldig. Und sie führte uns die Treppe zur Gruft hinunter.

Dort war es kalt, wie immer. Die warme Frühlingsluft drang nie hierher. Gabrielle entfachte ein großes Kaminfeuer, und ich zündete unterdessen die Kerzen an. Und während er auf der Steinbank saß und uns beobachtete, merkte ich, daß er sich in der Wärme veränderte. Er fing richtig zu atmen an, und er schien zu wachsen. Er sah sich um, saugte das Licht förmlich auf. Sein Blick war klar.

Ich setzte mich auf eine andere Bank und.ließ meinen Blick, so wie er, durch die Gruft schweifen.

Gabrielle war die ganze Zeit stehengeblieben. Jetzt ging sie auf ihn zu. Sie zog ein Taschentuch hervor und betupfte sein Gesicht. Er aber starrte sie an, so wie er das Feuer anstarrte und die Kerzen und die Schatten, die über die gewölbte Decke huschten. Und mir schauderte, als ich feststellte, daß die Wunden in seinem Gesicht fast völlig verschwunden waren! Er sah wieder ganz normal aus, nur ein wenig ausgemergelt durch den Blutverlust.

Mein Herz weitete sich unwillkürlich, wie auf den Zinnen, als ich seine Stimme gehört hatte. Dann aber mußte ich daran denken, wie er erst vor einer halben Stunde seine Lügen zunichte gemacht hatte, indem er mir seine Fangzähne in den Hals bohrte. Und ich haßte ihn.

Aber ich konnte meinen Blick nicht von ihm wenden. Gabrielle kämmte ihm das Haar und wischte ihm das Blut von den Händen, weniger aus Mitleid, als von Neugierde getrieben, von dem Wunsch, ihm nahe zu sein, ihn anzufassen. Im flackernden Kerzenlicht sahen sie einander an.

»Was willst du jetzt tun?« fragte ich. »Willst du in Paris bleiben und Eleni und die anderen gewähren lassen?«

Keine Antwort. Er musterte mich, musterte die Steinbänke, die Sarkophage. Drei Sarkophage.

»Du weißt doch, was sie machen«, sagte ich. »Willst du Paris verlassen, oder willst du bleiben?«

Kurz schien es, als wollte er mir wieder vorhalten, was ich ihm und den anderen Schreckliches angetan hatte. Einen Augenblick lang sah er erbärmlich aus, niedergeschlagen und voll menschlichen Elends. Wie alt mag er sein, fragte ich mich. Wie lange ist es her, daß er ein Mensch gewesen ist, der so aussah?

Er hatte mich gehört, sagte aber nichts. Er sah erst Gabrielle an, die neben dem Kamin stand, dann mich. Und schweigend sagte er: *Liebe mich. Du hast alles zerstört! Aber wenn du mich liebst, kann alles neu erstehen. Liebe mich.*

Und dann begann er zu sprechen. »Was kann ich tun, damit du mich liebst?« flüsterte er. »Was kann ich dir geben? Das Wissen all dessen, was ich erlebt habe, das Geheimnis unserer Macht, das Rätsel meiner Existenz?«

Zu antworten wäre mir wie eine Lästerung vorgekommen. Und wie schon auf den Zinnen war ich den Tränen nahe. Anders als in seinen stummen Mitteilungen schwangen seine Gefühle auf anheimelnde Weise in seiner Stimme mit, wenn er wirklich sprach. Und wie schon in Notre Dame kam es mir vor, als würde er sprechen, wie Engel wohl sprachen, falls es sie gab.

Aber dieser Gedanke verflüchtigte sich schnell, denn er schlang seinen Arm um mich und drückte seine Stirn an mein Gesicht. Er wiederholte seinen stummen Ruf, und diesmal war es nicht die dumpfe Verführung wie im Palais Royal, sondern die Stimme, die mir aus der Ferne vorgesungen hatte, und er sagte mir, es gebe Dinge, die wir zwei erfahren und verstehen könnten, die Sterblichen immer verschlossen blieben. Er sagte mir, wenn ich mich ihm eröffnete, könnten wir uns gegenseitig unsere Geheimnisse und Kräfte schenken.

Das war ein verlockender Gedanke. Doch eine innere Stimme sagte mir: Hüte dich!

Instinktiv wich ich seinen Augen aus. Nichts auf der Welt hätte ich in diesem Moment lieber getan, als ihn geradewegs anzusehen und ihn zu verstehen, doch *wußte* ich, daß ich das nicht durfte. Ich sah wieder die Gebeine unter Les Innocents, die Höllenfeuer, die im Palais Royal in seinen Augen geflackert hatten. Und alle Spitzen und aller Samt der Welt konnten ihm kein menschliches Gesicht verleihen.

Es gelang mir nicht, ihm diese Gedanken zu verbergen, und um so mehr schmerzte es mich, daß es mir nicht möglich war, sie Gabrielle zu übermitteln. Und die schreckliche Stille zwischen mir und Gabrielle war in diesem Moment für mich fast nicht mehr zu ertragen.

Mit ihm konnte ich sprechen, ja, mit ihm konnte ich Träume träumen. Etwas in meinem Inneren trieb mich, ihn zu umarmen, und ich hielt ihn fest und kämpfte gegen meine Verwirrung und meine Begierde an.

»Geh aus Paris fort, ja«, flüsterte er, »aber nimm mich mit. Ich weiß nicht, wie ich hier jetzt noch leben soll. Ich taumle durch einen Karneval der Schrecken. Bitte...«

Ich hörte mich nein sagen.

»Bedeute ich dir nichts?« fragte er. Er wandte sich Gabrielle zu. Ihr Gesicht war schmerzerfüllt, und sie blickte ihn noch immer an. Ich konnte nicht erkennen, was in ihrem Herzen vorging, und zu meinem Leidwesen mußte ich feststellen, daß er mit ihr sprach und mich außen vor ließ. Wie lautete ihre Antwort? Aber dann flehte er uns an. »Gibt es nichts, was ihr respektiert, außer euch selbst?«

»Ich hätte dich heute abend vernichten können«, sagte ich. »Nur Respekt hat mich davon abgehalten.«

»Nein.« Er schüttelte auf verblüffend menschliche Weise seinen Kopf. »Das hättest du niemals fertiggebracht.«

Ich lächelte. Wahrscheinlich hatte er recht. Aber wir vernichteten ihn auf ganz andere Art.

»Ja«, sagte er, »das stimmt. Ihr vernichtet mich. Helft mir«, flüsterte er. »Schenkt mir nur ein paar kurze Jahre all der Zeit, die ihr noch vor euch habt. Ich bitte euch. Mehr verlange ich nicht.«

»Nein«, sagte ich erneut.

Er saß direkt vor mir auf der Bank. Er sah mich an. Und wieder bot sein Gesicht jenes finstere Schauspiel grenzenloser Wut. Aber wie schon früher gewann er fast augenblicklich wieder die Fassung. Die »Halluzination« hatte sich aufgelöst. Er erhob sich und wich von mir zurück, bis er vor dem Kaminfeuer stand.

»Ich verfluche dich!« flüsterte er, und Angst durchzuckte mich. »Ich verfluche dich«, wiederholte er und trat näher. »So liebe denn die Sterblichen und lebe weiter, wie du gelebt hast, rücksichtslos, alles verlangend und alles liebend, aber die Zeit wird kommen, wo dich nur noch die Liebe eines Wesens deiner Art wird retten können.« Er sah Gabrielle kurz an. »Und ich rede nicht von Kindern, wie dieser hier!«

Ich konnte nicht verbergen, daß das eine schlagende Wirkung auf mich hatte, und unwillkürlich stand ich auf, um mich Gabrielle zu nähern.

»Ich komme nicht mit leeren Händen zu euch«, stieß er hervor. »Ich will nichts geschenkt haben. Seht mich an. Sagt bloß, ihr könnt auf mich verzichten, auf jemanden, der die Kraft hat, euch durch die schweren Prüfungen der Zukunft zu führen.«

Er warf Gabrielle einen Blick zu, und einen Moment lang fixierte er sie, und ich sah, wie sie erstarrte und zu zittern anfing.

»Laß sie in Ruhe!« sagte ich.

»Du weißt nicht, was ich ihr mitteile«, sagte er kühl. »Ich will ihr nicht weh tun. Aber was hast du mit deiner Liebe für Sterbliche schon alles angerichtet?«

Er würde etwas Schreckliches sagen, gelänge es mir nicht, ihm Einhalt zu gebieten, etwas, um mich oder Gabrielle zu verletzen. Er wußte, was mit Nicki geschehen war. Wenn ich tief in meiner Seele Nickis Ende herbeisehnte, würde er auch das wissen! Warum hatte ich ihn hereingelassen? Warum hatte ich mir nicht klargemacht, wozu er imstande war?

»Es kommt immer anders, als man denkt«, sagte er. »Jedesmal richten der Tod und das Erwachen im sterblichen Geist Verwirrung an. So wird dich der eine hassen, weil du ihm das Leben geraubt hast, der andere wird sich Ausschweifungen hingeben, die du nur verachten kannst, ein dritter wird durchdrehen und zu toben anfangen, ein anderer taucht als Monster auf, das sich deiner Kontrolle entzieht. Der eine wird dir deine Überlegenheit neiden, der nächste wird dich unterkriegen.« An dieser Stelle warf er Gabrielle wieder einen Blick zu und deutete ein Lächeln an. »Und immer wird sich zwischen euch ein Schleier senken. Du wirst für immer und ewig allein sein!«

»Ich möchte davon nichts hören. Es hat nichts zu bedeuten«, sagte ich.

Er ließ jenes verbitterte Auflachen vernehmen, das alles andere als ein Lachen war. »Liebende mit menschlichen Gesichtern«, verspottete er mich. »Erkennst du deinen Irrtum nicht? Der andere haßt dich blindwütig, und sie – das schwere Blut hat sie noch gefühlskälter gemacht, stimmt's? Aber selbst sie, so stark sie auch ist, wird Momente erleben, in denen sie Angst vor der Unsterblichkeit hat, und wem wird sie die Schuld geben?«

»Du bist ein Narr«, flüsterte Gabrielle, die ihn seit einer Weile schon haßerfüllt anstarrte.

»Du hast versucht, dem Geiger das alles zu ersparen. Aber bei ihr hast du keinen Augenblick daran gedacht, ihr das besser zu ersparen.«

»Sag nichts mehr«, antwortete ich. »Du erreichst nur, daß ich dich hasse. Ist es das, was du willst?«

»Aber ich sage die Wahrheit, und du weißt es. Und was ihr nie begreifen werdet, alle beide nicht, ist das volle Ausmaß eures gegenseitigen Hasses. Oder Abscheus. Oder Leids. Oder Liebens.«

Er schwieg, und ich war unfähg, etwas zu erwidern. Er tat genau das, was ich befürchtet hatte, und ich wußte nicht, wie ich mich verteidigen sollte.

»Wenn du mich jetzt mit dieser hier zurückläßt«, fuhr er fort, »wirst du es wieder tun. Nicolas hast du nie besessen. Und sie überlegt bereits, wie sie dich jemals loswerden kann. Und im Gegensatz zu ihr erträgst du es nicht, allein zu sein.«

Ich konnte nicht antworten. Gabrielle kniff die Augen zusammen, und ihr Mund nahm einen leicht grausamen Zug an.

»Die Zeit wird also kommen, da du dich auf die Suche nach neuen Sterblichen begibst«, sprach er weiter, »in der Hoffnung, daß dir die Zauber der Finsternis wieder einmal die Liebe schenken, nach der du dich so heftig sehnst. Und mit diesen verstümmelten und unberechenbaren Kindern wirst du versuchen, deine Zitadellen gegen die Zeit zu errichten. Aber es werden Gefängnisse sein, wenn sie überhaupt ein halbes Jahrhundert überdauern. Ich warne dich. Nur mit jenen, die so mächtig und weise sind wie du, kann die wahre Zitadelle gegen die Zeit gebaut werden.«

Die Zitadelle gegen die Zeit. Worte, die ihre Wirkung nicht verfehlten. Und Angst schwelte in mir hoch.

Einen Augenblick lang schien er wie abwesend zu sein, unbeschreiblich schön im Glanz des Feuers, wie sein kastanienbraunes Haar seine Stirn umsäumte und seine Lippen in glückseligem Lächeln geöffnet waren.

»Wenn uns schon die alten Bräuche für immer verloren sind, können wir dann nicht wenigstens einander haben?« fragte er, und seine Stimme hatte wieder jenen verführerischen Klang. »Wer sonst vermag dein Leid zu verstehen? Wer sonst weiß, was in dir vorging, als du damals auf der Bühne deines kleinen Theaters warst und all die, die du liebtest, zu Tode erschreckt hast?«

»Sprich nicht darüber«, flüsterte ich. Aber ich entspannte mich zusehends, verlor mich in seinen Augen und seiner Stimme. Ich war am Rande einer Ekstase, wie sie mich in jener Nacht auf den Zinnen heimgesucht hatte. Mit meiner ganzen Willenskraft reckte ich Gabrielle meine Hände entgegen.

»Wer versteht schon, was in dir vorging, als meine abtrünnigen Jünger in der Musik deines herzigen Geigers schwelgten und ihr greuliches Boulevardunternehmen ausheckten?«

Ich antwortete nicht.

»Das Theater der Vampire!« Seine Lippen verzogen sich zu einem traurigen Lächeln. »Versteht sie die ganze Ironie, die ganze Grausamkeit? Weiß sie, wie es war, als du als junger Mann auf dieser Bühne standst, umtost vom Jubel des Publikums? Als die Zeit noch dein Freund war und nicht dein Feind, wie jetzt? Als du hinter den

Kulissen deine Arme ausgebreitet hast und sich die sterblichen Lieblinge deiner kleinen Familie an dich kuschelten... «

»Hör auf, bitte.«

»Weiß sonst jemand um die ganze Tiefe deiner Seele?«

Hexerei. War sie jemals mit größerem Geschick eingesetzt worden? Und in Wirklichkeit sagte er uns in diesem Strom schöner Worte nur: *Kommt zu mir, und ich werde die Sonne sein, die ihr umkreist, und meine Strahlen werden die Geheimnisse freilegen, die ihr voreinander verbergt, und ich, der ich die Zauberkraft besitze, von deren Macht ihr nichts ahnt, werde euch beherrschen und besitzen und vernichten!*

»Ich habe dich schon vorher gefragt«, sagte ich. »Was willst du? Was willst du wirklich?«

»Dich!« sagte er. »Dich und sie! Auf daß wir an diesem Scheideweg einen Dreierbund schließen!«

Nicht, daß wir uns dir ergeben?

Ich schüttelte den Kopf. Und ich bemerkte, daß Gabrielle ebenso zurückschaudernd Vorsicht walten ließ.

Er war nicht verärgert; er hegte jetzt keinerlei Groll. Doch wieder sagte er in verführerischem Ton: »Ich verfluche dich. Ich habe mich dir in dem Moment angeboten, da du mich bezwungen hast. Denke daran, wenn deine Nachtkinder gegen dich losschlagen, wenn sie sich gegen dich erheben. Denk an mich.«

Ich war erschüttert, stärker noch als bei dem schrecklichen und traurigen Endkampf mit Nicki in Renauds Theater. Kein einziges Mal hatte ich in der Gruft unter Les Innocents Angst verspürt. Aber seit wir diesen Raum hier betreten hatten, hatte ich Angst.

Und wieder wallte in ihm Wut auf, so heftig, daß er sie nicht im Zaum halten konnte.

Ich beobachtete ihn, wie er seinen Kopf senkte und sich abwandte. Er stand am Feuer und dachte sich die wildesten Drohungen für mich aus, ich konnte sie hören, obwohl sie sich verflüchtigten, noch ehe sie seine Lippen erreicht hatten.

Aber für den Bruchteil einer Sekunde trübte irgend etwas meine Sicht. Vielleicht war es eine tropfende Kerze. Vielleicht hatte ich auch nur mit den Augen gezwinkert. Doch was es auch war, er verschwand. Oder er versuchte zu verschwinden, und ich sah ihn wie einen Kometenschweif vom Kamin fortspringen.

»Nein!« rief ich und stürzte mich auf etwas, das ich nicht einmal sehen konnte, und schon hielt ich ihn, der wieder leiblich geworden war, zwischen meinen Händen.

Er hatte sich nur sehr schnell bewegt, und ich hatte mich noch schneller bewegt, und wir standen uns in der Tür gegenüber.

»Nein, nicht so. Wir können uns nicht trennen. Wir können nicht in Haß auseinandergehen.« Und meine Willenskräfte schmolzen plötzlich dahin, als ich ihn umarmte und ihn so festhielt, daß er sich weder befreien noch bewegen konnte.

Es war mir gleichgültig, was er war oder wie sehr er mich angelogen hatte, daß er versucht hatte, mich zu überwältigen, es war mir gleichgültig, daß ich nicht mehr sterblich war und es nie wieder sein würde. Ich wollte nur, daß er bliebe. Ich wollte bei ihm sein, so wie er war, und alles, was er gesagt hatte, war nichts als die Wahrheit gewesen. Dennoch würde es nie so werden können, wie er es sich vorstellte. Er würde keine Macht über uns ausüben oder einen Keil zwischen Gabrielle und mich treiben können.

Gleichwohl fragte ich mich, ob er wirklich wußte, was er da verlangte? War es möglich, daß er seinen unschuldigen Worten Glauben schenkte?

Ohne etwas zu sagen, ohne seine Zustimmung einzuholen, führte ich ihn zu der Kaminbank zurück. Ich witterte wieder Gefahr, schreckliche Gefahr. Aber das war ziemlich egal. Er mußte jetzt bei uns bleiben.

Gabrielle hielt murmelnde Selbstgespräche. Sie ging hin und her und hatte offenbar vergessen, daß wir auch noch da waren.

Armand ließ sie nicht aus den Augen, und als sie sich recht plötzlich und unerwartet nach ihm umdrehte, erhob sie ihre Stimme.

»Du kommst zu ihm und sagst, ›Nimm mich mit.‹ Du sagst, ›Liebe mich‹, und du ergehst dich in vagen Andeutungen über Geheimnisse und höheres Wissen, aber außer Lügen rückst du nichts raus.«

»Ich habe bewiesen, daß ich alles zu verstehen weiß«, antwortete er leise murmelnd.

»Nein, du hast nur ein paar Tricks vorgeführt«, erwiderte sie. »Du hast Bilder entworfen. Und ziemlich alberne Bilder. Wie schon immer. Du lockst Lestat mit allerlei Blendwerk ins Palais, nur um über ihn herzufallen. Und hier, in einer Art Kampfpause, hast du nichts Besseres zu tun, als Zwietracht zwischen uns zu säen...«

»Zugegeben, ich habe Blendwerk eingesetzt«, antwortete er. »Aber was ich hier gesagt habe, ist wahr. Schon jetzt verachtest du deinen Sohn wegen seines Hangs zu Sterblichen, seines Bedürfnisses, sich dauernd bei ihnen aufzuhalten, seiner Nachgiebigkeit dem Geiger gegenüber. *Du* wußtest, daß die Zauber der Finsternis den Geist des Geigers verwirren und ihn schließlich vernichten würden. Du willst frei sein, frei von all den Kindern der Finsternis. Das kannst du mir nicht verheimlichen.«

»Ach, du bist derart naiv«, sagte sie. »Du siehst, ohne etwas zu sehen. Wie viele sterbliche Jahre hast du gelebt? Und kannst du dich überhaupt noch an irgend etwas aus dieser Zeit erinnern? Alles, was du jemals empfunden hast, kann nicht die Gefühle für meinen Sohn aufwiegen. Ich habe ihn geliebt, wie ich kein anderes Wesen der Schöpfung geliebt habe. In meiner Einsamkeit bedeutet mir mein Sohn alles. Wie ist es möglich, daß du dies nicht verstehst?«

»*Du* verstehst nichts«, sagte er ebenso sanftmütig. »Wenn du jemals wahre Sehnsucht nach irgendwem empfunden hättest, wüßtest du, daß deine Gefühle für deinen Sohn rein nichts sind.«

»Das ist doch alles sinnloses Geschwätz«, sagte ich.

»Nein«, antwortete sie ihm unbeirrt. »Mein Sohn und ich sind uns in mehr als einer Beziehung verwandt. In fünfzig Lebensjahren habe ich niemanden gekannt, der so stark ist wie ich, außer meinen Sohn. Und was uns trennt, können wir jederzeit kitten. Aber wie können wir dich zu einem der Unseren machen, wenn du Gefühle, Empfindungen nur wie simple Gebrauchsgegenstände benutzt?! Oder anders ausgedrückt: Was kannst du uns von dir selbst bieten, damit wir dich wollen sollten?«

»Meine lenkende Hand braucht ihr«, antwortete er. »Ihr steht erst am Anfang eures Abenteuers, und ihr verfügt über keinerlei Glauben, der euch stützen könnte. Ihr könnt ohne einen Kundigen nicht überleben...«

»Millionen leben ohne Glauben oder Führung. Nur du kommst ohne diese Dinge nicht aus«, sagte sie.

Er strahlte Schmerz aus. Leid. Aber sie fuhr mit fester, ausdrucksloser Stimme fort, als würde sie einen Monolog aufsagen.

»Ich habe da noch ein paar Fragen. Es gibt Dinge, die ich wissen muß. Ich kann nicht ohne grundsätzliche Überzeugungen leben, was aber nichts mit dem alten Glauben an Götter oder Teufel zu tun hat. Ich möchte beispielsweise wissen, warum es Schönheit gibt, warum die Natur sie immer wieder gebiert, und was das Glied zwischen dem Anblick der See oder einem Gewitter und den Gefühlen ist, die derlei in uns auslöst? Wenn Gott nicht existiert, wenn diese Dinge nicht Bestandteil eines sinnstiftenden Systems sind, warum sind sie uns dann dennoch von solch symbolischer Kraft? Lestat nennt das den Wilden Garten, aber mir genügt das nicht. Und ich muß gestehen, daß das, diese wahnwitzige Wißbegierde oder wie man das nennen will, mich von meinen menschlichen Opfern forttreibt. Sie treibt mich ins offene Land, fort von jeglichem Menschenwerk. Und vielleicht wird sie mich auch von meinem Sohn forttreiben, der allem Menschlichen verfallen ist.«

Sie trat an ihn heran, und nichts erinnerte noch daran, daß sie eine Frau war, und sie blickte ihm mit zusammengekniffenen Augen ins Gesicht.

»Aber mit dieser Laterne beleuchte ich des Teufels Straße«, sagte sie. »Mit welcher Laterne hast du sie beschritten? Was hast du wirklich gelernt, außer Teufelskult und Aberglauben? Was weißt du über uns und wie wir das wurden, was wir sind? Sag's uns, und es mag uns was wert sein. Aber andererseits, vielleicht ist es uns auch keinen Pfifferling wert.«

Er war sprachlos. Seine Künste reichten nicht aus, seine Verblüffung zu verbergen.

Er starrte sie in unschuldiger Verwirrung an. Dann erhob er sich und stahl sich davon. Er wollte ihr offensichtlich entkommen, ein gebrochener Geist, der stieren Auges vor sich hin blickte.

Schweigen senkte sich über uns herab. Und ich hatte auf einmal das seltsame Bedürfnis, ihn in Schutz zu nehmen. Sie hatte offen gesagt, was sie interessierte, wie es schon immer ihre Art gewesen war, und wie stets ging sie dabei nicht gerade rücksichtsvoll vor. Sie hatte über das gesprochen, worauf es ihr ankam, ohne sich einen Deut um seine Lage zu scheren.

Begebe dich auf eine andere Ebene, hatte sie gesagt, auf meine Ebene. Und er war mattgesetzt und gedemütigt. Seine Hilflosigkeit nahm besorgniserregende Ausmaße an. Er erholte sich nicht von ihrer Attacke.

Er drehte sich um und ging wieder in Richtung Bank, als wollte er sich hinsetzen, dann in Richtung der Sarkophage, dann in Richtung Wand. Es schien, als würden ihn die steinernen Flächen zurückweisen.

Schließlich stob er aus dem Zimmer in das enge Treppenhaus, drehte sich dann um und kam zurück.

Seine Gedanken waren in ihm eingeschlossen, oder, schlimmer noch, er war wie leergefegt von Gedanken! Er sah lediglich schwankende Bilder vor sich, schlichte materielle Dinge, die auf ihn zurückstarrten, die eisenbeschlagene Tür, die Kerzen, das Feuer. Ein paar lebhafte Erinnerungen an die Straßen von Paris, die Händler und Hausierer, die Kutschen, den Klang eines Orchesters, das entsetzliche Getöse von Worten und Sätzen aus den Büchern, die er vor so kurzer Zeit gelesen hatte.

Ich konnte es nicht ertragen, aber Gabrielle hieß mich mit einer strengen Geste, da zu bleiben, wo ich war.

Irgend etwas braute sich in der Gruft zusammen. Irgend etwas lag in der Luft. Irgend etwas änderte sich, während die Kerzen schmolzen und das Feuer knisterte und gegen die verrußten Steine hinten im Kamin züngelte und die Ratten unten durch die Totenkammern huschten.

Armand stand unter dem Türbogen, und es war, als seien Stunden verstrichen, obwohl das nicht der Fall war, und Gabrielle hielt sich abseits in einer Zimmerecke auf, ihr Gesicht in Konzentration erstarrt, die Augen zusammengekniffen.

Armand wollte uns etwas sagen, aber kein klärendes Wort drang über seine Lippen. Die Dinge, die zu sagen er beabsichtigte, waren chaotisch zerfasert, und es war, als hätten wir ihn aufgeschnitten, da die Gedankenbilder wie Blut aus ihm hervorströmten.

Armand war nur noch ein junger Knabe in der Tür. Und ich wußte, was ich fühlte. Es war die ungeheuerliche Vertrautheit mit einem anderen Wesen, eine Intimität, gegen die sogar die verträumten Augenblicke des Tötens von nüchterner Disziplin waren. Er war wie ein offenes Buch und konnte den verwirrenden Bilderstrom nicht länger zurückhalten.

War das die ganze Zeit die eigentliche Gefahr, der Auslöser meiner Angst gewesen? Aber hatte ich nicht die wichtigsten Erfahrungen meines Lebens dadurch gemacht, daß ich dem, was mir Angst bereitete, beherzt entgegentrat? Wieder einmal sprengte die Begegnung mit etwas Beängstigendem die Schale, die mich umgab, so daß etwas anderes aufknospen konnte.

Niemals in meinem sterblichen oder unsterblichen Leben hatte sich mir Intimität von einer derart bedrohlichen Seite gezeigt.

Die Geschichte Armands

3

Die Kammer hatte sich aufgelöst. Die Wände waren verschwunden. Reiter kamen näher. Eine geballte Wolke am Horizont. Dann Schreckensschreie. Und ein Kind mit kastanienbraunem Haar und in grober Bauernkleidung rannte und rannte, als die Reiterhorde losbrach, und das Kind schlug wild um sich, als es gefangengenommen und über den Sattel eines Reiters geworfen und bis hinter das Ende der Welt gebracht wurde. Das Kind war Armand.

Und dies waren die Steppen Südrußlands, aber Armand wußte nicht, daß es Rußland war. Er kannte Vater und Mutter und die Kirche und Gott und Satan, aber er wußte nicht einmal die Bezeichnung seiner Heimat oder seiner Sprache, oder daß die Reiter, die ihn verschleppten, Tataren waren und daß er nie wieder etwas zu Gesicht bekäme, das er kannte oder liebte.

Dunkelheit, das stürmische Schaukeln des Schiffes und unaufhörliche Seekrankheit, und dann, aus Angst und betäubender Verzweiflung auftauchend, der endlose, glitzernde Dschungel aus unmöglichen Gebäuden – Konstantinopel in den letzten Tagen des byzantinischen Reichs mit seinem phantastischen Völkergemisch und seinen Sklavenmärkten. Das beängstigende Sprachengewirr, Drohungen, in allgemeinverständlicher Zeichensprache ausgestoßen, und überall die Feinde, die er nicht unterscheiden oder besänftigen, denen er nicht entrinnen konnte.

Jahre über Jahre sollten vergehen, mehr als eine sterbliche Lebensspanne, ehe Armand einen Blick zurück auf diese schrecklichen Abenteuer werfen und alles benennen konnte, die byzantinischen Hofbeamten, die ihn kastriert hätten, und die islamischen Haremswächter, die ein gleiches getan hätten, und die stolzen Mameluckenkrieger aus Ägypten, die ihn mit nach Kairo genommen hätten, wenn er nur hellhäutiger und kräftiger gewesen wäre, und die ausgesprochen freundlichen Venezianer in ihren Gamaschen und Samtwämsen, Christen, so wie er Christ war, die ihn prüfend ansahen und einander dabei milde zulachten, wie er stumm und ohne Hoffnung vor ihnen stand, unfähig zu antworten, unfähig, um etwas zu bitten.

Ich sah, wie sich das unendliche, schäumende Blau des Ägäischen und des Adriatischen Meeres vor ihm ausbreitete, wie er in seinem Frachtraum neuerlich seekrank war und einen heiligen Eid leistete, nicht weiterzuleben.

Und dann die großen, maurischen Paläste Venedigs, die sich aus der schimmernden Lagune erhoben, und das Haus, in das er gebracht worden war, mit seinen Dutzenden und Dutzenden von Geheimkammern. Das Licht des Himmels sickerte nur schwach durch die vergitterten Fenster, und die anderen Knaben redeten in diesem eigenartigen Venezianisch auf ihn ein, und er wußte, daß er von der endlosen Prozession von Fremden drohend und schmeichelnd zur Sünde gezwungen war, inmitten all der Fackeln, all des Marmors, wo ihm in jeder Kammer sich ein neues Bild zärtlicher Umstrickung bot, um unausweichlich in immer demselben Ritual unerklärlicher und grausamer Begierde zu münden.

Und schließlich eines Nachts, nachdem er sich tagelang verweigert hatte und hungrig und wund war und es ablehnte, noch mit irgend jemandem ein Wort zu wechseln, wurde er wieder durch eine dieser Türen gestoßen, so wie er war, verdreckt und noch blind von der Dunkelheit seiner Zelle, in die er eingesperrt gewesen war, und die Gestalt, die ihn in Empfang nahm, groß und in rotem Samt, mit hagerem und fast leuchtendem Gesicht, berührte ihn so sanft mit ihren kalten Fingern, daß er sich in einem Traum wähnte und einmal nicht losbrüllte, als er sah, wie die Münzen den Besitzer wechselten. Es handelte sich um eine stattliche Summe. Er wurde verkauft. Und das Gesicht in seiner unnatürlichen Glätte gemahnte an eine Maske.

Und im letzten Augenblick schrie er auf. Er schwor zu gehorchen, nicht mehr aufzubegehren. Wenn ihm jemand verraten würde, wohin man ihn brächte, wäre er nicht mehr ungehorsam, bitte, bitte. Aber schon als er die Treppe hinunter- und dem dumpfigen Geruch des Wassers entgegengezerrt wurde, fühlte er wieder die zarten, doch entschlossenen Finger seines neuen Herrn, und Lippen zart und kühl an seinem Hals, und nie, niemals würden sie ihm Leid zufügen können, und dann spürte er den ersten, tödlichen und unaufhaltsamen Kuß.

Liebe durchpulste den Kuß des Vampirs, badete, reinigte Armand. Er wurde in eine Gondel getragen, und die Gondel bewegte sich wie ein großer, finsterer Käfer durch den Strom zu den Abwasserkanälen unter einem Haus.

Trunken vor Wonne. Trunken von den seidenweichen, weißen Händen, die sein Haar zurückstrichen, von der Stimme, die ihn schön nannte, von dem Gesicht, das in heiteren Gefühlen erstrahlte.

Im Morgenlicht, trunken von der Erinnerung an jene Küsse, öffnete er eine Tür nach der anderen, um einer Fülle von Büchern und Landkarten und Marmorstatuen gewahr zu werden, und dann fanden ihn die anderen Lehrlinge und führten ihn geduldig zu seiner Arbeit, wo sie ihn zusehen ließen, wie sie leuchtkräftige Pigmente zermahlten, ihn lehrten, wie man die reinen Farben mit Eidotter vermischte und wie man den Dotterfirnis auf die Bildtafeln auftrug, und ihn mitnahmen auf das Gerüst, während sie vorsichtig an den Rändern der Sonne und der Wolken eines Monumentalgemäldes arbeiteten, und ihm die großartigen Gesichter und Hände und Engelflügel zeigten, deren Gestaltung dem Meister allein vorbehalten war.

Und trunken war er, als er mit ihnen an der langen Tafel saß und sich an Speisen labte, die er nie zuvor gekostet hatte, und an dem Wein, der nie knapp wurde.

Und schließlich schlief er ein, um in der ersten Abenddämmerung zu erwachen, wenn der Meister neben dem riesigen Bett stand, in seinem roten Samt majestätisch schön wie ein Phantasiegebilde, mit seinem vollen, weißen Haar, das im Lampenlicht glänzte, und seinen glückstrahlenden, kobaltblauen Augen. Der tödliche Kuß.

»Ah, ja, nie wieder von dir getrennt, ja... keine Angst.«

»Bald, mein Liebster, bald werden wir wirklich vereint sein.«

Fackeln erleuchteten das ganze Haus. Der Meister oben auf dem

Gerüst, Palette und Pinsel in Händen: »Bleib da stehen, im Licht, bewege dich nicht.« Dann blieb er stundenlang in derselben Haltung erstarrt, um sich schließlich, kurz vor der Morgendämmerung, im Gesicht des Engels wiederzuerkennen, während der Meister lächelnd den endlosen Korridor entlangschritt...

»Nein, Meister, verlasse mich nicht, laß mich bei dir bleiben, geh nicht weg...«

Ein neuer Tag und Geld in seinen Taschen, echtes Gold, und die erhabene Pracht Venedigs mit seinen dunkelgrünen Wasserstraßen, die die Paläste umfriedeten, und die anderen Lehrlinge, die Arm in Arm mit ihm durch die Stadt streiften, und die frische Luft und der blaue Himmel über dem Markusplatz, wie etwas, wovon er nur in seiner Kindheit geträumt hatte, und abends wieder der Palazzo, und der Meister kommt, der Meister über das kleinere Bild gebeugt, immer schneller arbeitend, während die Lehrlinge halb entsetzt, halb fasziniert zusehen, und der Meister blickt auf und gewahrt ihn und legt den Pinsel beiseite und verläßt mit ihm das gewaltige Atelier, während die anderen bis Mitternacht weiterarbeiten, und dann ist er im Schlafgemach, sein Gesicht in den Händen des Meisters... und dieses Geheimnis... und sprich mit niemandem darüber... und – der Kuß...

Zwei Jahre? Drei Jahre? Worte vermögen nicht, den Glanz dieser Tage wiederauferstehen zu lassen – die Kriegsflotten, die vom Hafen aus in See stachen, die Passions- und Mirakelspiele, die in den Kirchen und auf der Piazza aufgeführt wurden, die prächtigen Mosaiken, die sich über die Mauern von San Marco und San Zanipolo und den Palazzo Ducale ergossen, und die Maler, die man auf den Straßen sah, Giambono, Uccello, die Vivarinis und die Bellinis; und die endlosen Festtage und Prozessionen, und immer in den frühen Morgenstunden in den weiten, fackelerleuchteten Palasträumen allein mit dem Meister, wenn die anderen sicher eingesperrt schliefen. Der Meister wie besessen an einer Leinwand arbeitend, als würde er das Gemälde eher freilegen, als es erschaffen – Sonne und Himmel und Meer unter dem Baldachin der Engelsflügel ausgebreitet.

Und diese fürchterlichen, unvermeidlichen Augenblicke, wenn sich der Meister aufheulend erhob, die Farbtöpfe in die Gegend warf und nach seinen Augen griff, als wollte er sie sich aus dem Kopfe reißen.

»Warum kann ich nicht sehen? Warum kann ich nicht besser als die Sterblichen sehen?«

Sich fest an den Meister schmiegen. Auf die Wonne des Kusses warten. Dunkles Geheimnis, stillschweigendes Geheimnis. Der Meister zieht sich kurz vor Anbruch des Morgens zurück.

»Laß mich mit dir gehen, Meister.«

»Bald, mein Herzblatt, mein Liebster, mein Kleiner, wenn du groß und stark genug bist, wenn du ohne Makel bist. Geh jetzt und genieße die Freuden, die dich erwarten, gib dich einer Frau hin, gib dich auch einem Mann hin. Vergiß die Grausamkeiten, die du in dem Bordell erleiden mußtest, und koste diese Dinge aus, solange noch Zeit ist.«

Und kaum eine Nacht verging, ohne daß kurz vor Sonnenaufgang die Gestalt des Meisters zurückgekommen wäre, um sich über ihn zu beugen und ihm jene Umarmung zu schenken, die ihn über den Tag rettete, bis zum tödlichen Kuß wieder in der Abendstunde.

Er lernte lesen und schreiben. Er trug die fertigen Gemälde zu ihren Bestimmungsorten, den Kirchen und Palastkapellen, und kassierte das Geld, und mit den Händlern feilschte er um Pigmente und Öle. Er schalt die Dienstboten aus, wenn die Betten nicht gemacht und die Mahlzeiten nicht fertig waren. Und wenn die Lehrlinge neue Dienststellen antraten, nahm er tränenreich Abschied von ihnen. Wenn der Meister malte, las er ihm Gedichte vor, und er lernte Laute spielen und Lieder singen.

Und in den traurigen Zeiten, da der Meister für viele Nächte Venedig verließ, führte er das Regiment in dem Palast, wobei er seinen Schmerz vor den anderen verbarg, Schmerz, der erst mit der Rückkunft des Meisters verging.

Und schließlich eines Nachts, zu früher Morgenstunde, da selbst Venedig schlief, kam der Meister zu ihm. »Dies ist der Augenblick, Liebster, zu mir zu kommen und wie ich zu werden. Willst du das?«

»Ja.«

»Ewig und geheim vom Blut des Übeltäters gedeihen, so wie ich gedeihe, und dein Geheimnis bis zum Ende der Zeiten wahren?«

»Ich gelobe es, ich ergebe mich, ich will... bei dir sein, mein Meister, immer, du bist mein Schöpfer. Nie hat es einen sehnlicheren Wunsch gegeben.«

Der Meister wies auf das Gemälde, das über das Gerüst hinaus bis zur Decke reichte.

»Das ist die einzige Sonne, die du je wieder sehen wirst. Aber die Nächte ganzer Jahrtausende werden dir gehören, um ein Licht zu sehen, wie es keinem Sterblichen je vergönnt war, um es, als seist du Prometheus, von den fernsten Sternen zu ergattern und der wahren Erleuchtung teilhaftig zu werden.«

Wer zählt die Monate danach? Taumel im Bann der Zauber der Finsternis.

Des Nachts zusammen durch die Gassen und Kanäle streifen – eins mit der Gefahr der Dunkelheit, ohne Angst vor ihr haben zu müssen –, und die uralte Lust am Töten, doch nie, niemals die unschuldigen Seelen. Nein, immer nur die Verruchten, rastlose Suche bis Typhon, der Mörder seines Bruders, aufgespürt war, und dann das Böse vollständig aus dem sterblichen Opfer saugen und die Ekstase hernach.

Und hinterher malen, einsame Stunden mit dem Wunder dieser neuen Fähigkeit, der Pinsel manchmal wie von selbst über die Leinwand gleitend, zu zweit wie besessen an dem Triptychon arbeitend, und die sterblichen Lehrlinge zwischen Farbtöpfen und Weinflaschen eingeschlafen, sorglos-heitere Zeit, nur, wie früher schon, von des Meisters gelegentlichen und rätselhaften Reisen getrübt, die den Zurückgebliebenen eine Ewigkeit zu dauern schienen.

Um so schlimmer die Stunden der Trennung. Jetzt allein und ohne den Meister auf Jagd gehen, um danach allein und wartend im tiefen Keller zu liegen. Nicht mehr des Meisters Gelächter oder Herzschlag vernehmen.

»Aber wohin gehst du denn? Warum kann ich nicht mit dir kommen?« Armand flehte. Teilten sie nicht ihr Geheimnis? Warum wurde er in dieses Rätel nicht eingeweiht?

»Nein, mein Liebster, du bist für diese Bürde noch nicht reif. Noch muß ich sie, wie schon seit über tausend Jahren, allein tragen. Eines Tages wirst du mir dabei helfen, aber nur, wenn du die Reife des Wissens erlangt hast, wenn du bewiesen hast, daß du wirklich wissend werden möchtest, und wenn du stark genug bist, daß dir dieses Wissen niemand gegen deinen Willen entreißen kann. Verstehe bitte, daß ich bis dahin keine andere Wahl habe, als dich zu verlassen.

Widmen muß ich mich JENEN, DIE BEWAHRT WERDEN MÜSSEN, wie ich es schon immer gehalten habe.«

JENE, DIE BEWAHRT WERDEN MÜSSEN.

Armand grübelte darüber nach; es jagte ihm Angst ein. Aber schlimmer noch, es raubte ihm den Meister, und die Angst verflüchtigte sich erst, wenn der Meister zu ihm zurückkehrte.

»JENE, DIE BEWAHRT WERDEN MÜSSEN, sind friedlich und ruhig«, sagte er und streifte den roten Samtmantel von seinen Schultern. »Viel mehr werden wir vielleicht nie erfahren.«

Und dann wieder auf Pirsch durch Venedigs dunkle Gassen, er und der Meister.

Wie lange mag das alles gedauert haben – eine sterbliche Lebensspanne? Hundert?

Kein halbes Jahr hatte dieser segensreiche Zustand gewährt, als der Meister eines Nachts im Keller über Armands Sarg gebeugt stand und sagte: »Steh auf, Armand, wir müssen fort von hier. Sie sind gekommen!«

»Wer ist gekommen, Meister? JENE, DIE BEWAHRT WERDEN MÜSSEN?«

»Nein, mein Liebling. Die anderen. Komm, wir müssen uns beeilen!«

»Aber was können sie uns denn tun? Warum müssen wir fort?«

Weiße Gesichter an den Fenstern. Pochen gegen die Türen. Berstendes Glas. Der Meister wandte sich nach allen Seiten, nahm die Gemälde in Augenschein. Geruch von Rauch. Geruch von brennendem Pech. Sie kamen aus dem Keller hoch. Sie kamen von oben herunter.

»Lauf, keine Zeit, etwas zu retten.« Die Treppen zum Dach hinauf. Schwarz verhüllte Gestalten schleuderten ihre Fackeln durch die Türöffnungen, das Feuer toste in den Räumen unten, sprengte die Fenster, wallte die Treppe hoch. Alle Gemälde standen in Flammen.

»Zum Dach, Armand. Komm!«

Diese Geschöpfe waren Geschöpfe wie wir selbst! Der Meister scheuchte sie in alle Richtungen auseinander, während er die Treppe hochraste, Knochen zersplitterten, als sie gegen die Decke und die Wände flogen.

»Gotteslästerer, Ketzer!« brüllten die fremden Stimmen. Arme umfingen Armand, hielten ihn fest, und auf der obersten Stufe der Treppe drehte sich der Meister nach ihm um:

»Armand! Zeig, wie stark du bist. Komm!«

Aber sie strömten dem Meister hinterher. Sie umrundeten ihn. Für jeden, den er gegen die Wand schleuderte, erschienen drei neue, bis sich fünfzig Fackeln in die Samtkleidung des Meisters streckten, in seine langen, roten Ärmel, in sein weißes Haar. Die Flammen stoben zur Decke, als sie ihn verzehrten, ihn in eine lebende Fackel verwandelten, wobei er sich sogar noch mit brennenden Armen zu verteidigen wußte, seine Angreifer anzündete, während diese ihm brennende Scheite zu Füßen warfen.

Aber Armand wurde hinuntergetragen und fortgeschleppt, fort aus dem brennenden Haus, zusammen mit den schreienden, sterblichen Lehrlingen. Und unter nachtklarem Himmel über das Meer und weg von Venedig, umgeben von Heulen und Zähneknirschen im Bauch des Schiffes, wie in einer Galeere.

»Gotteslästerer, Gotteslästerer!« Ein Feuer fraß sich empor, umgeben von einer Kette verhüllter Gestalten, und der Gesang schwoll an: »Ins Feuer!«

»Nein, tut mir das nicht an, nein!«

Und als er dem Schauspiel wie versteinert zuschaute, sah er, wie die sterblichen Lehrlinge, seine Brüder, seine einzigen Brüder, zu dem Scheiterhaufen getragen wurden und aufschreiend in den Flammen versanken.

»Nein ... hört auf, sie sind unschuldig! Um der Liebe Gottes willen, hört auf, unschuldig ...« Er schrie aus Leibeskräften, aber nun hatte seine Stunde geschlagen. Sie hoben ihn auf, so sehr er sich auch wehrte, und er flog hoch und höher, um dann in dem Flammenmeer zu landen.

»Hilf mir, Meister!« Die Worte gingen in einen einzigen klagenden Schrei über.

Aber er wurde wieder herausgeholt. Dem Leben geschenkt. Und er lag auf dem Boden, blickte himmelwärts. Die Flammen züngelten an die Sterne, so schien es wenigstens, aber er war weit von ihnen entfernt und konnte nicht einmal mehr die Hitze spüren. Er roch seine verbrannte Kleidung und sein verbranntes Haar. Am schlimmsten aber war, wie sein Gesicht und seine Hände schmerzten, und das

Blut quoll aus ihm hervor, und er konnte nicht einmal die Lippen bewegen …

»… all die eitlen Werke deines Meisters zerstört, all die eitlen Werke, die er inmitten der Sterblichen mit seiner Finsteren Macht erschaffen hat, Bildnisse von Engeln und Heiligen und lebenden Sterblichen! Willst auch du der Vernichtung anheimfallen? Oder Satan dienen? Treffe deine Wahl. Du hast das Feuer kennengelernt, und das Feuer erwartet dich, lechzt deiner. Die Hölle erwartet dich. Magst du deine Wahl treffen?«

»… ja …«

»… Satan zu dienen, wie es ihm gebührt?«

»Ja …«

»… Daß alle weltlichen Dinge eitel sind und du deine Finsteren Fähigkeiten nie für sterblichen Tand mißbrauchen wirst, nicht zu malen, Musik zu komponieren, zu tanzen oder zum Vergnügen der Sterblichen etwas zu rezitieren, sondern um ausschließlich und in alle Ewigkeit Satan zu dienen, um zu verführen, Angst und Schrecken einzujagen und zu zerstören, immer zu zerstören …«

»Ja …«

»… deinem einzigen Herrn und Meister geweiht, Satan, ewig, immer und ewig Satan … um dem wahren Meister in Finsternis und Schmerz und Leid zu dienen, um ihm deinen Geist und dein Herz zu unterwerfen …«

»Ja.«

»Und vor deinen Brüdern in Satan nichts geheimzuhalten und alles Wissen um den Gotteslästerer und seine Bürde preiszugeben?«

Schweigen.

»Alles Wissen um die Bürde preiszugeben, Kind! Komm jetzt, die Flammen warten.«

»Ich verstehe nicht …«

»JENE, DIE BEWAHRT WERDEN MÜSSEN. Erzähle.«

»Was erzählen? Ich weiß nichts, außer daß ich nicht leiden möchte. Ich habe solche Angst.«

»Die Wahrheit, Kind der Finsternis. Wo sind sie? Wo sind JENE, DIE BEWAHRT WERDEN MÜSSEN?«

»Ich weiß es nicht. Lest meine Gedanken, wenn ihr über diese Gabe verfügt. Ich habe nichts zu erzählen.«

»Aber *was*, Kind, *was* sind sie? Hat er dir das nie erzählt? *Was* sind JENE, DIE BEWAHRT WERDEN MÜSSEN?«

Sie wußten es also auch nicht. *Wenn du stark genug bist, daß dir niemand dieses Wissen gegen deinen Willen entreißen kann.*

Der Meister war weise gewesen.

»Was bedeutet das? Wo sind sie? Wir müssen die Antwort haben.«

»Ich schwöre, ich habe sie auch nicht. Ich schwöre bei meiner Angst, was alles ist, das ich im Moment habe, daß ich es nicht weiß!«

Nacheinander erschienen die weißen Gesichter über ihm. Lippen setzten ihm zu, grobe, liebliche Küsse, Hände schlugen ihn, und von ihren Handgelenken tropfte Blut. Sie wollten die Wahrheit mit Blut herauslocken. Aber was sollte das? Das Blut war nichts als Blut.

»Du bist jetzt das Kind des Teufels.«

»Ja.«

»Weine nicht um deinen Meister Marius. Marius ist in der Hölle, wo er hingehört. Jetzt trinke das heilende Blut und tanze mit denen deiner Zunft zum Ruhme Satans! Und wahre Unsterblichkeit wird dein Lohn sein!«

»Ja« – das Blut verbrannte ihm die Zunge, als er den Kopf hob; das Blut füllte ihn mit qualvoller Langsamkeit. »O bitte.«

Lateinische Sätze schwirrten um ihn und leises Trommelschlagen. Sie waren zufrieden. Sie wußten, daß er die Wahrheit gesagt hatte. Sie würden ihn nicht töten, und alle weiteren Überlegungen verblaßten in Ekstase. Der Schmerz auf seinen Händen, in seinem Gesicht hatte sich in Ekstase aufgelöst.

»Erhebe dich und reihe dich ein unter die Kinder der Finsternis.«

»Ja.« Weiße Hände griffen seine Hände. Hörner und Lauten kreischten über den Trommelwirbeln, Harfenklänge mischten sich in eine hypnotische Klimpermelodie, als sich der Kreis in Bewegung setzte. Schwarz verhüllte Gestalten; Gewänder flatterten auf, als sie ihre Knie hoben und ihre Rücken nach hinten beugten.

Und sie wirbelten herum, sprangen hoch, kamen wieder herab, drehten sich im Kreis, und ein summender Gesang brach immer lauter von ihren geschlossenen Lippen.

Immer schneller fegten sie dahin. Das Summen war Ausdruck tiefer Melancholie, schien eine Art Sprechen zu sein, ein Echo ihrer Gedanken.

Er fiel in das Gesumm ein, drehte sich um die eigene Achse, und ihm wurde ganz schwindlig, und er sprang hoch in die Luft. Hände fingen ihn auf, Lippen küßten ihn, und er wirbelte durch die Gegend, angetrieben von den anderen, und jemand rief etwas auf lateinisch, ein anderer antwortete, und wieder ein anderer rief noch lauter, und wieder antwortete jemand.

Er flog, war nicht mehr an die Erde gekettet oder an seinen schrecklichen Schmerz über den Tod seines Meisters und den Tod der Gemälde und den Tod der Sterblichen, die er liebte. Der Wind strich an ihm vorbei, und die Hitze sengte ihm ins Gesicht und in die Augen. Aber der Gesang war so schön, daß es nichts ausmachte, daß er den Text nicht konnte, daß er nicht zu Satan beten konnte, nicht wußte, wie man glaubte oder betete. Niemand merkte, daß er das nicht wußte, und sie waren alle in dem Chorgesang vereint, und sie schrien und wehklagten und drehten sich im Kreis und sprangen hoch, und dann wiegten sie sich hin und her und warfen die Köpfe zurück, als das Feuer sie blendete und an ihnen emporzüngelte, und jemand rief: »Ja, *ja*!«

Und die Musik brauste auf. Ein barbarischer Rhythmus brach von den Trommeln und Tamburinen los, umtoste ihn, und die Stimmen fielen mit einer unheimlich galoppierenden Melodie ein. Die Vampire rissen ihre Arme hoch, heulten auf, Gestalten surrten in wilden Verkrümmungen an ihm vorbei, Rücken bogen sich, Füße stampften. Der Jubel der Kobolde in der Hölle. Entsetzen durchfuhr ihn, und als die Hände ihn packten und ihn umherschwangen, stampfte und kreiste und tanzte und kreischte er wie die anderen.

Und noch ehe der Morgen dämmerte, war er halb wahnsinnig und war von einem Dutzend Brüder umgeben, die ihn liebkosten und besänftigten, um ihn dann die Treppe hinunterzuführen, die sich ins Innere der Erde geöffnet hatte.

In den folgenden Monaten träumte Armand, sein Meister sei nicht in den Flammen umgekommen.

Er träumte, sein Meister sei wie ein lodernder Komet vom Dach in die rettenden Gewässer gefallen. Und sein Meister lebe in den Bergen Norditaliens weiter. Sein Meister riefe ihn herbei. Sein Meister sei im Kloster JENER, DIE BEWAHRT WERDEN MÜSSEN.

Manchmal war der Meister in seinen Träumen so mächtig und

strahlend wie je: von Schönheit umflort. In anderen Träumen wiederum war er zu einem Häufchen atmender Schlacke heruntergebrannt, die Augen groß und gelb und nur das weiße Haar noch so glänzend und voll wie immer schon. Er kroch kraftlos über den Boden und flehte Armand um Hilfe an. Und hinter ihm ergoß sich warmes Licht aus dem Kloster JENER, DIE BEWAHRT WERDEN MÜSSEN; Weihrauchgeruch schwelte näher, und eine Verheißung alter Zauberkraft schien in der Luft zu liegen, eine Verheißung kalter und exotischer Schönheit jenseits von Gut und Böse.

Aber das waren eitle Trugbilder. Sein Meister hatte ihm von der tödlichen Wirkung des Feuers und des Sonnenlichts erzählt, und er hatte mit eigenen Augen den Meister im Feuer gesehen. Diese Träume waren genauso töricht, wie es der Wunsch gewesen wäre, wieder das sterbliche Leben erlangen zu können.

Und wenn seine Blicke zum Mond und den Sternen hinauf und über das spiegelglatte Meer schweiften, dann kannte er keine Hoffnung und keine Trauer und keine Freude mehr. All das war vom Meister ausgegangen, und der Meister war nicht mehr.

»Ich bin des Teufels Kind.« Das war reine Poesie. Sein Wille war ausgelöscht, und es gab nur noch die finstere Bruderschaft, und getötet wurden von nun an Unschuldige genauso wie Schuldige. Die Zeiten, sich beim Töten mit Fragen der Grausamkeit zu belasten, waren endgültig vorbei.

In dem großen Orden in den Katakomben zu Rom beugte er das Knie vor Santino, dem Meister, der die Steinstufen herabschritt, um ihn mit ausgebreiteten Armen zu empfangen. Dieser Fürst war zu Zeiten der Pest in der Finsternis geboren worden, und er erzählte Armand von einer Vision, die er im Jahre 1349 gehabt habe, als die Seuche wütete, daß Vampire nämlich wie der Schwarze Tod selbst zu sein hätten, eine Plage, die sich jeder Erklärung entzöge, einzig dazu angetan, die Menschen an der Gnade und Allmacht Gottes zweifeln zu lassen.

Santino führte Armand in das von Menschenschädeln gesäumte Heiligtum und weihte ihn in die Geschichte der Vampire ein.

Es habe uns schon immer gegeben, so wie es Wölfe schon immer gegeben habe. Und im Orden zu Rom, dem finsteren Schattenbild der römischen Kirche, gediehen wir zu unserer letzten Vollendung.

Armand kenne ja bereits die Rituale und allgemeinen Verbote; jetzt müsse er mit den großen Gesetzen vertraut werden:

Erstens – daß jeder Orden seinen Meister haben müsse und daß nur dieser die Anwendung der Zauber der Finsternis auf Sterbliche anordnen dürfe, wobei er auf die genaue Einhaltung der Methode und des Rituals zu achten habe.

Zweitens – daß die Gaben der Finsternis niemals an Krüppel, Verstümmelte oder Kinder weitergereicht werden dürften, oder an jene, die selbst mit den Gaben der Finsternis nicht in der Lage seien, allein zu überleben. Ferner sollten nur schöne Menschen in den Genuß dieser Gaben gelangen, damit Gott noch mehr beleidigt werden würde, wenn die Zauber der Finsternis zur Anwendung kämen.

Drittens – daß sich nie ein alter Vampir dieser Zauberkraft bedienen dürfe, damit das Blut des Novizen nicht zu stark werde. Denn all unsere Gaben steigerten sich naturgemäß mit der Zeit, und die alten Vampire verfügten über zu viel Kraft, um sie vererben zu dürfen. Wenn Verwundungen, Feuer und ähnliche Katastrophen ein Kind des Satans nicht vernichteten, werde es nur noch mächtiger werden, wenn es geheilt sei. Doch Satan schütze seine Herde vor der Macht der alten Vampire, da diese fast alle verrückt würden.

Und so erfuhr Armand denn, daß kein einziger Vampir mehr lebe, der älter als dreihundert Jahre alt sei, und unter den Lebenden weile niemand mehr, der sich noch an den ersten römischen Orden erinnern könne. Der Teufel pflege recht häufig seine Vampire abzuberufen.

Aber Armand erfuhr auch, daß die Folgen der Zauber der Finsternis nicht abzusehen seien, selbst wenn sie von einem blutjungen Vampir und unter Berücksichtigung aller Vorsichtsmaßnahmen ausgeführt würden. Aus unerfindlichen Gründen würden einige Sterbliche, sobald sie ins Reich der Finsternis träten, mit gigantischen Kräften gesegnet, während andere kaum mehr als lebende Leichen seien. Darum müßten die Sterblichen mit äußerstem Geschick ausgewählt werden. Man müsse die Finger von all jenen lassen, die allzu leidenschaftlich seien und über einen unbeugsamen Willen verfügten, aber auch von jenen, die nichts von alledem hätten.

Viertens – daß kein Vampir jemals einen anderen vernichten

dürfe, was einzig dem Meister zustehe, der über Leben und Tod aller Mitglieder seiner Herde verfüge. Ihm obliege es auch, die alten und geistesgestörten Vampire den Flammen zu übergeben, wenn sie Satan nicht mehr angemessen dienen könnten. Er sei verpflichtet, alle Vampire zu vernichten, die nicht wohlgeraten seien. Er sei verpflichtet, all jene zu vernichten, die so schwer verletzt seien, daß sie allein nicht mehr überleben könnten. Und schließlich sei er verpflichtet, die Ausgestoßenen zu vernichten und alle, die die Gesetze gebrochen hätten.

Fünftens – daß kein Vampir einem Sterblichen jemals seine wahre Natur oder die Geschichte der Vampire enthüllen dürfe und daß ein Sterblicher, sollte er jemals etwas davon erfahren, niemals weiterleben dürfe. Keinem Vampir sei es gestattet, die Geschichte der Vampire oder wahre Kunde über die Vampire zu Papier zu bringen, damit solche Aufzeichnungen von Sterblichen nicht aufgefunden und geglaubt werden könnten. Und nie dürften Sterbliche den Namen eines Vampirs erfahren, außer durch dessen Grabstein, und nie dürfe ein Vampir den Sterblichen den Standort seiner Ruhestätte oder der irgendeines anderen Vampirs verraten.

Das also seien die berühmten Gebote, denen alle Vampire zu gehorchen hätten, wenn ihnen ihre Existenz lieb sei.

Freilich seien schon immer auch Geschichten von uralten, schrecklich mächtigen Ketzervampiren in Umlauf, Vampiren, die sich niemandem unterwürfen, nicht einmal dem Teufel selbst – Vampiren, die schon seit Jahrtausenden überdauert hätten. Kinder des Millenniums würden sie zuweilen genannt. Im Norden Europas gebe es die Sage von Mael, der in den Wäldern Englands und Schottlands hause, und in Kleinasien die Legende der Pandora. Und in Ägypten die alte Sage von dem Vampir Ramses, der gerade erst wieder gesehen worden sei.

In allen Teilen der Welt finde man derartige Legenden. Und freilich könne man sie als Hirngespinste abtun, hätte es da nicht *eines* gegeben. Der alte Ketzer Marius sei in Venedig aufgegriffen und von den Kindern der Finsternis dortselbst bestraft worden. Die Mariuslegende beruhe auf Wahrheit. Aber Marius sei nicht mehr.

Armand äußerte sich nicht dazu. Er verriet Santino nichts von den Träumen, die er gehabt hatte. Und in Wahrheit hatten sich diese

Träume längst schon aus Armands Geist und Herz verflüchtigt wie die Farben auf Marius' Gemälden.

Als Santino von JENEN, DIE BEWAHRT WERDEN MÜSSEN sprach, versicherte Armand erneut, daß er nicht wisse, was damit gemeint sei. Und Santino und die Seinen wußten es genausowenig.

Hingegangen war das Geheimnis. Hingegangen war Marius. Und damit war das alte und nutzlose Mysterium ewigem Schweigen überantwortet. Satan war unser Herr und Meister. In Satan besaßen wir Wissen und Weisheit.

Armand war die reinste Freude für Santino. Er lernte die Gesetze auswendig, bewies großes Geschick im Gebet und in der Durchführung ritueller Zauberkünste. Er wurde Zeuge so manchen Hexensabbats, der seinesgleichen suchte. Und zu seinen Lehrmeistern zählten die mächtigsten und gewandtesten und schönsten Vampire der Zeit. Er war ein derart gelehriger Schüler, daß er Missionar wurde und ausgesandt wurde, um die vagabundierenden Kinder der Finsternis Orden zuzuführen und um die anderen beim Zelebrieren des Sabbats zu leiten und bei der Ausführung der Zauber der Finsternis, wenn es die Welt und das Fleisch und den Teufel danach verlangte.

In Spanien und Deutschland und Frankreich lehrte er die Dunklen Segnungen und die Zauber der Finsternis, und er hatte ungestüme und hartnäckige Kinder der Finsternis kennengelernt, und warm war es ihm uns Herz geworden in ihrer Gesellschaft und in jenen Augenblicken, da ihn der Orden umringte, um bei ihm Trost und Einheit und Kraft zu suchen.

Die Kunst des Tötens beherrschte er besser als alle Kinder der Finsternis, die er kannte. Er hatte gelernt, all jene anzulocken, die wirklich sterben wollten. Er mußte sich nur in der Nähe menschlicher Behausungen aufhalten, und das Opfer erschien auf seinen stummen Ruf hin.

Alte, Junge, Elende, Kranke, Schöne, Häßliche – es war ganz egal, er war nicht wählerisch. Er betörte sie mit den strahlendsten Visionen, wenn sie zu empfangen bereit waren, aber niemals näherte er sich ihnen oder umarmte sie gar. Magisch von ihm angezogen, waren sie es, die ihn umarmten. Und wenn er ihr warmes, lebendes Fleisch spürte, wenn er die Lippen öffnete und wenn das Blut spritzte, dann wußte er, daß nichts anderes sein Unglück zu mindern vermochte.

In diesen Augenblicken empfand er deutlich, daß seine Lebensart rein geistiger Natur war, unverseucht von den Gelüsten und Wirrungen, die die Welt ausmachten, trotz der fleischlichen Wonne des Tötens.

Bei diesem Akt verschmolz das Geistige zwar mit dem Fleischlichen, aber seiner Überzeugung nach war es nur dem Geistigen beschieden, das Geschehen zu überleben. Dieser Akt war ihm die reinste Heilige Kommunion, das Blut der Kinder Christi diente lediglich dazu, ihm im Moment des Todes die Essenz des Lebens zu offenbaren. Nur die großen Heiligen Gottes waren seiner in dieser Geistigkeit ebenbürtig, in diesem Ringen mit dem Mysterium, in dieser Existenz aus Meditation und Weltabgewandtheit.

Dennoch hatte er erleben müssen, wie die bedeutendsten seiner Gefährten verschwanden, sich selbst zerstörten, verrückt wurden. Er hatte mitansehen müssen, wie sich Orden unvermeidlich auflösten, wie die Unsterblichkeit die vollendetsten Kinder der Finsternis bezwang, und zuweilen kam es ihm vor, als sei es eine schreckliche Strafe, daß ihm dieses Schicksal erspart blieb.

War es ihm bestimmt, in die Reihen der Uralten zu treten, der Kinder des Millenniums? Konnte man diesen Geschichten, die noch immer in Umlauf waren, Glauben schenken?

Ab und zu erzählte ein umherschweifender Vampir von der sagenhaften Pandora, die in der fernen russischen Stadt Moskau gesehen worden sei, oder von Mael, der angeblich an der rauhen Küste Englands lebte. Die Wanderer sprachen sogar über Marius – daß er in Ägypten oder Griechenland aufgetaucht sei. Aber keiner dieser Fabulierer hatte diese legendären Gestalten selbst gesehen. Eigentlich wußten sie überhaupt nichts.

Diese Geschichten wurden pausenlos erzählt. Aber Armand bedeuteten sie nichts. In stiller Treue den Pfaden der Finsternis ergeben, setzte er gehorsam seinen Satansdienst fort.

Doch behielt er in dem Jahrhunderte währenden Gehorsam zwei Geheimnisse für sich. Und diese Geheimnisse waren sein eigentlicher Besitz, unverbrüchlicher als der Sarg, in den er sich tagsüber einschloß, oder die paar Amulette, die er trug.

Das erste bestand darin, daß er, ungeachtet seiner Einsamkeit oder langwährenden Suche nach Brüdern und Schwestern, die ihm Trost hätten spenden können, nie die Zauber der Finsternis selbst ausführte. Da verweigerte er sich Satan, kein Kind der Finsternis war seine Schöpfung.

Und das andere Geheimnis, das er seinen Anhängern – und zwar ihnen selbst zuliebe – vorenthielt, war schlicht das Ausmaß seiner ständig wachsenden Verzweiflung.

Daß er nichts begehrte, nichts hegte, schließlich an nichts mehr glaubte und nicht das geringste Vergnügen aus seiner furchtbaren und immer größer werdenden Macht zog, nur von einem Augenblick zum anderen lebte, in einer vollständigen Leere, die nur einmal in jeder Nacht seines ewigen Lebens durch das Töten unterbrochen wurde – dieses Geheimnis hielt er von ihnen fern, solange sie ihn brauchten. Seine Angst hätte sie bloß verschreckt.

Aber das war jetzt vorbei.

Ein großer Kreis hatte sich geschlossen, und Armand hatte das schon vor geraumer Zeit verspürt, ohne jedoch genau zu begreifen, was da vor sich ging.

Aus Rom drangen wirre Berichte zu ihm, schon veraltet, als sie ihm zugetragen wurden, daß Meister Santino seine Herde verlassen habe. Einige sagten, er sei in geistiger Umnachtung aufs Land gezogen, andere, er sei ins Feuer gesprungen, wieder andere, »die Welt« habe ihn verschluckt, er sei in einer schwarzen Kutsche voller Sterblicher auf Nimmerwiedersehen verschleppt worden.

»Wir gehen ins Feuer und in die Legende ein«, hatte einer dieser Geschichtenerzähler gesagt.

Dann hieß es, in Rom sei das Chaos ausgebrochen, dutzendweise hätten sich Meister in schwarze Gewänder gehüllt, um den Vorsitz des Ordens zu übernehmen. Und dann hieß es wieder, der Orden habe überhaupt keinen Meister.

Seit dem Jahr 1700 waren die Nachrichten aus Italien vollständig versiegt. Ein halbes Jahrhundert lang hatte Armand weder sich noch anderen zugetraut, den ekstatischen Wahnwitz des wahren Ordens neu zu begründen. Und er hatte von seinem alten Meister geträumt, Marius in rotem Samt, hatte den Palazzo voller erregender Gemälde gesehen, und er hatte Angst gehabt.

Dann hatte jemand anderer die Szene betreten.

Seine Schützlinge rasten in die Gewölbe unter Les Innocents, um ihm diesen neuen Vampir zu schildern, der einen pelzbesetzten, roten Samtmantel trug und die Kirchen entweihen konnte und in strahlendem Licht herumspazierte. Roter Samt. Reiner Zufall, aber dennoch kochte er vor Wut und fühlte sich beleidigt, ein grundloser Schmerz, den seine Seele nicht zu ertragen imstande war.

Und dann wurde diese Frau erschaffen, die Frau mit dem Löwenhaar und dem Engelsnamen, so schön und mächtig wie ihr Sohn.

Und dann hatte er seine Katakombe verlassen, um seine ganze Schar auf uns zu hetzen, so wie die Vermummten einst vor Jahrhunderten in Venedig erschienen waren, um ihn und seinen Meister zu vernichten.

Und er hatte versagt.

Er stand in diesen seltsamen Spitzen- und Brokatgewändern da. Seine Taschen waren mit Münzen gefüllt. Sein Geist schwirrte von Bildern aus den Tausenden von Büchern, die er gelesen hatte. Und er war durchdrungen von all dem, was er in Paris in den Stätten des Lichts erlebt hatte, und es war, als würde ihm sein alter Meister ins Ohr flüstern: *Aber die Nächte ganzer Jahrtausende werden dir gehören, um ein Licht zu sehen, wie es keinem Sterblichen je vergönnt war, um es, als seist du Prometheus, von den fernsten Sternen zu ergattern und der wahren Erleuchtung teilhaftig zu werden.*

»Alles hat sich meinen Bemühungen um Erleuchtung entzogen«, sagte er. »Ich komme mir wie jemand vor, den die Erde fortgeschubst hat, und ihr, Lestat und Gabrielle, seid wie die Bilder, die mein alter Meister in Blau und Karminrot und Gold gemalt hat.« Er stand mit verschränkten Armen in der Tür, sah uns an und fragte stumm: *Was lohnt sich zu wissen? Was lohnt sich zu geben? Wir sind die von Gott Verlassenen. Und mir steht keine Straße des Teufels offen, und ich höre nicht die Glocken der Hölle läuten.*

4

Eine Stunde verging. Vielleicht mehr. Armand saß am Kamin. Sein Gesicht wies keine Spuren des lang vergessenen Kampfes mehr auf. In seinem Schweigen schien er so zerbrechlich wie ein leeres Schneckenhaus zu sein.

Gabrielle saß ihm gegenüber, und auch sie starrte schweigend in die Flammen, müden und mitleidvollen Gesichts. Es schmerzte mich, nicht lesen zu können, was sie dachte.

Meine Gedanken kreisten um Marius. Immerzu Marius ... der Vampir, der in der wirklichen Welt die wirkliche Welt gemalt hatte. Triptychen, Portraits und Fresken.

Und die wirkliche Welt hatte ihm nie zugesetzt, hatte ihn nie ausgestoßen. Es war diese Meute vermummter Dämonen, die seine Gemälde verbrannte, es waren jene, die Gaben der Finsternis mit ihm teilten – hatte er das jemals die Gaben der Finsternis genannt? –, es waren sie, nicht Sterbliche, die sagten, er könne nicht unter Sterblichen leben und schöpferisch tätig sein.

Ich sah Renauds kleine Bühne und hörte mich singen, und aus dem Gesang wurde Gebrüll. Nicolas sagte: »Brillant. Das Böse in seiner ganzen Herrlichkeit.« Ich sagte: »Läppisch. Ganz hübsch und raffiniert, sonst nichts.« Und es war, als würde ich Nicolas eine Ohrfeige geben. In meiner Einbildung sagte er etwas, das er damals nicht gesagt hatte: »Überlasse mir das, woran ich glauben kann. Aber dazu bist du nicht bereit.«

Die Triptychen des Marius hingen in Kirchen und Klosterkapellen, vielleicht noch an den Wänden bedeutender Häuser in Venedig und Padua. Mit Sicherheit hatten die Vampire nicht die heiligen Stätten betreten, um sie herabzureißen. Die Gemälde gab es also noch irgendwo, mit kunstvoll versteckten Signaturen vielleicht, Werke eines Vampirs, der sich mit sterblichen Lehrlingen umgab, sich einen sterblichen Liebhaber hielt, von dem er gelegentlich schlürfte, um ansonsten allein auf die Pirsch zu gehen.

Ich mußte an die Nacht in der Dorfschänke denken, als ich die Sinnlosigkeit des Lebens begriff, und die unergründliche Hoffnungslosigkeit von Armands Geschichte kam mir wie ein Ozean vor, in dem ich zu ertrinken drohte. Das war schlimmer als Nickis zerzauster Geisteszustand. Diese Dunkelheit und Leere hier war das Werk geschlagener drei Jahrhunderte.

Und ich fürchtete, dieses strahlende, kastanienbraune Kind am Kamin könne seinen Mund öffnen, und Schwärze, nichts als Schwärze käme aus ihm heraus und würde wie Pech den Erdball unter sich ersticken.

Das heißt, wenn da nicht sein Heros gewesen wäre, dieser venezianische Meister, der sich zu der ketzerischen Sünde verstiegen hatte, seine Gemälde mit Sinn zu befrachten, und die unseren, die Erwählten Satans, hatten ihn in eine lebende Fackel verwandelt.

Hatte Gabrielle, wie ich, diese Gemälde in der Erzählung gesehen? Hatten sie sich ihr eingebrannt so wie mir?

Marius hatte Eingang in meine Seele gefunden, die bereit war, ihn dort für immer umherschweifen zu lassen, zusammen mit seinen vermummten Dämonen, die die Gemälde in mir wieder übel zurichteten.

In meiner Trübsal mußte ich an die Berichte der Reisenden denken – daß Marius noch am Leben sei, daß man ihn in Ägypten oder Griechenland gesehen habe. Und ich wollte Armand fragen, ob es denn nicht immerhin möglich war. Marius mußte so unendlich stark gewesen sein ... Aber aus Höflichkeit fragte ich nicht.

»Eine alte Legende«, flüsterte er. Seine Stimme war so klar wie seine innere Stimme. Gemächlich fuhr er fort, ohne den Blick von den Flammen zu wenden. »Eine Legende aus den alten Zeiten, ehe sie uns beide zerstört hatten.«

»Vielleicht auch nicht«, sagte ich. »Vielleicht lebt Marius.«

»Wir sind Wunder oder Schreckgespinste«, sagte er ruhig, »je nachdem, wofür du uns halten willst. Und wenn du zum erstenmal etwas über uns erfährst, sei es durch das finstere Blut oder Versprechungen oder Heimsuchungen, glaubst du, alles sei möglich. Aber dem ist nicht so. Schon bald setzt die Welt diesem Wunder enge Grenzen, und deine Hoffnung auf neuerliche Wunder schwindet. Das heißt, du gewöhnst dich an die neuen Einschränkungen, und wieder wird alles von Einschränkungen bestimmt. Sie sagen also, Marius lebe fort. Sie leben alle irgendwo fort, das ist es, was du glauben *willst*.

Kein einziger ist mehr in dem römischen Orden aus jener Zeit, da ich in die Rituale eingewiesen wurde; und vielleicht gibt es nicht einmal mehr den Orden selbst. Es ist schon lange Jahre her, seit ich das letztemal was von dem Orden gehört habe. Aber irgendwo müssen sie ja leben, oder? Schließlich können wir nicht sterben.« Er stöhnte. »Ist auch egal«, sagte er.

Etwas anderes war allerdings ganz und gar nicht egal, daß Armand nämlich Opfer seiner Verzweiflung zu werden drohte. Trotz seines gegenwärtigen Durstes, seines Blutverlustes durch unseren Kampf und seine enorme Körperhitze, die seine Wunden und Quetschungen heilte, sah er sich außerstande, auf Jagd zu gehen. Er blieb lieber hier und bei uns.

Aber er wußte bereits, daß er bei uns nicht bleiben konnte. Gabrielle und ich mußten es nicht laut aussprechen. Wir mußten nicht einmal einen stummen Beschluß fassen. Er wußte es einfach, so ähnlich wie Gott in die Zukunft zu blicken weiß, weil Gott über alle Tatsachen verfügt.

Unsagbare Pein. Und Gabrielles Gesichtsausdruck von Müdigkeit und Trauer gezeichnet.

»Du weißt, daß ich im Grunde nichts sehnlicher wünsche, als dich mit uns zu nehmen«, sagte ich. Ich wunderte mich über meine Gefühlsseligkeit. »Aber das wäre für uns alle eine Katastrophe.«

Er rührte sich nicht. Er wußte Bescheid. Kein Widerspruch von Gabrielle.

»Ich kann einfach nicht aufhören, an Marius zu denken«, gestand ich. *Ich weiß. Und du denkst nicht an* JENE, DIE BEWAHRT WERDEN MUSSEN, *was äußerst seltsam ist.*

»Das ist nichts als ein weiteres Rätsel«, sagte ich. »Und es gibt tausend Rätsel. Ich denke an Marius! Marius verstehe ich. Dich verstehe ich nicht, nicht deine Hilflosigkeit, nicht deine Verzweiflung. Ich verstehe deine ganze Tragödie nicht!«

Warum?

Schweigen.

Verdiente er die Wahrheit nicht?

»Ich bin immer ein Rebell gewesen«, sagte ich. »Du aber bist der Sklave aller gewesen, die jemals Anspruch auf dich erhoben haben.«

»Ich war der Meister meines Ordens!«

»Nein. Du warst der Sklave von Marius und dann der Kinder der Finsternis. Du bist dem Bann des einen und dann der anderen erlegen. Und jetzt leidest du darunter, daß überhaupt kein Bann mehr da ist.«

»Macht nichts«, sagte er, den Blick noch immer aufs Feuer gewandt. »Ich verlange von dir keinerlei Anerkennung, weder in Worten noch in Gedanken. Und daß dein Entschluß ohnehin feststeht. Aber ich weiß nicht, warum. Ich bin also anders geartet als du, und du kannst mich nicht verstehen. Warum soll ich deshalb nicht mit euch kommen können? Ich werde alles tun, was ihr wollt, wenn ihr mich mitnehmt. Ich werde unter eurem Bann stehen.«

Ich dachte an Marius mit seiner Palette und seinen Pinseln und den Töpfen voll Eitempera.

»Wie konntest du ihnen noch ein Wort glauben, nachdem sie diese Gemälde verbrannt hatten?« fragte ich. »Wie konntest du dich in ihre Obhut begeben?«

Erregung, aufkeimende Wut. »Und du, als du auf der Bühne gestanden bist und das aufschreiende Publikum aus dem Theater hetzen gesehen hast – wie mir das meine Anhänger geschildert haben, was hast du dir eigentlich dabei gedacht? Daß du nichts unter den Sterblichen zu suchen hast, das hast du gedacht. Und da war keine Meute vermummter Dämonen, die dir das gesagt hat. Du wußtest es selbst. Auch Marius hatte nichts bei den Sterblichen zu suchen. Und ich auch nicht.«

»Das ist doch was völlig anderes.«

»Nein, keineswegs. Nur darum verachtest du das Theater der Vampire, das in genau diesem Moment an seinen kleinen Stücken bastelt, um den Leuten das Geld aus der Nase zu ziehen. Du willst die Welt nicht auf eine Weise täuschen, wie Marius das getan hat. Das trennt dich nur noch mehr von den Menschen. Du möchtest so tun, als seist du sterblich, aber die Leute zu täuschen, das macht dich wütend, das macht dich töten.«

»Damals auf der Bühne«, sagte ich, »habe ich *mich* offenbart. Das war das genaue Gegenteil eines Täuschungsmanövers. Ich wollte, indem ich die Ungeheuerlichkeit meines Wesens kundtat, mich wieder bei meinen Mitmenschen eingliedern. Besser, wenn sie vor mir davonlaufen, als daß sie mich überhaupt nicht sehen. Besser, wenn sie wissen, daß ich ein Monster bin, als daß ich durch die Welt schwebe, unerkannt von jenen, die ich aussauge.«

»Aber es war nicht besser.«

»Nein. Was Marius tat, war besser. Er hat niemanden getäuscht.«

»Von wegen. Er hat alle zum Narren gehalten!«

»Nein. Er hat einen Weg gefunden, sterbliches Leben zu imitieren. Eins mit den Sterblichen zu sein. Er tötete nur die Bösen, und er malte, wie Sterbliche malen. Engel und blaue Himmel, Wolken, diese Dinge habe ich gesehen, während du deine Geschichte erzähltest. Er schuf schöne Dinge. Er war weise und frei von Eitelkeit. Er hatte es nicht nötig, sich zu offenbaren. Er hatte tausend Jahre gelebt und mehr an seine Kunstwerke als an sich selbst geglaubt.«

Verwirrung.

Das ist jetzt egal. Teufel, die Engel malen.

»Die sind rein metaphorisch«, sagte ich. »Und es nicht egal! Wenn du neu anfangen, wenn du des Teufels Straße wiederfinden möchtest, ist es nicht egal! Es gibt Möglichkeiten für uns, zu existieren. Wenn ich nur das Leben imitieren, nur eine Möglichkeit finden könnte . . .«

»Du sagst Dinge, die mir nichts bedeuten. Wir sind die von Gott Verlassenen.«

Gabrielle sah ihn plötzlich an. »*Glaubst* du an Gott?« fragte sie.

»Ja, nur an Gott«, antwortete er. »Satan – unser Meister –, der ist eine Schimäre, und das ist die Schimäre, die mich betrogen hat.«

»Dann bist du wirklich verdammt«, sagte ich. »Und du weißt ganz genau, daß deine Zuflucht zu der Bruderschaft der Kinder der Finsternis eine Flucht vor einer Sünde war, die keine Sünde war.«

Wut.

»Du sehnst dich mit ganzem Herzen nach etwas, das du nie haben wirst«, gab er mit auffahrender Stimme zurück. »Du hast Gabrielle und Nicolas auf deine Seite der Schranke geholt, aber dir war die Rückkehr auf die andere Seite versagt.«

»Wie kommt es, daß du deine eigene Geschichte nicht ein bißchen besser durchschaust?« fragte ich. »Vielleicht weil du Marius nie verziehen hast, daß er dich nicht vor ihnen gewarnt hat und dich in ihre Hände fallen ließ? Bist du fertig mit Marius, darf er dich nicht mehr inspirieren oder dir als Beispiel dienen? Ich bin nicht Marius, aber ich versichere dir, seit ich die Straße des Teufels betreten habe, habe ich nur von einem einzigen Älteren gehört, von dem ich etwas lernen könnte, und das ist Marius, dein venezianischer Meister. Er spricht jetzt im Moment zu mir. Er sagt mir etwas über eine Möglichkeit, unsterblich zu sein.«

»Reiner Spott.«

»Nein. Es war kein Spott! Und du bist derjenige, der sich mit ganzem Herzen nach etwas sehnt, das er dir nie wird bieten können: etwas, woran sich dein Glaube festmachen kann, einen neuen Bann.«

Keine Antwort.

»Wir sind kein Ersatz für Marius«, sagte ich, »oder den finsteren Gebieter Santino. Wir sind keine Künstler, an deren großartige Vision du dich halten könntest. Und wir sind keine üblen Ordensmeister, denen nur daran liegt, ganze Heerscharen ins Verderben zu stürzen. Aber genau so etwas brauchst du.«

Unwillkürlich hatte ich mich erhoben. Ich stand am Kamin und blickte auf ihn nieder.

Und aus den Augenwinkeln sah ich, wie Gabrielle kurz und zustimmend nickte. Und sie schloß ihre Augen, als wollte sie erleichtert aufstöhnen.

Er war völlig ruhig.

»Du mußt diese Leere durchleiden«, sagte ich, »und herausfinden, was dich bewegen könnte weiterzumachen. Wenn du mit uns kommst, werden wir dich enttäuschen, und du wirst uns vernichten.«

»Wie soll ich das durchleiden?« Er sah zu mir hoch und zog die Augenbrauen gequält zusammen. »Wie soll ich anfangen? Du bewegst dich wie die rechte Hand Gottes! Aber für mich ist die Welt, die wirkliche Welt, in der Marius lebte, unerreichbar. Ich habe nie in ihr gelebt. Ich renne gegen die Glaswand, die mich von ihr trennt. Aber wie kann ich sie betreten?«

»Das weiß ich auch nicht«, sagte ich.

»Du mußt dich mit diesem Zeitalter auseinandersetzen«, unterbrach Gabrielle. Ihre Stimme war ruhig, aber streng. Er sah sie an, während sie sprach. »Du mußt das Zeitalter durch seine Literatur und Kunst und Musik begreifen lernen. Du bist aus der Erde gekrochen, nun lebe auch in der Welt.«

Keine Antwort. Kurzes Aufblitzen von Nickis verwüsteter Wohnung mit all den Büchern auf dem Boden. Westliche Zivilisation, häppchenweise.

»Und was bietet sich da eher an als der Mittelpunkt des Geschehens, der Boulevard und das Theater?« fragte Gabrielle.

Er zog die Stirn in Falten und wandte seinen Kopf mißbilligend zur Seite, aber sie ließ nicht locker.

»Deine Begabung besteht darin, den Orden anzuführen, und deinen Orden gibt es noch.«

Er stieß einen leisen Laut der Verzweiflung aus.

»Nicolas ist ein Neuling«, sagte sie. »Er kann ihnen eine Menge über die Welt draußen beibringen, aber er kann sie nicht wirklich anführen. Die Frau, Eleni, ist erstaunlich klug, aber sie wird ihren Platz für dich räumen.«

»Was können mir ihre Spielchen schon bedeuten?« flüsterte er.

»Es ist eine Möglichkeit zu existieren«, sagte sie. »Und nur darauf kommt es jetzt für dich an.«

»Das Theater der Vampire! Da ist mir das Feuer noch lieber.«

»Denke darüber nach«, sagte sie. »Du kannst nicht leugnen, daß das Ding auf seine Weise vollkommen ist. Wir sind Trugbilder der Sterblichkeit, und die Bühne ist ein Trugbild der Wirklichkeit.«

»Es ist ein Greuel«, sagte er. »Wie hat es Lestat genannt? Läppisch?«

»Das war gegen Nicolas gemünzt, weil Nicolas phantastische Gedankengebäude darauf errichtete«, sagte sie. »Du mußt jetzt ohne phantastische Gedankengebäude auskommen, wie damals, als du Marius' Lehrling warst. Lebe, um das Zeitalter zu begreifen. Und Lestat glaubt nicht an den Wert des Bösen. Aber du glaubst daran. Ich weiß das.«

»Ich bin böse«, sagte er halb lächelnd. Er lachte beinahe. »Das ist doch keine Glaubensfrage. Glaubst du allen Ernstes, ich könnte so ohne weiteres nach drei Jahrhunderten vom geistigen Pfad abweichen und mich der Wollust und Ausschweifungen hingeben? Wir waren die Heiligen des Bösen. Ich werde kein gewöhnlicher Bösewicht werden. Niemals.«

»Dann halt ein ungewöhnlicher«, sagte sie. Allmählich verlor sie die Geduld. »Wenn du böse bist, wie können dann Wollust und Ausschweifungen deine Feinde sein? Haben sich die Welt, das Fleisch und der Teufel nicht gleichermaßen gegen die Menschen verschworen?«

Er schüttelte den Kopf, als wollte er sagen, daß ihn das alles nichts anginge.

»Dich beschäftigt das Geistige mehr als das Böse«, warf ich ein und beobachtete ihn genau. »Stimmt's?«

»Ja«, sagte er sofort.

»Aber begreifst du nicht, daß die Farbe des Weins in einem Kristallglas geistig sein kann?« fuhr ich fort. »Das Mienenspiel in einem Gesicht, die Musik einer Geige. Ein Pariser Theater kann von Geistigkeit geradezu durchdrungen sein, trotz seiner massiven Bauweise. Geformt wird es letztlich von jenen, die über die geistigen Visionen seiner Möglichkeiten verfügen.«

Etwas regte sich in ihm, aber er wischte es fort.

»Verführe die Öffentlichkeit mit Wollust«, sagte Gabrielle. »Um Gottes und des Teufels willen, nutze die Macht des Theaters, wie du willst.«

»Waren die Gemälde deines Meisters nicht geistiger Natur?« fragte ich. »Kann irgend jemand die großen Werke dieser Zeit betrachten, ohne sie geistig zu nennen?«

»Diese Frage habe ich mir schon oft gestellt«, antwortete Armand. »War das geistig oder wollüstig? War der Engel auf dem Triptychon in Stofflichkeit gefangen, oder war das Stoffliche vergeistigt?«

»Was immer sie dir später angetan haben, du hast die Schönheit und den Wert seines Werks nie bezweifelt«, sagte ich. »Das weiß ich genau. Und es war vergeistigte Stofflichkeit. Es hörte auf, Farbe zu sein, und wurde Magie, gerade wie beim Töten das Blut aufhört, Blut zu sein und zu Leben wird.«

Sein Blick umwölkte sich, aber er strahlte keine Bilder aus. Welche Straße in der Vergangenheit er auch immer in seinen Gedanken beschritt, er beschritt sie allein.

»Das Fleischliche und das Geistige«, sagte Gabrielle, »werden im Theater vereint, wie auch auf Gemälden. Der Wollust sind wir von Natur aus zugetan. Schreib dir das hinter die Ohren.« Er schloß kurz die Augen, als wollte er uns seinen Blicken entziehen. »Gehe zu ihnen und lausche Nickis Musik. Produziere mit ihnen Kunst im Theater der Vampire. Du mußt von dem loskommen, was dir fehlgeschlagen ist, und dich dem zuwenden, was dir Kraft geben kann. Sonst – gibt es keine Hoffnung.«

Mir wäre es lieber gewesen, wenn sie es nicht so plötzlich und direkt ausgesprochen hätte. Aber er nickte, und seine Lippen verzogen sich zu einem bitteren Lächeln.

Eine gute Weile blickte er ins Feuer. Dann sprach er. »Aber warum müßt ihr überhaupt fortgehen?« fragte er. »Niemand befehdet euch mehr. Niemand will euch vertreiben. Warum könnt ihr es nicht mit mir zusammen aufbauen, dieses kleine Unternehmen?«

Sollte das heißen, daß er bereit war, zu den anderen zu gehen und Mitglied des Theaters auf dem Boulevard zu werden?

Er widersprach mir nicht. Er fragte erneut, warum ich nicht die Imitation des Lebens, falls ich es so nennen wolle, gleich auf dem Boulevard verwirklichen könne.

Aber gleichzeitig gab er auf. Er wußte, daß ich den Anblick des Theaters, den Anblick Nickis nicht würde ertragen können. Ich konnte ihm nicht einmal reinen Gewissens zuraten. Das hatte Gabrielle getan. Und er wußte, daß es keinen Sinn mehr hatte, uns noch weiter zu bedrängen.

Schließlich sagte Gabrielle: »Wir können nicht unter unseresgleichen leben, Armand.«

Und ich dachte, ja, das ist die denkbar ehrlichste Antwort, und ich wußte nicht, warum ich sie nicht laut aussprechen konnte.

»Wir wollen die Straße des Teufels«, sagte sie. »Und im Moment genügen wir uns selbst. In unendlich ferner Zukunft, wenn wir tausend Orte und Dinge gesehen haben, kommen wir vielleicht zurück. Dann können wir uns ja noch einmal unterhalten.«

Wir schwiegen lange. Ich weiß nicht mehr, wie lange wir zusammen ruhig in dem Zimmer verweilten.

Ich bemühte mich, nicht mehr an Marius oder Nicolas zu denken. Es lag keinerlei Gefahr mehr in der Luft, aber mich beschlich Angst vor dem Abschied mit all seiner Traurigkeit, vor dem Gefühl, daß ich ihm im Austausch für seine erstaunliche Geschichte herzlich wenig geboten hatte.

Schließlich brach Gabrielle das Schweigen. Sie erhob sich und setzte sich würdevoll neben Armand auf die Bank. »Armand«, sagte sie. »Wir gehen. Wenn mein Wille zählt, werden wir morgen bereits vor Mitternacht Paris weit hinter uns gelassen haben.« Er sah sie ruhig und billigend an. Unmöglich zu erraten, was er uns verbarg. »Selbst wenn du nicht zum Theater gehst«, fuhr Gabrielle fort, »nimm die Dinge an, die wir dir geben können. Mein Sohn ist wohlhabend genug, um dir den Eintritt in die Welt sehr leicht zu machen.«

»Du kannst diesen Turm haben«, sagte ich. »Benutze ihn, solange du willst. Magnus hat sich hier recht sicher gefühlt.«

Er nickte höflich, sagte aber nichts.

»Laß dir von Lestat ausreichend Gold schenken, um aus dir einen *Gentilhomme* zu machen«, sagte Gabrielle. »Und als Gegenleistung verlangen wir nur, daß du den Orden in Ruhe läßt, falls du ihn nicht anzuführen wünschst.«

Er blickte wieder ins Feuer, ruhigen Gesichts, unwiderstehlich schön. Dann nickte er wieder stumm. Und dieses Nicken bedeutete nur, daß er gehört hatte, nicht, daß er irgend etwas versprechen würde.

»Wenn du dich ihnen nicht anschließt«, sagte ich langsam, »dann tu ihnen nichts an. Tu Nicolas nichts an.«

Und als ich diese Worte sprach, änderte sich sein Gesicht kaum merklich. Der Anflug eines Lächelns. Und seine Augen wandten sich mir langsam zu. Höhnische Augen.

Ich sah weg, aber dieser Blick hatte mich wie ein Schlag gerührt. »Ich möchte nicht, daß ihm etwas zustößt«, flüsterte ich gereizt.

»Nein. Du möchtest, daß er vernichtet wird«, flüsterte er zurück. »Damit du ihn nicht mehr fürchten oder ihm nachtrauern mußt.« Und sein höhnischer Blick wurde noch abscheulicher.

»Armand«, hakte Gabrielle ein, »er bedeutet ihnen keine Gefahr. Die Frau allein kann ihn im Zaum halten. Und er kann euch allen so manches über diese Zeit beibringen, wenn ihr nur zuhört.«

Sie sahen einander schweigend an. Und wieder war sein Gesicht sanft und schön. Und auf seltsam schickliche Weise ergriff er Gabrielles Hand und hielt sie fest. Dann erhoben sie sich gleichzeitig, und er ließ ab von ihrer Hand und trat einen Schritt zurück und straffte seine Schultern. Er sah uns beide an.

»Ich werde zu ihnen gehen«, sagte er mit sanfter Stimme. »Und ich werde das Gold nehmen, das ihr mir anbietet, und ich werde Zuflucht in diesem Turm suchen. Und ich werde ein gelehriger Schüler eures hitzigen Novizen sein. Aber ich greife nach diesen Dingen nur, weil sie auf der Oberfläche jener Finsternis treiben, in der ich ertrinke. Sonst würde ich nicht ohne bessere Bedingungen einwilligen. Ich würde euch die Ewigkeit nicht ... kampflos überlassen.«

Ich musterte ihn. Aber er strömte keine Gedanken aus, die Licht in diese Worte hätten bringen können.

»Vielleicht«, sagte er, »wird sich im Lauf der Jahre mein Begehren wieder einstellen, und ich werde wieder Gelüste und Leidenschaft verspüren. Wenn wir uns in einem künftigen Zeitalter begegnen, werden diese Dinge vielleicht weniger abstrakt und verschwommen sein. Ich werde mit einer Geisteskraft argumentieren, die der deinen angemessen ist, und wir werden über Unsterblichkeit und Weisheit nachsinnen. Dann werden wir auch über Rache oder Anerkennung sprechen. Im Moment genügt es, wenn ich dir versichere, daß ich dich wiedersehen möchte. Ich möchte, daß sich unsere Wege in der Zukunft kreuzen. Und nur aus diesem Grund werde ich tun, worum du mich gebeten hast und was du eigentlich gar nicht willst: Ich werde deinen unglückseligen Nicolas verschonen.«

Mir fiel hörbar ein Stein vom Herzen. Doch hatte sich sein Ton derart geändert, daß ich tief innerlich beunruhigt war. Er war wieder der souveräne und starke Ordensmeister, der überleben würde, egal wie sehr das Waisenkind in ihm weinte.

Aber dann lächelte er langsam und anmutig, und er sah liebenswert und traurig aus. Er wurde wieder der Heilige von Leonardo da Vinci, oder besser, der kleine Gott von Caravaggio. Und ihm haftete nichts Böses oder Gefährliches mehr an. Er strahlte nur noch Güte und Weisheit aus.

»Merkt euch meine Warnungen«, sagte er. »Nicht meine Verwünschungen.« Gabrielle und ich nickten. »Und wenn ihr mich braucht«, sagte er, »werde ich zur Stelle sein.«

Dann – völlig überraschend – umarmte und küßte ihn Gabrielle. Und ich tat es ihr nach. Er lag sanft und liebevoll in unseren Armen und ließ uns ohne Worte wissen, daß er sich zu dem Orden begeben würde und daß wir ihn dort morgen abend aufsuchen könnten.

Eine Sekunde später war er verschwunden, und Gabrielle und ich blieben allein zurück, als sei er nie in dem Zimmer gewesen. Kein Laut drang aus dem Turm. Nur draußen heulte der Wind durch die Wälder.

Ich stieg die Treppe hinauf. Das Gatter stand offen, und schweigend erstreckten sich die Felder bis zum Waldessaum.

Ich liebte ihn. Ich wußte es, so unbegreiflich er mir auch war. Aber ich war froh, daß es vorbei war; froh, daß wir weitermachen konnten. Doch hielt ich geraume Zeit die Gitterstäbe umklammert und ließ den Blick zu den Wäldern schweifen und zu dem schimmernden Licht, das die ferne Stadt über die Nachtwolken sprenkelte.

Und nicht nur, weil ich ihn verloren hatte, war ich von Trauer erfüllt, sondern auch wegen Nicki und Paris und meiner selbst.

5

Als ich zurückkam, war Gabrielle gerade dabei, mit den letzten Holzscheiten das Feuer neu zu entfachen. Langsam und müde schürte sie die Glut, und das Licht rötete ihr Profil und ihre Augen.

Ich saß ruhig auf der Bank und sah ihr zu, sah den Funken zu, die an den verrußten Ziegeln barsten.

»Hat er dir gegeben, was du wolltest?« fragte ich.

»Auf seine Weise, ja«, sagte sie. Sie legte den Schürhaken beiseite und setzte sich mir gegenüber hin; ihr Haar quoll über ihre Schultern, und die Hände hielt sie auf die Bank gestützt. »Eins sage ich dir – mir können die Mitglieder unserer Zunft gestohlen bleiben. Ich hab die Nase voll von ihren Legenden, ihren Verwünschungen, ihren Kümmernissen. Und ich hab die Nase voll von ihrer unerträglichen Menschlichkeit, wohl ihr erstaunlichster Zug. Ich bin wieder bereit für die Welt, Lestat, so wie in der Nacht, da ich starb.«

»Aber Marius –«, sagte ich erregt. »Mutter, vergiß die Alten nicht – die, die aus der Unsterblichkeit etwas völlig anderes gemacht haben.«

»Tatsächlich?« fragte sie. »Lestat, du läßt deiner Phantasie allzu freien Lauf. Die Geschichte über Marius taugt nicht viel mehr als ein Märchen.«

»Nein, das stimmt nicht.«

»Dieses Waisenkind von Dämon behauptet schlichtweg, nicht Nachfahr der verdreckten Bauerntölpel zu sein, denen er gleicht«, sagte sie, »sondern eines verschollenen, fast gottgleichen Potentaten. Ich schwöre dir, jedes rotznasige Dorfkind, das träumend am Herd sitzt, kann dir solche Geschichten erzählen.«

»Mutter, er hätte Marius niemals erfinden können«, sagte ich.

»Mag sein, daß ich manchmal über eine ziemlich hitzige Phantasie verfüge, aber er hat so gut wie keine. Niemals wäre er in der Lage gewesen, sich diese Dinge auszudenken. Ich habe alles bildlich vor mir gesehen ...«

»Ein ganz neuer Aspekt«, gab sie lächelnd zu. »Aber es könnte doch sein, daß er Marius den Legenden entliehen hat, die ihm erzählt worden sind ...«

»Nein«, sagte ich. »Marius gab es, und es gibt ihn immer noch. Und es gibt noch andere wie er. Da gibt es die Kinder des Millenniums, die sich besser geschlagen haben als diese Kinder der Finsternis.«

»Lestat, wichtig ist, was *wir* besser machen«, sagte sie. »Alles, was ich von Armand erfahren habe, ist, daß die Unsterblichen nichts verführerischer und unwiderstehlicher finden als den Tod, daß sie nicht in der Lage sind, des Todes oder ihrer menschlichen Natur Herr zu werden. Ich möchte dieses Wissen wie einen Panzer tragen, während ich durch die Welt ziehe. Und glücklicherweise meine ich nicht die ständig im Wandel begriffene Welt, die diese Typen so gefährlich finden. Ich meine jene Welt, die seit Urzeiten dieselbe geblieben ist.« Sie warf ihr Haar zurück und blickte wieder ins Feuer. »Ich träume von schneebedeckten Bergen«, sagte sie leise, »von endlosen Wüsten, von undurchdringlichen Dschungeln oder den großen Wäldern im Norden Amerikas, die, wie man sagt, noch nie ein Weißer betreten hat. Stell dir nur mal vor«, sagte sie, »es gibt nichts, wo wir nicht hinkönnen. Und wenn es die Kinder des Millenniums wirklich gibt, halten sie sich vielleicht genau da auf – weit weg von der Welt der Menschen.«

»Und wovon sollen sie da leben?« fragte ich. Ich führte mir meine eigene Welt vor Augen, und in der wimmelte es von Sterblichen. »Wir ernähren uns von Menschen«, sagte ich.

»Herzen schlagen in diesen Wäldern«, sagte sie verträumt. »Blut fließt in Strömen ... Ich kann jetzt das tun, was du früher getan hast. Ich könnte diese Wölfe jetzt auch selbst bezwingen ...« Sie war ganz in ihren Gedanken verloren. »Wichtig ist nur«, sagte sie nach einer langen Pause, »daß wir jetzt überall hinkönnen. Wir sind frei.«

»Ich war schon vorher frei«, sagte ich. »Armands Ergüsse waren mir von Anfang an egal. Aber Marius – ich weiß, daß Marius lebt. Ich spüre es. Ich spürte es, als Armand seine Geschichte erzählte. Und Marius weiß Dinge – ich meine, nicht nur über uns oder über JENE, DIE BEWAHRT WERDEN MÜSSEN –, er weiß Dinge über das Leben selbst und wie man sich durch die Zeit bewegt.«

»Dann soll er halt dein Schutzheiliger werden, wenn es nicht anders geht«, sagte sie.

Das ärgerte mich, und ich sagte nichts mehr. Ich konnte nicht leugnen, daß mir ihr Gerede über Dschungel und Wälder Furcht einflößte. Und ich erinnerte mich wieder an alles, was Armand gesagt hatte, um einen Keil zwischen uns zu treiben. So sind auch wir alle verschieden, dachte ich, und müssen wie die Sterblichen damit leben.

»Allerdings gab es da eine Andeutung ...«, sagte sie, während sie noch immer ins Feuer starrte, »einen kleinen Hinweis, daß die Geschichte über Marius vielleicht doch der Wahrheit entsprach.«

»Es gab tausend Hinweise«, sagte ich.

»Er sagte, Marius habe einen Übeltäter ermordet«, fuhr sie fort, »und er hieß diesen Übeltäter Typhon, den Mörder seines Bruders. Kannst du dich erinnern?«

»Ich dachte, er meinte den Brudermörder Kain. Vor meinem inneren Auge habe ich Kain gesehen, obwohl ich den anderen Namen gehört hatte.«

»Das ist der springende Punkt. Auch Armand sagte der Name Typhon nichts. Dennoch wiederholte er ihn. Aber ich weiß, was er bedeutet. Er ist aus der griechischen und römischen Mythologie – die alte Legende über den ägyptischen Gott Osiris, der von seinem Bruder Typhon ermordet wurde, worauf er der Herr der Unterwelt wurde.«

»Siehst du, Marius hat gelebt. Als er sagte, daß er tausend Jahre gelebt hatte, sagte er die Wahrheit.«

»Vielleicht, Lestat, vielleicht«, sagte sie.

»Mutter, erzähl mir diese ägyptische Geschichte noch einmal ...«

»Lestat, du hast viele Jahre Zeit, diese ganzen alten Erzählungen selbst zu lesen.« Sie erhob sich und bückte sich, um mich zu küssen, und wie immer kurz vor der Morgendämmerung waren ihre Bewegungen bleiern geworden. »Was mich betrifft, so habe ich mit Büchern nichts mehr im Sinn. Ich habe sie nur gelesen, solange ich sonst nichts zu tun hatte.« Sie nahm meine Hände. »Sage mir, daß wir morgen unterwegs sein werden, daß wir die Stadtmauern von Paris erst wiedersehen werden, wenn wir die andere Seite der Welt gesehen haben.«

»Ganz wie du willst«, antwortete ich.

Sie stieg die Treppe hoch.

»Aber wo gehst du denn hin?« fragte ich und folgte ihr. Sie öffnete das Gatter und machte sich auf den Weg zu den Bäumen.

»Ich möchte herausfinden, ob ich in der blanken Erde schlafen kann«, sagte sie über ihre Schulter. »Wenn ich morgen nicht aufstehe, weißt du, daß es nicht geklappt hat.«

»Aber das ist doch Wahnsinn«, sagte ich und folgte ihr. Mir gefiel dieser Gedanke überhaupt nicht. Sie begab sich in ein Dickicht alter Eichen, kniete sich nieder und grub mit bloßen Händen im Laub und in der feuchten Erde. Sie sah gespenstisch aus, wie eine hübsche, blonde Hexe, die mit affenartiger Geschwindigkeit loswühlte.

Dann erhob sie sich und gab mir einen Handkuß. Und schon war sie im Erdreich verschwunden. Und ich starrte ungläubig auf die Stelle, wo sie gerade noch gewesen war, und auf das Laub, das sich wieder ausgebreitet hatte, als sei nichts geschehen.

Ich entfernte mich in südlicher Richtung vom Wald und vom Turm. Und als sich meine Schritte beschleunigten, sang ich mir eine artige Kavatine, möglicherweise eine Melodie, die die Geigen an diesem Abend im Palais Royal intoniert gehabt hatten.

Und wieder suchte mich ein Gefühl der Trauer heim, die Gewißheit, daß wir wirklich fortgehen würden, daß es aus war mit Nicolas und den Kindern der Finsternis und ihrem Meister und daß ich für viele, viele Jahre weder Paris noch sonst irgend etwas wiedersehen würde, das mir vertraut war. Und trotz meines Freiheitsdrangs hätte ich am liebsten geheult.

Aber offenbar verfolgte ich mit meiner Nachtwanderung einen Zweck, den ich mir nicht eingestanden hatte. Ungefähr eine halbe Stunde vor Sonnenaufgang hatte ich die Ruine eines alten Wirtshauses erreicht. Die Schänke, Vorposten eines verlassenen Dorfes, war bis auf die Außenmauern völlig verfallen, und ich nahm meinen Dolch und ritzte in die weichen Steine:

MARIUS, ALTEHRWÜRDIGER: LESTAT SUCHT DICH. WIR SCHREIBEN DEN MONAT MAI IM JAHRE 1780, UND ICH BIN AUF DEM WEG VON PARIS NACH LYON. BITTE OFFENBARE DICH MIR.

Ich trat zurück und kam mir reichlich anmaßend vor. Ich hatte bereits die dunklen Gebote übertreten, indem ich den Namen eines Unsterblichen verriet, noch dazu schriftlich. Nun, das erfüllte mich mit außerordentlicher Befriedigung. Und außerdem war Gesetzestreue noch nie meine Stärke gewesen.

Teil VI

AUF DES TEUFELS STRASSE VON PARIS NACH KAIRO

1

Das letzte Mal, daß wir Armand im achtzehnten Jahrhundert gesehen haben, stand er mit Eleni und Nicolas und den anderen vermummten Vampiren vor den Toren von Renauds Theater und sah zu, wie sich unsere Kutsche durch den Verkehr auf dem Boulevard wühlte.

Kurz zuvor hatte ich ihn mit Nicolas in meinem alten Schminkraum vorgefunden, in ein eigentümliches Gespräch vertieft, das von Nickis Sarkasmus bestimmt wurde. Er trug eine Perücke und einen dunkelroten Gehrock, und ich hatte den Eindruck, daß er sich schon wieder eine Art neuer Undurchschaubarkeit zugelegt hatte, als hätte ihn jede wache Sekunde seit dem Untergang des alten Ordens mit neuer Kraft ausgestattet.

Nicki und ich hatten uns in diesen letzten peinlichen Augenblikken nichts zu sagen, aber Armand nahm höflich meine Turmschlüssel entgegen und einen Haufen Geld und das Versprechen, er könne von Roget jederzeit mehr bekommen.

Sein Geist blieb mir verschlossen, aber er sagte noch einmal, daß Nicolas von ihm nichts zu befürchten habe. Und als wir uns verabschiedeten, war ich der Überzeugung, daß Nicolas und der kleine Orden gute Chancen hätten zu überdauern und daß Armand und ich Freunde seien.

Gegen Ende dieser ersten Nacht waren Gabrielle und ich bereits ein gutes Stück von Paris entfernt, und in den nächsten Monaten zogen wir weiter nach Lyon, Turin und Wien und dann nach Prag und Leipzig und St. Petersburg und dann gen Süden nach Italien, wo wir viele Jahre blieben.

Schließlich begaben wir uns nach Sizilien, dann nach Griechenland und in die Türkei, dann in die alten Städte Kleinasiens und schlußendlich nach Kairo, wo wir uns für einige Zeit niederließen.

Und überall schrieb ich meine Botschaften an Marius auf die Mauern. Manchmal ritzte ich nur ein paar Wörter mit meiner Messerspitze in den Putz. Dann wieder verbrachte ich Stunden, um meine Litaneien in den Stein zu meißeln. Jedesmal aber schrieb ich meinen Namen nieder, das Datum und mein nächstes Reiseziel und meine Aufforderung: »Marius, offenbare Dich mir.«

Was die alten Orden angeht, so stöberten wir so manchen unterwegs auf, aber es war von Anfang an klar, daß die alten Sitten überall im Niedergang begriffen waren. Nur selten hielten noch mehr als drei oder vier Vampire an den alten Ritualen fest, und wenn sie merkten, daß wir uns ihnen nicht anschließen wollten, ließen sie uns in Ruhe.

Da waren die gelegentlichen Schurken, die wir in aller Öffentlichkeit flüchtig zu sehen bekamen, schon wesentlich interessanter; einsame und unerkannte Vampire, die die Kunst, sich für Sterbliche auszugeben, ebenso perfekt beherrschten wie wir. Aber wir kamen diesen Wesen nie wirklich nahe. Sie liefen vor uns davon, wie sie vor den alten Orden geflohen sein mußten. Und da ich in ihren Augen nichts als Angst ausmachen konnte, war ich nicht versucht, ihnen hinterherzujagen.

Doch auf seltsame Weise beruhigte mich die Gewißheit, daß ich nicht der erste aristokratische Unhold war, der sich auf der Suche nach Opfern in den Ballsälen der Welt tummelte – der todbringende *Gentilhomme,* der bald in Erzählungen und Gedichten und grauenvollen Groschenheftchen als der Prototyp unserer Zunft auftauchen würde. Es gab also noch jede Menge andere.

Aber wir sollten im Verlauf unserer Reise noch weit eigentümlicheren Geschöpfen der Finsternis begegnen. In Griechenland lernten wir Dämonen kennen, die nicht wußten, wie sie erschaffen worden waren, und manchmal sogar geistesgestörte Geschöpfe, die uns für Sterbliche hielten und überfielen und schreiend fortrannten, wenn wir Gebete aufsagten, um sie in die Flucht zu schlagen.

Die Vampire in Istanbul lebten zu unserer Überraschung in Häusern hinter hohen Mauern und Gattern, hatten ihre Gräber gleich im Garten und kleideten sich, wie es in diesem Teil der Welt allgemein Sitte war, in fließende Gewänder, um in den nächtlichen Straßen auf die Pirsch zu gehen.

Doch zeigten sich selbst sie einigermaßen entsetzt, daß ich unter Franzosen und Venezianern lebte, in Kutschen umherfuhr und in den europäischen Botschaften und Fürstenhäusern ein- und ausging. Sie bedrohten uns, stießen Verwünschungen aus und suchten panikartig das Weite, wenn wir uns gegen sie wehrten, nur um alsbald zurückzukommen und uns erneut zu schikanieren.

Die Untoten, die ihren Spuk in den mameluckischen Gräbern Kairos trieben, waren üble Geister, den alten Gesetzen durch hohläugige Meister verpflichtet, die in den Ruinen eines koptischen Klosters hausten und ihre Rituale mit allerlei östlicher Magie anreicherten und zahlreichen bösen Dämonen seltsamster Namen huldigten. Trotz ihrer giftigen Drohungen wahrten sie Distanz, aber unsere Namen wußten sie.

In all den Jahren haben wir von diesen Geschöpfen nichts erfahren, was mich freilich nicht weiter überraschte.

Und obwohl den Vampiren fast überall die Legenden über Marius und die anderen Altvorderen zu Ohren gekommen waren, hatte sie kein einziger je mit eigenen Augen gesehen. Sogar Armand war für sie nur eine Legende, und mehr als einmal wurde ich gefragt: »Hast du wirklich den Vampir Armand gekannt?« Nirgends bin ich einem wirklich alten Vampir begegnet. Nirgends bin ich einem Vampir begegnet, von dem man hätte sagen können, daß er wahrhaft faszinierend, weise oder besonders vollkommen gewesen wäre und mein besonderes Interesse erregt hätte.

Armand war im Vergleich zu diesen Wesen die reinste Gottheit. Und Gabrielle und ich auch.

Aber ich greife vor.

Als wir das erstemal nach Italien kamen, begannen wir die alten Rituale besser zu verstehen und sie verständnisvoller zu betrachten. Der römische Orden empfing uns mit offenen Armen.

»Kommt in die Katakomben und stimmt mit uns die Hymnen an.«

Ja, sie hatten schon gehört, daß wir dem Orden in Paris den Garaus gemacht und den großen Meister Armand übervorteilt hatten. Aber deswegen verachteten sie uns nicht. Im Gegenteil, sie zeigten herzlich wenig Verständnis für Armand. Warum hatte der Orden sich nicht den Zeitläuften angepaßt?

Denn selbst hier, wo die alten Zeremonien noch hoch im Kurs standen, hatten die Vampire keinerlei Hemmungen, sich als Menschen auszugeben, wenn es ihren Zwecken diente. Nicht anders hielten es die beiden Vampire, denen wir in Venedig begegnet waren, und die anderen, die wir später in Florenz kennenlernen sollten. In schwarze Mäntel gehüllt, mischten sie sich unter das Opernpublikum, strichen während der großen Bankette und Bälle durch dunkle Korridore und saßen zuweilen sogar in überfüllten Kaschemmen, um die Menschen gierig in Augenschein zu nehmen. Mehr noch als andere ihrer Artgenossen pflegten sie sich nach der Mode zur Zeit ihrer Geburt zu kleiden, und sie scheuten sich nicht, sich juwelenbehangen und königlich herausgeputzt zu zeigen.

Dennoch krochen sie dann wieder in ihre stinkenden Friedhöfe, um zu schlafen, und schreiend entflohen sie jedem Zeichen himmlischer Macht, und mit barbarischer Hemmungslosigkeit warfen sie sich in ihre furchterregenden und schönen Ordensrituale.

Im Vergleich dazu waren die Vampire in Paris primitiv, ungehobelt und kindisch; aber mir war auch klar, daß gerade die kultivierte Weltläufigkeit von Paris Armand und die Seinen bewogen hatte, sich den Bräuchen der Sterblichen zu entziehen.

In dem Maße, wie die Hauptstadt Frankreichs weltlicher wurde, hatte sich Armands Orden immer fester an die alte Magie geklammert, während die italienischen Dämonen unter tiefreligiösen Menschen lebten, deren Dasein von römisch-katholischem Geist durchtränkt war, Männern und Frauen, die das Böse nicht minder als die Kirche achteten. Im Grunde waren die alten Bräuche der Dämonen nicht wesentlich anders als die alten Bräuche der Menschen in Italien, so daß sich die italienischen Vampire in beiden Welten zu Hause fühlten.

Glaubten sie noch an die alten Bräuche? Sie zuckten nur mit den Schultern. Für sie war der Sabbat ein Vergnügen. Hatten Gabrielle und ich nicht unseren Spaß gehabt? Hatten wir uns nicht schlußendlich in ihre Tanzrunden eingereiht?

»Ihr könnt jederzeit zu uns kommen«, versicherten uns die römischen Vampire. Und was das Theater der Vampire in Paris anbetreffe, diesen Riesenskandal, der die Unseren weltweit schockierte, nun, richtig glauben würden sie das erst, wenn sie es mit eigenen Augen sähen. Vampire, die auf einer Bühne auftraten und ein sterbliches Publikum mit Kunststückchen und Mimikry verblüfften – das hielten sie für allzu pariserisch! Sie lachten bloß.

Selbstverständlich erhielt ich die ganze Zeit auch direkte Informationen über das Theater. Ich hatte noch nicht einmal St. Petersburg erreicht, als ich ein ausführliches Zeugnis über die »Ausgebufftheit« der Truppe aus Rogets Feder in Händen hielt:

> Sie sehen wie riesige, hölzerne Marionetten aus (schrieb er). Von den Dachsparren aus werden sie scheinbar an Goldschnüren geführt, wenn sie ihre äußerst anmutigen Tänze darbieten. Auf ihre weißen Wangen sind rote Kreise gemalt, und ihre Augen gleichen Glasknöpfen. Es ist kaum zu glauben, mit welcher Perfektion sie den Eindruck erwecken, unbeseelt zu sein.
>
> Das Orchester kommt ebenfalls einem Wunder gleich. Mit starren, weißbemalten Gesichtern ahmen sie mechanische Musiker nach – man nimmt ihnen ohne weiteres ab, daß es sich um Gliederpuppen handelt, die mit einem Schlüssel aufgezogen wurden, damit sie ihren kleinen Instrumenten Musik entlocken!
>
> Es ist ein derart einnehmendes Schauspiel, daß die Damen und Herren im Publikum darüber streiten, ob das wohl Puppen oder echte Schauspieler seien. Einige schwören Stein und Bein, daß sie alle aus Holz seien und daß die Stimmen, die aus den Mündern der Schauspieler dringen, das Werk von Bauchrednern seien. Was die Stücke selbst anbelangt – man müßte sie zutiefst unschicklich nennen, wären sie nicht so bezaubernd in Szene gesetzt.
>
> Eines ihrer beliebtesten Dramen handelt von einem Vampir, der durch eine Falltür auf der Bühne aus seinem Grab aufersteht. Eine furchteinflößende Gestalt mit Fangzähnen und wirrem Haar. Doch ach, er verliebt sich prompt in eine riesige, hölzerne Puppenfrau, ohne zu ahnen, daß sie nicht lebendig ist. Da es sich als unmöglich erweist, aus ihrem Hals Blut zu trinken, geht der arme Vampir bald zugrunde, worauf die Marionette zu erkennen gibt, daß sie, obwohl aus Holz gemacht, tatsächlich lebt, und unter teuflischem Mienenspiel führt sie einen Siegestanz auf dem Leichnam des zur Strecke gebrachten Dämons auf.

Ich sage Ihnen, das Blut gerinnt einem in den Adern, wenn man das sieht, aber das Publikum johlt und applaudiert.
In einer anderen kleinen Szene umringen die Puppentänzer ein Menschenmädchen und verleiten es, sich an die goldenen Schnüre binden zu lassen, als sei es auch eine Marionette. Das traurige Ergebnis ist, daß die Schnüre es so lange zu tanzen zwingen, bis es seinen Geist aushaucht. Mit ausdrucksvollen Gesten fleht es um Gnade, aber die wirklichen Puppen lachen nur und tanzen und tollen herum, bis es hinscheidet.
Die Musik ist nicht von dieser Welt. Sie läßt einen an die Zigeuner auf den Jahrmärkten denken. Monsieur de Lenfent ist der Dirigent. Und gewöhnlich wird der Abend mit einem seiner Geigensoli eröffnet.
Als Ihr Anwalt gestatte ich mir den Hinweis, daß Sie einen Teil des Profits dieses bemerkenswerten Ensembles fordern sollten. Vor jeder Vorstellung stehen die Menschen auf dem Boulevard Schlange.

Rogets Briefe beunruhigten mich immer wieder. Mir klopfte das Herz, und ich fragte mich: Was hatte ich von der Truppe eigentlich erwartet? Warum überraschten mich ihre Kühnheit und ihr Erfindungsreichtum? Schließlich verfügten wir alle über die Fähigkeiten, derlei zustande zu bringen.

Zu der Zeit, da ich mich in Venedig niederließ, wo ich unter großem Zeitaufwand vergeblich Marius' Gemälde aufzutreiben suchte, hörte ich dann auch direkt von Eleni. Sie seien die Lieblingsveranstaltung des nächtlichen Paris, schrieb sie mir. Aus ganz Europa seien »Schauspieler« herbeigekommen, um sich ihnen anzuschließen. So sei ihre Truppe inzwischen auf zwanzig angewachsen, mehr als selbst diese Metropole eigentlich »ernähren« könne.

»Nur die begabtesten Künstler werden aufgenommen, jene, die wirklich außerordentlich talentiert sind, doch geht uns Diskretion über alles. Wir wollen einen Skandal vermeiden, wie Du Dir wohl denken kannst.«

Was den »lieben Geiger« anbetraf, so fand sie liebevolle Worte für ihn, schrieb, daß er ihre beste Inspirationsquelle sei und höchst geniale Stücke verfasse, deren Stoff er seiner Lektüre entnehme.

»Aber wenn er nicht arbeitet, kann er ziemlich unmöglich sein. Man darf ihn keine Sekunde aus den Augen lassen. Seine Tischmanieren sind äußerst liederlich. Und gelegentlich schockiert er Fremde mit seinen Äußerungen, denen diese aber klugerweise keinen Glauben schenken.«

Mit anderen Worten, er versuchte, neue Vampire zu erschaffen. Und er ging nicht heimlich auf die Pirsch.

Hauptsächlich Unser Ältester Freund (offenbar Armand) bemüht sich, ihn im Zaum zu halten. Und das gelingt ihm mittels fürchterlichster Drohungen. Aber leider sind sie nur selten von anhaltender Wirkung. Häufig spricht unser Geiger von alten religiösen Bräuchen, von Feuerriten, von einer Reise in neue Reiche des Seins.

Ich kann nicht sagen, daß wir ihn nicht liebten. Selbst wenn das nicht der Fall wäre, würden wir uns Dir zuliebe um ihn kümmern. Und besonders Unser Ältester Freund ist ihm zugetan. Dennoch sei mir die Bemerkung erlaubt, daß solche Personen in früheren Zeiten nicht sehr lange unter uns hätten weilen können.

Unseren Ältesten Freund würdest Du wohl kaum wiedererkennen. Er hat sich am Fuße Deines Turms ein großes Refugium gebaut, wo er zwischen Büchern und Bildern haust, ganz wie ein Privatgelehrter, der wenig für die wirkliche Welt übrig hat.

Jede Nacht fährt er jedoch in seiner schwarzen Kutsche zum Theater, um dann in seiner vorhangverhangenen Loge der Vorstellung beizuwohnen.

Und er kommt oft, um unsere Streitereien zu schlichten, um als Herrscher aufzutreten, wie er es schon immer getan hat, um mit seinen Drohungen Unseren Göttlichen Geiger im Zaum zu halten, aber nie, niemals wird er einem Auftritt auf der Bühne zustimmen. Er ist es, der neue Ensemblemitglieder einstellt. Wie ich schon sagte, sie kommen von überallher. Wir müssen uns nicht groß um sie bemühen. Sie klopfen einfach an die Tür...

Komm zu uns zurück (schrieb sie abschließend). Du wirst uns interessanter als früher finden. Es gibt eine Fülle von Wundern der Finsternis, die ich dem Papier nicht anvertrauen kann. Wir sind ein kosmisches Ereignis in der Geschichte unserer Zunft. Und in der

Geschichte dieser großartigen Stadt hätten wir für unser kleines Unterfangen keinen besseren Zeitpunkt wählen können. Und einzig Dir haben wir das alles zu verdanken. Warum hast Du uns verlassen? Komm heim.

Ich hob diese Briefe auf. Ich bewahrte sie so sorgfältig auf wie den Brief meiner Brüder aus der Auvergne. Ich konnte mir die Marionetten ganz genau vorstellen, und ich hörte Nickis Geige aufschreien, und ich konnte mir auch Armand vorstellen, wie er in seiner schwarzen Kutsche eintraf und sich in seiner Loge niederließ. Und all dies beschrieb ich Marius in verschlüsselten Sätzen, wenn ich in dunklen Gassen meine Botschaften meißelte, während die Sterblichen schliefen.

Aber für mich kam eine Rückkehr nach Paris nicht in Frage, gleichviel, wie sehr ich auch vereinsamen mochte. Ich war hingerissen von den Kathedralen und Schlössern, den Museen und Palästen. Wo ich auch hinkam, ich stürzte mich sogleich mitten ins gesellschaftliche Leben, und in vollen Zügen genoß ich dann alle Zerstreuungen, den Klatsch, die Literatur und Musik, die Kunst und Architektur. Mich begeisterten die Zigeunergeiger und die Puppenspieler auf den Straßen nicht weniger als die großen, kastrierten Sopransänger in den Opernhäusern oder den Kirchenchören. Ich trieb mich in Bordellen und Spielhöllen herum und in verräucherten Seemannskneipen. Überall las ich die Zeitung und lungerte in Kaschemmen herum, wo ich oft etwas zu essen bestellte, ohne das Zeug auch nur anzurühren, nur weil ich es vor mir haben wollte, und ich führte endlose Gespräche mit Sterblichen, lud andere zu zahllosen Gläsern Wein ein, inhalierte den Rauch ihrer Pfeifen und Zigarren und ließ all diese sterblichen Gerüche in mein Haar und meine Kleider dringen.

Und wenn ich nicht durch die Gegend stromerte, vertiefte ich mich in die Bücher, die einst Gabrielles exklusives Reich gebildet hatten in jenen trübseligen Jahren zu Hause.

Noch ehe wir in Italien angekommen waren, konnte ich genug Latein, um die Klassiker studieren zu können, und ich legte mir in meinem alten venezianischen Palazzo eine ganze Bibliothek an, und so manchesmal las ich die ganze Nacht hindurch.

Und natürlich tat es mir besonders die Erzählung über Osiris an, da sie mir Armands Geschichte und Marius' raunende Worte wieder ins Gedächtnis riefen. Diese Lektüre rührte mich wie ein Donnerschlag.

Da ist also im Altertum dieser König Osiris, ein Mann von überirdischer Güte, der den Ägyptern den Kannibalismus austreibt und ihnen beibringt, wie man Wein und Getreide anbaut. Und auf welche Weise wird er von seinem Bruder Typhon umgebracht? Osiris wird hinterlistig überredet, sich in ein Gehäuse zu legen, das genau seinen Körpermaßen entspricht, und sein Bruder Typhon nagelt den Deckel zu. Dann wird er in den Fluß geworfen, und als ihn die getreue Isis findet, taucht Typhon erneut auf, um seinen Leichnam zu zerstükkeln. Alle Körperteile werden gefunden – bis auf einen.

Nun, welchen Grund hatte Marius, diesen Mythos zu erwähnen? Selbstverständlich mußte ich an den Umstand denken, daß alle Vampire in Särgen schlafen, die ihren Körpermaßen entsprechen – sogar der jämmerliche Pöbel in Les Innocents schlief in seinen Särgen. Und was den Körperteil anbelangte, den Isis nie gefunden hat, nun, da gab es etwas, das die Gaben der Finsternis nicht segneten. Wir können zwar sprechen, sehen, schmecken, atmen und uns wie Menschen bewegen, aber *wir können nicht zeugen.* Und Osiris konnte es auch nicht. So wurde er der Herr der Toten.

War er also ein Vampirgott?

Ich war voll quälender Rätsel. Dieser Gott Osiris war der ägyptische Weingott, der bei den Griechen später Dionysos hieß. Und Dionysos war der »finstere Gott« des Theaters, der Teufelsgott, von dem mir Nicki erzählt hatte, als wir noch Knaben und zu Hause waren. Und wir hatten in Paris ein Theater voller Vampire! Einfach köstlich!

Ich konnte es kaum erwarten, all das Gabrielle zu erzählen.

Aber sie hörte kaum hin und sagte, derlei alte Geschichten gebe es zu Hunderten.

»Osiris war der Getreidegott«, sagte sie. »Für die Ägypter war er ein guter Gott. Was also könnte das mit uns zu tun haben?« Sie warf einen Blick auf die Bücher, die ich studierte. »Du mußt noch viel lernen, mein Sohn. So mancher Gott des Altertums ist von seiner Göttin zerstückelt und dann beweint worden. Lies nur die Sage von Aktaion und Adonis. Früher liebte man solche Geschichten.«

Und fort war sie. Und ich war allein in meiner von Kerzen

erleuchteten Bibliothek, zwischen all den Büchern auf meine Ellbogen gestützt.

Ich grübelte über Armands Traum vom Kloster JENER, DIE BEWAHRT WERDEN MÜSSEN nach. Handelte es sich um einen Zauber, der seinen Ursprung im alten Ägypten hatte? Wie hätten die Kinder der Finsternis derlei vergessen können? Vielleicht war die Anspielung auf Typhon, den Mörder seines Bruders, ja auch nur eine poetische Wendung des venezianischen Meisters gewesen.

Und so ging ich mit meinem Meißel in die Nacht hinaus und schrieb meine Fragen an Marius auf Steine, die älter waren als wir beide zusammen. Marius war für mich schon so weit Wirklichkeit geworden, daß wir miteinander sprachen, so wie es Nicki und ich einst getan hatten. Er war mein Vertrauter, den ich teilhaben ließ an meiner erhabenen Verwirrung über alle Wunder und Rätsel der Welt.

Doch während ich meine Studien vertiefte und sich mein Horizont erweiterte, begann ich allmählich zu erahnen, was Ewigkeit wirklich bedeutete. Ich war allein unter Menschen, und auch meine Botschaften an Marius konnten nicht verhindern, daß ich mir meiner Monstrosität so bewußt war wie damals in jenen ersten Nächten in Paris. Schließlich war Marius ja nicht wirklich da.

Und Gabrielle auch nicht.

Fast von Anfang an hatten sich Armands Prophezeiungen erfüllt.

2

Wir hatten noch nicht einmal die französische Grenze überquert, als Gabrielle die Reise unterbrach, um für einige Nächte zu verschwinden. In Wien blieb sie oft mehr als zwei Wochen fort, und später, als ich mich in dem Palazzo in Venedig niedergelassen hatte, setzte sie sich monatelang ab. Während meines ersten Romaufenthalts tauchte sie für ein halbes Jahr unter. Und nachdem sie mich in Neapel verlassen hatte, kehrte ich ohne sie nach Venedig zurück, und verärgert überließ ich es ihr, allein nach Venetien zurückzufinden, was ihr auch gelang.

Natürlich zog es sie in die ländlichen Gegenden, in die Wälder und Gebirge oder auf unbewohnte Inseln. Und sie kam dann immer derart ramponiert zurück – ausgetretene Schuhe, zerrissene Kleider, hoffnungslos verfilztes Haar –, daß sie einen ebenso furchterregenden Anblick bot wie die zerlumpten Mitglieder des alten Pariser Ordens. Dann durchstreifte sie in ihrer verdreckten Kleidung meine Räumlichkeiten und starrte auf die Risse im Verputz oder auf das Licht, das sich verzerrt in den handgeblasenen Fensterscheiben spiegelte.

Warum sollten Unsterbliche über Zeitungen hocken, pflegte sie zu fragen, oder in Palästen wohnen? Oder Gold mit sich herumtragen? Oder Briefe an eine sterbliche, zurückgelassene Familie schreiben?

Mit unheimlicher, gedämpfter Stimme erzählte sie dann von Klippen, die sie erklommen, von Schneewehen, durch die sie gestolpert war, von Höhlen voller rätselhafter Zeichen und vorzeitlicher Fossilien.

Und so unvermittelt, wie sie gekommen war, verschwand sie dann wieder, und ich hielt Ausschau nach ihr und wartete auf sie – und wenn sie endlich zurückkam, hegte ich einen abgrundtiefen Groll gegen sie.

Eines Nachts, während unseres ersten Aufenthalts in Verona, versetzte sie mich in einer dunklen Straße in basses Erstaunen.

»Lebt dein Vater eigentlich noch?« fragte sie. Diesmal war sie zwei Monate fortgewesen. Ich hatte sie bitterlich vermißt, und nun erkundigte sie sich nach ihm, als würde ihm plötzlich ihre ganze Sorge gelten. Aber als ich »Ja, und er ist sehr krank« antwortete, schien sie gar nicht hinzuhören. Ich versuchte ihr dann zu erzählen, daß es schlimm um Frankreich stehe. Mit Sicherheit würde es eine Revolution geben. Sie schüttelte ihren Kopf und wischte das alles mit einer Handbewegung fort.

»Denke nicht mehr an ihn«, sagte sie. »Vergiß ihn und all die anderen auch.« Und wieder einmal war sie auf und davon.

Um der Wahrheit die Ehre zu geben, ich wollte niemanden vergessen. Ich hatte nie aufgehört, Roget zu schreiben und um Nachrichten über meine Familie zu bitten. Ich schrieb ihm öfter als Eleni. Ich bat um Portraits meiner Nichten und Neffen, und nie versäumte ich, von all meinen Aufenthaltsorten Geschenke nach Frankreich zu schicken. Und die drohende Revolution beunruhigte mich nicht weniger als jeden sterblichen Franzosen.

Schließlich blieb Gabrielle immer länger fern, und die Zeiten unseres Zusammenseins wurden immer spannungsgeladener, und ich fing an, mit ihr darüber zu streiten.

»Die Zeit wird unsere Familie auslöschen«, sagte ich. »Die Zeit wird das Frankreich auslöschen, das wir kannten. Warum sollte ich sie jetzt aufgeben, solange ich sie noch haben kann? Ich brauche diese Dinge, wirklich. Das ist es, was für mich das Leben ausmacht!«

Aber das war nur die eine Hälfte. Ich hatte Gabrielle sowenig wie die anderen. Sie muß gewußt haben, was ich wirklich meinte. Sie muß die versteckte Anklage hinter meinen Worten gehört haben.

Solche Worte stimmten sie traurig und weckten ihre Zärtlichkeit. Sie ließ mich ihre Kleider reinigen, ihr das Haar kämmen. Und danach gingen wir zusammen auf die Jagd und sprachen miteinander. Manchmal begleitete sie mich sogar in die Kasinos oder in die Oper. Sie konnte für kurze Zeit eine wundervolle Frau sein.

Und diese Momente schweißten uns noch immer zusammen. Sie gaben unserem Glauben Nahrung, wir seien nach wie vor ein kleiner Orden, ein Liebespaar, das sich gegen die sterbliche Welt behauptete.

Wenn wir am Kamin irgendeines Landhauses saßen, wenn wir zusammen auf dem Kutschbock saßen und durch die Gegend fuhren, wenn wir zusammen durch die nächtlichen Wälder strichen, teilten wir uns noch immer gelegentlich unsere Beobachtungen mit. Wir spürten sogar zusammen Häuser auf, in denen es spukte – ein neues Freizeitvergnügen, das uns beiden großen Spaß machte. Zuweilen kehrte Gabrielle von ihren Reisen zurück, nur weil sie von Geistererscheinungen gehört hatte und der Sache mit mir auf den Grund gehen wollte.

Meistens freilich fanden wir überhaupt nichts in den leeren Häusern, in denen es angeblich spukte. Und die armen Kerle, die vermeintlich vom Teufel besessen waren, stellten sich oft genug als ganz gewöhnliche Schwachsinnige heraus. Doch kam es schon vor, daß wir vorbeihuschende Erscheinungen oder Vorkommnisse sahen, die wir uns nicht erklären konnten – Gegenstände, die einfach durch die Luft flogen, tosende Stimmen aus den Mündern besessener Kinder, eisige Winde, die in verschlossenen Räumen Kerzen ausbliesen. Aber mehr als das, was bereits hundert sterbliche Gelehrte gleichfalls beschrieben hatten, haben wir auch nicht gesehen.

Für uns war das eigentlich nur eine Art Spielerei. Und wenn ich jetzt zurückblicke, wird mir klar, daß wir das nur fortführten, weil es uns zusammenhielt, weil es uns eine vergnügliche Zerstreuung bescherte, die uns sonst entgangen wäre.

Gabrielles Abwesenheiten waren freilich nicht das einzige, was im Lauf der Jahre unsere Zuneigung füreinander zerstörte. Es war ihre ganze Art, wie sie sich benahm, wenn sie bei mir war, und es waren die Ideen, die sie erfüllten.

Eines Nachts etwa tauchte sie nach einem Monat in unserem kleinen Haus in der Via Ghibellina in Florenz auf und entwickelte ohne Umschweife ihre neuen Gedanken. »Du weißt, daß die Geschöpfe der Nacht reif für einen großen Meister sind«, sagte sie. »Keinen abergläubischen Brabbler, der von alten Riten quasselt, sondern einen großen Monarchen, der uns nach zeitgemäßen Prinzipien zu aktivieren versteht.«

»Was für Prinzipien?« fragte ich, aber ohne auf meine Frage einzugehen, fuhr sie fort.

»Stell dir mal vor«, sagte sie, »wir wären nicht mehr bloß auf dieses heimliche und widerliche Aussaugen der Sterblichen beschränkt, sondern könnten etwas Großartiges vollbringen wie den Turm zu Babel, ehe er dem Zorn Gottes zum Opfer fiel. Ich denke an einen Meister, der von einem Satanspalast aus seine Anhänger aussendet, auf daß Bruder sich gegen Bruder wendet und Mütter ihre Kinder umbringen, auf daß alles, was die Menschheit errungen hat, in Flammen aufgeht, auf daß das Land verbrennt, damit alle Hungers sterben, Unschuldige und Schuldige! Verbreite Elend und Chaos, wohin du kommst, und bezwinge die Macht des Guten, bis die Menschen verzweifeln. So etwas verdient es, das Böse genannt zu werden. Wir sind nichts, du und ich, höchstens zwei exotische Pflänzchen im Wilden Garten. Und die Welt der Menschen ist jetzt auch nicht viel besser oder schlechter als das, was ich vor Jahren in der Auvergne meinen Büchern entnommen habe.«

Mich erfüllte dieses Gespräch mit Abscheu. Und dennoch war ich froh, daß sie bei mir war, daß ich mit jemand anderem als einem armen, hintergangenen Sterblichen reden konnte. Daß ich nicht allein war mit meinen Briefen aus der Heimat.

»Aber wie steht es um deine ästhetischen Erwägungen?« fragte ich. »Das, was du Armand auseinandergesetzt hast, als du wissen wolltest, warum Schönheit existiert und warum sie uns berührt?«

Sie zuckte die Schultern.

»Wenn die Welt der Menschen in Schutt und Asche versinkt, wird die Schönheit sich entfalten können. Da, wo Straßen waren, werden wieder Bäume wachsen; wo jetzt dumpfige Viehschuppen stehen, werden Blumen wachsen. Darin soll das Wirken des satanischen Meisters seine Erfüllung finden, daß er wildes Gras und dichte Wälder alle Spuren der einst großen Städte tilgen sieht, bis nichts mehr bleibt.«

»Und warum soll das satanisch genannt werden?« fragte ich. »Warum es nicht schlicht Chaos nennen? Darauf läuft es doch hinaus.«

»Weil«, sagte sie, »die Menschen es so bezeichnen würden. Sie haben Satan doch erfunden, oder? Satanisch ist das Wort, das sie jenen anhängen, die die geordneten Bahnen sprengen, in denen sie sich so gerne bewegen.«

»Verstehe ich nicht.«

»Nun, mach doch mal Gebrauch von deinem übernatürlichen Hirn, mein blauäugiger Liebling«, antwortete sie, »mein Goldjunge, mein hübscher Wolftöter. Es ist sehr gut möglich, daß Gott die Welt erschaffen hat, wie Armand sagte.«

»Das hast du also in den Wäldern entdeckt? Haben es dir die Blätter zugeflüstert?«

Sie lachte mich aus.

»Natürlich muß Gott nicht unbedingt von menschenähnlicher Gestalt sein«, sagte sie. »Oder das, was wir in unserem maßlosen Egoismus und unserer Gefühlsduselei ›einen anständigen Kerl‹ nennen. Aber wahrscheinlich gibt es Gott. Satan jedoch war eine Erfindung der Menschen, eine Bezeichnung für die Macht, die den zivilisierten Gang der Dinge zu stören trachtet. Der erste Mensch, der Gesetze eingeführt hat – ob Moses oder ein frühägyptischer König wie Osiris –, hat den Teufel erschaffen. Der Teufel hat die Aufgabe, dich zu verführen, die Gesetze zu brechen. Und wir sind wahrhaft satanisch, da wir keinem Gesetz gehorchen, das dem Schutz der Menschen dient. Warum also auf halbem Wege stehenbleiben? Warum nicht eine Feuersbrunst des Bösen entfachen, die alles Menschenwerk auf Erden hinwegfegt?«

Ich konnte vor Entsetzen nicht antworten.

»Keine Angst.« Sie lachte. »Ich mach's schon nicht. Aber ich möchte wissen, was in den nächsten Jahrzehnten alles passieren wird. Wird sich nicht irgend jemand daranmachen?«

»Hoffentlich nicht!« sagte ich. »Oder besser gesagt, wenn einem der Unseren derlei in den Sinn kommt, wird es Krieg geben.«

»Warum? Alle werden sich ihm anschließen.«

»Ich nicht. Ich werde den Krieg erklären.«

»Ach, du bist zu komisch, Lestat«, sagte sie.

»Es ist läppisch«, sagte ich.

»Läppisch?« Sie hatte die ganze Zeit in den Hof geblickt, aber jetzt sah sie mich an, und die Farbe kehrte in ihr Gesicht zurück. »Alle Städte der Welt zum Einsturz bringen nennst du läppisch? Ich konnte ja verstehen, als du das Theater der Vampire so bezeichnet hast, aber jetzt widersprichst du dir.«

»Es ist läppisch, etwas zu zerstören, nur um des Zerstörens willen, findest du nicht?«

»Du bist unmöglich«, sagte sie. »Irgendwann in ferner Zukunft wird es wohl einen solchen Meister geben. Er wird die Menschen auf ihre ursprüngliche Nacktheit und Angst reduzieren. Und wir werden uns von ihnen mühelos ernähren, wie wir es schon immer getan haben, und der Wilde Garten, wie du es nennst, wird die Welt überziehen.«

»Ich hoffe fast, daß das jemand versucht«, sagte ich. »Denn ich würde mich gegen ihn erheben und nichts unversucht lassen, ihn zu besiegen. Und vielleicht kann ich erlöst werden. Zumindest könnte ich wieder vor mir selbst in Güte bestehen, wenn ich mich aufmachen würde, die Menschheit davor zu erretten.«

Ich war sehr wütend. Ich hatte mich von meinem Stuhl erhoben, um in den Hof hinauszugehen. Sie folgte mir stehenden Fußes. »Du hast gerade die älteste Begründung geliefert, die die Christenheit für die Notwendigkeit des Bösen anführt«, sagte sie. »Es sei notwendig, damit wir es bekämpfen und Gutes tun könnten.«

»Wie langweilig und dumm«, sagte ich.

»In einer Hinsicht werde ich wirklich nicht aus dir schlau«, sagte sie. »Du klammerst dich an deinen alten Glauben an das Gute mit einer Hartnäckigkeit, die wahrhaft einmalig ist. Doch gleichzeitig bist du auch ein guter Vampir. Du jagst deine Opfer wie der leibhaftige Todesengel. Du bringst sie brutal um. Du saugst sie die ganze Nacht lang aus, wenn es dir beliebt.«

»Und?« Ich sah sie kühl an. »Ich lehne es nur ab, in meiner Schlechtigkeit schlecht zu sein.« Sie lachte. »Als junger Mann war ich ein guter Schütze«, sagte ich, »ein guter Schauspieler. Und jetzt bin ich ein guter Vampir. Soviel zur Interpretation des Wortes ›gut‹.«

Nachdem sie sich entfernt hatte, legte ich mich auf die Steinplatten im Hof, blickte zu den Sternen empor und dachte an all die Gemälde und Skulpturen, die ich allein nur in Florenz gesehen hatte. Ich machte mir nichts aus unverfälschter Natur, und die schönste und lieblichste Musik in meinen Ohren war der Klang menschlicher Stimmen. Aber was machten meine Gedanken oder Gefühle schon groß aus?

Gabrielle setzte mir freilich nicht pausenlos mit ihrer eigentümlichen Philosophie zu. Hin und wieder sprach sie auch von praktischen Dingen, die sie dazugelernt hatte. Sie war mir an Mut und Abenteuergeist überlegen. Sie brachte mir einiges bei.

Wir konnten auch in der bloßen Erde schlafen; das hatte sie ja schon vor unserem Reiseantritt festgestellt. Särge und Gräber waren nicht zwingend erforderlich. Und bei Sonnenuntergang erhob sie sich ganz von selbst aus der Erde, sogar schon ehe sie aufgewacht war.

Und jene Sterblichen, die uns während des Tages aufspürten, waren dem Untergang geweiht, es sei denn, sie setzten uns unverzüglich dem Sonnenlicht aus. So hatte sie beispielsweise einmal außerhalb Palermos im Keller eines verlassenen Hauses geschlafen, und als sie aufwachte, waren ihre Augen und ihr Gesicht glühendheiß, und in ihrer Rechten hielt sie einen Sterblichen, mausetot, der offenbar versucht hatte, ihre Ruhe zu stören.

»Er war erwürgt«, sagte sie, »und meine Hand umklammerte noch immer seinen Hals. Und mein Gesicht war von dem Lichtstrahl versengt worden, der durch die geöffnete Tür gedrungen war.«

»Und wenn es mehrere Sterbliche gewesen wären?« fragte ich, nicht wenig beeindruckt. Aber Gabrielle schüttelte nur den Kopf und zuckte die Schultern. Sie schlief nun stets in der Erde, nicht in Kellern oder Särgen, und das machte ihr überhaupt nichts aus. Niemand würde jemals wieder ihre Ruhe stören.

Ich behielt es für mich, aber meiner Meinung nach ging nichts über den Schlaf in einer Gruft. Sich aus einem Grab zu erheben, hatte etwas durchaus Romantisches an sich. Ich ging sogar so weit, daß ich mir in unseren diversen Aufenthaltsorten eigene Särge anfertigen ließ, und ich schlief nicht im Friedhof oder in der Kirche, wie wir es allgemein zu halten pflegen, sondern in einem Versteck innerhalb des Hauses.

Ich muß sagen, daß sie zuweilen geduldig zuhörte, wenn ich ihr solche Sachen erzählte. Sie hörte zu, wenn ich ihr die großartigen Kunstwerke schilderte, die ich im Vatikanmuseum gesehen oder den Chor, den ich in einer Kathedrale gehört hatte, oder die Träume, die ich in der Stunde vorm Aufstehen gehabt hatte, Träume, die offenbar von den Gedanken vorbeiziehender Sterblicher ausgelöst worden waren. Aber vielleicht hat sie ja auch nur gedankenlos auf meine Lippen gestarrt. Wer vermochte es zu sagen? Und dann war sie wieder wortlos verschwunden, und ich ging allein durch die Straßen, sprach laut mit Marius und schrieb ihm jene endlos langen Botschaften, wofür ich manchmal die ganze Nacht brauchte.

Was wollte ich eigentlich – daß sie menschlicher, mir ähnlicher wäre? Armands Prophezeiungen verfolgten mich. Und auch Gabrielle muß gemerkt haben, was los war, daß wir uns immer mehr entfremdeten, daß mir das Herz brach und daß ich zu stolz war, es ihr zu sagen: »Bitte, Gabrielle, ich halte diese Einsamkeit nicht aus! Bleib bei mir.«

Zu der Zeit, da wir Italien verließen, trieb ich gefährliche Spielchen mit Sterblichen. Ich sah etwa einen Mann oder eine Frau – ein Wesen, das mir gefiel – und folgte diesem Menschen auf Schritt und Tritt. Eine Woche, einen Monat, manchmal sogar noch länger. Ich verliebte mich in die Person. Ich stellte mir eine Freundschaft vor, Gespräche, Intimitäten, die wir niemals würden teilen können. Und imaginär war auch der Moment, wenn ich sagte: »Aber du weißt doch, was ich bin«, und der Mensch antwortete: »Ja, ich weiß. Und ich verstehe alles.«

Alles Unsinn, natürlich. Wie das Märchen, in dem die Prinzessin ihre selbstlose Liebe irgendeinem Ungeheuer schenkt, worauf sich alsbald herausstellt, daß das Biest ein verzauberter Prinz war. Nur in diesem meinem finsteren Märchen würde ich geradewegs in mein geliebtes sterbliches Gegenüber eingehen. Wir würden zu einem Wesen verschmelzen, und ich wäre wieder aus Fleisch und Blut.

Hübsche Idee. Nur fing ich an, immer häufiger an Armands Warnung zu denken, daß ich die Zauber der Finsternis aus denselben Gründen wie früher wieder anwenden könnte. Und ich ließ von meinen Spielchen vollends ab. Ich beschränkte mich mit alter Besessenheit und Grausamkeit auf die Jagd, und es waren nicht nur Übeltäter, die ich zur Strecke brachte.

In Athen schrieb ich Marius folgende Botschaft:

> »Ich weiß nicht, warum ich noch weitermache. Ich bin nicht auf der Suche nach Wahrheit. Daran glaube ich nicht. Ich erhoffe keine alten Geheimnisse von Dir, worin diese auch immer bestehen mögen. Aber an irgend etwas glaube ich. Vielleicht nur an die Schönheit der Welt, die ich durchstreife, oder an den reinen Lebenswillen. Die Gabe der Finsternis wurde zu früh in mir erweckt. Und sie hat mir kein Glück gebracht. Und schon im Alter von nur dreißig sterblichen Jahren habe ich ein wenig begriffen, warum so viele der Unseren diese Gabe verschwendet oder einfach weggeworfen haben. Aber ich gebe nicht auf. Und setze auch die Suche nach Dir fort.«

Wie lange ich noch auf diese Weise Europa und Asien hätte durchwandern können, weiß ich nicht. So sehr ich auch über meine Einsamkeit jammerte, so war ich ja all das gewohnt. Und neue Städte wechselten mit neuen Opfern ab, neue Sprachen mit neuer Musik. Egal, was ich zu durchleiden hatte, ich brach zu immer neuen Zielen auf. Ich wollte alle Städte der Welt kennenlernen, sogar die weit entfernten Hauptstädte von Indien und China, wo einem die einfachsten Alltagsgegenstände fremd vorkamen und die Gedanken der Menschen so seltsam waren wie die von Wesen aus einer anderen Welt.

Aber als wir von Istanbul in Richtung Süden nach Kleinasien aufbrachen, verfiel Gabrielle immer stärker dem Zauber des neuen Landes, so daß sie fast nie mehr an meiner Seite war. Und in Frankreich strebten die Dinge einem entsetzlichen Höhepunkt entgegen, nicht nur in der sterblichen Welt, der ich noch immer nachtrauerte, sondern auch im Theater der Vampire.

3

Bereits in Griechenland hatten mir französische und englische Reisende beunruhigende Nachrichten aus der Heimat zugetragen. Und als ich im Europäischen Gasthaus zu Ankara eintraf, erwartete mich ein ganzer Stapel Post.

Roget hatte mein gesamtes Vermögen aus Frankreich weggeschafft und ausländischen Banken überantwortet. »Sie dürfen keinesfalls eine Rückkehr nach Paris in Erwägung ziehen«, schrieb er. »Ich habe Ihrem Vater und Ihren Brüdern geraten, sich aus allen Kontroversen zu halten. Monarchisten haben hier schon bessere Zeiten erlebt.«

Auf ihre Weise handelten auch Elenis Briefe von denselben Dingen:

> Das Publikum wünscht, daß wir uns über die Aristokratie lustig machen. Unser kleines Stück, das von einer tölpelhaften Königinnenpuppe handelt, die gnadenlos von den Puppensoldaten, die sie zu befehligen sucht, zur Schnecke gemacht wird, ist ein stürmischer Lacherfolg.
> Die Geistlichkeit wird auch nicht mehr verschont: In einem anderen kleinen Drama erscheint ein aufgeblasener Pfarrer, der eine Gruppe Marionettentänzerinnen für ihr unschickliches Benehmen bestrafen will. Aber leider verwandelt der Tanzlehrer, der in Wirklichkeit ein behornter Teufel ist, den unglückseligen Kleriker in

einen Werwolf, der für den Rest seiner Tage von den lachenden Mädchen in einem goldenen Käfig gehalten wird.

All das verdanken wir dem Genie Unseres Göttlichen Geigers, aber wir dürfen ihn jetzt keinen Augenblick mehr unbewacht lassen. Wenn er schreiben soll, fesseln wir ihn auf seinen Stuhl und geben ihm Papier und Tinte. Und wenn das nichts fruchtet, zwingen wir ihn zu diktieren, während wir die Stücke niederschreiben.

Auf der Straße machte er sich an Passanten und erzählte ihnen, daß es in dieser Welt Greuel gebe, von denen sie nicht einmal zu träumen wagten. Und ich versichere Dir, wenn Paris nicht voll damit beschäftigt wäre, Pamphlete gegen Königin Marie Antoinette zu lesen, hätte er uns inzwischen alle zugrunde gerichtet. Unser Ältester Freund kocht vor Wut.

Selbstverständlich schrieb ich ihr sofort und bat sie um Geduld mit Nicki und darum, ihm während dieser ersten Jahre beizustehen. »Ganz sicher kann man auf ihn einwirken«, sagte ich. Und zum erstenmal stellte ich die Frage: »Stünde es in meiner Macht, die Dinge zu ändern, wenn ich zurückkäme?« Lange Zeit starrte ich diese Worte an, ehe ich unterschrieb. Meine Hände zitterten. Dann versiegelte ich den Brief und sandte ihn unverzüglich ab.

Wie hätte ich zurückkehren können? So einsam ich auch war, der Gedanke, wieder nach Paris zu ziehen und dieses kleine Theater zu sehen, war mir unerträglich. Und was konnte ich dann schon für Nicolas tun? Armands Warnungen dröhnten mir in den Ohren.

Tatsächlich schienen Armand und Nicki meine ständigen Begleiter zu sein, ganz gleich, wo ich war. Armand voll grimmer Warnungen und Prophezeiungen, und Nicolas voller Spott über die wunderbare Wandlung von Liebe in Haß.

Noch nie hatte ich Gabrielle so sehr gebraucht. Aber sie war mir auf unserer Reise schon vor geraumer Zeit vorausgeeilt. Hin und wieder erinnerte ich mich noch, wie es gewesen war, ehe wir Paris verlassen hatten. Aber ich erwartete von ihr nichts mehr.

In Damaskus fand ich Elenis Antwort vor:

Er verabscheut Dich mehr denn je. Wenn wir vorschlagen, daß er Dir vielleicht nachreisen solle, will er sich vor Lachen ausschütten. Ich erzähle Dir das bestimmt nicht, um Dich zu quälen, sondern um Dich wissen zu lassen, daß wir uns bis zum äußersten um dieses Kind bemühen, das der Finsternis nie hätte anheimfallen dürfen. Größenwahnsinnig angesichts seiner neuen Fähigkeiten, haben ihm seine Visionen den Verstand geraubt.
Dennoch hat er vorigen Monat sein bestes Stück geschrieben. Die Marionettentänzer, diesmal *sans* Fäden, werden in der Blüte ihrer Jugend von einer Seuche dahingerafft und unter Grabsteinen und Blumenkränzen zur Ruhe gebettet. Der Pfarrer vergießt ein paar Zähren, bevor er sich entfernt. Aber ein junger Zaubergeiger kommt des Wegs. Und mit seiner Musik erweckt er sie alle zum Leben. Ganz in schwarze Seide als Vampire gekleidet, kommen sie aus den Gräbern und folgen dem Geiger fröhlich tanzend gen Paris, das den hübsch gemalten Hintergrund bildet. Das Publikum ist außer Rand und Band. Ich sage Dir, wir könnten sterbliche Opfer auf offener Bühne aussaugen, und die Leute würden das für einen neuen Bühneneffekt halten und uns zujubeln.

Roget hatte mir auch nicht gerade Erfreuliches mitzuteilen: Paris sei im Würgegriff revolutionären Irrsinns. König Ludwig sei gezwungen worden, die Nationalversammlung anzuerkennen. Leute aller Stände würden sich wie nie zuvor vereinigen. Roget hatte einen Boten gen Süden geschickt, um nach meiner Familie zu sehen und um für sich selbst die revolutionäre Stimmung auf dem Lande zu erkunden.

Ich beantwortete beide Briefe ebenso besorgt wie hilflos. Und ich schickte meine Habseligkeiten nach Kairo, da ich das ungute Gefühl hatte, daß alles, worauf es mir ankam, in Gefahr war. In meiner Maskerade als reisender *Gentilhomme* zeigte ich äußerlich keinerlei Veränderung; aber im tiefsten Inneren fühlte sich der dämonische Jäger heimlich, still und leise zugrunde gerichtet.

Natürlich sagte ich mir, daß eine Reise nach Ägypten das einzig Richtige sei, daß Ägypten ein Land uralten Glanzes und zeitloser Wunderdinge sei, daß mich Ägypten bezaubern und die Ereignisse in

Paris vergessen lassen würde, die ich ohnehin nicht ändern konnte. Aber ich dachte noch an etwas anderes: Mehr als jedes Land der Welt zeichnete sich Ägypten durch seine Liebe zum Tod aus.

Und als schließlich Gabrielle wie ein Gespenst aus der arabischen Wüste auftauchte, schifften wir uns gemeinsam ein.

Bis wir Kairo erreichten, verging fast ein Monat, und im Europäischen Gasthaus fand ich außer meinen Habseligkeiten noch ein seltsames Paket vor.

Ich erkannte sofort Elenis Handschrift, aber ich konnte mir nicht denken, was sie veranlaßt haben könnte, mir ein Paket zu schicken, und ich starrte geistesabwesend eine geschlagene Viertelstunde auf das Ding.

Kein Brief von Roget.

Warum hat mir Roget nicht geschrieben, dachte ich. Was soll dieses Paket?

Schließlich gewahrte ich, daß ich schon eine halbe Ewigkeit in einem Raum voller Koffer und Packkisten verbracht hatte, um ein Paket anzustarren, und daß Gabrielle ausnahmsweise noch nicht verschwunden war, sondern mich stumm beobachtete.

»Würdest du bitte rausgehen«, flüsterte ich.

»Wenn du willst«, sagte sie.

Freilich war es wichtig, die Sendung zu öffnen und herauszufinden, was sie enthielt. Doch ebenso wichtig war, mich in diesem öden, kleinen Raum umzusehen und mir einzubilden, daß er ein Zimmer in einer Dorfschänke in der Auvergne sei.

»Ich habe von dir geträumt«, sagte ich laut, die Augen auf das Paket geheftet. »Ich träumte, daß wir frohgemut zusammen durch die Welt zogen, du und ich. Ich träumte, daß wir uns wie Marius nur von Übeltätern nähren, und als wir über unser Los nachdachten, verspürten wir Schmerz und Trauer. Aber wir waren stark, und wir würden ewig weiterwandern können. Und wir diskutierten miteinander. ›Unser Gespräch‹ nahm kein Ende.«

Ich riß die Verpackung auf und sah den Geigenkasten der Stradivari.

Wieder wollte ich etwas sagen, nur mir selbst, aber meine Kehle schnürte sich zu. Ich hob den Brief auf, der neben das polierte Holz geglitten war.

Wie ich befürchtet hatte, ist das Schlimmste eingetreten. Unser Ältester Freund, der Exzesse unseres Geigers überdrüssig, hat ihn schließlich in Deiner alten Residenz gefangengesetzt. Und obwohl ihm seine Geige in die Zelle mitgegeben wurde, hat man ihm die Hände abgetrennt.

Aber erschrick nicht! Solche Anhängsel können unsereins jederzeit wieder angefügt werden. Und die fraglichen Anhängsel hatte Unser Ältester Freund in sicherer Verwahrung. Allerdings hatte er dem Verstümmelten ganze fünf Nächte lang jegliche Nahrung vorenthalten.

Schließlich konnte die Truppe Unseren Ältesten Freund dazu bewegen, N. freizulassen und ihm alles zurückzugeben, was sein war.

Aber N., verrückt vor Schmerz und Hunger – derlei kann einen um hundertachtzig Grad drehen –, versank für geraume Zeit in ein durch nichts zu brechendes Schweigen.

Schließlich suchte er uns auf, nur um uns mitzuteilen, daß er nach Art der Sterblichen sein Haus bestellt habe. Er überreichte uns einen Stapel gerade geschriebener Stücke. Und wir sollten für ihn irgendwo auf dem Lande zum alten Sabbat zusammenrufen, um das übliche Feuer zu entfachen. Sollten wir uns weigern, würde er das Theater in seinen Scheiterhaufen verwandeln.

Unser Ältester Freund gewährte ihm darauf seinen Wunsch, und einen solchen Sabbat hast Du bestimmt nie gesehen, zumal wir in unseren Perücken und Vampirkostümen einen wahrhaft höllischen Anblick boten, als wir nach alter Sitte einen Kreis bildeten und mit dem Gehabe erfahrener Schauspieler die alten Gesänge anstimmten.

»Wir hätten es auf dem Boulevard machen sollen«, sagte N. »Aber hier, schick das meinem Schöpfer«, und er überreichte mir die Geige. Wir fingen alle zu tanzen an, um in Ekstase zu geraten, und ich glaube, noch nie waren wir so gerührt, so verschreckt, so traurig. Und er begab sich in die Flammen.

Ich weiß, daß Dich diese Neuigkeiten betroffen machen werden. Aber Du mußt wissen, daß wir wirklich alles getan haben, um das zu verhindern, was nun eingetreten ist. Unser Ältester Freund war verbittert und schmerzerfüllt. Du sollst auch wissen, daß wir bei unserer Rückkehr nach Paris entdeckten, daß N. das Theater offiziell in Theater der Vampire hatte umbenennen lassen, und diese Worte prangten bereits über dem Eingang. Da seine besten Stücke stets von Vampiren und Werwölfen etc. gehandelt haben, kommt der neue Name in der Öffentlichkeit gut an.

Als ich Stunden später auf die Straße trat, gewahrte ich im Halbdunkel einen blassen und hübschen Geist – Ebenbild des jungen, französischen Forschungsreisenden in verschmutztem, weißem Leinenanzug und braunen Lederstiefeln, den Strohhut tief in die Stirn gezogen.

Ich wußte natürlich, wer sie war, und daß wir einst einander geliebt hatten, sie und ich, aber es schien, als hätte ich mich im Moment kaum daran erinnern können.

Ich glaube, ich wollte ihr irgendeine Gemeinheit sagen, um sie zu verletzen und fortzujagen. Aber als sie an meine Seite trat und mit mir ging, sprach ich nichts. Ich gab ihr nur den Brief, damit wir uns nicht zu unterhalten brauchten. Und sie las ihn und steckte ihn fort, und dann legte sie wie früher ihren Arm um mich, und wir gingen zusammen durch die nachtschwarzen Straßen.

Geruch nach Tod und Essen, nach Sand und Kamelmist. Ägyptische Gerüche. Geruch eines Landes, das sich seit sechstausend Jahren nicht geändert hatte.

»Was kann ich für dich tun, mein Liebling?« flüsterte sie.

»Nichts«, sagte ich.

Es war meine Schuld, ich hatte ihn verführt, zu dem gemacht, was er war, und dann zurückgelassen. Ich hatte ihm die Möglichkeit genommen, ein anderes Leben zu führen.

Später sah sie mir wortlos zu, wie ich meine Botschaft an Marius auf eine alte Tempelmauer schrieb. Ich schilderte das Ende Nicolas', des Geigers im Theater der Vampire, und ich meißelte meine Worte mit einer Sorgfalt, die selbst einem ägyptischen Handwerker gut angestanden hätte. Epitaph für Nicki, ein jetzt schon vergessener Gedenkstein, dessen Inschrift vielleicht nie jemand lesen oder verstehen wird.

Sie nickte sogar hin und wieder teilnahmsvoll, wenn ich klagte, weil keine Briefe aus Paris kamen und ich verzweifelt nach Neuigkeiten lechzte. Warum hörte ich nichts von Roget? War Paris in Aufruhr und Chaos versunken? Nun, meine Familie in der fernen Provinz würde das nicht berühren, oder? Aber war Roget vielleicht etwas zugestoßen? Warum schrieb er nicht?

Gabrielle bat mich, mit ihr flußaufwärts zu reisen. Eigentlich wollte ich auf Post warten und durchreisende Engländer ausfragen, aber ich war einverstanden. Schließlich war es schon recht beachtlich, daß sie mich dabeihaben wollte. Auf ihre Weise mochte sie mich.

Ich wußte, daß sie den Linnengehrock und die Kniehose nur mir zu Gefallen trug, so wie sie für mich auch ihr langes Haar offen trug. Aber das konnte jetzt auch nichts mehr ändern. Ich versank. Ich spürte es. Ich trieb durch die Welt wie in einem Traum.

Für mich war es ganz natürlich, daß ich von einer Landschaft umgeben war, die noch genauso wie vor Jahrtausenden aussah, als Künstler sie auf die Wände der königlichen Grabkammern malten. Ganz natürlich, daß die Palmen im Mondschein genau wie damals waren. Ganz natürlich, daß der Bauer auf dieselbe Weise wie damals das Wasser aus dem Fluß schöpfte. Und die Kühe, die er zur Tränke führte, waren auch die gleichen.

Bilder von der Welt, als die Welt noch neu gewesen war.

Hatte Marius je diesen Sand betreten?

Wir gingen durch den riesigen Tempel des Ramses, hell entzückt von den unzähligen winzigen Bildern auf den Wänden. Ich mußte an Osiris denken, aber die kleinen Figuren waren andere. Wir streiften durch die Ruinen von Luxor. Wir lagen zusammen im Boot unter den Sternen.

Als wir auf dem Rückweg nach Kairo zu den Memnonkolossen gelangten, erzählte sie mir aufgeregt flüsternd, daß schon die römischen Kaiser die beschwerliche Reise nicht gescheut hätten, um diese Statuen zu bewundern.

»Schon zur Zeit der Cäsaren waren das antike Monumente«, sagte sie, während wir auf unseren Kamelen durch den kühlen Sand ritten.

Die riesigen Steinfiguren hoben sich scharf gegen den tiefblauen Himmel ab. Die Gesichter zerstört, schienen sie dennoch in die

Ferne zu starren, stumme Zeugen der Vergänglichkeit, deren Schweigen mir Trauer und Furcht einflößte.

Mich ergriff derselbe Schauder wie schon angesichts der Pyramiden. Alte Götter, alte Mysterien. Mich fröstelte. Und doch, was waren diese Statuen schon anderes als gesichtslose Wächter, Herrscher über ein endloses Ödland?

»Marius«, flüsterte ich vor mich hin. »Hast du sie gesehen? Wird auch nur einer der Unseren so lange überdauern?«

Aber Gabrielle unterbrach meine Träumereien. Sie wollte absteigen und den Rest des Weges zu den Statuen zu Fuß zurücklegen. Ich hatte nichts dagegen, obwohl ich nicht wußte, was wir mit diesen großen, stinkenden, starrsinnigen Kamelen anfangen sollten, wie man sie dazu bewegte niederzuknien und so.

Aber sie wußte es. Und sie hieß sie auf uns warten, und wir stapften durch den Sand.

»Komm mit mir ins Innere Afrikas, in die Dschungel«, sagte sie. Ihr Gesicht war ernst, ihre Stimme ungewöhnlich sanft.

Einen Augenblick lang antwortete ich nicht. Irgend etwas an ihrer Art beunruhigte mich. Oder hätte mich zumindest beunruhigen sollen. Ich hätte einen Ton hören müssen, so durchdringend wie das Morgengeläut der Glocken der Hölle.

Ich wollte nicht in die afrikanischen Dschungel eindringen, und sie wußte das. Ich wartete fieberhaft auf Rogets Nachrichten über meine Familie, und ich wollte die Städte des Orients aufsuchen und über Indien nach China und Japan reisen.

»Ich habe volles Verständnis für deine Lebensweise«, sagte sie. »Und inzwischen bewundere ich, mit welcher Beharrlichkeit du daran festhältst, das sollst du wissen.«

»Das gleiche kann ich auch von dir behaupten«, sagte ich leicht verbittert.

Sie hielt inne. Wir hatten uns den Riesenstatuen bis auf wenige Schritte genähert. Überwältigend, erdrückend. Der Himmel über uns war ebenso unermeßlich wie sie, und endlos war die Wüste, und zahllos waren die ewigen Sterne.

»Lestat«, sagte sie langsam, ihre Worte abwägend, »ich bitte dich, nur ein einziges Mal zu versuchen, so wie ich durch die Welt zu ziehen.«

Der Mond goß sein Licht auf Gabrielle, aber der Hut überschattete ihr kleines, weißes Gesicht.

»Vergiß das Haus in Kairo«, sagte sie plötzlich und senkte ihre Stimme, als wolle sie ihren Worten mehr Gewicht verleihen. »Entsage all deinen Schätzen, deinen Kleidern, den Sachen, die dich an die Zivilisation ketten. Komm mit mir nach Süden, den Fluß hinauf ins Innere Afrikas. Reise mit mir, wie ich reise.«

Ich antwortete noch immer nicht. Mein Herz klopfte. Und sie murmelte mir leise zu, daß wir die geheimen Stämme Afrikas sehen würden, von denen die Welt nichts wußte. Mit bloßen Händen würden wir das Krokodil und den Löwen bezwingen. Vielleicht würden wir die Nilquelle entdecken.

Ich fing am ganzen Körper zu zittern an.

Soll das heißen, daß du mich für immer verlassen wirst, wenn ich nicht mitkomme?

Ich blickte zu diesen schrecklichen Statuen empor. Ich glaube, ich sagte: »Darauf läuft es also hinaus.«

Darum also hatte sie meine Nähe gesucht, darum also hatte sie durch tausenderlei Kleinigkeiten gefallen wollen, darum also waren wir jetzt zusammen. Es hatte nichts mit Nickis Heimgang in die Ewigkeit zu tun. Sie befaßte sich gerade mit einer ganz anderen Art von Abschied.

Sie schüttelte den Kopf, als hielte sie Selbstgespräche, als überlegte sie, was zu tun sei. Mit einlullender Stimme schilderte sie mir die feuchte und angenehme Hitze tropischer Nächte.

»Komm mit mir, Lestat«, sagte sie. »Tagsüber schlafe ich im Sand. Nachts bin ich unterwegs, als könnte ich wirklich fliegen. Ich brauche keinen Namen. Ich hinterlasse keine Fußspuren. Ich möchte bis ans Ende Afrikas. Ich werde jenen eine Göttin sein, die ich umbringe.«

Sie kam näher und legte mir ihren Arm um die Schulter und drückte ihre Lippen auf meine Wange, und ich sah, wie ihre Augen unter der Hutkrempe funkelten. Und wie der Mondschein ihren Mund glasierte.

Ich hörte mich stöhnen. Und ich schüttelte den Kopf.

»Ich kann nicht, und du weißt es«, sagte ich. »Ich kann es ebensowenig, wie du bei mir bleiben könntest.«

Auf dem Rückweg nach Kairo mußte ich die ganze Zeit daran denken, was mir in diesen schmerzlichen Augenblicken durch den Kopf gegangen war, was ich gewußt, aber nicht ausgesprochen hatte, als wir in der Wüste vor den Memnonkolossen gestanden waren.

Für mich war sie bereits gestorben! Schon seit Jahren. Das war mir klargeworden, als ich, noch um Nicki trauernd, auf die Straße trat und sie auf mich warten sah.

Es war schon alles vor Jahren auf die eine oder andere Weise in der Gruft des Turms ausgesprochen worden. Sie konnte mir nicht geben, was ich von ihr wollte. Und ich konnte sie nicht mit Gewalt zu dem machen, was sie einfach nicht war. Aber am schlimmsten war dabei, daß sie von mir rein nichts wollte!

Sie bat mich nur aus Pflichtgefühl, mit ihr zu kommen. Mitleid, Traurigkeit – vielleicht waren das auch noch Gründe. Aber in Wirklichkeit wollte sie nur frei sein.

Nach unserer Rückkunft blieb sie weiterhin bei mir. Sie blieb und schwieg. Und ich versank immer mehr in meinem eigenen Elend, stumm, betäubt, in Erwartung des nächsten grauenvollen Schlags. Sie wird Lebewohl sagen, und ich kann nichts dagegen tun. Wann werde ich anfangen, meinen Verstand zu verlieren? Wann werde ich anfangen, hemmungslos zu heulen?

Nicht jetzt.

Als wir die Lampen in dem Haus entzündeten, nahmen mich die Farben förmlich unter Beschuß – Perserteppiche, mit zierlichen Blumen bedeckt, eine Million winziger Spiegel in das Zeltwerk gewoben, das leuchtende Gefieder der herumflatternden Vögel.

Ich sah mich vergeblich nach einem Brief von Roget um und wurde plötzlich wütend. Ausgeschlossen, daß er noch immer nicht geschrieben hatte. Ich mußte wissen, was in Paris los war! Dann bekam ich es mit der Angst zu tun.

»Was zum Teufel geht in Frankreich vor?« murmelte ich. »Ich muß andere Europäer auftreiben. Die Briten wissen immer alles. Die schleppen überall ihren dämlichen indischen Tee und ihre *London Times* mit sich herum.«

Es machte mich rasend, daß sie einfach nur schweigend dastand. Es war, als würde sich in dem Raum etwas zusammenbrauen – dieser schreckliche Druck und diese Vorahnung, wie damals in der Gruft, ehe Armand uns seine lange Geschichte erzählte.

Aber nichts geschah, außer daß sie drauf und dran war, mich für immer zu verlassen. Sie würde für immer in die Zeit entgleiten. Und wie sollten wir uns jemals wiederfinden?

»Verdammt«, sagte ich. »Ich habe einen Brief erwartet.« Keine Dienstboten da. Sie wußten nicht, wann wir zurückkommen würden. Ich wollte jemanden ausschicken, um ein paar Musiker zu dingen. Ich hatte mich gerade vollgesaugt, und ich war warm und hatte Lust zu tanzen.

Plötzlich rührte sie sich. Bedächtig setzte sie sich in Bewegung und ging mit ungewohnter Zielstrebigkeit in den Innenhof. Ich sah, wie sie beim Teich niederkniete. Sie hob zwei Steinplatten hoch, las einen Brief auf, wischte die Erde von dem Kuvert und brachte es mir.

Ich hatte sogleich gesehen, daß der Brief von Roget und bereits vor unserer Nilreise eingetroffen war. Sie hatte ihn versteckt!

»Aber warum hast du das getan?« fragte ich. Ich kochte vor Wut. Ich riß ihr das Kuvert aus der Hand und legte es auf den Tisch.

Ich starrte sie an und haßte sie, haßte sie wie nie zuvor. Nicht einmal als egoistisches Kind hatte ich sie so wie jetzt gehaßt!

»Warum hast du das versteckt?« fragte ich.

»Weil ich wenigstens eine Chance haben wollte!« flüsterte sie. Ihr Kinn zitterte. Ihre Unterlippe bebte, und ich sah die Bluttränen. »Aber selbst ohne diesen Brief«, sagte sie, »hast du dich entschieden.«

Ich riß das Kuvert auf. Der Brief und ein paar zusammengefaltete Ausschnitte aus englischen Zeitungen fielen heraus. Mit zitternden Händen entfaltete ich den Brief und fing zu lesen an:

> Monsieur, wie Sie inzwischen wohl erfahren haben, hat der Pariser Pöbel am vierzehnten Juli die Bastille gestürmt. Die Stadt ist ein einziges Chaos. In ganz Frankreich hat es Aufstände gegeben. Monatelang habe ich mich vergeblich bemüht, mit Ihrer Familie Verbindung aufzunehmen, um sie, soweit es meine Möglichkeiten zugelassen hätten, sicher außer Landes zu bringen.
> Doch letzten Montag erreichte mich die Nachricht, daß sich die Bauern und Gutspächter gegen Ihres Vaters Haus erhoben haben.

Ihre Brüder und deren Frauen und Kinder und alle anderen, die das Schloß zu verteidigen suchten, wurden umgebracht, ehe es geplündert wurde. Nur Ihr Vater konnte entkommen.

Treuen Dienern war es gelungen, ihn während der Belagerung versteckt zu halten und später zur Küste zu bringen. Und heute ist er in der Stadt New Orleans in der ehemaligen französischen Kolonie Louisiana. Er bittet Sie, ihm zur Hilfe zu eilen. Er befindet sich gramgebeugt mitten unter lauter Fremden. Er bittet Sie zu kommen.

Er hatte noch mehr geschrieben. Entschuldigungen, Zusicherungen, Einzelheiten ... völlig sinnloses Zeug.

Ich legte den Brief auf den Tisch. Ich starrte die Holzplatte an und die Lichtpfütze unter der Lampe.

»Geh nicht zu ihm«, sagte Gabrielle.

Ihre Stimme war in dieser großen Stille kleinlaut und belanglos. Aber die Stille war wie ein gewaltiger Schrei.

»Geh nicht zu ihm«, sagte sie wieder. Die Tränen bildeten Streifen auf ihrem Gesicht wie die Schminke eines Clowns; zwei lange, rote Bäche, die aus ihren Augen herabrannen.

»Raus hier«, flüsterte ich. Die Worte versickerten, und plötzlich schwoll meine Stimme wieder an. »Raus hier«, sagte ich. Und wieder konnte ich meine Stimme nicht im Zaum halten. Sie wuchs an, steigerte sich, bis ich die Worte wie eine verheerende Explosion ausstieß: »RAUS HIER!«

4

Ich träumte einen Familientraum. Wir alle umarmten einander. Sogar Gabrielle, in Samt gekleidet, war da. Das Schloß war eine rauchende Ruine. Die Schätze, die ich gehortet hatte, waren geschmolzen oder zu Asche geworden. Es läuft immer alles auf Asche hinaus. Asche zu Asche, wie es in dem alten Zitat heißt. Oder heißt es Staub zu Staub?

Egal. Ich war zurückgekehrt und hatte sie alle zu Vampiren gemacht, und da waren wir also, das Haus de Lioncourt, weißgesichtige

Schönheiten allesamt, das blutsaugende Baby nicht ausgenommen, das in der Wiege lag, und seine Mutter beugte sich vor, um ihm eine zappelnde, graue Ratte zur Stärkung zu reichen.

Wir lachten und tauschten Küsse aus, während wir durch die Aschenhaufen gingen, meine weißen Brüder, ihre weißen Frauen, die geisterhaften Kinder über Opfer schwatzend, mein blinder Vater, der sich wie eine alttestamentarische Figur erhoben hatte und rief: *»Ich kann wieder sehen!«*

Mein ältester Bruder legte seinen Arm um mich. In seinen hübschen Kleidern sah er einfach wundervoll aus. So gut hatte er noch nie ausgesehen; das Vampirblut hatte ihm ein durch und durch vergeistigtes Fluidum verliehen.

»Einfach klasse, daß du gekommen bist, um uns alle mit den Gaben der Finsternis zu retten.« Er lachte fröhlich.

»Den Zaubern der Finsternis, Liebster, den Zaubern der Finsternis«, sagte seine Frau.

»Andernfalls«, fuhr er fort, »wären wir jetzt natürlich alle tot!«

5

Das Haus war leer, die Koffer waren abgeholt worden. Das Schiff würde in zwei Nächten Alexandrien verlassen. Ich hatte nur noch das Handgepäck. Schließlich mußte der Sohn des Marquis gelegentlich seine Kleider an Bord wechseln. Und die Geige war selbstverständlich auch noch da.

Gabrielle stand an der Tür zum Garten, schlank, langbeinig, in weißen Kattun gewandet, das Haar offen.

War das wegen mir, das lange, offene Haar?

Mein Leid wurde immer unermeßlicher, es erhob sich wie eine Flutwelle, die alle in sich barg, die ich verloren hatte, Tote wie Untote.

Aber das verging, und ich hatte wieder das Gefühl zu versinken, das Gefühl, das wir im Traum haben, wenn wir aus eigener oder fremder Willenskraft umherfliegen.

»Sag mir, was du brauchst, Mutter«, sagte ich ruhig. Kultivierte Inneneinrichtung. Tisch. Lampe. Stuhl. All meine knallbunten Vögel weggegeben, wahrscheinlich, um im Bazar verkauft zu werden. Afrikanische Graupapageien, die so alt wie Menschen werden. Nicki war dreißig Jahre alt geworden.

»Möchtest du Geld von mir?«

Gabrielle errötete wunderschön, ihre Augen flackerten blau und violett auf. Einen Moment lang sah sie menschlich aus. Wir hätten ebensogut in ihrem Zimmer zu Hause stehen können. Bücher, die feuchten Wände, das Kaminfeuer. War sie also doch menschlich?

Als sie ihren Kopf senkte, bedeckte die Hutkrempe kurz ihr Gesicht. Unerklärlicherweise fragte sie: »Aber wo willst du denn hin?«

»Zu einem kleinen Haus in der Rue Dumaine in der alten französischen Stadt New Orleans«, antwortete ich kalt und präzis. »Und wenn er gestorben und begraben ist – dann weiß ich auch nicht, was weiter.«

»Das ist doch nicht dein Ernst«, sagte sie.

»Ich fahre mit dem nächsten Schiff«, sagte ich. »Erst nach Neapel, dann weiter nach Barcelona. In Lissabon werde ich mich nach der Neuen Welt einschiffen.«

Ihre Gesichtszüge schienen sich zu verhärten. Ihre Lippen bewegten sich ein klein wenig, aber sie sagte nichts. Und dann sah ich, wie ihr die Tränen in die Augen stiegen, und ich spürte ihre Gefühlswallung so deutlich, als würde sie mich berühren. Ich blickte fort und kramte auf dem Tisch herum, und dann hielt ich nur noch meine Hände ruhig, damit sie nicht zitterten. Ich dachte, gottlob hat Nicki seine Hände mit ins Feuer genommen, sonst müßte ich einen Umweg über Paris machen, um sie abzuholen.

»Aber du kannst doch nicht zu ihm gehen!« flüsterte sie.

Zu ihm? Ach so. Zu meinem Vater.

»Was soll's? Ich gehe!« sagte ich.

Sie machte eine mißbilligende Kopfbewegung. Sie trat an den Tisch. Ihr Gang war leichter als der Armands.

»Hat irgend jemand aus unserer Zunft je eine solche Überfahrt gemacht?« fragte sie leise.

»Nicht daß ich wüßte. In Rom meinten sie, nein.«

»Vielleicht geht das ja gar nicht, diese Überfahrt.«

»Es geht. Und du weißt es.« Wir waren schon in unseren mit Kork ausgeschlagenen Särgen über die Meere gekreuzt. Gnade dem Seeungeheuer, das mir Scherereien machte.

Sie kam noch näher und blickte mich an. Ihr Gesicht vermochte ihren Schmerz nicht mehr zu verbergen. Sie sah einfach hinreißend aus. Warum hatte ich sie bloß je Ballkleider und gefiederte Hüte und Perlen tragen lassen?

»Du weißt, wo du mich erreichen kannst«, sagte ich, aber mein verbitterter Ton klang nicht recht überzeugend. »Über die Adressen meiner Banken in London und Rom. Diese Banken existieren bereits so lange wie die Vampire. Und es wird sie immer geben. Aber das weißt du ja alles, hast du immer schon gewußt...«

»Hör auf«, sagte sie leise. »So brauchst du nicht mit mir zu reden.«

Welch lächerliches, verlogenes Schauspiel ich da gab! Genau diese Art der Konversation hatte sie immer gehaßt. In meinen wildesten Träumen hätte ich das alles für unmöglich gehalten – daß ich so gefühllose Sachen sagte, daß sie weinen würde. Ich dachte, ich würde heulen, wenn sie mir sagte, sie ginge fort. Ich dachte, ich würde mich ihr zu Füßen werfen.

Wir sahen uns lange an, ihre Augen rotgetönt, ihr Mund beinahe bebend. Und dann konnte ich mich nicht mehr halten. Ich umfing mit beiden Armen ihren kleinen, zarten Körper. Ich war fest entschlossen, sie nicht gehen zu lassen, egal, wie heftig sie sich wehrte. Aber sie wehrte sich nicht, und wir versanken beide in lautloses Schluchzen. Aber sie lieferte sich mir nicht aus. Sie schmolz nicht dahin in meiner Umarmung. Und dann befreite sie sich. Mit beiden Händen strich sie mir übers Haar, und sie beugte sich vor und küßte mich auf den Mund, und dann wandte sie sich ab.

»Also gut, mein Liebling«, sagte sie.

Ich schüttelte den Kopf. Unausgesprochene Worte, Worte, Worte. Sie konnte mit ihnen nichts anfangen, hatte es noch nie gekonnt.

Schleppend und anmutig, wie es ihre Art war, ging sie zu der Tür, die zum Garten führte, und blickte zum Nachthimmel hoch, bevor sie wieder mich ansah.

»Eins mußt du mir versprechen«, sagte sie schließlich.

»Natürlich«, antwortete ich. Aber ich war jetzt so niedergeschmettert, daß ich nicht mehr reden wollte. Die Farben verblaßten.

Die Nacht war weder heiß noch kalt. Ich wünschte, sie ginge einfach, und dennoch fürchtete ich nichts mehr als diesen unwiderruflichen Augenblick.

»Versprich mir, daß du nie den endgültigen Schritt tun wirst«, sagte sie, »ohne erst noch einmal mit mir zusammengewesen zu sein, ohne daß wir uns noch einmal getroffen haben.«

Ich war so überrascht, daß ich erst nichts antworten konnte. Dann sagte ich: »Ich werde *nie* den endgültigen Schritt tun.« Das hörte sich fast wie Spott an. »Mein Versprechen hast du. Das fällt wirklich nicht schwer. Aber versprichst du mir auch etwas? Daß du mich wissen läßt, wohin du von hier aus gehst und wo ich dich erreichen kann – daß du nicht einfach verschwindest, wie etwas, das ich mir nur eingebildet habe –«

Ich schwieg. Meine Stimme hatte eine zunehmend hysterische Färbung angenommen. Ich konnte mir einfach nicht vorstellen, daß sie einen Brief schreiben und absenden würde oder irgend etwas täte, das an die Gepflogenheiten der Sterblichen gemahnte. Es war, als würden wir über keinerlei natürliche Gemeinsamkeiten verfügen, als sei das auch nie der Fall gewesen.

»Ich hoffe, daß du mit deiner Selbsteinschätzung richtig liegst«, sagte sie.

»Ich glaube an nichts, Mutter«, sagte ich. »Du hast Armand vor langer Zeit erzählt, daß du glaubst, in den großen Dschungeln und Wäldern Antworten zu finden; daß die Sterne schließlich eine letzte Wahrheit offenbaren werden. Aber ich glaube an nichts. Und das macht mich stärker, als du glaubst.«

»Warum habe ich dann solche Angst um dich?« fragte sie. Ihre Stimme war kaum mehr als ein Keuchen. Ich mußte ihre Lippen lesen, um sie zu verstehen.

»Du spürst meine Einsamkeit«, antwortete ich, »meine Verbitterung, vom Leben ausgeschlossen zu sein. Meine Verbitterung, daß ich verderbt bin, daß ich es nicht verdiene, geliebt zu werden, obwohl ich so sehr nach Liebe dürste. Mein Schmerz, daß ich mich Sterblichen niemals offenbaren kann. Aber all das kann mich nicht unterkriegen, Mutter. Ich bin zu stark, als daß sie mich unterkriegen könnten. Wie du einmal selbst gesagt hast, ich bin gut im Schlechtsein. All das bekümmert mich ab und zu, nichts weiter.«

»Ich liebe dich, mein Sohn«, sagte sie.

Ich wollte etwas über ihr Versprechen sagen, über die Bevollmächtigten in Rom, daß sie schreiben sollte. Ich wollte sagen...

»Halte dein Versprechen«, sagte sie.

Und plötzlich wußte ich, daß dies unsere letzten Sekunden waren. Ich wußte es, und ich konnte nichts dagegen tun.

»Gabrielle!« flüsterte ich.

Aber sie war schon fort.

Das Zimmer, der Garten draußen, die Nacht – alles war in Schweigen versunken.

Kurz vor der Morgendämmerung öffnete ich die Augen. Ich lag auf dem Fußboden des Hauses. Ich hatte geweint und war dann eingeschlafen.

Zeit, nach Alexandrien aufzubrechen. Ich wußte, daß ich eine möglichst lange Wegstrecke zurücklegen sollte, um mich dann bei Sonnenaufgang im Sand zu vergraben. Es würde bestimmt schön sein, in der sandigen Erde zu schlafen. Ich wußte auch, daß das Gartentor offenstand. Daß keine Tür abgesperrt war.

Aber ich konnte mich nicht rühren. Fast teilnahmslos stellte ich mir vor, wie ich sie in ganz Kairo aufzuspüren versuchte. Nach ihr rief, sie bat zurückzukommen. Kurz war mir, als hätte ich das tatsächlich getan, als wäre ich hinter ihr hergerannt, um ihr wieder etwas über das Schicksal zu erzählen: daß es mir bestimmt gewesen sei, sie zu verlieren, wie es Nickis Bestimmung gewesen sei, seine Hände zu verlieren. Unsere Aufgabe aber bestünde darin, das Schicksal zu untergraben und über es zu triumphieren.

Sinnlos war das. Und ich war nicht hinter ihr hergerannt. Ich war auf der Pirsch gewesen und war zurückgekommen. Sie hatte Kairo schon längst hinter sich gelassen. Und sie war mir entschwunden wie ein Sandkorn im Wind.

Nach geraumer Zeit drehte ich mich um. Hochroter Himmel über dem Garten, hochrotes Licht auf den Dächern. Die Sonne nahte – und die Hitze nahte, und in den labyrinthischen Gassen Kairos erwachte tausendfaches Stimmengewirr, und aus dem Sand und den Bäumen und den Grasflecken schien ein Geräusch zu dringen.

Und während ich all dem lauschte, spürte ich ganz allmählich, daß ein Sterblicher in der Nähe war.

Er stand in dem offenen Gartentor und hatte seinen Blick auf mich geheftet. Ein junger, blonder Europäer in arabischer Kleidung. Sah nicht übel aus. Und da lag also sein Miteuropäer im Morgenlicht auf dem Kachelboden eines verlassenen Hauses.

Ich blieb liegen und starrte ihn an, als er in den Garten ging. Das Licht des Himmels brannte mir in den Augen, versengte langsam die zarte Haut der Augenränder. Mit seinem sauberen Gewand und Kopfschmuck sah er wie ein Gespenst in einem weißen Leintuch aus.

Ich wußte, daß ich die Beine unter die Arme nehmen mußte. Ich mußte sofort auf und davon, um mich vor der aufgehenden Sonne zu verkriechen. Zu spät, um noch die Gruft unter dem Fußboden zu erreichen. Dieser Sterbliche war in meiner Höhle. Es blieb nicht einmal Zeit, ihn zu töten und ihn auf diese Weise loszuwerden, armer, sterblicher Unglücksrabe.

Dennoch rührte ich mich nicht. Und er kam näher, und der ganze Himmel hinter ihm flackerte auf, so daß seine Gestalt einem Scherenschnitt glich.

»Monsieur!« Das fürsorgliche Flüstern, wie die Frau in Notre Dame vor vielen, vielen Jahren, die mir zu helfen versucht hatte, ehe ich sie und ihr unschuldiges Kind zu Opfern erkor. »Monsieur, was ist los? Kann ich Ihnen behilflich sein?«

Sonnengebräuntes Gesicht unter den Falten des weißen Kopfschmucks, goldschimmernde Brauen, die Augen grau, wie die meinen auch.

Ich rappelte mich hoch, aber ganz mechanisch. Meine Lippen gaben die Zähne frei. Ein Knurren entwand sich meiner Kehle, und er blickte erschrocken drein.

»Sieh mal!« zischte ich, und die Fangzähne senkten sich auf meine Unterlippe. »Siehst du das?«

Ich stürzte mich auf ihn, packte sein Handgelenk und drückte seine offene Hand an mein Gesicht.

»Du hast mich wohl für einen Menschen gehalten?« rief ich. Und dann hob ich ihn hoch, ließ ihn strampeln und treten. »Du hast mich wohl für deinen Bruder gehalten?« brüllte ich. Und krächzend öffnete er seinen Mund, und dann fing er zu schreien an. Und ich schleuderte ihn durch die Luft über den Garten hinaus, bis er wirbelnd hinter den Dächern verschwand.

Der Himmel blendete mich. Ich rannte durch das Gartentor auf die Gasse. Ich rannte unter kleinen Bogengängen entlang und durch seltsame Straßen. Ich riß Gatter und Tore nieder und schleuderte die Sterblichen aus dem Weg. Ich fegte mitten durch Mauern, um gleich wieder in die stinkende Luft der Schlammstraßen zu schießen. Und wie eine Furie jagte das Licht hinter mir her.

Und als ich ein ausgebranntes Haus fand, ging ich hinein und verfügte mich sofort in die Erde des Gartens, grub mich tiefer und tiefer und tiefer, bis ich meine Arme und Hände nicht mehr rühren konnte.

Ich war von Kühle und Dunkelheit umfangen.

Ich war in Sicherheit.

6

Ich lag im Sterben. Dachte ich wenigstens. Ich hatte keine Ahnung, wie viele Nächte verstrichen waren. Ich mußte aufstehen und nach Alexandrien gehen. Ich mußte das Meer überqueren. Aber das bedeutete, sich zu bewegen, sich in der Erde umzudrehen, dem Durst nachzugeben.

Und ich blieb liegen.

Der Durst kam und verging. Ich erlitt Folterqualen, und mein Hirn dürstete, wie mein Herz dürstete, und mein Herz wurde immer größer und lauter, und ich rührte mich noch immer nicht.

Vielleicht konnten die Sterblichen oben mein Herz hören. Ab und zu sah ich sie, zuckende Flammen in der Dunkelheit, hörte ich ihre Stimmen, Geplapper in einer fremden Sprache. Aber meistens sah ich nur die Dunkelheit. Hörte ich nur die Dunkelheit.

Schließlich war ich nur noch in der Erde liegender Durst, voll roten Schlafs und roter Träume und der mählichen Gewißheit, daß ich inzwischen zu schwach war, mich durch die weiche, sandige Erde ins Freie zu stoßen, zu schwach, begreiflicherweise, das Steuer wieder herumzureißen.

Stimmt. Ich konnte mich nicht mehr erheben. Ich konnte mich

überhaupt nicht bewegen. Ich atmete. Aber nicht so, wie Sterbliche atmen. Mein Herz dröhnte mir in den Ohren. Und dennoch starb ich nicht. Ich verfiel nur. Meine Hände waren Klauen, ich war bis auf die Knochen abgemagert, und meine Augen quollen aus den Höhlen hervor.

Interessant, daß wir auch so bis in alle Ewigkeit existieren können, daß wir, selbst wenn wir auf das köstliche Vergnügen des Saugens verzichten, einfach weiterexistieren. Das ist schon interessant, wenn bloß nicht jeder Herzschlag solche Qual verursachen würde.

Und wenn ich aufhören könnte zu denken: Nicolas de Lenfent ist nicht mehr. Meine Brüder sind nicht mehr. Schaler Weingeschmack, ferner Applaus.

»Aber meinst du nicht, daß es gut ist, was wir tun, wenn wir da sind, daß wir die Leute glücklich machen?«

»Gut? Wovon sprichst du? Gut?«

»Daß es gut ist, daß es guttut, daß Gutes dabei herauskommt! Lieber Himmel, selbst wenn die Welt keinen Sinn hat, kann sie doch ihre guten Seiten haben. Es tut gut, zu essen, zu trinken, zu lachen ... zusammenzusein ...«

Gelächter. Diese Wahnsinnsmusik. Dieses Getöse, diese Dissonanzen, dieser nie endende, gellende Ausdruck der Sinnlosigkeit ...

Wache ich? Schlafe ich? Sicher ist nur eins. Ich bin ein Monster. Und nur weil ich zermartert in der Erde liege, ist es ein paar mehr Menschen vergönnt, noch in Frieden auf dem schmalen Pfad des Lebens zu wandeln. Und Gabrielle treibt sich inzwischen wohl schon in den Dschungeln Afrikas herum.

Manchmal kommen Sterbliche in das ausgebrannte Haus oben, Diebe, die sich verstecken. Zuviel fremdsprachiges Geplapper. Aber ich muß mich nur noch tiefer in mich selbst verkriechen, um sie nicht zu hören.

Sitze ich wirklich in der Falle?

Blutgeruch von oben.

Vielleicht sind sie meine letzte Hoffnung, die beiden, die da in dem verwilderten Garten kampieren, vielleicht wird mich ihr Blut heraufziehen.

Ich werde sie zu Tode erschrecken, noch ehe ich zubeiße. Einfach schändlich. Ich war immer so ein lieber, kleiner Teufel, wie es heißt. Vorbei.

Hin und wieder kommt es mir vor, als seien Nicki und ich in ein großartiges Gespräch vertieft. »Ich bin jenseits von Leid und Sünde«, sagt er mir.

»Aber fühlst du irgend etwas?« frage ich. »Bedeutet, von all dem frei zu sein, daß du nichts mehr fühlst?« Weder Schmerz noch Durst, noch Verzückung? Unsere Vorstellung vom Himmel ist doch mit Verzückung verbunden. Die Freuden des himmlischen Daseins. Und unsere Vorstellung von der Hölle beruht auf Schmerz. Die Qualen der Hölle. Also halten wir doch nichts davon, nichts zu *fühlen*, oder?

Kannst du es bleibenlassen, Lestat? Oder stimmt es nicht, daß du lieber in höllischer Pein den Durst bekämpfst, als zu sterben und nichts mehr zu fühlen? Wenigstens hast du noch das Verlangen nach Blut, heiß und köstlich und dich bis in die letzte Faser tränkend – Blut.

Wie lange werden diese Sterblichen in meinem Garten da oben wohl bleiben? Eine Nacht, zwei Nächte? Ich habe die Geige in meinem früheren Haus zurückgelassen. Ich muß sie holen, irgendeinem jungen, sterblichen Musiker schenken, einem, der . . .

Gesegnete Ruhe. Außer der Geigenmusik. Und Nickis weiße Finger hacken auf die Saiten, und der Bogen flitzt durchs Licht, und die Gesichter der unsterblichen Marionetten halb hingerissen, halb amüsiert. Vor hundert Jahren hätten ihn die Leute in Paris erledigt. Er hätte sich nicht selbst verbrennen müssen. Hätten mich vielleicht auch erledigt. Aber ich bezweifle es.

Nein, ich wäre nie auf einem Hexenplatz gelandet.

Er lebt jetzt in mir fort. Fromme Redensart der Sterblichen. Und was für ein Leben ist das eigentlich? Ich lebe hier selbst nicht gerne! Was bedeutet das, in jemand anderem fortleben? Vermutlich nichts. Man lebt nicht wirklich, oder?

Katzen im Garten. Katzenblutgeruch.

Vielen Dank, aber lieber leide ich weiter, lieber wie eine alte Pfefferschote vertrocknen.

7

Ein Geräusch in der Nacht. Was für eins?

Die große Pauke wird langsam in der Straße meines Kindheitsdorfes geschlagen, als italienische Gaukler ihre kleine Darbietung ankündigen. Die große Pauke, die ich selbst in jenen glückseligen Tagen geschlagen habe, da ich ausgerissen und einer der Ihren war.

Aber es war ein noch stärkeres Geräusch. Das Dröhnen einer Kanone durch Täler und Schluchten? Ich spürte es bis in die Knochen. Ich öffnete die Augen in der Dunkelheit, und ich wußte, daß es näher kam.

Der Rhythmus stampfender Schritte, oder war es der Rhythmus eines schlagenden Herzens? Die Welt war erfüllt von diesem Geräusch.

Unheilvolles Getöse, das immer näher rückte. Und doch ahnte ich, daß es kein wirkliches Geräusch war, nichts, was ein sterbliches Ohr hätte hören können, nichts, das Porzellan und Fensterscheiben klirren machte. Oder Katzen verjagte.

Ägypten ist in Ruhe gebettet. Ruhe überzieht die Wüste zu beiden Seiten des großen Flusses. Man hört nicht einmal ein Schaf blöken oder eine Kuh muhen. Oder eine Frau weinen.

Dennoch war dieses Geräusch ohrenbetäubend.

Eine Sekunde lang hatte ich Angst. Ich streckte mich in der Erde. Ich zwang meine Finger empor. Blind und schwerelos schwebte ich in der Erde, und plötzlich konnte ich nicht mehr atmen, ich konnte nicht schreien, doch wenn ich hätte schreien können, wäre zweifellos alles Glas im Umkreis mehrerer Meilen zu Bruch gegangen. Kristallbecher wären zersplittert, Fenster wären explodiert.

Das Geräusch wurde lauter, kam näher. Ich versuchte, mich umzudrehen, nach Luft zu schnappen, aber es ging nicht.

Und dann hatte ich den Eindruck, etwas zu sehen, eine Gestalt, die sich näherte. Ein rotes Glimmen in der Dunkelheit.

Da kam eine Kreatur, derart überwältigend, daß es sogar die Bäume und die Blumen und auch die Luft spürten. Das blöde Erdengetier witterte es. Das Geziefer machte sich davon, die Katzen suchten das Weite.

Vielleicht ist das der Tod, dachte ich.

Vielleicht ist der Tod ja durch ein erhabenes Wunder etwas Lebendiges, und er nimmt uns in seine Arme, und ist kein Vampir, sondern die Verkörperung himmlischer Seligkeit.

Und wir erheben uns mit ihm zu den Sternen. Wir lassen die Engel und Heiligen und auch das Licht hinter uns und tauchen in die göttliche Dunkelheit, ins Nichts, während wir unsere Existenz abstreifen. In der Vergessenheit wird uns alles vergeben.

Die Vernichtung eines Nicki schwindet zu einer winzigen Nadelspitze im verdämmernden Licht. Der Tod meiner Brüder löst sich im großen Frieden des Unvermeidlichen auf.

Ich drückte gegen die Erde. Ich stieß zu, aber meine Hände und Beine waren zu schwach. Ich schmeckte den sandigen Schlamm in meinem Mund. Ich wußte, daß ich mich erheben mußte, und das Geräusch befahl es mir.

Und dann wurde mir klar, daß es mich suchte, dieses Geräusch, daß es mich aufzuspüren trachtete. Wie ein tastender Lichtstrahl. Ich konnte hier nicht liegenbleiben. Ich mußte antworten.

Ich sonderte die heftigsten Willkommensströme aus. Ich teilte ihm meine Position mit und hörte meinen elenden Atem, während ich mich bemühte, meine Lippen in Bewegung zu setzen. Und das Geräusch wurde so laut, daß es mich bis ins Innerste durchdrang. Die Erde geriet in Wallung.

Was immer es auch war, es hatte das ausgebrannte, verfallene Haus erreicht.

Die Tür wurde herausgerissen, als wären die Scharniere nicht in Eisen, sondern in Mörtelputz verankert gewesen. All das sah ich hinter meinen geschlossenen Augen. Ich sah, wie es sich durch den Olivenhain bewegte. Es war im Garten angelangt.

Wie rasend wühlte ich mich wieder der Luft entgegen. Aber das leise Geräusch, das ich nun hörte, war das Graben im Sand.

Mir war, als würde mir Samt übers Gesicht streichen. Und über mir sah ich den dunklen Himmel und den Zug der Wolken, wie ein Schleier über den Sternen, und noch nie hatte das nächtliche Himmelsgewölbe so segensreich ausgesehen.

Meine Lungen füllten sich mit Luft.

Ich stieß einen Seufzer unendlichen Wohlbehagens aus. Aber

meine Empfindungen gingen weit über bloßes Wohlbehagen hinaus. Zu atmen, Licht zu sehen – das waren Wunder. Und das ohrenbetäubende Paukengedröhn war die vollkommene Begleitmusik.

Und er, der mich gesucht hatte, er, der die Geräusche ausgesandt hatte, stand über mir.

Das Geräusch schwand dahin, löste sich auf, bis es nur noch der Nachklang einer Geigensaite war. Und ich stand auf, als würde ich emporgehoben werden, obgleich dieses Geschöpf keinen Finger krümmte.

Dann umarmte es mich, und ich blickte in ein Gesicht, das anderen Sphären angehörte. Hätte auch nur einer der Unseren mit einem solchen Gesicht gesegnet sein können? Was wußten wir schon über Geduld, scheinbare Güte, Leidenschaft? Nein, er gehörte nicht zu uns. Undenkbar. Und doch. Übernatürliches Fleisch und Blut, wie meines. Schillernde, lichtsaugende Augen, schmale Brauen, wie goldene Federstriche.

Und dieses Geschöpf, dieser machtvolle Vampir, hielt mich fest und blickte mir in die Augen, und ich glaube, ich habe irgendwelchen Blödsinn geredet, daß ich jetzt um das Geheimnis der Ewigkeit wisse.

»Dann verrat's mir mal«, flüsterte er, und er lächelte. Ein reines Bild menschlicher Liebe.

»O Gott, hilf mir. Verdamme mich in den tiefsten Schlund der Hölle.« Das war meine Stimme, die da sprach. Ich kann diese Schönheit nicht ertragen.

Ich betrachtete meine knochendürre Arme, meine vogelkralligen Hände. So ein Gespenst wie ich kann einfach nicht leben. Ich sah meine Beine an. Klapprige Stöckchen. Die Kleider fielen mir vom Leib. Ich konnte mich weder aufrecht halten noch bewegen, und plötzlich überwältigte mich die Erinnerung an Blut, wie es in meinen Mund floß.

Seine roten Samtkleider glommen wie schwache Glut vor meinen Augen, der bodenlange Mantel, die dunkelroten Handschuhe. Sein volles, weißes, mit Goldsträhnen durchwirktes Haar umrahmte sein Gesicht und fiel auf seine breite Stirn. Die großen, blauen Augen waren so sanft und gefühlvoll wie seine Stimme.

Ein Mann in der Blüte seiner Jahre in dem Moment, da er die

Schwelle zur Unsterblichkeit überschreitet. Und das kantige Gesicht mit seinen leicht gehöhlten Wangen und seinem breiten, vollen Mund von geradezu furchterregend sanftmütiger Friedlichkeit geprägt.

»Trinke«, sagte er. Die Augenbrauen hoben sich ein wenig, die Lippen formten das Wort so langsam und bedacht, als wollten sie zu einem Kuß ansetzen.

Wie Magnus in jener Todesnacht hob er jetzt seine Hand und schlug den Kragen zurück. Bot mir die dunkelviolette Halsader dar.

Blut, wie göttliches Licht, flüssiges Feuer. Unser Blut.

Und meine Arme schlangen sich um seine Schultern, mein Gesicht schmiegte sich an sein kühles, weißes Fleisch, das Blut schoß in meine Lenden hinunter und entflammte jedes Gefäß meines Körpers. Wie viele Jahrhunderte hatten dieses Blut geläutert, seine Kraft destilliert?

In das quellende Rauschen mischte sich seine Stimme. Wieder sagte er: »Trink, mein Kind, mein Verwundeter.«

Ich spürte, wie sein Herz anschwoll, sein Körper wogte, und wir schmolzen aneinander.

Ich glaube, ich hörte mich sagen: »Marius.«

Und er antwortete: »Ja.«

Teil VII

ALTE MAGIE, ALTE RÄTSEL

1

Als ich aufwachte, war ich an Bord eines Schiffes. Ich konnte das Knarren der Planken hören, das Meer riechen. Ich konnte das Blut der Mannschaft riechen. Und ich wußte, daß es sich um eine Galeere handelte, da ich unter dem Rumpeln des riesigen Leinwandsegels den rhythmischen Schlag der Ruder hörte.

Ich vermochte meine Augen nicht zu öffnen, vermochte meine Glieder nicht zu bewegen. Doch ich war ruhig. Ich hatte keinen Durst und war von einem Gefühl vollkommenen Friedens erfüllt. Mein Körper war warm, als hätte ich mich gerade gelabt, und es war schön, dazuliegen und vor sich hinzuträumen auf dem sanft wogenden Meer.

Dann bekam ich wieder einen klaren Kopf. Ich wußte, daß wir sehr schnell durch ziemlich ruhiges Gewässer glitten. Und die Sonne war gerade untergegangen. Der Abendhimmel wurde dunkel, der Wind ließ nach.

Dann hatte ich die Augen geöffnet und den Sarg und die hinterste Kabine des Schiffs verlassen und mich aufs Deck begeben. Ich atmete die frische Salzluft und genoß den Anblick des verglühenden Himmels und der funkelnden Sternmassen über mir. An Land sehen die Sterne nie so aus. Nie sind sie so nah.

Zu beiden Seiten waren dunkle, bergige Inseln, Klippen, mit winzigen flackernden Lichtern übersprenkelt. Die Luft war vom Geruch alles Grünen erfüllt, der Blumen, des Landes selbst. Und das kleine, elegante Schiff glitt schnell auf die klippengesäumte Meerenge vor uns zu.

Ich fühlte mich ungewohnt stark, geistig voll auf der Höhe. Einen Augenblick lang war ich versucht herauszufinden, wie ich hierhergelangt war, ob ich in der Ägäis oder im Mittelmeer selbst war, wann wir Kairo verlassen hatten und ob die Ereignisse, an die ich mich erinnerte, wirklich stattgefunden hatten. Aber in stummer Billigung des gegenwärtigen Geschehens wischte ich diese Gedanken gleich wieder fort.

Marius war auf der Brücke vor dem Hauptmast.

Ich ging nach vorne, stellte mich unter die Brücke und blickte hoch. Marius trug den langen, roten Samtmantel, den er schon in Kairo getragen hatte, und sein volles weißblondes Haar wurde vom Wind nach hinten geweht. Sein Blick war auf die Durchfahrt vor uns geheftet, auf die gefährlich aufragenden Felsen, und seine Linke hielt die Reling umklammert.

Ich fühlte mich unwiderstehlich zu ihm hingezogen, und das Gefühl vollkommenen inneren Friedens wurde noch stärker. Sein Gesicht, seine Haltung strahlten nicht jene bedrohlich hochmütige Würde aus, die mich hätte demütigen oder verängstigen können. Nur ruhige Vornehmheit umgab ihn.

Allzu geschmeidig war sein Gesicht, das schon. Es hatte den Glanz des feinen Gewebes auf Narben, es war so glatt, daß es in einer dunklen Straße Überraschung, wenn nicht Furcht ausgelöst hätte, denn es sonderte einen schwachen Lichtglanz aus. Aber andererseits war sein Gesichtsausdruck zu warmherzig und zu menschlich in seiner Güte, als daß er etwas anderes als Zutrauen hätte erwecken können.

Armand glich vielleicht einem Gott aus einem Caravaggio-Gemälde, Gabrielle einem Erzengel aus Marmor neben dem Portal einer Kirche. Aber diese Gestalt über mir war die eines unsterblichen Mannes.

Und der unsterbliche Mann war es unverkennbar, der, die Rechte nach vorne gestreckt, das Schiff ruhig durch die Klippen lotste. Das Wasser schimmerte wie geschmolzenes Metall, blitzte blau auf, dann silbern, dann schwarz; warf weißen Schaum hoch, wenn die seichten Wellen sich an den Felsen brachen.

So leise wie möglich erklomm ich die kleine Treppe zur Brücke. Marius wandte keine Sekunde den Blick vom Wasser, aber er ergriff meine Hand. Und drückte sie unaufdringlich. Wärme. Das war nicht der Augenblick, etwas zu sagen, und ich war überrascht, daß er mich überhaupt beachtet hatte.

Er zog die Augenbrauen zusammen, und seinem stummen Befehl gehorchend, verlangsamten die Ruderer ihr Tempo.

Ich war fasziniert und spürte ganz deutlich die Macht, die er ausstrahlte, ein leises Pulsieren, das seinem Herzschlag entsprach. Und ich konnte die Sterblichen auf den Klippen und den schmalen Inselstränden ringsherum hören. Ich sah sie auf den Vorgebirgen oder wie sie mit Fackeln zum Meer rannten. Ich konnte ihre Gedanken so deutlich wie Stimmen hören, als sie da im Abenddämmer standen und die Laternen unseres Schiffes betrachteten. Sie befleißigten sich der griechischen Sprache, die ich nicht verstand, aber die Botschaft war klar:

Der Fürst fährt vorbei. Kommt her und seht: Der Fürst fährt vorbei. Und das Wort ›Fürst‹ drückte irgendwie eine übernatürliche Bedeutung aus. Und von Erregung durchsetzte Ehrerbietung drang wie ein mehrstimmiger Chor von der Küste.

Mir verschlug es den Atem! Ich mußte an den Sterblichen denken, den ich in Kairo in Furcht und Schrecken versetzt hatte, an das alte Debakel auf Renauds Bühne. Aber wegen dieser beiden lächerlichen Zwischenfälle war ich zehn Jahre lang unsichtbar durch die Welt gezogen, und diese Leute, diese ärmlich gekleideten Bauern, liefen zusammen, um das Schiff vorbeifahren zu sehen, und diese Leute wußten, was Marius war. Oder sie wußten wenigstens ein bißchen dessen, was er war.

Aber wir ließen die Gestade hinter uns. Die Klippenstraße wurde immer enger, und das Schiff glitt mit hochgestellten Rudern dahin. Die hohen Felswände raubten dem Himmel das Licht.

Wenig später öffnete sich unseren Blicken eine weite Bucht, und jäh ragte ein Felsblock vor uns auf, der von sanften Hügeln umgeben, aber derart steil war, daß ich seinen Gipfel nicht sehen konnte. Die Ruderer drosselten noch einmal das Tempo, und ganz langsam begann das Schiff sich zur Seite zu drehen. So näherten wir uns dem Felsen, und nach einiger Zeit gewahrte ich vor uns den Umriß einer moosbedeckten Kaimauer. Die Ruder ragten jetzt steil in den Himmel.

Marius war so gelassen wie je, hielt mit der einen Hand die meine sanft umklammert und wies mit der anderen auf den Kai und den Felsen, der drohend in die Nacht emporragte, vom Licht unserer Laternen umtastet.

Erst als wir keine fünf oder sechs Fuß mehr von der Kaimauer entfernt waren – scheinbar gefährlich nahe für ein Schiff dieser Größe –, kam das Schiff zum Stehen. Und Marius nahm mich bei der Hand, und wir gingen unter das Deck und machten uns daran, die Galeere zu verlassen. Ein schwarzhaariger Diener kam uns entgegen und überreichte Marius einen Seesack. Und Marius sprang mit mir über das Wasser, völlig geräuschlos, dem Kai entgegen.

Ich blickte zu dem sanft schaukelnden Schiff zurück. Die Ruder hatten sich wieder gesenkt, und in Sekundenschnelle sauste das Schiff den fernen Lichtern am anderen Ende der Bucht entgegen.

Marius und ich standen jetzt allein in der Dunkelheit, und als das Schiff nur noch ein Pünktchen im Meer war, deutete er auf eine schmale, in den Fels gehauene Treppe. »Geh voran, Lestat«, sagte er.

Es tat wohl, bergan zu steigen. Es tat wohl, die rohen Stufen hinaufzueilen und den stärker werdenden Wind zu spüren und das Meer aus so weiter Ferne zu sehen, daß die Wellen in Bewegungslosigkeit erstarrt schienen.

Marius war nur wenige Schritte hinter mir. Und wieder konnte ich sein machtvolles Pulsieren fühlen und hören. Es war wie ein Vibrieren in meinen Knochen.

Auf halbem Wege nach oben hörten die Stufen auf und wichen einem Pfad, der kaum breit genug für eine Bergziege war. Bald hatten wir eine derart schwindelnde Höhe erreicht, daß ich nicht mehr wagte, hinabzublicken.

Einmal hielt ich mich an einem Ast fest, um mich umzudrehen, und ich sah, wie Marius gleichmäßig ausschreitend hinter mir war, den Seesack über die Schulter geworfen. Die Bucht, die ferne kleine Ortschaft und der Hafen, alles sah wie Spielzeug aus, als hätte ein Kind auf einer Tischplatte mit einem Spiegel und Sand und winzigen Holzstückchen die Landschaft nachgebaut.

Ich konnte sogar über die Durchfahrt aufs offene Meer und die schwarzen Umrisse anderer Inseln sehen. Marius lächelte und wartete. Dann flüsterte er sehr höflich: »Geh weiter.«

Und ich setzte meinen Weg ohne Unterbrechung bis zum Gipfel fort. Ich kroch über einen letzten Felsvorsprung und richtete mich in weichem Gras wieder auf.

Noch höhere Felsen und Klippen ragten vor uns auf und, gleichsam aus ihnen wachsend, erhob sich ein gewaltiges, festungsähnliches Haus. Die Fenster waren erleuchtet, und auch auf den Türmen brannten Lichter.

Marius legte mir den Arm um die Schulter und ging zum Eingang. Vor dem schweren Portal hielt er inne. Dann von innen das Geräusch eines zurückgleitenden Riegels. Die Tür öffnete sich, und Marius führte mich in die Eingangshalle, die von zwei Fackeln hell erleuchtet war.

Leicht erschrocken stellte ich fest, daß niemand da war, der den Riegel hätte zurückschieben oder die Tür öffnen können. Indessen drehte sich Marius um und sah die Tür an, und die Tür fiel ins Schloß.

»Schieb den Riegel vor«, sagte er.

Ich fragte mich, warum er das nicht auch auf selbsttätige Weise bewerkstelligte, aber ich tat sofort, wie mir geheißen.

»So ist es viel einfacher«, sagte er leicht schalkhaft. »Ich zeige dir jetzt das Zimmmer, in dem du gefahrlos schlafen kannst, und wenn du willst, kannst du zu mir kommen.«

Ich konnte sonst niemanden in dem Haus hören. Aber Sterbliche waren hiergewesen, soviel stand fest. Sie hatten überall ihren Geruch hinterlassen. Und die Fackeln waren alle gerade erst angezündet worden.

Wir .gingen eine kleine Treppe hoch, und als ich in das mir zugewiesene Zimmer kam, war ich überwältigt.

Es war ein immenser Raum, dessen eine Seite aus einem riesigen Fenster zu einer über dem Meer schwebenden Terrasse hin bestand.

Als ich mich umdrehte, war Marius verschwunden. Und auch der Seesack war fort. Aber Nickis Geige und mein Gepäck lagen auf einem Steintisch in der Mitte des Zimmers.

Beim Anblick der Geige durchfuhr mich ein Strom aus Trauer und Erleichterung. Ich hatte schon befürchtet, sie verloren zu haben.

In dem Zimmer waren Steinbänke, und eine Öllampe brannte auf einem Gestell. Und am anderen Ende befand sich eine Nische mit zwei schweren Holztüren. Ich ging hin und öffnete sie und fand mich in einem kleinen Gang, der nach wenigen Schritten rechtwinklig abbog. Dahinter stand ein Sarkophag mit einem schmucklosen Dekkel. Der Sarkophag war aus Diorit, einer der, wenn ich nicht irre, härtesten Gesteinsarten der Welt, und sein Deckel war unglaublich schwer, und als ich die Unterseite in Augenschein nahm, sah ich, daß sie mit Eisen ausgeschlagen und mit einem Riegel versehen war, der von innen zugeschoben werden konnte.

Mehrere glitzernde Gegenstände lagen auf dem Boden des Gehäuses. Als ich sie in die Hand nahm, funkelten sie fast magisch in dem Licht, das aus dem Zimmer hereindrang.

Da war eine goldene Maske, die Gesichtszüge sorgfältig modelliert, die Lippen geschlossen, die Augenschlitze schmal, aber geöffnet, das Ganze an einem Helm aus getriebenem Gold befestigt. Die Maske selbst war schwer, aber der Helm war sehr leicht und elastisch. Außerdem lag da noch ein Paar Lederhandschuhe, ganz mit kleinen, schuppenartigen Goldplättchen bedeckt. Und schließlich eine große rote Wolldecke, an deren eine Seite etwas größere Goldplättchen angenäht waren.

Ich begriff, daß, wenn ich diese Maske und diese Handschuhe anlegte und die Decke über mich breitete, ich vor Licht geschützt wäre, sollte jemand den Sarkophag öffnen, während ich schlief.

Aber es war höchst unwahrscheinlich, daß irgend jemand den Deckel würde öffnen können. Und die Türen dieser L-förmigen Kammer waren ebenfalls mit Eisen ausgeschlagen und mit einem Riegel versehen.

Von diesen eigenartigen Gegenständen ging ein gewisser Zauber aus. Mir machte es Spaß, sie anzufassen, und ich stellte mir vor, wie ich wohl aussah, wenn ich darin schlief. Dann begab ich mich wieder in mein Zimmer, zog die Gewänder aus, die ich während der Nächte in Kairos Erde getragen hatte, und legte frische Kleider an. Ich kam mir an dieser zeitlosen Stätte in meinem Aufzug einigermaßen lächerlich vor – blauvioletter Gehrock mit Perlenknöpfen, das unvermeidliche Spitzenhemd und Satinschuhe mit diamantbesetzten Schnallen –, aber ich hatte keine anderen Kleider. Ich schnürte mein Haar mit einem schwarzen Band zurück, wie es sich für einen *Gentilhomme* des achtzehnten Jahrhunderts ziemte, und machte mich auf die Suche nach dem Hausherrn.

2

Überall im Haus brannten Fackeln. Die Türen standen offen, und die vorhanglosen Fenster gewährten einen Blick aufs Firmament und auf das Meer.

Als ich die kleine Treppe hinabgestiegen war, kam mir zu Bewußtsein, daß ich mich zum erstenmal auf meiner Wanderschaft im sicheren Refugium eines unsterblichen Wesens befand, ausgestattet mit allem, was sich ein unsterbliches Wesen wünschen konnte.

In den Gängen standen auf Sockeln prachtvolle griechische Urnen, und in verschiedenen Nischen erhoben sich große Bronzestatuen aus dem Morgenland, und in den Fenstern und Terrassen blühten die exotischsten Pflanzen. Überall waren die Marmorböden mit herrlichen Teppichen aus Indien, Persien und China bedeckt. Ich stieß auf riesige ausgestopfte Tiere, die in lebensähnlichen Posen aufgestellt waren – der Braunbär, der Löwe, der Tiger, ja sogar der Elefant, der sein eigenes Zimmer hatte, Echsen so groß wie Drachen, Raubvögel, auf getrocknete Äste gekrallt.

Aber alles wurde von den buntleuchtenden Wandgemälden beherrscht, die jede Fläche vom Boden bis zur Decke bedeckten.

In einem Raum prangte die Darstellung der sonnenheißen arabischen Wüste, bestückt mit einer detailfreudig ausgemalten Kamelkarawane und turbanköpfigen Händlern. In einem anderen Raum wurde ein Dschungel in tropischer Blütenfülle lebendig.

Die Vollkommenheit dieser Sinnestäuschung verblüffte, verführte mich. Und je genauer ich die Bilder betrachtete, desto mehr sah ich. Der Dschungel wimmelte von Getier – Insekten, Vögeln, Würmern –, eine verwirrende Vielfalt, die mich schließlich glauben machte, ich sei aus Raum und Zeit in etwas geglitten, das mehr war als ein bloßes Gemälde.

Mir schwindelte. Wohin ich auch sah, jede Wand bot einen neuen Anblick. Unmöglich, all die Färbungen und Tönungen zu benennen. Und was die Stilrichtungen all der Gemälde anbetraf, so verwirrten und entzückten sie mich gleichermaßen. Sie zeichneten sich durch äußersten Realismus und klassische Proportionen und Techniken aus, wie man sie bei allen Malern der Spätrenaissance antrifft: da Vinci,

Raphael, Michelangelo, aber auch bei neueren Meistern wie Watteau und Fragonard. Die Behandlung des Lichts war einzigartig. Die Lebewesen schienen förmlich zu atmen.

Aber die Details. Da versagte der Realismus. Im Dschungel waren einfach zu viele Affen, auf den Blättern tummelten sich zu viele Käfer. Durch einen einzigen Sommerhimmel schwirrten Tausende von Insekten.

Ich gelangte in einen weiträumigen Gang, von dessen Wänden mich gemalte Männer und Frauen anstarrten, und beinahe hätte ich vor Erstaunen aufgeschrien. Da waren Menschen aller Epochen versammelt – Beduinen, Ägypter, Griechen und Römer, Ritter in Rüstungen, Bauern und Könige und Königinnen. Ferner Renaissancemenschen in Wämsen und Gamaschen, der Sonnenkönig mit seiner gewaltigen Lockenmähne und schließlich Figuren aus unserer Zeit.

Ich fing zu lachen an. Es war nicht komisch. Es war einfach erfreulich. Ich lachte und lachte. Und wieder gaben mir die Details das Gefühl vollkommener Wirklichkeit – die Wassertröpfchen, die an einem Umhang hafteten, die Narbe auf einer Wange, die halbzertretene Spinne unter einem polierten Lederstiefel.

Ich mußte mich zum Verlassen dieses Gangs zwingen, was mir nur gelang, da ich plötzlich eine hellerleuchtete Bibliothek gewahrte.

Unzählige Bücher und Manuskriptrollen, riesige, glänzende Globen in ihren Holzgestellen, Büsten antiker Götter und Göttinnen, ausgebreitete Landkarten. Zeitungen in allen Sprachen auf den Tischen gestapelt. Und überall seltsame Gegenstände verstreut, Fossilien, mumifizierte Hände, exotische Muscheln, Sträuße getrockneter Blumen, Figurinen, Bruchstücke alter Plastiken, mit ägyptischen Hieroglyphen bedeckte Krüge. Und in der Mitte des Raumes neben Tischen und Glasschränken bequeme Sessel mit Fußbänken, und Kandelaber und Öllampen, die Licht verströmten.

Das Ganze machte den Eindruck eines gemütlichen Durcheinanders, langer Stunden ungetrübten Vergnügens, einer Stätte, die ausgesprochen menschlich war. Menschliches Wissensgut, menschliche Kunstwerke, Sessel, in denen Menschen sitzen konnten.

Ich stand lange Zeit da und las die lateinischen und griechischen Titel. Ich fühlte mich leicht betrunken, als sei mir gerade ein Sterblicher mit viel Wein im Blut in die Fänge geraten.

Aber ich mußte Marius finden. Ich verließ diesen Raum, ging eine kleine Treppe hinunter und durch einen neuen, bemalten Gang, um in ein noch größeres, ebenfalls hellerleuchtetes Gemach zu gelangen. Schon von weither hörte ich Vogelgesang und roch Blumenduft. Und dann fand ich mich in einem Wald von Käfigen wieder, in denen nicht nur alle möglichen Vögel, sondern auch Affen, darunter Paviane, waren, die in ihren kleinen Gefängnissen wie wild zu toben anfingen, als ich durch den Raum ging.

Topfpflanzen umringten die Käfige – Farne und Bananenbäume, hundertblättrige Rosen, Jasmin, süßlich duftende Kletterpflanzen, fleischfressende Blumen, die Insekten verschlangen, kleine Bäume, die unter der Last von Pfirsichen und Zitronen und Birnen stöhnten.

Als ich schließlich aus diesem kleinen Paradies trat, gelangte ich in eine Skulpturenhalle, die selbst dem Vatikanmuseum alle Ehre gemacht hätte. Auch die angrenzenden Zimmer beherbergten zahllose Gemälde, asiatische Möbel, mechanische Spielsachen.

Natürlich verweilte ich nicht mehr vor jedem Gegenstand oder jeder Neuentdeckung. Ein ganzes Leben hätte kaum ausgereicht, alles in diesem Haus zu betrachten. Ich eilte weiter.

Ich wußte nicht, wohin ich ging. Aber ich wußte, daß ich mir alles ansehen durfte.

Schließlich hörte ich Marius' unverwechselbaren Klang, jenen Rhythmus seines leisen Herzschlags, den ich in Kairo vernommen hatte. Und ich ging zu ihm.

3

Ich betrat einen hellerleuchteten Salon im Stil des achtzehnten Jahrhunderts. Die Wände waren mit feinstem Rosenholz verkleidet, gerahmte Spiegel erhoben sich bis zur Decke. Wie in den anderen Gemächern waren auch hier verzierte Truhen, Polstersessel, üppige Pflanzen, Porzellanuhren. Eine kleine Büchersammlung stand hinter den Glastüren der Regale, eine Zeitung jüngeren Datums lag auf dem kleinen Tisch neben einem brokatbezogenen Ohrensessel.

Hohe, schmale Türen führten auf eine Terrasse, wo Lilien- und Rosenbeete ihren schweren Duft verströmten. Und dort, mit dem

Rücken zu mir, stand am Geländer ein Mann des achtzehnten Jahrhunderts. Er drehte sich um und forderte mich auf herauszukommen. Es war Marius.

Er war ähnlich gekleidet wie ich. Sein Gehrock war rot, nicht violett, er trug Valenciennespitze, nicht Brüsseler Spitze. Ansonsten unterschied sich seine Aufmachung kaum von meiner; sein glänzendes Haar war, wie meines, mit einem schwarzen Band zurückgebunden, und er sah keineswegs so ätherisch wie Armand aus, vielmehr wie ein Überwesen, ein Geschöpf mit unglaublich weißer Haut und von größter Vollkommenheit, das dennoch den Dingen seiner Umwelt verbunden war.

Ich kostete den Augenblick voll aus: daß er und ich uns gleich unterhalten würden, daß ich wirklich hier war. Ich war noch immer so klaren Geistes wie auf dem Schiff. Ich hatte keinen Durst – wahrscheinlich hielt mich noch immer sein Blut in meinen Adern aufrecht. All die alten Rätsel wallten in mir empor, rüttelten mich auf, spornten mich an. Lagen JENE, DIE BEWAHRT WERDEN MÜSSEN, irgendwo auf dieser Insel? Würde ich jetzt alles erfahren?

Ich ging zum Terrassengeländer und stellte mich neben ihn, genoß den Blick aufs Meer. Seine Augen waren auf eine Insel gerichtet, die keine halbe Meile vor der Küste lag. Er belauschte etwas, das ich nicht hören konnte. Und im Licht, das hinter uns aus der Tür drang, sah sein Profil wie in Stein gemeißelt aus.

Aber schon wandte er sich mir fröhlich zu, legte seinen Arm um mich und führte mich in das Zimmer zurück. Er bewegte sich ganz wie ein Sterblicher, eleganten, aber festen Schritts, wie er mich zu zwei sich gegenüberstehenden Ohrensesseln geleitete, und wir nahmen Platz. Wir befanden uns fast genau in der Mitte des Raums. Die Terrasse lag rechts von mir. Der Lüster über uns sowie ein gutes Dutzend Kandelaber und Wandleuchter spendeten reichlich Licht.

Alles war ebenso natürlich wie kultiviert. Und Marius lehnte sich bequem in die Brokatkissen zurück.

Als er lächelte, sah er vollkommen menschlich aus. Aber sobald das Lächeln schmolz, wichen auch alle Falten und alles Leben aus seinen Zügen.

Ich gab mir Mühe, ihn nicht anzusehen, aber es half nichts. Sein Gesicht nahm einen boshaft-schelmischen Ausdruck an.

Mein Herz stockte.

»Was ist dir lieber?« fragte er auf französisch. »Daß ich dir erzähle, warum ich dich hierhergebracht habe, oder daß du mir erzählst, warum du mich kennenlernen wolltest?«

»Oh, ersteres wäre mir lieber«, sagte ich.

Er lachte gutmütig. »Du bist schon bemerkenswert«, sagte er. »Ich hatte gar nicht erwartet, daß du dich so bald in die Erde verkriechst. Die meisten von uns erleiden ihren ersten Tod viel später – nach ein, zwei Jahrhunderten.«

»Den ersten Tod? Du meinst, es sei ganz normal – sich so wie ich in die Erde zu verkriechen?«

»Bei denen, die überleben, durchaus. Wir sterben. Wir erstehen wieder. Diejenigen, die sich nicht für einige Zeit in die Erde begeben, überdauern gewöhnlich nicht.«

Ich war erstaunt, obgleich mir seine Äußerungen durchaus einleuchteten. Und mir kam der schreckliche Gedanke, daß, wenn Nicki sich bloß in die Erde anstatt ins Feuer begeben hätte ... Aber ich durfte jetzt nicht an Nicki denken.

»Aber in deinem Fall war es eigentlich keine sonderliche Überraschung«, fuhr er fort. »Du hast zuviel eingebüßt, das dir lieb und teuer war. Du hast sehr viel und sehr schnell eine ganze Menge erfahren und gelernt.«

»Woher weißt du, was mir alles widerfahren ist?« fragte ich.

Wieder lächelte er, ja, er lachte beinahe. Die Wärme und Unmittelbarkeit, die er verströmte, waren erstaunlich, unglaublich. Seine Redensweise war lebhaft und durchaus fließend. Das heißt, er sprach wie ein gebildeter Franzose.

»Ich jage dir doch keine Angst ein, oder?« fragte er.

»Ich glaube nicht, daß du derlei beabsichtigt hast«, sagte ich.

»Natürlich nicht.« Er machte eine wegwerfende Handbewegung. »Aber deine Selbstbeherrschung ist schon ein wenig erstaunlich. Um deine Frage zu beantworten, ich weiß, was den Unseren auf der ganzen Welt widerfährt. Und ehrlich gesagt, ich weiß nicht immer, wieso ich das alles weiß. Mit zunehmendem Alter steigert sich diese Fähigkeit, wie all unsere Gaben, aber sie bleibt unbeständig, entzieht sich zuweilen unserer Kontrolle. Es gibt Zeiten, da ich hören kann, was mit den Unseren in Rom oder sogar in Paris los ist. Und wenn mich jemand ruft, so wie du, kann ich das über die irrwitzigsten Entfernungen hinweg hören. Ich kann den genauen Ursprung ausmachen, wie du ja selbst gesehen hast.

Aber auch auf anderem Wege erreichen mich Nachrichten. Ich weiß um die Botschaften, die du mir auf Mauern in ganz Europa geschrieben hast, weil ich sie gelesen habe. Und ich habe durch andere von dir gehört. Und manchmal haben wir uns schon in nächster Nähe voneinander aufgehalten – näher, als du jemals geahnt hast –, und ich habe deine Gedanken gehört. Natürlich kann ich auch jetzt deine Gedanken hören, was dir sicherlich klar ist. Aber ich ziehe es vor, mich der Sprache zu befleißigen.«

»Warum?« fragte ich. »Ich dachte, die Älteren würden früher oder später ganz auf die Sprache verzichten.«

»Gedanken sind ungenau«, sagte er. »Wenn ich dich meine Gedanken schauen lasse, entzieht es sich meiner Kontrolle, was du herausliest. Und wenn ich deine Gedanken lese, sind Mißverständnisse ebenfalls nicht ausgeschlossen. Ich ziehe es also vor, die gesprochene Sprache zu benutzen. Und meine bedeutenden Mitteilungen pflege ich durch mein spezifisches Geräusch anzukündigen. Ich halte nichts davon, ohne Vorwarnung in die Gedanken anderer einzudringen. Und ehrlich gesagt, meiner Meinung nach ist die Sprache die größte Gabe, die Sterbliche und Unsterbliche teilen.«

Ich wußte nicht, was ich darauf antworten sollte. Aber wieder fand ich alles völlig einleuchtend. Dennoch schüttelte ich den Kopf. »Und dein ganzes Auftreten«, sagte ich. »Du bewegst dich nicht, wie sich Armand oder Magnus bewegt haben, wie ich mir vorstellte, daß die Alten ...«

»Du meinst wohl, wie ein Phantom? Warum sollte ich?« Er lachte erneut. Er ließ sich noch etwas tiefer in den Sessel sinken und hob seinen Fuß auf das Sitzpolster, genau wie ein Sterblicher in seinem privaten Arbeitszimmer.

»Es gab natürlich Zeiten«, sagte er, »als das alles noch recht aufregend war. Scheinbar ohne Schritte zu machen durch die Gegend zu gleiten, Körperhaltungen einzunehmen, die für Sterbliche unbequem oder nicht möglich sind. Kurze Strecken zu fliegen und lautlos zu landen. Gegenstände durch bloße Willenskraft zu bewegen. Aber irgendwann kommt einem das nur noch primitiv vor.

Menschliche Gesten sind *elegant.* Im Fleisch liegt Weisheit, in der Art und Weise, wie der menschliche Körper Dinge ausführt. Ich mag das Geräusch meiner Schritte auf dem Boden, ich liebe es, Gegenstände zu betasten. Übrigens ist es anstrengend, auch nur kurze Strecken zu fliegen und Sachen allein mit dem Willen zu bewegen. Ich kann es tun, wenn es sein muß, wie du gesehen hast, aber mit den Händen geht es viel einfacher.«

Ich war entzückt und machte keinen Hehl daraus.

»Wenn man eine hohe Note laut genug singt, kann man ein Glas zerbrechen«, sagte er, »aber es kostet weit weniger Mühe, das Glas einfach zu Boden fallen zu lassen.«

Ich lachte offen heraus, und er beugte sich vor und berührte meine Hand, und ein Schreck durchfuhr mich. Wir waren in der Berührung verbunden. Und obwohl seine Haut so seidig war wie die aller Vampire, war sie doch weniger geschmeidig. Es war, als würde man von einer steinernen Hand in einem Seidenhandschuh berührt werden.

»Ich habe dich hierhergebracht, weil ich dir mein Wissen weiterreichen möchte«, sagte er. »Ich möchte mit dir alle Geheimnisse teilen, über die ich verfüge. Denn ich fühle mich aus verschiedenen Gründen zu dir hingezogen.«

Ich war wie hingerissen. Und ich sah sich uns die Möglichkeit einer überwältigenden Liebe eröffnen.

»Aber ich warne dich«, sagte er, »das ist nicht ganz ungefährlich. Ich habe nicht die letzten Antworten. Ich kann dir nicht sagen, wer die Welt erschaffen hat und warum der Mensch existiert. Ich kann dir nicht sagen, warum wir existieren. Ich kann dir nur mehr über uns erzählen als jeder andere, der dir bislang etwas erzählt hat. Ich kann dir JENE, DIE BEWAHRT WERDEN MÜSSEN zeigen und kann dir sagen, was ich über sie weiß. Ich kann dir sagen, warum ich *glaube,* so lange überdauert zu haben. Dieses Wissen mag dich in gewisser Hinsicht ändern. Das ist alles, was Wissen wirklich vermag, nehme ich an...«

»Ja...«

»Aber wenn ich dir alles gegeben habe, was ich dir geben kann, wirst du genau da sein, wo du schon vorher warst: ein unsterbliches Wesen, das seinen Daseinszweck selbst herausfinden muß.«

»Ja«, sagte ich, »Daseinszweck.« Meine Stimme klang etwas verbittert. Aber es war gut, daß er es so deutlich aussprach, auch wenn ich in meinen Augen ein hungriges, bösartiges Geschöpf war, das hervorragend ohne Daseinszweck auskam, ein machtvoller Vampir, der sich immer genau das nahm, was er wollte, ohne sich um andere zu kümmern. Ob er wohl wußte, wie ausgemacht schrecklich ich war?

Der Zweck des Tötens war das Blut.

Akzeptiert. Das Blut und die reine Ekstase des Blutes. Und wenn wir es nicht haben, sind wir nur noch Hülsen, wie ich in der Erde Ägyptens.

»Bleibe der Warnung eingedenk«, sagte er, »daß die Gegebenheiten auch hinterher dieselben bleiben. Nur du hast dich vielleicht geändert. Du wirst vielleicht noch hilfloser sein als zuvor.«

»Aber was hat dich bewogen, ausgerechnet mich einzuweihen?« fragte ich. »Ganz bestimmt haben auch andere dich gesucht. Du weißt sicher, wo Armand ist.«

»Aus mehreren Gründen, wie ich schon andeutete«, sagte er. »Und der ausschlaggebende Grund ist die Art und Weise, wie du mich gesucht hast. In dieser Welt ist es nur wenigen um Wissen zu tun. Ob sterblich oder unsterblich, nur wenige *fragen* wirklich. Im Gegenteil, sie versuchen, dem Unbekannten Antworten abzuringen, die sie bereits vorgeformt haben – Rechtfertigungen, Bestätigungen, Trost, ohne den sie nicht leben können. Wirkliches Fragen heißt, dem Wirbelwind die Tür öffnen. Die Antwort kann die Frage und Frager zunichte machen. Aber du hast wirklich gefragt, seit du Paris vor zehn Jahren verlassen hast.«

Ich verstand das, wenn auch nur verschwommen.

»Du hast kaum vorgefaßte Meinungen«, sagte er. »Ja, du erstaunst mich, weil du so ungewöhnlich schlicht bist. Du willst nur eins. Du willst Liebe.«

»Schon«, sagte ich, die Schultern leicht zuckend. »Aber ist das nicht reichlich simpel?«

Er lachte gutmütig. »Nein. Eigentlich nicht. Es ist, als hätten achtzehnhundert Jahre westlicher Zivilisation einen Unschuldigen hervorgebracht.«

»Einen Unschuldigen? Du sprichst doch nicht von mir?«

»In diesem Jahrhundert wird so viel über die Würde der Wilden gesprochen«, erklärte er, »über die zersetzende Kraft der Zivilisation, über Mittel und Wege, unsere verlorene Unschuld wiederzuerlangen. Nun, das ist natürlich alles Blödsinn. Wirkliche Primitive können die reinsten Monster sein. Sie haben nicht einmal eine Vorstellung von Unschuld. Kinder auch nicht. Aber die Zivilisation hat schließlich Menschen hervorgebracht, die sich unschuldig benehmen. Zum erstenmal sehen sie sich um und sagen: ›Was zum Teufel soll denn das alles?‹«

»Schon. Aber ich bin nicht unschuldig«, sagte ich. »Gottlos, ja. Ich stamme von gottlosen Leuten ab, und ich bin froh darum. Aber ich weiß, was im praktischen Leben Gut und Böse ist, und ich bin Typhon der Brudermörder, nicht der Mörder Typhons, wie du sicherlich weißt.«

Er nickte und hob seine Augenbrauen. Er mußte nicht mehr lächeln, um menschlich auszusehen. Selbst wenn sein Gesicht keinerlei Falten mehr aufwies, konnte ich jetzt sehen, wie sich Gefühle in seinen Zügen spiegelten.

»Aber du richtest kein Gedankengebäude auf, um es zu rechtfertigen«, sagte er. »Das meine ich mit unschuldig. Du bist des Mordes an Sterblichen schuldig, weil du zu etwas gemacht wurdest, das sich von Blut und Tod ernährt, aber du bist nicht der Lüge schuldig, der philosophisch verbrämten Rechtfertigung.«

»Schon.«

»Gottlosigkeit ist wahrscheinlich der erste Schritt, um unschuldig zu werden«, sagte er, »um das Gefühl für Sünde und Unterordnung loszuwerden, die falsche Trauer um Dinge, die angeblich verschüttet sind.«

»Unter Unschuld verstehst du also nicht einen Mangel an Erfahrung, sondern einen Mangel an Illusionen?«

»Einen Mangel des Bedürfnisses nach Illusionen«, sagte er. »Liebe und Achtung für das, was sich vor deinen Augen abspielt.«

Ich stöhnte. Ich lehnte mich jetzt auch in den Sessel zurück, um darüber nachzudenken, was das mit Nicki zu tun hatte und was Nicki über das Licht gesagt hatte, immerzu das Licht. Hatte er das gemeint?

Marius war in Gedanken versunken. Auch er saß in den Sessel zurückgelehnt, wie schon die ganze Zeit, und er ließ den Blick zu dem nächtlichen Himmel hinter den geöffneten Türen schweifen, die Augen zusammengekniffen, den Mund leicht gestrafft.

»Aber ich fühlte mich nicht allein von deiner Gesinnung angezogen«, sagte er, »von deiner Ehrlichkeit, wenn du so willst. Es war die Art und Weise, wie du einer der Unseren wurdest.«

»Das weißt du also auch alles?«

»Ja, alles«, sagte er, ohne weiter darauf einzugehen. »Du bist am Ende einer Epoche einer der Unseren geworden, zu einer Zeit, da die Welt ungeahnte Wandlungen durchmacht. Und bei mir war es nicht anders. Ich bin zu einer Zeit geboren und aufgewachsen, als die Antike, wie wir sie heute nennen, zu Ende ging. Die alten Religionen hatten ausgedient. Ein neuer Gott erschien.«

»Und wann war das?« fragte ich erregt.

»In den Jahren des Augustus, als Rom gerade eine Weltmacht geworden war, als der Glaube an die Götter so gut wie tot war.«

Ich ließ ihn sehen, wie sich Erschütterung und Freude in meinem Gesicht malten. Ich zweifelte keinen Augenblick das an, was er sagte. Ich führte meine Hände an die Schläfen, als müßte ich mich ein wenig beruhigen.

Aber er fuhr fort: »Die gewöhnlichen Leute haben damals noch immer an die Religion geglaubt«, sagte er, »nicht anders als heute. Sie hielten an alten Sitten fest, am Aberglauben, an Zeremonien, genau wie heute. Aber die Welt jener, die Gedanken *schufen* – jener, die den Lauf der Geschichte bestimmten –, war eine gottlose und hoffnungslos intellektuelle Welt, wie es die europäische unserer jetzigen Zeit wieder ist.«

»Den Eindruck hatte ich auch, als ich Cicero und Ovid und Lukrez las«, sagte ich.

Er nickte und zuckte leicht mit den Schultern. »Achtzehnhundert Jahre mußten vergehen«, sagte er, »um wieder zum Skeptizismus zu gelangen, zu jener Sachlichkeit, die damals unsere alltägliche Geisteshaltung bestimmte. Dennoch wiederholt sich die Geschichte keineswegs. Das ist das Erstaunliche.«

»Wie meinst du das?«

»Sieh dich doch um! Europa ist im Umbruch. Der Wert des menschlichen Lebens wird mehr denn je geachtet. Die Philosophie ist an neue Entdeckungen in der Wissenschaft geknüpft, an neue

Erfindungen, die die Lebensweise der Menschen von Grund auf ändern werden. Aber das ist eine andere Geschichte. Das ist die Zukunft. Was ich sagen will, ist, daß du am Ende der Epoche einer alten Weltanschauung geboren wurdest. Genau wie ich. Du bist ohne Glauben mündig geworden, und dennoch bist du nicht zynisch. So war es auch bei mir. Wir entsprangen beide der Kluft zwischen Glauben und Verzweiflung.«

Und Nicki ist in diese Kluft gefallen und untergegangen, dachte ich.

»Darum stellst du andere Fragen«, sagte er, »als diejenigen, die unter dem christlichen Gott in die Unsterblichkeit geboren wurden.«

Ich dachte an mein Gespräch mit Gabrielle in Kairo – mein letztes Gespräch. Ich hatte ihr selbst gesagt, daß dies meine Stärke sei.

»Genau«, sagte er. »Das also haben wir gemeinsam. Wir sind aufgewachsen, ohne viel von anderen zu erwarten. Und die Last des Gewissens war Privatsache, wenn vielleicht auch eine schreckliche.«

»Aber du bist doch unter dem christlichen Gott – in den ersten Tagen des christlichen Gottes – in die Unsterblichkeit geboren worden?«

»Nein«, sagte er leicht angewidert. »*Wir* haben dem christlichen Gott nie gedient.«

»Aber die Kräfte des Guten und des Bösen, die hinter Christus und Satan stehen?«

»Noch einmal, das hat kaum, wenn überhaupt etwas mit *uns* zu tun.«

»Aber der Gedanke des Bösen muß doch irgendwie ...«

»Nein. Wir sind älter als das, Lestat. Es stimmt zwar, daß die Männer, die mich erschaffen haben, Gottesdiener waren. Und sie glaubten an Sachen, an die ich nicht glaubte. Aber ihr Glaube ging auf eine Zeit lange vor den Tempeln des römischen Imperiums zurück, als man noch massenweise Blut im Namen Gottes vergießen konnte. Und das Böse waren die große Dürre und die Heuschrekkenplage und die mageren Jahre. Und ich bin von diesen Männern im Namen des Guten zu dem gemacht worden, was ich bin.«

Das war alles äußerst faszinierend. Die alten Mythen tauchten wieder in mir auf, in einem Chor schwindelerregender Poesie. *Osiris war für die Ägypter ein guter Gott, ein Getreidegott. Was hat das mit uns zu tun?*

Meine Gedanken wirbelten mir durch den Kopf. Ich erinnerte mich der Nacht, da ich meines Vaters Haus in der Auvergne verlassen hatte, als die Dorfbewohner um das Feuer tanzten und ihre Bittlieder für eine gute Ernte anstimmten. Heiden, hatte meine Mutter gesagt. Heiden, hatte der verärgerte Geistliche erklärt, den sie vor langer Zeit fortgejagt hatten.

Und mehr denn je schien mir das alles die Geschichte des Wilden Gartens zu sein, die Geschichte von Tänzern im Wilden Garten, in dem kein Gesetz galt außer dem Gesetz des Gartens, das das Gesetz der Ästhetik war. Daß das Getreide gedeihen soll, daß der Weizen erst grün und dann gelb werden, daß die Sonne scheinen soll.

»Ja, der Wilde Garten«, sagte Marius mit leuchtenden Augen. »Und ich mußte die zivilisierten Städte des Imperiums verlassen, um ihn zu finden. Ich mußte in die tiefen Wälder der nördlichen Provinzen gehen, wo der Garten noch am üppigsten gedieh, nach Südgallien nämlich, wo du geboren wurdest. Ich mußte in die Hände der Barbaren fallen, die uns beiden unsere Gestalt verliehen haben, unsere blauen Augen, unser blondes Haar. Ich verdanke das dem Blut meiner Mutter, die von diesen Leuten abstammte, Tochter eines keltischen Häuptlings, der mit einer römischen Patrizierin verheiratet war. Und du verdankst es dem Blut deiner Väter aus jenen Tagen. Und durch einen seltsamen Zufall wurden wir aus dem gleichen Grund für die Unsterblichkeit auserwählt – du von Magnus und ich von meinen Häschern –, da wir die Edelsten unseres Geblüts waren.«

»Ooooh, du mußt mir mehr erzählen! Du mußt mir alles erklären!« sagte ich.

»Ich erkläre bereits alles«, sagte er. »Aber ich glaube, es ist jetzt an der Zeit, daß du etwas siehst, das von größter Wichtigkeit ist.«

Er wartete einen Moment, um die Worte ihre Wirkung tun zu lassen. Dann erhob er sich langsam nach Menschenart, wobei er sich leicht auf die Armlehnen stützte. Er blickte auf mich hinunter und wartete ab.

»JENE, DIE BEWAHRT WERDEN MÜSSEN?« fragte ich. Meine

Stimme zitterte. Und ich gewahrte wieder jenen Schalk in seinem Gesicht, oder besser, einen Hauch von Belustigung, was in etwa dasselbe war.

»Hab keine Angst«, sagte er nüchtern und versuchte, sich seine Belustigung nicht anmerken zu lassen. »Das paßt nicht zu dir.« Ich brannte darauf, sie zu sehen, zu erfahren, wer sie waren, und doch rührte ich mich nicht von der Stelle.

»Ist es ... ist es ein schrecklicher Anblick?« fragte ich.

Er lächelte nachsichtig und legte seine Hand auf meine Schulter. »Würde es dich abhalten, wenn ich ja sagte?«

»Nein«, sagte ich. Aber ich hatte Angst.

»Es ist nur schrecklich im Lauf der Zeit«, sagte er. »Am Anfang ist es schön.«

Er wartete, beobachtete mich, versuchte, geduldig zu sein. Dann sagte er leise: »Komm, laß uns gehen.«

4

Eine Treppe in die Erde hinab.

Eine Treppe, die viel älter war als das Haus. Ausgetretene Stufen. Tiefer und tiefer in den Felsen hinein.

Ab und zu eine grobgemeißelte Luke zum Meer, Öffnungen, die zu klein waren, als daß ein Mensch sich hätte durchzwängen können, ab und zu ein Sims, auf dem Vögel nisteten oder aus dessen Sprüngen wildes Gras wuchs.

Und dann der Frosthauch, der unerklärliche Frosthauch, den man zuweilen in alten Klöstern antrifft, in verfallenen Kirchen, in verhexten Gemächern.

Ich blieb stehen und rieb mir die Arme. Der Frosthauch drang aus den Stufen.

»Sie verursachen das nicht«, sagte er sanft. Er wartete ein paar Stufen unter mir. Das Halbdunkel überzog sein Gesicht mit Lichtern und Schatten, die sterbliches Alter vortäuschten. »Es war schon so, lange ehe ich sie hergebracht habe«, sagte er. »Viele sind auf diese Insel gekommen, um ihre Riten abzuhalten. Vielleicht war es auch schon lange vor ihnen so.« Er winkte mich mit seiner gewohnten

Geduld herbei. Seine Augen drückten Mitleid aus. »Hab keine Angst«, sagte er wieder, während er weiterging.

Die Stufen schienen kein Ende zu nehmen. Wir gelangten zu größeren Luken, und das Rauschen des Meeres wurde stärker. Ich spürte die kühle Gischt auf meinen Händen und meinem Gesicht, sah die feuchten Steine schimmern. Aber noch immer stiegen wir hinab, und das Echo unserer Schuhe brach sich an der gewölbten Decke, an den groben Mauern. Das war tiefer als jedes Verlies, das war der Schacht, den man als Kind gräbt, um dabei seinen Eltern vorzuprahlen, man würde ein Loch zum Erdmittelpunkt graben.

Wir gelangten zu einer Kehre, und endlich sah ich Licht auflodern, zwei Lampen vor einer zweiflügeligen Tür.

Große Ölfässer speisten die Dochte der Lampen. Und die Türen waren mit einem riesigen Eichenbalken verriegelt, den zu heben es mehrerer Männer, vielleicht sogar Brechstangen und Seile bedurft hätte. Aber Marius hob den Balken ohne Schwierigkeiten und legte ihn beiseite, und dann trat er zurück und blickte auf die Türen. Ich hörte, wie sich innen ein weiterer Balken bewegte. Dann öffneten sie sich langsam, und mir stockte der Atem.

Genau wie das Haus oben auch, war der Raum, den ich erblickte, mit prächtigsten Blumen und helleuchtenden Lampen ausgestattet. Hier in der Tiefe waren Lilien, wachsartig und weiß, und rote und rosa Rosen. Dieses Zimmer war eine Kapelle, ins milde Geflacker der Weihekerzen und den Duft von tausend Blumensträußen getaucht.

Die Wände waren wie Wände alter italienischer Kirchen mit Fresken bemalt, von Blattgold durchsetzt. Aber das waren nicht die Bildnisse christlicher Heiliger: ägyptische Palmen, die gelbe Wüste, die drei Pyramiden, die blauen Wasser des Nil. Und ägyptische Männer und Frauen in ihren wohlgeformten Feluken auf dem Fluß, unter ihnen die farbenprächtigen Fische, über ihnen die lilagefiederten Vögel. Und alles mit Gold durchwirkt – die Sonne am Himmel, die fernen Pyramiden, die Schuppen der Fische und die Flügel der Vögel, der Schmuck der zartgliedrigen ägyptischen Gestalten, die in ihren langen, schmalen, grünen Booten standen und starr geradeaus blickten.

Ich schloß kurz meine Augen, dann öffnete ich sie langsam wieder und begriff, daß ich in einer Art heiliger Stätte war.

Auf einem liliengeschmückten, niederen Steinaltar stand ein gewaltiges Tabernakel, reich mit ägyptischen Symbolen verziert. Und durch die Schächte im Felsen darüber wehte die Luft, brachte die Flammen der ständig brennenden Lampen zum Erzittern, kräuselte die großen, grünen Blätter der Lilien, die trunken duftend in ihren Vasen standen.

Ich konnte fast die Hymnen, die alten Bittgesänge hören, die in dieser Stätte erklungen waren. Und ich hatte keine Angst mehr. Die Schönheit des Ganzen hatte mich überwältigt und beschwichtigt.

Aber ich starrte auf die goldenen Türen des Tabernakels. Das Tabernakel war größer als ich und dreimal so breit. Auch Marius hatte seine Augen darauf geheftet. Und ich spürte, wie er die schwache Hitze seiner unsichtbaren Kraft verströmte, und ich hörte, wie sich das Schloß hinter den Türen des Tabernakels auftat.

Ich wäre näher an ihn herangetreten, wenn ich es gewagt hätte. Ich atmete nicht, als sich die goldenen Türen vollständig öffneten, um den Blick auf zwei herrliche ägyptische Figuren freizugeben – einen Mann und eine Frau, die nebeneinandersaßen. Das Licht umspielte ihre schmalen, wohlgeformten, weißen Gesichter und Gliedmaßen, blitzte in ihren dunklen Augen auf. Sie waren so streng wie alle ägyptischen Statuen, die ich kannte, sparsam im Detail, schön in ihrer Kontur, großartig in ihrer Schlichtheit, und nur ihr kindlicher Gesichtsausdruck milderte den Eindruck der Härte und Kühle. Aber im Gegensatz zu gewöhnlichen Statuen trugen sie echte Stoffgewänder und echtes Haar.

Ich hatte in italienischen Kirchen schon Heilige gesehen, die ebenfalls angezogen gewesen waren, Marmorstatuen, in Samt gehüllt, und das hatte nicht immer besonders erfreulich ausgesehen. Aber hier war man sehr dezent zu Werke gegangen. Die Perücken der beiden waren aus vollen schwarzen Strähnen, die geradegeschnitten über die Stirn hingen und mit einem Goldreif gekrönt waren. Um ihre nackten Arme schlängelten sich Armbänder, und an den Fingern trugen sie Ringe. Und ihre Kleider waren aus feinstem weißen Leinen, der Mann, bis zur Hüfte nackt, trug nur eine Art Rock, und die Frau war mit einem langen, enganliegenden Faltenkleid angetan. Beide trugen eine Vielzahl goldener Halsketten, in die Edelsteine eingelegt waren. Fast gleich groß, saßen sie beide in gleicher Körperhaltung da, die Hände flach auf die Schenkel gelegt. Und diese Gleichartigkeit erstaunte mich irgendwie, wie auch ihre starre Schönheit und die juwelenhafte Beschaffenheit ihrer Augen.

Noch nie hatte ich derartig lebensechte Skulpturen gesehen, und dennoch hatten sie nichts Lebendiges an sich. Vielleicht lag es ja an der Kleidung, dem Lichtergefunkel auf ihren Halsketten und Ringen, dem gebrochenen Licht in ihren glühenden Augen.

Waren sie Isis und Osiris? Und die Gravur, die ich auf ihren Halsketten und Haarreifen sah, waren das kleine Schriftzeichen?

Marius sagte nichts. Er hielt, wie ich, den Blick auf sie geheftet – mit undurchdringlicher Miene.

»Darf ich näher an sie herangehen?« flüsterte ich.

»Natürlich«, sagte er.

Ich schritt vor zum Altar, wie ein Kind in der Kirche. Kurz vor ihnen blieb ich stehen und sah ihnen direkt in die Augen, die in ihrer Tiefe und ihrem Glanz fast allzu wirklich waren. Mit unendlicher Sorgfalt war jede Wimper, jedes Haar ihrer schwarzen, leicht geschwungen Augenbrauen angebracht worden. Mit unendlicher Sorgfalt waren ihre Münder modelliert worden, halboffen, so daß man ihre Zähne schimmern sah. Und die Gesichter und Arme waren so gewissenhaft poliert worden, daß nichts, aber auch nichts den vollkommenen Glanz trübte. Und wie alle Statuen oder bemalten Figuren, die geradeaus blicken, schienen sie mich anzusehen.

Ich war verwirrt. Wenn sie nicht Isis und Osiris waren, wen sollten sie dann darstellen? Welche alte Wahrheit symbolisierten sie? Und warum der Imperativ in der Wendung JENE, DIE BEWAHRT WERDEN MÜSSEN!?

Den Kopf ein wenig zur Seite geneigt, war ich nachdenklich in ihren Anblick versunken. Die Augen waren wahrhaft braun, in der Mitte die abgrundtiefen Pupillen, und das Weiße sah feucht aus, als sei es mit einem hochglänzenden Lack überzogen, und die Lippen waren von zartestem, aschfahlem Rosa.

»Ist es gestattet ...?« flüsterte ich und drehte mich zu Marius um, war aber zu schüchtern, die Frage ganz auszusprechen.

»Du darfst sie berühren«, sagte er.

Doch das schien mir der reinste Frevel zu sein. Ich betrachtete sie noch eine Weile, vor allem ihre Fingernägel, die unseren Fingernägeln bemerkenswert ähnlich sahen – als hätte sie jemand aus eingelegtem Glas gefertigt.

Ich dachte, es sei wohl nicht allzu frevelhaft, den Handrücken des Mannes zu berühren, aber am liebsten hätte ich das Gesicht der Frau berührt. Schließlich hob ich zögernd meine Finger und ließ sie über ihre Wange streichen. Und dann sah ich ihr in die Augen.

Was ich da fühlte, konnte nicht Stein sein. Es konnte nicht ... Das fühlte sich ja genau wie ... Und die Augen der Frau, irgend etwas ...

Ich sprang zurück, ehe ich wußte, was ich tat.

Ich schoß förmlich zurück, warf die Vasen mit den Lilien um, und prallte gegen die Wand neben der Tür.

Ich zitterte so heftig, daß ich mich kaum auf den Beinen halten konnte.

»Sie leben!«, sagte ich. »Das sind keine Statuen! Das sind Vampire, genau wie wir!«

»Ja«, sagte Marius. »Dieses Wort ist ihnen allerdings nicht geläufig.«

Er stand genau vor mir und war noch immer in ihren Anblick versunken.

Dann drehte er sich langsam um, kam zu mir und ergriff meine rechte Hand.

Das Blut war mir ins Gesicht gestiegen. Ich wollte etwas sagen, aber ich konnte nicht. Ich starrte sie weiterhin an. Und jetzt starrte ich ihn an und die weiße Hand, die die meine festhielt.

»Es ist schon gut«, sagte er fast traurig. »Ich glaube nicht, daß sie etwas dagegen haben, wenn du sie berührst.«

Zuerst wußte ich nicht, was er meinte. Dann wußte ich es. »Das heißt, du ... Du weißt nicht, ob ... Sie sitzen nur da und ... Mein Gott!«

Und ich erinnerte mich seiner Worte vor hundert Jahren, so wie Armand sie in seiner Geschichte wiedergegeben hatte: JENE, DIE BEWAHRT WERDEN MÜSSEN, *sind friedlich und ruhig. Viel mehr werden wir vielleicht nie erfahren.*

Mir schauderte. Ich konnte dem Zittern in meinen Armen und Beinen keinen Einhalt gebieten. »Sie atmen, denken, leben wie wir«, stammelte ich. »Wie lange verharren sie schon in diesem Zustand, wie lange?«

»Beruhige dich«, sagte er und tätschelte mir die Hand.

»Mein Gott«, sagte ich wieder und wieder. »Aber wer sind sie?« fragte ich schließlich. »Sind sie Isis und Osiris? Sind sie es?«

»Ich weiß es nicht.«

»Ich möchte fort von ihnen. Ich möchte hier raus.«

»Warum?« fragte er ruhig.

»Weil sie ... sie sind in ihrem Inneren lebendig, und sie ... sie können weder sprechen noch sich bewegen!«

»Woher willst du das wissen?« sagte er. Seine Stimme war leise und beruhigend wie zuvor.

»Aber sie tun's nicht. Darum geht es. Sie tun es nicht ...«

»Komm«, sagte er. »Ich möchte, daß du sie dir noch ein wenig ansiehst. Und dann gehen wir wieder nach oben, und ich werde dir alles erzählen, wie versprochen.«

»Ich möchte sie nicht mehr ansehen, Marius, wirklich nicht«, sagte ich kopfschüttelnd und versuchte, meine Hand zu lösen. Aber er hielt sie so fest, als sei er selbst eine Statue, und ich mußte immerzu daran denken, wie sehr ihre Haut seiner Haut glich, wie er zuweilen von dem gleichen unmöglichen Glanz überzogen war, wie sein Gesicht zuweilen so glatt war wie die ihren!

Er war auf dem besten Wege, so zu werden wie sie. Und irgendwann im Schlund der Ewigkeit würde ich so werden wie er! Sollte ich so lange überleben.

»Bitte, Marius ...«, sagte ich. Ich wollte nur raus hier.

»Dann warte auf mich«, sagte er geduldig. »Bleib hier.«

Und er ließ meine Hand aus. Er drehte sich um und heftete seinen Blick auf die Blumen, die ich zerdrückt hatte, das verschüttete Wasser. Und vor meinen Augen wurde alles wieder in Ordnung gebracht, die Blumen in die Vase zurückgesteckt, das Wasser vom Boden gezaubert.

Er stand da und sah die beiden vor ihm an, und dann hörte ich seine Gedanken. Er begrüßte sie auf eine persönliche Art, die weder Anrede noch Titel verlangte. Er erklärte ihnen, warum er die letzten paar Nächte fortgewesen sei. Er sei in Ägypten gewesen. Und er habe ihnen Geschenke mitgebracht, die er ihnen bald überreichen werde. Er werde sie schon sehr bald wieder herausholen, damit sie den Blick aufs Meer genießen könnten.

Allmählich beruhigte ich mich ein wenig. Aber ich durchdachte jetzt alles, was mir im ersten Schrecken klargeworden war. Er mochte sie. Er hatte sie schon immer gemocht. Er gestaltete diesen Raum so schön aus, da sie ihn dauernd anstarren mußten und sie vielleicht Gefallen an den Gemälden und den Blumen fanden.

Aber er merkte nicht, was in mir vorging. Und ich mußte sie nur wieder direkt ansehen, um mit Entsetzen zu spüren, daß sie lebendig und in sich selbst eingeschlossen waren!

»Ich kann das nicht ertragen«, murmelte ich. Ohne daß er ein Wort darüber zu verlieren brauchte, wußte ich, warum er sie so aufbewahrte. Er konnte sie nicht im tiefen Erdreich beerdigen, weil sie bei Bewußtsein waren. Er durfte sie nicht verbrennen, weil sie hilflos waren und ihre Zustimmung nicht geben konnten. Mein Gott, es wurde immer schlimmer.

Aber er hielt sie, wie die alten Heiden ihre Götter in Tempeln hielten. Er brachte ihnen Blumen. Und jetzt entzündete er Weihrauch für sie, einen kleinen Kuchen Duftharz, den er aus einem seidenen Taschentuch gewickelt hatte. Das, erzählte er ihnen, stamme aus Ägypten. Und er legte ihn in eine kleine Bronzeschale.

Meine Augen fingen zu tränen an. Ich fing regelrecht zu weinen an. Als ich wieder aufblickte, hatte er ihnen den Rücken zugewandt, und ich konnte sie über seine Schulter sehen. Er sah so erschreckend wie sie aus, eine in Stoff gekleidete Statue. Vielleicht ließ er sein Gesicht ja absichtlich in Ausdruckslosigkeit erstarren.

»Ich habe dich enttäuscht, nicht wahr?« flüsterte ich.

»Nein, durchaus nicht«, sagte er nachsichtig. »Das hast du nicht.«

»Tut mir leid, daß ich ...«

»Nein, wirklich nicht.«

Ich trat ein wenig näher. Ich hatte den Eindruck, daß ich mich schlecht benommen hatte. Er hatte mir dieses Geheimnis offenbart, und ich war schaudernd zurückgeschreckt. Ich war über mich selbst enttäuscht.

Ich ging wieder näher heran; ich wollte mein schlechtes Betragen wiedergutmachen. Auch Marius wandte sich ihnen wieder zu und legte seinen Arm um mich. Der Weihrauch hatte eine betäubende Wirkung, und in ihren Augen spiegelte sich das unheimliche Flammengeflacker der Lampen.

Ihre weiße Haut wies keinerlei Adern oder Falten oder Runzeln auf. Nicht einmal, wie selbst bei Marius noch, die feinen Linien auf den Lippen. Selbst das Ein- und Ausatmen vollzog sich ohne die geringste Bewegung.

Ich lauschte in die Stille, konnte aber keine Gedanken von ihnen hören, keinen Herzschlag, kein Pulsieren des Blutes.

»Aber sie haben doch Blut?« flüsterte ich.

»Ja.«

»Und...?« ...bringst du ihnen Jagdbeute, wollte ich fragen.

»Sie trinken nicht mehr.«

Selbst das war gespenstisch! Nicht einmal dieses Vergnügen hatten sie. Aber sich bloß vorzustellen – wie es gewesen wäre, wenn sie Lebenswärme genug gehabt hätten, um sich ein Opfer zu fangen und dann wieder in Ruhe zu versinken, ach! Nein, ich hätte erleichtert sein sollen. Aber ich war es nicht.

»Vor langer, langer Zeit haben sie noch getrunken, aber nur einmal im Jahr. Ich legte ihnen die Opfer einfach hier herein – Übeltäter, die schwach und schon so gut wie tot waren. Wenn ich zurückkam, waren sie ausgesaugt und JENE, DIE BEWAHRT WERDEN MÜSSEN saßen wieder wie zuvor da. Nur ihre Hautfarbe war ein klein wenig anders. Nicht ein Tropfen Blut war verkleckert worden.

Das ereignete sich nur bei Vollmond und gewöhnlich im Frühling. Und dann hörten sogar diese jährlichen Mahlzeiten auf. Ich brachte ihnen noch ab und zu ein Opfer. Und erst nach einem Jahrzehnt taten sie sich wieder an einem gütlich. Wieder war Vollmond. Es war Frühling. Und dann rührten sie mindestens ein halbes Jahrhundert nichts an. Ich verlor die Übersicht. Ich dachte, sie müßten vielleicht den Mond sehen und den Wechsel der Jahreszeiten mitbekommen. Aber es stellte sich heraus, daß das keine Rolle spielte.

Sie haben seit der Zeit, da ich sie nach Italien brachte, nichts mehr getrunken. Das war vor dreihundert Jahren. Selbst im heißen Ägypten trinken sie nichts.«

»Aber selbst wenn sie tranken, hast du es nie mit eigenen Augen gesehen?«

»Nein«, sagte er.

»Hast du sie nie sich bewegen sehen?«

»Nicht seit... dem Anfang.«

Ich zitterte wieder. Als ich sie ansah, kam es mir vor, als atmeten sie, als beseelten sich ihre Lippen. Ich wußte, daß es Einbildung war. Aber es trieb mich zum Wahnsinn. Ich mußte hier raus. Sonst bräche ich wieder in Tränen aus.

»Manchmal, wenn ich zu ihnen komme«, sagte er, »haben sich ein paar Dinge verändert.«

»Wie? Was?«

»Kleinigkeiten«, sagte er. Er sah sie nachdenklich an. Er berührte die Halskette der Frau. »Die hier gefällt ihr. Trifft offenbar ihren Geschmack. Früher hatte sie eine, die ich immer wieder zerbrochen auf dem Boden vorfand.«

»Dann *können* sie sich also bewegen?«

»Zuerst dachte ich, die Halskette sei einfach heruntergefallen. Aber nachdem ich sie dreimal repariert hatte, kamen mir Zweifel. Sie riß sie sich vom Hals oder ließ sie mit ihrer Willenskraft zu Boden fallen.«

Mir entfuhr ein leiser Entsetzensschrei, und ich schämte mich unaussprechlich, daß mir das in ihrer Gegenwart passiert war. Ich wollte sofort fort von hier. Ihr Gesicht war wie ein Spiegel all meiner Einbildungen. Ihre Lippen krümmten sich zu einem Lächeln, ohne sich zu krümmen.

»Dasselbe geschah mit anderen Schmuckstücken, Schmuckstücke mit eingravierten Götternamen, die sie wohl nicht mochte. Einmal wurde eine Vase zerbrochen, die ich aus einer Kirche mitgebracht hatte, wie durch ihren Blick in tausend Scherben zerborsten. Aber es gab noch mehr eigentümliche Vorfälle.«

»Erzähl.«

»Es kam schon vor, daß ich hereinkam und den einen oder anderen aufrecht stehend vorfand.«

Das war zuviel. Ich wollte ihn bei der Hand nehmen und fortzerren.

»Ihn traf ich einmal ein paar Schritte vor seinem Stuhl, und ein andermal fand ich die Frau neben der Tür.«

»Um auszubrechen?« flüsterte ich.

»Vielleicht«, sagte er nachdenklich. »Aber andererseits könnten sie hier mit Leichtigkeit heraus, wenn sie wollten. Wenn du erst einmal die ganze Geschichte hörst, kannst du dir selbst ein Bild machen. Ich habe sie jedenfalls immer zurückgetragen und ihre Gliedmaßen so angeordnet, wie sie vorher waren. Das erfordert übrigens unglaubliche Kräfte. Sie sind wie biegsamer Stein, falls du dir das vorstellen kannst. Und wenn schon ich über solche Kräfte verfüge, dann kannst du dir ja denken, wie stark *sie* sind.«

»Du meinst, sie wollen ... wollten. Was, wenn sie das alles wollen, aber nicht mehr können? Was, wenn sie trotz größter Anstrengung nicht mehr zuwege bringen, als bis zur Tür zu gelangen?«

»Ich glaube, sie hätte die Türen aufbrechen können, wenn sie gewollt hätte. Wenn ich mit bloßer Willenskraft die Riegel öffnen kann, was vermag dann erst sie?!«

Ich betrachtete ihre kalten, unnahbaren Gesichter, ihre schmalen, hohlen Wangen, ihre heiter-gelassenen Münder.

»Aber was, wenn du dich täuschst? Und was, wenn sie jedes Wort verstehen, das wir hier sprechen, und sie das verärgert, zutiefst beleidigt ...«

»Ich glaube, sie können hören«, sagte er mit gedämpfter Stimme und versuchte, mich wieder zu beruhigen, »aber ich glaube nicht, daß es sie kümmert. Sonst würden sie sich bewegen.«

»Aber woher willst du das wissen?«

»Sie machen Sachen, die große Kraft erfordern. Ich verschließe beispielsweise das Tabernakel, und sie sperren es sofort wieder auf und öffnen die Türen. Ich weiß, daß sie das machen, weil es niemand sonst könnte. Die Türen fliegen auf, und da sitzen sie. Ich trage sie hinaus, damit sie das Meer sehen können. Und vor der Morgendämmerung, wenn ich sie zurückhole, sind sie schwerer, weniger geschmeidig, fast nicht von der Stelle zu bringen. Manchmal glaube ich, sie machen das nur, um mich zu quälen, einfach so aus Spaß.«

»Nein. Sie versuchen etwas und können es nicht tun.«

»Nicht so voreilig«, sagte er. »Ich habe in dieser Kammer schon die seltsamsten Sachen erlebt. Natürlich passierten gerade am Anfang ...«

Aber er unterbrach sich. Irgend etwas hatte ihn abgelenkt.

»Hörst du ihre Gedanken?« fragte ich. Er schien zu lauschen.

Er antwortete nicht. Er musterte sie. Irgend etwas hatte sich verändert! Ich mußte meinen ganzen Willen aufbieten, um nicht kehrtzumachen und wegzurennen. Ich sah sie genau an. Ich konnte nichts Ungewöhnliches ausmachen. Ich würde gleich zu schreien und brüllen anfangen, wenn mir Marius nicht erklärte, warum er sie so anstarrte.

»Nicht so hitzig, Lestat«, sagte er schließlich lächelnd, wobei er seine Augen noch immer auf den Mann gerichtet hielt. »Ab und zu höre ich sie, aber es bleibt unverständlich, es ist nur ihre Gegenwart – das Geräusch, du weißt schon.«

»Und du hast ihn gerade jetzt gehört?«

»Jaaaa ... Vielleicht.«

»Marius, laß uns bitte gehen, ich flehe dich an. Verzeih mir, ich kann es nicht ertragen! Bitte, Marius, laß uns gehen.«

»Na gut«, sagte er. Er drückte meine Schulter. »Aber tu mir erst noch einen Gefallen.«

»Was immer du willst.«

»Sprich zu ihnen. Es muß nicht laut sein. Aber sprich. Sag ihnen, daß du sie schön findest.«

»Das wissen sie«, sagte ich. »Sie wissen, daß ich sie unbeschreiblich schön finde.« Da war ich mir ganz sicher. Aber er wollte, daß ich es ihnen auf feierliche Weise kundtat, und ich fegte alle Ängste aus meinem Kopf und ließ es sie wissen.

»Rede einfach zu ihnen«, sagte Marius drängend.

Ich blickte in die Augen des Mannes und in die Augen der Frau. Und ein höchst seltsames Gefühl bemächtigte sich meiner. Ich wiederholte die Worte: *Ich finde euch schön, ich finde euch unvergleichlich schön*. Ich betete, wie damals, als ich noch ganz klein war und neben dem Berg in einer Wiese lag und Gott anflehte, mir bitte bitte zu helfen, von meines Vaters Schloß fortzukommen.

So sprach ich jetzt zu ihr, und ich sagte, ich sei dankbar, daß ich ihr und ihren uralten Geheimnissen hätte nahe sein dürfen. Und dieses Gefühl wurde körperlich. Es breitete sich über meine Haut und drang bis in die Haarwurzeln hinein. Ich fühlte, wie alle Spannkraft aus meinem Gesicht, aus meinem Körper wich. Der Weihrauch und die Blumen umhüllten meinen Geist, als ich ihr tief in ihre braunen Augen sah.

»Akascha«, sagte ich laut. Ich hörte den Namen im selben Moment, da ich ihn aussprach. Mir lief es kalt über den Rücken. Das Tabernakel umgab sie wie ein flammendes Rund, und wo der Mann saß, war nur noch ein verschwommener Nebelschleier. Ich näherte mich ihr unwillkürlich und beugte mich vor und hätte beinahe ihre Lippen geküßt. Ich wollte. Ich neigte mich noch näher. Dann fühlte ich ihre Lippen.

Ich wollte das Blut in meinen Mund dringen und in sie strömen lassen, wie einst bei Gabrielle, als sie im Sarg gelegen hatte. Der Zauberbann wurde stärker, und ich blickte in die unergründlichen Gestirne ihrer Augen.

Ich küsse die Göttin auf den Mund, was ist los mit mir?! Bin ich verrückt, auch nur daran zu denken?

Ich wich zurück. Ich fand mich wieder an der Wand, bebend, die Hände an die Schläfen gepreßt. Wenigstens hatte ich diesmal keine Vasen umgeworfen, aber ich weinte wieder.

Marius schloß die Türen des Tabernakels. Er ließ den inneren Riegel zugleiten.

Wir gingen hinaus, und er schloß den Innenriegel auf nämliche Weise. Den Balken legte er mit seinen Händen in die Halterungen.

»Komm, Kleiner«, sagte er. »Laß uns nach oben gehen.«

Aber wir hatten erst ein paar Schritte zurückgelegt, als wir ein scharfes, klickendes Geräusch hörten. Er drehte sich um und blickte zurück.

»Schon wieder«, sagte er. Und Kummer legte sich wie ein Schatten auf sein Gesicht.

»Was?« Ich suchte Schutz an der Wand.

»Das Tabernakel, sie haben es geöffnet. Komm. Ich gehe später zurück und verschließe es, bevor die Sonne aufgeht. Jetzt gehen wir erst einmal in den Salon zurück, und dann werde ich dir meine Geschichte erzählen.«

Kaum hatten wir den Salon erreicht, brach ich regelrecht in dem Sessel zusammen und vergrub meinen Kopf in den Händen. Marius stand ruhig da und sah mich an, und als ich es merkte, blickte ich hoch.

»Sie hat dir ihren Namen genannt«, sagte er.

»Akascha!«, sagte ich, als würde ich ein Wort aus dem Strudel eines verwehenden Traumes haschen. »Sie hat ihn mir gesagt! Ich habe ›Akascha‹ laut ausgesprochen.« Ich sah ihn an, flehte um Antworten. Um eine Erklärung, warum er mich so anstarrte.

Ich fürchtete, den Verstand zu verlieren, wenn sein Gesicht derart ausdruckslos bliebe.

»Bist du böse auf mich?«

»Schschscht. Sei ruhig«, sagte er.

Ich konnte nichts hören. Außer das Meer vielleicht. Vielleicht noch ein Knistern der Kerzendochte. Vielleicht den Wind. Nicht einmal ihre Augen waren so leblos gewesen wie jetzt die seinen.

»Irgend etwas rührst du in ihnen auf«, flüsterte er.

Ich erhob mich.

»Was hat das zu bedeuten?«

»Ich weiß nicht«, sagte er. »Vielleicht nichts. Das Tabernakel ist noch immer geöffnet, und sie sitzen da wie immer. Wer weiß?«

Und plötzlich hatte ich Verständnis für all die langen Jahre, in denen er sich um Wissen bemüht hatte. Wahrscheinlich Jahrhunderte, aber Jahrhunderte kann ich mir nicht vorstellen. Nicht einmal jetzt. Ich konnte nachvollziehen, wie er jahrelang vergeblich versucht hatte, aus den kleinsten Anzeichen etwas zu erfahren, und ich wußte, daß er sich fragte, warum ich ihr das Geheimnis ihres Namens entlockt hatte. Akascha.

Stille. Er stand so verloren in dem Zimmer wie ein Heiliger, den man von einem Altar genommen und im Seitengang einer Kirche abgestellt hatte.

»Marius!« flüsterte ich.

Er wachte auf, und sein Gesicht erwärmte sich langsam, und er sah mich liebevoll an, fast erstaunt.

»Ja, Lestat«, sagte er und drückte meine Hand.

Er nahm Platz, und wieder saßen wir einander behaglich gegenüber. Die Zimmerbeleuchtung und der nächtliche Himmel hinter den Fenstern hatten eine beruhigende Wirkung.

Seine alte Lebendigkeit kehrte in ihn zurück, seine Augen funkelten gutgelaunt. »Es ist noch nicht Mitternacht«, sagte er. »Und auf den Inseln ist alles in Ordnung. Ich glaube, es ist an der Zeit, daß du die ganze Geschichte erfährst.«

Marius' Geschichte

5

Es geschah in meinem vierzigsten Lebensjahr in einer warmen Frühlingsnacht in der römisch-gallischen Stadt Massilia, als ich in einer schmuddeligen Taverne am Hafen saß und meine Weltgeschichte niederkritzelte.

Die Taverne war herrlich verkommen und überfüllt, ein Treffpunkt für Matrosen und Umhergetriebene, Reisende wie ich, und irgendwie mochte ich sie alle, obwohl die meisten, im Gegensatz zu mir, arm waren, und sie konnten nicht lesen, was ich da schrieb, wenn sie einen Blick über meine Schulter warfen.

Ich hatte in Massilia Quartier genommen nach einer langen Studienreise, die mich durch alle großen Städte des Imperiums geführt hatte. Ich hatte Alexandria, Pergamon und Athen besucht, wo ich überall meine Beobachtungen niederschrieb, und nun bereiste ich die Städte Galliens.

In dieser Nacht hätte ich nicht einmal in meiner Bibliothek in Rom zufriedener sein können. Ja, die Taverne gefiel sogar noch besser. Überall, wo ich hinkam, suchte ich mir solche Lokale, um zu schreiben, um mich mit Kerze, Tinte und Pergament an einem Wandtisch niederzulassen, und am besten konnte ich während der frühen Abendstunden arbeiten, wenn es am lautesten war.

Rückblickend kann man leicht erkennen, daß ich mein ganzes Leben inmitten hektischen Trubels verbracht hatte. Ich hatte mich an den Gedanken gewöhnt, daß mich nichts in Mitleidenschaft ziehen könnte.

Ich war als unehelicher Sohn in einem wohlhabenden römischen Haushalt aufgewachsen – geliebt, verhätschelt und jede Freiheit genießend. Meine ehelich geborenen Brüder mußten sich um Heirat, Krieg und Politik kümmern. Mit zwanzig hatte ich den Posten eines Gelehrten und Chronisten inne, war also einer, der bei weinseligen Gelagen seine Stimme zu erheben hatte, um politische und militärische Zwistigkeiten beizulegen.

Als ich auf Reisen war, hatte ich jede Menge Geld und obendrein

Empfehlungsschreiben, die mir überall Tür und Tor öffneten. Zu sagen, das Leben habe es gut mit mir gemeint, wäre stark untertrieben. Ich war durch und durch glücklich. Aber entscheidend ist – das Leben hatte mich nie gelangweilt oder mir ein Bein gestellt.

Ich hatte das Gefühl, unbesiegbar zu sein. Und das war für mich später ebenso entscheidend wie deine Stärke und deine Wut für dich, so entscheidend wie Verzweiflung und Grausamkeit für andere sein können.

Wenn ich in meinem recht ereignisreichen Leben irgend etwas vermißt habe – und ich habe nicht allzu viele Gedanken daran verschwendet –, dann war es die Liebe meiner keltischen Mutter. Sie war bei meiner Geburt gestorben, und ich wußte nur, daß sie eine Sklavin gewesen war, Tochter eines gallischen Kriegers, der gegen Julius Caesar zu Felde gezogen war. Von ihr hatte ich meine blonden Haare und blauen Augen geerbt. Und offenbar entstammte sie einer Familie von Riesen. Schon in frühen Jahren überragte ich meinen Vater und meine Brüder.

Aber meine gallischen Vorfahren interessierten mich kaum. Ich war als gebildeter Römer nach Gallien gekommen, ohne mir des Barbarenblutes in meinen Adern bewußt zu sein. Ich hing vielmehr den Überzeugungen meiner Epoche an – daß Kaiser Augustus ein bedeutender Staatsmann war und daß in diesem gesegneten Zeitalter der Pax Romana der alte Aberglaube im ganzen Reich durch Gesetze und Vernunft ersetzt wurde. Keine Gegend war für römische Straßen zu schlecht und für die Soldaten, Gelehrten und Händler, die ihnen folgten.

In dieser Nacht schrieb ich wie ein Verrückter, kritzelte Beschreibungen der Leute nieder, die in der Taverne ein und aus gingen, Kinder aller Herren Länder in buntem Sprachgewirr.

Und aus keinem vernünftigen Grund bemächtigte sich meiner ein seltsames Lebensgefühl, eine seltsame Unruhe, die sich fast zu einer freundlichen Zwangsvorstellung auswuchs. Das blieb mir nur deshalb im Gedächtnis haften, weil es mit den späteren Ereignissen in Beziehung zu stehen schien. Aber das stimmte nicht. Dieses Gefühl war mir schon früher untergekommen. Daß es sich wieder in jenen letzten freien Stunden als römischer Bürger einstellte, war reiner Zufall.

Ich hatte einfach das Gefühl, daß es jemanden gab, der alles wußte, der alles gesehen hatte. Damit meinte ich nicht die Existenz eines höheren Wesens, sondern vielmehr, daß auf Erden eine überdauernde Intelligenz, ein überdauerndes Bewußtsein war. Ein ganz diesseitiger Gedanke, der mich gleichzeitig erregte und beschwichtigte. Irgendwo gab es ein Bewußtsein aller Dinge, die ich auf meinen Reisen gesehen hatte, ein Bewußtsein, wie es in Massilia vor sechs Jahrhunderten war, als die ersten griechischen Händler kamen, ein Bewußsein von der Beschaffenheit Ägyptens, als Cheops die Pyramiden errichtete. Jemand wußte, wie das Licht an jenem Nachmittag war, da die Griechen Troja eroberten, und irgend etwas oder irgend jemand wußte, was die Bauern in ihren Hütten vor Athen einander sagten, kurz bevor die Spartaner alles dem Erdboden gleichmachten.

Wer oder was das sein sollte – darüber hatte ich nur verschwommene Vorstellungen. Aber mich tröstete der Gedanke, daß nichts Geistiges – und Wissen ist etwas Geistiges – verlorengehen konnte. Daß es ein nie versiegendes Wissen gab...

Und nachdem ich noch etwas mehr Wein getrunken, darüber nachgedacht und geschrieben hatte, wurde mir klar, daß es sich weniger um eine Überzeugung als um ein Vorurteil handelte. Ich hatte lediglich das Gefühl, daß es ein überdauerndes Bewußtsein gab.

Und die Weltgeschichte, die ich schrieb, war eine Nachahmung dieses Gefühls. Ich versuchte in mein Werk alles, was ich je gesehen hatte, eingehen zu lassen, meine Studien über Land und Leute mit dem zu verbinden, was ich bei den Griechen gelesen hatte – bei Xenophon und Herodot und Poseidonios –, um ein Bewußtsein der Welt zu meiner Zeit festzuhalten. Es war ein schwaches, beschränktes Werk, verglichen mit dem wahren Bewußtsein. Dennoch fühlte ich mich wohl, als ich weiterschrieb.

Aber um Mitternacht wurde ich ein wenig müde, und als ich nach einer besonders langen Phase ununterbrochener Konzentration zufällig aufblickte, merkte ich, daß sich in der Taverne etwas geändert hatte.

Es war seltsam ruhig, ja, die Schänke war fast leer. Und mir gegenüber, vom Licht einer spotzenden Kerze spärlich erleuchtet, saß ein großer, blonder Mann, der mich seelenruhig beobachtete. Mehr als sein Aussehen verblüffte mich der Umstand, daß er schon eine ganze Weile dagewesen war, ohne daß ich ihn bemerkt hatte.

Er war ein Riese von Gallier, gar größer als ich, und er hatte ein langes, schmales Gesicht mit einer Habichtsnase und gewaltigen Kinnladen und Augen, die unter buschigen Augenbrauen mit kindlicher Klugheit hervorfunkelten. Ich meine damit, daß er äußerst intelligent, doch gleichzeitig jung und unschuldig aussah. Aber er war nicht jung.

Er bot einen verwirrenden Anblick, der noch verstärkt wurde durch sein volles, gelbes Haar, das nicht nach römischer Sitte kurzgeschnitten war, sondern über seine Schultern wallte. Und anstelle der gebräuchlichen Tunika trug er ein gegürtetes Lederwams, die typische Barbarenkleidung der Zeit vor Caesar.

Er sah aus, als käme er geradewegs aus den Wäldern, und ich empfand eine unbestimmte Sympathie für ihn. Ich schrieb eilends eine detailfreudige Schilderung seiner Aufmachung nieder, überzeugt, daß er des Lateinischen unkundig war.

Aber sein schweigendes Dasitzen entnervte mich ein wenig. Seine Augen waren unnatürlich groß, und seine Lippen bebten leicht, als würde ihn mein bloßer Anblick erregen.

Ich sah kurz auf und stellte fest, daß meine Sklaven nicht mehr in der Taverne waren. Nun ja, wahrscheinlich sind sie nebenan und spielen Karten, dachte ich, oder vergnügen sich oben mit Frauen. Sie werden gleich wieder hier sein.

Ich warf meinem eigenartigen, stummen Freund ein gezwungenes Lächeln zu und schrieb weiter. Aber dann fing er zu reden an.

›Du bist ein gebildeter Mann, nicht wahr?‹ fragte er. Er sprach das Gebrauchslatein des Imperiums, aber mit starkem Akzent, jedes Wort mit fast musikalischer Sorgfalt aussprechend.

Ich stimmte zu, ja, ich habe glücklicherweise eine gute Erziehung genossen, und ich fing wieder zu schreiben an, in der Hoffnung, daß dies ein deutlicher Wink sei. Er war zwar hübsch anzusehen, aber unterhalten wollte ich mich mit ihm eigentlich nicht.

›Und du schreibst auf griechisch und latein, nicht wahr?‹ fragte er mit einem Blick auf mein Manuskript.

Ich erläuterte höflich, daß es sich bei den griechischen Zeilen auf dem Pergament um ein Zitat handele. Ansonsten sei mein Text auf lateinisch. Und ich schrieb weiter.

›Aber du bist doch Kelte, oder?‹ fragte er. Das war das alte griechische Wort für Gallier.

›Nicht wirklich. Ich bin Römer‹, antwortete ich.

›Du siehst aber wie einer von uns aus, wie ein Kelte‹, sagte er. ›Du bist so groß wie wir, und dein Gang ist wie der unsere.‹

Diese Feststellung war einigermaßen befremdlich. Seit Stunden hatte ich ruhig dagesessen, hatte höchstens mal an meinem Wein genippt. Ich hatte keinen einzigen Schritt getan. Aber ich erklärte, daß meine Mutter Keltin gewesen sei. Mein Vater sei römischer Senator.

›Und was schreibst du da auf griechisch und lateinisch?‹ fragte er. ›Was nimmt deine Leidenschaft so in Anspruch?‹

Ich antwortete nicht gleich. Er machte mich allmählich neugierig. Aber mit meinen vierzig Jahren wußte ich gut genug, daß die meisten Tavernenbekanntschaften die ersten Minuten ganz interessant sind, um dann sterbenslangweilig zu werden.

›Deine Sklaven sagen, daß du an einem bedeutenden Geschichtswerk arbeitest.‹

›Soso‹, antwortete ich ein wenig reserviert. ›Und wo sind meine Sklaven?‹ Ich sah mich wieder um. Niemand in Sicht. Dann gab ich zu, tatsächlich an einem Geschichtswerk zu schreiben.

›Und du bist in Ägypten gewesen‹, sagte er. Und seine Hand legte sich flach auf den Tisch.

Ich sagte nichts und sah ihn mir genauer an. Er hatte etwas Weltfremdes an sich, die Art, wie er dasaß, die Art, wie er mit nur einer Hand gestikulierte. So gebärden sich oftmals einfache Leute, die ein wahrer Born an Weisheit zu sein scheinen, in Wirklichkeit aber nur über starrsinnige Überzeugungen verfügen.

›Ja‹, sagte ich etwas argwöhnisch. ›Ich war in Ägypten.‹

Das gab ihm offenbar neuen Auftrieb. ›Und du beherrschst das Ägyptische in Schrift und Sprache?‹ fragte er ernst. ›Du kennst die Städte Ägyptens?‹

›Die gesprochene Sprache beherrsche ich, ja. Aber die alte Bilderschrift kann ich nicht lesen, nein. Ich kenne niemanden, der sie lesen kann. Ich habe gehört, daß sie selbst die alten ägyptischen Priester nicht lesen können. Die Hälfte der Texte, die sie abschreiben, vermögen sie nicht zu entziffern.‹

Ein höchst seltsames Lachen entwand sich seiner Kehle. Ob aufgrund meiner Bemerkung oder weil er etwas wußte, das ich nicht wußte, vermochte ich nicht zu sagen. Er schien tief durchzuatmen; seine Nüstern weiteten sich. Dann erstarrte sein Gesicht. Er war wirklich ein verdammt gutaussehender Mann.

›Die Götter können es lesen‹, flüsterte er.

›Nun, ich wünschte, sie würden es mir beibringen‹, sagte ich scherzhaft.

›Wirklich?‹, sagte er erstaunt keuchend. Er lehnte sich über den Tisch. ›Sag das noch mal!‹

›War nur Spaß‹, sagte ich. ›Ich meinte nur, daß es schön wäre, wenn ich die alte ägyptische Schrift lesen könnte. Wenn ich sie lesen könnte, würde ich so einiges über Ägypten erfahren und wäre nicht mehr auf den Unsinn der griechischen Historiker angewiesen. Ägypten ist ein mißverstandenes Land...‹ Ich unterbrach mich. Warum unterhielt ich mich mit diesem Mann über Ägypten?

›In Ägypten gibt es noch wahre Götter‹, sagte er ernst, ›Götter, die es schon immer gab. Bist du auf dem tiefsten Grund Ägyptens gewesen?‹

Seltsame Ausdrucksweise. Ich erzählte ihm, daß ich den Nil ziemlich weit hinaufgefahren sei, daß ich viel Erstaunliches gesehen hätte. ›Aber was die angeblich wahren Götter anbelangt‹, sagte ich, ›es fällt mir schwer, an Götter mit Tierköpfen zu glauben...‹

Fast traurig schüttelte er seinen Kopf. ›Den wahren Göttern muß man keine Götzenbilder errichten‹, sagte er. ›Sie haben Menschenköpfe, und sie erscheinen, wenn es ihnen beliebt, und sie leben, wie die Saat lebt, die aus der Erde sprießt, wie alle Dinge unter dem Himmel leben, die Steine sogar und der Mond, der die Zeit in schweigende, immerwährende Zyklen teilt.‹

›Schon möglich‹, sagte ich leise. Glaubenseifer machte also seine Mischung aus Klugheit und Jugend aus. Ich hätte es wissen sollen. Und ich erinnerte mich der Schriften Julius Caesars, die besagten, daß die Kelten von Dis Pater, dem Nachtgott, abstammten. Glaubte dieser seltsame Gast an diese Dinge?

›Es gibt alte ägyptische Götter‹, sagte er, ›und es gibt auch in diesem Land alte Götter für jene, die ihnen zu dienen wissen. Ich denke da nicht an eure Tempel, bei denen Händler lungern, die Tiere verkaufen, um die Altäre zu entweihen, worauf die Metzger sich der Reste bemächtigen. Ich spreche von echtem Gottesdienst, dem echten Gottesopfer, dem einen Opfer, dem er Beachtung schenkt.‹

›Du meinst Menschenopfer, nicht wahr?‹ sagte ich zurückhaltend. Caesar hatte diese keltische Sitte recht anschaulich beschrieben, und allein der Gedanke daran ließ mir das Blut in den Adern gerinnen. Freilich hatte ich grauenvolle Sterbeszenen in der Arena Roms gesehen, grauenvolle Sterbeszenen auf Hinrichtungsplätzen, aber Menschenopfer für die Götter, derlei hatte es bei uns seit Jahrhunderten nicht gegeben. Wenn überhaupt jemals.

Und jetzt dämmerte mir, wes Geistes Kind dieser bemerkenswerte Mann war. Ein Druide, ein Mitglied jener alten keltischen Priesterschaft, die bei Caesar Erwähnung fand, einer Priesterschaft, mächtiger als jede andere im gesamten Imperium. Aber eigentlich hätte sie es auch im römischen Gallien gar nicht mehr geben dürfen.

Der Beschreibung nach trugen die Druiden lange, weiße Gewänder. Sie gingen in die Wälder und schnitten mit geweihten Sicheln die Misteln von den Eichen. Aber dieser Mann sah eher wie ein Bauer oder Soldat aus. Andererseits – welcher Druide trug schon seine weißen Gewänder, wenn er eine Hafenschänke aufsuchte? Und Druiden durften ohnehin nicht mehr wie Druiden durch die Gegend ziehen.

›Glaubst du wirklich an diesen alten Kult?‹ fragte ich und beugte mich vor. ›Bist du selbst auf dem tiefsten Grund Ägyptens gewesen?‹

Wenn das ein echter Druide ist, habe ich einen tollen Fang gemacht, dachte ich. Diesen Mann könnte ich dazu bewegen, mir Sachen über die Kelten zu erzählen, die sonst niemand wußte. Und was, um alles in der Welt, hatte Ägypten damit zu tun, fragte ich mich?

›Nein‹, sagte er, ›ich bin nie in Ägypten gewesen, obwohl unsere Götter ägyptischen Ursprungs sind. Es ist nicht meine Bestimmung, dahin zu gehen. Es ist nicht meine Bestimmung, die alte Sprache zu erlernen. Die Sprache, die ich spreche, genügt den Göttern.‹

›Und welche Sprache ist das?‹

›Keltisch natürlich‹, sagte er. ›Das weißt du doch.‹

›Und wenn du zu deinen Göttern sprichst, woher weißt du dann, daß sie dich auch hören?‹

Sein Mund verzog sich zu einem triumphierenden Lächeln. ›Meine Götter antworten mir.‹

Kein Zweifel, er war ein Druide. Ich stellte ihn mir in seinen weißen Gewändern vor. Und wenn jetzt Massilia von einem Erdbeben erschüttert worden wäre, hätte ich es wahrscheinlich nicht einmal bemerkt.

›Dann hast du sie also selbst gehört‹, sagte ich.

›Ich habe meine Götter zu Gesicht bekommen‹, sagte er. ›Und sie haben zu mir gesprochen, in Worten und schweigend.‹

›Und was sagen sie? Was unterscheidet sie von unseren Göttern, von der Art der Opfer einmal abgesehen?‹

›Sie tun, was Götter schon immer getan haben; sie scheiden das Böse vom Guten. Sie segnen alle, die ihnen huldigen. Sie schenken den Gläubigen Einklang mit den Zyklen des Universums, mit den Zyklen des Mondes. Sie machen das Land fruchtbar. Alles Gute kommt von den Göttern.‹

Ja, dachte ich, die alten, primitiven Religionen schlagen die einfachen Leute noch immer in ihren Bann.

›Meine Götter haben mich ausgesandt‹, sagte er, ›dich zu suchen.‹

›Mich?‹ fragte ich. Ich war verblüfft.

›Du wirst das alles schon noch verstehen‹, sagte er. ›Genau wie du den wahren Kult des alten Ägypten kennenlernen wirst. Die Götter werden dich es lehren.‹

›Warum sollten sie?‹ fragte ich.

›Ganz einfach‹, sagte er. ›Weil du einer der Ihren werden wirst.‹

Ich wollte gerade etwas erwidern, als mir ein mörderischer Schlag auf den Hinterkopf versetzt wurde, und wie ein Wasserfall überflutete der Schmerz meinen Schädel. Mir schwanden die Sinne. Ich sah, wie sich der Tisch hob, ich sah die Decke weit über mir. Ich glaube, ich wollte noch sagen: ›Wenn es um Lösegeld geht, bringt mich nach Hause zu meinem Haushofmeister.‹

Aber ich wußte sogar jetzt, daß die Spielregeln meiner Welt nicht mehr galten.

Als ich aufwachte, schien die Sonne, und ich befand mich in einem Wagen, der eilends über die ungepflasterte Straße durch einen endlosen Wald ratterte. Ich war an Händen und Füßen gefesselt, und man hatte mir eine leichte Decke übergeworfen. Ich konnte durch die geflochteten Weidenwände des Wagens blicken, und ich sah meine Tavernenbekanntschaft auf einem Pferd nebenher reiten. Andere ritten mit ihm, und sie waren alle in Hosen und gegürtete Lederwämse gekleidet, und sie trugen eiserne Schwerter und eiserne Armreife. In dem gesprenkelten Sonnenlicht sah ihr Haar fast weiß aus, und sie trabten schweigend neben dem Wagen her.

Der Wald selbst schien für Riesen geschaffen zu sein. Die Eichen waren uralt und ragten mächtig auf, und das Geflecht ihrer Äste hielt fast alles Licht fern, und stundenlang zogen wir durch eine Schattenwelt aus feuchtem Grün.

Ich kann mich nicht an Städte oder Dörfer erinnern. Ich erinnere mich nur an eine primitive Festung. Kaum waren wir hinter den Toren, als ich zwei Reihen strohbedeckter Hütten sah und überall die lederbekleideten Barbaren. Und nachdem ich in eine der Hütten gebracht worden war, eine dunkle, enge Stätte, und dort allein gelassen wurde, hatte ich solche Krämpfe in den Beinen, daß ich nicht mehr aufrecht stehen konnte, was meine Wut noch verstärkte.

Ich wußte jetzt, daß ich in einer entlegenen Enklave der alten Kelten war, jener Krieger, die vor nur ein paar Jahrhunderten den großen Tempel in Delphi und wenig später Rom geplündert hatten, jene raufllustigen Subjekte, die splitternackt gegen Caesar in den Kampf gezogen waren.

In anderen Worten, ich saß ganz schön in der Tinte. Und falls das ganze Geschwätz über meine Wandlung in einen Gott heißen sollte, daß man beabsichtigte, mich auf einem blutverschmierten Altar in einem Eichenhain hinzuschlachten, war es höchste Zeit, sich aus dem Staub zu machen.

6

Als mein Häscher wieder erschien, trug er die legendären langen, weißen Gewänder, und sein wüstes, blondes Haar war ordentlich gekämmt, und er machte einen tadellosen und feierlichen Eindruck. Ihm folgten andere weißgewandete Männer, einige alt, einige jung, und alle mit dem gleichen gelbleuchtenden Haar.

Schweigend stellten sie sich im Kreis um mich auf. Nach einer Weile stimmten sie eine Art flüsterndes Ostinato an.

›Du bist ideal als Gott‹, sagte der Älteste, und ich sah, wie sich mein Häscher heimlich freute. ›Du bist, was der Gott verlangt hat‹, sagte der Älteste. ›Du wirst bis zum großen Samhainfest bei uns bleiben, dann wird man dich zum heiligen Hain bringen, wo du das göttliche Blut trinken und ein Vater der Götter werden wirst, um all die Magie wiedereinzuführen, deren wir auf unerklärliche Weise beraubt worden sind.‹

›Und wird mein Körper sterben, wenn es soweit ist?‹ fragte ich. Ich musterte ihre scharfgeschnittenen, schmalen Gesichter, ihre durchdringenden Augen. Die Krieger dieses Stammes mußten die Mittelmeervölker einst in wahre Panik versetzt haben. Kein Wunder, daß über ihre Furchtlosigkeit soviel geschrieben worden war. Aber das hier waren keine Krieger. Das waren die Lehrer der Jungen, die Wahrer der Dichtkunst und der ungeschriebenen Gesetze.

›Nur was vergänglich ist an dir, wird sterben‹, sagte er.

›Pech gehabt‹, sagte ich, ›da sonst an mir nichts ist.‹

›Nein‹, sagte er. ›Deine Gestalt wird überdauern und verklärt werden. Du wirst sehen. Du hast nichts zu befürchten. Außerdem kannst du ohnehin nichts daran ändern. Bis zum Samhainfest wirst du dein Haar lang wachsen lassen, und du wirst unsere Sprache lernen und unsere Hymnen und Gesetze. Wir werden uns deiner annehmen. Ich heiße Mael und werde dein Lehrer sein.‹

›Aber ich bin nicht willens dieser Gott zu werden‹, sagte ich. ›Mit Sicherheit wollen die Götter keinen, der unwillig ist.‹

›Der alte Gott wird das entscheiden‹, sagte Mael. ›Aber ich weiß, daß du der Gott werden und alles verstehen wirst, sobald du das Göttliche Blut trinkst.‹

An Flucht war nicht zu denken.

Ich wurde Tag und Nacht bewacht. Ich durfte kein Messer haben, damit ich mir nicht das Haar abschnitt oder sonst etwas antat. Die meiste Zeit lag ich in dem dunklen, kahlen Zimmer, trunken von Weizenbier und übersättigt von Unmengen gebratenen Fleisches, das sie mir reichlich gaben. Die größte Qual aber war, daß ich nichts hatte, womit ich hätte schreiben können.

Aus lauter Langeweile hörte ich Maels Unterricht aufmerksam zu. Ich ließ ihn seine Hymnen vorsingen und seine alten Gedichte aufsagen und endlos über Gesetze dozieren, wobei ich ihn nur gelegentlich mit dem Hinweis verhöhnte, daß ein Gott eigentlich keinen Unterricht nötig haben sollte.

Das gab er zwar zu, aber was blieb ihm schon anderes übrig, als zu versuchen, mich in die künftigen Ereignisse einzuweisen.

›Du kannst mir helfen, von hier zu fliehen, du kannst mit mir ins römische Reich gehen‹, sagte ich. ›Ich habe eine eigene Villa über dem Golf von Neapel. So ein schönes Fleckchen Erde hast du noch nie gesehen, und ich ließe dich da für immer wohnen. Du müßtest mir nur diese ganzen Hymnen und Gebete und Gesetze noch einmal aufsagen, damit ich sie niederschreiben kann.‹

›Warum versuchst du, mich zu bestechen?‹ fragte er dann, aber mir entging nicht, daß ihm meine Welt äußerst verlockend erschien. Er gab zu, daß er schon Wochen vor meiner Ankunft die Stadt Massilia aufgesucht habe und daß er von dem römischen Wein und dem Anblick der großen Schiffe im Hafen und den exotischen Speisen ehrlich begeistert gewesen sei.

›Ich versuche keineswegs, dich zu bestechen‹, sagte ich. ›Ich teile nur deinen Glauben nicht, und du hast mich zu deinem Gefangenen gemacht.‹

Aber aus Langeweile und Neugierde hörte ich weiterhin geduldig seinen Gebeten zu, und natürlich auch, weil mich eine unbestimmte Angst vor meiner nächsten Zukunft beschlichen hatte.

Ich sehnte ihn manchmal direkt herbei, seine blasse Geistergestalt, die meine öde Behausung wie ein weißes Licht erhellte, seine ruhige, getragene Stimme, die so melodisch seinen ganzen Unsinn vortrug.

Es stellte sich bald heraus, daß seine Verse keine zusammenhängenden Göttergeschichten ergaben, wie wir das im Griechischen und Lateinischen gewohnt waren. Aber langsam traten aus den Strophen die Eigenarten der verschiedenen Götter hervor. Eine Fülle von Gottheiten gehörte den himmlischen Scharen an. Aber der Gott, der ich werden sollte, übte den größten Einfluß auf Mael und seine Schüler aus. Dieser Gott war namenlos, erfreute sich aber zahlreicher Ehrentitel, wobei Trinker des Blutes am geläufigsten war. Er war auch Der Weiße, Der Gott der Nacht, Der Gott der Eiche, Der Geliebte der Mutter.

Dieser Gott begehrte immer bei Vollmond ein Blutopfer. Aber am Samhain (dem ersten November nach unserem jetzigen christlichen Kalender – dem Tag, der zu Allerheiligen oder zum Totenfeiertag erklärt wurde) wurden diesem Gott in Anwesenheit des gesamten Stammes zahllose Menschenopfer dargebracht, damit er für eine gute Ernte sorge und alle möglichen Weissagungen und Urteile spreche.

Er diente der Großen Mutter, die unsichtbar, doch in allen Dingen lebendig und die Mutter aller Dinge war, der Erde, der Bäume, des Himmels, der Menschen, des Trinkers des Blutes selbst, der in ihrem Garten lustwandelte.

Mein Interesse wuchs allmählich, und mit ihm begann ich auch mehr und mehr von dem zu verstehen, was er sagte. Die Verehrung der Großen Mutter war mir sicher nichts Neues. Die Mutter Erde und die Mutter aller Dinge wurde unter Dutzenden verschiedener Namen im ganzen Imperium verehrt, wie auch ihr Liebhaber und Sohn, ihr Sterbender Gott, der wie die Halme heranwuchs, nur um wie diese niedergeschnitten zu werden, während die Mutter unsterblich war. Der alte, milde Mythos der Jahreszeiten. Aber das heilige Fest war fast nie und nirgends milde.

Denn die Göttliche Mutter war auch der Tod, die Erde, die die Überreste dieses jungen Liebhabers verschlang, die Erde, die uns alle verschlang. Und in Übereinstimmung mit dieser alten Wahrheit – so alt wie das Ausstreuen der Saat selbst – gingen tausend blutige Rituale einher.

Diese Göttin wurde in Rom unter dem Nymen Kybele verehrt, und ich hatte gesehen, wie sich ihre wahnsinnigen Priester vor lauter Ekstase selbst kastrierten. Und die sagenhaften Götter hatten ein nicht minder gewaltsames Ende gefunden – Attis entmannt,

Dionysos in Stücke gerissen, der alte ägyptische Osiris verstümmelt, ehe ihn die Große Mutter Isis wieder zusammenfügte.

Und nun sollte ich dieser Gott des Gedeihens werden – der Weingott, der Getreidegott, der Baumgott, und ich wußte, daß es, was auch immer geschehen mochte, schlichtweg entsetzlich sein würde.

Was blieb mir schon anderes übrig, als mich zu betrinken und mit Mael diese Hymnen herunterzuleiern, dessen Augen sich zuweilen mit Tränen füllten, wenn er mich anblickte.

›Bring mich fort von hier, du Gespenst‹, sagte ich einmal wuterfüllt. ›Warum zum Teufel wirst *du* nicht der Baumgott? Warum wird ausgerechnet mir diese Ehre zuteil?‹

›Ich habe dir doch gesagt, daß der Gott mir seinen Wunsch anvertraut hat. Er hat nicht mich auserwählt.‹

›Und würdest du dich dreinfügen, wenn du der Auserwählte wärest?‹ begehrte ich zu wissen.

Ich hatte es satt, dauernd von diesen alten Riten erzählt zu bekommen, wonach jeder, dem Krankheit oder Unglück drohte, dem Gott ein Menschenopfer bringen mußte, um verschont zu bleiben.

›Ich hätte Angst, aber ich würde es hinnehmen‹, flüsterte er. ›Aber weißt du, was das Schreckliche deines Schicksals ist? Daß deine Seele ewig in deinem Körper eingekerkert bleiben wird. Sie wird nie durch einen natürlichen Tod in einen anderen Körper oder in ein anderes Dasein ziehen dürfen. Nein, für alle Zeiten wird deine Seele die Seele des Gottes sein. Der Kreislauf von Tod und Wiedergeburt wird in dir verschlossen sein.‹

Obwohl ich seinen Glauben an Wiedergeburt geringachtete, brachten mich seine Worte zum Stillschweigen. Ich spürte das schaurige Gewicht seiner Überzeugung, ich spürte seine Trauer.

Die Tage vergingen, und mein Haar wurde länger und voller. Und der heiße Sommer wich dem kühleren Herbst, und das große Samhainfest rückte näher. Und doch hörte ich nicht auf, Fragen zu stellen.

›Wie viele hast du auf diese Weise zu Göttern gemacht? Was hat dich veranlaßt, mich auszuerwählen?‹

›Ich habe noch nie einen Menschen zu einem Gott gemacht‹, sagte Mael. ›Aber der Gott ist alt; er ist seiner Magie verlustig gegangen. Ein schreckliches Unheil hat ihn heimgesucht, und darüber kann ich nicht sprechen. Er hat seinen Nachfolger auserwählt.‹ Er sah verschreckt aus. Er verriet zuviel. Irgend etwas wühlte seine tiefsten Ängste auf.

›Und woher weißt du, daß er ausgerechnet mich will? Schließlich hast du noch sechzig weitere Kandidaten in dieser Festung untergebracht.‹

Er schüttelte den Kopf und sagte: ›Marius, wenn du das Blut nicht trinkst, wenn du nicht der Vater einer neuen Götterwelt wirst, was soll dann aus uns werden?‹

›Ich wollte, daß ich mich auch nur einen Deut darum scherte, mein Freund‹, sagte ich.

›Ach, Unheil‹, flüsterte er. Und es folgte eine ausführliche Betrachtung über den Aufstieg Roms, die schrecklichen Überfälle Caesars, den Niedergang eines Volkes, das schon immer in diesen Bergwäldern gelebt und für die Städte der Griechen, Etrusker und Römer nur Verachtung übrig gehabt hatte.

›Kulturen kommen und gehen, mein Freund‹, sagte ich. ›Alte Götter weichen neuen.‹

›Du verstehst nicht, Marius‹, sagte er. ›Unser Gott ist nicht von euren Götzen besiegt worden, und jenen, die ihre frivolen und schlüpfrigen Geschichten verbreiten. Unser Gott war so schön, als habe ihn der Mond selbst aus seinem Licht geformt, und er sprach mit einer Stimme, die so rein wie Licht war, und er führte uns zum Einklang mit allen Dingen, der einzigen Erlösung aus Verzweiflung und Einsamkeit. Aber ein furchtbares Unheil hat ihn heimgesucht, und in allen nördlichen Regionen des Landes sind auch andere Götter zugrunde gegangen. Es war die Rache des Sonnengottes, aber wie die Sonne während der Stunden der Dunkelheit und des Schlafes seiner hat habhaft werden können, wissen weder wir noch er. Du bist unsere Rettung, Marius. Du bist der Wissende Sterbliche, Der Gelehrte und Der, Der Nach Ägypten Gehen Kann.‹

Ich dachte darüber nach. Ich mußte an den alten Isis-und-Osiris-Kult denken und an jene, die sagten, sie sei die Mutter Erde und er das Getreide, und Typhon, der Mörder des Osiris, sei das Feuer des Sonnenlichts. Und nun erzählte mir dieser Druide, daß die Sonne seinen Nachtgott aufgespürt und großes Unheil gestiftet habe.

Schließlich verließen mich meine Verstandeskräfte. Allzu viele Tage hatte ich in Trunkenheit und Einsamkeit verbracht. Ich legte mich in der Dunkelheit nieder und sang mir die Hymnen an die Große Mutter vor. Für mich war sie jedoch keine Göttin. Weder Diana von Ephesus mit ihren Reihen milchgefüllter Brüste noch die schreckliche Kybele, noch die sanftmütige Demeter, deren Wehklagen um Persephone im Reich der Toten die heiligen Eleusinischen Mysterien angeregt hatten. Sie war die gute Erde, die ich durch die kleinen, vergitterten Fenster riechen konnte, der Wind, der die süße Feuchtigkeit des dunklen, grünen Waldes herbeitrug. Sie war die Wiesenblumen und das blühende Gras, das Wasser, das ich manchmal aus einer Bergquelle strömen hörte. Sie war all das, was ich in meinem Holzverschlag noch hatte, nachdem mir alles andere fortgenommen worden war. Und ich wußte nur, was alle Menschen wissen, daß dem Kreislauf von Winter und Frühling und allem, was wächst, eine erhabene Wahrheit innewohnt, die ohne Mythen oder Sprache auskommt.

Ich blickte durch die Gitterstäbe zu den Sternen, und mir schien es, daß ich auf absurdeste Weise sterben würde – unter Leuten, die ich nicht bewunderte und deren Gebräuche ich abgeschafft hätte. Und dennoch ließ mich die scheinbare Heiligkeit all dessen nicht mehr los und bewirkte, daß ich mich im Mittelpunkt von etwas sah, das über seine eigene hehre Schönheit verfügte.

Eines Morgens berührte ich mein Haar und mußte feststellen, daß es mir voll und lockig über die Schultern wallte.

Während der folgenden Tage herrschte hektisches Treiben in der Festung. Aus allen Richtungen rollten Wagen herbei. Stunde um Stunde kamen neue Menschen an, Tag und Nacht war alles auf den Beinen. Schließlich kamen Mael und acht andere Druiden zu mir. Ihre Gewänder waren frisch und weiß und rochen nach Quellwasser und Sonnenschein, und ihr Haar war gekämmt und glänzte.

Vorsichtig rasierten sie mir Kinn und Oberlippe. Sie kürzten meine Fingernägel. Sie kämmten mein Haar und kleideten mich ebenfalls in weiße Gewänder. Dann schirmten sie mich rundum mit weißen Schleiern ab und führten mich aus dem Haus und in einen weißüberdachten Wagen.

Ich erspähte andere feierlich gekleidete Männer, die eine riesige

Menschenmenge zurückdrängten, und mir wurde zum erstenmal klar, daß es nur wenigen, ausgewählten Druiden gestattet worden war, mich zu sehen.

Sobald Mael und ich unter dem Wagenverdeck waren, wurden die Klappen geschlossen, so daß wir völlig abgeschottet waren. Kaum hatten wir uns auf die rauhen Holzbänke niedergelassen, als sich der Wagen auch schon in Bewegung setzte. Und ohne ein Wort zu wechseln, fuhren wir viele Stunden des Wegs.

Manchmal stahl sich ein Sonnenstrahl durch den weißen Stoff des zeltartigen Daches. Und wenn ich mein Gesicht gegen die Plane drückte, konnte ich den Wald sehen, der noch tiefer und dichter war, als ich ihn erinnerte. Und in unserem Gefolge ein endloser Menschenzug und riesige Wagen, vollgepfercht mit Gefangenen, die sich an die Holzgitter klammerten und in einem schrecklichen Chor nach Freiheit schrien.

›Wer sind sie? Warum schreien sie so?‹ fragte ich schließlich. Ich konnte den Druck nicht länger ertragen.

Mael schreckte wie aus einem Traum hoch. ›Das sind Übeltäter, Diebe, Mörder, alle gerecht verurteilt, und sie werden in heiliger Opferhandlung umkommen.‹

›Abscheulich‹, murmelte ich. Aber war es das wirklich? Wir verurteilten unsere Verbrecher in Rom zum Kreuzestod, zum Scheiterhaufen und allen möglichen Grausamkeiten. Waren wir zivilisierter, nur weil wir derlei nicht religiöse Opfer nannten? Vielleicht waren die Kelten weiser als wir, da sie Menschenleben nicht nutzlos vergeudeten.

Aber das war Unsinn. Der Wagen ratterte weiter. Ich konnte hören, wie uns die Leute zu Fuß oder zu Pferd überholten. Alle gingen zum Samhainfest. Ich würde sterben. Ich wollte nicht in Flammen aufgehen. Mael sah blaß und verstört aus. Und das Wehklagen der Männer in den Gefangenenwagen trieb mich an den Rand des Wahnsinns.

Was würde ich denken, wenn das Feuer entzündet würde? Was würde ich denken, wenn ich zu brennen anfinge? Ich konnte es nicht ertragen.

›Was werdet ihr mir antun?‹ fragte ich plötzlich. Ich verspürte den Wunsch, Mael zu erwürgen. Er blickte auf und hob kaum merklich seine Augenbrauen.

›Was, wenn der Gott bereits tot ist...?‹ flüsterte er.

›Dann gehen wir nach Rom, du und ich, und wir betrinken uns mit gutem italienischen Wein!‹ flüsterte ich.

Am späten Nachmittag hielt der Wagen endlich an. Der Lärm umgab uns wie Rauchschwaden. Als ich versuchte hinauszuspähen, hinderte mich Mael nicht daran. Ich sah, daß wir eine gewaltige Lichtung erreicht hatten, die ganz von riesigen Eichen umgrenzt war. Alle Wagen, unserer nicht ausgenommen, wurden zwischen den Bäumen abgestellt, und in der Mitte der Lichtung waren Hunderte mit etwas beschäftigt, wozu unzählige, gebündelte Zweige vonnöten waren, kilometerweise Seil und jede Menge großer, roh behauener Baumstämme.

Die vier stärksten und längsten Stämme, die ich je gesehen hatte, wurden hochgehievt und zweimal X-förmig verzurrt.

Im Wald wimmelte es von Schaulustigen. Die Lichtung konnte unmöglich diese Menschenmengen fassen. Immer mehr Wagen zwängten sich durch das Gedränge und suchten einen Platz am Rand der Lichtung.

Ich lehnte mich zurück und tat so, als wüßte ich nicht, was da draußen vorging, aber ich wußte es. Und kurz vor Sonnenuntergang schwoll das Geschrei der Gefangenen immer lauter an.

Es war fast dunkel. Und als Mael für mich die Wagenklappe öffnete, sah ich starr vor Entsetzen zwei ungeheure Weidenstatuen – ein Mann und eine Frau, wenn ich die Massen von Schlingpflanzen, die Haar und Kleidung darstellen sollten, richtig deutete –, aus Stämmen und Korbweide und Seilen errichtet und von oben bis unten mit den gekrümmten und sich windenden Gefangenen gefüllt, die flehentlich schrien.

Beim Anblick dieser beiden monströsen Riesen verschlug es mir die Sprache. Ich konnte nicht abschätzen, wie viele dieser zappelnden Gefangenen darinnen waren, in das hohle Gestell ihrer enormen Beine gepfercht, in ihre Rümpfe und Arme, sogar in ihre Hände und ihre gewaltigen, käfigartigen Köpfe, die mit Efeu und Blumen gekrönt waren. Das Kleid der Frau bestand aus Blumensträngen, und Weizenhalme waren in den großen Efeugürtel des Mannes gesteckt. Die Statuen schwankten und wären eingestürzt, wenn sie das mächtige, kreuzförmige Holzgerüst nicht gehalten hätte. Zu Füßen dieser

Figuren war bündelweise Reisig und teerbestrichenes Holz gestapelt, um bald in Flammen aufzugehen.

›Und ich soll glauben, daß alle, die da sterben müssen, sich eines Vergehens schuldig gemacht haben?‹ fragte ich Mael.

Er nickte feierlich. Es kümmerte ihn wenig. ›Sie haben monatelang, manchmal jahrelang gewartet, um geopfert zu werden‹, sagte er fast gleichgültig. ›Sie stammen aus allen Gegenden des Landes. Und sie können ihrem Schicksal ebensowenig entrinnen wie wir dem unseren. Und dieses Schicksal heißt, in den Figuren der Großen Mutter und ihres Geliebten umzukommen.‹

Ich wurde noch verzweifelter. Ich hätte nichts unversucht lassen sollen, um zu entkommen. Aber sogar jetzt war der Wagen von gut zwanzig Druiden umzingelt, und dahinter waren ganze Legionen von Kriegern. Und die übrige Menschenmenge war ohnehin unübersehbar.

Es wurde schnell dunkel, und überall wurden Fackeln angezündet. Erregtes Stimmengewirr allenthalben. Und die Schreie der Verurteilten noch durchdringender und flehender.

Ich blieb ruhig sitzen und versuchte, meiner Panik Herr zu werden. Wenn ich schon nicht fliehen konnte, dann wollte ich diesen eigentümlichen Zeremonien wenigstens mit einer gewissen Ruhe begegnen, um im rechten Moment würdevoll und allen vernehmlich zu verkünden, daß es sich hier um nichts als Schwindel handelte. Das sollte meine letzte Tat sein – die Tat des Gottes –, und sie mußte mit Überzeugungskraft durchgeführt werden, um ihre Wirkung nicht zu verfehlen.

Der Wagen setzte sich in Bewegung. Der allgemeine Lärm schwoll wieder an, und Mael erhob sich und ergriff meinen Arm und stützte mich. Als die Klappe geöffnet wurde, hatten wir tief im Wald angehalten, weit fort von der Lichtung. Ich blickte mich nach den unheimlichen Riesenstatuen um; das Fackellicht schimmerte auf dem mitleiderregenden Gewimmel in ihrem Inneren. Diese Schreckensfiguren sahen aus, als seien sie lebendig, als würden sie jeden Moment losmarschieren und uns alle zermalmen.

Ich konnte den Blick nicht abwenden, aber Mael umklammerte meinen Arm noch fester und sagte, ich müsse nun mit den höchsten Priestern zu dem Heiligtum des Gottes gehen.

Die anderen umringten mich, offenbar, um mich abzuschirmen. Die Menge merkte nicht, was da vor sich ging. Wahrscheinlich wußten sie nur, daß die Opferungen bald anfangen würden.

Der Fackelträger führte uns immer tiefer in die Abenddämmerung. Mael war an meiner Seite, während die anderen weißgewandeten Gestalten vor, neben und hinter uns gingen.

Es war ruhig. Es war feucht. Und die Bäume ragten so schwindelerregend hoch in das verdämmernde Glühen des fernen Himmels, daß sie zu wachsen schienen, wenn ich zu ihren Wipfeln blickte.

Jetzt könnte ich fliehen, dachte ich, aber wie weit würde ich kommen, ehe die ganzen Menschenmassen hinter mir hertoben würden?

Dann hatten wir einen Hain erreicht, und ich sah im schwachen Flammenschein entsetzliche, in die Baumrinden geschnitzte Fratzen und aufgepfählte Menschenschädel, die in der Dämmerung grinsten. Ausgehöhlte Baumstämme waren mit zusätzlichen Schädeln angefüllt. Diese Stätte war das reinste Beinhaus, und die Stille, die uns umfing, schien diesen schrecklichen Dingern Leben einzuhauchen, so daß sie plötzlich zu sprechen anfangen konnten.

Wir hatten eine knorrige Eiche von solch enormem Umfang erreicht, daß ich meinen Sinnen nicht traute. Die Druiden waren links und rechts zur Seite getreten. Nur Mael blieb bei mir. Ich stand vor der Eiche und sah, daß Hunderte von Blumensträußen um den Baum herumgelegt worden waren.

Mael hatte den Kopf gesenkt. Seine Augen waren geschlossen. Die anderen taten es ihm bebenden Körpers nach. Eine kühle Brise wehte durch das grüne Gras. Ich hörte, wie die Brise in den Blättern zu einem lauten, langen Seufzer wurde, der langsam wieder abstarb.

Und dann hörte ich sehr deutlich Worte aus der Dunkelheit kommen, die lautlos gesprochen wurden!

Sie kamen ohne jeden Zweifel aus dem Baum, und sie fragten, ob derjenige, der heute nacht das Göttliche Blut trinken würde, alle Bedingungen erfüllt habe.

Einen Augenblick lang fürchtete ich, den Verstand zu verlieren. Sie hatten mich unter Drogen gesetzt. Aber ich hatte seit dem Morgen nichts getrunken! Mein Kopf war klar, schmerzlich klar, und wieder hörte ich die stumme Stimme fragen: *Ist er ein Gelehrter?*

Mael antwortete wohl ebenso stumm. Die Gesichter der anderen hatten einen verzückten Ausdruck angenommen, während ihre Augen starr auf die Eiche geheftet waren. Nur das flackernde Licht der Fackel bewegte sich.

Kann er nach Ägypten gehen?

Mael nickte. Und die Tränen stiegen ihm in die Augen, und in seinem blassen Hals schluckte es.

Ja, ich lebe, mein Getreuer, und ich spreche, und du hast deine Aufgabe gut erledigt, und ich werde den neuen Gott erschaffen. Laß ihn eintreten.

Ich war zu verblüfft, um sprechen zu können, außerdem hatte ich ohnehin nichts zu sagen. *Alles hatte sich geändert.* Alles, woran ich geglaubt, worauf ich mich verlassen hatte, war plötzlich in Frage gestellt. Ich verspürte nicht die geringste Angst, nur lähmendes Erstaunen. Mael nahm mich beim Arm. Die anderen Druiden gesellten sich uns wieder zu, und ich wurde um die Eiche geführt, bis wir hinter ihr vor einem riesigen Steinhaufen standen.

Auch auf dieser Seite des Hains waren geschnitzte Fratzen und ganze Berge von Schädeln, außerdem ein paar bleiche Druiden, die ich noch nicht gesehen hatte. Und diese Männer, einige mit langen, weißen Bärten, näherten sich und fingen an, die Steine fortzuräumen.

Mael und die anderen halfen ihnen dabei, hoben schweigend die großen Felsbrocken und warfen sie beiseite, wobei einige der Steinblöcke so schwer waren, daß drei Männer sie hochwuchten mußten.

Und schließlich kam am Fuß der Eiche eine schwere, mit riesigen Schlössern behangene Eichentür zum Vorschein. Mael zog einen eisernen Schlüssel hervor und sprach keltische Formeln, die die anderen erwiderten. Maels Hand zitterte. Aber bald hatte er alle Schlösser geöffnet, und dann waren vier Druiden vonnöten, um die Tür fortzuziehen. Und dann wurde eine Fackel entzündet und mir überreicht, und Mael sagte:

›Tritt ein, Marius.‹

Wir sahen uns in dem schwankenden Licht an. Er wirkte hilflos, unfähig, sich zu rühren, obwohl ihm das Herz überlief.

Aber aus dem Baum, aus der Finsternis hinter dem Eingang, meldete sich wieder der Stumme:

Fürchte dich nicht, Marius. Ich erwarte dich. Nimm das Licht und komme zu mir.

7

Nachdem ich durch die Tür getreten war, wurde sie von den Druiden verschlossen. Und ich fand mich am oberen Ende einer langen Steintreppe. Ein Gebilde, das ich in den folgenden Jahrhunderten noch häufig sehen sollte, und du hast es bereits zweimal gesehen und wirst es wieder sehen – die Stufen führten in die Mutter hinunter, in die Kammern, wo sich JENE, DIE DAS BLUT TRINKEN stets verbergen.

Das Wesen, das mich gerufen hatte, war am unteren Ende der Treppe und versicherte mir wieder, daß ich nichts zu fürchten hätte.

Und ich hatte keine Angst. Im Gegenteil, ich war so heiteren Gemüts, wie ich es mir in meinen kühnsten Träumen nicht hätte ausmalen können. Ich würde nicht so banal sterben, wie ich mir das vorgestellt hatte. Ich ging einem Mysterium entgegen, das unendlich viel interessanter war, als ich jemals gedacht hatte.

Aber als ich unten angekommen war und in der kleinen steinernen Kammer stand, erwartete mich ein derart ekelerregender Anblick, daß mir sterbensübel wurde.

Auf einer Steinbank gegenüber der Treppe saß eine Kreatur, die nur noch geringe Ähnlichkeit mit einem Menschen hatte. Sie war von Kopf bis Fuß schwarz verbrannt, und die verschrumpelte Haut schlotterte um ihr Gebein. Sie glich einem gelbäugigen, mit Pech bestrichenen Skelett, dessen weiße Haarmähne einzig verschont geblieben war. Sie öffnete ihren Mund, um etwas zu sagen, und ich sah ihre weißen Zähne, ihre Fangzähne, und ich umklammerte meine Fackel und bemühte mich, nicht wie verrückt aufzuschreien.

›Komm mir nicht zu nahe‹, sagte die Kreatur. ›Bleib da, wo ich dich wirklich sehen kann, nicht, wie sie dich sehen, sondern wie meine Augen noch immer zu sehen vermögen.‹

Ich schluckte, versuchte, meinen Atem unter Kontrolle zu halten. Kein menschliches Wesen hätte solche Verbrennungen überleben können. Aber diese Gestalt war lebendig – nackt und schwarz und eingeschrumpft. Sie erhob sich und ging langsam durch die Kammer.

Sie zeigte mit dem Finger auf mich, und ihre Augen weiteten sich ein wenig, wobei sie in dem Licht eine blutrote Färbung verrieten.

›Was willst du von mir?‹ flüsterte ich. ›Warum wurde ich hierhergebracht?‹

›Unheil‹, sagte er mit aufrichtigem Gefühl – seine Stimme hatte nicht den krächzenden Klang, den ich erwartet hatte. ›Ich werde dir meine Macht schenken. Marius, ich werde aus dir einen Gott machen, und du wirst unsterblich sein. Aber wenn es vollbracht ist, mußt du von hier fortgehen. Du mußt unseren treuen Anbetern entkommen und dich nach Ägypten begeben, um herauszufinden, warum mir dies ... dies ... widerfahren ist.‹

Er schien durch die Dunkelheit zu schweben, wobei ihn sein Haar wie ein Wust weißen Strohs umgab und sein Kiefer die schwarze Lederhaut spannte, die seinen Schädel umhüllte.

›Wie du siehst, sind wir die Feinde des Lichts, wir Götter der Finsternis. Wir dienen der Heiligen Mutter und leben und herrschen nur im Mondenlicht. Aber unser Feind, die Sonne, hat ihre natürliche Bahn verlassen und uns in der Finsternis aufgespürt. In allen nördlichen Ländern, in den heiligen Hainen der Gefilde aus Eis und Schnee bis hinunter in dieses fruchtbare Land und noch im Osten – überall hat sich die Sonne in die Welt der Nacht geschlichen und die Götter lebendigen Leibes verbrannt. Die jüngsten sind nimmermehr, zum Teil wie Kometen vor den Augen ihrer Gemeinde explodiert! Andere kamen in den heiligen Bäumen um, die sich in lodernde Scheiterhaufen verwandelt hatten. Nur die alten – die der Großen Mutter lange gedient haben – konnten noch, so wie ich, gequält umherwandeln und sprechen, um ihre treue Gemeinde in Furcht und Schrecken zu versetzen, wenn sie sich zeigten.

Es muß einen neuen Gott geben, Marius, so stark und schön wie ich einst, einen Geliebten der Großen Mutter, aber noch entscheidender, er muß stark sein, den Anbetern zu entkommen, irgendwie der Eiche zu entschlüpfen und nach Ägypten zu gelangen und die alten Götter zu finden und herauszubekommen, warum uns dieses Unheil heimgesucht hat. Du mußt nach Ägypten gehen, Marius, du mußt Alexandrien und die alten Städte besuchen, und du mußt die Götter zusammenrufen mit der stummen Stimme, über die du bald verfügen wirst, und du mußt herausfinden, welche noch am Leben sind und warum uns dieses Unheil widerfahren ist.‹

Er schloß jetzt seine Augen. Er stand da, ein schlotterndes Gerippe wie aus schwarzem Papier, und plötzlich überrollte mich eine Flut ungestümer Bilder – und ich sah die Götter des Hains in Flammen aufgehen. Ich hörte ihre Schreie. Als vernunftbegabter Römer widerstand ich diesen Vorstellungen. Ich versuchte, sie mir einzuprägen, statt mich ihnen hinzugeben, aber der Schöpfer der Bilder – dieses Monster – übte sich in Geduld, und die Bilder hörten nicht auf. Ich sah das Land, das nur Ägypten hatte sein können, den Sand, der alles mit derselben Farbe zudeckt und zustaubt, und ich sah weitere Treppen ins Innere der Erde, und ich sah heilige Stätten ...

›Finde sie‹, sagte er. ›Finde heraus, warum und wie das alles passieren konnte. Sorge dafür, daß sich derlei nie wiederholt. Nutze deine übernatürlichen Fähigkeiten in den Straßen Alexandriens, bis du die alten Götter aufgespürt hast. Bete, daß es sie überhaupt noch gibt, so wie es mich noch gibt.‹

Ich war zu erschüttert, um antworten zu können, zu niedergeschmettert von diesem Mysterium. Und vielleicht hat es sogar einen Augenblick gegeben, da ich meine Bestimmung akzeptierte, vollständig akzeptierte, aber sicher bin ich mir nicht.

›Ich weiß‹, sagte er. ›Mir kannst du nichts verheimlichen. Du willst nicht der Gott des Hains sein, und am liebsten würdest du fliehen. Aber dieses unglückselige Schicksal wird dich überall einholen, es sei denn, du fändest noch schnell dessen Ursache und künftige Verhütung heraus. Ich weiß also, daß du nach Ägypten gehen wirst, sonst kann es auch dir geschehen, im Schoß der Nacht oder im Schoß der dunklen Erde von dieser widersinnigen Sonne verbrannt zu werden.‹

Er schlurfte ein wenig näher. ›Jetzt hör mir gut zu‹, sagte er, ›du mußt noch heute nacht verschwinden. Ich werde der Gemeinde mitteilen, daß du nach Ägypten mußt, um unser aller Heil willen, aber wenn sie erfahren, daß sie einen neuen und fähigen Gott haben, werden sie ihn nur ungern ziehen lassen. Aber du mußt dich auf den Weg machen. Und du darfst dich von ihnen nicht nach dem Fest in der Eiche einsperren lassen. Du mußt schnell fort. Und verkrieche dich vor Sonnenaufgang in der Mutter Erde, um dem Licht zu entfliehen. Sie wird dich beschützen. Jetzt komm her. Ich werde dir Das Blut schenken. Und bete, daß ich noch über genügend Kraft verfüge, dir meine alte Macht zu überantworten. Es wird ein Weilchen dauern. Ich werde nehmen und geben und wieder nehmen und geben, aber es muß sein, und du mußt der Gott werden, und du mußt tun, wie ich dir geheißen habe.‹

Ohne meine Einwilligung abzuwarten, packte er mich mit seinen schwarzen Fingern. Die Fackel entglitt meiner Hand. Ich fiel rückwärts auf die Stufen, aber seine Zähne waren bereits in meinem Hals.

Du weißt, was dann geschah, du kennst das Ohnmachtsgefühl, wenn einem das Blut ausgesaugt wird. Ich sah in diesen Augenblicken die Grabstätten und Tempel Ägyptens. Ich sah zwei strahlende Figuren nebeneinandersitzen, wie auf einem Thron. Ich sah und hörte andere Stimmen, die zu mir in fremden Zungen sprachen. Und untergründig immer wieder der gleiche Befehl: Diene der Mutter, nimm das Opferblut, sei Herr des Kults, des einzig wahren Kults, des Kults des Hains.

Ich kämpfte, wie man in Träumen kämpft, unfähig aufzuschreien, unfähig zu entfliehen. Und als ich spürte, daß ich frei war, nicht mehr zu Boden gepreßt wurde, sah ich wieder den Gott, aber jetzt war er im Vollbesitz seiner alten Kräfte. Sein Gesicht hatte unter der brüchigen, schwarzen Lederhaut markante, ja ansehnliche Züge angenommen. Die gelben Augen waren von so natürlichen Falten umgeben, daß sie wahre Fenster der Seele geworden waren. Aber er war noch immer verkrüppelt, fast unfähig, sich zu bewegen.

›Erhebe dich, Marius‹, sagte er. ›Du dürstest, und ich werde dir zu trinken geben. Erhebe dich und komm zu mir.‹

Du kannst dir ja die Ekstase vorstellen, die ich empfand, als sein Blut in mich strömte, mich bis in die kleinsten Gefäße durchpulste. Aber das Schreckenspendel war in Bewegung gesetzt.

Stunden vergingen in dieser Eiche, während er mir mein Blut nahm und es mir immer wieder zurückgab. Wenn ich ausgesaugt war, lag ich schluchzend auf dem Boden. Meine Hände waren nur noch klappernde Knochen. Ich war so zusammengeschrumpelt wie er zuvor. Und dann tränkte er mich wieder mit Blut, und ich erhob mich platzend vor Wohlgefühl, nur um mich wieder vollständig aussaugen zu lassen.

Mit jedem Blutaustausch gingen Belehrungen einher: daß ich unsterblich sei, daß nur die Sonne und das Feuer mich töten könnten, daß ich tagsüber in der Erde schlafen würde, daß ich ewig von

Krankheit oder natürlichem Tod verschont bliebe, daß meine Seele mich nie verlassen würde, um in eine andere Hülle zu wandern, daß ich der Diener der Mutter sei und daß der Mond mir Kräfte verleihen werde.

Daß ich mich am Blut der Übeltäter und sogar der Unschuldigen laben würde, die der Mutter geopfert würden, daß ich zwischen den Opferfesten fasten solle, auf daß mein Körper so verdörre wie der tote Weizen auf den winterlichen Feldern, um dann im Frühling, gefüllt mit Opferblut, wie die junge Saat zu erblühen.

Meine Zustände des Leids und der Ekstase entsprächen dem Wechsel der Jahreszeiten. Und meine Gabe, die Gedanken und Absichten anderer lesen zu können, solle ich nutzen, um Urteile für meine Anbeter zu fällen und sie in ihrer Gesetzgebung und Rechtsprechung auf den rechten Weg zu führen. Nie dürfe ich anderes Blut als Opferblut trinken. Nie dürfe ich meine Macht eigennützigen Zwecken dienstbar machen.

All das habe ich gelernt, all das habe ich verstanden. Aber was ich in diesen Stunden wirklich erfahren habe, war, was wir alle begreifen, sobald wir das Blut trinken: daß ich kein Sterblicher mehr war, daß ich allem Altvertrauten entschwand, um in etwas derart Gewaltiges einzugehen, daß es selbst die alten Weisheiten nicht mehr zu erklären vermochten.

Schließlich rüstete mich der Gott, den Baum zu verlassen. Er entzog mir so viel Blut, daß ich mich kaum noch aufrecht halten konnte. Ich war ein Gespenst. Ich kam um vor Durst, ich sah Blut und roch Blut und wäre ihm an die Ader gefallen, wenn ich die Kraft gehabt hätte. Aber die Kraft hatte freilich er.

›Du bist leer, wie du es immer am Anfang des Festes sein wirst‹, sagte er, ›auf daß du dein Quantum Opferblut trinken kannst. Aber vergiß meine Worte nicht. Nachdem du über den Zeremonien gethront hast, mußt du eine Möglichkeit finden, zu verschwinden. Was mich betrifft, versuche, mich zu retten. Sag ihnen, daß ich bei dir bleiben muß. Aber wenn nicht alles täuscht, ist meine Zeit abgelaufen.‹

›Warum, wie meinst du das?‹ fragte ich.

›Du wirst schon sehen. Hier wird nur ein Gott gebraucht, ein fähiger Gott‹, sagte er. ›Könnte ich nur mit dir nach Ägypten gehen, könnte ich das Blut der alten Götter trinken, das würde mich vielleicht heilen. Wie die Dinge stehen, würde diese Genesung Jahrhunderte dauern. Und soviel Zeit ist mir nicht vergönnt. Aber denk daran, gehe nach Ägypten. Mach alles, was ich dir aufgetragen habe.‹

Er drehte mich um und stieß mich zur Treppe. Die Fackel lag flackernd in der Ecke, und als ich der Tür oben entgegenstieg, roch ich das Blut der wartenden Druiden, und beinahe wäre ich in Tränen ausgebrochen.

›Sie werden dir alles Blut geben, dessen du begehrst‹, rief er hinter mir her. ›Begib dich in ihre Hände.‹

8

Du kannst dir gut vorstellen, wie ich aussah, als ich aus der Eiche trat. Die Druiden hatten auf mein Klopfzeichen gewartet, und mit meiner stummen Stimme sagte ich:

Aufmachen. Es ist der Gott.

Meinen menschlichen Tod hatte ich schon längst hinter mir, ich war ausgehungert, und mein Gesicht war wohl kaum ansehnlicher als ein lebender Schädel. Kein Zweifel, meine Augen quollen aus ihren Höhlen hervor, und meine Zähne ragten nackt in die Gegend. Das weiße Gewand hing an mir wie an einem Skelett. Klarer Beweis meiner Göttlichkeit für die Druiden, die in Ehrfurcht erschauerten, als ich aus der Eiche trat.

Aber ich sah nicht nur ihre Gesichter, ich sah ihnen in die Herzen. Ich sah, wie Mael aufatmete, da der Gott noch nicht zu schwach gewesen war, mich zu erschaffen. Ich sah, wie sich in seinem Inneren alles bestätigte, woran er glaubte.

Mein Durst war die reinste Qual. Und unter Aufbietung all meiner neuen Kraft sagte ich: ›Bringt mich zum Altar. Das Samhainfest kann beginnen.‹

Die Druiden stießen einen Schrei aus. Sie brüllten in den Wald hinein. Und jenseits des heiligen Hains ertönte ohrenbetäubendes Gekreisch der Menschenmengen, die auf diesen Schrei gewartet hatten.

Wir gingen rasch der Lichtung entgegen, und immer mehr weißgewandete Priester traten vor, um uns zu grüßen, und von allen Seiten prasselten frische, duftende Blumen auf mich nieder, die ich unter meinen Füßen zertrat, während ich mit Hymnen empfangen wurde.

Schmetternde Trompetenklänge ertönten von der Lichtung, als ich die Stufen zu dem steinernen Altar emporstieg und über die tausendfache Menge blickte – ein Meer erwartungsvoller Gesichter.

Ein großer, mit Wasser gefüllter Silberkessel stand vor dem Altar, und während die Priester sangen, wurde eine Kette Gefangener zu dem Kessel geführt.

Die Priester legten mir Blumen aufs Haar, auf meine Schultern, zu meinen Füßen, ohne ihren Gesang zu unterbrechen.

›Du schöner und mächtiger Gott der Wälder und Felder trinke jetzt die Opfer, die wir Dir reichen, und wenn Deine schwachen Glieder sich mit Leben füllen, wird die Erde sich erneuern. Mögest Du uns vergeben, wenn wir das Korn schneiden, mögest Du die neue Saat segnen.‹

Und vor mir standen die, die man zu meinen Opfern erkoren hatte, drei stämmige Männer, ebenfalls in weiße Gewänder gekleidet und mit Blumen geschmückt. Sie waren jung, hübsch und unschuldig und überwältigt von Ehrfurcht.

Die Trompeten waren ohrenbetäubend. Das Gebrüll nahm kein Ende. Ich sagte: ›Lasset uns anfangen mit den Opferungen!‹ Und als mir der erste junge Mann dargereicht wurde, als ich mich rüstete, zum erstenmal aus jenem wahrhaft göttlichen Kelch zu trinken, der menschliches Leben ist, als ich das warme Fleisch des Opfers in meinen Armen hielt, mein Mund geöffnet, das Blut bereit, da sah ich, wie das Feuer unter den hochragenden Weidenstatuen entfacht wurde, und wie die ersten beiden Gefangenen kopfüber in das Wasser des Silberkessels gesteckt wurden.

Tod durch Feuer, Tod durch Wasser, Tod durch die bohrenden Zähne eines hungrigen Gottes.

Die uralten, ekstatischen Hymnen erklangen weiterhin: ›Gott des abnehmenden und zunehmenden Mondes, Gott der Wälder und Felder, der Du in deinem Hunger das Abbild des Todes bist, werde stark durch das Blut der Opfer, werde schön, auf daß Dich die Große Mutter zu sich nehme.‹

Wie lange das dauerte? Ich weiß es nicht. Es kam mir wie eine

Ewigkeit vor – das Lodern der Weidenriesen, das Geschrei der Opfer, die lange Prozession derer, die ersäuft wurden. Ich trank und trank, nicht bloß von den drei für mich Auserwählten, sondern noch von einem Dutzend anderer, ehe sie in dem Kessel oder den Flammen verschwanden. Die Priester hieben den Toten mit großen, blutigen Schwertern die Köpfe ab, die sie zu Pyramiden zu beiden Seiten des Altars türmten, während die Rümpfe fortgeschafft wurden.

Wohin ich mich auch wandte, ich sah verzückte, schwitzende Gesichter, hörte Hymnen und Geschrei. Aber schließlich ließ der rasende Tumult nach. Die Riesen waren zu einem schwelenden Haufen zusammengesunken.

Und nun war es Zeit, meines Richteramts zu walten, die Leute vortreten und sie ihre rachsüchtigen Fälle darlegen zu lassen, wobei ich ihnen mit meinen neuen Augen in die Seelen blickte. Mir wurde schwindlig. Ich hatte zuviel Blut getrunken, aber ich fühlte mich so stark, daß ich über die Lichtung hinweg und tief in den Wald hinein hätte springen können. Ich hätte unsichtbare Flügel ausbreiten können, so schien es mir jedenfalls.

Dennoch kam ich meiner ›Bestimmung‹ nach, wie es Mael genannt hätte. Ich gab dem einen recht, sprach den anderen schuldig, erklärte diesen für unschuldig, verurteilte jenen zum Tode.

Ich weiß nicht, wie lange das dauerte, da mein Körper jedes Zeitgefühl eingebüßt hatte. Aber schließlich war auch das getan, und mir war klar, daß es nun zu handeln galt.

Irgendwie mußte ich den Befehl des alten Gottes nun in die Tat umsetzen, verhindern, daß man mich in der Erde gefangensetzte. Und mir blieb nur noch verdammt wenig Zeit, keine Stunde mehr bis Sonnenaufgang.

Ich wußte, wenn ich es zuließe, mich von den Druiden wieder in den heiligen Baum einschließen zu lassen, würde ich bis zu der kleinen Opfergabe beim nächsten Vollmond vor Hunger vergehen. Und die Nächte bis dahin würden nur von Durst und Pein bestimmt sein und von dem, was der Alte ›die Träume des Gottes‹ genannt hatte, in denen ich die Geheimnisse des Baumes und des sprießenden Grases und der schweigenden Mutter erfahren würde. Aber diese Geheimnissee waren nichts für mich.

Die Druiden umringten mich jetzt, und wir machten uns wieder zu dem heiligen Baum auf. Die Hymnen wurden zu einer Litanei, die mir geboten, in der Eiche zu verweilen, um den Wald zu heiligen, um sein Beschützer zu sein und um der Priesterschaft durch die Eiche wohlmeinenden Rat zu erteilen, wenn sie von Zeit zu Zeit vorbeikämen und meiner Weisheit bedürften.

Ich blieb stehen, ehe wir bei der Eiche angekommen waren. In der Mitte des Hains flackerte ein riesiger Scheiterhaufen und warf gespenstisches Licht auf die geschnitzten Fratzen und die Menschenschädel. Der Rest der Priesterschaft stand harrend um ihn herum.

Hastig begann ich zu sprechen. Mit gebieterischer Stimme sagte ich ihnen, daß sie allesamt den Hain verlassen sollten, da ich mit dem alten Gott in der Eiche allein zu sein wünsche. Aber ich merkte gleich, daß es nicht klappte. Sie starrten mich kalt an, mit gläsernen Augen, und warfen sich gegenseitig Blicke zu.

›Mael!‹ sagte ich. ›Führe meinen Befehl aus. Sag diesen Priestern, daß sie den Hain verlassen sollen.‹

Plötzlich, ohne die geringste Vorwarnung, rannte die Hälfte der Priester zu dem Baum. Die anderen packten mich an den Armen.

Ich versuchte, mich zu befreien, aber gut zwölf Priester hielten meine Arme und Beine umklammert.

Wenn ich geahnt hätte, wie stark ich war, hätte ich mich leicht befreien können. Aber das wußte ich nicht. Zu groß war der Schrekken angesichts dessen, was jetzt passieren würde. Während ich noch um mich tretend loszukommen versuchte, wurde der alte Gott, dieses nackte und schwarze Ding, aus dem Baum getragen und ins Feuer geworfen.

Ich sah ihn nur für den Bruchteil einer Sekunde, und er gab ein Bild völliger Resignation ab. Kein einziges Mal erhob er seine Arme, um sich zu wehren. Seine Augen waren geschlossen, und er sah weder mich noch sonst jemanden, noch irgend etwas an, und ich erinnerte mich wieder an das, was er mir über sein Leid erzählt hatte, und ich fing zu weinen an.

Ich zitterte heftig, als sie ihn verbrannten. Aber aus den Flammen hörte ich seine Stimme. ›Tu, was ich dir befohlen habe, Marius. Du bist unsere Hoffnung.‹ Das hieß, verschwinde hier, und zwar sofort.

Ich überließ mich willfährig denen, die mich festhielten. Ich weinte und weinte und spielte das trauernde Opfer all dieser Magie, den armen Gott, der seinen zu den Flammen verdammten Vater beklagte. Und als ich spürte, wie sich ihr Griff lockerte, als ich sah, daß sie alle in den Anblick des Scheiterhaufens versunken waren, drehte ich mich mit aller Kraft herum, riß mich los und rannte so schnell ich konnte in den Wald.

Während dieses ersten Spurts wurde mir klar, über welche Kräfte ich verfügte. Ich legte in Sekundenschnelle eine gewaltige Strecke zurück, wobei meine Füße den Boden fast kaum berührten.

Aber sofort ertönte der Schrei: ›DER GOTT IST GEFLOHEN!‹ Und unverzüglich hallte die ganze Lichtung von diesem Schlachtruf wider, und Tausende von Sterblichen rasten ins Gehölz.

Wie um alles in der Welt kann das eigentlich geschehen, dachte ich plötzlich, daß ich ein Gott bin, voll von Menschenblut, und daß ich doch vor einer Meute keltischer Barbaren durch diese verdammten Wälder fliehe?

Ich blieb nicht einmal stehen, um mir dieses weiße Gewand vom Leib zu reißen, sondern zerrte es mir im Laufen herunter, und dann sprang ich auf die Äste über mir und sauste noch schneller durch die Wipfel der Eichen.

Innerhalb weniger Minuten hatte ich meine Verfolger so weit abgehängt, daß ich sie nicht mehr hören konnte. Aber ich rannte immer weiter, sprang von Ast zu Ast, bis es nichts mehr zu fürchten gab, außer der Morgensonne.

Und ich machte eine Erfahrung, die Gabrielle schon ganz früh auf euren Wanderschaften gemacht hatte: daß ich mich nämlich ganz leicht in die Erde eingraben konnte, um mich vor dem Licht zu schützen.

Als ich erwachte, war ich über das Ausmaß meines Durstes nicht schlecht erstaunt. Es war mir ein Rätsel, wie der alte Gott das rituelle Fasten überstanden hatte. Ich konnte nur noch an Menschenblut denken.

Aber die Druiden hatten den ganzen Tag gehabt, um mir nachzusetzen. Ich mußte größte Vorsicht walten lassen.

Und ich darbte die ganze Nacht, während der ich durch den Wald eilte, trank nichts bis zum frühen Morgen, als ich auf eine Diebesbande stieß, die mich mit dem Blut eines Übeltäters und neuer Kleidung versorgte.

In diesen Stunden vor der Morgendämmerung wurde mir so manches klar. Ich hatte recht viel über meine Fähigkeiten erfahren und sollte noch mehr erfahren. Und ich war entschlossen, nach Ägypten zu gehen, nicht um der alten Götter und ihrer Anbeter willen, sondern um herauszufinden, was da eigentlich vorging.

In der dritten Nacht meines neuen Lebens suchte ich mein altes Haus in Massilia auf und stellte fest, daß meine Bibliothek, mein Schreibtisch und die Manuskripte noch da waren, und meine treuen Sklaven zeigten sich überglücklich, mich zu sehen. Was bedeuteten mir diese Dinge? Was bedeutete es, daß ich dieses Geschichtswerk geschrieben, daß ich in diesem Bett gelegen hatte?

Ich wußte, daß ich nicht mehr der Römer Marius sein konnte. Aber ich würde von ihm retten, was zu retten war. Ich schickte meine geliebten Sklaven in die Heimat zurück. Ich schrieb meinem Vater, daß mich eine tückische Krankheit zwänge, den Rest meiner Tage im heißen und trockenen Klima Ägyptens zu verbringen. Ich schickte mein Werk über die Geschichte an Freunde in Rom, die es lesen und veröffentlichen würden. Und dann machte ich mich auf den Weg nach Alexandrien – mit goldgefüllten Taschen, mit meinen alten Reisedokumenten und in Begleitung von zwei strohdummen Sklaven, die sich nie fragten, warum ich eigentlich nur nachts reiste.

Und schon einen Monat nach dem großen Samhainfest durchstreifte ich die dunklen, verwinkelten, nächtlichen Gassen Alexandriens, mit meiner stummen Stimme die alten Götter suchend.

Ich mußte sie finden, und du weißt, warum. Nicht nur wegen der drohenden Gefahr, daß mich der Sonnengott in der Dunkelheit meines Schlafs tagsüber aufspürte oder mich nachts mit seinen verheerenden Feuer besuchte. Ich mußte die alten Götter finden, weil ich es allein unter den Menschen nicht mehr aushielt. Die Last der ganzen Greuel ruhte einzig auf meinen Schultern, und obwohl ich nur Mörder und andere Übeltäter tötete, war mein Gewissen allzu fein ausgebildet, als daß es Selbsttäuschung zugelassen hätte. Ich konnte die Einsicht nicht ertragen, daß ich, Marius, der in seinem Leben soviel Liebe erfahren und genossen hatte, der unbarmherzige Todesbringer war.

9

Alexandrien war keine alte Stadt. Sie war kaum älter als dreihundert Jahre. Aber sie besaß einen großen Hafen und die umfassendsten Bibliotheken im ganzen römischen Reich. Von überall kamen die Gelehrten hierher, um ihr Wissen zu bereichern, und in einem anderen Leben war ich einer von ihnen gewesen und war nun hierher zurückgekehrt.

Hätte mich der alte Gott nicht hierhergeschickt, wäre ich weiter ins Innere Ägyptens vorgedrungen, ›bis auf den tiefsten Grund‹, wie der Gallier gesagt hatte, in dem festen Glauben, daß die Lösung aller Rätsel in den alten Grabmalen zu finden war.

Aber in Alexandrien überfiel mich ein merkwürdiges Gefühl, ich *wußte,* daß die Götter dort waren. Ich wußte, daß sie meine Schritte lenkten, wenn ich die Straßen mit den Hurenhäusern und Mördergruben durchforschte, Orte, zu denen die Menschen kamen, um ihre Seele zu verlieren.

Des Nachts lag ich in meinem kleinen römischen Haus auf dem Bett und rief die Götter an. Ich kämpfte mit meinem Wahnsinn. So wie du war auch ich verwirrt von der Kraft und der Stärke und den lähmenden Gefühlen, die mich jetzt beherrschten. Und eines Nachts, schon gegen Morgen, als das Licht von nur einer Lampe durch die dünnen Vorhänge des Bettes fiel, in dem ich lag, sah ich hinüber zum Gartentor, und dort stand eine reglose schwarze Gestalt.

Einen Augenblick lang glaubte ich zu träumen, denn diese Gestalt, die ich dort sah, war völlig geruchlos, schien nicht zu atmen, gab keinen Laut von sich. Und plötzlich wußte ich, daß sie ein Gott sein mußte, aber da war sie auch schon wieder verschwunden, diese Gestalt, die ich gesehen hatte, und ich saß in meinem Bett und starrte ihr nach und versuchte mir ins Gedächtnis zu rufen, was ich gesehen hatte: ein schwarzes nacktes Wesen mit einem kahlen Kopf und roten, stechenden Augen, ein Wesen, das in seine eigene Reglosigkeit versunken schien, merkwürdig schüchtern, und das nur seine Kräfte sammelte, um sich in allerletzter Sekunde davonzumachen, bevor es entdeckt wurde.

In der darauffolgenden Nacht hörte ich in den Seitengassen eine Stimme nach mir rufen. Aber diese Stimme war nicht so deutlich wie die aus dem Baum. Sie gab mir nur zu verstehen, daß ich mich ganz nah bei der Tür befand. Und dann endlich war der stille, lautlose Augenblick gekommen, in dem ich vor ihr stand.

Es war ein Gott, der mir öffnete. Es war ein Gott, der zu mir sagte: *Komm!*

Als ich die unvermeidliche Treppe hinabstieg und einem steil nach unten führenden Gang folgte, war ich von Angst erfüllt. Ich zündete die Kerze an, die ich mitgebracht hatte, und sah, daß ich mich in einem unterirdischen Tempel befand, einem Ort, der viel älter war als Alexandrien, einer heiligen Stätte, die vielleicht aus der Zeit der Pharaonen stammte und deren Wände mit kleinen bunten Bildern überzogen waren, die von dem Leben im alten Ägypten erzählten.

Und dann die Schrift, diese wunderbare Bilderschrift mit ihren kleinen Mumien und Vögeln und ineinanderverschlungenen körperlosen Armen und sich ringelnden Schlangen.

Ich ging weiter und kam zu einer großen Halle mit viereckigen Pfeilern und hohem Deckengewölbe. Auch hier schmückten Bilder jeden Zentimeter Stein. Und dann sah ich aus den Augenwinkeln heraus etwas, das zuerst wie eine Statue wirkte, eine schwarze Gestalt, die neben einem Pfeiler stand und sich mit der Hand dagegenstützte. Aber ich wußte, daß es keine Statue war. Kein ägyptischer Gott, aus Stein gehauen, wäre je so dagestanden, und er hätte auch kein Leinentuch um die Hüfte geschlungen gehabt.

Ich drehte mich langsam zu ihm um und riß mich zusammen, um für seinen Anblick gewappnet zu sein, und sah das gleiche verbrannte Fleisch, die gleiche Haarmähne, wenn sie auch schwarz war, die gleichen gelben Augen. Die Lippen um Zähne und Gaumen waren welk, und der Atem kam röchelnd und unter Schmerzen aus seiner Kehle.

›Wie und wann bist du gekommen?‹ fragte er auf griechisch.

Ich sah mich so, wie er mich sah, strahlend und stark, selbst meine blauen Augen irgendwie geheimnisvoll, und ich sah meine römischen Kleider, meine Tunika aus Leinen, mit Goldspangen auf den Schultern befestigt, meinen roten Umhang. Mit den langen gelben Haaren muß ich wie ein Reisender aus den Wäldern im Norden ausgesehen haben, nur äußerlich ›zivilisiert‹, und vielleicht entsprach das jetzt sogar der Wahrheit.

Aber er war es, der mich interessierte. Und ich sah ihn jetzt in seiner ganzen Größe, das vernarbte Fleisch, bis auf die Rippen verbrannt, und das Schlüsselbein und die vorspringenden Hüften nur Haut und Knochen. Doch er war nicht ausgehungert, nein. Er mußte erst vor kurzem menschliches Blut getrunken haben. Aber es war, als würden seine Qualen wie Hitze aus ihm herausströmen, als würde ihn das Feuer noch immer von innen her verbrennen, als wäre er selbst eine Hölle.

›Wie hast du dich vor den Flammen retten können?‹ fragte er. ›Wie bist du entkommen? Sprich!‹

›Ich wurde nicht gerettet‹, erwiderte ich, ebenfalls auf griechisch. Ich trat dicht an ihn heran und hielt die Kerze auf die Seite, weil er davor zurückschreckte. Er war schmal gebaut, mit breiten Schultern, genauso wie die alten Pharaonen, und seine langen schwarzen Haare waren, wie es bei ihnen der Brauch gewesen war, von der Stirn aus nach hinten kurz geschoren. ›Ich bin noch nicht gemacht gewesen, als es geschah‹, sagte ich, ›sondern ich wurde erst hinterher geschaffen, von dem Gott des heiligen Hains in Gallien.‹

›Ah, dann war dieser Gott, der dich gemacht hat, unverletzt?‹

›Nein, verbrannt wie du, aber er besaß genug Kraft, es zu tun. Immer wieder und wieder gab und nahm er das Blut. Er sagte: Geh nach Ägypten und finde heraus, warum es so gekommen ist. Er sagte, die Götter des Waldes seien in Flammen aufgegangen, manche im Schlaf und manche, als sie wach waren. Er sagte, überall im Norden sei es so gewesen.‹

›Ja.‹ Die Gestalt nickte und stieß ein trockenes röchelndes Lachen aus, das ihren ganzen Körper erfaßte. ›Und nur die Alten hatten die Kraft, zu überleben, die Qualen zu erleiden, weil sie unsterblich sind. Und so leiden wir. Aber jetzt wurdest du gemacht. Und du bist gekommen. Du wirst noch weitere schaffen. Aber ist es gerecht, noch mehr zu schaffen? Hätten Der Vater und Die Mutter es zugelassen, daß dies mit uns geschah, wäre die Zeit dazu nicht reif gewesen?‹

›Aber wer sind Der Vater und Die Mutter?‹ fragte ich. Daß er mit der Mutter nicht die Erde meinte, war mir klar.

›Die ersten von uns‹, erwiderte er, ›die, von denen wir alle abstammen.‹

Ich versuchte, seine Gedanken zu durchdringen, die Wahrheit zu erfahren, aber er wußte, was ich tat, und verschloß seine Gedanken, wie sich eine Blume in der Dämmerung schließt.

›Komm mit‹, sagte er. Und dann ging er mit schleppendem Schritt aus der großen Kammer und durch einen langen, genauso geschmückten Gang.

Ich fühlte, daß wir uns an einem noch älteren Ort befanden, der schon vor dem Tempel existiert hatte, aus dem wir gerade kamen. Ich weiß nicht, woher ich das wußte. Das Gefühl von Kälte, das man hier auf der Insel verspürt, war dort nicht vorhanden. In Ägypten gibt es dieses Gefühl nicht. Dort gibt es ein anderes Gefühl: das Gefühl von etwas Lebendigem, das in der Luft liegt.

Während wir weitergingen, bemerkte ich immer deutlichere Anzeichen für das hohe Alter des Ortes. Die Bilder an den Wänden waren älter, die Farben blasser, und an manchen Stellen wiesen die Farben Risse auf und begannen abzublättern. Und sie waren in einem anderen Stil gemalt. Die schwarzen Haare der kleinen Figuren waren länger und voller, und es kam mir so vor, als sähe alles viel schöner aus, als wäre es von Licht erfüllt und bis ins kleinste vollkommen.

Irgendwo in der Ferne tropfte Wasser auf Stein. Dieses Geräusch pflanzte sich in einem melodischen Echo durch den Gang fort. Und es war, als steckte Leben in diesen zarten kunstvollen Figuren, als wohne dem Zauber, den die alten kultischen Künstler immer wieder und wieder angestrebt hatten, ein eigener glühender Keim von Macht inne. Ich hörte Flüstern von Leben, wo es kein Flüstern gab. Ich spürte die große Kontinuität der Geschichte, auch wenn es sonst niemanden gab, der sich ihrer bewußt war.

Die dunkle Gestalt neben mir blieb stehen, während ich mir die Wände ansah. Sie winkte mir lebhaft zu, ihr durch eine Tür zu folgen, und wir betraten eine große rechteckige Kammer, deren Wände über und über mit kunstvollen Hieroglyphen bedeckt waren. Man hatte das Gefühl, sich inmitten eines Manuskripts zu befinden, in ihm eingeschlossen zu sein. Und vor mir standen zwei alte ägyptische Steinsärge Kopf an Kopf an der Wand.

Sie hatten die Form der Mumien, für die sie gemacht waren, waren ihnen genau angepaßt und mit Farben bemalt, eine Verkörperung der Toten, mit Gesichtern, die in Gold gehauen waren, und Augen aus Lasurstein.

Ich hielt die Kerze hoch. Und mein Begleiter hob mit großer Anstrengung die Deckel hoch und klappte sie nach hinten, damit ich hineinsehen konnte.

Zuerst glaubte ich Körper zu sehen, aber als ich sie mir aus der Nähe betrachtete, erkannte ich, daß es sich um Aschehaufen handelte, die eine männliche Form hatten. Außer einem weißen Fangzahn hier und einem Stückchen Knochen dort war nichts an Gewebe geblieben.

›Keine noch so große Menge Blut kann sie jetzt noch zurückholen‹, sagte mein Begleiter. ›Sie sind jenseits jeder Erneuerung. Die Gefäße des Blutes sind nicht mehr vorhanden. Wer wieder aufstehen konnte, ist aufgestanden, und es wird Jahrhunderte dauern, bis wir geheilt sein werden, bis unsere Schmerzen ein Ende haben.‹

Bevor er die Sarkophage mit den Mumien wieder schloß, sah ich noch, daß die Deckel an ihrer Innenseite vom Feuer schwarz waren, dem diese beiden geopfert worden waren. Und es tat mir nicht leid, sie wieder eingesperrt zu sehen.

Er drehte sich um und ging zur Tür, und ich folgte ihm mit der Kerze, aber dann blieb er stehen und sah noch einmal zurück zu den bemalten Särgen.

›Wenn die Asche verstreut wird, sind ihre Seelen frei‹, sagte er.

›Aber warum verstreust du die Asche dann nicht?‹ fragte ich und gab mir Mühe, nicht so verzweifelt, nicht so aufgewühlt zu klingen.

›Sollte ich das?‹ fragte er, und die Runzeln um seine Augen vertieften sich. ›Findest du, daß ich das tun sollte?‹

›Das fragst du mich?‹ erwiderte ich.

Wieder stieß er sein trockenes Lachen aus, das so gequält klang, und führte mich durch den Gang bis zu einem erleuchteten Raum. Wir betraten eine von Kerzen erhellte Bibliothek, in der auf rautenförmigen Holzregalen Pergament- und Papyrusrollen aufbewahrt waren.

Ich war natürlich entzückt, denn eine Bibliothek war etwas, das mir vertraut war. Es war der einzige menschliche Ort, der mir noch das Gefühl von Normalität vermittelte. Aber ich war erstaunt, als ich dort jemanden sitzen sah – einen von uns –, hinter dem Schreibtisch, mit auf den Boden gerichtetem Blick.

Er besaß kein einziges Haar am ganzen Körper und war kohlrabenschwarz, aber seine Haut war glatt und glänzend, wie mit Öl eingerieben. Sein Gesicht war glatt und ebenmäßig, seine Hand, die in seinem Schoß auf dem weißen Leinenkilt ruhte, war elegant gebogen, und die Muskeln an seiner nackten Brust waren ausgeprägt und kräftig.

Er drehte sich zu mir um und sah mich an. Und im selben Augenblick ging etwas vor zwischen uns, etwas, das, wie es bei uns sein kann, noch stiller war als die Stille selbst.

›Das ist der Älteste‹, sagte die Gestalt, die mich hierhergebracht hatte. ›Du kannst selbst sehen, wie er dem Feuer standgehalten hat. Aber er wird nicht sprechen. Er hat nicht mehr gesprochen, seit es geschehen ist. Doch gewiß weiß er, wo Die Mutter und Der Vater sind, und warum alles so gekommen ist.‹

Der Älteste starrte weiter vor sich hin. Aber sein Gesicht drückte Neugier aus, ein wenig sarkastisch und leicht amüsiert, aber auch verächtlich.

›Auch vor dieser Katastrophe hat der Älteste nicht oft zu uns gesprochen‹, sagte der andere. ›Das Feuer hat ihn nicht verändert, nicht aufgeschlossener gemacht. Steif und stumm sitzt er da und wird immer mehr wie Die Mutter und Der Vater. Hin und wieder liest er etwas. Hin und wieder geht er oben in der Welt herum. Er trinkt das Blut, er lauscht den Sängern. Hin und wieder tanzt er. Er spricht mit den Sterblichen auf Alexandriens Straßen, aber er spricht nicht mit uns. Er hat uns nichts zu sagen. Aber er weiß ... er weiß, warum das alles so gekommen ist mit uns.‹

›Laß mich allein mit ihm‹, sagte ich.

Ich wurde von einem Gefühl erfaßt, das in einer solchen Situation jeden überkommt. Ich würde den Mann zum Sprechen bringen; ich würde Dinge aus ihm herausholen, wie es noch niemand getan hatte. Aber es war nicht nur Eitelkeit, die mich trieb. Denn er war es gewesen, der zu meinem Haus gekommen war, dessen war ich ganz sicher. Er war es gewesen, der mich von der Tür aus beobachtet hatte.

Und ich hatte etwas in seinem Blick gelesen – Intelligenz oder Interesse oder aber auch das Erkennen irgendeines gemeinsamen

Wissens, und wie immer man es auch nennen will, irgend etwas war jedenfalls da.

Und ich erkannte die Möglichkeiten einer anderen Welt in mir, die dem Gott des Waldes verschlossen gewesen war, und auch diesem Schwachen und Verwundeten neben mir, der den Ältesten voller Verzweiflung betrachtete.

Der Schwache zog sich zurück, wie ich ihn geheißen hatte. Ich ging zum Schreibtisch und sah den Ältesten an. ›Was soll ich tun?‹ fragte ich auf griechisch. Er sah zu mir auf, und ich konnte das, was ich Intelligenz nenne, in seinem Gesicht lesen. ›Hat es einen Sinn, dir noch Fragen zu stellen?‹ fragte ich. Ich war sehr darauf bedacht, den richtigen Ton zu finden. Nicht zu förmlich, nicht zu ehrerbietig, sondern so normal, wie es nur ging.

›Sag mir, wonach du suchst!‹ forderte er mich plötzlich auf lateinisch auf, kalt, mit heruntergezogenen Mundwinkeln, schroff und herausfordernd.

Ich war erleichtert, auf lateinisch antworten zu können. ›Du hast gehört, was ich dem anderen erzählt habe‹, begann ich , ›wie ich von dem Baumgott der Kelten geschaffen wurde und wie er mir aufgetragen hat herauszufinden, warum die Götter in den Flammen verbrannt sind.‹

›Du kommst nicht im Auftrag der Götter des Waldes!‹ sagte er, wie zuvor, in höhnischem Ton. Sein Kopf war noch nach unten gebeugt, nur seine Augen sahen mich um so herausfordernder und verächtlicher an.

›Ja und nein‹, sagte ich. ›Wenn wir auf diese Weise umkommen können, dann wüßte ich gern, warum. Was einmal geschehen ist, kann ein zweites Mal geschehen. Und ich hätte gern gewußt, ob wir wirklich Götter sind, und wenn ja, wüßte ich gern, welches unsere Verpflichtungen gegenüber den Menschen sind. Gibt es Die Mutter und Den Vater wirklich, oder sind sie nur eine Legende? Und wie hat alles angefangen?‹

›Durch einen Zufall‹, sagte er.

›Durch einen Zufall?‹ Ich beugte mich vor; ich glaubte, nicht richtig gehört zu haben.

›Ja, es war ein Zufall‹, sagte er kühl und abweisend und machte damit deutlich, wie absurd ihm diese Frage vorkam. ›Vor viertausend

Jahren, durch einen Zufall, und seither zeugt jede Magie und Religion davon.‹

›Du sprichst doch die Wahrheit, nicht wahr?‹

›Warum sollte ich mir die Mühe machen, dir etwas vorzulügen? Warum sollte ich dich von der Wahrheit verschonen? Ich weiß ja nicht einmal, wer du bist. Und es ist mir auch egal.‹

›Dann erkläre mir wenigstens, was du mit einem Zufall meinst‹, bohrte ich weiter.

›Ich weiß nicht. Ich könnte es tun, ich könnte es aber auch lassen. In diesen letzten Minuten habe ich mehr geredet als in den ganzen letzten Jahren zusammen. Die Geschichte von dem Zufall ist vielleicht genausowenig wahr wie all die Märchen, an denen sich die anderen ergötzen. Die anderen haben sich immer für diese Märchen entschieden, das ist es doch, was ihr wirklich wollt, nicht wahr, Märchen?‹ Er hatte die Stimme erhoben und erhob sich jetzt selbst aus dem Sessel, als würde ihm seine zornige Stimme auf die Beine helfen. ›Eine Geschichte von unserer Schöpfung, die der Schöpfungsgeschichte der Hebräer gleicht, den Erzählungen Homers, dem Gestammel eurer römischen Dichter Ovid und Virgil – ein schöner großer Pfuhl leuchtender Symbole, aus dem das Leben selbst hervorgegangen ist.‹ Er stand da und schrie aus vollem Halse, während sich auf seiner schwarzen Stirn dicke Adern wölbten und seine Hand zur Faust geballt war. ›Von solchen Geschichten wimmelt es doch in all den Dokumenten hier, nachdem sie, bruchstückweise, aus den Hymnen und Zauberformeln hervorgegangen sind. Willst du sie hören? Sie sind genauso wahr wie alles andere auch.‹

›Erzähl mir, was du willst‹, sagte ich und bemühte mich, ruhig zu bleiben. Seine Stimme dröhnte in meinen Ohren. Und dann hörte ich, wie sich in den Räumen nebenan etwas bewegte. Wie noch andere Kreaturen, ähnlich diesem vertrockneten, armseligen Bündel, das mich hierhergebracht hatte, dort herumschlichen. ›Und du könntest damit beginnen, mir zu erzählen, warum du mich hier in Alexandrien in meinen Räumen aufgesucht hast‹, sagte ich mit eisiger Stimme. ›Du warst es doch, der mich hierhergeführt hat. Warum hast du das getan? Um mich zu beschimpfen? Um mich zu verfluchen, weil ich von dir wissen will, wie alles angefangen hat?‹

›Du solltest dich beruhigen.‹

›Das gleiche könnte ich zu dir sagen.‹

Er musterte mich von oben bis unten, dann lächelte er. Er hielt mir seine geöffneten Hände hin, wie zum Gruß oder als wollte er mir etwas anbieten, dann zuckte er die Achseln.

›Ich möchte, daß du mir von diesem Zufall erzählst‹, sagte ich. ›Ich würde dich sogar darum bitten, wenn ich das Gefühl hätte, daß es irgend etwas nützen würde. Was kann ich tun, damit du es mir erzählst?‹

Sein Gesicht machte mehrere bemerkenswerte Verwandlungen durch. Ich konnte seine Gedanken fühlen, aber nicht hören, konnte einen bissigen Humor fühlen. Und als er dann mit belegter Stimme weitersprach, schien er wie in einem Würgegriff gegen Kummer und Leid anzukämpfen.

›Hör gut zu‹, sagte er. ›Ich werde dir unsere Geschichte erzählen. Der gute Gott Osiris, der erste Pharao Ägyptens, wurde von bösen Menschen ermordet. Das war lange vor der Erfindung der Schrift. Und als seine Frau Isis die einzelnen Teile seines Körpers zusammentrug, wurde er unsterblich und herrschte von da an im Reich des Todes. Es war das Reich des Mondes und der Nacht, in dem er regierte, und man brachte ihm Opfergaben aus Blut für die Große Göttin dar, und er trank das Blut. Aber die Priester wollten ihm das Geheimnis seiner Unsterblichkeit stehlen, und so hielt er seinen Gottesdienst im verborgenen, und seine Tempel waren nur jenen in seiner Sekte bekannt, die ihn vor dem Sonnengott beschützten, der Osiris mit seinen brennenden Strahlen jederzeit hätte vernichten können. In dieser Legende steckt die Wahrheit, wie du erkennen wirst. Osiris, der Herrscher der Finsternis, hatte also eine übernatürliche Kraft errungen, die von allen, die ihn umgaben, möglicherweise zu unvorstellbar bösen Taten verwendet werden konnte. Und so machte er daraus einen Kult, mit allen Riten und Zeremonien, in dem Bestreben, *Das Mächtige Blut* nur denen zugänglich zu machen, die es für die weiße Magie und sonst nichts verwenden würden. Und da wären wir nun.‹

›Und Die Mutter und Der Vater, das sind Isis und Osiris?‹

›Ja und nein. Sie sind die ersten. Isis und Osiris sind die Namen in den Mythen, die sie erzählten, oder in dem Kult, den sie für sich erfanden.‹

›Und was war denn nun der Zufall? Wie hat alles angefangen?‹

Er sah mich lange schweigend an, dann setzte er sich wieder hin, drehte sich zur Seite und starrte geradeaus, genauso wie vorher.

›Warum sollte ich es dir erzählen?‹ fragte er. Aber diesmal maß er der Frage ein neues Gefühl bei, als meinte er sie ernst und als müßte er die Antwort selbst finden. ›Warum sollte ich überhaupt etwas tun? Wenn Die Mutter und Der Vater nicht aus dem Sand aufstehen, um sich in Sicherheit zu bringen, sobald die Sonne am Horizont aufsteigt, warum sollte ich mich dann rühren? Oder etwas sagen? Oder weitermachen?‹ Wieder sah er zu mir hoch.

›War es das, was passierte? Die Mutter und Der Vater gingen hinaus in die Sonne?‹

›Wurden in der Sonne zurückgelassen, mein lieber Marius‹, sagte er, und zu meinem Erstaunen gewahrte ich, daß er meinen Namen kannte.

›Wurden in der Sonne zurückgelassen. Denn Die Mutter und Der Vater bewegen sich nicht aus eigener Kraft, außer um sich gelegentlich etwas zuzuflüstern oder um diejenigen von uns, die wegen ihres heilenden Blutes zu ihnen kommen, niederzuschlagen. Sie könnten uns alle, die verbrannt sind, wiederherstellen, wenn sie uns das heilende Blut zu trinken gäben. Viertausend Jahre existieren Der Vater und Die Mutter nun schon, und unser Blut wird mit jeder Jahreszeit, mit jedem Opfer stärker. Selbst beim Hungern wird es stärker, denn wenn die Zeit des Hungerns vorbei ist, erfreuen wir uns neuer Kraft. Aber Der Vater und Die Mutter kümmern sich nicht um ihre Kinder. Und jetzt sieht es fast so aus, als würden sie sich nicht einmal um sich selbst kümmern. Vielleicht hatten sie nach viertausend Nächten einfach nur den Wunsch, die Sonne zu sehen!

›Seit die Griechen nach Ägypten kamen, seit die alte Kunst auf den Kopf gestellt wurde, haben sie nicht mehr zu uns gesprochen. Sie haben nicht ein einziges Mal auch nur mit der Wimper gezuckt. Und was ist Ägypten jetzt anderes als die Kornkammer Roms? Wenn Die Mutter und Der Vater zuschlagen, um uns von den Blutadern an ihren Hälsen zu vertreiben, dann sind sie hart wie Stahl und durchaus imstande, unsere Knochen zu zermalmen. Und wenn sie sich schon um nichts mehr kümmern, warum sollte ich es dann tun?‹

Ich sah ihn lange Zeit prüfend an. ›Und du meinst, das wäre der

Grund, warum die anderen verbrannt sind? Weil Der Vater und Die Mutter draußen in der Sonne gelassen wurden?‹

Er nickte. ›Unser Blut stammt von ihnen!‹ sagte er. ›Es ist ihr Blut. Es besteht eine direkte Verbindung zu ihnen, und was sie befällt, befällt auch uns. Wenn sie verbrannt werden, dann werden auch wir verbrannt.‹

›Wir haben eine Verbindung zu ihnen!‹ flüsterte ich erstaunt.

›Genau, mein lieber Marius‹, sagte er und sah mich an und schien meine Furcht zu genießen. ›Das ist der Grund, warum sie tausend Jahre lang bewahrt wurden, Die Mutter und Der Vater, das ist der Grund, warum ihnen Opfer dargebracht werden, das ist der Grund, warum sie angebetet werden. Was mit ihnen geschieht, geschieht auch mit uns.‹

›Wer hat das getan? Wer hat sie der Sonne ausgesetzt?‹

Er lachte tonlos.

›Der, der sie bewahrt hat‹, sagte er, ›der es nicht länger ertragen konnte, der diese feierliche Last schon zu lange hatte tragen müssen, der niemanden sonst dazu bringen konnte, ihm die Last abzunehmen, und der sie dann schließlich weinend und zitternd hinausgeschafft hat in den Wüstensand und sie dort wie zwei Statuen zurückgelassen hat.‹

›Und mein Schicksal ist eng damit verknüpft‹, murmelte ich.

›Ja. Aber ich kann mir nicht vorstellen, daß er noch länger daran geglaubt hat, der sie so lange bewahrt hat. Schließlich war es ja nur eine alte Geschichte. Schließlich wurden sie verehrt, wie ich schon sagte, von uns verehrt, so wie wir von den Sterblichen verehrt werden, und niemand hat es gewagt, ihnen Leid zuzufügen. Niemand hat ihnen eine Fackel hingehalten, um festzustellen, ob wir anderen dann Schmerzen verspüren. Nein. Er hat es nicht geglaubt. Er hat sie einfach in der Wüste zurückgelassen, und als er dann in jener Nacht in seinem Sarg die Augen aufschlug und nur noch ein bis zur Unkenntlichkeit verbranntes Stück Schrecken war, da schrie er und schrie und schrie.‹

›Und du hast sie wieder unter die Erde gebracht.‹

›Ja.‹

›Und sie sind so schwarz wie du ...‹

›Nein.‹ Er schüttelte den Kopf. ›Sie sind wie aus Bronze gegossen, goldbraun, wie Fleisch, das sich am Spieße dreht. Mehr nicht. Und so schön wie eh und je, als gehörte die Schönheit zu ihnen, als Teil ihrer selbst, als wären sie dazu bestimmt, die Schönheit zu verkörpern. Sie sehen vor sich hin, wie sie es immer getan haben, aber sie stecken nicht mehr die Köpfe zusammen, sie summen nicht mehr zum Rhythmus ihrer geflüsterten Heimlichkeiten, sie geben uns nicht mehr ihr Blut zu trinken. Und die Opfer, die ihnen dargebracht werden, nehmen sie nur noch ganz selten entgegen, und wenn, dann auch nur in allergrößter Abgeschiedenheit. Niemand weiß, wann sie trinken werden, und wann nicht.‹

Ich schüttelte den Kopf und ging auf und ab. Die Kerze in meiner Hand flackerte, und ich wußte nicht, was ich zu all dem sagen sollte, ich brauchte Zeit, um darüber nachzudenken.

Der Älteste forderte mich mit einer Handbewegung auf, mich auf den Stuhl zu setzen, der auf der anderen Seite des Schreibtischs stand, und ohne darüber nachzudenken, tat ich es.

›Aber waren sie nicht dazu bestimmt, Römer?‹ fragte er. ›Waren sie nicht dazu bestimmt, dem Tod im Wüstensand zu begegnen, stumm, unbeweglich, wie Statuen, die man weggeworfen hatte, nachdem die Bewohner einer Stadt von den Eroberern verjagt worden waren, und waren wir nicht auch dazu bestimmt zu sterben? Sieh dir Ägypten an. Ich frage dich noch einmal, was ist Ägypten denn anderes als die Kornkammer Roms? Waren sie nicht dazu bestimmt, Tag für Tag dort zu sterben, während wir und alle anderen auf der ganzen Welt wie Sterne brannten?‹

›Wo sind sie?‹ fragte ich.

›Wozu willst du das wissen?‹ sagte er spöttisch. ›Warum sollte ich dir dieses Geheimnis verraten? Du kannst sie nicht in Stücke hacken, dafür sind sie viel zu stark, ein Messer würde nicht mal ihre Haut durchdringen. Aber wenn du sie zerstückelst, zerstückelst du auch uns. Wenn du sie verbrennst, verbrennst du auch uns. Und welches Gefühl sie uns auch vermitteln – sie selbst werden immer nur zum Teil davon betroffen sein, denn ihr Alter schützt sie davor. Und doch brauchst du sie nur zu verstimmen, um jeden einzelnen von uns dem sicheren Untergang zu weihen. Das Blut scheinen sie nicht einmal mehr zu benötigen! Vielleicht sind sogar ihre Gedanken mit unseren verbunden. Vielleicht kommen Kummer und Leid, die Angst, das

Entsetzen über das Schicksal der Welt auch aus ihren Köpfen in unsere, während sie dort in ihren Kammern liegen und träumen! Nein. Ich kann dir nicht sagen, wo sie sind, nicht wahr?

Nicht, solange ich nicht mit Sicherheit weiß, daß mir alles gleichgültig ist, daß es für uns Zeit wird auszusterben.‹

›Wo sind sie?‹ fragte ich noch einmal.

›Warum sollte ich sie nicht in die tiefsten Tiefen des Meeres versenken?‹ fragte er. ›Bis sie irgendwann einmal von der Erde selbst auf dem Kamm einer riesigen Welle ans Sonnenlicht gespült werden?‹

Ich schwieg, verwundert über seine Erregung, die ich gleichwohl verstand.

›Warum sollte ich sie nicht in den Tiefen der Erde vergraben, ich meine, in den dunkelsten Tiefen, wo kein noch so schwacher Laut von Leben hindringt, und sie dort, in dieser absoluten Stille, liegenlassen, egal, was sie denken und fühlen?‹

Was hätte ich darauf antworten können? Ich beobachtete ihn. Ich wartete, bis er sich zu beruhigen schien. Er sah mich an, und sein Gesicht war ruhig, fast vertrauensvoll.

›Erzähle mir, wie es dazu kam, daß sie Die Mutter und Der Vater wurden‹, bat ich.

›Wozu?‹

›Das weißt du ganz genau. Ich will es wissen! Warum bist du zu meinem Schlafzimmer gekommen, wenn du nicht vorhattest, es mir zu erzählen?‹ fragte ich wieder.

›Und wenn ich gekommen bin, was heißt das schon?‹ sagte er mit Bitterkeit in der Stimme. ›Was, wenn ich einfach den Römer mit meinen eigenen Augen sehen wollte? Wir werden sterben, und du wirst mit uns sterben. Ich wollte unsere Magie in neuer Gestalt sehen. Denn wer betet uns denn heute schon noch an? Gelbhaarige Krieger in den Wäldern des Nordens? Uralte Ägypter in verborgenen Gruften unter dem Sand? Wir leben nicht in den Tempeln der Griechen und Römer. Das haben wir nie getan. Und doch verkünden sie unseren Mythos – den einzigen Mythos – und rufen Die Mutter und Den Vater beim Namen ...‹

›Das ist mir scheißegal‹, sagte ich ungeduldig. ›Das weißt du genau. Du und ich, wir sind uns ähnlich. Ich werde nicht in die

Wälder des Nordens zurückkehren, nur um diesen Leuten ein neues Geschlecht von Göttern zu liefern! Aber ich bin hierhergekommen, um alles herauszufinden, und du mußt es mir sagen!‹

›Also gut. Damit du die Sinnlosigkeit des Ganzen verstehen kannst, damit du das Schweigen Der Mutter und Des Vaters verstehen kannst, werde ich es sagen. Aber hör zu, das heißt noch lange nicht, daß ich uns nicht doch noch alle erledige. Daß ich Die Mutter und Den Vater nicht doch noch im Feuer verbrenne! Aber ersparen wir uns lange Vorreden und schöne Worte. Begnügen wir uns mit den Mythen selbst, die noch am selben Tag im Sande starben, an dem die Sonne auf Die Mutter und Den Vater herabschien. Ich werde dir erzählen, was in all den Schriftrollen, die Der Vater und Die Mutter zurückgelassen haben, geschrieben steht. Stell die Kerze hin. Und hör mir zu.‹

10

Wenn du die Schriftrollen entziffern könntest‹, sagte er, ›würden sie dir erzählen, daß wir es hier mit zwei menschlichen Wesen zu tun haben, mit Akascha und Enkil, die aus irgendeinem anderen, älteren Land nach Ägypten gekommen waren. Das war lange, bevor es die ersten Schriftzeichen gab, bevor es die ersten Pyramiden gab, als die Ägypter noch Kannibalen waren und auf die Leiber ihrer Feinde Jagd machten, um sie zu verspeisen!

Akascha und Enkil führten das Volk fort von diesen barbarischen Sitten. Sie beteten zur Guten Mutter Erde und lehrten die Ägypter, Samen in die Gute Mutter einzubringen und Tiere zu halten, um Fleisch und Milch und Häute zu bekommen.

Aller Wahrscheinlichkeit nach waren sie nicht allein, als sie ihnen all diese Dinge beibrachten, sondern führten ein Volk an, das mit ihnen aus noch viel älteren Städten hierhergekommen war, deren Namen unter dem Boden Libanons verschwunden sind, deren Bauwerke verfallen sind.

Ob das nun die Wahrheit ist oder nicht, diese beiden waren gütige Herrscher, und sie ließen sich von dem Guten im Menschen leiten, denn die Gute Mutter war die Nahrhafte Mutter, und sie wollte, daß alle Menschen in Frieden zusammenlebten, und sie sprachen Recht in diesem entstehenden Land.

Vielleicht wären sie auf irgendeine huldvolle Art zum Mythos geworden, hätte es im Haus des königlichen Verwalters nicht einen Aufruhr gegeben, der mit dem grotesken Benehmen eines Dämons begann, der mit Möbeln um sich warf.

Es handelte sich hier nun keineswegs um mehr als einen ganz gewöhnlichen Dämon, wie es sie in allen Ländern und zu allen Zeiten gibt und die den Menschen zu bestimmten Zeiten und an bestimmten Orten das Leben schwermachen. Dazu schlüpfen sie, zum Beispiel, in den Körper irgendeiner Unschuldigen und sprechen mit dröhnender Stimme durch deren Mund. Oder sie bringen diese Unschuldige dazu, obszöne Sprüche und sexuelle Anzüglichkeiten von sich zu geben. Du hast doch von diesen Dingen sicher schon gehört?‹

Ich nickte. Solche Geschichten bekam man immer wieder zu hören.

›Wie dem auch sei‹, fuhr er daraufhin fort. ›Diese Dämonen können zwar für irgendeinen Haushalt oder irgendeine Person eine Plage sein, aber sie sind eigentlich nicht weiter bemerkenswert. Harmlose Störenfriede, mehr nicht. Aber du mußt natürlich bedenken, daß das im alten Ägypten ganz anders gesehen wurde. Damals sind die Menschen noch vor einem Donnerschlag davongelaufen, oder sie verspeisten ihre Toten, um deren Seele in sich aufzunehmen.‹

›Ich weiß‹, sagte ich.

›Und jener gute König Enkil beschloß, sich selbst um den Dämon zu kümmern, der das Haus seines Verwalters heimsuchte. Die königlichen Zauberer wollten natürlich, daß er es ihnen überließ, den Dämon zu vertreiben. Aber Enkil war es gewohnt, allen Gutes zu tun. Er hatte die Vorstellung, daß alle Dinge im Guten vereint seien, daß alle Kräfte darauf gerichtet seien, einen heiligen Kurs einzuschlagen. Er würde mit diesem Dämon reden und versuchen, dessen Kräfte für die Allgemeinheit nutzbar zu machen. Und nur wenn ihm das nicht gelang, wollte er einer Austreibung des Dämons zustimmen.

Und so ging er in das Haus seines königlichen Verwalters, in dem Möbel gegen die Wände krachten und Krüge zerbarsten und Türen knallten. Und er redete mit diesem Dämon und forderte ihn auf, ihm zu antworten. Alle anderen suchten indessen das Weite.

Eine geschlagene Nacht lang blieb er dort, bevor er das heimgesuchte Haus wieder verließ, und er hatte eine Menge erstaunlicher Dinge zu berichten: Diese Dämonen sind gedankenlos und absolut kindisch, sagte er zu seinen Zauberern, aber ich habe sie mir genau angesehen, um zu erfahren, warum sie so wütend sind. Sie sind völlig außer sich, weil sie keine Körper besitzen, weil sie nicht genauso fühlen wie wir. Sie lassen die Unschuldigen schmutzige Dinge sagen, weil sie selbst nicht imstande sind, Gefühle von Liebe und Leidenschaft zu empfinden. Sie können die einzelnen Körperteile zwar lenken, aber sie haben sie nicht wirklich unter Kontrolle, und so sind sie von dem Fleisch besessen, das sie nicht in Besitz nehmen können. Und deshalb werfen sie mit ihren schwachen Kräften alle möglichen Gegenstände um, bringen ihre Opfer dazu, wie wild um sich zu schlagen und herumzuzappeln. Dieser Wunsch nach Fleischlichkeit ist der Grund für ihren Zorn, sie wollen darauf aufmerksam machen, wie sie leiden müssen. Und mit diesen frommen Worten begann er sich daranzumachen, sich in dem heimgesuchten Haus einzuschließen, um noch mehr über die Dämonen herauszufinden.

Aber diesmal wollte ihn seine Frau an seinem Vorhaben hindern. Sie wollte nicht zulassen, daß er bei den Dämonen blieb. Er solle doch mal in den Spiegel sehen, sagte sie. In den wenigen Stunden, die er allein in dem Haus verbracht hatte, war er ein schönes Stück gealtert.

Und als er sich einfach nicht davon abbringen ließ, schloß sie sich zusammen mit ihm in dem Haus ein, und draußen, vor dem Haus, hörte man einen ungeheuren Krach, und alle warteten nur darauf, den König und die Königin selbst mit Geisterstimmen laut schreien zu hören. Der Lärm, der aus dem Haus drang, war erschreckend, und in den Mauern traten bereits Risse auf.

Wie schon beim erstenmal rannten alle weg, auch jetzt wieder, außer einer kleinen Gruppe interessierter Männer. Diese Männer waren von Anfang an gegen den König gewesen. Es waren die alten Krieger, die von Ägypten aus die Jagd auf Menschenfleisch angeführt hatten, und sie hatten genug von dem gütigen König, genug von der Guten Mutter Erde und dem Beackern der Felder und solchen Dingen, und sie sahen in diesem Geisterabenteuer nicht nur einen weiteren Beweis für das unsinnige Treiben des Königs, sondern eine günstige Gelegenheit, ihn sich vom Hals zu schaffen.

Als es Nacht wurde, schlichen sie sich in das Geisterhaus. Sie hatten keine Angst vor Geistern, genausowenig wie die Grabschänder, die die Gräber der Pharaonen ausplündern, Angst haben. Sie sind gläubig, aber nicht genug, um ihre Habgier im Zaum zu halten.

Und als sie Enkil und Akascha mitten im Zimmer zwischen den kreuz und quer herumfliegenden Möbelstücken sahen, stürzten sie sich auf die beiden und erdolchten den König unzählige Male, so wie eure römischen Senatoren Caesar ermordet haben, und die einzige Zeugin, seine Frau, stachen sie ebenfalls nieder.

Und der König schrie: Nein, nein, seht ihr denn nicht, was ihr getan habt? Ihr habt es den Geistern ermöglicht einzudringen! Ihr habt ihnen meinen Körper geöffnet! Seht ihr das denn nicht? Doch die Männer ergriffen die Flucht, in der Gewißheit, daß der König und die Königin tot waren, aber die Königin kroch auf Händen und Knien zu ihrem Mann und hielt seinen Kopf im Schoß, und beide bluteten aus mehr Wunden, als man zählen konnte.

Inzwischen brachten die Verschwörer das Volk auf die Beine. Wußten sie auch alle, daß der König von den Geistern getötet worden war? Er hätte diese Geister den Zauberern überlassen sollen, wie es jeder andere König getan haben würde. Und dann machten sich alle mit brennenden Fackeln auf den Weg zu dem spukenden Haus, in dem es plötzlich ganz still geworden war.

Die Verschwörer drängten die Zauberer hineinzugehen, aber die hatten Angst. Dann werden wir eben selbst hineingehen und nachsehen, was passiert ist, sagten die bösen Verschwörer und rissen die Türen auf.

Und da standen der König und die Königin und sahen den Verschwörern ruhig entgegen, und ihre Wunden waren alle geheilt. In ihren Augen aber war ein unheimliches Leuchten, und ihre Haut schimmerte in einem weißen Licht, und ihre Haare glänzten. Und als die Verschwörer voller Entsetzen flohen, kamen sie aus dem Haus, und sie schickten das Volk und die Priester fort und gingen allein zurück zu ihrem Palast.

Und obgleich sie sich niemandem anvertrauten, wußten sie, was mit ihnen geschehen war.

Der Dämon war durch ihre Wunden in ihren Körper eingedrungen, und zwar genau in dem Augenblick, als das sterbliche Leben aus ihnen wich. Und es war das Blut, in das sich der Dämon in jenem Dämmerzustand, als das Herz fast stillstand, eingeschlichen hatte. Vielleicht war das der Stoff, den er in seiner Wut gesucht hatte, der Stoff, den er durch seine grotesken Possen von seinen Opfern hatte bekommen wollen, auch wenn es ihm nie gelungen war, seinem Opfer genügend viele Wunden zuzufügen, bevor es starb. Aber jetzt war er drin in dem Blut, und das Blut, das war nicht nur der Dämon, und auch nicht nur das Blut des Königs und der Königin, sondern es war eine Mischung aus Mensch und Dämon, etwas völlig anderes also.

Und von dem König und der Königin war nur noch übrig, was dieses Blut beleben konnte, was es einflößen und für sich beanspruchen konnte. In jeder anderen Hinsicht waren ihre Körper tot, aber das Blut floß durch das Gehirn und das Herz und die Haut, und so blieb dem König und der Königin ihre Intelligenz erhalten. Es blieben ihnen ihre Seelen erhalten, wenn man so will, da die Seele diesen Organen innewohnt, auch wenn wir nicht wissen, warum das so ist. Und obwohl das Blut des Dämons keinen eigenen Geist besaß, keinen eigenen Charakter, den der König und die Königin hätten entdecken können, bereicherte es ihren Geist und ihren Charakter, denn es floß durch die Organe, aus denen die Gedanken hervorgehen. Und es fügte ihren eigenen Fähigkeiten seine reine spirituelle Kraft hinzu, so daß der König und die Königin die Gedanken von Sterblichen hören und Dinge aufspüren und verstehen konnten, die den Sterblichen verschlossen bleiben.

Alles in allem hatte der Dämon etwas hinzugefügt und etwas weggenommen, und der König und die Königin waren Neue Wesen. Sie konnten nun keine Nahrung mehr zu sich nehmen und auch nicht mehr wachsen oder sterben oder Kinder bekommen, aber ihre Gefühle besaßen eine Intensität, über die sie selbst erschrocken waren. Und der Dämon besaß nun, was er sich immer gewünscht hatte: einen Körper, um darin zu leben, sich endlich in der Welt herumbewegen zu können, zu *fühlen*.

Aber dann kam die noch viel schrecklichere Entdeckung, daß das Blut gefüttert werden mußte, um ihre Leichname am Leben zu erhalten. Und zu diesem Zweck konnte er nur verwenden, woraus er selbst gemacht war: Blut. Immer mehr Blut mußte her, um zugeführt zu werden, immer mehr Blut mußte her, um durch alle Glieder des Körpers gepumpt zu werden, in dem er diese herrlichen Gefühle genoß, immer mehr Blut, er konnte gar nicht genug davon bekommen.

Oh, und das stärkste aller Gefühle war das Trinken, mit dem er sich erneuerte, sich ernährte, sich vergrößerte. Und in diesem Augenblick des Trinkens konnte er den Tod des Opfers fühlen, den Augenblick, in dem er so viel Blut aus dem Opfer zog, daß sein Herz zu schlagen aufhörte.

Der Dämon hatte sie fest im Griff, den König und die Königin. Sie waren Bluttrinker; und ob der Dämon von ihnen gewußt hat, werden wir nie erfahren. Aber der König und die Königin wußten, daß sie von dem Dämon besessen waren und ihn nicht loswerden konnten, und wenn sie ihn loswürden, müßten sie sterben, weil ihre Körper bereits tot waren. Und sie erkannten auch, daß diese toten Körper, die einzig und allein von dieser dämonischen Flüssigkeit am Leben gehalten wurden, keinem Feuer und keinem Sonnenlicht standhalten würden. Einerseits waren sie wie zarte weiße Blumen, die in der Tageshitze der Wüste verwelkten und schwarz wurden. Und andererseits schien sich das Blut in ihnen so schnell zu verflüchtigen, daß man es leicht zum Kochen bringen konnte, wenn man es erhitzte, und dann würde das Gewebe, durch das es floß, zerstört werden.

Es heißt, daß sie am Anfang keinen hellen Strahlen standhalten konnten, daß ihre Haut schon zu rauchen begann, wenn sie nur in die Nähe eines Feuers kamen.

Aber wie auch immer, sie waren eine neue Art Wesen, und ihre Gedanken waren von einer neuen Art, und sie bemühten sich, die Dinge zu verstehen, die sie sahen, und auch ihre Neigungen, die sie in diesem neuen Stadium quälten.

Nicht alles ist überliefert. Es wurde nie etwas darüber geschrieben oder berichtet, wie es war, als sie sich zum erstenmal entschlossen, das Blut weiterzugeben, oder als sie in Erfahrung brachten, auf welche Weise es geschehen mußte – daß sie das Opfer bis zum

Augenblick des Hinüberdämmerns in den Tod leersaugen mußten, weil sich sonst das dämonische Blut, das sie ihm darauf gaben, nicht in ihm festsetzen konnte.

Von den ungeschriebenen Überlieferungen wissen wir, daß der König und die Königin bemüht waren, geheimzuhalten, was mit ihnen geschehen war, aber ihr ständiges Verschwinden am hellen Tag weckte Verdacht. Sie konnten ja auch ihren religiösen Verpflichtungen im Lande nicht mehr nachkommen. Und so kam es, daß sie, noch bevor sie feste Entscheidungen getroffen hatten, die Bevölkerung ermuntern mußten, die Gute Mutter im Mondschein anzubeten.

Aber sie vermochten sich nicht vor den Verschwörern zu schützen, die noch immer nicht begriffen, wieso sie wieder auf die Beine gekommen waren, und die noch immer darauf aus waren, sie aus dem Weg zu räumen. Trotz aller Vorsichtsmaßnahmen griffen sie die beiden erneut an, aber die Kraft des Königs und der Königin war so überwältigend, daß die Verschwörer von Furcht gepackt wurden, und das um so mehr, als die Wunden, die sie den beiden beibrachten, auf höchst wundersame Weise augenblicklich wieder heilten. Bei dem Kampf wurde dem König ein Arm abgetrennt, und er steckte ihn sich wieder an die Schulter, und als er dann plötzlich zu neuem Leben erwachte, ergriffen die Verschwörer die Flucht.

Und durch diese Überfälle, diese Kämpfe, gelangte das Geheimnis nicht nur zu den Feinden des Königs, sondern auch zu den Priestern. Und jetzt wollte niemand mehr den König und die Königin vernichten, sondern sie wollten sie zu Gefangenen machen, um von ihnen das Geheimnis der Unsterblichkeit zu erfahren, und sie versuchten auch, von ihnen Blut zu bekommen, aber die ersten Versuche schlugen fehl.

Die Trinkenden waren dem Tod noch nicht nahe genug gewesen, so daß höchst hybride Wesen entstanden – halb Gott, halb Mensch –, die auf schreckliche Weise zugrunde gingen. Aber ein paar von ihnen kamen durch. Vielleicht hatten sie vorher ihre Venen geleert. Das ist nicht verbürgt. Aber in späteren Zeiten hat sich das als eine gute Methode erwiesen, um das Blut zu stehlen.

Und vielleicht haben Die Mutter und Der Vater auch beschlossen, Sprößlinge zu produzieren. Vielleicht aus einem Gefühl der Einsamkeit heraus oder aus Angst oder um das Geheimnis weiterzugeben an solche mit gutem Charakter, denen sie trauen konnten. Aber auch darüber wissen wir nichts Genaues. Wie auch immer, allmählich entstanden immer mehr Bluttrinker, und am Ende wußte man auch wie.

Und die Schriftrollen berichten davon, wie Die Mutter und Der Vater sich bemühten, ihre Andersartigkeit zu nutzen. Sie suchten nach einem Sinn für das, was geschehen war, und sie glaubten, daß ihre gestärkten Sinne irgendeinem guten Zweck dienen mußten. Hatte nicht die Gute Mutter all dies geschehen lassen?

Und sie mußten dieses geheimnisvolle Wunder, das mit ihnen geschehen war, stärken und erhalten, denn sonst passierte es vielleicht, daß Ägypten zu einer Rasse bluttrinkender Dämonen würde, die die Welt einteilten in jene, die das Blut tranken, und in jene, die nur dazu da waren, um es zu geben, eine Tyrannei, die niemals mehr von Sterblichen allein gebrochen werden könnte, wenn sie sich erst mal etabliert hätte.

Und so entschieden sich der gute König und die Königin für das Ritual, den Mythos. Sich selbst sahen sie als Abbilder des abnehmenden und zunehmenden Mondes an, und das Trinken von Blut war für sie das Erscheinen des Gottes in Menschengestalt, der seine Opfer auf sich nimmt, und ihre überlegenen Kräfte benutzten sie dazu, um Prophezeiungen zu machen, Dinge zu verkünden und um zu richten. Sie betrachteten sich als Wesen, die das Blut, das sonst über den Altar geflossen wäre, für die Götter entgegennahmen. Alles, was nicht zur Gewohnheit werden durfte, umgaben sie mit Symbolik und Mystik, und sie entzogen sich den Blicken der Sterblichen, indem sie sich in Tempeln aufhielten, um sich von denen, die ihnen Blut bringen würden, anbeten zu lassen. Sie suchten sich die kräftigsten Opfer aus, jene, die schon immer für das Wohl des Landes den Göttern dargeboten wurden, ob Unschuldige, ob Außenseiter oder Bösewichte, und sie tranken das Blut für Die Mutter und für das Gute.

Sie setzten die Geschichte von Osiris in die Welt, die zum Teil ihre eigenen schrecklichen Leiden erzählte – den Angriff der Verschwörer, ihre Heilung, die Notwendigkeit, im Reich der Finsternis zu leben, die Welt, die hinter dem Leben lag, ihr Unvermögen, sich der Sonne auszusetzen. Sie fügten es den alten Geschichten von den Göttern hinzu, die in ihrer Liebe zur Guten Mutter stiegen und fielen und die es schon in dem Land, aus dem sie gekommen waren, gegeben hatte.

Und so gelangten diese Geschichten zu uns, und diese Geschichten verbreiteten sich auch außerhalb der geheimen Orte, an denen Die Mutter und Der Vater angebetet wurden und wo jene, die mit dem Blut geschaffen worden waren, aufgehoben wurden.

Und als der erste Pharao seine erste Pyramide baute, waren sie bereits alt. Und in den frühen Texten werden sie auf eine bruchstückhafte und merkwürdige Weise beschrieben.

In Ägypten herrschten noch hundert andere Götter, wie es sie in allen Ländern gibt. Aber die Anbetung Der Mutter und Des Vaters und JENER, DIE DAS BLUT TRANKEN, spielte sich im verborgenen ab, und es war eine sehr mächtige Kultbewegung, der sich die Gläubigen anschlossen, um den lautlosen Stimmen der Götter zu lauschen und um ihre Träume zu träumen.

Wir wissen jedoch nicht, wer die ersten Sprößlinge Der Mutter und Des Vaters waren. Wir wissen nur, daß sie ihre Religion bis hin zu den Inseln des großen Meeres verbreitet haben, zu den Ländern der beiden Flüsse und in die Wälder des Nordens. Daß überall an den geheiligten Stätten der Mondgott vorherrschte und das Blut seiner Opfer trank und seine Kräfte nutzte, um in die Herzen der Menschen zu sehen. In den Zeiten zwischen den Opfergaben, während des Hungerns, konnte der göttliche Geist seinen Körper verlassen, er konnte durch den Himmel reisen, er konnte tausend Dinge lernen. Und die Sterblichen mit der größten Reinheit im Herzen konnten zum Schrein des Gottes kommen und seine Stimme hören, und er konnte sie hören.

Aber schon vor meiner Zeit, vor tausend Jahren, war diese alte Geschichte recht unlogisch. Die Götter des Mondes hatten in Ägypten schon an die dreitausend Jahre geherrscht. Aber diese Religion war immer wieder Angriffen ausgesetzt gewesen.

Als sich die ägyptischen Priester dem Sonnengott Amon Ra zuwendeten, öffneten sie die Grabstätten des Mondgottes und ließen ihn von der Sonne zu Asche verbrennen. Und viele unserer Artgenossen wurden vernichtet. Das gleiche geschah, als die ersten Kriegerhorden nach Griechenland kamen und die heiligen Stätten aufbrachen und töteten, was sie nicht verstanden.

Heute regiert das plappernde Orakel von Delphi, wo wir einst regierten, und wo wir einst standen, stehen heute Statuen. Unsere letzte Stunde spielt sich in den Wäldern des Nordens ab, von wo du gekommen bist, unter denen, die unsere Altäre auch heute noch mit dem Blut von Bösewichten tränken, und in den kleinen ägyptischen Dörfern, in denen sich ein oder zwei Priester um den Gott in seinem Grabe kümmern und den Gläubigen gestatten, ihm die Übeltäter darzubringen, denn Unschuldige können sie nicht opfern, ohne Verdacht zu erregen, und Bösewichte und Missetäter sind immer zu bekommen. Und auch weiter unten, in Afrika, im wilden Dschungel, bei den verfallenen Ruinen alter Städte, an die sich heute niemand mehr erinnert, hört man noch auf uns.

Aber unsere Geschichte ist von Geschichten über Schurken und Betrüger durchsetzt – Bluttrinker, die nie nach einer Göttin gefragt haben, die keinen Beistand suchen und die mit ihren Kräften tun und lassen, was sie wollen.

Sie leben in Rom, in Athen, in allen Städten des Reiches, und sie kümmern sich nicht um Recht oder Unrecht, und ihre Kräfte nutzen sie nur zu ihrem eigenen Vorteil.

Und genauso wie die Götter in den Hainen und heiligen Stätten sind sie auf schreckliche Weise in der Hitze und den Flammen verendet, und wenn tatsächlich welche überlebt haben sollten, dann dürften sie wahrscheinlich nicht einmal ahnen, warum sie den tödlichen Flammen ausgeliefert waren und auf welche Weise Die Mutter und Der Vater an die Sonne gelangten.‹

Er schwieg. Er wartete auf meine Reaktion. Es war jetzt völlig still in der Bibliothek, und ob die anderen noch hinter den Wänden herumschlichen, war nicht zu hören.

›Ich glaube kein einziges Wort‹, sagte ich.

Einen Augenblick lang starrte er mich bestürzt an, und dann lachte er aus vollem Hals. Lachte und lachte. Ich aber lief wutentbrannt aus der Bibliothek und durch den Tempel und den Tunnel nach oben auf die Straße.

11

Es war sonst gar nicht meine Art, wütend wegzulaufen, plötzlich aufzubrechen und mich davonzumachen. Als Sterblicher hatte ich so etwas nie getan. Aber wie ich schon sagte, ich war dem Wahnsinn nahe, wie so viele von uns, vor allem jene, die gewaltsam in diese Sache hineingezogen worden waren.

Ich ging zu meinem kleinen Haus in der Nähe der großen Bibliothek von Alexandrien zurück und legte mich auf mein Bett, als hätte ich jetzt einfach schlafen gehen und die ganze Sache vergessen können.

›Verdammter Mist‹, murmelte ich.

Aber je mehr ich über die ganze Geschichte nachdachte, desto einleuchtender kam sie mir vor. Es ergab einen Sinn, daß in meinem Blut irgend etwas war, das mich dazu zwang, immer mehr Blut zu trinken. Es ergab einen Sinn, daß dadurch alle Sinne geschärft wurden, daß das Blut meinen Körper – der jetzt nur noch die Imitation eines menschlichen Körpers war – in Gang hielt, obwohl er doch gar nicht mehr hätte funktionieren dürfen. Und es ergab einen Sinn, daß dieses Wesen zwar keinen eigenen Geist besaß, aber trotzdem eine Macht darstellte, eine organisierte Kraft, mit dem Wunsch, aus sich selbst heraus zu leben.

Und dann ergab es sogar einen Sinn, daß wir alle an Die Mutter und Den Vater angeschlossen sein konnten, weil dieses Wesen geistiger Art war und keine körperlichen Grenzen besaß, außer den individuellen Grenzen der einzelnen Körper, in denen es die Kontrolle übernommen hatte. Dieses Wesen war der Rebstock, und wir waren die Reben, über große Entfernungen verstreut, aber durch die verflochtenen Ranken, die über die ganze Welt reichten, miteinander verbunden.

Das war auch der Grund, warum wir Götter einander so gut hören konnten, warum ich wissen konnte, daß die anderen in Alexandrien waren, noch bevor sie mich riefen. Das war der Grund, warum sie kommen und mich in meinem Haus finden konnten, warum sie mich zu der Geheimtür zu führen vermochten.

Na, schön. Vielleicht stimmte es. Vielleicht war alles wirklich nur ein Zufall, diese Verschmelzung einer namenlosen Kraft mit einem menschlichen Körper und Geist, um das *Neue Wesen* zu schaffen, wie der Älteste gesagt hatte.

Trotzdem – es gefiel mir nicht. Ich lehnte mich dagegen auf, denn wenn ich überhaupt etwas war, dann war ich ein Individuum, ein ureigenes Wesen, mit einem ausgeprägten Gefühl für meine eigenen Rechte und Vorrechte. Mir war nicht bewußt, daß ich ein fremdes Gebilde in mir beherbergte. Ich war immer noch Marius, ganz gleich, was mit mir geschehen war.

Am Ende hatte ich nur noch einen einzigen Gedanken: Wenn ich an Diese Mutter und Diesen Vater angeschlossen war, dann mußte ich sie sehen und wissen, daß sie in Sicherheit waren. Ich konnte nicht mit dem Gedanken leben, daß ich jeden Augenblick durch irgendeine Alchimie, die ich weder kontrollierte noch verstand, sterben würde.

Aber in den unterirdischen Tempel bin ich nicht mehr gegangen. In den darauffolgenden Nächten schwelgte ich im Blut, bis meine trübsinnigen Gedanken darin ertranken, und dann, in den frühen Stunden, durchstreifte ich die große Bibliothek Alexandriens und las, wie ich es immer getan hatte.

Das Gefühl von Wahnsinn in mir verflüchtigte sich ein wenig. Ich gab es auf, mich nach meiner sterblichen Familie zu sehnen. Ich gab es auf, mich über dieses verfluchte Wesen in dem Kellertempel zu ärgern, und ich dachte statt dessen an die neue Stärke, die ich besaß. Ich würde viele Jahrhunderte lang leben: Ich würde die Antwort auf alle möglichen Fragen kennen. Ich würde, im Laufe der Zeit, das anhaltende Bewußtsein der Dinge sein! Und solange ich nur die Bösewichte tötete, konnte ich meinen Durst nach Blut stillen, sogar richtiggehend schwelgen. Und wenn die Zeit reif wäre, würde ich mir Gefährten machen, und ich würde sie gut machen.

Was blieb also zu tun? Wieder zu dem Ältesten zu gehen und herauszufinden, wo er Die Mutter und Den Vater hingeschafft hatte. Und diese Kreaturen mit meinen eigenen Augen zu sehen. Und genau das zu tun, womit der Älteste gedroht hatte, sie so tief in die Erde zu versenken, daß kein Sterblicher sie je finden und dem Tageslicht aussetzen könnte.

Es war leicht, sich das auszudenken, leicht, sich vorzustellen, daß sie sich so einfach würden abfertigen lassen.

Fünf Nächte, nachdem ich bei dem Ältesten gewesen war und genügend Zeit gehabt hatte, mir die Dinge durch den Kopf gehen zu lassen, lag ich in meinem Schlafzimmer, um mich auszuruhen, während durch die dünnen Vorhänge an meinem Bett das Licht der Lampen fiel. In dem gedämpften goldenen Licht lag ich da und lauschte den Geräuschen der schlafenden Stadt und glitt hinüber in einen leichten, glitzernden Wachtraum. Ich überlegte, ob der Älteste noch einmal zu mir kommen würde, ob er enttäuscht war, weil ich nicht zurückgekommen war – und noch während ich diesem Gedanken nachhing, merkte ich, daß wieder jemand an der Tür stand.

Jemand beobachtete mich. Ich fühlte es. Ich brauchte nur den Kopf zu drehen, um diese Person zu sehen. Und dann würde ich die Oberhand haben über den Ältesten. Ich würde sagen: ›Du bist also gekommen, in deiner Einsamkeit und Enttäuschung, und jetzt willst du mir mehr erzählen, nicht wahr? Warum gehst du nicht zurück und schweigst, um deine Geistergefährten zu kränken, die Bruderschaft der Asche?‹ Natürlich würde ich es so nicht zu ihm sagen. Aber in Gedanken sagte ich es so, und falls er es war, würde er es hören.

Der dort stand, rührte sich nicht vom Fleck. Dann, ganz langsam, glitt mein Blick zur Tür, und dort stand eine Frau. Aber keine gewöhnliche Frau, sondern eine prächtige Ägypterin mit einer Haut wie aus Bronze, mit kostbaren Juwelen geschmückt und wie eine Königin in edle steife Leinenstoffe gekleidet, und ihr schwarzes Haar reichte bis über die Schultern und war mit Gold durchsetzt. Es ging eine ungeheure Kraft von ihr aus, und ein unsichtbares übermächtiges Gefühl ihrer Gegenwart erfüllte den kleinen unbedeutenden Raum, den sie völlig in ihren Besitz nahm.

Ich richtete mich auf und schob die Vorhänge zurück, und die Lampen im Zimmer verloschen. Ich sah in der Dunkelheit, wie der Rauch gegen die Decke stieg, dünne graue Fahnen wie Schlangen, die sich nach oben schlängelten und dann verschwunden waren. Sie stand noch immer an der Tür, und das restliche Licht erhellte ihr ausdrucksloses Gesicht, die funkelnden Juwelen an ihrem Hals und ihre großen mandelförmigen Augen. Dann sagte sie mit lautloser Stimme: *Marius, bring uns weg von hier, weg von Ägypten.*

Dann war sie verschwunden.

Mein Herz klopfte wie wild, und ich lief in den Garten, um sie zu suchen. Ich sprang über die Mauer und stand in der leeren ungepflasterten Straße und lauschte.

Ich lief zu dem alten Viertel, wo ich die Tür gefunden hatte. Ich wollte in den unterirdischen Tempel, zu dem Ältesten, um ihm zu sagen, daß er mich zu ihr bringen mußte, ich hatte sie gesehen, sie hatte sich bewegt, sie hatte gesprochen, sie war zu mir gekommen! Ich war wie betäubt, aber als ich dann an der Tür war, wußte ich, daß ich nicht hinunterzusteigen brauchte. Wenn ich aus der Stadt ginge, bis hinaus in den Sand, würde ich sie finden. Sie führte mich bereits zu dem Ort, an dem sie war.

In der darauffolgenden Stunde sollte ich mich an die Kraft und die Geschwindigkeit erinnern, die mir in den Wäldern von Gallien zu eigen gewesen waren und die ich seither nie wieder benutzt hatte. Ich ließ die Stadt hinter mir, bis nur noch die Sterne Licht verbreiteten, und ging immer weiter, bis ich zu einem verfallenen Tempel kam. Dort begann ich zu graben. Eine ganze Schar Sterblicher hätte Stunden gebraucht, um die Falltür zu entdecken, aber ich fand sie sofort und konnte sie lüften, wozu Sterbliche niemals imstande gewesen wären.

Die gewundenen Treppen und Gänge, denen ich folgte, waren dunkel. Und ich verfluchte mich, weil ich keine Kerze mitgebracht hatte, aber ich war von ihrem Anblick so hingerissen gewesen, daß ich ihr wie ein Verliebter nachgejagt war.

›Hilf mir, Akascha‹, flüsterte ich. Ich streckte die Hände vor mir aus und bemühte mich, meine sterbliche Furcht vor der Dunkelheit zu unterdrücken, in der ich so blind war wie ein ganz gewöhnlicher Mensch.

Meine Hände stießen gegen etwas Hartes vor mir. Und ich blieb stehen, hielt die Luft an, versuchte mich zu beherrschen. Dann glitten meine Hände über das harte Etwas, das sich wie die Brust einer menschlichen Statue anfühlte, ihre Schultern, ihre Arme. Aber das war keine Statue, nein, das hier, dieses Ding, war aus einem elastischeren Stoff gemacht, nicht aus Stein. Und als meine Hände das Gesicht gefunden hatten, erwiesen sich die Lippen als ein wenig weicher als alles andere, und ich zuckte zurück.

Ich hörte mein Herz klopfen. Ich spürte die Erniedrigung der Feigheit. Ich wagte es nicht, Akaschas Namen auszusprechen. Ich wußte, daß dieses Etwas, dieses Ding, das ich berührt hatte, die Gewalt eines Mannes besaß. Es war Enkil.

Ich schloß die Augen und bemühte mich, meinen ganzen Verstand zusammenzunehmen, an etwas anderes zu denken, als mich einfach umzudrehen und wie ein Wahnsinniger die Flucht zu ergreifen, und dann hörte ich ein trockenes, knisterndes Geräusch und sah hinter meinen geschlossenen Lidern ein Feuer.

Als ich die Augen öffnete, sah ich an der Wand hinter Enkil eine brennende Fackel, und direkt vor mir erhob sich seine dunkle Silhouette, und seine lebendigen Augen sahen mich an, ohne eine Frage zu stellen, während die schwarzen Pupillen in einem trüben grauen Licht schwammen. Aber sonst war er völlig leblos, und seine Hände hingen schlaff am Körper herunter. Er war genauso geschmückt, wie sie es gewesen war, und auch er trug das prächtige Kleid der Pharaonen, und in sein Haar war Gold gewirkt. Seine Haut aber war, so wie bei ihr, am ganzen Körper mit Bronze überzogen, wie der Älteste gesagt hatte. Und wie er da so reglos und stumm vor mir stand und mich anstarrte, kam er mir vor wie die Inkarnation des Bösen.

Und sie saß in der kahlen Kammer hinter ihm auf einer Steinbank, mit gebeugtem Kopf und baumelnden Armen, als wäre sie ein lebloser Körper, den man dorthin geworfen hatte. An ihrem Leinenkleid war ein Schmutzflecken, ihre Füße mit den Sandalen waren über und über mit Sand bedeckt, und ihre Augen starrten leer vor sich hin. Die perfekte Todeshaltung.

Und er wie ein Steinwächter in der königlichen Grabstätte, der sich mir in den Weg stellte.

Ich hörte von den beiden nicht mehr, als du von ihnen gehört hast, als ich dich hier auf der Insel mit hinuntergenommen habe in ihre Kammer. Und ich hatte das Gefühl, auf der Stelle tot umzufallen vor lauter Angst.

Aber da war der Sand an ihren Füßen und an ihrem Kleid. Sie war zu mir gekommen! Das war sie!

Dann hörte ich jemanden hinter mir im Gang. Mit schlurfenden Schritten kam er näher, und als ich mich umdrehte, sah ich einen der Verbrannten – wie ein Skelett sah er aus, mit schwarzem Zahnfleisch, aus dem die schwarzen Fangzähne ragten und sich in die glänzende bläulichrote Haut seiner Unterlippe bohrten.

Fast hätte ich geschrien bei seinem Anblick, mit seinen knöchernen Gliedern, seinen krummen Beinen, seinen herunterbaumelnden Armen. Er kam wie eine Walze auf uns zu, unaufhaltsam, aber er schien mich nicht zu sehen. Er hob die Hände und wollte Enkil nach hinten schubsen.

›Nein, nein, zurück in die Kammer!‹ flüsterte er mit leiser, krächzender Stimme. ›Nein, nein!‹ Und jede Silbe schien ihn die letzte Kraft zu kosten, die er besaß. Mit seinen dürren Armen versuchte er die Gestalt wegzustoßen, aber sie rührte sich nicht vom Fleck.

›Hilf mir!‹ sagte er zu mir. ›Sie haben sich bewegt. Warum haben sie sich bewegt? Sie sollen wieder reingehen. Je mehr sie sich bewegen, desto schwerer bekommt man sie wieder hinein.‹

Ich starrte Enkil an und spürte Entsetzen, wie es jeden überkommen mußte, der diese Statue sah, die ganz offensichtlich lebendig war, aber nicht fähig oder gewillt, sich von der Stelle zu bewegen. Und während ich noch hinsah, wurde das Schauspiel vor mir noch gräßlicher, weil sich das schwarze Schreckgespenst jetzt mit einem Aufschrei auf Enkil stürzte und ihn schlug und kratzte, ohne ihm jedoch auch nur das geringste anhaben zu können. Aber mitanzusehen, wie sich dieses Ding, das eigentlich hätte tot sein müssen, derart gebärdete und völlig außer sich war, und wie dieses andere Ding dort so vollkommen gottähnlich und prächtig dastand, war mehr, als ich ertragen konnte.

›Hilf mir!‹ rief das Gespenst. ›Bring ihn zurück in die Kammer. Bring sie beide dorthin zurück, wo sie bleiben müssen.‹

Wie hätte ich das tun sollen? Wie konnte ich Hand an ihn legen? Wie konnte ich mich erdreisten, ihn hinzuschubsen, wo er gar nicht hinwollte?

›Es wird ihnen an nichts fehlen, wenn du mir hilfst‹, sagte das Ding. ›Sie werden zusammensein, und sie werden ihre Ruhe haben. Schieb ihn wieder rein. Los. Fest schieben! O je! Sieh mal da! Sieh doch mal, was mit ihr passiert ist. Sieh doch nur.‹

›Also gut!‹ flüsterte ich, und obgleich ich mich schämte, versuchte ich es. Ich stemmte meine Hände gegen Enkils Körper und drückte, was ich nur konnte, aber umsonst. Hier konnte ich mit meiner Kraft nichts ausrichten, und der Verbrannte brachte mich mit seinem sinnlosen Geschubse nur noch mehr durcheinander.

Doch dann schnappte er plötzlich nach Luft und begann wie ein Huhn zu gackern und riß die Skelettarme hoch und wich nach hinten zurück.

›Was hast du?‹ fragte ich und mußte mich zusammenreißen, um nicht laut schreiend wegzulaufen. Aber dann sah ich es selbst.

Plötzlich war Akascha hinter Enkil aufgetaucht. Sie stand dicht hinter ihm und sah mich über seine Schulter an, und dann sah ich, wie sich ihre Fingerspitzen um seine muskulösen Arme schlossen. Ihre schönen gläsernen Augen waren jetzt genauso leer wie vorher. Aber sie brachte ihn dazu, sich in Bewegung zu setzen, und jetzt konnte ich das Schauspiel verfolgen, wie sich diese beiden Wesen aus eigenem Willen fortbewegten. Er hob kaum die Füße vom Boden, als er sich langsam nach rückwärts entfernte, während sie wie von einem Schild von ihm verdeckt wurde, so daß nur ihre Hände und ihr Kopf und ihre Augen zu sehen waren.

Ich kniff die Augen zusammen und versuchte, einen klaren Gedanken zu fassen.

Sie saßen jetzt wieder zusammen auf der Steinbank, in der gleichen Stellung, in der du sie vorhin auf dieser Insel, unten im Keller, gesehen hast. Der verbrannte Kerl aber stand kurz vor dem Zusammenbruch. Er war auf die Knie gesunken, und er mußte mir nicht erst erklären, warum. In den verschiedensten Stellungen hatte er sie schon oft vorgefunden, aber in Bewegung hatte er die beiden noch nie gesehen. Und *sie* hatte er noch nie so erlebt wie gerade eben.

Ich platzte fast, als mir klar wurde, warum sie vorhin so gewesen war: Sie war zu mir gekommen. Doch dann schlugen plötzlich mein Stolz und meine freudige Erregung in etwas um, was angebrachter war: in überwältigende Ehrfurcht zunächst und schließlich in Gram und Schmerz.

Ich begann zu weinen. Ich begann unkontrolliert zu weinen, wie ich nicht mehr geweint hatte, seit ich mit dem alten Gott in dem Hain gewesen und mein Tod eingetreten und der Fluch, dieser große leuchtende mächtige Fluch, auf mich gefallen war. Ich weinte, wie man weint, wenn man sie das erstemal sieht. Ich weinte wegen ihrer Stille und ihrer Einsamkeit und wegen dieser schrecklichen kleinen unterirdischen Kammer, in der sie im Dunkeln saßen und ins Leere starrten, während über ihnen Ägypten im Sterben lag.

Die Göttin, Die Mutter, das Wesen, was auch immer, die geistlose und stumme oder hilflose Ahnherrin sah mich an. Das war bestimmt keine Täuschung. Ihre großen, glänzenden Augen mit den schwarzen Lidfransen waren auf mich gerichtet. Und dann hörte ich wieder ihre Stimme, aber sie besaß nicht mehr die Macht von früher, es war nur der Gedanke, jenseits aller Sprache, in meinem Kopf.

Bring uns fort von Ägypten, Marius. Der Älteste will uns vernichten. Beschütze uns, Marius. Sonst sind wir verloren.

›Wollen sie Blut?‹ schrie der Verbrannte. ›Haben sie sich bewegt, weil sie Opfergaben wollen?‹

›Geh und hol ihnen ein Opfer‹, sagte ich.

›Ich kann nicht; ich habe keine Kraft mehr. Und sie geben mir bestimmt nichts von ihrem heilenden Blut. Wenn ich wenigstens ein paar Tropfen bekommen könnte. Das wäre gut für mein verbranntes Fleisch, und es könnte sich wieder erholen, und dann könnte sich auch mein Blut wieder auffüllen, und ich könnte ihnen prächtige Opfer bringen ...‹

Aber in seiner kleinen Rede schwang ein falscher Ton mit, denn *sie* wünschten sich gar keine prächtigen Opfer mehr.

›Versuch doch noch mal, von ihrem Blut zu trinken‹, sagte ich, was natürlich schrecklich egoistisch von mir war. Ich wollte nur sehen, was dann passierte.

Aber zu meiner Erniedrigung näherte er sich ihnen, beugte sich vor und weinte und bettelte, auf daß sie ihm ihr mächtiges Blut gäben, ihr altes Blut, damit seine Verbrennungen schneller heilten, sagte, daß er unschuldig sei, daß er sie nicht in den Sand gelegt habe – das sei der Älteste gewesen – und daß sie ihn doch bitte, bitte, von dem Urquell trinken lassen sollten.

Und dann erfaßte ihn rasende Gier. Und von Krämpfen geschüttelt, fuhr er seine Fangzähne aus wie eine Kobra und stürzte sich mit ausgestreckten schwarzen Klauen auf Enkils Hals. Enkil aber hob den Arm, genauso wie der Älteste es vorausgesagt hatte, und schleuderte den Verbrannten quer durch die Kammer, daß er auf dem Rücken landete, noch bevor Enkils Arm wieder in seiner alten Stellung war.

Der Verbrannte schluchzte, und ich schämte mich noch mehr.

Und dieser düstere Ort mit dem sandigen Boden, die Leere und Armut, der Gestank der Fackel und der häßliche Anblick des Verbrannten, der sich weinend am Boden wälzte, all das war so unglaublich niederdrückend, daß ich es fast nicht mehr ertragen konnte.

›Dann trink eben von mir‹, sagte ich und erschauderte, als sich die Fangzähne wieder streckten und seine Hände nach mir griffen. Aber das war das mindeste, was ich tun konnte.

12

Sobald ich fertig war mit dieser Kreatur, befahl ich ihr, niemanden in die Gruft zu lassen. Wie sie das schaffen sollte, war mir zwar selbst nicht klar, aber trotzdem erteilte ich ihr diesen Auftrag mit großem Nachdruck, bevor ich mich eilig auf den Weg machte.

Ich kehrte nach Alexandrien zurück, brach dort in ein Geschäft ein, das mit Antiquitäten handelte, und stahl zwei buntbemalte und goldbeschlagene Mumienkästen sowie einen ganzen Stoß Leinen zum Einwickeln, und brachte das alles zu der Gruft in der Wüste.

Mein Mut, aber auch meine Angst waren auf ihrem Höhepunkt angelangt. Wie es häufig vorkommt, wenn wir einem unserer Artgenossen Blut geben oder welches von ihm bekommen, hatte ich einige Dinge gesehen, geträumt, als der Verbrannte seine Zähne in meine Kehle geschlagen hatte. Und was ich gesehen und geträumt hatte, hatte mit Ägypten zu tun, mit dem Alter Ägyptens und mit der Tatsache, daß sich in diesem Land seit viertausend Jahren Sprache, Religion und Kunst fast nicht verändert hatten. Und zum erstenmal konnte ich das verstehen, und ich verspürte eine tiefe Zuneigung zu Der Mutter und Dem Vater: als Relikten dieses Landes, so sicher wie die Pyramiden Relikte waren.

Aber um ehrlich zu sein: Ich hätte Die Mutter und Den Vater auch gestohlen, nur um überleben zu können.

Von dieser neuen Erkenntnis, dieser neuen Leidenschaft, wurde ich getrieben, als ich mich Akascha und Enkil näherte, um sie in die hölzernen Mumienkästen zu stecken, sehr wohl wissend, daß Akascha es zulassen würde und daß mir nur ein einziger Schlag von Enkil den Schädel zertrümmern könnte.

Aber Enkil ließ mich genauso gewähren wie Akascha. Sie ließen es zu, daß ich sie in Leinentücher wickelte, um sie zu Mumien zu machen, und in die wohlgeformten Holzsärge legte, auf denen die Gesichter von anderen Toten abgebildet waren und Hieroglyphen mit endlosen Anweisungen für sie, und sie dann nach Alexandrien brachte.

Den Verbrannten aber ließ ich in einem Zustand höchster Erregung zurück, als ich, unter jedem Arm einen Mumienkasten, endlich loszog.

Als ich in die Stadt kam, dingte ich mir ein paar Männer, die die Särge auf eine angemessene Art und Weise in mein Haus schafften, wo ich sie dann im Garten, tief unter der Erde, vergrub, nicht ohne Akascha und Enkil mit lauten Worten versichert zu haben, daß ihr Aufenthalt dort nicht von langer Dauer sein würde.

In der darauffolgenden Nacht hatte ich schreckliche Angst, sie allein zu lassen. Ich jagte und tötete nur wenige Meter von meinem eigenen Gartentor entfernt, und danach schickte ich meine Sklaven los, um Pferde und einen Wagen zu kaufen und um alle Vorbereitungen für eine Reise entlang der Küste bis nach Antiochia am Orontes zu treffen, eine Stadt, die ich kannte und liebte und in der ich mich, wie ich glaubte, sicher fühlen konnte.

Wie ich befürchtet hatte, dauerte es nicht lange, bis der Älteste auftauchte. Ich erwartete ihn schon in meinem düsteren Schlafzimmer, saß wie ein Römer auf meiner Liegestatt, mit einer Lampe neben mir und einer alten Kopie irgendeines römischen Gedichts in der Hand. Ich überlegte, ob er den Platz, an dem sich Akascha und Enkil befanden, fühlen könnte, und stellte mir in Gedanken absichtlich falsche Dinge vor: Daß ich sie in der großen Pyramide eigenhändig eingeschlossen hätte.

Ich träumte noch immer den Traum von Ägypten, wie ich ihn von dem Verbrannten übernommen hatte: als einem Land, in dem die Gesetze und der Glaube über einen längeren Zeitraum unverändert erhalten geblieben waren, als wir uns überhaupt vorstellen konnten, als einem Land, das schon die Bilderschrift gekannt hatte und die Pyramiden und die Legenden von Osiris und Isis, als Griechenland noch im Dunkeln lag und Rom noch gar nicht existierte. Ich sah, wie der Nil über seine Ufer trat. Ich sah die Berge auf beiden Seiten, die das Tal bildeten. Ich sah die Zeit in einem völlig neuen Licht. Aber das war nicht nur der Traum des Verbrannten – es war alles, was ich in Ägypten je gesehen oder erfahren hatte, das Gefühl, daß die Dinge dort ihren Anfang genommen hatten, was ich schon aus den Büchern wußte, die ich gelesen hatte, lange bevor ich das Kind von Der Mutter und Dem Vater geworden war, die ich jetzt wegbringen wollte von hier.

›Wie kommst du darauf, daß wir sie dir anvertrauen würden?‹ fragte der Älteste, sobald er durch die Tür kam.

Er wirkte riesig, als er, nur mit einem kurzen Leinenrock, im Zimmer herumging. Der Schein der Lampe fiel auf seinen kahlen Kopf, sein rundes Gesicht, seine vorstehenden Augen. ›Wie kannst du es wagen, Die Mutter und Den Vater fortzuschaffen! Was hast du mit ihnen getan?‹ fragte er.

›Du warst es, der sie an die Sonne gebracht hat‹, erwiderte ich. ›Du warst es, der sie vernichten wollte. Du warst es, der die alte Geschichte nicht geglaubt hat. Du warst ihr Wächter, der Wächter Der Mutter und Des Vaters, und du hast mich angelogen. Du hast vom einen Ende der Welt bis zum anderen den Tod unserer Artgenossen herbeigeführt. Du warst es. Und du hast mich angelogen.‹

Er war verblüfft. Er fand, daß ich überheblich und absolut unmöglich war. Das fand ich auch. Na und? Er besaß die Macht, mich zu Asche zu machen, falls er Die Mutter und Den Vater verbrannte. Aber sie war zu mir gekommen! Zu mir!

›Ich wußte nicht, was passieren würde!‹ sagte er jetzt, und an seiner Stirn traten die Adern hervor, und er hatte die Fäuste geballt. Er sah wie ein großer glatzköpfiger Nubier aus, als er mich einzuschüchtern versuchte. ›Ich schwöre bei allem, was mir heilig ist, daß ich es nicht gewußt habe. Aber du kannst dir ja gar nicht vorstellen, was es heißt, sie zu bewahren, Jahr für Jahr, Jahrzehnte, Jahrhunderte für sie zu sorgen und zu wissen, daß sie sprechen könnten, daß sie sich bewegen könnten, aber sie tun es nicht.‹

Ich konnte für ihn und was er sagte, kein Mitgefühl empfinden. Für mich war er nichts anderes als eine zweideutige Figur, die sich in diesem kleinen Zimmer in Alexandrien vor mir aufgebaut hatte, um mich zu beschimpfen und von Leiden zu reden, die jenseits aller Vorstellungskraft lagen. Warum sollte ich ihn bedauern?

›Ich habe sie geerbt‹, sagte er. ›Sie wurden mir übergeben! Was hätte ich tun sollen?‹ erklärte er. ›Ich mußte ja ihr Schweigen ertragen, mit dem sie mich bestraften, ihre Weigerung, ihr Volk anzuführen, das sie auf die Welt losgelassen hatten. Und warum dieses Schweigen? Nichts als Rache, sage ich dir. Vergeltung. Aber wofür? Wer kann sich denn heute noch daran erinnern, was vor tausend Jahren war? Niemand. Wer versteht schon all diese Dinge? Die alten Götter gehen in die Sonne, ins Feuer, oder sie werden gewaltsam umgebracht, oder sie vergraben sich tief unter der Erde, um niemals wieder herauszukommen. Nur Die Mutter und Der Vater leben ewig weiter, aber sie wollen nicht reden. Warum vergraben sie sich nicht irgendwo, wo ihnen nichts widerfahren kann? Warum sind sie noch immer da und beobachten alles und lauschen, und weigern sich doch zu reden? Nur wenn man Akascha von Enkil zu trennen versucht, bewegt er sich, holt aus und schlägt seine Feinde zu Boden, wie ein Koloß aus Stein, der zum Leben erwacht ist. Ich will dir mal was sagen: Als ich sie damals in den Sand gestellt habe, haben sie nicht einmal den Versuch unternommen, sich zu retten! Sie standen nur da und sahen zum Fluß, als ich weggelaufen bin!‹

›Du hast es getan, um zu sehen, was passieren würde, wenn sie sich bewegen müßten!‹

›Um mich zu befreien! Um zu sagen: Ich werde mich nun nicht mehr um euch kümmern. Bewegt euch. Redet! Um zu sehen, ob diese alte Geschichte auf Wahrheit beruhte, und wenn ja, dann sollten wir eben alle in den Flammen sterben.‹

Er hatte sich völlig verausgabt. Schließlich sagte er mit schwacher Stimme: ›Du kannst Die Mutter und Den Vater nicht mitnehmen. Wie konntest du glauben, daß ich das zulassen würde! Du, der du vielleicht nicht einmal das Ende des Jahrhunderts erlebst, du, der du dich deinen Verpflichtungen im Hain entzogen hast. Du hast doch überhaupt keine Ahnung, wer Die Mutter und Der Vater eigentlich sind. Oder glaubst du etwa, ich hätte dich nur das eine Mal angelogen?‹

›Ich muß dir etwas sagen‹, sagte ich. ›Du bist jetzt frei. Du weißt, daß wir keine Götter sind. Aber wir sind auch keine Menschen. Wir dienen der Mutter Erde nicht, denn wir ernähren uns nicht von ihren Früchten, und wir sind nicht von ihr geschaffen. Und ich verlasse

Ägypten, ohne dir noch verpflichtet zu sein, und ich nehme sie mit, weil sie mich darum gebeten haben, und ich werde nicht zulassen, daß ihnen oder mir etwas zustößt.‹

Wieder war er verblüfft. Wie hatten sie mich darum gebeten? Aber er fand keine Worte, er war plötzlich so wütend und voller Haß und voller dunkler, zorniger Geheimnisse, von denen ich nicht einmal ahnte. Er war genauso gebildet wie ich, aber er wußte so viele Dinge über unsere Fähigkeiten, auf die ich niemals gekommen wäre. Als ich sterblich gewesen war, hatte ich niemals einen Menschen umgebracht. Ich wußte gar nicht, wie man ein anderes Lebewesen tötete, außer in dem zärtlichen und grausamen Verlangen nach Blut.

Er aber wußte, wie er seine übernatürlichen Kräfte anwenden mußte. Seine Augen zogen sich zu schmalen Schlitzen zusammen, und sein Körper wurde starr. Er strahlte Gefahr aus.

Dann kam er auf mich zu, und seine Absicht war klar, und im selben Augenblick sprang ich auf und bemühte mich, seinem Angriff auszuweichen. Er packte mich an der Kehle und warf mich gegen die Steinmauer, daß meine Schulter und mein rechter Arm zertrümmert wurden. In diesem Augenblick höchster Schmerzen wußte ich, daß er meinen Kopf gegen das Gestein schlagen und mir sämtliche Glieder zerquetschen würde, um mich dann mit dem Öl aus der Lampe zu übergießen und zu verbrennen, und dann würde ich für immer aus seiner privaten Ewigkeit verschwunden sein, als hätte ich diese Geheimnisse nie gekannt und nie gewagt, an sie zu rühren.

Ich kämpfte, wie ich wohl noch nie zuvor gekämpft hatte. Aber mein zerschmetterter Arm war ein einziger wahnsinniger Schmerz, und seine Stärke war der meinen um vieles überlegen. Und anstatt daher seine Hände zu packen, die mir die Kehle zuschnürten, anstatt instinktiv zu versuchen, meine Kehle wieder freizubekommen, stieß ich ihm meine Daumen in die Augen. Obgleich ein stechender Schmerz durch meinen Arm fuhr, stieß ich ihm mit aller Kraft die Augen in den Kopf.

Er ließ mich los und heulte auf. Und während ihm das Blut über das Gesicht rann, lief ich weg von ihm und zur Gartentür. Ich bekam noch immer nicht richtig Luft, so sehr schmerzte mir die Kehle, und als ich meinen herunterbaumelnden Arm festhielt, sah ich aus den Augenwinkeln heraus etwas, das mich verwirrte: Wie aus einem

Zerstäuber prasselte Erde durch den ganzen Garten, und die Luft war wie von Rauch erfüllt. Ich stieß gegen den Türrahmen, verlor das Gleichgewicht, als würde ich von einem Windstoß erfaßt, und als ich mich umsah, sah ich ihn kommen, und seine Augen glitzerten tief in seinem Kopf. Er schleuderte mir auf ägyptisch Flüche entgegen. Ich solle mit den Dämonen in der Unterwelt verschwinden, schrie er, von niemandem betrauert.

Und dann erstarrte sein Gesicht zu einer Fratze aus Angst. Stocksteif stand er da und sah in seinem Entsetzen fast komisch aus.

Erst dann sah ich, was er sah – die Gestalt von Akascha, die sich rechts von mir auf ihn zubewegte. Die Leinenhülle um ihren Kopf war heruntergerissen, und auch ihre Arme waren frei, und überall an ihr klebte sandige Erde. Ihre Augen waren genauso starr und ausdruckslos wie immer. Langsam beugte sie sich über ihn, ganz dicht, denn er konnte sich nicht bewegen, um sich in Sicherheit zu bringen.

Er knickte in den Knien ein und sackte zu Boden, plapperte etwas auf ägyptisch, zuerst mit dem Ausdruck des Erstaunens, dann völlig zusammenhanglos in seinem Entsetzen. Aber sie kam immer näher, schleifte den Sand hinter sich her, und die Leinentücher fielen von ihr ab und wurden mit jedem ihrer langsamen, schleppenden Schritte immer weiter heruntergerissen. Er drehte sich um und fiel auf die Hände, und dann kroch er auf allen vieren, als würde sie ihn mit irgendeiner unsichtbaren Kraft daran hindern aufzustehen. Ganz bestimmt war es das, was sie tat, denn am Ende lag er flach auf dem Bauch, nur die Ellbogen nach oben gereckt und unfähig, sich zu bewegen.

Langsam und ruhig trat sie auf seine rechte Kniekehle und zermalmte sie unter ihrer Fußsohle, bis das Blut unter ihrer Ferse hervorquoll. Und mit dem nächsten Schritt zertrümmerte sie sein Becken, genauso gründlich, während er wie ein wildes Tier brüllte und sein Blut aus den zerfleischten Körperteilen schoß. Dann der nächste Schritt auf seine Schultern, und der nächste auf seinen Kopf, der unter dem Gewicht auseinanderbrach wie eine Eichel. Das Gebrüll hörte auf, und aus den Überbleibseln seines zuckenden Körpers spritzte Blut.

Und ohne eine Miene zu verziehen, drehte sie sich um, völlig unbeteiligt, als nähme sie gar nicht zur Kenntnis, was mit ihm geschehen war, gleichgültig selbst gegenüber dem einsamen und entsetzten Zeugen, der bis an die Mauer zurückgewichen war. In dem gleichen mühelosen Gang wie zuvor trat sie noch einmal auf sämtliche Körperreste, hin und her, und zerquetschte, was noch übrig war von ihm.

Was dann noch blieb, war nicht einmal mehr der Umriß eines menschlichen Körpers, sondern nur noch das blasse blutige Fleisch in einer breiigen Masse, die jedoch zuckte, brodelte, anschwoll und in sich zusammenfiel, als steckte noch immer Leben in ihr.

Ich war versteinert, ich wußte, daß es in ihr noch Leben gab, daß es das war, was Unsterblichkeit bedeuten konnte.

Aber sie war stehengeblieben und drehte sich nach links, so langsam, daß es aussah, als würde sich eine Statue an einer Kette drehen, und dann hob sie die Hand, und die Lampe neben dem Bett stieg in die Luft und fiel hinunter auf den blutigen Brei aus Fleisch und Knochen, und im selben Augenblick, in dem sie das Öl darübergoß, schlugen auch schon die Flammen hoch.

Wie heißes Fett schoß er in die Höhe, und die Flammen tanzten von einem Ende der dunklen Masse zur anderen, und das Blut schien das Feuer zu speisen, und der Rauch war beißend scharf, doch nur von dem scharfen Geruch des Öls.

Ich kniete mich auf den Boden und lehnte den Kopf gegen den Türrahmen. Der Schock, den ich erlitt, war so groß, daß ich fast das Bewußtsein verlor. Ich sah zu, wie der Älteste zu einem Nichts verbrannte. Ich sah zu, wie sie dort stand, hinter den Flammen, während ihr Bronzegesicht nicht das geringste Zeichen von Verstand oder Triumph oder eigenem Willen ausdrückte. Und ich hielt den Atem an und wartete darauf, daß sich ihr Blick nun mir zuwandte. Aber das tat er nicht. Und während die Zeit verging, während das Feuer erstarb, wurde mir bewußt, daß sie aufgehört hatte, sich zu bewegen. Sie war wieder in den Zustand absoluten Schweigens und absoluter Stille zurückgekehrt, den alle von ihr gewohnt waren.

Es war jetzt völlig dunkel im Raum. Das Feuer war verloschen. Der Geruch von verbranntem Öl verursachte mir Übelkeit. In ihren zerrissenen Leinentüchern sah sie aus wie ein ägyptischer Geist, wie sie dort vor der glühenden Asche stand, und die vergoldeten Möbel glänzten im Schein des Himmels und glichen, trotz all ihrer römischen Kunstfertigkeit, auf gewisse Weise den schönen kunstvollen Ausstattungen einer königlichen Grabkammer.

Ich erhob mich, und die Schmerzen in meiner Schulter und dem zerquetschten Arm begannen wieder heftiger zu werden. Ich fühlte, wie das Blut hineinströmte, um die Wunden zu heilen, aber der angerichtete Schaden war groß. Ich wußte nicht, wie lange es dauern würde.

Natürlich war mir klar, daß meine Heilung viel schneller vor sich gehen würde, vielleicht sogar augenblicklich, wenn ich von ihrem Blut trinken würde, und daß wir dann Alexandrien noch in derselben Nacht verlassen und unsere Reise antreten könnten. Und ich sie dann weit, weit wegbringen könnte von Ägypten.

Da merkte ich, daß *sie* es war, die mir das sagte. Von weit, weit her sog ich diese Worte ein wie die Luft zum Atmen.

Und ich antwortete ihr: *Ich war schon überall auf der Welt, und ich werde euch an einen sicheren Ort bringen.* Aber vielleicht stammte dieser Dialog auch nur von mir. Und vielleicht kam dieses sanfte, verströmende Gefühl von Liebe auch von mir. Und ich wurde fast wahnsinnig, denn ich wußte, daß dieser Alptraum nie, niemals enden würde, außer in Feuern so wie diesem, daß kein natürliches hohes Alter oder der Tod je meine Furcht und meine Schmerzen beschwichtigen würde, wie ich einmal geglaubt hatte.

Aber das war jetzt nicht mehr wichtig. Wichtig war nur, daß ich mit ihr allein war und daß sie in dieser Dunkelheit genauso aussah wie jede menschliche Frau, wie sie dort stand, eine junge göttliche Frau voller Lebenskraft und mit liebenswerten Worten und Träumen und Ideen.

Ich ging näher zu ihr, und plötzlich sah es so aus, als wäre sie tatsächlich dieses schmiegsame und einnehmende Wesen, und etwas von ihrem Wissen war in mir und wartete darauf, von mir ins Gedächtnis gerufen zu werden, wartete darauf, Freude zu bereiten. Und doch fürchtete ich mich. Sie hätte mit mir genau das gleiche tun können wie mit dem Ältesten. Aber das war absurd. Das würde sie nicht tun. Ich war jetzt ihr Wächter. Sie würde nicht zulassen, daß mir jemand Leid zufügte. Nein. Das mußte ich begreifen. Und ich ging näher und immer näher zu ihr, bis meine Lippen an ihrer bronzenen Kehle lagen, und es war entschieden, als ich den festen, kalten Druck ihrer Hand an meinem Kopf spürte.

13

Ich will mich gar nicht erst bemühen, die Ekstase zu beschreiben, in der ich mich befand. Du kennst sie. Du hast sie erlebt, als du das Blut von Magnus genommen hast. Du hast sie erfahren, als ich dir in Kairo mein Blut gegeben habe. Du erfährst sie, wenn du tötest. Und du weißt, was es bedeutet, wenn ich sage, daß es genauso war, nur tausendmal mehr.

Ich sah und hörte und fühlte nichts außer diesem absoluten Glück, dieser absoluten Zufriedenheit.

Aber ich war an anderen Orten, in anderen Räumen von vor langer Zeit, und ich hörte Stimmen und wie Schlachten verlorengingen. Jemand weinte vor Schmerzen. Jemand schrie mit Worten, die ich kannte und nicht kannte: *Ich verstehe es nicht. Ich verstehe es nicht.* Und vor mir öffnete sich ein großer dunkler Teich, und der verlockende Ruf, mich fallen zu lassen, fallen und fallen, und sie seufzte und sagte: *Ich kann nicht weiterkämpfen.*

Dann wachte ich auf und lag auf meinem Bett. Sie stand mitten im Zimmer, unbeweglich wie zuvor, und es war mitten in der Nacht, und um uns herum murmelte Alexandrien im Schlaf.

Ich wußte von so vielen anderen Dingen. So vielen Dingen, daß es Stunden, wenn nicht Nächte gedauert hätte, sie mir anzueignen, wenn sie mir in sterblichen Worten mitgeteilt worden wären. Und ich hatte keine Ahnung, wieviel Zeit inzwischen vergangen war.

Ich wußte, daß es vor vielen tausend Jahren zwischen den Bluttrinkern Kämpfe gegeben hatte und daß viele von ihnen nach ihrer ersten Schöpfung grausam geworden waren und den Tod auf ganz profane Weise herbeigeführt hatten. Anders als die gütigen Liebenden der Guten Mutter, die ihre Opfer verhungern ließen, um sie dann zu trinken, waren sie Todesengel, die sich jeden Augenblick auf irgendein Opfer stürzen konnten und die überzeugt waren, daß sie der Rhythmus aller Dinge waren oder jedenfalls ein Teil davon, und daß ein einzelnes menschliches Leben nicht zählte, weil es für sie keinen Unterschied gab zwischen Leben und Tod – sie schlachteten ihre Opfer und verbreiteten Kummer und Leid, wie es ihnen nur paßte.

Und diese schrecklichen Götter hatten Anhänger unter den Menschen, die ihnen huldigten, menschliche Sklaven, die ihnen Opfer brachten und die sich vor Furcht wanden, wenn sie daran dachten, daß sie selbst jeden Augenblick den Launen ihres Gottes zum Opfer fallen könnten.

Götter dieser Art hatten im alten Babylon geherrscht und in Assyrien und in Städten, die längst vergessen waren, und im fernen Indien und in noch entfernteren Ländern, deren Namen ich nicht kannte.

Und selbst jetzt, während ich betäubt von diesen Bildern dasaß, wurde mir klar, daß diese Götter zu einem festen Bestandteil des Orients geworden waren; einer Welt, die der römischen Welt, in der ich geboren war, fremd war. Sie gehörten zu der Welt der Perser, deren Menschen Sklaven ihres Königs waren, während die Griechen, die gegen sie gekämpft hatten, freie Menschen waren.

Und so grausam und ausschweifend wir Römer auch sein mochten, für uns hatte selbst der niedrigste Bauer einen Wert. Das Leben hatte einen Wert. Und der Tod war nur das Ende des Lebens, dem man sich mutig stellen mußte, wenn einem die Ehre keine andere Wahl ließ. Der Tod war für uns nichts Großes. Ich glaube, in Wirklichkeit bedeutete er uns gar nichts. Auf jeden Fall war er nichts, was dem Leben vorzuziehen gewesen wäre.

Und obgleich mir Akascha diese Götter in all ihrer Größe und mit all ihren Geheimnissen vorgeführt hatte, fand ich sie abstoßend. Ich würde sie weder jetzt noch überhaupt je hinnehmen können, ich wußte, daß die Ideen, die von ihnen ausgingen oder sie rechtfertigen sollten, niemals rechtfertigen würden, daß ich tötete und das Blut meiner Opfer trank. Unsterblich oder nicht, ich gehörte der westlichen Welt an. Und ich war ein Anhänger westlicher Ideen. Und ich lud durch das, was ich tat, *Schuld* auf mich.

Trotzdem sah ich, wie mächtig diese Götter waren, wie unvergleichlich schön. Sie genossen Freiheiten, die ich nie kennen würde. Und ich sah auch, wie sehr sie all jene verachteten, die sie anfochten.

Und ich sah, wie sie in den Ehrentempeln anderer Länder funkelnde Kronen trugen.

Und ich sah, wie sie nach Ägypten kamen, um das schöpferische mächtige Blut Des Vaters und Der Mutter zu stehlen, um zu verhindern, daß sich Der Vater und Die Mutter selbst verbrannten, damit die Herrschaft dieser dunklen schrecklichen Götter, für die all die guten Götter bezahlen mußten, endlich ein Ende fand.

Und ich sah, wie Die Mutter und Der Vater gefangengehalten wurden. Ich sah sie eingemauert, in einer unterirdischen Gruft unter Diorit- und Granitblöcken begraben, daß nur noch ihre Köpfe und ihr Hals herausragten. Auf diese Weise konnten die dunklen Götter Der Mutter und Dem Vater menschliches Blut zuführen, dem sie nicht widerstehen konnten, und gegen ihren Willen aus ihren Hälsen das mächtige Blut entnehmen. Und alle kamen sie, alle dunklen Götter der Welt, um von diesem ältesten Quell zu trinken.

Der Vater und Die Mutter schrien vor Qualen. Sie baten und bettelten darum, freigelassen zu werden. Aber das kümmerte die dunklen Götter nicht, die sich an solchen Qualen nur labten, genauso wie an dem menschlichen Blut, das sie tranken. Die dunklen Götter trugen menschliche Schädel mit sich herum, die an ihren Gürteln baumelten, und ihre Gewänder waren von Menschenblut befleckt. Die Mutter und Der Vater weigerten sich, Opfer entgegenzunehmen, aber das machte sie nur noch hilfloser. Ausgerechnet das, was ihnen die Kraft gegeben hätte, die Steine von ihrem Platz zu entfernen, Gegenstände durch bloße Geisteskraft in Bewegung zu setzen, wollten sie nicht annehmen.

Trotzdem wurden sie immer stärker.

Und Jahr für Jahr diese Qualen und Kriege zwischen den Göttern, Kriege zwischen Sekten, die dem Leben frönten, und denen, die dem Tode frönten. Zahllose Jahre, bis Die Mutter und Der Vater schließlich völlig verstummt waren und es niemanden mehr gab, der sich auch nur daran erinnern konnte, daß sie je jemanden beschworen oder daß sie gekämpft oder überhaupt gesprochen hatten. Dann kam die Zeit, zu der sich niemand mehr daran erinnern konnte, wer Die Mutter und Den Vater eigentlich eingesperrt hatte und warum Die Mutter und Der Vater niemals wieder freikommen durften. Manche glaubten nicht einmal, daß Die Mutter und Der Vater echt waren oder daß ihre Zerstörung irgend jemandem sonst schadete. Schließlich waren sie nur eine Legende.

Und währenddessen blieb Ägypten das alte Ägypten, und seine Religion blieb auch weiterhin unberührt von außen und entwickelte sich weiter zum Glauben an das Gewissen, an das Gericht nach dem Tode aller Wesen, ob arm oder reich, zum Glauben an das Gute auf Erden und an das Leben nach dem Tode.

Und dann kam die Nacht, in der Die Mutter und Der Vater ihr Gefängnis verlassen hatten, und jenen, die sich um sie kümmerten, wurde klar, daß sie die Steine nur selbst weggeräumt haben konnten. In aller Stille hatten sie unvorstellbare Kräfte gesammelt. Und doch standen sie wie Statuen da, lagen sich inmitten der schmutzigen und düsteren Kammer, in der sie jahrhundertelang festgehalten worden waren, in den Armen. Ihre Haut hatte einen matten Schimmer, und sie waren nackt, denn ihre Kleider waren schon längst vermodert und von ihnen abgefallen.

Wann immer sie von den Opfern tranken, die ihnen dargebracht wurden, bewegten sie sich mit der Trägheit eines Reptils im Winter, als hätte die Zeit eine völlig andere Bedeutung für sie bekommen, und Jahre waren für sie wie Nächte und Jahrhunderte wie Jahre.

Und die alte Religion war so mächtig wie eh und je, und sie war nicht aus dem Osten und auch nicht wirklich aus dem Westen. Die das Blut tranken, blieben auch weiterhin gute Symbole, die leuchtenden Bilder des Lebens in der Nachwelt, in deren Genuß selbst die niedrigste ägyptische Seele gelangen würde.

In diesen späteren Zeiten konnten nur die Bösewichter geopfert werden. Was bedeutete, daß die Götter den Menschen das Böse entzogen und die Menschen beschützten, und die lautlose Stimme des Gottes sprach den Schwachen Trost zu, indem sie ihnen die Wahrheiten weitererzählte, die der Gott in den Zeiten des Hungerns erfahren hatte: daß die Welt voller unvergänglicher Schönheit war und daß keine Seele auf ihr je allein war.

Die Mutter und Der Vater wurden in den schönsten aller Schreine aufbewahrt, die es je gegeben hat, und die Götter kamen alle zu ihnen, um sich, nach ihrem Willen, Tropfen ihres kostbaren Blutes zu holen.

Aber dann trat das Unmögliche ein: Ägypten ging seinem Ende

entgegen. Was man bisher für unabänderlich gehalten hatte, änderte sich mit einemmal. Alexander kam, und die Ptolemäer übernahmen die Herrschaft und Caesar und Antonius – alles grobschlächtige fremdartige Protagonisten des Dramas, das schlicht und einfach *Das Ende* hieß.

Und dann kam schließlich der finstere und zynische Älteste, der Böse, der Enttäuschte, der Die Mutter und Den Vater an die Sonne brachte.

Ich erhob mich von meinem Lager und stand in jenem Zimmer, in Alexandrien und starrte zu der reglosen Gestalt, die Akascha war, und auf das schmutzige Leinentuch, das in Fetzen an ihr herunterhing und wie eine Beleidigung aussah. Und mein Kopf dröhnte von poetischen Liedern. Und ich war von Liebe erfüllt.

Von meinem Kampf mit dem Ältesten war an meinem Körper nichts mehr zu spüren. Die Knochen waren wieder völlig hergestellt. Und ich kniete mich hin, und ich küßte die Finger ihrer rechten Hand, die an ihrer Seite herunterhing. Ich hob den Kopf und sah sie an, und sie sah zu mir herunter, mit gebeugtem Kopf und einem höchst merkwürdigen Ausdruck im Gesicht, der in seinem Schmerz so rein war wie das Glück, das ich gerade erfahren hatte. Dann bewegte sich ihr Kopf ganz langsam, unmenschlich langsam, in seine alte Stellung zurück, nach vorn gerichtet, und in diesem Augenblick wurde mir klar, daß ich etwas gesehen und erfahren hatte, das dem Ältesten verschlossen geblieben war.

Wie in Trance wickelte ich ihren Körper wieder in Leinentücher. Mehr denn je fühlte ich mich verpflichtet, mich um sie und Enkil zu kümmern, und keine Sekunde vergaß ich das entsetzliche Bild vom Tod des Ältesten, und das Blut, das sie mir gegeben hatte, steigerte meine Erregung wie auch meine physische Kraft.

Und während ich alles vorbereitete, um Alexandrien zu verlassen, träumte ich wahrscheinlich davon, wie ich Enkil und Akascha wecken würde und wie sie in den darauffolgenden Jahren ihre Lebenskraft, die man ihnen gestohlen hatte, wiedererringen würden und wie wir alle vereint und eng verbunden und uns auf so erstaunliche Weise nahe sein würden, daß die Träume von all dem Wissen und den Erfahrungen, die ich mit ihrem Blut in mich aufgenommen hatte, verblassen würden.

Meine Sklaven waren längst mit den Pferden und dem Wagen für unsere Reise zurück, mit den Steinsarkophagen und den Ketten und Schlössern, die zu besorgen ich ihnen aufgetragen hatte. Sie warteten schon hinter der Mauer.

Und ich stellte die Mumienkästen mit Der Mutter und Dem Vater Seite an Seite in die Steinsärge auf dem Wagen, und ich verschloß sie mit Schlössern und Ketten und bedeckte sie mit schweren Decken, und dann brachen wir, auf unserem Weg zu den Stadttoren, zu dem unterirdischen Tempel der Götter auf.

Als wir zu seiner Tür kamen, gab ich meinen Sklaven den strengen Befehl, laut Alarm zu schlagen, wenn sich jemand nähern sollte, und dann nahm ich einen Ledersack und ging hinunter in den Tempel und in die Bibliothek des Ältesten und steckte alle Schriftrollen, die ich finden konnte, in den Sack. Ich stahl jedes noch so kleine Stück Geschriebenes, das sich dort befand, wenn es sich nur wegbewegen ließ, und am liebsten hätte ich auch noch die Schriften von den Wänden mitgenommen.

Es waren noch andere in den Kammern, aber sie hatten viel zu große Angst, um herauszukommen. Natürlich wußten sie, daß ich Die Mutter und Den Vater gestohlen hatte. Und wahrscheinlich wußten sie auch vom Tod des Ältesten. Doch das störte mich nicht. Ich würde Ägypten verlassen, und die Quelle aller Macht nahm ich mit. Und ich war jung und töricht und in Liebe entbrannt.

Als ich schließlich Antiochia am Orontes erreicht hatte – eine große und wunderbare Stadt, die sich, was die Bevölkerungszahl und den Wohlstand betraf, mit Rom messen konnte –, las ich die alten Papierrollen, und sie bestätigten all das, was mir Akascha offenbart hatte.

Und hier baute ich für sie und Enkil die erste von vielen Kapellen, die ich später überall in Asien und Europa für sie errichtet habe, und sie wußten, daß ich immer für sie sorgen würde, und ich wußte, daß sie nicht zulassen würden, wenn mir jemand ein Leid zufügte.

Viele Jahrhunderte später, als mich in Venedig die Bande der Kinder der Finsternis in Brand steckte, war ich zu weit von Akascha entfernt, als daß sie mich hätte retten können, sonst wäre sie wieder gekommen. Und als ich zu der heiligen Stätte kam und mir bewußt war, welche Schmerzen die verbrannten Götter hatten erdulden müssen, trank ich von ihrem Blut, bis ich geheilt war.

Aber am Ende des ersten Jahrhunderts, das sie in Antiochia verbracht hatten, war ich drauf und dran, alle Hoffnung aufzugeben, daß sie je ›zum Leben erwachen‹ würden. Sie verharrten in ständigem Schweigen und absoluter Bewegungslosigkeit. Nur an ihrer Haut waren drastische Veränderungen festzustellen. Die Schäden, die ihnen die Sonne zugefügt hatte, verheilten, bis sie wieder wie Alabaster war.

Aber als ich es endlich bemerkte, war ich tief in die Geschehnisse der Zeit verstrickt und damit beschäftigt, all die Veränderungen um mich herum in mir aufzunehmen. Ich hatte mich wie wahnsinnig in eine wunderschöne braunhaarige griechische Kurtisane namens Pandora verliebt, die die lieblichsten Arme besaß, die ich je an einem menschlichen Wesen gesehen habe, und die vom ersten Augenblick an wußte, was ich war, und, während sie sich auf entzückende und verwirrende Weise meiner annahm, geduldig abwartete, bis ich bereit war, sie mit hinüberzunehmen in die Welt der Magie, und dann ließ ich sie Akaschas Blut trinken, und sie wurde eines der mächtigsten übernatürlichen Geschöpfe, das ich je gekannt habe. Zweihundert Jahre war ich mit Pandora zusammen, und wir haben uns bekämpft und geliebt. Aber das ist eine andere Geschichte.

Ich könnte Millionen Geschichten erzählen, die ich in den vielen hundert Jahren, die seither vergangen sind, erlebt habe, von meinen Reisen, die mich von Antiochia nach Konstantinopel und wieder zurück nach Alexandrien geführt haben und bis nach Indien und dann wieder nach Italien und von Venedig in das rauhe kalte schottische Hochland und später hierher, auf diese Insel in der Ägäis.

Ich könnte dir von den kleinen Veränderungen erzählen, die über die Jahre an Akascha und Enkil stattgefunden haben, von den rätselhaften Dingen, die sie tun, und von den Geheimnissen um sie.

Vielleicht werde ich dir irgendwann einmal in einer Nacht in ferner Zukunft, wenn du zu mir zurückgekehrt sein wirst, von den anderen Unsterblichen erzählen, die ich gekannt habe, die, so wie ich, von den letzten Göttern geschaffen wurden und die in verschiedenen Ländern überdauert haben – manche Diener Der Mutter, andere der schrecklichen Götter des Ostens.

Ich könnte dir erzählen, wie Mael, mein armer keltischer Priester, am Ende selbst vom Blut eines verwundeten Gottes trank und auf der Stelle seinen Glauben an die alte Religion verlor und danach ein genauso böser und gefährlicher unsterblicher Vagabund wurde, wie wir alle es sind. Ich könnte dir erzählen, wie sich die Legenden JENER, DIE BEWAHRT WERDEN MÜSSEN über die ganze Welt verbreitet haben. Und davon, wie andere Unsterbliche versucht haben, sie mir wegzunehmen, aus Stolz oder reiner Zerstörungswut, um uns alle ein für allemal aus der Welt zu schaffen.

Ich werde dir von meiner Einsamkeit erzählen, von den anderen, die ich geschaffen habe, und wie es mit ihnen zu Ende gegangen ist. Wie ich mit JENEN, DIE BEWAHRT WERDEN MÜSSEN unter die Erde gegangen und mit Hilfe ihres Blutes wiederauferstanden bin, um mehrere sterbliche Leben zu leben, bevor ich mich wieder begraben habe. Ich werde dir von den anderen wirklichen Ewigen erzählen, denen ich nur dann und wann begegnet bin. Von meiner letzten Begegnung mit Pandora in Dresden, in Begleitung eines mächtigen und gemeinen Vampirs aus Indien, und wie wir uns gestritten und getrennt haben, und wie ich ihren Brief, in dem sie mich bat, mich mit ihr in Moskau zu treffen, zu spät entdeckte, ein zerknittertes Stück Papier, das im zerwühlten Koffer nach unten gerutscht war. Zu viele Dinge, zu viele Geschichten mit und ohne Lektionen …

Aber die wichtigsten Dinge habe ich dir gesagt – wie ich in den Besitz JENER, DIE BEWAHRT WERDEN MÜSSEN gelangt bin, und wer wir wirklich waren.

Wichtig ist jetzt vor allem, daß du folgendes verstehst: Als das römische Weltreich zu Ende ging, wurden alle alten Götter der heidnischen Welt von den aufstrebenden Christen als Dämonen angesehen. In den folgenden Jahrhunderten war es sinnlos, sie darauf hinzuweisen, daß ihr Christus nichts anderes war als ein weiterer Gott des Waldes, der starb und wiederauferstand, so wie es Dionysos oder Osiris vor ihm getan hatten, und daß die Jungfrau Maria in Wirklichkeit nur die Gute Mutter war, die wieder in einen Schrein gestellt wurde. Sie lebten in einem anderen Zeitalter des Glaubens und der Überzeugung, in dem wir zu Teufeln wurden, losgelöst von dem, was sie glaubten, da das alte Wissen vergessen war oder falsch verstanden wurde.

Aber das mußte ja so kommen. Den alten Griechen und Römern waren menschliche Opfer ein Greuel. Und auch ich habe es immer gräßlich gefunden, wie die Kelten ihre Bösewichter für den Gott verbrannten. Genauso erging es den Christen. Wie hätte man also uns Götter, die Menschenblut tranken, als ›gut‹ ansehen können?

Aber die richtige Verirrung begann erst, als die Kinder der Finsternis dem christlichen Teufel zu dienen glaubten und genau wie die schrecklichen Götter des Ostens damit begannen, das Böse hochzuschätzen, an seine Macht zu glauben und ihm einen angemessenen Platz in der Welt zu verschaffen.

Hör auf mich, wenn ich sage: *Es hat in der westlichen Welt nie einen angemessenen Platz für das Böse gegeben.* Es ist nie leicht gewesen, einen rechten Ort für den Tod zu finden.

Ganz gleich, wie gewaltsam es seit dem Untergang des römischen Reichs durch die Jahrhunderte hindurch zugegangen ist, ganz gleich, wie schrecklich die Kriege waren, die Verfolgung, das Unrecht – der Wert des menschlichen Lebens wurde mit der Zeit nur höher eingeschätzt.

Selbst als die Kirche schon Statuen und Bilder von ihrem blutigen Christus und ihren blutigen Märtyrern errichtet hatte, hielt sie noch an dem Glauben fest, daß diese Tode, die den Gläubigen so gute Dienste leisten, nur durch die Hand des Feindes herbeigeführt worden sein konnten, nicht aber durch Gottes eigene Priester.

Es ist der Glaube an den Wert des menschlichen Lebens, der dazu geführt hat, daß schließlich Folterkammern und Scheiterhaufen und noch gräßlichere Methoden der Hinrichtung überall in Europa abgeschafft wurden. Und es ist der Glaube an den Wert des menschlichen Lebens, der heute die Monarchie zu Republiken von Amerika und Frankreich werden läßt.

Und jetzt stehen wir wieder am Beginn eines atheistischen Zeitalters – eines Zeitalters, in dem der christliche Glaube zerfällt, so wie einmal das Heidentum zerfallen ist, und in dem der neue Humanismus, der Glaube an den Menschen und seine Leistungen und seine Rechte, stärker ist denn je.

Natürlich wissen wir nicht, was geschehen wird, wenn die alten Religionen völlig vergehen. Das Christentum hat sich einst aus der Asche des Heidentums erhoben, nur um die alte Form der Gottesverehrung durch eine neue zu ersetzen. Vielleicht erhebt sich jetzt eine neue Religion. Vielleicht verfällt der Mensch jetzt ohne sie in Zynismus und Egoismus, weil er seine Götter einfach braucht.

Aber vielleicht findet auch etwas viel Wunderbareres statt: daß sich die Welt wirklich weiterentwickelt und alle Götter und Göttinnen hinter sich läßt und alle Engel und Teufel. Und in einer solchen Welt, Lestat, wird für uns noch weniger Platz sein als in jeder anderen.

Am Ende sind all die Geschichten, die ich dir erzählt habe, zu gar nichts nutze, genauso wie jedes Wissen, weder für die Menschen noch für uns. Die alten Bilder und die Poesie können wunderschön sein; sie lassen uns erschaudern, weil sie uns vor Augen führen, was wir schon immer geahnt und gefühlt haben. Sie machen für uns eine Zeit lebendig, in der die Erde für den Menschen noch neu und wunderbar war. Aber wir kehren immer wieder in die Welt zurück, wie sie heute ist.

Und in dieser Welt ist der Vampir nur ein finsterer Gott. Er ist ein Kind der Finsternis. Etwas anderes kann er nicht sein. Und wenn er dem menschlichen Geist irgendwie wunderbare Macht verleiht, dann nur deshalb, weil die menschliche Phantasie eine geheime Stätte primitiver Erinnerungen und uneingestandener Wünsche ist. Der menschliche Geist ist, um es mit deinen Worten zu sagen, ein Wilder Garten, in dem alle Arten von Kreaturen aufsteigen und untergehen, und es werden Hymnen gesungen, und es entstehen Träume, die am Ende verurteilt und geleugnet werden müssen.

Und doch lieben uns die Menschen, wenn sie uns kennen. Sogar jetzt lieben sie uns. Die Menschen in Paris lieben, was sie auf der Bühne des Theaters der Vampire sehen. Und diejenigen, welche dich und deinesgleichen in den Ballsälen der Welt gesehen haben, diesen blassen tödlichen Herrn im Samtumhang, sind euch zu Füßen gelegen und haben euch angebetet.

Der Gedanke an Unsterblichkeit läßt sie erzittern, die Vorstellung, daß ein wunderbares schönes Wesen durch und durch böse sein könnte, daß es alles fühlt und weiß und sich trotzdem und freiwillig dafür entscheidet, seiner finsteren Gier zu frönen. Vielleicht wünschen sie sich sogar, dieses wonnig böse Wesen zu sein. Und weil dies alles so einfach erscheint, wollen sie es auch.

Aber gib ihnen diese finstere Macht, und du wirst sehen, daß es unter vielen nur ganz selten einen gibt, der sich nicht so elend fühlt, wie du es tust.

Und was kann ich dir zum Schluß sagen, das nicht deine schlimmsten Befürchtungen bestätigt? Ich lebe nun schon über achtzehnhundert Jahre, und ich sage dir: Das Leben braucht uns nicht. Ich hatte noch nie einen wirklichen Sinn. Für uns ist kein Platz auf dieser Welt.«

14

Marius schwieg.

Zum erstenmal löste er den Blick von mir und sah hinauf zum Himmel hinter den Fenstern, als wären von dort Stimmen zu vernehmen, die ich nicht hören konnte.

»Es gibt noch einige andere Dinge, die ich dir sagen muß«, sagte er dann, »Dinge, die wichtig sind, obgleich sie rein praktische Fragen betreffen ...« Aber er war bis ins Innerste aufgewühlt. »Und es gibt auch Versprechen«, sagte er schließlich, »die ich halten muß ...« Dann schwieg er wieder, lauschte, und sein Gesicht war dem von Akascha und Enkil viel zu ähnlich.

Mir gingen tausend Fragen durch den Kopf, die ich ihm stellen wollte. Aber noch wichtiger waren vielleicht seine tausend Erklärungen, die ich ihm nachsprechen wollte, mit lauter Stimme, um sie begreifen zu können.

Ich lehnte mich gegen den kühlen Brokatstoff des Ohrensessels und legte die Fingerspitzen aneinander, so daß sie einen spitzen Turm bildeten, und sah vor mich hin, als läge dort seine Geschichte vor mir ausgebreitet, um sie zu lesen, und ich dachte darüber nach, was er über das Gute und das Böse gesagt hatte und wie erschrocken und enttäuscht ich gewesen wäre, wenn er versucht hätte, mich davon zu überzeugen, daß die schrecklichen Götter des Ostens recht hätten mit ihrer Philosophie und daß wir irgendwie stolz sein könnten auf das, was wir taten.

Auch ich war ein Kind des Westens und hatte während meines kurzen Lebens unter der Unfähigkeit gelitten, das Böse oder den Tod zu akzeptieren.

Aber hinter allen Betrachtungen stand die erschreckende Tatsache, daß uns Marius alle auslöschen konnte, indem er Akascha und Enkil zerstörte und sich damit einer alten und hinfälligen und nutzlosen Form des Bösen in der Welt entledigte. Oder jedenfalls sah es so aus.

Und der schreckliche Zustand von Akascha und Enkil … was konnte ich dazu sagen, außer vielleicht, daß auch ich eine erste Ahnung von dem bekommen hatte, was er empfunden haben mußte, daß ich sie vielleicht aufwecken könnte, daß ich sie dazu bringen könnte, wieder zu reden, daß ich sie dazu bringen könnte, sich zu bewegen. Zumindest hatte ich bei ihrem Anblick das Gefühl, daß es jemand tun sollte und könnte. Jemand konnte ihren Schlaf beenden.

Aber was würden sie sein, wenn sie je wieder gehen und sprechen könnten? Alte ägyptische Monster. Und was würden sie tun?

Plötzlich kamen mir beide Möglichkeiten verlockend vor – sie aufzuwecken und sie zu zerstören. Beides reizte mich in Gedanken. Ich wollte sie ergründen und mit ihnen kommunizieren, aber ich konnte auch den unwiderstehlichen und wahnsinnigen Wunsch vertreten, sie zu zerstören. Sie in lodernde Flammen aufgehen zu sehen, zusammen mit allen anderen dem Untergang geweihten Mitgliedern unserer Spezies.

Beides hatte etwas mit Macht zu tun. Und mit dem Sieg über das Verstreichen der Zeit.

»Gerätst du nicht manchmal in Versuchung?« fragte ich mit trauriger Stimme. Ich überlegte, ob sie mich in ihrer Kapelle unten hören konnten.

Er erwachte aus seiner Versunkenheit und drehte sich zu mir um und schüttelte den Kopf. »Nein.«

»Auch wenn du besser als jeder andere weißt, daß es keinen Platz gibt für uns?«

Wieder schüttelte er den Kopf. »Nein.«

»Ich bin unsterblich«, sagte er, »*wirklich* unsterblich. Um ganz ehrlich zu sein, weiß ich nicht einmal, was mich jetzt noch töten könnte, wenn es überhaupt noch möglich ist. Aber darum geht es ja gar nicht. Ich will weitermachen. Ich denke nicht mal daran. Mein Bewußtsein ist nur noch auf mich selbst bezogen, auf die Intelligenz, nach der ich mich so viele Jahre gesehnt habe, als ich noch lebte, und ich liebe, wie seit eh und je, die großen Fortschritte der Menschheit. Ich will wissen, was passiert, nachdem die Welt nun wieder einmal damit begonnen hat, ihre Götter in Frage zu stellen. Nichts könnte mich dazu bewegen, jetzt die Augen zu schließen.«

Ich nickte zustimmend.

»Aber ich erleide nicht, was du erleidest«, sagte er. »Schon damals, in dem Hain in Nordfrankreich, als ich zu dem gemacht wurde, was ich jetzt bin, war ich nicht mehr jung. Seither habe ich mich einsam gefühlt, ich stand am Rande des Wahnsinns, ich habe unbeschreibliche Qualen gelitten, aber ich war niemals unsterblich und jung. Ich habe unzählige Male getan, was dir noch bevorsteht – das, was dich schon sehr sehr bald von mir wegbringen wird.«

»Wegbringen? Aber ich will nicht –«

»Du mußt weg, Lestat«, sagte er. »Und zwar schon sehr bald, das hab ich dir doch schon gesagt. Du bist noch nicht so weit, um hier bei mir zu bleiben. Das ist eins von den wichtigsten Dingen, die ich dir noch sagen muß, und du mußt genauso aufmerksam zuhören, wie du bei all den anderen Geschichten zugehört hast.«

»Aber Marius, ich kann jetzt nicht weg. Das kann ich mir einfach nicht vorstellen. Ich kann mir nicht einmal . . .« Plötzlich war ich sehr wütend. Warum hatte er mich überhaupt hierhergebracht, wenn er mich doch nur ausschließen wollte? Und mir fielen Armands Worte wieder ein. Nur mit den Alten können wir uns vereinen, nicht mit denen, die wir geschaffen haben. Und ich hatte Marius gefunden. Aber das waren nur Worte. Sie trafen auch nicht annähernd, was ich fühlte, diese plötzliche Trauer und Angst vor der Trennung.

»Hör mir zu«, sagte er. »Bis ich von den Galliern entführt wurde, hatte ich ein gutes Leben, und ich war damals schon in einem Alter, in dem viele Menschen in jenen Tagen bereits wieder starben. Und nachdem ich JENE, DIE BEWAHRT WERDEN MÜSSEN aus Ägypten fortgebracht hatte, führte ich in Antiochia wieder viele Jahre das Leben eines reichen römischen Gelehrten. Ich hatte ein Haus, Sklaven und Pandoras Liebe. In Antiochia hatten wir Leben, und wir beobachteten alles, was vor sich ging. Und erst nach diesem Leben hatte ich später die Kraft für andere Leben. Ich hatte die Kraft, in Venedig, wie du ja weißt, zu einem Teil der Welt zu werden. Ich hatte die Kraft, auf dieser Insel zu herrschen, so wie ich es tue. Wie so viele, die schon frühzeitig ins Feuer oder in die Sonne gehen, hast du noch kein richtiges Leben gelebt.

Als du jung warst, hast du gerade sechs Monate lang in Paris das wahre Leben gekostet. Als Vampir bist du von einem Ort zum anderen gezogen, ein Außenseiter, der sich Häuser und anderer Leben bemächtigte.

Wenn du überleben willst, mußt du, sobald wie möglich, ein ganzes Leben zu Ende leben. Wenn du es hinausschiebst, könntest du alles verlieren, so daß du verzweifelst und wieder zurück unter die Erde gehst, um niemals wieder aufzustehen. Oder, noch schlimmer...«

»Das will ich ja. Ich weiß genau, was du meinst«, sagte ich. »Aber als sie mir in Paris angeboten haben, am Theater zu bleiben, konnte ich es nicht tun.«

»Das war nicht der richtige Ort für dich. Außerdem ist das Theater der Vampire genausowenig die reale Welt wie diese Insel hier, meine Zufluchtsstätte, die reale Welt ist. Und dann hast du dort auch zu viele schreckliche Dinge erlebt.

Aber in dieser wilden Neuen Welt, zu der du dich aufgemacht hast, in dieser barbarischen kleinen Stadt namens New Orleans, wirst du vielleicht an der Welt teilhaben, wie du es noch nie zuvor getan hast. Du kannst dort wohnen wie ein richtiger Sterblicher, wie du es auf deinen Wanderungen mit Gabrielle schon so oft versucht hast. Es wird dort keinen alten Bund geben, der dich stört, keine Schurken, die dich aus Angst niederzuschlagen versuchen. Und wenn du andere machst – und das wirst du bestimmt, weil du dich einsam fühlen wirst –, dann mach sie und laß sie so menschlich leben, wie es nur geht. Versammle sie um dich, wie Mitglieder einer Familie, nicht wie Mitglieder eines Ordens, und bemühe dich, die Zeit, in der du lebst, zu begreifen, die vielen Jahre, die vorübergehen werden. Du mußt dich mit dem Stil der Kleider auskennen, die deinen Körper schmükken, dem Stil der Häuser, in denen du deine Mußestunden verbringst, dem Ort, an dem du jagst. Du mußt begreifen lernen, was es bedeutet, das Vergehen der Zeit zu fühlen!«

»Ja, und die Schmerzen, wenn man Dinge sterben sieht...« All die Dinge, vor denen Armand mich gewarnt hatte.

»Natürlich. Du bist gemacht, um die Zeit zu besiegen, und nicht, um vor ihr wegzulaufen. Und du wirst unter deinem Geheimnis zu leiden haben, deiner Monstrosität, und weil du töten mußt. Und vielleicht wirst du sogar versuchen, dich nur von Übeltätern zu nähren, um dein Gewissen zu beruhigen, und vielleicht gelingt es dir sogar, vielleicht aber auch nicht. Du kannst dem Leben sehr nahekommen, wenn du dein Geheimnis zu hüten verstehst. Du bist dem Leben sehr nahe, wie du den Mitgliedern des alten Pariser Ordens selbst einmal gesagt hast. Du bist die Nachahmung eines Menschen.«

»Ich will es tun, ich will es wirklich –«

»Dann befolge meinen Rat. Aber das eine mußt du wissen: In realer Hinsicht bedeutet die Ewigkeit nur, ein menschliches Leben nach dem anderen zu leben. Natürlich können Zeiten kommen, in denen man sich zurückzieht, Zeiten, in denen man schläft oder nur zuschaut. Aber dann stürzen wir uns immer wieder von neuem in den Strom und schwimmen, solange wir können, bis wir, genau wie alle Sterblichen, von der Zeit oder dem Schicksal ereilt werden.«

»Und du? Wirst du es wieder tun? Wirst du diese Abgeschiedenheit verlassen und dich wieder in den Strom stürzen?«

»Ja, ganz bestimmt. Wenn der richtige Augenblick gekommen ist. Wenn die Welt wieder so interessant geworden ist, daß ich ihr nicht widerstehen kann. Dann werde ich wieder durch die Straßen der Städte gehen. Einen Namen annehmen. Dinge tun.«

»Dann komm jetzt, komm mit mir!« Ah! Armands schmerzhaftes Echo! Und Gabrielles vergebliches Drängen zehn Jahre später.

»Diese Einladung ist verlockender, als du dir vorstellen kannst«, erwiderte er, »aber ich würde dir keinen guten Dienst erweisen, wenn ich mitkäme. Ich würde zwischen dir und der Welt stehen. Das könnte ich nicht ändern.«

Ich schüttelte den Kopf und sah voller Bitterkeit weg.

»Willst du weitermachen?« fragte er. »Oder willst du, daß Gabrielles Vorhersagen wahr werden?«

»Ich will weitermachen«, sagte ich.

»Dann mußt du gehen«, sagte er. »In hundert Jahren, vielleicht früher, werden wir uns wiedersehen. Dann werde ich nicht mehr auf dieser Insel sein. Ich werde JENE, DIE BEWAHRT WERDEN MÜSSEN an einen anderen Ort gebracht haben. Aber wo immer ich bin und wo immer du bist, ich werde dich finden. Und dann werde ich es sein, der nicht will, daß du mich verläßt. Dann werde ich dich bitten, bei mir zu bleiben. Ich werde deine Gesellschaft lieben, die Gespräche mit dir, den bloßen Anblick von dir, deine Vitalität und deine Rücksichtslosigkeit und dein Unvermögen, an irgend etwas zu glauben – all die Dinge, die ich bereits jetzt so sehr an dir liebe.«

Seine Worte zerrissen mir fast das Herz. Am liebsten hätte ich ihn angefleht, bei ihm bleiben zu dürfen.

»Und geht das jetzt wirklich nicht?« fragte ich. »Kannst du mir dieses ganze lange Leben nicht ersparen, Marius?«

»Völlig unmöglich«, sagte er. »Ich könnte dir für alle Zeiten Geschichten erzählen, aber sie wären kein Ersatz für das wirkliche Leben. Glaube mir, ich habe es schon anderen zu ersparen versucht. Es ist mir nie gelungen. Ich kann dir nicht die Erfahrungen eines ganzen Lebens geben. Ich hätte Armand niemals so jung zu mir nehmen dürfen; seine jahrhundertelangen Wahnsinnstaten und Leiden quälen mich noch heute. Du hast ihm einen Dienst erwiesen, daß du ihn zu einem Leben im Paris dieses Jahrhunderts gezwungen hast, aber ich fürchte, daß es schon zu spät ist für ihn. Du mußt mir glauben, Lestat, wenn ich sage, daß es unbedingt nötig ist, es muß sein. Du brauchst dieses Leben, denn alle, denen es nicht vergönnt war, fühlen sich unglücklich, bis sie es schließlich doch irgendwo gelebt haben, oder sie gehen zugrunde.«

»Und was ist mit Gabrielle?«

»Gabrielle hat ihr Leben gelebt; sie hat fast ihren Tod erlebt. Sie hat die Kraft, in die Welt zurückzukehren, wenn sie will, oder aber für alle Zeiten in ihren Grenzzonen weiterzuleben.«

»Und glaubst du, daß sie je zurückkehren wird?«

»Das weiß ich nicht«, sagte er. »Sie entzieht sich meinem Verständnis. Nicht meiner Erfahrung – sie ist wie Pandora. Und Pandora habe ich nie verstanden. Die meisten Frauen sind schwach, ob sterblich oder unsterblich, das ist eine Tatsache. Wenn sie aber stark sind, dann ist alles möglich.«

Ich schüttelte den Kopf. Für einen Augenblick schloß ich die Augen. Ich wollte nicht an Gabrielle denken. Gabrielle war fort, und nichts, was wir sagten, würde daran etwas ändern.

Und ich konnte es noch immer nicht hinnehmen, daß ich gehen

mußte. Ich fühlte mich hier wie im Paradies. Aber ich stritt mich nicht länger. Ich wußte, daß es ihm ernst war, und ich wußte auch, daß er mich nicht zwingen würde. Er würde warten, bis ich mir wegen meines sterblichen Vaters Sorgen zu machen begann, und dann würde er mich zu sich kommen lassen und mir sagen, daß ich gehen mußte. Mir blieben nur noch ein paar Nächte.

»Ja«, erwiderte er zärtlich. »Und es gibt noch andere Dinge, die ich dir erzählen kann.«

Ich machte meine Augen wieder auf. Er sah mich geduldig an, voller Zuneigung. Meine Liebe zu ihm war so stark, daß es weh tat, wie bei Gabrielle. Ich fühlte, wie mir die Tränen kamen, und bemühte mich, sie zurückzuhalten.

»Armand hat dich viele Dinge gelehrt«, sagte er, und seine Stimme war ruhig, als wollte er mir helfen bei diesem stummen Kampf. »Und noch mehr hast du allein gelernt. Aber ein paar Sachen könnte ich dir vielleicht noch beibringen.«

»Bitte, tu's«, sagte ich.

»Nun«, sagte er, »du bist sehr stark, du besitzt große Kräfte, aber du kannst von denen, die du in den nächsten fünfzig Jahren erschaffen wirst, nicht erwarten, daß sie so sind wie Gabrielle oder du selbst. Dein zweites Kind war nicht einmal halb so stark wie Gabrielle, und deine späteren Kinder werden noch viel schwächer sein. Das Blut, das du von mir hast, wird dir helfen, das zu ändern. Wenn du trinkst – wenn du von Akascha und Enkil trinkst, wozu du dich vielleicht entschließen wirst –, dann würde es dir auch helfen. Aber wie auch immer: Von jedem von uns können in einem Jahrhundert nur so und so viele Kinder geschaffen werden. Und die neuen Sprößlinge werden schwächer sein. Allerdings muß das nicht unbedingt etwas Schlechtes bedeuten. Die alten Orden waren weise, sie wußten, daß Stärke ihre Zeit braucht. Und dann gilt immer noch die alte Weisheit: Du kannst Titanen oder Schwachköpfe schaffen, niemand weiß, warum und wieso.

Was geschehen muß, wird geschehen, aber wähle deine Begleiter mit Bedacht. Wähle sie aus, weil dir ihr Anblick gefällt, weil dir der Ton ihrer Stimme gefällt und weil sie große Geheimnisse in sich bergen, die du gern erfahren würdest. Mit anderen Worten, wähle sie aus, weil du sie liebst. Denn sonst wird es dir schwerfallen, ihre Gesellschaft zu ertragen.«

»Ich verstehe«, sagte ich. »Erschaffe sie aus Liebe.«

»Genau. Erschaffe sie aus Liebe. Und achte immer darauf, daß sie schon ein Leben gehabt haben, bevor du sie machst, und mach nie einen, der so jung ist wie Armand. Das war das schlimmste Verbrechen, das ich je begangen habe, daß ich den kleinen Armand genommen habe.«

»Aber du wußtest doch gar nicht, daß die Kinder der Finsternis kommen würden, um ihn dir wegzunehmen.«

»Nein. Trotzdem hätte ich warten sollen. Ich war einsam, deshalb habe ich es getan. Und wegen Armands Hilflosigkeit und weil sein sterbliches Leben so völlig in meiner Hand lag. Vergiß das nicht, hüte dich vor dieser Macht und der Macht, die man über diejenigen besitzt, welche im Sterben liegen. Die Einsamkeit, die uns erfüllt, und dieses Gefühl von Macht können genauso stark sein wie der Durst nach Blut. Wenn es Enkil nicht gäbe, gäbe es vielleicht auch keine Akascha, und wenn es keine Akascha gäbe, gäbe es vielleicht keinen Enkil.«

»Ja. Und nach allem, was du gesagt hast, begehrt er sie, und Akascha ist diejenige, die ab und zu ...«

»Ja, das stimmt.« Sein Gesicht verdüsterte sich ganz plötzlich, und seine Augen bekamen einen Ausdruck von Vertraulichkeit, als würden wir uns Dinge zuflüstern und Angst haben, daß jemand anderer mithören könnte. Er wartete einen Augenblick, als überlegte er, was er sagen sollte. »Wer weiß, was Akascha tun würde, wenn es keinen Enkil gäbe, der sie festhält?« flüsterte er. »Und warum tue ich so, als würde er es nicht hören, auch wenn ich es nur denke? Warum flüstere ich? Er kann mich jederzeit vernichten, wann immer er will. Vielleicht ist Akascha die einzige, die ihn davon abhält. Aber was würde dann wohl aus ihnen selbst werden, wenn er mich abschaffte?«

»Warum haben sie zugelassen, daß die Sonne sie verbrannt hat?« fragte ich.

»Wie sollen wir das wissen? Vielleicht wußten sie, daß es ihnen nicht weh tun würde. Es würde nur jenen weh tun und jene bestrafen, die es ihnen angetan haben. Vielleicht wird ihnen in dem Zustand, in dem sie leben, nur ganz allmählich bewußt, was außerhalb von ihnen vor sich geht. So daß sie keine Zeit hatten, Kräfte zu sammeln, aus ihren Träumen zu erwachen und sich in Sicherheit zu bringen.

Vielleicht waren ihre Bewegungen, nachdem es geschehen war – die Bewegungen von Akascha, die ich selbst gesehen habe –, nur möglich, weil sie von der Sonne geweckt worden waren. Und jetzt schlafen sie wieder mit offenen Augen. Und sie träumen wieder. Und nicht einmal trinken wollen sie.«

»Was hast du damit gemeint – wenn ich mich *entschließen* würde, ihr Blut zu trinken?« fragte ich. »Wieso sollte ich mich nicht dazu entschließen?«

»Das ist etwas, worüber wir beide nachdenken müssen«, sagte er. »Und schließlich besteht ja auch immerhin die Möglichkeit, daß sie dir gar nicht erlauben würden, von ihnen zu trinken.«

Ich begann am ganzen Körper zu zittern, als ich an diesen Arm dachte, der zum Schlag ausholte, um mich sechs Meter weit quer durch die Kapelle zu schleudern oder möglichst gleich direkt in den Steinboden zu rammen.

»Sie hat dir ihren Namen gesagt, Lestat«, sagte er. »Ich glaube schon, daß sie dich trinken läßt. Aber wenn du von ihrem Blut trinkst, wirst du bald überhaupt durch nichts mehr zu bezwingen sein. Schon wenige Tropfen werden genügen, um dich unglaublich stark zu machen, aber wenn sie dir gleich eine ganze Portion zugesteht, wird keine Kraft der Erde dir je wieder etwas anhaben können. Du mußt dir genau überlegen, ob du das wirklich willst.«

»Warum denn nicht?« fragte ich. »Warum sollte ich es nicht wollen.«

»Möchtest du vielleicht zu Asche verbrennen und unter Qualen weiterleben müssen? Möchtest du vielleicht, daß du von tausend Messerstichen durchbohrt oder von Gewehrkugeln durchlöchert wirst und trotzdem weiterlebst, eine zerfetzte Hülse, die sich nicht wehren kann? Glaub mir, Lestat, das wäre schrecklich für dich. Vielleicht würdest du sogar der Sonne ausgesetzt sein und müßtest weiterleben, bis zur Unkenntlichkeit verbrannt, und hättest, wie die alten äyptischen Götter, nur den einen Wunsch: tot zu sein.«

»Aber dafür würde doch alles viel schneller verheilen, oder nicht?«

»Nicht unbedingt. Nicht ohne eine weitere Blutzufuhr von ihr. Die Zeit mit ihren gleichmäßig anfallenden menschlichen Opfern oder das Blut der Alten – das sind die Heilmittel. Aber vielleicht wünschst du dir auch, tot zu sein. Denk darüber nach. Laß dir Zeit.«

»Was würdest du an meiner Stelle tun?«

»Ich würde natürlich von JENEN, DIE BEWAHRT WERDEN MÜSSEN trinken. Ich würde trinken, um stärker zu werden, um fast unsterblich zu sein. Ich würde Akascha auf den Knien bitten, es mir zu erlauben, und dann würde ich mich in ihre Arme werfen. Aber das läßt sich leicht sagen. Sie hat bei mir noch nie zu einem Schlag ausgeholt. Sie hat mich noch nie zurückgewiesen, und ich weiß, daß ich ewig leben will. Ich würde das Feuer noch einmal auf mich nehmen. Ich würde die Sonne noch einmal auf mich nehmen. Alles, jedes Leid, nur um weiterleben zu können. Und vielleicht bist du dir noch gar nicht so sicher, ob du bis in alle Ewigkeit weiterleben willst.«

»Doch«, sagte ich. »Das will ich. Natürlich könnte ich so tun, als müßte ich erst noch darüber nachdenken, als wäre ich klug und besonnen und würde alles genau abwägen. Aber was hätte das für einen Sinn? Ich könnte dich ja doch nicht täuschen, nicht wahr? Du wußtest, was ich sagen würde.«

Er lächelte. »Dann wollen wir, bevor du gehst, noch einmal in die Kapelle gehen, um sie in aller Bescheidenheit zu fragen, und dann werden wir ja sehen, was sie sagt.«

»Und vorher vielleicht noch ein paar Antworten?« fragte ich. Mit einer Handbewegung forderte er mich auf, meine Fragen zu stellen. »Ich habe Geister gesehen«, sagte ich. »Diese lästigen Dämonen, von denen du mir erzählt hast. Ich habe gesehen, wie sie in Sterblichen und Wohnungen gehaust haben.«

»Darüber weiß ich nicht mehr als du. Die meisten Geister sind offenbar nur Erscheinungen, die nicht wissen, daß sie beobachtet werden. Ich habe nie mit einem Geist gesprochen und bin auch nie von einem angesprochen worden. Was die Plagegeister betrifft, da kann ich nur sagen, was auch Enkil schon gesagt hat: Sie toben vor Wut, weil sie keinen Körper haben. Aber da gibt es noch andere Unsterbliche, die viel interessanter sind.«

»Und was sind das für welche?«

»In Europa gibt es wenigstens zwei, die niemals Blut trinken und es auch noch nie getan haben. Sie können sich bei Tage genausogut herumbewegen wie in der Dunkelheit, und sie haben Körper und sind sehr stark. Sie sehen genauso aus wie Menschen. Im alten Ägypten hat es mal einen gegeben, der den ägyptischen Gerichten als Ramses der Verdammte bekannt war, obgleich er, soweit ich das sagen kann, wohl kaum verdammt war. Nachdem er verschwunden war, wurde sein Name von allen königlichen Denkmälern entfernt. Du weißt, daß die Ägypter die Namen ausgelöscht haben, als wollten sie den Betreffenden töten. Und ich weiß nicht, was aus ihm geworden ist. In den alten Schriftrollen steht nichts über ihn.«

»Armand hat mir von ihm erzählt«, sagte ich. »Armand hat von Legenden erzählt, nach denen Ramses ein uralter Vampir war.«

»Das ist er nicht. Aber bis ich die anderen mit meinen eigenen Augen sah, habe ich nicht geglaubt, was ich über ihn gelesen hatte. Und ich bin auch nicht mit ihnen in Verbindung getreten. Ich habe sie nur gesehen, und sie haben sich vor mir gefürchtet und sind geflohen. Ich habe Angst vor ihnen, weil sie in der Sonne herumlaufen. Sie sind sehr mächtig und blutlos, und wer weiß, was sie alles anstellen können? Aber man kann jahrhundertelang leben, ohne sie je zu Gesicht zu bekommen.«

»Und wie alt sind sie? Wie lange ist das her?«

»Sie sind sehr alt, wahrscheinlich so alt wie ich. Das kann ich nicht sagen. Sie leben als wohlhabende, mächtige Männer. Und wahrscheinlich sind es viel mehr, als wir ahnen, vielleicht pflanzen sie sich auf irgendeine Weise fort, das weiß ich nicht. Pandora sagte mir einmal, daß auch eine Frau dabei sei. Aber am Ende konnten wir uns nicht darüber einigen, was mit ihnen war. Pandora sagte, daß sie schon immer so gewesen seien, wie sie waren, und daß sie sehr alt seien und mit dem Trinken aufgehört hätten, als Die Mutter und Der Vater mit dem Trinken aufgehört haben. Aber ich kann nicht glauben, daß sie jemals so waren wie wir. Sie sind irgend etwas ohne Blut. Sie reflektieren das Licht nicht, wie wir es tun. Sondern sie absorbieren es. Sie sind nur eine Schattierung dunkler als die Sterblichen, und sie sind undurchdringlich und stark. Vielleicht wirst du ihnen nie begegnen; ich erzähle dir von ihnen nur, um dich zu warnen. Du darfst ihnen nie verraten, wo du liegst. Denn sie können gefährlicher sein als Menschen.«

»Aber sind denn die Menschen tatsächlich gefährlich? Ich fand sie immer so leicht zu täuschen.«

»Natürlich sind sie gefährlich. Die Menschen könnten uns auslöschen, wenn sie über uns Bescheid wüßten. Sie könnten uns am

Tage jagen. Diesen einzigartigen Vorteil darfst du nicht unterschätzen. Aber auch hier zeigt sich wieder einmal, wie weise die Gesetze der alten Orden sind. Erzähle einem Sterblichen nie, niemals etwas über uns! Und erzähle keinem Sterblichen, wo du selbst liegst oder wo irgendein anderer Vampir ruht. Es ist absolut töricht zu glauben, daß du die Sterblichen kontrollieren kannst.«

Ich nickte, auch wenn es mir schwerfiel, mich vor Sterblichen zu fürchten. Das hatte ich nie getan.

»Selbst das Vampirtheater in Paris«, sagte er mit warnender Stimme, »gibt nicht einmal das geringste über uns preis. Es arbeitet mit Legenden und Illusionen und hält sein Publikum völlig zum Narren.«

Mir wurde klar, daß er recht hatte. Und daß Eleni sogar in ihren Briefen an mich immer alles nur verschlüsselt sagte und nie unsere vollen Namen benutzte. Und diese Geheimniskrämerei bedrückte mich, wie sie es schon immer getan hatte.

»Da wäre noch etwas, das du über *uns* übernatürliche Lebewesen wissen solltest«, sagte Marius.

»Was denn?«

»Ich bin mir nicht ganz sicher, aber ich will dir trotzdem sagen, was ich glaube. Ich habe den Verdacht, daß wir, wenn wir verbrannt werden – wenn wir völlig vernichtet werden –, in einer anderen Form zurückkehren können. Ich spreche jetzt nicht vom Menschen, von der menschlichen Wiedergeburt. Ich weiß nichts über die Bestimmung der menschlichen Seele. Aber wir leben für ewig, und ich glaube, daß wir zurückkommen.«

»Und wieso glaubst du das?« Ich mußte an Nicolas denken.

»Aus dem gleichen Grund, aus dem Sterbliche an Wiedergeburt glauben. Es gibt Menschen, die behaupten, sich an ein anderes Leben zu erinnern. Sie kommen als Sterbliche zu uns, behaupten, alles über uns zu wissen, einer von uns gewesen zu sein, und bitten darum, wieder in unserer Mitte aufgenommen zu werden. Pandora war so ein Mensch. Sie wußte so viele Dinge, und für ihr Wissen gab es keine Erklärung, außer vielleicht, daß sie es sich selbst ausgedacht hatte oder daß sie, ohne es zu merken, in meinen Gedanken las. Das wäre eine Möglichkeit, daß sie nur Sterbliche sind, die die Fähigkeiten besitzen, unsere Gedanken zu lesen.

Wie auch immer, es sind nicht viele. Aber wenn sie tatsächlich früher bereits einmal Vampire waren, dann sind sie sicherlich nur ganz wenige von denen, die vernichtet wurden, und die andern besaßen vielleicht nicht genügend Kraft, um zurückzukommen. Oder sie wollen es nicht. Wer kann das wissen? Pandora war davon überzeugt, daß sie starb, als Die Mutter und Der Vater an die Sonne gebracht wurden.«

»Du lieber Gott, sie werden als Sterbliche wiedergeboren und *wollen* unbedingt wieder Vampire sein?«

Marius lächelte.

»Du bist noch jung, Lestat, und widersprichst dir selbst. Was glaubst du denn, wie es wäre, wieder sterblich zu sein? Denk einmal daran, wenn du deinen sterblichen Vater wiedersiehst.«

Im stillen mußte ich ihm recht geben. Aber im Grund wollte ich das, was ich mir über die Sterblichkeit ausgemalt hatte, nicht verlieren. Ich wollte meine verlorene Sterblichkeit auch weiterhin beklagen. Und ich wußte auch, daß meine Liebe für die Sterblichen damit zusammenhing, daß ich keine Angst vor ihnen hatte.

Marius wandte wieder den Blick von mir ab, er schien beunruhigt. Die gleiche vollkommene Haltung eines Zuhörers. Aber dann schenkte er mir wieder seine volle Aufmerksamkeit.

»Lestat, es werden uns wohl nur noch zwei oder drei Nächte bleiben«, sagte er traurig.

»Marius!« flüsterte ich. Ich mußte die Worte, die mir auf der Zunge lagen, herunterschlucken.

Mein einziger Trost war der Ausdruck, der auf seinem Gesicht lag, und es kam mir jetzt ganz unwahrscheinlich vor, daß er je auch nur im geringsten unmenschlich ausgesehen haben sollte.

»Du kannst dir gar nicht vorstellen, wie sehr ich mir wünsche, daß du bleibst«, sagte er. »Aber das Leben findet da draußen statt, nicht hier. Wenn wir uns wiedersehen, werde ich dir noch viele Dinge erzählen, aber für den Augenblick hast du alles erfahren, was du wissen mußt. Du mußt nach Louisiana gehen und deinen Vater bis an sein Lebensende begleiten und lernen, soviel du kannst. Ich habe ganze Legionen von Sterblichen alt werden und sterben sehen. Diese Erfahrung hast du noch nicht gemacht. Aber glaube mir, mein junger Freund, ich wünsche mir von ganzem Herzen, daß du bei mir bleibst.

Du kannst nicht wissen, wie sehr ich es mir wünsche. Ich verspreche dir, daß ich dich finden werde, wenn die Zeit dafür gekommen ist.«

»Aber warum kann ich nicht zu dir zurückkommen? Warum mußt du weg von hier?«

»Es wird Zeit«, sagte er. »Ich habe über die Menschen hier schon viel zu lange geherrscht. Ich wecke Mißtrauen, und außerdem kommen jetzt immer mehr Europäer in diese Gewässer. Bevor ich hierherkam, habe ich mich in Pompeji verborgen gehalten, in der Stadt unter dem Vesuv, aber die Sterblichen, die in den alten Ruinen Grabungen machten, haben mich dort vertrieben. Jetzt passiert das gleiche hier. Ich muß mir eine andere Zufluchtsstätte suchen, die noch abgelegener ist und es aller Wahrscheinlichkeit auch bleiben wird, und um ehrlich zu sein, hätte ich dich auch niemals hierhergebracht, wenn ich vorgehabt hätte, hierzubleiben.«

»Und warum nicht?«

»Du weißt warum. Ich darf nicht zulassen, daß du oder sonst irgendwer den Ort kennt, an dem sich JENE, DIE BEWAHRT WERDEN MÜSSEN aufhalten. Womit wir bei etwas sehr Wichtigem angelangt wären: bei dem Versprechen, das du mir geben mußt.«

»Alles, was du willst«, sagte ich. »Aber was könntest du von mir haben wollen, das ich dir geben kann?«

»Einfach nur folgendes. *Du darfst niemals irgend jemandem erzählen, was ich dir erzählt habe.* Erzähle niemandem von JENEN, DIE BEWAHRT WERDEN MÜSSEN. Erzähle niemandem die Legenden von den alten Göttern. Erzähle nie jemandem davon, daß du mich gesehen hast.«

Ich nickte feierlich. Das hatte ich erwartet, aber ich wußte auch, daß es sich als sehr schwierig erweisen könnte.

»Wenn du auch nur einen Teil davon erzählst«, sagte er, »wird bald ein weiterer folgen, und jedesmal, wenn du etwas vom Geheimnis JENER, DIE BEWAHRT WERDEN MÜSSEN erzählst, wird die Gefahr, daß sie entdeckt werden, größer.«

»Ja«, sagte ich. »Aber die Legenden, unsere Herkunft ... und was ist mit meinen Kindern? Kann ich ihnen nicht erzählen –«

»Nein. Wie ich schon sagte, zuerst erzählst du ihnen ein bißchen, und am Ende erzählst du ihnen alles. Und außerdem – wenn diese Sprößlinge Kinder des christlichen Gottes sind, wenn sie vergiftet sind, so wie Nicolas von dem christlichen Gedanken der Ursünde und der Schuld vergiftet war, dann werden sie von diesen alten Geschichten nur verwirrt und enttäuscht sein. Sie werden sie so schrecklich finden, daß sie sie nicht akzeptieren können. Zufällige Ereignisse, heidnische Götter, an die sie nicht glauben, Sitten und Gebräuche, die sie nicht verstehen können. Man muß aufgeschlossen sein für dieses Wissen, so gering es auch sein mag. Höre lieber auf ihre Fragen und erzähle ihnen, was du erzählen mußt, um sie zufriedenzustellen. Und wenn du merkst, daß du sie nicht anlügen kannst, dann erzähl ihnen lieber gar nichts. Sei bemüht, sie so stark zu machen, wie es gottlosen Männern ansteht in dieser Zeit. Aber vergiß nicht meine Worte: niemals die alten Legenden. Sie zu erzählen, bleibt mir, und nur mir, vorbehalten.«

»Was wirst du mit mir tun, wenn ich sie nun doch erzähle?« fragte ich.

Er war erstaunt. Im ersten Augenblick, fast eine Sekunde lang, war er fassungslos, dann lachte er. »Lestat, du bist das schrecklichste Wesen, das ich kenne«, murmelte er. »Wenn du es weitererzählst, könnte ich alles mit dir tun. Das weißt du doch genau. Ich könnte dich mit dem Fuß zermalmen, so wie Akascha den Ältesten zermalmt hat. Ich könnte dich mit der Kraft meiner Gedanken in Flammen aufgehen lassen. Aber lassen wir diese Drohungen. Ich will, daß du zu mir zurückkommst. Aber ich will nicht, daß all diese Geheimnisse bekannt werden. Ich will nicht, daß sich noch einmal eine Horde Unsterblicher auf mich stürzt, wie in Venedig. Ich will nicht, daß unsere Artgenossen mich kennen. Du darfst nie – absichtlich oder unabsichtlich – irgend jemanden auf die Suche nach JENEN, DIE BEWAHRT WERDEN MÜSSEN oder nach Marius schicken. Du wirst anderen gegenüber niemals meinen Namen erwähnen.«

»Ich verstehe«, sagte ich.

»Tust du das wirklich?« fragte er. »Oder muß ich dir am Ende doch noch drohen? Muß ich dich warnen, dir sagen, daß meine Rache schrecklich sein kann? Daß meine Strafe nicht nur dich, sondern auch all jene miteinschließen würde, denen du diese Geheimnisse verraten hast? Lestat, ich habe andere von uns vernichtet, die nach mir gesucht haben. Ich habe sie einfach nur deshalb vernichtet, weil sie die alten Legenden kannten, und weil sie den Namen von Marius kannten, und weil sie ihre Suche niemals aufgegeben hätten.«

»Das ertrage ich nicht«, flüsterte ich. »Ich werde es niemandem erzählen, niemals, das schwöre ich. Aber ich habe Angst, daß andere meine Gedanken lesen. Ich habe Angst, daß sie die Bilder aus meinem Kopf nehmen können. Armand könnte das. Was wäre, wenn –«

»Du kannst die Bilder versiegeln. Du weißt wie. Du kannst andere Bilder darüberlegen, um sie zu verwirren. Du kannst deine Gedanken verschließen. Das ist etwas, das du schon jetzt kannst. Aber hören wir auf mit diesen Drohungen und Ermahnungen. Ich liebe dich.«

Einen Augenblick lang reagierte ich nicht darauf. Meine Gedanken eilten mir voraus, zu allen verbotenen Möglichkeiten. Schließlich faßte ich es in Worte:

»Marius, hast du manchmal nicht den Wunsch, allen alles zu erzählen? Ich meine, es in der ganzen Welt zu verbreiten und uns alle zusammenzubringen?«

»Guter Gott, nein, Lestat. Warum sollte ich das tun?« Er schien ehrlich erstaunt.

»Damit wir unsere Legenden haben können, über die Rätsel unserer Geschichte wenigstens nachdenken können, so wie die Menschen es tun. Damit wir unsere Geschichten austauschen und unsere Macht teilen können –«

»Und sie vereinen können, um uns gegen die Menschen zu verbünden, wie es die Kinder der Finsternis getan haben?«

»Nein ... nicht so.«

»Lestat, in der Ewigkeit sind Bündnisse sehr rar. Die meisten Vampire sind argwöhnische, einsiedlerische Wesen, und sie können die anderen nicht leiden. Sie haben nie mehr als von Zeit zu Zeit einen oder zwei sorgfältig ausgewählte Begleiter, und sie bewachen ihre Jagdgründe und hegen ihre Abgeschiedenheit, so wie ich. Sie würden sich nicht zusammentun wollen, und wenn sie das Böse und das Mißtrauen überwinden würden, das sie trennt, dann würde ihr Zusammentreffen in schrecklichen Kämpfen und Schlachten um die Vorherrschaft enden, wie jene, von denen mir Akascha erzählt hat, die sich vor vielen tausend Jahren zugetragen haben. Im Grunde sind wir böse Wesen. Wir sind Killer. Es ist besser, wenn die, die sich auf dieser Erde vereinen, sterblich sind und sich zu einem guten Zweck zusammentun.«

Ich akzeptierte es, beschämt über meine Erregung, beschämt über meine Schwächen und mein impulsives Handeln. Und doch hatte ich mich schon wieder in andere Möglichkeiten verrannt.

»Und die Sterblichen, Marius? Hattest du nie den Wunsch, dich ihnen zu offenbaren und ihnen alles zu erzählen?«

Wieder schien er völlig verblüfft.

»Hattest du nie den Wunsch, der Welt von uns zu erzählen? Einfach auf gut Glück. Ist dir das nie besser vorgekommen, als immer im Verborgenen zu leben?«

Er senkte den Blick und stützte das Kinn in die Hand. Zum erstenmal nahm ich ganz deutlich Bilder wahr, die von ihm kamen, und ich hatte das Gefühl, daß er sie mich absichtlich sehen ließ, weil er sich seiner Antwort nicht sicher war. Seine Erinnerungen besaßen eine solche Kraft, daß ich mir geradezu zerbrechlich vorkam neben ihm. Er erinnerte sich an die alten Zeiten, als die Römer noch die Welt regierten und als er noch ein normales menschliches Leben geführt hatte.

»Du weißt noch ganz genau, daß du ihnen alles erzählen wolltest«, sagte ich. »Damit diese Ungeheuerlichkeit ans Tageslicht käme.«

»Vielleicht«, sagte er. »Ganz zu Anfang, da hatte ich den Wunsch, mit ihnen in Verbindung zu treten.«

»Ja, in Verbindung zu treten«, sagte ich und klammerte mich an diesen Begriff. Ich mußte an die Nacht in Paris denken, damals, vor langer Zeit, als ich auf der Bühne stand und die Zuschauer so erschreckt hatte.

»Aber das war ganz zu Anfang, in blasser Vorzeit«, sagte er langsam und meinte sich selbst. Seine Augen waren nur noch schmale Schlitze, als sie durch all die Jahrhunderte zurückblickten. »Es wäre dumm, es wäre Wahnsinn. Wenn die Menschheit je wirklich an uns glauben würde, dann wären wir verloren. Man würde uns ausrotten. Und ich habe keine Lust, mich ausrotten zu lassen oder ähnlichem Unheil zu begegnen.« Ich schwieg. »Aber du selbst bist ja auch nicht gerade darauf versessen, unser Geheimnis preiszugeben«, sagte er fast besänftigend.

Doch, das bin ich doch, dachte ich. Ich fühlte seine Finger auf meiner Hand. Ich blickte an ihm vorbei in meine eigene kurze Vergangenheit – das Theater, meine Märchenträume. Ich war wie gelähmt vor Traurigkeit.

»Du leidest unter deiner Einsamkeit und Monstrosität«, sagte er. »Und du bist impulsiv und trotzig.«

»Das stimmt.«

»Aber was würde es schon ändern, wenn irgend jemand davon erführe. Niemand kann vergeben. Niemand kann wiedergutmachen. Es wäre kindisch, so etwas zu glauben. Gib dich ruhig preis und laß dich vernichten! Aber was hast du dann davon? Der Wilde Garten würde das, was von dir noch übrig wäre, stillschweigend verschlukken. Es gibt keine Gerechtigkeit, und auch kein Mitgefühl.«

Ich nickte. Ich fühlte seine Hand auf der meinen. Dann stand er langsam auf, und ich stand auch auf, zögernd, aber nachgiebig.

»Es ist schon spät«, sagte er mit weicher Stimme und sah mich liebevoll an. »Für den Augenblick haben wir genug geredet. Ich muß jetzt hinunter ins Dorf, zu meinen Leuten. Dort gibt es Schwierigkeiten, wie ich befürchtet hatte. Und es wird die ganze Nacht dauern, bis zum Morgengrauen, und morgen abend auch. Es wird weit nach Mitternacht sein, bevor wir morgen weiterreden können –«

Er schien wieder abgelenkt, denn er neigte den Kopf und lauschte.

»Ja, ich muß jetzt gehen«, sagte er. Und wir umarmten uns kurz und innig.

Und obgleich ich ihn gern begleitet hätte, um zu sehen, was im Dorf geschah – wie er dort seine Angelegenheiten regelte –, hatte ich genauso das Bedürfnis, wieder in meine Räume zu gehen und hinaus aufs Meer zu sehen und schließlich einzuschlafen.

»Du wirst hungrig sein, wenn du aufstehst«, sagte er. »Ich werde dir ein Opfer bringen. Hab Geduld, bis ich zurückkomme.«

»Ja, natürlich ...«

»Und morgen, während du auf mich wartest«, sagte er, »fühl dich hier wie zu Hause. Die alten Schriftrollen sind in den Kisten in der Bibliothek. Du darfst sie dir ruhig ansehen. Du kannst überall hingehen. Nur nicht in die Nähe der heiligen Stätte JENER, DIE BEWAHRT WERDEN MÜSSEN. Geh nicht die Treppe hinunter.«

Ich nickte.

Ich wollte ihn noch etwas fragen. Wann würde er jagen? Wann würde er trinken? Sein Blut hatte zwei Nächte lang für mich gereicht, vielleicht sogar noch länger. Aber wessen Blut ernährte ihn? Hatte er kurz davor ein Opfer gehabt? Würde er jetzt gleich auf die Jagd gehen? Immer mehr kam mir der Verdacht, daß er das Blut gar nicht mehr so sehr benötigte, nicht so wie ich. Daß er, genauso wie JENE, DIE BEWAHRT WERDEN MÜSSEN, immer weniger und weniger trank. Das wollte ich unbedingt wissen.

Aber er verließ mich. Das Dorf rief nach ihm. Er ging nach draußen auf die Terrasse und war verschwunden. Zuerst dachte ich, er sei ein Stück nach rechts oder links gegangen. Aber als ich durch die Tür ging und mich umsah, stellte ich fest, daß die Terrasse leer war. Ich ging bis ans Geländer und sah nach unten, wo sich, vor den Felsen weit unter mir, sein Umhang als heller Farbfleck abhob.

Das ist es also, worauf wir uns alle freuen können, dachte ich: daß wir vielleicht irgendwann gar kein Blut mehr benötigen, daß unsere Gesichter allmählich alles Menschliche verlieren, daß wir kraft unserer Gedanken Gegenstände versetzen können, daß wir beinahe fliegen können. Daß wir in vielen tausend Jahren eines Nachts in völligem Schweigen dasitzen wie JENE, DIE BEWAHRT WERDEN MÜSSEN? Wie oft hatte Marius an diesem Abend ausgesehen wie sie? Wie lange saß er so bewegungslos da, wenn niemand hier war?

Und was bedeutete für ihn das halbe Jahrhundert, das ich weit entfernt, auf der anderen Seite des Meeres, verbringen würde, um dieses eine sterbliche Leben durchzustehen?

Ich drehte mich um und ging zurück ins Haus, in den Raum, den er mir überlassen hatte. Und ich saß da und sah hinaus aufs Meer und in den Himmel, bis es hell wurde. Als ich den Sarkophag in seinem kleinen Versteck öffnete, lagen dort frische Blumen. Ich setzte die goldene Maske auf und zog die Handschuhe an und legte mich in den Sarg aus Stein, und als ich die Augen zumachte, konnte ich noch die Blumen riechen.

Der schreckliche Augenblick kam näher. Wenn das Bewußtsein schwand. Und an der Grenze zum Traum hörte ich das Lachen einer Frau. Sie lachte fröhlich und ausdauernd, als wäre sie sehr glücklich, inmitten einer Unterhaltung, und gerade als ich in die Dunkelheit eintauchte, beugte sie den Kopf zurück, und ich sah ihre weiße Kehle.

15

Als ich die Augen öffnete, hatte ich eine Idee. Sie kam ganz plötzlich und ergriff augenblicklich von mir Besitz, so daß ich den Durst, der mich quälte, und das Brennen in den Adern kaum noch spürte.

»Anmaßung«, flüsterte ich. Aber die Idee war außerordentlich verlockend.

Nein, vergiß es. Marius hat gesagt, daß ich nicht in die Nähe der den Göttern geweihten Stätte darf, und außerdem kommt er um Mitternacht zurück, und dann kannst du ihm von deiner Idee erzählen. Und dann kann er . . . was? Traurig den Kopf schütteln.

Ich ging ins Haus, und alles war so, wie es in der vergangenen Nacht gewesen war, Kerzen brannten, die Fenster waren weit geöffnet, und draußen im Freien das schöne Schauspiel des verblassenden Lichts. Es kam mir unvorstellbar vor, daß ich schon so bald von hier fort sollte. Und daß ich niemals zurückkommen würde und daß er selbst diesen ungewöhnlichen Ort verlassen würde.

Ich war unglücklich und fühlte mich elend. Und dann kam mir diese Idee: es nicht in seinem Beisein zu tun, sondern still und heimlich, damit ich mir nicht albern vorkam, ganz allein hinzugehen.

Nein. Tu's nicht. Es führt ja doch zu nichts. Gar nichts wird geschehen, wenn du's tust. Aber wenn das stimmt, warum soll ich es dann nicht tun? Warum nicht jetzt gleich?

Ich machte wieder meine Runde, durch die Bibliothek und die Säulengänge und den Raum mit den Vögeln und Affen und in Gemächer, in denen ich noch nicht gewesen war.

Aber der Gedanke wollte mir nicht aus dem Kopf. Und der Durst quälte mich immer schlimmer, und ich wurde immer aufgeregter und rastloser, so daß ich gar nicht mehr fähig war, über all das, was Marius mir erzählt hatte, nachzudenken, und was es später einmal zu bedeuten haben würde.

Er befand sich nicht im Haus. Das war sicher. Schließlich war ich durch sämtliche Räume gegangen. Wo er schlief, war sein Geheimnis, und ich wußte, daß es noch andere Wege gab, ins Haus zu gelangen, die ebenfalls sein Geheimnis waren.

Aber die Tür zu der Treppe, die nach unten führte, zu JENEN, DIE BEWAHRT WERDEN MÜSSEN, entdeckte ich ganz leicht. Und sie war nicht verschlossen.

Ich stand in dem mit Tapeten ausgekleideten Salon mit den blankpolierten Möbeln und sah auf die Uhr. Erst sieben Uhr abends, noch fünf Stunden, bis er zurückkommen würde. Fünf Stunden, in denen der Durst in mir brennen würde. Und dann die Idee ... diese Idee von mir.

Ich faßte nicht direkt den Entschluß, es zu tun. Ich drehte der Uhr den Rücken zu und machte mich wieder auf den Weg in mein Zimmer. Ich wußte, daß schon Hunderte vor mir dieselbe Idee gehabt haben mußten. Und wie gut er die stolzen Gefühle beschrieben hatte, die er bei der Vorstellung hatte, sie wieder aufwecken zu können. Sie dazu bringen zu können, sich zu bewegen.

Nein. Ich tu's, weil ich es tun will, auch wenn gar nichts passiert, was bestimmt der Fall sein wird. Ich will einfach nur allein dort hinuntergehen und es versuchen. Vielleicht hat es etwas mit Nicki zu tun. Ich weiß es nicht. Ich weiß es nicht!

Ich ging wieder in mein Zimmer, und in dem flimmernden Licht, das vom Meer aufstieg, öffnete ich den Geigenkasten und stand da und starrte auf die Stradivari.

Natürlich wußte ich nicht, wie man auf ihr spielen mußte, aber wir sind großartige Imitatoren. Wie Marius ganz richtig gesagt hatte, besaßen wir eine ungewöhnliche Konzentrationsfähigkeit und ungewöhnliche Talente. Und ich hatte Nicki so oft beim Spielen zugesehen.

Ich spannte den Bogen und strich mit dem kleinen Stück Geigenharz über das Pferdehaar, wie er es immer getan hatte.

Noch vor zwei Nächten hätte ich nicht einmal den Gedanken ertragen, dieses Ding anzufassen. Seine Töne zu hören, hätte mir unsagbare Qualen bereitet.

Jetzt nahm ich die Geige aus ihrem Kasten und trug sie durchs Haus, genauso wie ich sie durch die Kulissen des Theaters der Vampire zu Nicki getragen hatte, und ohne auch nur an Anmaßung zu denken, lief ich immer schneller und schneller bis zu der Tür und die geheime Treppe hinunter.

Es war, als würden sie mich zu sich hinziehen, als hätte ich überhaupt keinen eigenen Willen. Marius zählte jetzt nicht mehr.

Nichts zählte, außer den schmalen, feuchten Steinstufen, die ich hinunterhastete, schneller und schneller, vorbei an den Fenstern mit der Meeresgischt und dem fahlen Licht der Abenddämmerung. Meine blinde Leidenschaft war so übermächtig, so absolut, daß ich plötzlich innehielt und mich fragte, ob sie wirklich aus mir selbst heraus entstanden war. Aber wie dumm das war. Wer sonst hätte sie verursachen sollen? JENE, DIE BEWAHRT WERDEN MÜSSEN? Das zu glauben, wäre nun wirklich eine Anmaßung gewesen, und außerdem, woher hätten diese Kreaturen überhaupt wissen sollen, was für ein seltsames köstliches kleines Holzinstrument das war?

Es gab doch Töne von sich, nicht wahr, die noch nie jemand gehört hatte in der Alten Welt, Töne, die so menschlich und so eindringlich waren, daß die Geige als ein Werkzeug des Teufels angesehen wurde und ihre besten Spieler als vom Teufel besessen galten.

Ich fühlte mich schwindlig, verwirrt.

Wie war ich nur die Treppe heruntergekommen, und hatte ich denn vergessen, daß die Tür von innen verriegelt war? In fünfhundert Jahren vielleicht würde es mir gelingen, den Riegel aufzustoßen, aber doch nicht jetzt.

Trotzdem ging ich weiter, und diese Gedanken rissen ab und verflüchtigten sich genauso schnell, wie sie gekommen waren. Mein Körper brannte wieder, und der Durst machte alles nur noch schlimmer, obgleich der Durst nichts damit zu tun hatte.

Und als ich um die letzte Ecke bog, sah ich, daß die Türen der Kapelle weit offenstanden. Das Licht von den Lampen ergoß sich in den Treppenschacht. Und der Duft der Blumen und des Weihrauchs war plötzlich so stark, daß es mir die Kehle zuschnürte.

Ich ging näher heran, die Geige mit beiden Händen an die Brust gedrückt, auch wenn ich nicht wußte, warum ich das tat. Und die Türen des Tabernakels standen offen, und da saßen sie.

Jemand hatte ihnen noch mehr Blumen gebracht. Jemand hatte das Räucherwerk in Form von Plätzchen auf goldenen Platten ausgelegt.

Gleich am Eingang der Kapelle blieb ich stehen und sah sie an, und auch sie schienen mich anzusehen.

Weiß, so weiß, daß ich sie mir gar nicht in Bronze vorstellen konnte, und, wie es schien, so hart wie die Juwelen, die sie trugen.

Schlangenreifen um ihren Oberarm. Lagenweise Halsketten. Kleinste Fleischfältchen an seiner Brust über dem sauberen Leinenhemd, das er trug.

Ihr Gesicht war schmaler als das seine, ihre Nase ein ganz klein wenig länger. Seine Augen waren etwas länger als ihre, und die Hautfalten ließen sie ein wenig dicker erscheinen. Beide hatten langes schwarzes Haar.

Ich rang nach Luft. Ich fühlte mich plötzlich schwach und sog den Duft der Blumen und des Weihrauchs tief in meine Lungen ein, während das Licht der Lampen in tausend goldenen Flecken über die Wandgemälde tanzte.

Ich sah auf meine Geige und versuchte mich daran zu erinnern, was mich auf die Idee gebracht hatte hierherzukommen; ich strich mit den Fingern über das Holz und überlegte, woran sie dieses seltsame Ding wohl erinnern mochte.

Mit flüsternder Stimme erklärte ich ihnen, was es war und daß sie es unbedingt hören müßten, daß ich eigentlich nicht richtig darauf spielen könne, daß ich es aber versuchen würde. Meine Stimme war so leise, daß ich sie nicht einmal selbst vernehmen konnte, aber sie würden sie sicherlich hören, falls sie mir überhaupt lauschten.

Und dann hob ich die Geige an meine Schulter, schob sie mir unters Kinn und hob den Bogen. Ich schloß die Augen und rief mir die Musik ins Gedächtnis, Nickis Musik, und die Art und Weise, wie sich sein Körper zur Musik bewegt hatte, und wie seine Finger so fest zugedrückt hatten wie ein Hammer, und wie er die Botschaft aus seiner Seele in seine Fingerspitzen gelenkt hatte.

Ich ließ mich völlig hineinfallen in die Musik, die plötzlich stieg und schwoll und in Wellen sank, während meine Finger über das Instrument tanzten. Das war ein Lied, ich konnte also ein Lied machen. Die Töne waren klar und rein und voll und schallten von den Wänden mit jenem klagenden flehenden Klang, den nur eine Geige hervorbringen kann. Ich spielte weiter und weiter, schaukelte vor und zurück, vergaß Nicki, vergaß alles außer dem Gefühl meiner Finger an dem Schallbrett und dem Bewußtsein, daß ich es war, der diese Musik machte, daß sie aus mir herauskam, und die Töne sanken und stiegen empor und schwollen an und überschlugen sich, immer lauter und lauter, während ich wie wild den Bogen strich.

Ich sang zu der Musik, erst summte ich nur, und dann sang ich mit lauter Stimme, und all das Gold in dem kleinen Raum verschwamm vor meinen Augen. Und plötzlich hörte es sich an, als würde meine Stimme immer lauter werden, unerklärlich viel lauter, mit einem reinen hohen Ton darin, von dem ich wußte, daß ich selbst ihn unmöglich hätte hervorbringen können. Aber er war da, dieser wunderbare helle Ton, gleichbleibend und ruhig, und er wurde immer lauter, bis er in meinen Ohren schrillte. Ich spielte noch wilder, und ich hörte mein eigenes Stöhnen, und ich wußte plötzlich, daß nicht ich es war, der diesen seltsamen hohen Ton hervorbrachte!

Bald würde mir das Blut aus den Ohren schießen, wenn der Ton nicht aufhörte. Und er war nicht von mir, dieser Ton! Ohne die Musik abzubrechen, ohne mich den Schmerzen zu überlassen, die in meinem Kopf tobten, sah ich nach vorn und sah, daß Akascha aufgestanden war und daß ihre Augen sehr groß waren und daß ihr Mund ein vollkommenes O bildete. Der Ton kam von ihr, sie machte ihn, und sie bewegte sich über die Stufen des Tabernakels auf mich zu, mit ausgestreckten Armen, und der Ton durchbohrte mein Trommelfell wie eine Stahlklinge.

Ich sah nichts. Aber ich hörte, wie die Geige auf dem Steinboden aufschlug. Ich fühlte meine Hände an meinem Kopf. Ich schrie und schrie, aber der Ton verschluckte meine Schreie.

»Aufhören! Aufhören!« schrie ich. Überall war jetzt wieder Licht, und sie stand vor mir und streckte ihre Arme nach mir aus.

»O Gott, Marius!« Ich drehte mich um und rannte zu den Türen. Aber die Türen fielen vor mir zu, schlugen gegen mein Gesicht, daß ich zu Boden fiel. Ich schluchzte unter diesem hohen schrillen anhaltenden Ton.

»Marius, Marius, Marius!«

Und als ich mich umdrehte, um zu sehen, was mit mir als nächstes geschehen würde, sah ich, wie ihr Fuß auf die Geige trat. Sie zerbarst in Stücke unter ihrer Ferse. Aber jetzt erstarb der Ton, den sie sang. Er verging.

Und ich blieb in der Stille, der Taubheit zurück, unfähig, meine eigenen Schreie, mit denen ich nach Marius rief und die immer weitergingen, zu hören, während ich mich mühsam zusammenraffte und wieder aufstand.

Tönende Stille. Flimmernde Stille. Sie stand direkt vor mir, mit ihren wunderbar geformten, schwarzen Augenbrauen, ihr weißes Fleisch fast glatt und ohne Falten, ihre Augen leiderfüllt und voller Fragen, und ihre blassen rosa Lippen, die sich teilten und ihre Fangzähne enthüllten.

Hilf mir, hilf mir, Marius, bitte, hilf mir, stammelte ich, ohne mich hören zu können, außer in Gedanken, und dann schloß sie mich in ihre Arme und zog mich dicht zu sich, und wie Marius es beschrieben hatte, fühlte ich die Hand, die sich mit sanftem Druck um meinen Kopf legte, ganz sanft, und ich fühlte meine Zähne an ihrem Hals.

Ich zögerte nicht lange. Ich vergaß die Arme, die mich umfangen hielten, die in einer einzigen Sekunde alles Leben aus mir herauspressen konnten. Ich spürte, wie meine Fangzähne die Haut durchstießen wie eine Eiskruste und wie das Blut in meinen Mund strömte.

Oh, ja, ja ... Oh, ja. Ich hatte den Arm um ihre linke Schulter gelegt, ich klammerte mich an ihr fest, meiner lebenden Statue, und es machte nichts, daß sie härter als Marmor war, so sollte es sein, absolut vollkommen, meine Mutter, meine Geliebte, meine Mächtige, und das Blut durchdrang mich, jedes einzelne pulsierende Teilchen meines Körpers, jede Faser seines brennenden verzweigten Netzes. Aber ihre Lippen lagen an meiner Kehle. Sie küßte mich, küßte die Arterie, durch die ihr Blut strömte. Ihre Lippen waren geöffnet, und während ich mit ganzer Kraft ihr Blut in mich hineinsog, saugte, und sich ein Schwall nach dem anderen in mich ergoß und sich dann in mir ausbreitete, fühlte ich ganz deutlich, wie sich ihre Fangzähne in meinen Hals bohrten.

Aus jedem zischenden Gefäß rann jetzt mein Blut in sie hinein, während in meinen Körper noch immer ihr Blut strömte.

Ich sah ihn vor mir, den schimmernden Kreislauf, aber noch viel göttlicher war das Gefühl, mit dem er mich erfüllte, denn da war nichts mehr außer unseren Mündern an des andern Kehle und der schonungslos pochenden Blutbahn. Da waren keine Träume, da waren keine Visionen, da war nur dieses eine, *dies* – köstlich und betäubend und heiß – und daneben zählte nichts, absolut nichts, nur, daß es niemals enden sollte. Die Welt mit all den Dingen, die Gewicht hatten und Platz brauchten und das Licht verdeckten, war verschwunden.

Aber dann drang ein schreckliches Geräusch zu mir durch, ein häßliches Geräusch, wie von berstendem Stein, wie ein Stein, der am Boden schleift. Das war Marius. Nein, Marius, komm nicht hierher. Geh weg, faß mich nicht an. Laß uns zusammen.

Aber dieses schreckliche Geräusch kam nicht von Marius, diese Einmischung, dieses plötzliche Ende von allem, als ich an den Haaren gepackt und von ihr weggerissen wurde, daß mir das Blut aus dem Mund schoß. Es kam von Enkil, dessen starke Hände jetzt meinen Kopf umklammerten.

Das Blut floß über mein Kinn nach unten. Ich sah ihr betroffenes Gesicht! Ich sah, wie sie die Arme nach ihm ausstreckte. Ihre Augen schleuderten ihm zornige Blitze entgegen, ihre schimmernden weißen Arme ergriffen die Hände, die um meinen Kopf lagen. Und dann erhob sie ihre Stimme, ein schrilles Kreischen, lauter noch als der Ton von vorher, während aus ihrem Mund Blut tropfte.

Der Ton löschte alles aus, die Sicht und auch die anderen Geräusche. Um mich herum wirbelnde Dunkelheit, Millionen winziger Splitter davon. Mein Kopf drohte zu bersten.

Er zwang mich in die Knie. Er beugte sich über mich, und plötzlich sah ich sein Gesicht, so teilnahmslos wie eh und je, und nur die straffen Muskeln seiner Arme bekundeten Leben.

Aber trotz ihrer alles verdeckenden Schreie wußte ich, daß hinter mir die Tür unter Marius' Schlägen dröhnte und daß seine Schreie fast so laut wie die ihren waren.

Von dem Kreischen ihrer Stimme begann mir das Blut aus den Ohren zu rinnen. Ich bewegte die Lippen.

Der steinerne Schraubstock, der meinen Kopf umklammert hielt, gab plötzlich nach. Ich fühlte, wie ich zu Boden sank. Ich lag flach auf dem Rücken und fühlte mit kaltem Druck seinen Fuß auf meiner Brust. Jede Sekunde konnte er mir das Herz zermalmen, und sie war über ihm, auf seinem Rücken und hatte die Arme um seinen Hals gelegt, und ihre Schreie wurden immer lauter, immer gellender. Ich sah ihre geschwungenen Augenbrauen, ihr wehendes schwarzes Haar.

Dann hörte ich Marius, der durch die Tür mit ihm redete und dessen Stimme den hellen Ton ihrer Schreie durchdrang.

Wenn du ihn tötest, Enkil, werde ich dich für alle Zeiten von ihr trennen, und sie wird mir dabei helfen! Das schwöre ich!

Plötzliche Stille. Wieder Taubheit. Das warme Blut, das über meinen Hals rann.

Sie ging auf die Seite und sah nach vorn, und dann flog die Tür auf und schlug krachend gegen die Steinwände des schmalen Gangs, und Marius stand über mir und hatte die Hände auf Enkils Schultern gelegt, und Enkil war wie erstarrt.

Sein Fuß rutschte von meiner Brust, streifte meinen Magen und war verschwunden. Und Marius sagte etwas, das ich nur in meinen Gedanken hörte. *Lauf weg von hier, Lestat. Schnell.*

Mühsam richtete ich mich auf und sah, wie er die beiden langsam nach hinten schob, zum Tabernakel, und daß ihre Blicke nicht nach vorn gerichtet waren, sondern auf ihn, und daß Akascha Enkils Arm umklammerte, und ich sah, daß ihre Gesichter wieder völlig leer waren, aber jetzt war es keine teilnahmslose Leere mehr, und auch keine Maske der Neugier, sondern die Maske des Todes.

»Lauf, Lestat!« rief er noch einmal, ohne sich umzudrehen. Und ich gehorchte.

16

Ich stand ganz am anderen Ende der Terrasse, als Marius schließlich in den beleuchteten Salon kam. Meine sämtlichen Venen brannten noch immer vor Hitze, die atmete, als hätte sie ein eigenes Leben. Von hier aus hatte ich einen Blick bis weit über die düster aufragende Insel hinaus. Ich hörte die Fahrt eines Schiffes entlang der anderen Seite der Küste. Aber ich hatte nur den einen Gedanken: daß ich über dieses Geländer hier springen konnte, wenn Enkil noch einmal auf mich losging. Ich konnte mich ins Meer stürzen und schwimmen. Ich spürte noch immer seine Hände an meinem Kopf, seinen Fuß auf meiner Brust.

Ich lehnte mich gegen die Steinmauer, ich zitterte, und meine Hände waren noch immer blutüberströmt von den Kratzern in meinem Gesicht, das schon wieder völlig verheilt war.

»Es tut mir leid. Es tut mir so leid, daß ich es getan habe«, sagte ich, als Marius aus dem Salon kam. »Ich weiß nicht, warum ich es getan habe. Ich hätte es nicht tun sollen. Es tut mir leid. Es tut mir leid, das schwöre ich dir, es tut mir schrecklich leid, Marius. Ich werde nie wieder etwas tun, von dem du mir gesagt hast, daß ich es nicht tun soll.«

Er stand mit verschränkten Armen da und sah mich an. Er zürnte. »Lestat, was habe ich dir gestern nacht gesagt?« fragte er. »Du bist *das schrecklichste Wesen*, das es gibt!«

»Verzeih mir, Marius. Bitte, verzeih mir. Ich habe einfach nicht geglaubt, daß etwas passieren würde. Ich war absolut sicher, daß nichts passieren würde...«

Er winkte mit der Hand, um mich zum Schweigen zu bringen, und deutete mir an, ihm hinunter zu den Felsen zu folgen, dann schwang er sich über die Brüstung. Ich folgte ihm, entzückt darüber, wie leicht es war, aber noch immer viel zu benommen, um derartigen Dingen Aufmerksamkeit zu schenken. Ihre Gegenwart haftete noch überall an mir, wie ein Duft, auch wenn sie gar keinen Duft an sich gehabt hatte, außer dem des Weihrauchs und der Blumen, der in ihre harte weiße Haut eingedrungen sein mußte. Wie merkwürdig zerbrechlich sie mir trotz dieser Härte vorgekommen war.

Wir stiegen über die glitschigen Felsbrocken bis hinunter zu dem weißen Strand, und dann gingen wir schweigend nebeneinander und sahen hinaus zu dem schneeweißen Schaum, der gegen die Felsen schwappte oder über den zusammengebackenen weichen weißen Sand auf uns zuströmte. Der Wind toste in meinen Ohren, und ich hatte dasselbe Gefühl von Einsamkeit, das mich immer überfällt, wenn der tosende Wind alle anderen Sinneswahrnehmungen und auch die Geräusche auslöscht.

Und ich wurde allmählich ruhiger und ruhiger, und gleichzeitig immer erregter und unglücklicher.

Marius hatte den Arm um mich gelegt, so wie Gabrielle es oft getan hatte, und ich achtete nicht darauf, wo wir hingingen, und war ziemlich überrascht, als ich sah, daß wir zu einer kleinen Bucht im Wasser gekommen waren, in der ein Ruderboot verankert war, das nur ein einziges Ruder hatte.

Als wir stehenblieben, sagte ich noch einmal: »Es tut mir leid, daß ich es getan habe! Ich schwöre, daß es mir leid tut. Ich habe nicht geglaubt...«

»Erzähl mir bloß nicht, daß du es bedauerst«, sagte Marius ruhig.

»Es tut dir überhaupt nicht leid, daß es passiert ist und daß du der Anlaß warst, jetzt, wo du in Sicherheit bist und nicht wie ein zerbrochenes Ei in der Kapelle am Boden liegst.«

»Aber darum geht es doch gar nicht«, sagte ich. Ich brach in Tränen aus. Ich zog mein Taschentuch hervor, diese großartige Ausrüstung eines *Gentilhomme* des achtzehnten Jahrhunderts, und wischte mir das Blut vom Gesicht. Ich fühlte, wie sie mich hielt, fühlte ihr Blut, fühlte ihre Hände. Alles schien sich noch einmal zu wiederholen. Wenn Marius nicht rechtzeitig gekommen wäre...

»Aber was ist denn eigentlich passiert, Marius? Was hast du gesehen?«

»Ich wünschte, er könnte uns nicht hören«, sagte Marius trübsinnig. »Es ist Wahnsinn, etwas zu sagen oder zu denken, das ihn nur noch mehr verstört. Ich muß dafür sorgen, daß er sich wieder fängt.«

Und jetzt war er erst richtig wütend und drehte mir den Rücken zu.

Aber wie sollte ich nicht daran denken? Ich wünschte, ich hätte meinen Kopf öffnen und die Gedanken herausreißen können. Sie rasten durch meinen Kopf wie ihr Blut durch meinen Körper. Und in ihrem Körper existierte noch immer eine Seele, ein Verlangen, ein flammender geistiger Kern, dessen Hitze wie ein flüssiger Blitz durch mich gefahren war, und ohne Frage hatte Enkil sie in seinem Todesgriff! Ich verfluchte ihn. Ich wollte ihn vernichten. Und ich malte mir in meinem Kopf alle möglichen Wahnsinnsideen aus, wie er vernichtet werden könnte, ohne uns zu gefährden, solange sie nur dablieb!

Aber das ergab keinen Sinn. Waren die Dämonen nicht zuerst in ihn gefahren? Aber wenn das nun nicht so...

»Hör auf, junger Mann!« fuhr mich Marius an.

Ich fing wieder zu weinen an. Ich fühlte meinen Hals, wo sie ihn berührt hatte, und leckte mir die Lippen und schmeckte wieder ihr Blut. Ich sah zu den Sternen über uns, und selbst diese gütigen ewigen Dinge kamen mir böse und sinnlos vor, und ich fühlte, wie sich in meiner Kehle wieder ein Schrei formte.

Die Wirkung ihres Blutes ließ bereits nach. Die erste Hellsicht war verwischt, und meine Gliedmaßen waren wieder meine Gliedmaßen. Vielleicht waren sie kräftiger, ja, aber die Zauberkraft schwand dahin. Geblieben war nur etwas, das stärker war als die Erinnerung an den Kreislauf des Blutes, der durch uns beide geführt hatte.

»Marius, was ist passiert?« fragte ich, schrie es durch den Wind. »Sei nicht böse mit mir, wende dich nicht ab von mir. Ich kann nicht...«

»Pst, sei still, Lestat«, sagte er. Er drehte sich wieder zu mir um und nahm meinen Arm. »Mach dir meinetwegen keine Sorgen«, sagte er. »Mein Zorn ist jetzt nicht wichtig, und er richtet sich auch nicht gegen dich. Laß mir ein bißchen Zeit, mich zu sammeln.«

»Aber hast du denn nicht gesehen, was mit ihr und mir geschehen ist?«

Er sah aufs Meer hinaus. Das Wasser war völlig schwarz, und die Gischt völlig weiß. »Doch, das habe ich gesehen«, sagte er.

»Ich habe die Geige genommen und wollte ihnen etwas vorspielen, ich dachte –«

»Ja, ich weiß, natürlich...«

»– daß die Musik sie berühren würde, vor allem diese Musik, diese seltsame, übernatürlich klingende Musik, du weißt, wie eine Geige...«

»Ja –«

»Marius, sie gab mir... sie... und sie nahm –«

»Ich weiß.«

»Und er hält sie dort fest! Er hält sie gefangen!«

»Lestat, ich bitte dich...« Er lächelte betrübt, traurig.

Sperr ihn ein, Marius, so wie sie es getan haben, und laß sie frei!

»Du träumst, mein Kind«, sagte er. »Du träumst.«

Wieder drehte er sich um und ging ein Stückchen weg von mir, winkte mir, ihn allein zu lassen. Er ging hinunter zum Strand und ließ sich von den Wellen umspülen, während er auf und ab ging.

Ich bemühte mich von neuem, ruhig zu werden. Es kam mir so unwirklich vor, daß ich je an einem anderen Ort gewesen sein sollte als auf dieser Insel, daß dort draußen die Welt der Sterblichen war, daß das tragische Schicksal und die Bedrohung von JENEN, DIE BEWAHRT WERDEN MÜSSEN außerhalb dieser nassen und schimmernden Klippen niemandem bekannt war.

Schließlich kam Marius zurück.

»Hör mir zu«, sagte er. »Direkt westlich von hier befindet sich eine Insel, die nicht unter meinem Schutz steht, und dort gibt es an der nördlichen Spitze eine alte griechische Stadt, in der die Tavernen der Seeleute die ganze Nacht über offen sind. Du fährst jetzt mit dem Boot dorthin. Jagst und vergißt, was hier geschehen ist. Teile dir die neuen Kräfte, die du von ihr vielleicht erhalten hast, gut ein, aber sei bemüht, nicht an die beiden zu denken. Vor allem aber: Schmiede keine Pläne gegen ihn. Bevor es hell wird, kommst du zurück zum Haus. Das wird nicht schwierig sein. Dort wirst du ein Dutzend offener Türen und Fenster vorfinden. Tu jetzt, was ich dir gesagt habe, tu's für mich.«

Ich ließ den Kopf hängen. Das war das einzige auf dieser Erde, das mich ablenken konnte, das jeden noblen oder ermüdenden Gedanken auslöschen konnte. Menschliches Blut und menschlicher Kampf und menschlicher Tod.

Und ohne Widerspruch watete ich durch das flache Wasser zum Boot.

Am frühen Morgen sah ich mich in einem kleinen Metallspiegel, der in der dreckigen Absteige von Seeleuten in einem kleinen Gasthaus an der Wand hing. Ich sah mich in meinem Umhang aus Brokat und Seide, und mit weißer Spitze besetzt, und mein Gesicht noch warm vom Töten, und hinter mir, quer über dem Tisch, der tote Seemann. Er hielt noch immer das Messer, mit dem er versucht hatte, mir die Kehle durchzuschneiden. Und da stand auch noch die Weinflasche mit dem Betäubungstrunk, den ich, mit spielerischen Protesten, zurückgewiesen hatte, bis er die Geduld verlor und sich entschloß, bis zum äußersten zu gehen. Sein Kumpel lag tot auf dem Bett.

Ich betrachtete den jungen blondhaarigen Lebemann im Spiegel.

»Also wenn das nicht der Vampir Lestat ist«, sagte ich.

Aber alles Blut dieser Welt hätte das Entsetzen nicht aufhalten können, das mich überfiel, als ich zu meiner Ruhestätte ging.

Ich konnte nicht damit aufhören, an sie zu denken, mich zu fragen, ob es ihr Lachen gewesen war, das ich in der vergangenen Nacht im Schlaf gehört hatte. Und ich war verwundert, daß sie mir in dem Blut nichts mitgeteilt hatte, bis ich die Augen schloß und ganz plötzlich wieder alles vor mir sah, wunderbare Dinge, natürlich, und alles so zusammenhanglos, weil es so märchenhaft war. Wir gingen zusammen durch einen Korridor, sie und ich – nicht hier, sondern an einem Ort, den ich kannte. Ich glaube, es war ein Palast in Deutschland, in dem Haydn seine Musik schrieb – und sie redete ganz zwanglos mit mir – wie schon so oft. *Du mußt mir alles genau erzählen – was glauben die Leute, was treibt sie voran, was sind das für wunderbare Erfindungen* ... Sie trug einen modischen schwarzen Hut mit einer großen weißen Feder in dem breiten Rand und einem weißen Schleier, der oben auf dem Hut und unter ihrem Kinn befestigt war, und ihr Gesicht war noch nicht fertig, war nur jung.

Als ich die Augen aufschlug, wußte ich, daß Marius auf mich wartete. Ich stand auf und ging in die Kammer, und da stand er, mit dem Rücken zum offenen Fenster über dem Meer, neben dem leeren Geigenkasten.

»Du mußt jetzt gehen, mein Kleiner«, sagte er traurig. »Ich hatte gehofft, daß uns noch ein bißchen mehr Zeit bliebe, aber leider ist das unmöglich. Das Boot wartet schon, um dich wegzubringen von hier.«

»Wegen dem, was ich getan habe ...«, sagte ich betrübt. Ich wurde also ausgeschlossen.

»Er hat die ganze Kapelle zerstört«, sagte Marius, aber seine Stimme bat mich, ruhig zu bleiben. Er legte den Arm um meine Schulter und nahm meine Reisetasche. Wir gingen zur Tür. »Ich möchte, daß du jetzt gehst, weil es das einzige ist, das ihn beruhigen wird, und ich möchte, daß du dich nicht nur an seinen Zorn erinnerst, sondern an alles, was ich dir erzählt habe, und du sollst darauf vertrauen, daß wir uns wiedersehen, wie wir es besprochen haben.«

»Aber hast du denn Angst vor ihm, Marius?«

»O nein, Lestat. Deswegen brauchst du dir keine Sorgen zu machen. So etwas hat er schon öfter getan, immer mal wieder. Ich glaube, er weiß gar nicht, was er tut. Davon bin ich überzeugt. Er weiß nur, daß sich jemand zwischen ihn und Akascha gestellt hat. Er braucht nur ein bißchen Zeit, um sich wieder zu fangen.«

»Und sie sitzt da, als hätte sie sich nie bewegt, nicht wahr?« fragte ich.

»Ich möchte, daß du jetzt gehst, um ihn nicht noch mehr zu provozieren«, sagte Marius und führte mich aus dem Haus und zu den Stufen in der Klippe, während er weitersprach.

»Unsere Fähigkeit, mit unseren geistigen Kräften Gegenstände zu bewegen, sie anzuzünden, wirklichen Schaden zuzufügen, reicht nicht sehr weit über den physischen Ort hinaus, an dem wir uns befinden. Deshalb möchte ich, daß du heute abend von hier fortgehst und dich auf den Weg nach Amerika machst. Damit du um so schneller zu mir zurückkommen kannst, wenn er sich beruhigt hat und sich nicht mehr daran erinnert. Aber ich werde nichts vergessen und auf dich warten.«

Als wir an den Rand der Klippe traten, sah ich unten im Hafen die Galeere. Die Stufen sahen unmöglich aus, aber sie waren nicht unmöglich. Unmöglich war nur, daß ich Marius und diese Insel jetzt hinter mir zurückließ.

»Du brauchst nicht mit nach unten zu kommen«, sagte ich und nahm ihm die Reisetasche aus der Hand. Ich gab mir Mühe, meine Verbitterung und Niedergeschlagenheit zu verbergen. Schließlich hatte ich mir das alles selbst zuzuschreiben. »Ich mag es nicht, wenn man mich weinen sieht. Laß mich allein gehen.«

»Ich wünschte, wir hätten noch ein paar Nächte für uns gehabt«, sagte er, »um gemeinsam in aller Ruhe darüber nachzudenken, was geschehen ist. Aber meine Liebe wird dich begleiten. Und denk an das, was ich dir alles erzählt habe. Wenn wir uns wiedersehen, werden wir uns viel zu berichten haben –« Er unterbrach sich, als wäre ihm etwas eingefallen.

»Was hast du, Marius?«

»Sag mir die Wahrheit«, bat er. »Tut es dir leid, daß ich dich in Kairo geholt habe, tut es dir leid, daß ich dich hierhergebracht habe?«

»Aber warum denn?« fragte ich. »Mir tut nur leid, daß ich weg muß. Wenn ich dich nun nicht wiederfinde, oder wenn du mich nicht findest?«

»Wenn die Zeit gekommen ist, werde ich dich finden«, sagte er. »Und vergiß nicht: Du kannst mich immer rufen, wie du es früher getan hast. Wenn ich deinen Ruf höre, kann ich jede Entfernung, die ich niemals allein überbrücken könnte, überbrücken, um dir zu antworten. Wenn die Zeit gekommen ist, werde ich antworten. Darauf kannst du dich verlassen.«

Ich nickte. Es gab noch so viel zu sagen, aber ich brachte kein Wort über die Lippen.

Wir umarmten uns lange, und dann drehte ich mich um und ging die Stufen hinunter, und ich wußte, daß er verstand, warum ich mich nicht mehr nach ihm umsah.

17

Ich wußte nicht, wie sehr ich mich nach »der Welt« sehnte, bis mein Schiff endlich durch den dunstigen Bayou St. Jean nach New Orleans hinauffuhr und ich vor dem hellen Himmel die schwarzen ausgezackten Konturen der Sümpfe liegen sah.

Die Tatsache, daß keiner von unserer Art je diese Wildnis durchdrungen hatte, versetzte mich in einen Zustand der Erregung, aber auch der Demut.

Noch bevor an diesem ersten Morgen die Sonne aufgegangen war, hatte ich mich in dieses flache und feuchte Land verliebt, so wie in die trockene Hitze Ägyptens, und mit der Zeit begann ich es mehr zu lieben als jeden anderen Fleck auf der Erdkugel.

Hier waren die Gerüche so stark ausgeprägt, daß man das rohe Grün der Blätter wie auch die rosafarbenen und gelben Blüten der Pflanzen riechen konnte. Und neben dem breiten braunen Strom, der an dem tristen kleinen Place d'Armes vorbeifloß, mußte jeder andere sagenumwobene Fluß, den ich je gesehen hatte, verblassen.

Unbeachtet und unbehelligt erforschte ich die verfallene kleine Kolonie mit ihren schlammigen Straßen und den Gehwegen aus Schiffsplanken und den schmutzigen spanischen Soldaten, die bei den Gefängnissen herumlungerten. Ich verlor mich in den gefährlichen Hütten neben dem Wasser, zwischen Glücksspielern und grölenden Matrosen von den Flachbooten und den hübschen dunkelhäutigen karibischen Frauen, um dann wieder draußen herumzuwandern, um die stummen Blitze am Himmel zu sehen, das ferne Donnergrollen zu hören, die seidige Wärme des Sommerregens auf der Haut zu fühlen.

Die tief herabhängenden Dächer der kleinen Häuser glitzerten im Mondschein. Über die Eisentore der feinen spanischen Stadthäuser zuckten Lichter. Sie flackerten hinter den Spitzenvorhängen an blankgeputzten Glastüren. Ich wanderte zwischen den kleinen Bungalows umher, die sich bis zu den Schutzwällen hinzogen, spähte durch Fenster auf glattpolierte Möbel und andere glitzernde Gegenstände von Reichtum und Zivilisation, die an diesem barbarischen Ort unbezahlbar und wählerisch und auch traurig wirkten.

Hin und wieder tauchte in diesem Schlamm eine Vision auf: ein echter französischer *Gentilhomme*, in eine schneeweiße Perücke und einen modischen Gehrock verpackt, und seine Frau in eine Krinoline, mit einem schwarzen Sklaven, der den beiden durch den dicken Morast saubere Schuhe hinterherträgt.

Ich wußte, daß ich am gottverlassensten Außenposten des Wilden Gartens angekommen war und daß dies mein Land war und daß ich in New Orleans bleiben würde, falls es New Orleans gelingen sollte, selbst zu bleiben. All die Qualen, denen ich ausgesetzt war, würden an diesem gesetzlosen Ort geringer sein, und was immer ich mir ersehnte, würde mir an diesem Ort noch größeren Genuß bereiten.

Und es gab in jener ersten Nacht in diesem übelriechenden Paradies Augenblicke, in denen ich darum betete, trotz all meiner geheimen Kräfte, die ich besaß, auf irgendeine Weise mit allen sterblichen Menschen verbunden zu sein. Vielleicht war ich gar nicht der exotische Außenseiter, für den ich mich hielt, sondern nur eine Erweiterung jeder menschlichen Seele.

Alte Wahrheiten und uralte Zauberformeln, Revolutionen und Erfindungen, sie alle haben nur das eine im Sinn: uns von der Leidenschaft abzubringen, die einen jeden von uns so oder so besiegt.

Und nachdem wir schließlich all der Komplikationen müde sind, träumen wir von jenen lang vergangenen Tagen, als wir noch auf dem Schoß unserer Mutter saßen und jeder Kuß die Erfüllung all unserer Wünsche war. Was können wir anderes tun, als die Arme ausstrecken nach der Umarmung, die nunmehr Himmel und Hölle miteinschließt und in der sich unser Schicksal wieder und wieder und immer wieder erfüllt.

EPILOG

GESPRÄCH MIT DEM VAMPIR

1

Und so bin ich zum Ende der Geschichte von den Lehrjahren und Abenteuern des Vampirs Lestat gekommen, die ich habe erzählen wollen. Es ist der Bericht über die Magie und die Geheimnisse der Alten Welt, die ich, entgegen allen Verboten und Verfügungen, an Sie weitergegeben habe.

Aber meine Geschichte ist noch nicht zu Ende, auch wenn ich vielleicht zögere fortzufahren. Dazu muß ich, zumindest kurz, auf die schmerzhaften Ereignisse eingehen, die 1929 zu meiner Entscheidung geführt haben, mich unter die Erde zurückzuziehen.

Das war einhundertundvierzig Jahre, nachdem ich Marius' Insel verlassen hatte. Und seither habe ich Marius nie wieder zu Gesicht bekommen. Auch Gabrielle blieb für immer verloren. Sie war in jener Nacht in Kairo verschwunden, und soviel ich wußte, hatte niemand, ob sterblich oder unsterblich, von ihr je wieder etwas gehört noch gesehen.

Und als ich mir im zwanzigsten Jahrhundert mein Grab bereitete, war ich müde und erschöpft und allein und krank an Körper und Seele.

Ich hatte »ein Leben« ausgelebt, wie Marius es mir geraten hatte. Aber ich konnte Marius keine Schuld daran geben, wie ich es gelebt hatte, oder für die schrecklichen Fehler, die ich begangen hatte.

Mein unbeugsamer Wille ist für meine Erfahrungen ausschlaggebender gewesen als jede andere menschliche Eigenschaft. Und ungeachtet aller guten Ratschläge und schlimmer Prophezeiungen habe ich es wie eh und je verstanden, Tragödien und Unheil heraufzubeschwören. Aber ich wurde auch belohnt. Das kann ich nicht leugnen. Fast siebzig Jahre lang hatte ich meine Sprößlinge, die Vampire Louis und Claudia, zwei der wunderbarsten Unsterblichen, die es je auf dieser Erde gegeben hat, und ich hatte sie ganz nach meinem Geschmack.

Kurz nachdem ich in die Kolonie gekommen war, verliebte ich mich bis über beide Ohren in Louis, einen jungen dunkelhaarigen Plantagenbesitzer mit eleganten Umgangsformen und gewählter Sprache, dessen Zynismus und Selbstzerstörungstrieb dem von Nicolas in nichts nachstand.

Er besaß die gleiche grimmige Entschlossenheit wie Nicki und auch dessen rebellische Art, seine quälende Eigenschaft, zu glauben und nicht zu glauben und am Ende zu verzweifeln.

Aber Louis gewann mehr Macht über mich, als Nicolas je gehabt hatte. Selbst wenn er noch so grausam war, rührte er an meine zärtlichsten Gefühle, verführte mich durch seine völlige Abhängigkeit, seine Bewunderung für jede meiner Bewegungen, für jedes meiner Worte.

Seine Naivität war überwältigend, genauso wie sein seltsamer bürgerlicher Glaube, daß Gott auch dann noch Gott war, wenn er sich von uns abwandte, und daß Erlösung und Verdammung die Endpunkte einer kleinen hoffnungslosen Welt markierten.

Louis war ein Leidender, und er liebte die Sterblichen sogar noch mehr, als ich es tat. Und manchmal frage ich mich, ob ich Louis nicht als Strafe für das ansah, was ich Nicki angetan hatte, ob ich Louis nicht dazu geschaffen hatte, mein Gewissen zu sein, und um jahraus, jahrein die Strafe, die ich, wie ich glaubte, verdiente, aufzuerlegen.

Aber ich liebte ihn, schlicht und einfach. Ich behielt ihn aus Verzweiflung bei mir und band ihn in den heikelsten Augenblicken nur noch enger an mich und vollzog so die egoistischste und impulsivste Handlung meines Lebens unter den lebenden Toten. Es war das Verbrechen, das mein Verderben sein sollte: die Erschaffung Claudias, eines atemberaubend schönen Vampirkinds, mit Louis und für Louis.

Ihr Körper war noch keine sechs Jahre alt, als ich sie nahm, und obgleich sie gestorben wäre, wenn ich es nicht getan hätte (genauso wie Louis gestorben wäre, wenn ich ihn nicht genommen hätte), war es eine Herausforderung an die Götter, für die Claudia und ich zu bezahlen hätten.

Aber das ist die Geschichte, die Louis in seinem *Gespräch mit dem Vampir* erzählt und die trotz all ihrer Widersprüchlichkeiten und schrecklichen Mißverständnisse sehr gut die Atmosphäre einfängt, in der Claudia und Louis und ich zusammenkamen und fünfundsechzig Jahre lang zusammenblieben.

Während dieser Zeit waren wir ohnegleichen unter unseren Artgenossen, ein in Samt und Seide gekleidetes tödliches Jägertrio, das in seinem Geheimnis und in dem blühenden New Orleans, das uns in Luxus hüllte und uns mit endlosen Opfern versorgte, im Glanz erstrahlte.

Und obwohl Louis es nicht wußte, als er seine Chronik niederschrieb, sind fünfundsechzig Jahre für jede Art der Bindung in unserer Welt eine außerordentlich lange Zeit.

Was die Lügen betrifft, die er erzählte, die Fehler, die ihm unterliefen, nun ja, ich sehe ihm seine blühende Phantasie, seine Verbitterung und seine Eitelkeit, die eigentlich nie besonders groß war, nach. Ich habe ihm von den Kräften, die ich besitze, nicht einmal die Hälfte verraten, und das aus gutem Grund, denn er hatte schon ein schlechtes Gewissen, wenn er nur die Hälfte seiner eigenen anwandte, und verfluchte sich selbst deswegen.

Sogar seine ungewöhnliche Schönheit und sein großer Charme waren für ihn selbst irgendwie ein Geheimnis. Wenn er in seinem Bericht erklärt, ich hätte ihn zum Vampir gemacht, weil ich seine Plantage begehrte, dann ist das, schätze ich, eher seiner Bescheidenheit zuzuschreiben als seiner Dummheit.

Daß er mich für einen Bauern hielt, nun, das war verständlich. Schließlich war er ein scharfsinniges und gehemmtes Kind aus dem Bürgertum, das sich, wie alle Pflanzer der Kolonie, nichts mehr wünschte, als ein echter Aristokrat zu sein, auch wenn er noch nie einem begegnet war, und ich hatte eine lange Ahnenreihe, die aus Feudalherren bestand, die sich beim Essen die Finger abschleckten und die Knochen über ihre Schulter den Hunden vorwarfen.

Wenn er sagt, ich hätte mit unschuldigen Fremden herumgespielt, mich mit ihnen angefreundet und sie dann getötet, wie hätte er denn wissen sollen, daß ich fast ausschließlich Jagd unter den Glücksspielern, Dieben und Mördern machte und mein unausgesprochenes Versprechen, die Bösen zu töten, gründlicher einhielt, als ich selbst je zu hoffen gewagt hatte? (Der junge Frenière, zum Beispiel, ein Pflanzer, den Louis in seinem Text hoffnungslos romantisiert, war in

Wirklichkeit ein übler Mörder und Falschspieler mit den Karten und gerade drauf und dran, mit der Plantage seiner Familie seine Spielschulden zu begleichen, als ich ihn niederstreckte. Und die Huren, an denen ich mich mal vor Louis' Augen labte, nur um ihm eins auszuwischen, hatten in ihrem Leben schon so manchen Mann, der spurlos verschwunden war, vorher mit Drogen betäubt und ausgeraubt.)

Aber solche Kleinigkeiten zählen nicht. Er hat die Geschichte so erzählt, wie er sie geglaubt hat.

Und auf eine sehr reale Art ist Louis immer die Summe seiner Fehler gewesen, der betörendste menschliche Teufel, den ich je gekannt habe. Selbst für Marius wäre ein derart mitfühlendes und nachdenkliches Wesen unvorstellbar gewesen, ein Gentleman durch und durch, der Claudia sogar den richtigen Gebrauch von Tafelsilber beizubringen versuchte, du liebe Güte, wo sie und ihr kleines schwarzes Herz nun wirklich nicht den geringsten Bedarf an Messer und Gabel hatten.

Seine Blindheit gegenüber den Motiven oder den Leiden anderer machte genauso seinen Charme aus wie sein weiches ungekämmtes schwarzes Haar oder der ewig besorgte Ausdruck seiner grünen Augen.

Und warum sollte ich mir die Mühe machen zu erzählen, wie oft er in seiner schrecklichen Angst zu mir gekommen ist, mich beschworen hat, ihn nie zu verlassen, oder wie wir zusammen spazierengegangen sind und miteinander geredet haben, wie wir für Claudia Shakespeare gespielt haben oder Arm in Arm losgezogen sind, um in den Tavernen am Fluß auf Jagd zu gehen oder um mit den dunkelhäutigen Schönheiten auf den berühmten Terzeronbällen Walzer zu tanzen?

Was zwischen den Zeilen steht, ist wichtig.

Ich habe ihn verraten, als ich ihn schuf, darum geht es. Genauso wie ich Claudia verraten habe. Und ich verzeihe ihm den Unsinn, den er niederschrieb, weil es stimmt, was er über die unheimliche Zufriedenheit sagt, die er und Claudia und ich empfanden und zu der wir kein Recht hatten in jenen langen Dekaden des neunzehnten Jahrhunderts, in denen die Pfauenfarben des alten Regimes zu verblassen begannen und die liebliche Musik Mozarts und Haydns den bombastischen Tönen von Beethoven wichen, die nur allzuoft dem Klang meiner imaginären Höllenglocken bemerkenswert ähnlich waren.

Ich hatte, was ich mir wünschte, was ich mir immer gewünscht hatte. Ich hatte *sie.* Und hin und wieder konnte ich Gabrielle vergessen und auch Nicki und sogar Marius und das leere starre Gesicht von Akascha und die eisige Berührung ihrer Hand oder die Hitze ihres Bluts.

Aber ich hatte mir immer so viele Dinge gewünscht. Was begründete die Lebensdauer, die er in dem *Gespräch mit dem Vampir* beschrieben hat? Warum haben wir uns so lange gehalten?

Im ganzen neunzehnten Jahrhundert haben die Schriftsteller Europas die Vampire »entdeckt«. In den billigen Schauermärchen machte Lord Ruthven, die Schöpfung Dr. Polidoris, Sir Francis Varney Platz, und später tauchte dann Sheridan Le Fanus herrliche und sinnliche Gräfin Carmilla Karnstein auf, und schließlich der große Affe der Vampire, der zottige Slavengraf Drakula, der es sich, obgleich er sich in eine Fledermaus verwandeln und, wenn er will, dematerialisieren kann, nicht nehmen läßt, nach Art einer Eidechse an den Wänden seines Schlosses herumzukriechen, offenbar aus bloßem Spaß an der Sache. All diese Kreaturen, und noch viele andere wie sie, waren nur dazu da, um den unersättlichen Appetit auf »Schauermärchen und phantastische Geschichten« zu stillen.

Wir waren der elementare Bestandteil dieses Begriffs des neunzehnten Jahrhunderts – aristokratisch zurückhaltend, von unfehlbarer Eleganz und gleichbleibender Gnadenlosigkeit, und wir klammerten uns fest aneinander, in einem Land, das zwar reif war für uns und unsere Art, aber noch davor verschont geblieben war.

Vielleicht war dies genau der richtige Augenblick in der Geschichte, das vollkommene Gleichgewicht von Ungeheuer und Mensch, der Zeitpunkt, an dem dieses »vampirische Liebesabenteuer«, das inmitten der üppigen Farben und Formen des alten Systems in meiner Phantasie geboren worden war, seinen Höhepunkt fand in dem wehenden schwarzen Umhang, dem schwarzen Hut und den schimmernden Locken des kleinen Mädchens, die von seiner lila Schleife bis hinunter zu den Puffärmeln seines hauchdünnen Seidenkleidchens fielen.

Aber was hatte ich Claudia angetan? Wann würde ich dafür bezahlen müssen? Wie lange noch würde sie sich damit zufriedengeben, die geheimnisvolle Kraft zu sein, die Louis und mich so eng miteinander verband, die Muse unserer mondscheinhellen Stunden, unser beider Gegenstand der Verehrung?

War es unabwendbar, daß sie, die in ihrem ganzen Leben nie die Gestalt einer Frau besitzen würde, zum Schlag ausholte gegen den väterlichen Dämon, der sie dazu verdammt hatte, im Körper einer kleinen Porzellanfigur ihr Dasein zu fristen?

Ich hätte auf Marius' Warnungen hören sollen. Ich hätte mir die Zeit nehmen sollen, für einen Augenblick darüber nachzudenken, als ich im Begriff war, mich auf dieses große und berauschende Experiment einzulassen: aus »dem Geringsten von ihnen« einen Vampir zu machen. Ich hätte erst einmal Atem schöpfen sollen.

Aber es ging mir dabei wie mit dem Geigenspiel für Akascha. Ich *wollte* es tun. Ich meine, ich wollte sehen, was mit einem so hübschen kleinen Mädchen passierte!

Ach, Lestat, du hast dir alles selbst zuzuschreiben, was mit dir geschehen ist. Du solltest besser nicht sterben. Weil du nämlich in die Hölle kommen könntest.

Aber wieso habe ich aus rein egoistischen Gründen nicht wenigstens ein paar von all den Ratschlägen befolgt? Warum habe ich von niemandem etwas gelernt – Gabrielle, Armand, Marius? Aber eigentlich habe ich ja nie auf irgend jemanden gehört. Aus irgendeinem Grund scheine ich das nicht zu können.

Und nicht einmal jetzt könnte ich behaupten, daß ich die Sache mit Claudia bedaure, daß ich wünschte, sie nie gesehen zu haben, sie nie in den Armen gehalten zu haben, ihr niemals Geheimnisse zugeflüstert zu haben, niemals den Widerhall ihres Gelächters in den düsteren, von Gaslicht erhellten Räumen dieser allzu menschlichen Stadtwohnung vernommen zu haben, in der wir uns zwischen polierten Möbeln und dunklen Ölgemälden und Blumentöpfen aus Messing bewegten, wie es von lebenden Wesen erwartet wurde. Claudia war mein schwarzes Kind, meine Liebe, das Böse von dem Bösen in mir. Claudia hat mir das Herz gebrochen.

Und an einem warmen schwülen Abend im Frühjahr des Jahres 1860 ging sie daran, es mir heimzuzahlen. Sie lockte mich in die Falle, und sie hörte nicht auf, immer wieder und wieder das Messer in meinen betäubten und vergifteten Körper zu stoßen, bis fast jeder Tropfen meines Vampirblutes aus mir herausgeflossen war, bevor meine Wunden ein paar kostbare Sekunden lang Zeit hatten, zu heilen.

Ich kann es ihr nicht verübeln. Ich hätte wahrscheinlich genauso gehandelt an ihrer Stelle.

Aber diese Augenblicke des Wahnsinns und der Raserei werde ich wohl nie vergessen, und ich werde sie auch nicht in irgendeinen unerforschten Winkel meines Geistes sperren. Es waren ihre Schläue und ihre Willenskraft, die mich bezwangen, genauso wie die scharfe Klinge, die meine Kehle durchschnitt und mein Herz teilte. Solange ich weitermache, werde ich jede Nacht an diesen Augenblick zurückdenken, und an den Abgrund, der sich vor mir auftat, den Sprung in den sterblichen Tod, der fast wahr geworden wäre. Das hat Claudia für mich getan.

Aber während das Blut floß und die Kraft, zu sehen und zu hören und sich schließlich zu bewegen, mit sich nahm, wanderten meine Gedanken immer weiter zurück, bis zu den Tagen vor dem Entstehen der verdammten Vampirfamilie in ihrem Paradies aus Tapeten und Spitzenvorhängen, bis zurück zu den blassen Bildern von den Hainen und Ländern alter Sagen, in denen der dionysische Gott der Wälder immer wieder von neuem hatte ertragen müssen, daß sein Fleisch zerfetzt, sein Blut vergossen wurde.

Wenn es schon keinen Sinn gab, dann gab es doch wenigstens einen Schein von Übereinstimmung, die bestürzende Wiederholung *desselben alten Themas.*

Und der Gott stirbt. Und der Gott erhebt sich. Aber diesmal wird niemand erlöst.

Mit Akaschas Blut, hatte Marius zu mir gesagt, wirst du Unheil überstehen, dem die anderen von unserer Art nicht standhalten würden.

Später, als ich in dem Gestank und der Dunkelheit der Sümpfe zurückblieb, fühlte ich, wie ich vom Durst bestimmt war, wie er mich antrieb, ich fühlte, wie sich in dem stinkenden Wasser mein Mund öffnete und wie meine Fangzähne die warmblütigen Dinge suchten, die mich wieder auf die Beine bringen konnten.

Und drei Nächte später, als ich wieder geschlagen war und meine

Kinder mich ein für allemal in dem lodernden Inferno unserer Stadtwohnung zurückließen, war es das Blut der Alten, das Blut von Magnus und Marius und Akascha, das mir die Kraft gab, mich vor den Flammen in Sicherheit zu bringen. Doch ohne das göttliche Blut der Alten, ohne eine frische Zufuhr davon, mußte ich warten, bis die Zeit meine Wunden heilte.

Aber was Louis in seiner Geschichte nicht erzählen konnte, war alles, was danach mit mir geschah, wie ich jahrelang am Rande der menschlichen Herde jagte, ein häßliches, verkrüppeltes Monster, das nur die ganz Jungen und Schwachen zu Fall bringen konnte. In ständiger Gefahr vor meinen Opfern, war ich die sprichwörtliche Antithese eines romantischen Dämons, brachte Schrecken anstatt Entzücken und wäre von den alten Geistern von Les Innocents in ihrem Dreck und ihren Lumpen kaum zu unterscheiden gewesen.

Die Wunden, die ich davongetragen hatte, beeinträchtigten meine geistigen Kräfte, meine Fähigkeiten, logisch zu denken. Und was ich im Spiegel zu sehen bekam, wenn ich mich überhaupt getraute hineinzusehen, war nicht gerade Balsam für meine Seele. Im Gegenteil.

Aber nicht ein einziges Mal habe ich während all dieser Zeit nach Marius gerufen, um ihn zu mir zu holen. Ich konnte ihn nicht um sein heilendes Blut bitten. Lieber in schlimmster Einsamkeit leben, die schlimmsten Qualen erleiden, als festzustellen, daß er wußte, was mit mir war, und sich schon längst von mir losgesagt hatte.

Und von Gabrielle, die mir alles verziehen hätte und deren Blut genügend Macht besaß, um meine Heilung wenigstens zu beschleunigen, wußte ich nicht einmal, wo ich nach ihr hätte suchen sollen.

Als ich mich so weit erholt hatte, um die lange Reise nach Europa antreten zu können, ging ich zu dem einzigen, an den ich mich wenden konnte: zu Armand. Armand, der noch immer auf dem Stück Land lebte, das ich ihm gegeben hatte, in derselben Stadt, in der mich Magnus geschaffen hatte, Armand, der noch immer das blühende Theater der Vampire am Boulevard du Temple leitete, das noch immer in meinem Besitz war. Armand schuldete ich keine Erklärungen. Aber schuldete er nicht mir etwas?

Es war ein Schock, ihn zu sehen, als er auf mein Klopfen an die Tür kam. Mit seinem maßgeschneiderten schwarzen Gehrock und den langen Renaissancelocken, die mit Spangen zusammengehalten waren, sah er aus wie aus einem Roman von Dickens. Sein ewig junges Gesicht hatte die unschuldigen Züge eines David Copperfield und den Stolz eines Steerforth – alles andere als seine wahre Natur.

Für einen Augenblick flammte ein helles Licht auf, als er mich sah. Dann starrte er auf die Narben, die mein Gesicht und meine Hände bedeckten, und sagte mitleidig: »Komm herein, Lestat.«

Er nahm meine Hand, und wir gingen zusammen durch das Haus, das er am Fuß von Magnus' Turm gebaut hatte, ein dunkler und düsterer Ort, wie geschaffen für die Byronschen Schrecken dieses merkwürdigen Zeitalters.

»Weißt du, es gibt ein Gerücht, nach dem du irgendwo in Ägypten oder im Fernen Osten dein Ende gefunden hast«, sagte er schnell in französischer Umgangssprache, lebhaft, wie ich ihn noch nie gesehen hatte. Er hatte gelernt, so zu tun, als sei er ein lebendiges Wesen. »Du bist mit dem alten Jahrhundert verschwunden, ohne daß je wieder jemand etwas von dir gehört hat.«

»Und Gabrielle?« fragte ich und wunderte mich, daß ich nicht schon gleich an der Tür damit herausgeplatzt war.

»Seit du Paris verlassen hast, wurde sie nicht mehr gesehen«, sagte er.

Wieder sah er mich liebevoll an. Und er konnte nur schwer verbergen, wie erregt er war, es war wie ein Fieber, das ich fühlen konnte, wie die Wärme von einem offenen Feuer. Ich wußte, daß er versuchte, meine Gedanken zu lesen.

»Was ist mit dir passiert?« fragte er.

Er machte sich Gedanken wegen meiner Narben. Es waren zu viele, die ineinander übergingen, die Narben von einem Angriff, der meinen Tod zum Ziel hatte. Plötzlich bekam ich Angst, daß ich ihm in meiner Verwirrung alles erzählen würde, all die Dinge, die Marius mir schon vor langer Zeit anvertraut hatte und die ich auf keinen Fall weitererzählen durfte.

Aber dann war es die Geschichte von Louis und Claudia, die aus mir heraussprudelte, gestotterte halbe Wahrheiten, *ohne* die eine wichtige Tatsache: daß Claudia nur ... ein Kind gewesen war.

Ich erzählte kurz von den Jahren in Louisiana und wie sie sich am Ende gegen mich erhoben hatten, genauso wie er es vorausgesagt hatte von meinen Kindern. Ich gestand ihm alles, offen und ehrlich, und erklärte ihm, daß ich jetzt sein Blut brauchte. Diese Qualen und Schmerzen, alles vor ihm auszubreiten, zu fühlen, wie er überlegte. Ja sagen zu müssen, ja, du hattest recht. Zwar ist das nicht die ganze Geschichte, aber im wesentlichen hattest du recht.

Sah ich Traurigkeit in seinem Gesicht? Freude war es bestimmt nicht. Ohne aufdringlich zu sein, betrachtete er meine zitternden Hände, die meine Worte unterstrichen. Er wartete geduldig, als ich ins Stottern geriet, nicht gleich die richtigen Worte fand.

Ein paar Schluck von seinem Blut würden meine Heilung vorantreiben, flüsterte ich. Nur ein kleines bißchen, und ich würde wieder einen klaren Gedanken fassen können. Ich bemühte mich, nicht überheblich oder anmaßend zu klingen, als ich ihn daran erinnerte, daß ich ihm diesen Turm hier gegeben hätte und auch das Gold, mit dem er das Haus gebaut hatte, und daß das Theater der Vampire noch immer mir gehörte, daß er diese kleine, diese intime Sache doch bestimmt für mich tun könnte. Was ich sagte, klang ziemlich naiv, verwirrt, wie ich war, und so schwach und durstig und furchtsam. Das flackernde Feuer machte mir Angst. Das Licht auf den dunklen Hölzern in diesen muffigen Räumen malte Phantasiegebilde, Gesichter tauchten auf und verschwanden wieder.

»Ich werde nicht in Paris bleiben«, sagte ich. »Ich will dir keine Ungelegenheiten machen, und auch nicht dem Orden am Theater. Ich bitte dich nur um diesen einen kleinen Gefallen. Ich bitte dich ...« Es schien, als wäre ich mit meinem Mut und meinen Worten am Ende.

Dann herrschte lange Zeit Schweigen.

»Erzähl mir noch einmal von diesem Louis«, sagte er schließlich.

Mir stiegen Tränen in die Augen. Ich wiederholte die dummen Phrasen über Louis' unumstößliche Menschlichkeit, sein Verständnis für Dinge, die die andern Unsterblichen nicht begreifen konnten. Sorglos plauderte ich Dinge aus, die mir aus dem Herzen kamen. Nicht Louis hatte mich angegriffen, sondern die Frau, Claudia ...

Ich sah, wie er lebendig wurde. Eine blasse Röte schoß ihm in die Wangen.

»Die wurden hier in Paris gesehen«, sagte er leise. »Und sie ist auch keine Frau, dieses Wesen. Sie ist ein Vampirkind.«

Ich erinnere mich nicht mehr, was dann passierte. Vielleicht habe ich versucht, ihm diesen Schnitzer zu erklären. Vielleicht habe ich zugegeben, daß es für das, was ich getan hatte, keine Entschuldigung gab. Vielleicht bin ich wieder auf den Zweck meines Besuchs zurückgekommen, zu dem, was ich brauchte, was ich unbedingt haben mußte. Ich erinnere mich noch, daß ich mich zutiefst gedemütigt fühlte, als er mit mir zu den wartenden Wagen ging, als er mir sagte, daß wir zum Theater der Vampire fahren müßten.

»Du hast mich nicht verstanden«, sagte ich. »Dort kann ich nicht hin. Ich will nicht, daß die andern mich sehen, nicht so. Du mußt den Wagen anhalten. Du mußt tun, was ich dir sage.«

»Nein, du kriegst es zurück«, sagte er mit sanfter Stimme. Wir fuhren jetzt schon durch das Gedränge der Pariser Straßen. Die Stadt, an die ich mich erinnerte, war nirgends zu sehen. Das ganze war ein Alptraum, diese Metropole mit ihren kreischenden Dampfzügen und den breiten Betonboulevards. Noch nie hatte ich den Rauch und den Schmutz des industriellen Zeitalters als derart häßlich empfunden wie hier, in der Stadt des Lichts.

Ich erinnere mich nur noch undeutlich daran, wie er mich aus dem Wagen zerrte und wie ich über das Pflaster stolperte und wie er mich zu den Türen des Theaters stieß. Was war das, dieses riesige Gebäude? War das der Boulevard du Temple? Und dann hinunter in diesen häßlichen Keller, der mit häßlichen Kopien der blutigsten Gemälde von Goya und Brueghel und Bosch vollgestopft war.

Und schließlich der Hunger, als ich in einer mit Ziegelsteinen ausgekleideten Zelle am Boden lag, nicht einmal mehr fähig, ihm Flüche entgegenzuschleudern, und die Dunkelheit erfüllt von den Erschütterungen der vorbeifahrenden Omnibusse und Straßenbahnwagen, dem unaufhörlichen durchdringenden Kreischen der Eisenräder.

Irgendwann entdeckte ich dort in der Dunkelheit einen Sterblichen, ein Opfer. Aber das Opfer war tot. Kaltes Blut, ekelerregendes Blut. Die schlimmste Art, sich zu ernähren, auf diesem feuchtkalten Leichnam zu liegen und herauszusaugen, was noch übrig war.

Und dann kam Armand, stand bewegungslos im Schatten, makellos in weißes Leinen und schwarze Wolle gekleidet. Leise begann er von Louis und Claudia zu sprechen und daß es eine Untersuchung geben würde. Er kniete sich hin und setzte sich neben mich, vergaß für einen Augenblick, menschlich zu sein, dieser jugendliche Gentleman, der in diesem schmutzigen, feuchten Kellerraum saß. »Du wirst vor allen anderen erklären, daß sie es getan hat«, sagte er. Und die anderen, die neuen, kamen einer nach dem anderen an die Tür, um mich anzusehen.

»Bringt ihm was zum Anziehen«, sagte Armand. Seine Hand lag auf meiner Schulter. »Er muß vorzeigbar sein, unser verlorener Herr«, sagte er zu ihnen. »So hat er es immer gehalten.«

Sie lachten, als ich sie bat, mit Eleni und Felix und Laurent sprechen zu dürfen. Diese Namen kannten sie nicht. Gabrielle – bedeutete ihnen gar nichts.

Und wo war Marius? Wie viele Länder, Flüsse, Berge lagen zwischen uns? Konnte er alles hören und sehen?

Hoch oben, im Theater, trampelten die sterblichen Zuhörer, zusammengepfercht wie Schafe in einem Korral, auf die Holztreppen, die Holzböden.

Ich träumte davon, von hier wegzugehen, zurück nach Louisiana, und die Zeit, die alle Wunden heilt, das ihre tun zu lassen. Ich träumte wieder von der Erde und ihren kühlen Tiefen, die ich in Kairo, nur so kurz, kennengelernt hatte. Ich träumte von Louis und Claudia und daß wir drei zusammenwären. Claudia war wunderbarerweise zu einer schönen Frau herangewachsen, und sie sagte lachend: »Siehst du, deshalb bin ich nach Europa gekommen, um herauszufinden, wie man es macht!«

Und ich hatte Angst, daß man mich hier nie wieder herauslassen würde, daß ich hier begraben sein würde wie jene Hungernden unter Les Innocents, daß ich einen fatalen Fehler begangen hatte. Ich stotterte und weinte und wollte mit Armand reden. Aber dann merkte ich, daß Armand gar nicht da war. Wenn er gekommen war, dann war er genauso schnell wieder gegangen. Ich hatte Wahnvorstellungen.

Und das Opfer, das warme Opfer – »Gib es mir, ich bitte dich!« – und Armand, der befahl: »Du wirst sagen, was ich dir gesagt habe.«

Das Tribunal: ein Pöbel aus Monstern, Dämonen mit weißen Gesichtern, die Beschuldigungen herausschrien, Louis, der sie verzweifelt anflehte, Claudia, die mich wortlos anstarrte, und ich, der sagte, ja, sie war es, sie hat es getan, ja, und dann Armand verfluchte, als er mich wieder zurückstieß in den Schatten, mit unschuldigem Gesicht, so strahlend wie eh und je.

»Das hast du gut gemacht, Lestat. Das hast du wirklich gut gemacht.«

Was hatte ich denn getan? Zeugnis abgelegt gegen sie, weil sie die alten Regeln gebrochen hatten? Hatten sie sich gegen den Meister des Ordens erhoben? Was wußten sie von den alten Regeln? Ich rief nach Louis. Und dann trank ich in der Dunkelheit Blut, lebendes Blut von einem anderen Opfer, aber es war nicht das heilende Blut, es war nur Blut.

Wir stiegen wieder in den Wagen, und es regnete. Wir fuhren über das Land. Und dann ging es durch den alten Turm hinauf und immer weiter hinauf, bis zum Dach. Ich hatte Claudias blutiges gelbes Kleid in den Händen. Ich hatte sie an einem engen nassen Ort gesehen, an dem die Sonne sie verbrannt hatte. »Verstreut die Asche!« hatte ich gesagt. Aber niemand rührte sich, es zu tun. Das zerfetzte blutige gelbe Kleid lag auf dem Kellerboden. Jetzt hielt ich es in den Händen. »Sie werden doch die Asche verstreuen, nicht wahr?« fragte ich.

»Wolltest du nicht Gerechtigkeit?« fragte Armand, dicht in sein schwarzes Wollcape eingehüllt, und sein Gesicht dunkel von der Kraft der eben vollzogenen Tötung.

Was hatte das mit Gerechtigkeit zu tun? Warum hielt ich dieses Stück Stoff in den Händen, dieses kleine Kleid?

Ich sah über Magnus' Turmzinnen hinaus, und ich sah, daß die Stadt gekommen war, um mich zu holen. Sie hatte ihre langen Arme ausgestreckt, um den Turm gelegt, und die Luft stank nach Rauch aus den Fabriken.

Armand stand still am Steingeländer und beobachtete mich, und plötzlich wirkte er nicht älter als Claudia. *Und achte darauf, daß sie ein Leben hatten, bevor du sie machst, und mach nie, niemals einen, der so jung ist wie Armand.* Als sie starb, hatte sie kein einziges Wort gesagt. Sie hatte die, die sie umgaben, angesehen, als wären es Riesen mit einer fremden Sprache.

Armands Augen waren gerötet.

»Louis – wo ist er?« fragte ich. »Sie haben ihn nicht getötet. Ich habe ihn gesehen. Er ging hinaus in den Regen ...«

»Sie sind hinter ihm her«, erwiderte er. »Sie haben ihn schon vernichtet.«

Lügner, mit dem Gesicht eines Chorknaben.

»Halte sie auf, du mußt es tun! Wenn es noch nicht zu spät ist ...«

Er schüttelte den Kopf.

»Warum kannst du sie nicht zurückholen? Warum hast du das alles getan, der Prozeß, gerade der, was kümmert es dich, was sie mir angetan haben?«

»Es ist vorbei.«

Hinter dem Toben des Windes war der Aufschrei einer Dampfpfeife zu hören. Den Gedanken verloren. Verloren ... wollte nicht zurück. Louis, komm zurück.

»Du willst mir nicht helfen, nicht wahr?« Verzweiflung.

Er beugte sich nach vorn, sein Gesicht veränderte sich, wie es sich vor vielen Jahren verändert hatte, als würde es von seinem Zorn von innen heraus geschmolzen.

»Du, der uns alle vernichtet hat, du, der sich alles genommen hat. Wieso hast du geglaubt, daß ich dir helfen würde?« Er kam näher, sein Gesicht war zusammengefallen. »Du, der uns auf die gespenstischen Plakate auf dem Boulevard du Temple gebracht hat, du, der uns zum Gegenstand billiger Geschichten und seichten Salongeplauders gemacht hat!«

»Aber das habe ich nicht. Du weißt, daß ich ... das schwöre ich ... das war nicht ich!«

»Du, der unsere Geheimnisse ins Rampenlicht gezerrt hat – der Modische, der Marquis mit den weißen Handschuhen, der Teufel im Samtumhang!«

»Du mußt verrückt sein, mich für alles verantwortlich zu machen. Dazu hast du kein Recht«, sagte ich, aber meine Stimme zitterte, daß ich meine eigenen Worte nicht verstehen konnte.

Wie die Zunge einer Schlange ging er auf mich los.

»Wir hatten unseren Garten Eden unter jenem alten Friedhof«, zischte er mich an. »Wir hatten unseren Glauben und unseren Sinn. Du hast uns mit einem flammenden Schwert daraus vertrieben. Und was haben wir jetzt? Antworte mir! Nichts, außer unserer Liebe füreinander, aber was bedeutet das schon für Kreaturen wie uns!«

»Nein, das ist nicht wahr, das hatte alles schon begonnen. Du verstehst es nicht. Du hast noch nie etwas verstanden.«

Aber er hörte mir nicht zu. Und es spielte auch gar keine Rolle, ob er mir zuhörte oder nicht. Er kam näher, und wie ein schwarzer Blitz fuhr seine Hand nach vorn, und ich flog nach hinten und sah den Himmel und Paris, die auf dem Kopf standen.

Ich fiel durch die Luft.

Ich stürzte immer tiefer und tiefer, an den Fenstern des Turms vorbei, bis zu dem steinernen Pfad, der mich auffing und mir unter meiner unnatürlich dünnen Haut jeden einzelnen Knochen in meinem Körper brach.

2

Zwei Jahre vergingen, bis ich mich genügend erholt hatte, um an Bord eines Schiffes zu gehen und nach Louisiana zurückzukehren. Ich war noch immer ziemlich schwach und hatte am ganzen Körper Narben. Aber ich mußte Europa verlassen, wo ich nirgends eine Spur von meiner verschollenen Gabrielle oder dem großen mächtigen Marius gefunden hatte, der bestimmt schon sein Urteil über mich gefällt hatte.

Ich mußte wieder nach Hause. Und mein Zuhause war New Orleans, wo es warm war, wo die Blumen nie zu blühen aufhörten, wo mir noch immer, dank meines nie endenden Vorrats an Goldmünzen, ein Dutzend leerer alter Häuser mit vor sich hinrottenden weißen Säulen und durchhängenden Vordächern gehörte, in denen ich mich aufhalten konnte.

Und so verbrachte ich die letzten Jahre des neunzehnten Jahrhunderts in völliger Abgeschiedenheit in dem alten Garden District, nur einen Häuserblock vom Lafayette-Friedhof entfernt, in dem schönsten meiner Häuser, das unter knorrigen alten Eichen vor sich hindämmerte.

Im Schein einer Kerze oder einer Öllampe las ich alle Bücher, die ich mir verschaffen konnte. Ich saß, genau wie Gabrielle in ihrem Schlafzimmer im Schloß, in der Falle, nur daß es hier keine Möbel gab.

Die Bücherstöße reichten bis unter die Decke, in einem Zimmer nach dem anderen, wenn ich ins nächste umzog. Von Zeit zu Zeit raffte ich mich auf und brach in eine Bibliothek oder einen Buchladen ein, um mich mit neuen Büchern einzudecken, aber ansonsten ging ich immer weniger und weniger aus dem Haus. Ich bestellte mir Zeitschriften. Ich legte mir Vorräte von Kerzen und Flaschen und Ölkannen an.

Wann das zwanzigste Jahrhundert begann, weiß ich nicht mehr, nur, daß alles noch häßlicher und düsterer wurde und daß die Schönheit des vorigen Jahrhunderts, an die ich mich zu erinnern glaubte, vielleicht nur meiner Phantasie entsprungen war. Die Bourgeoisie regierte die Welt, und mit ihren trübsinnigen Regeln und ihrem Argwohn bekämpften sie die Lust an Sinnlichkeit und Ausschweifungen, denen das alte Regime so ausgiebig gefrönt hatte.

Mein Blick und meine Gedanken wurden immer trüber. Und die Jagd auf Menschen hatte ich völlig aufgegeben. Aber Vampire benötigen nun mal das menschliche Blut, den menschlichen Tod. Und so vegetierte ich dahin, indem ich mich an den Tieren aus den benachbarten Gärten schadlos hielt, den verweichlichten Hunden und Katzen, die ich anlockte. Und wenn ich sie nicht kriegen konnte, nun, dann gab es ja immer noch dieses Ungeziefer, diese fetten grauen Ratten mit den langen Schwänzen, die ich wie der Rattenfänger herbeirufen konnte.

Eines Nachts überwand ich mich und schleppte mich durch die leeren stillen Straßen bis zu dem schäbigen kleinen Theater *Glückliche Stunde*, das gleich bei den Slums dicht am Wasser lag. Ich wollte mir die neuen laufenden Bilder ansehen. Den Tageshimmel zu sehen, wenn auch nur in diesem unvollkommenen Stummfilm, versetzte mich in Angst und Schrecken. Aber wie es schien, paßten diese düsteren schwarzen und weißen Farbtöne ganz vorzüglich zu dieser farblosen Zeit.

Über irgendwelche andere Unsterbliche machte ich mir keine großen Gedanken. Aber ab und zu tauchte einer auf, ein Vampir – irgendein verwaister Sprößling, der über meine Lagerstätte gestolpert war, oder ein Reisender, auf der Suche nach dem legendären Lestat, der um Geheimnisse bettelte, und um Macht. Gräßlich, diese Belästigungen.

Schon das Timbre einer übernatürlichen Stimme zerrte an meinen

Nerven, daß ich mich in die entfernteste Ecke verkroch. Aber trotz aller Schmerzen, die es mir verursachte, forschte ich in den Erinnerungen aller, denen ich begegnete, nach einem Lebenszeichen von Gabrielle. Aber ich habe nie eins gefunden.

Zum Glück gingen solche Begegnungen schnell vorbei. Erschrokken, beleidigt, fluchend machte sich der Eindringling bald wieder aus dem Staub, und ich hatte wieder meine köstliche Ruhe.

Ich entfernte mich noch ein bißchen weiter weg von allem, wenn ich dort im Dunkeln lag. Auch das Lesen hatte ich inzwischen aufgegeben. Ich las höchstens noch das *Black Mask Magazine*. Ich las die Geschichten von den häßlichen nihilistischen Menschen des zwanzigsten Jahrhunderts – den Gaunern im dunklen Anzug, den Bankräubern und den Detektiven –, und ich bemühte mich, all diese Dinge im Kopf zu behalten. Aber ich war so schwach. So müde.

Und dann, eines Abends, war Armand da.

Zuerst dachte ich, es sei nur Einbildung. Er stand ganz still in dem verfallenen Salon und sah mit seiner kastanienbraunen kurzen Haarkappe im Stil des zwanzigsten Jahrhunderts und in seinem engen Anzug aus dunklem Stoff jünger aus denn je.

Sie mußte eine Sinnestäuschung sein, diese Gestalt, die ins Wohnzimmer kam und von oben auf mich herabsah, als ich neben der zerbrochenen Glastür auf dem Rücken am Boden lag und im Mondschein Sam Spade las. Bis auf das eine! Wenn ich mir schon einbildete, einen imaginären Besucher zu sehen, dann bestimmt nicht Armand. Ich starrte ihn an, und ein vages Gefühl von Scham beschlich mich, weil ich so häßlich war, weil ich kaum mehr war als ein Skelett mit hervorquellenden Augen, das dort lag. Dann widmete ich mich wieder dem Malteser Falken und bewegte die Lippen, als ich Sam Spades Worte mitsprach.

Als ich das nächstemal hinsah, war Armand noch immer da. Und ich wußte nicht einmal, ob es jetzt dieselbe Nacht oder schon die nächste war.

Er sprach von Louis. Schon eine ganze Weile.

Und da wurde mir klar, daß er mich damals in Paris in bezug auf Louis angelogen hatte. Louis war all die Jahre bei Armand gewesen, und Louis hatte mich gesucht. Louis war unten in der alten Stadt gewesen, hatte mich in der Umgebung des Hauses gesucht, wo wir so lange zusammengelebt hatten. Schließlich war er an diesen Ort hier gekommen und hatte mich durchs Fenster gesehen.

Ich versuchte es mir vorzustellen. Louis am Leben. Louis hier, so nahe, und ich hatte es nicht einmal gemerkt.

Ich glaube, ich stieß ein kurzes Lachen aus. Ich bekam einfach nicht in meinen Kopf, daß Louis nicht verbrannt war. Aber es war wirklich wunderbar, daß Louis noch lebte. Es war wunderbar, daß dieses hübsche Gesicht, die ausgeprägten Züge, diese sanfte, flehende Stimme noch existierten. Mein schöner Louis lebte, war nicht kalt und tot wie Claudia und Nicki.

Aber vielleicht war er ja doch tot. Warum sollte ich Armand glauben? Ich kehrte zu meinem Buch im Mondschein zurück, wünschte mir, der Garten dort draußen wäre nicht verwuchert. Ich sagte Armand, daß ich es gut fände, eine gute Sache, wenn er in den Garten ginge und ein paar von den Blätterpflanzen rauszöge, weil er doch so stark sei. Vom Vordach im ersten Stock hingen Trichterwinden und Glyzinen und sperrten den Mondschein aus, und dann standen da auch noch die alten dunklen Eichen, die schon da gewesen waren, als es in dieser Gegend nichts anderes gegeben hatte als Sümpfe.

Ich glaube nicht, daß ich das wirklich zu Armand gesagt habe.

Und ich erinnere mich auch nur ganz vage daran, daß Armand mir mitteilte, daß Louis ihn verlassen würde und daß er, Armand, nicht mehr weitermachen wolle. Seine Stimme klang hohl. Trocken. Aber wie er dort stand, erstrahlte er im Licht des Mondscheins, das sich nur auf ihm zu versammeln schien, und seine Stimme hatte noch immer ihren alten Klang, mit dem Unterton reiner Schmerzen.

Armer Armand. Und du hast mir erzählt, daß Louis tot sei. Geh und grab dir eine Kammer unter dem Lafayette-Friedhof. Er ist gleich am Ende der Straße.

Ohne gesprochene Worte. Ohne hörbares Lachen, nur das heimliche Vergnügen des Gelächters in mir. Ich sehe ihn noch ganz deutlich, wie er mitten in dem schmutzigen leeren Zimmer steht und die Bücher, die sich um ihn herum türmen, anstarrt. Durch die Risse im Dach hatte es hereingeregnet, und die Bücher waren aufgeweicht und verklebt, wie Ziegelsteine aus Papiermaché. Ich sah es ganz deutlich, als er inmitten dieser Kulisse stand. Und ich wußte auch, daß alle anderen Zimmer im Haus genauso von Büchern umschlossen waren. Bis zu diesem Augenblick hatte ich nie darüber nachgedacht, erst als er sie sich betrachtete. Die anderen Zimmer hatte ich schon seit Jahren nicht mehr betreten.

Anscheinend ist er danach noch mehrmals wiedergekommen.

Ich habe ihn nicht gesehen, aber ich habe ihn gehört, wenn er durch den Garten kam, in Gedanken nach mir suchte, wie ein Lichtstrahl.

Louis war in den Westen gegangen.

Einmal, als ich im Schotter unter dem Fundament lag, kam Armand an das Gitter und spähte zu mir herunter, und da sah ich ihn, und er zischte mich an und schimpfte mich einen Rattenfänger.

Du bist ja wahnsinnig – du, der einmal alles gewußt hat, du, der uns verspottet hat! Du bist wahnsinnig, und du ernährst dich von Ratten. Weißt du, wie man in Frankreich so was wie dich früher genannt hat, euch Landherren? Man nannte euch Hasenfänger, weil ihr Hasen gefangen habt, um nicht zu verhungern. Und was bist du jetzt in diesem Haus? Ein heruntergekommenes Gespenst, ein Rattenfänger. Du bist genauso verrückt wie die Alten, die nur noch Unsinn brabbeln, ohne Sinn und Verstand! Und die Ratten jagst du, weil du zu nichts anderem taugst.

Wieder lachte ich. Ich lachte und lachte. Ich mußte an die Wölfe denken, und ich lachte.

»Du bringst mich immer zum Lachen«, sagte ich zu ihm. »Unter diesem Friedhof in Paris hätte ich auch über dich gelacht, wenn es mir nicht so unfreundlich vorgekommen wäre. Und sogar als du mich verflucht hast und mich für all die Geschichten, die man sich über uns erzählt, verantwortlich gemacht hast, fand ich es sehr komisch. Wenn du nicht drauf und dran gewesen wärst, mich über die Mauer vom Turm zu werfen, hätte ich da auch gelacht. Ständig bringst du mich zum Lachen.«

Dieser Haß zwischen uns war köstlich, jedenfalls kam es mir so vor. Welch ein erregendes Gefühl, ihn dort vor mir zu haben, mich über ihn lustig zu machen und ihn herunterzuputzen.

Aber plötzlich veränderte sich die Szene. Ich lag nicht mehr im Schotter, sondern ich ging durch mein Haus. Und ich trug nicht mehr die schmutzigen Lumpen, in die ich mich jahrelang gewickelt hatte, sondern ich hatte einen schönen schwarzen Frack und ein mit Satin gefüttertes Cape. Und das Haus, dieses Haus war wunderbar, und all die Bücher standen an ihrem Platz in den Regalen. Der Parkettfußboden glänzte unter dem Leuchter, und von überallher kam Musik, der Takt eines Wiener Walzers, der volle Klang der Geigen. Mit jedem Schritt spürte ich wieder neue Kraft, und ich fühlte mich leicht, so wunderbar leicht. Ich hätte die Treppe hinauflaufen und zwei Stufen auf einmal nehmen können. Ich hätte hinaus und hoch hinauf in die Dunkelheit fliegen können, mit meinem schwarzen Umhang als Flügel.

Und dann bewegte ich mich durch die Dunkelheit nach oben und stand mit Armand auf dem Dach. Strahlend stand er neben mir, in seinem altmodischen Abendanzug, und zusammen blickten wir über den Dschungel rauschender dunkler Baumwipfel bis hinüber zu dem silbrigen Fluß in der Ferne und dem tiefen Himmel, dort, wo die Sterne durch die perlgrauen Wolken stachen.

Bei diesem Anblick mußte ich weinen, während ein feuchter Wind über mein Gesicht strich. Armand stand neben mir und hatte den Arm um mich gelegt. Und er sprach von Vergebung und Traurigkeit, von Weisheit und von den Dingen, die man durch Schmerzen erfährt. »Ich liebe dich, mein dunkler Bruder«, flüsterte er.

Und ich fühlte die Worte wie Blut durch mich hindurchfließen.

»Ich wollte keine Rache«, flüsterte er. Sein Gesicht war ergriffen, sein Herz gebrochen. »Aber du bist gekommen, um geheilt zu werden«, sagte er, »du wolltest mich nicht! Ein ganzes Jahrhundert lang hatte ich gewartet, aber du wolltest mich nicht!«

Und da wußte ich, was ich schon die ganze Zeit gewußt hatte, ich wußte, daß meine Wiederherstellung eine Täuschung war, daß ich natürlich noch immer das Skelett in Lumpen war. Und das Haus war noch immer eine Ruine. Und in dem übernatürlichen Wesen, das mich hielt, steckte die Kraft, die mir den Himmel und den Wind zurückerobern könnte.

»Du mußt mich lieben, und das Blut gehört dir«, sagte er. »Das Blut, das ich noch keinem anderen gegeben habe.« Ich fühlte seine Lippen an meinem Gesicht.

»Ich kann dich nicht täuschen«, erwiderte ich. »Ich kann dich nicht lieben. Was bist du für mich, daß ich dich lieben sollte? Ein totes Ding, das nach der Macht und der Leidenschaft anderer dürstet? Oder gar die Verkörperung von Durst?«

Und in einem Augenblick unberechenbarer Kraft war ich es nun, der ihn nach hinten und vom Dach stieß. Völlig schwerelos war er, als sein Körper mit der grauen Nacht verschmolz.

Aber wer war nun besiegt? Wer fiel immer tiefer und tiefer hinunter durch die weichen Zweige der Bäume bis auf den Boden, wo er hingehörte? Zurück zu den Lumpen und dem Schmutz unter dem alten Haus. Wer lag am Ende zwischen den Schottersteinen und drückte Gesicht und Hände fest gegen die kühle Erde?

Vielleicht habe ich mir das alles indessen nur eingebildet, sein letztes Angebot und die Qualen danach. Und daß er geweint hat. Aber ich weiß, daß er in den darauffolgenden Monaten zurückgekommen ist. Daß er da war. Manchmal hörte ich, wie er durch jene alten Straßen im Garden District ging. Und ich wollte ihn rufen und ihm sagen, daß es eine Lüge gewesen war, daß es nicht stimmte und daß ich ihn liebte. Ich liebte ihn.

Aber es wurde Zeit für mich, mit allen Frieden zu schließen. Es wurde Zeit für mich, zu hungern und endlich unter die Erde zu gehen und am Ende vielleicht die Träume des Gottes zu träumen. Und wie hätte ich Armand von den Träumen des Gottes erzählen können?

Es waren keine Kerzen mehr da, und für die Lampen fehlte das Öl. Irgendwo war eine Stahlkassette voller Geld und Juwelen und Briefen an meine Anwälte und Bankiers, die auch weiterhin diese Besitztümer, die ich für alle Zeiten besaß, für die Summen, die ich ihnen überlassen hatte, verwalten würden.

Warum also nicht unter die Erde gehen, mit der Gewißheit, dort nie wieder gestört zu werden, nicht in dieser alten Stadt mit ihren zerbröckelnden Nachbildungen anderer Jahrhunderte? Alles würde einfach nur immer weiter und weiter gehen.

Im Licht des Himmels las ich noch ein Stück von der Geschichte über Sam Spade und den Malteser Falken. Ich sah auf das Datum auf dem Magazin und wußte, daß es 1929 war, und ich dachte, das kann doch nicht wahr sein, oder? Und ich trank genügend Rattenblut, um kräftiger zu werden und richtig schön tief graben zu können.

Die Erde hielt mich fest. Lebewesen schlängelten sich durch die feuchten Erdklumpen an meinem verdorrten Fleisch entlang. Und ich dachte, wenn ich je wieder aufstünde, wenn ich je wieder einen kleinen Fleck des Nachthimmels voller Sterne sähe, würde ich nie wieder etwas Schreckliches tun. Ich würde nie wieder Unschuldige abschlachten. Und wenn ich auf Schwache Jagd machte, dann nur auf die Hoffnungslosen und Sterbenden, die ich mir holen würde, das schwor ich. Ich würde nie wieder die Zauber der Finsternis anwenden. Ich werde höchstens ... na ja, das »überdauernde Bewußtsein« für keinen bestimmten Zweck sein, für überhaupt keinen Zweck.

Durst. Schmerzen so hell wie das Licht.

Ich habe Marius gesehen. Ich habe ihn so deutlich gesehen, daß ich dachte, das kann kein Traum sein! Und es gab mir einen Stich ins Herz. Wie prächtig Marius aussah. Er hatte einen engsitzenden modernen Anzug an, aber aus rotem Samt, und sein weißes Haar war kurz geschnitten und nach hinten gekämmt. Er sah bezaubernd aus, dieser moderne Marius, und so munter und frisch, wie es unter seinen alten Kleidern von früher nie zu erkennen gewesen war.

Und er stellte höchst merkwürdige Dinge an. Er hatte eine schwarze Kamera auf drei spinnedünnen Beinen vor sich und drehte mit der rechten Hand eine Kurbel, die daran befestigt war, um bewegliche Bilder von Sterblichen zu machen. Die Art und Weise, wie er mit diesen sterblichen Wesen sprach, ihnen sagte, wie sie einander festhalten sollten, wie sie tanzen, sich bewegen sollten, ließ mein Herz höher schlagen. Hinter ihnen buntbemalte Bühnenbilder, ja. Und draußen, hinter den Fenstern seines Studios, hohe Backsteingebäude und das Geräusch von Autobussen in den Straßen.

Nein, das ist kein Traum, sagte ich zu mir. Das ist die Wirklichkeit. Er ist wirklich dort. Und wenn ich mich nur ein bißchen anstrenge, kann ich die Stadt hinter den Fenstern erkennen, und dann weiß ich, wo er ist. Wenn ich mir nur ein bißchen mehr Mühe gebe, dann kann ich hören, in welcher Sprache er mit den jungen Schauspielern spricht. »Marius!« sagte ich, aber die Erde um mich herum verschluckte es.

Der Schauplatz änderte sich.

Marius fuhr in dem großen Käfig eines Fahrstuhls hinunter in einen Keller. Metalltüren quietschten und knarrten. Und er betrat die heilige Stätte JENER, DIE BEWAHRT WERDEN MÜSSEN, aber wie anders jetzt alles war. Ägyptische Bilder, Blumendüfte, glitzerndes Gold gab es hier nicht.

Die hohen Wände waren mit bunten Farben impressionistischer Maler bedeckt, die aus zahllosen Details ein lebendiges Abbild der Welt des zwanzigsten Jahrhunderts geschaffen hatten. Über Städte im hellen Sonnenschein flogen Flugzeuge hinweg, hinter den Bögen großer Stahlbrücken ragten Türme auf, durch silbrig schimmernde Seen glitten Schiffe aus Eisen. Ein ganzes Universum, das mit den Wänden verschmolz, das die reglosen und unveränderten Figuren von Akascha und Enkil umgab.

Marius ging durch die Kapelle, an dunklen verflochtenen Skulpturen, Telefonapparaten und Schreibmaschinen auf Holztischen vorbei. Vor JENEN, DIE BEWAHRT WERDEN MÜSSEN stellte er ein großes, prächtiges Grammophon auf. Behutsam legte er die winzige Nadel auf die sich drehende Schallplatte. Aus dem Metalltrichter erscholl, in dünnen und heiser kratzenden Tönen, ein Wiener Walzer.

Ich mußte lachen, als ich sah, wie er ihnen diese hübsche Erfindung als eine Art Opfergabe reichte.

Aber Marius war noch nicht fertig. Er hatte an der Wand eine weiße Leinwand aufgehängt und warf jetzt von einem erhöhten Podium aus, das hinter dem sitzenden Gott und der Göttin stand, bewegliche Bilder von Sterblichen auf die weiße Leinwand. JENE, DIE BEWAHRT WERDEN MÜSSEN starrten stumm auf die flackernden Bilder. Statuen in einem Museum, ihre weiße Haut angestrahlt von elektrischen Scheinwerfern.

Und dann passierte das Wunderbarste von allem. Die zappeligen kleinen Figuren in dem beweglichen Bild begannen zu sprechen. Durch das Krächzen des Grammophonwalzers waren ihre Worte zu hören.

Und während ich noch hinsah, vor Erregung erstarrt, vor Freude erstarrt, dies alles miterleben zu dürfen, befiel mich plötzlich eine große Traurigkeit, eine niederschmetternde Erkenntnis. Daß alles nur ein Traum war. Denn in Wirklichkeit hätten die kleinen Figuren in den beweglichen Bildern unmöglich reden können.

Die Kammer mit all ihren kleinen Wundern darin verlor ihre Substanz. Wurde trüb, verschwamm.

Ah, abscheuliche Unvollkommenheit, abscheulicher kleiner Verrat, daß ich mir das alles nur ausgedacht hatte. Und noch dazu mit echten Stückchen und Teilen – die stummen Filme, die ich selbst in dem kleinen Theater mit dem Namen *Glückliche Stunde* gesehen hatte, die Grammophone, die ich in der Dunkelheit aus Hunderten Häusern hatte schallen hören.

Und der Wiener Walzer, mit dem mich Armand hatte bezaubern wollen, ah, herzzerreißend, allein der Gedanke.

Warum hatte ich mich nicht ein ganz kleines bißchen klüger betrogen, den Film nicht stumm gelassen, wie er hätte sein müssen, dann hätte ich vielleicht auch weiter daran glauben können, daß es die Wahrheit war.

Aber hier war der letzte Beweis, daß alles erfunden war, daß alles nur meiner eigenen kühnen und egoistischen Phantasie entsprungen war: Akascha, meine Geliebte, sprach zu mir!

Akascha stand in der Tür zur Kammer und starrte in den langen Gang zu dem Fahrstuhl, mit dem Marius nach oben zurückgekehrt war, in die Welt über uns. Ihr dichtes schwarzes Haar fiel über ihre weißen Schultern. Ihre kalte weiße Hand winkte mich zu sich. Ihr Mund war rot.

»Lestat!« flüsterte sie. »Komm zu mir.«

Lautlos strömten ihre Gedanken mit denselben Worten aus ihr heraus, die vor vielen, vielen Jahren die alte Vampirkönigin unter Les Innocents zu mir gesprochen hatte:

Auf meinem steinernen Kopfkissen habe ich von der sterblichen Welt da oben geträumt. Ich habe ihre Stimmen, ihre neue Musik gehört, Wiegenlieder in meinem Grab. Ich habe ihre phantastischen Entdeckungen geschaut, und obwohl ich an all dem nicht teilnehmen darf, ersehne ich nichts stärker, als sie furchtlos auf der Straße des Teufels zu durchstreifen.

»Lestat!« flüsterte sie wieder, und ihr steinernes Antlitz wirkte auf tragische Weise belebt. »Komm zu mir!«

»Oh, meine Liebste«, sagte ich mit dem bitteren Geschmack von Erde auf den Lippen, »wenn ich doch nur könnte.«

Lestat de Lioncourt
Im Jahre seiner Auferstehung
1984

DIONYSOS
IN
SAN FRANCISCO
1985

1

In der Woche, bevor unser Plattenalbum auf den Markt kam, holten *sie* zum ersten Schlag aus und bedrohten uns über das Telefon.

Die Geheimhaltungsmaßnahmen hinsichtlich der Rockgruppe *The Vampire Lestat* waren teuer, aber fast unüberwindlich gewesen. Sogar der Verleger meiner Autobiographie hatte dichtgehalten. Und in den langen Monaten, als die Aufnahmen und Videos fertiggestellt wurden, hatte ich in New Orleans nicht einen einzigen von *ihnen* zu Gesicht bekommen oder herumstreunen gehört.

Aber dann hatten *sie* irgendwie die Geheimnummer herausgefunden und ihre Drohungen und Beschimpfungen auf dem elektronischen Anrufbeantworter hinterlassen.

»Ausgestoßener. Wir wissen, was du treibst. Wir befehlen dir aufzuhören.« – »Komm raus, wo wir dich sehen können. Wir fordern dich auf herauszukommen.«

Ich hatte meine Band in einem hübschen alten Haus auf einer Plantage nördlich von New Orleans gegen die Außenwelt abgeschottet und goß ihnen den Dom Pérignon in ihre Gläser, während sie ihre Haschischzigaretten rauchten. Wir waren alle ziemlich erschöpft von den Vorbereitungen und sahen ungeduldig unserem ersten Live-Auftritt in San Francisco, dem ersten sicheren Geschmack des Erfolgs, entgegen.

Dann schickte mir Christine, meine Rechtsanwältin, die ersten telefonischen Nachrichten – unheimlich, wie das Gerät das Timbre der unirdischen Stimmen eingefangen hatte –, und ich packte meine Musiker mitten in der Nacht ins Auto und fuhr sie zum Flughafen.

Von da an wußte nicht einmal Christine, wo wir uns versteckt hielten. Ja, nicht einmal die Musiker selbst wußten es genau. Auf einer Luxusranch in Carmel Valley hörten wir unsere Musik zum erstenmal im Radio. Wir führten Freudentänze auf, als unser erstes Video landesweit im Fernsehen lief.

Und jeden Abend fuhr ich allein nach Monterey, einer Stadt an der Küste, um Christines Post abzuholen. Danach fuhr ich nach Norden, um zu jagen.

In meinem eleganten schwarzen Porsche schoß ich mit atemberaubender Geschwindigkeit über die kurvenreiche Küstenstraße bis nach San Francisco. Und in der makellosen gelben Düsternis seiner Vergnügungsviertel pirschte ich mich ein bißchen grausamer und langsamer als früher an meine Opfer heran.

Schließlich wurde die Spannung unerträglich.

Die anderen konnte ich noch immer nicht sehen. Ich konnte sie nicht hören. Außer diesen telefonischen Botschaften von Unsterblichen, die ich nicht kannte, hatte ich nichts in der Hand: »Wir warnen dich. Hör auf mit diesem Wahnsinn. Du spielst ein gefährlicheres Spiel, als dir klar ist.« Und dann die geflüsterten Worte, die für sterbliche Ohren nicht zu hören waren: »Verräter!« – »Verstoßener!« – »Zeig dich, Lestat!«

Falls sie in San Francisco jagten, sah ich sie nicht. Aber schließlich ist San Francisco eine dichtbesiedelte Stadt. Und ich war schlau und schweigsam, wie ich es immer gewesen war.

Und dann flatterten schließlich die Telegramme in unseren Postkasten in Monterey. Wir hatten es geschafft. Unser Album war, gemessen an den Verkäufen, ein durchschlagender Erfolg, hier und auch in Europa. Nach San Francisco konnten wir in jeder Stadt auftreten, wenn wir wollten. Meine Autobiographie stand in jedem Buchladen, von einer Küste zur anderen. *Der Fürst der Finsternis* stand ganz oben auf den Bestsellerlisten.

Nach der nächtlichen Jagd in San Francisco fuhr ich über die lange Divisadero Street. Ich ließ die schwarze Schale meines Porsches an den verfallenen viktorianischen Häusern vorbeikriechen und fragte mich, in welchem der Gebäude – wenn überhaupt – Louis dem jungen Sterblichen die Geschichte vom *Gespräch mit dem Vampir* erzählt haben mochte. Ich mußte andauernd an Louis und Gabrielle denken. Ich mußte an Armand denken. Ich mußte an Marius denken, Marius, den ich verraten hatte, indem ich die ganze Geschichte weitererzählte.

Streckte *The Vampire Lestat* seine elektronischen Fühler weit genug aus, um sie zu erreichen? Hatten sie die Videos gesehen: *Das Ver-*

mächtnis des Magnus, Die Kinder der Finsternis, Jene, die bewahrt werden müssen? Ich mußte an die anderen Alten denken, deren Namen ich preisgegeben hatte: Mael, Pandora, Ramses der Verdammte.

Tatsache war, daß Marius mich hätte finden können, trotz aller Geheimhaltung und Vorsichtsmaßnahmen. Seine Kräfte hätten sogar ausgereicht, die großen Entfernungen Amerikas zu überwinden. Wenn er sich umsah, wenn er gehört hatte...

Der alte Traum, in dem Marius die Kurbel der Filmkamera gedreht hatte, kehrte zu mir zurück, die flackernden Muster an der Wand der heiligen Stätte von JENEN, DIE BEWAHRT WERDEN MÜSSEN. Selbst in der Erinnerung war es so unwahrscheinlich klar und deutlich, daß es mein Herz höher schlagen ließ.

Ganz allmählich wurde mir klar, daß ich eine neue Vorstellung von Einsamkeit hatte, eine neue Methode, Schweigen zu messen, das sich bis ans Ende der Welt erstreckte. Und um diese Einsamkeit und dieses Schweigen zu unterbrechen, besaß ich nichts als diese bösen übernatürlichen Stimmen auf Band, die keine Gestalt besaßen und die immer böser wurden: »Wage nicht, in San Francisco auf der Bühne zu erscheinen. Wir warnen dich. Wir gehen jedes Risiko ein, auch einen öffentlichen Skandal, um dich zu bestrafen.«

Ich lachte über diese Drohungen. Wie waren sie wohl, diese modernen Vampire? Wirkten sie auf die Bildung und Erziehung ein, wenn sie erst einmal mit den Nichttoten zusammengewesen waren? Legten sie sich einen bestimmten Stil zu? Lebten sie in Orden, oder fuhren sie auf großen schwarzen Motorrädern durch die Gegend, wie ich es so gerne tat?

Meine Erregung stieg ins Unermeßliche. Und während ich so allein durch die Nacht fuhr und das Radio unsere Musik plärrte, spürte ich ein rein menschliches Gefühl von Begeisterung in mir.

Ich wollte genauso spielen, wie meine sterbliche Band, Tough Cookie und Alex und Larry, spielen wollte. Nach den Anstrengungen, die es gekostet hatte, die Platten und Videos zu machen, wollte ich, daß wir gemeinsam unsere Stimmen vor der kreischenden Menschenmenge erhoben. Und manchmal mußte ich an jene Nächte vor langer, langer Zeit denken, die ich in Renauds kleinem Theater verbracht hatte und an die ich mich nur allzu deutlich erinnerte, bis in die merkwürdigsten Einzelheiten – das Gefühl der weißen Farbe, wenn ich sie auf meinem Gesicht verteilt hatte, den Geruch des Puders, den Augenblick des Auftritts im Rampenlicht.

Ja, es kam alles zusammen, und wenn Marius' Zorn mit dabei war, nun, ich hatte ihn verdient, nicht wahr?

Ich war von San Francisco bezaubert, geradezu überwältigt. Nicht schwer, sich meinen Louis an diesem Ort vorzustellen. Fast venezianisch wirkte die Stadt mit den düsteren mehrfarbigen Villen und Mietshäusern, die Wand an Wand neben den schmalen schwarzen Straßen aufragten. Unwiderstehlich die Lichter, die über Hügel und Tal verstreut waren; und die strahlende Wildnis der Wolkenkratzer, die wie ein Märchenwald aus dem dunstigen Meer der Stadt in den Himmel schossen.

Jede Nacht, wenn ich nach Carmel Valley zurückgekehrt war, holte ich die Säcke mit der Fan-Post hervor, die uns von New Orleans nach Monterey nachgeschickt worden war, und sah sie nach Vampirbriefen durch: die Buchstaben ein bißchen zu fest aufgedrückt auf das Papier, der Stil ein bißchen altmodisch – vielleicht eine etwas frevelhafte Zurschaustellung ihrer übernatürlichen Talente, in einem handgeschriebenen Brief, der so aussehen sollte, als wäre er in Fraktur gedruckt. Aber da waren nur die glühenden Verehrerbriefe von Sterblichen.

> Lieber Lestat,
> meine Freundin Sheryl und ich lieben dich, aber leider haben wir für das Konzert in San Francisco keine Karten gekriegt, obgleich wir sechs Stunden lang angestanden sind. Bitte, schick uns zwei Karten. Wir werden deine Opfer sein. Du kannst unser Blut trinken.

Drei Uhr morgens in der Nacht vor dem Konzert in San Francisco. Das kühle grüne Paradies von Carmel Valley lag tief im Schlaf. Ich döste in der großen »Höhle« vor der Glaswand, die gegen die Berge zu lag. Ich träumte immer wieder von Marius. In meinem Traum sagte Marius: »Warum hast du meine Rache riskiert?«

Und ich sagte: »Du hast dich von mir abgewandt.«

»Das ist nicht der Grund«, sagte er. »Du bist impulsiv, du hast alles aufs Spiel gesetzt.«

»Ich will die Dinge beeinflussen, ich will, daß etwas passiert!« sagte ich. In dem Traum habe ich geschrien, und dann fühlte ich plötzlich wieder das Haus von Carmel Valley um mich herum. Nur ein Traum, ein kleiner sterblicher Traum.

Und doch drang da etwas anderes, irgend etwas anderes drang ein ... eine plötzliche »Übertragung«, wie von einer herumirrenden Radiowelle, die auf eine falsche Frequenz geraten war, eine Stimme, die *Gefahr, Gefahr für uns alle*, sagte.

Für den Bruchteil einer Sekunde das Bild von Schnee, Eis. Heulendem Wind. Etwas, das auf einem Steinboden zerbricht, splitterndes Glas. *Lestat! Gefahr!*

Ich wachte auf.

Ich lag nicht mehr auf dem Sofa. Ich stand aufrecht da und sah hinüber zu den Glastüren. Ich konnte nichts hören und nichts sehen, außer die schwachen Konturen der Hügel, die schwarzen Umrisse des Hubschraubers, der wie eine riesige Fliege über seinem rechteckigen Landeplatz aus Beton schwebte.

Ich lauschte mit meiner Seele. Ich lauschte so angestrengt, daß ich zu schwitzen begann. Aber es gab keine »Übertragung« mehr. Keine Bilder.

Und dann das allmähliche Bewußtsein von etwas, das da draußen war, daß in der Dunkelheit jemand war und leise physische Geräusche von sich gab.

Da draußen ging jemand durch die Stille. Kein menschlicher Geruch. Da draußen war einer von *ihnen*. Einer von *ihnen* hatte das Geheimnis entdeckt und kam hinter der skelettähnlichen Silhouette des Hubschraubers näher, kam durch das hohe Gras auf dem Feld.

Wieder lauschte ich. Nein, nichts, nicht das geringste Zeichen, daß die Gefahr größer geworden war. Aber der Geist dieses Wesens war mit mir verbunden. Ich empfing nur die unvermeidlichen Signale von etwas, das durch den Raum kam.

Das weiträumige Haus mit dem niedrigen Dach schlummerte – wie ein riesiges Aquarium wirkte es mit seinen nackten weißen Wänden und dem flackernden blauen Licht des stummen Fernsehgeräts. Tough Cookie und Alex lagen eng umschlungen auf dem Teppich vor dem leeren Kamin. Larry schlief in dem zellenartigen Schlafzimmer mit dem sinnlichen unermüdlichen Groupie namens

Salamander, das sie in New Orleans »aufgelesen« hatten, bevor wir in den Westen gekommen waren. In den modernen Zimmern mit den niedrigen Decken und der Baracke hinter dem großen blauen Swimming-pool, der die Form einer Austernschale hatte, schliefen Leibwächter.

Und da draußen, unter dem klaren schwarzen Himmel, kam dieses Wesen näher, bewegte sich zu Fuß vom Highway auf uns zu. Dieses Ding, das ich gefühlt hatte, war ganz allein. Das Schlagen eines übernatürlichen Herzens in der dünnen Dunkelheit. Ja, ich konnte es sehr deutlich hören. Die Hügel waren wie Gespenster in der Ferne, die gelben Blüten der Akazien schimmerten weiß unter den Sternen.

Fürchtete sich vor nichts, wie es schien. Kam einfach, und die Gedanken absolut unerreichbar. Das konnte bedeuten, daß es einer von den Alten war, von den sehr geübten, außer, daß die nicht das Gras unter ihren Füßen zertreten würden. Dieses Ding bewegte sich fast wie ein Mensch. Dieser Vampir war von mir »gemacht«.

Ich bekam Herzklopfen. Ich warf einen Blick auf die kleinen Lämpchen der Alarmanlage, die hinter dem zurückgezogenen Vorhang versteckt war. Das Versprechen von Sirenen, falls irgend etwas, sterblich oder unsterblich, in dieses Haus einzudringen versuchte.

Er tauchte am Rand der weißen Betonfläche auf. Große schlanke Gestalt. Kurzes dunkles Haar. Und dann blieb er stehen, als könnte er mich in dem trüben blauen Licht hinter der Glasscheibe sehen.

Ja, er sah mich. Und er kam auf mich zu, auf das Licht zu. Geschmeidig, vielleicht ein wenig zu geschmeidig für einen Sterblichen. Schwarzes Haar, grüne Augen und die Gliedmaßen seidig weich unter der nachlässigen Kleidung: ein ausgebeulter schwarzer Pulli, der unförmig über seinen Schultern hing, Beine wie lange schwarze Stelzen.

Ich fühlte einen Kloß in meiner Kehle. Ich zitterte. Ich versuchte mich daran zu erinnern, was wichtig war, selbst in diesem Augenblick, daß ich für andere wachen mußte in der Nacht, vorsichtig sein mußte. *Gefahr.* Aber das alles zählte nicht. Ich wußte es. Für einen Augenblick schloß ich die Augen. Es half nichts, machte nichts leichter.

Dann streckte ich die Hand nach den Alarmknöpfen aus und schaltete sie ab. Ich öffnete die großen Glastüren, und die kalte frische Luft strömte an mir vorbei ins Zimmer.

Er war jetzt schon am Hubschrauber vorbei, drehte sich um und trat zurück, wie ein Tänzer, um ihn sich mit nach hinten gebogenem Kopf anzusehen, und seine Daumen steckten dabei lässig in den Taschen seiner schwarzen Jeans. Als er mich wieder ansah, konnte ich sein Gesicht ganz deutlich erkennen. Er lächelte.

Ich stellte die Alarmanlage wieder ein, trat hinaus und schloß hinter mir die Türen vor meinen Sterblichen und drehte den Schlüssel im Schloß herum. Einen Augenblick lang dachte ich, das halte ich nicht aus. Und das ist erst der Anfang. Und wenn er hier bei mir ist, nur ein paar Schritte von mir entfernt, dann kommen die anderen ganz bestimmt auch bald. Sie werden alle kommen.

Ich drehte mich um und ging auf ihn zu und betrachtete ihn schweigend in dem blauen Licht, das durch die Glasscheiben nach draußen fiel. Meine Stimme war rauh, als ich zu ihm sprach: »Wo ist denn die schwarze Pelerine und der ›maßgeschneiderte‹ Rock und die Seidenkrawatte und der ganze Quatsch?« fragte ich.

Wir fixierten uns gegenseitig.

Dann brach er das Schweigen und lachte, ohne einen Laut von sich zu geben. Aber er sah mich weiter an, hingerissen, wie es schien, worüber ich mich heimlich freute. Und mit der Kühnheit eines Kindes streckte er die Hand aus und strich mit den Fingern über meine graue Samtjacke.

»Man kann doch nicht immer als lebende Legende rumlaufen«, sagte er. Seine Stimme war wie ein Flüstern, das kein Flüstern war. Und ich hörte seinen französischen Akzent so deutlich heraus, wie ich ihn bei mir nie hatte hören können.

Es war fast unerträglich für mich, diesen Lauten zu lauschen, und wie vertraut sie mir waren!

Vergessen waren all die steifen bitteren Worte, die ich hatte sagen wollen, und ich schloß ihn in meine Arme.

Wir umarmten uns so fest wie noch nie zuvor. So, wie Gabrielle und ich uns immer umarmt hatten. Und dann strichen meine Hände über seine Haare und sein Gesicht, und ich sah ihn mir an, als würde er mir gehören. Und er machte das gleiche mit mir. Als würden wir reden und doch nicht reden. Wahrhaft stumme Stimmen, ohne Worte. Wir nickten uns zu. Und ich konnte seine überströmende Zuneigung spüren, und seine fiebernde Befriedigung, fast so stark wie meine.

Doch plötzlich wurde er ganz still, und sein Gesicht verdüsterte sich. »Ich dachte, du wärst tot und fort, weißt du«, sagte er. Er war kaum zu hören.

»Wie hast du mich hier gefunden?« fragte ich.

»Weil du es so wolltest«, erwiderte er. Das Aufflammen unschuldiger Verwirrung. Er zuckte die Achseln, ganz langsam nur.

Alles, was er tat, wirkte anziehend auf mich, genauso wie vor hundert Jahren. Finger, so lang und zart, und doch so starke Hände.

»Du hast dich mir gezeigt, und du hast dafür gesorgt, daß ich dir folge«, sagte er. »Du bist die Divisadero Street rauf- und runtergefahren und hast mich gesucht.«

»Und warst du noch dort?«

»Für mich ist es der sicherste Ort auf der Welt«, sagte er. »Ich bin nie weggegangen von dort. Sie sind gekommen und haben nach mir gesucht, aber sie haben mich nicht gefunden, und da sind sie wieder weggegangen. Und jetzt gehe ich zwischen ihnen herum, wann immer ich will, und sie merken es gar nicht. Sie wissen nicht einmal, wie ich aussehe.«

»Aber wenn sie es wüßten, würden sie versuchen, dich zu vernichten«, sagte ich.

»Ja«, erwiderte er. »Aber das versuchen sie schon die ganze Zeit, seit dem Theater der Vampire und allem, was dort passiert ist. Natürlich hat ihnen das *Gespräch mit dem Vampir* wieder einen neuen Grund geliefert. Aber sie brauchen gar keinen besonderen Grund, um ihre kleinen Spielchen zu spielen. Sie brauchen nur den Nervenkitzel, die Erregung. Davon leben sie, wie von Blut.« Für einen Augenblick klang seine Stimme bedrückt.

Dann holte er tief Luft. Schwierig, über all diese Dinge zu reden. Wieder verspürte ich den Wunsch, meinen Arm um seine Schultern zu legen, aber ich tat es nicht.

»Aber im Moment haben sie es, glaube ich, auf dich abgesehen. Und wie du aussiehst, das wissen sie genau.« Ein kleines Lächeln. »Alle wissen, wie du aussiehst. Monsieur Le Rockstar.«

Das Lächeln breitete sich auf seinem ganzen Gesicht aus. Aber seine Stimme war höflich und leise, so wie sie immer gewesen war. Und das Gesicht war in Gefühle getaucht. Es hatte sich noch kein bißchen verändert. Vielleicht würde es sich nie verändern.

Ich legte den Arm um seine Schultern, und wir gingen zusammen weg vom Haus, weg vom Licht. Wir gingen an dem großen grauen Koloß des Hubschraubers vorbei, über das trockene, von der Sonne ausgedörrte Feld zu den Hügeln.

Ich glaube, so glücklich kann man gar nicht sein, ohne sich elend zu fühlen, soviel Zufriedenheit heißt zu verbrennen.

»Wirst du es wirklich geben?« fragte er. »Das Konzert morgen abend?«

Gefahr für uns alle. War das eine Warnung gewesen oder eine Drohung?

»Ja, natürlich«, sagte ich. »Was zum Teufel sollte mich daran hindern?«

»Ich würde dich gern daran hindern«, erwiderte er. »Ich wäre schon früher gekommen, wenn ich gekonnt hätte. Ich hatte dich schon vor einer Woche ausfindig gemacht, aber dann hab ich dich wieder aus den Augen verloren.«

»Und warum willst du mich daran hindern?«

»Du weißt warum«, sagte er. »Ich muß mit dir reden.« So einfache Worte, und doch so bedeutsam.

»Dafür wird hinterher Zeit sein«, erwiderte ich. »Morgen und übermorgen und überübermorgen. Es wird schon nichts passieren. Du wirst sehen.« Immer wieder mußte ich meinen Blick von ihm abwenden, als würden mir seine grünen Augen weh tun. Tödlich und delikat wirkte sein Blick; alle seine Opfer haben ihn geliebt.

Und ich hatte ihn auch immer geliebt, nicht wahr, was auch immer geschehen war, und wie groß konnte die Liebe werden, wenn man sie bis in alle Ewigkeit hegen und pflegen konnte und wenn nur diese paar wenigen Augenblicke Zeit nötig waren, um sie wieder in Schwung zu bringen, sie anzuheizen?

»Wie kannst du dir dessen so sicher sein, Lestat?« fragte er. So vielversprechend, wie er meinen Namen sagte. Ich selbst hatte es noch nicht über mich gebracht, ihn auf diese ganz natürliche Weise Louis zu nennen.

Wir gingen jetzt langsam, ohne Ziel, und er hatte den Arm um mich gelegt, ganz locker, so wie ich meinen um ihn gelegt hatte.

»Ich habe ein ganzes Bataillon Sterblicher, die uns bewachen«, sagte ich. »In dem Hubschrauber werden Leibwächter sein, und auch in der Limousine mit meinen Sterblichen. Ich werde vom Flughafen aus allein mit meinem Porsche hinfahren, damit ich mich leichter wehren kann, aber wir werden eine richtige Autokolonne abgeben. Und was soll denn schon eine Handvoll haßerfüllter Sprößlinge des zwanzigsten Jahrhunderts groß anrichten? Diese blöden Kreaturen benutzen das Telefon, um ihre Drohungen auszustoßen.«

»Es sind mehr als nur eine Handvoll«, sagte er. »Aber was ist eigentlich mit Marius? Deine Freunde da draußen zerbrechen sich den Kopf darüber, ob die Geschichte von Marius wahr ist und ob JENE, DIE BEWAHRT WERDEN MÜSSEN tatsächlich existieren oder nicht –«

»Natürlich, und du, hast du es geglaubt?«

»Ja, vom ersten Augenblick an, als ich es gelesen habe«, sagte er. Und dann herrschte einen Augenblick lang Schweigen zwischen uns, während wir, glaube ich, beide an die Unsterbliche dachten, die mich vor langer Zeit immer wieder danach gefragt hatte, wie alles begann.

Zu schmerzhaft, um wieder heraufbeschworen zu werden. Genauso, als würde man Bilder vom Speicher holen, den Staub abwischen und feststellen, daß die Farben noch ganz frisch waren. Und die Bilder hätten eigentlich Porträts toter Vorfahren sein sollen, aber es waren Bilder von uns.

Mit einer kleinen nervösen sterblichen Handbewegung strich ich mir das Haar aus der Stirn, um den kühlen Wind zu fühlen.

»Wieso bist du dir so sicher«, fragte er, »daß Marius diesem Experiment nicht ein Ende macht, sobald du morgen abend die Bühne betrittst?«

»Glaubst du wirklich, daß auch nur einer von den Alten das tun würde?« erwiderte ich.

Er dachte lange nach, zog sich tief in seine Gedanken zurück, wie er es schon immer getan hatte, so tief, daß man glauben konnte, er habe mich völlig vergessen. Und es sah aus, als würden um ihn herum alte Räume Gestalt annehmen, Gaslampen, die ihr flackerndes Licht verbreiteten, und Geräusche und Düfte aus früherer Zeit, die von der Straße hereindrangen. Wir beide in jenem Salon in New Orleans, unter dem Marmorsims ein offenes Kohlenfeuer im Kamin, und alles wurde älter, außer uns.

Und er stand da, ein Kind der Moderne, im ausgebeulten Pulli und abgetragenen Drillichanzug, und starrte hinüber zu den verlassenen Hügeln. Mit zerzaustem Haar und Augen, in denen ein Feuer zu brennen schien. Langsam kam er wieder zu sich, wie aus einer anderen Welt.

»Nein. Das glaube ich nicht. Falls sich die Alten überhaupt dadurch stören lassen, wird es sie viel zu sehr interessieren, als daß sie etwas unternehmen würden.«

»Und interessiert es dich?«

»Ja, das weißt du doch«, sagte er.

Und er wurde rot im Gesicht, das nun noch menschlicher war. Tatsächlich sah er wie ein Sterblicher aus, mehr als jeder andere von uns. »Schließlich bin ich hier, oder?« sagte er. Und ich spürte einen Schmerz in ihm, der wie eine Goldader durch ihn hindurchlief und bis in die kältesten Tiefen führen konnte.

Ich nickte. Ich holte tief Luft und wandte meinen Blick von ihm ab und wünschte, ich hätte ihm sagen können, was mir wirklich auf dem Herzen lag. Daß ich ihn liebte. Aber das konnte ich nicht. Dieses Gefühl war einfach zu stark.

»Was immer geschieht, es wird nicht umsonst gewesen sein«, sagte ich. »Ich meine, wenn du und ich und Gabrielle und Armand ... und Marius, wenn wir alle, wenn auch nur für kurze Zeit, zusammensein können, dann ist es nicht umsonst gewesen. Angenommen, Pandora beschließt, sich zu zeigen. Und Mael auch. Und Gott weiß wer noch alles von den anderen. Aber stell dir vor, es kämen alle von den Alten. Das wäre die Sache doch wert, Louis. Und die anderen sind mir sowieso egal.«

»Nein, das sind sie dir nicht«, sagte er lächelnd. Er war ganz hingerissen. »Du bist nur felsenfest überzeugt, daß es eine aufregende Sache wird und daß du die Schlacht auf jeden Fall gewinnen wirst, egal, welche.«

Ich beugte den Kopf. Ich lachte. Ich steckte die Hände in die Hosentaschen, wie es die sterblichen Männer dieser Tage und in dieser Zeit zu tun pflegten, und ging weiter durch das Gras. Das Feld roch auch jetzt noch nach Sonne, in dieser kühlen kalifornischen Nacht. Ich erzählte ihm nichts von dem sterblichen Teil der Sache, nichts von der Eitelkeit, die mich dazu trieb, mich darzustellen, nichts von dem unheimlichen wahnsinnigen Gefühl, das mich erfaßt hatte, als ich mich auf dem Fernsehschirm gesehen hatte, als ich mein Gesicht auf den Plattenhüllen gesehen hatte, mit denen die Fenster des North-Beach-Plattenladens zugeklebt waren.

»Wenn mich die Alten tatsächlich umbringen wollten«, sagte ich, »hätten sie es schon längst getan, glaubst du nicht?«

»Nein«, sagte er. »Ich habe dich gesehen und bin dir gefolgt. Aber davor habe ich dich nirgends gefunden. Gleich als ich hörte, daß du wieder aufgetaucht seist, hab ich es versucht.«

»Und wie hast du es erfahren?« fragte ich.

»In allen großen Städten treffen sich die Vampire an ganz bestimmten Plätzen«, sagte er. »Das weißt du doch bestimmt auch.«

»Nein, das wußte ich nicht. Erzähl mir davon«, sagte ich.

»Es gibt Bars, die wir die Vampir-Connection nennen«, sagte er und lächelte ironisch. »Natürlich kommen auch Sterbliche dorthin, aber wir erkennen die Treffs an ihren Namen. In London ist es das *Dr. Polidori* und in Paris das *Lamia*. In Los Angeles ist es das *Bela Lugosi*, und in New York sind es das *Carmilla* und das *Lord Ruthven*. Hier in San Francisco haben wir wahrscheinlich das schönste von allen, das Kabarett *Dracula's Daughter* in der Castro Street.«

Ich mußte lachen. Ich konnte einfach nicht anders, und ihm schien es nicht viel anders zu gehen. »Und wo sind die Namen aus dem *Gespräch mit dem Vampir*?« fragte ich mit gespielter Empörung.

»*Verboten*«, sagte er und zog die Augenbrauen hoch. »Die sind keine Dichtung. Die sind echt. Aber ich kann dir verraten, daß sie in der Castro Street jetzt deine Videoclips spielen. Die sterblichen Gäste verlangen es. Sie trinken dir mit ihren Wodka-Bloody-Marys zu. *Der Tanz von Les Innocents* dröhnt durch alle Wände.«

Jetzt bekam ich erst recht einen Lachanfall. Ich versuchte ihn zu unterdrücken und schüttelte den Kopf.

»Aber du hast auch in den Hinterzimmern für eine Art Revolution der Sprache gesorgt«, sagte er auf die gleiche trockene spöttische Art, auch wenn er sich nicht völlig in der Gewalt hatte.

»Was meinst du damit?«

»Die Zauber der Finsternis, die Kräfte der Finsternis, die Straße des Teufels – mit diesen Begriffen werfen diese ungehobelten Sprößlinge, die noch nicht mal gute Vampirmanieren haben, überall wie wild um sich. Sie kopieren das Buch, obgleich sie es in Grund und Boden verdammen. Sie behängen sich mit ägyptischem Schmuck, daß sie fast zusammenbrechen. Schwarzer Samt ist mal wieder das absolute Muß.«

»Übergenau«, sagte ich. »Und wie ist es dort? An diesen Orten?«

»Vollgestopft mit allem möglichen Vampirklimbim«, sagte er. »An den Wänden hängen Poster von Vampirfilmen, und auf großen Leinwänden werden pausenlos die Filme selbst projiziert. Die Sterblichen dort sind regelrechte Freaks, ziemlich theatralische Typen – jugendliche Punks, Künstler in schwarzen Capes und mit weißen Fangzähnen aus Plastik. *Uns* nehmen die gar nicht zur Kenntnis. Denn neben denen sind wir geradezu fad. Und bei der trüben Beleuchtung könnten wir genausogut unsichtbar sein, trotz Samt und ägyptischem Schmuck und allem. Natürlich macht sich keiner über diese sterblichen Gäste her. Wir gehen wegen der Information in die Vampir-Bars. Für einen Sterblichen ist die Vampir-Bar der sicherste Ort im ganzen Christentum. In der Vampir-Bar kannst du nicht töten.«

»Ich wundere mich, daß nicht schon früher jemand auf diese Idee gekommen ist«, sagte ich.

»Doch, in Paris«, erwiderte er. »In Paris war es das Theater der Vampire.«

»Ja, natürlich«, stimmte ich zu.

Dann fuhr er fort: »Vor einem Monat hörte ich über die Vampir-Connection, daß du zurück wärst. Aber da war die Meldung schon alt. Sie sagten, du würdest in New Orleans jagen, und dann erfuhren sie, was du vorhattest. Sie hatten ein paar der ersten Exemplare von deiner Autobiographie. Es gab endlose Diskussionen über die Videofilme.«

»Und wieso habe ich sie in New Orleans dann nicht gesehen?« fragte ich.

»Weil New Orleans seit einem halben Jahrhundert Armands Revier ist. Niemand wagt es, in New Orleans zu jagen. Sie haben es über sterbliche Informationsquellen erfahren, in Los Angeles und New York.«

»Aber ich habe Armand nicht in New Orleans gesehen«, sagte ich.

»Ich weiß«, erwiderte er. Einen Augenblick lang sah er besorgt aus, schien verwirrt.

Ich spürte, wie sich mir das Herz zusammenzog.

»Niemand weiß, wo Armand ist«, sagte er düster. »Aber als er dort war, hat er die Jungen getötet. Sie haben ihm New Orleans überlassen. Sie sagen, das würden viele von den Alten tun, die Jungen töten. Von mir sagen sie das auch, aber es stimmt nicht. Ich halte mich in San Francisco wie ein Geist auf. Ich störe niemanden außer meine bedauerlichen sterblichen Opfer.«

Das alles überraschte mich nicht.

»Wir sind zu viele«, sagte er. »Das war schon immer so. Und es gibt viel Feindschaft unter uns. Ein Orden in irgendeiner beliebigen Stadt ist nur dazu da, daß drei oder mehr von den Mächtigen die Abmachung treffen, sich nicht gegenseitig umzubringen und sich das Gebiet gemäß den Regeln zu teilen.«

»Die Regeln, immer die Regeln«, sagte ich.

»Die sind jetzt anders, und viel strenger. Es darf absolut kein Beweis für die Tötung zurückgelassen werden. Nicht ein einziger Leichnam darf den Sterblichen zur Untersuchung in die Hände fallen.«

»Ja, sicher.«

»Und auf gar keinen Fall darf man sich fotografieren oder filmen lassen in dieser Welt der Großaufnahmen und Gummilinsen und Videoüberwachung – man darf kein Risiko eingehen, das zu einer Festnahme, einer Verwahrung oder einer wissenschaftlichen Untersuchung durch die sterbliche Welt führen könnte.«

Ich nickte. Aber mein Puls raste. Es gefiel mir, der Gesetzlose zu sein, der schon jedes einzelne dieser Gesetze gebrochen hatte. Sie hielten sich also an mein Buch, ja? Oh, es hatte schon begonnen. Die Räder drehten sich schon.

»Lestat, du glaubst es zu verstehen«, sagte er geduldig, »aber tust du das wirklich? Wenn die Welt auch nur ein einziges winziges Stück von unserem Gewebe unter ihre Mikroskope bekommt, wird es nie wieder einen Streit um Legenden und Aberglauben geben. Dann haben sie den Beweis in den Händen.«

»Der Meinung bin ich nicht, Louis«, sagte ich. »So einfach ist das nicht.«

»Sie haben die Mittel, uns zu identifizieren und zu klassifizieren, uns die Menschheit auf den Hals zu jagen.«

»Nein, Louis. In diesen Tagen und in diesem Zeitalter liegen sich die Wissenschaftler ständig mit den Ärzten in den Haaren. Sie streiten sich über die elementarsten Fragen. Dieses Stück übernatürliches Gewebe müßte erst unter alle Mikroskope der Welt gelangen, und selbst dann würde die Öffentlichkeit vielleicht kein Wort davon glauben.«

Er dachte einen Augenblick nach.

»Also eine einzige Festnahme«, sagte er. »Ein einziges lebendes Beispiel in ihren Händen.«

»Selbst das würde nicht ausreichen«, sagte ich. »Und wie wollten sie mich denn festhalten?«

Es war einfach zu schön, sich das alles vorzustellen – die Jagd, das Ränkespiel, die Gefangennahme und die Flucht. Das gefiel mir unheimlich.

Er lächelte auf eine seltsame Art. Mißbilligend und verzückt. »Du bist noch verrückter, als ich dachte«, sagte er mit angehaltenem Atem. »Noch verrückter als in den alten Tagen, in denen du in New Orleans herumgegeistert bist und den Leuten Angst eingejagt hast.«

Ich lachte und konnte fast nicht mehr aufhören zu lachen. Aber dann wurde ich still. Wir hatten nicht mehr viel Zeit bis zum Morgen. Und am nächsten Abend konnte ich auf dem ganzen Weg nach San Francisco lachen.

»Louis, ich habe mir alles genau durch den Kopf gehen lassen«, sagte ich. »Mit den Sterblichen einen richtigen Krieg anzufangen, wird schwieriger sein, als du glaubst –«

» – und du bist fest entschlossen, ihn anzufangen, nicht wahr? Du willst, daß alle, sterblich oder unsterblich, hinter dir her sind.«

»Warum nicht?« fragte ich. »Sollen sie doch endlich anfangen. Sollen sie doch versuchen, uns zu vernichten, wie sie ihre anderen Teufel vernichtet haben. Sollen sie doch versuchen, uns auszulöschen.«

Er sah mich mit diesem Ausdruck von Ehrfurcht und Staunen an, den ich schon so viele tausendmal an ihm erlebt hatte. Und immer war ich darauf hereingefallen, wie es so schön heißt.

Aber der Himmel über uns wurde blasser, einer nach dem anderen verschwanden die Sterne. Wir konnten nur noch ganz wenige kostbare Augenblicke zusammensein, bevor der neue Frühlingsmorgen heraufzog.

»Du willst also wirklich, daß es geschieht«, sagte er ernst, aber seine Stimme war sanfter als vorher.

»Louis, ich will, daß irgendwas und alles geschieht«, sagte ich. »Ich meine, damit sich alles, was wir bisher gewesen sind, endlich ändert! Jetzt sind wir doch nichts anderes als Blutegel – ekelerregend, verschwiegen, ohne Rechte. Die alte Romantik gibt es nicht mehr. Deshalb laß uns einen neuen Sinn finden. Ich sehne mich nach den hellen Lichtern, so wie ich mich nach Blut gesehnt habe. Ich sehne mich nach der göttlichen Sichtbarkeit. Ich sehne mich nach dem Krieg.«

»Nach dem neuen Bösen, um deine alten Worte zu gebrauchen«, sagte er. »Und diesmal ist es das Böse des zwanzigsten Jahrhunderts.«

»Genau«, sagte ich. Aber wieder dachte ich dabei an den rein sterblichen Drang, den eitlen Drang nach weltlichem Ruhm, nach Anerkennung. Leichte Schamröte. Es würde ein wahrer Genuß sein.

»Aber warum, Lestat?« fragte er ein wenig mißtrauisch. »Warum die Gefahr, das Risiko? Schließlich hast du's doch geschafft. Du bist zurückgekommen. Du bist stärker denn je. In dir brennt das alte Feuer, als wäre es nie verlorengegangen, und du weißt, wie kostbar das ist, es wird einfach so weitergehen. Warum es sofort aufs Spiel setzen? Hast du denn vergessen, wie es war, als wir mitten im Leben standen, und um uns herum die ganze Welt, und als uns niemand etwas anhaben konnte außer wir selbst?«

»Ist das ein Antrag, Louis? Bist du zu mir zurückgekommen, wie es unter Liebenden heißt?«

Seine Augen wurden dunkel, und er wandte den Blick von mir ab.

»Ich mache mich nicht über dich lustig, Louis«, sagte ich.

»Du bist zu *mir* zurückgekommen, Lestat«, sagte er schließlich mit ruhiger Stimme und sah mich wieder an. »Als ich sie in *Dracula's*

Daughter das erstemal von dir reden hörte, fühlte ich etwas, das ich für immer verloren zu haben glaubte – «

Er hielt inne. Aber ich wußte, wovon er sprach. Er hatte es bereits gesagt. Und ich hatte es schon vor Jahrhunderten verstanden, als ich nach dem Untergang des alten Ordens Armands Verzweiflung gespürt hatte. Erregung, der Wunsch weiterzumachen, diese Dinge waren für uns unbezahlbar. Um so mehr Anlaß für das Rockkonzert, das Weitermachen, den Krieg.

»Lestat, bitte, geh morgen abend nicht auf die Bühne«, sagte er. »Laß die Filme und das Buch tun, was du erreichen willst. Du mußt auf dich aufpassen. Laß uns zusammenkommen und reden. Laß uns in diesem Jahrhundert zusammensein, wie wir noch nie zusammen waren. Und damit meine ich uns alle.«

»Sehr verlockend, mein Schöner«, sagte ich. »Vor hundert Jahren hätte ich noch fast alles darum gegeben, diese Worte zu hören. Und wir werden zusammenkommen, und wir werden reden, wir alle, und wir werden einander gehören. Es wird herrlich sein, schöner als je zuvor. Aber ich werde morgen auftreten. Ich werde wieder Lelio sein, wie ich es in Paris nie gewesen bin. Ich werde der Vampir Lestat sein, den alle sehen können. Ein Symbol, ein Ausgestoßener, eine Mißgeburt der Natur – etwas, das man liebt, etwas das man verabscheut, alles zusammen. Ich sage dir, ich kann es nicht sein lassen. Ich kann nicht darauf verzichten. Und Angst habe ich, offen gesagt, kein bißchen.«

Ich machte mich auf eine gewisse Kälte oder Traurigkeit gefaßt, die sich in ihm ausbreiten würde, und ich haßte die aufsteigende Sonne, wie ich sie schon immer gehaßt hatte. Er stand mit dem Rücken zu mir. Die Helligkeit tat ihm weh. Aber sein Gesicht war voller Wärme und Zuneigung.

»Also gut«, sagte er. »Ich würde gern mit dir nach San Francisco kommen. Das würde ich wirklich sehr gern. Nimmst du mich mit?«

Ich konnte nicht gleich antworten. Wieder verspürte ich die Qualen schierer Erregung, und meine Liebe zu ihm kam mir absolut erniedrigend vor.

»Natürlich nehme ich dich mit«, sagte ich.

Wir sahen uns an. Er mußte jetzt gehen. Der Morgen hatte ihn eingeholt.

»Noch eins, Louis«, sagte ich.

»Ja?«

»Diese Kleider, die du anhast. Unmöglich. Ich meine, morgen abend, das wird dich, wie man heutzutage sagt, deinen Pulli und deine Hose kosten.«

Ohne ihn war der Morgen öd und leer. Ich stand da und sann über diese Botschaft nach: *Gefahr*. Ich ließ den Blick über die fernen Berge, die endlosen Felder gleiten. Drohungen, Warnungen – was machte das schon? Die Jungen wählen Telefonnummern. Die Alten erheben ihre übernatürlichen Stimmen. Was war daran so ungewöhnlich?

Aber jetzt war Louis bei mir, und ich dachte nur noch an ihn. Und wie es sein würde, wenn auch die anderen kamen.

2

Auf den riesigen weitläufigen Parkplätzen des *San Francisco Cow Palace* drängten sich die rasenden und tobenden Sterblichen, als sich unsere Autokolonne durch die Tore schob, meine Musiker vorn in der Limousine, Louis in dem mit Leder verkleideten Porsche neben mir. Frisch und strahlend in dem schwarzen Umhang, dem Kostüm unserer Band, sah er aus, als wäre er gerade aus den Seiten seines eigenen Romans geschlüpft, während seine grünen Augen ein wenig erschrocken zu den kreischenden Jugendlichen und den Parkplatzwächtern sahen, die sie zurückzuhalten versuchten.

Die Halle war seit Monaten ausverkauft, und die enttäuschten Fans verlangten, daß die Musik nach draußen übertragen wurde, damit auch sie das Konzert mitanhören konnten. Überall lagen Bierdosen herum. Auf Wagendächern und Kühlerhauben saßen Teenager, und aus den Radios plärrte mit entsetzlicher Lautstärke *The Vampire Lestat*.

Unser Manager lief an meiner Seite zu Fuß neben uns her und erklärte uns, daß es auch im Freien Videoschirme und Lautsprecher geben würde. Die Polizei von San Francisco hatte eingewilligt, um eventuelle Krawalle zu verhindern.

Ich fühlte Louis' wachsende Angst. Eine Horde Jugendlicher

durchbrach die Polizeisperren und wurde an seiner Seite gegen das Wagenfenster gedrückt, als die Autos scharf abbogen und sich zu der langen häßlichen röhrenförmigen Halle vorarbeiteten.

Ich war von den Ereignissen absolut hingerissen. Und auf dem Gipfel meiner Sorglosigkeit. Immer wieder umschwärmten die Fans das Auto, bevor sie wieder zurückgedrängt werden konnten, und ich begann zu verstehen, wie gründlich ich das ganze Unternehmen unterschätzt hatte.

Die Filme von Rockshows, die ich gesehen hatte, hatten mich nicht annähernd auf die blanke Elektrizität vorbereitet, die durch meinen Körper jagte, auf das Wogen der Musik in meinem Kopf, auf meine sterbliche Eitelkeit, die jedes Schamgefühl verpuffen ließ wie Dampf.

Den Saal zu betreten kam einer Selbstverstümmelung gleich. Durch das Gewühl von Ordnungshütern rannten wir in den streng abgesicherten Bereich hinter der Bühne; Tough Cookie klammerte sich an mir fest, und Alex schubste Larry vor sich her.

Die Fans rissen an unseren Haaren, unseren Umhängen. Ich griff nach hinten und nahm Louis unter meine Fittiche und zog ihn mit uns durch die Tür.

Und dann, hinter den Vorhängen der Umkleideräume, hörte ich es zum erstenmal, dieses bestialische Geräusch der Menschenmenge – fünfzehntausend Seelen, die unter einem Dach johlten und kreischten.

Nein, ich hatte sie nicht unter Kontrolle, die wilde Freude, die meinen ganzen Körper erzittern ließ. Noch nie zuvor hatte ich eine solche Heiterkeit gespürt.

Ich drängte mich bis ganz nach vorn durch und sah durch das Guckloch in den Zuschauerraum. Sterbliche zu beiden Seiten des langgezogenen Ovals, bis hoch hinauf zu den Dachbalken. Und in dem großen offenen Parkett der Halle Tausende von ihnen, ein gewaltiger Mob, tanzend, sich zärtlich umarmend, die Fäuste in den rauchigen Dunst stoßend, darum wetteifernd, bis dicht an die Bühne vorzudringen. Haschisch, Bier, der Geruch von menschlichem Blut, von Ventilatoren umgewälzt und vereint.

Die Techniker riefen sich zu, daß alles bereit sei. Alles war bereit: Gesichtsfarbe neu aufgelegt, die schwarzen Samtumhänge gebürstet, die schwarzen Krawatten geglättet. Sinnlos, diese Menschenmenge noch eine Sekunde warten zu lassen.

Dann ging das Licht aus. Und ein gewaltiger unmenschlicher Aufschrei erhob sich in der Dunkelheit, rollte die Wände hoch. Ich fühlte es im Fußboden unter mir. Immer stärker, bis ein elektronisches Knistern verkündete, daß die Anlage angeschlossen und eingeschaltet war.

Die Vibration setzte sich in meinen Schläfen fest. Die Haut schälte sich. Ich umklammerte Louis' Arm, gab ihm einen zögernden Kuß und fühlte, wie er mich losließ.

Hinter dem Vorhang hörte man das Schnappen von Feuerzeugen, bis Abertausende winziger Flammen in der Dunkelheit aufflackerten. Rhythmisches Klatschen hob an und erstarb, und der Lärm der Stimmen schwoll an und ging zurück, und dazwischen gellten Schreie durch die Halle. Mir dröhnte der Kopf.

Trotzdem mußte ich an das Renaud denken, vor so langer Zeit. Ich sah es ganz deutlich vor mir. Aber das hier war wie das römische Kolosseum! Als wir die Bänder und Videos gemacht hatten – war alles so unter Kontrolle gewesen, so cool. Kein Vergleich zu dem, was sich jetzt hier tat.

Der Techniker gab das Zeichen, und wir schossen durch den Vorhang, die Sterblichen stolperten, weil sie nichts sehen konnten, während ich mühelos Kabeln und Drähten auswich.

Ich stand ganz vorn auf der Bühne, direkt über den Köpfen der schwankenden, grölenden Menschenmenge. Alex war am Schlagzeug. Tough Cookie hielt ihre glänzende elektrische Gitarre in den Händen, und Larry stand an der runden Tastatur des Synthesizers.

Ich drehte mich um und warf einen Blick auf die riesigen Videowände, die unsere Bilder überdimensional vergrößern würden, um von jedem Augenpaar im Haus genauestens betrachtet zu werden. Dann zurück zu dem Meer der kreischenden Jugendlichen.

Im Dunkeln flutete eine Welle von Geräuschen nach der anderen über uns hinweg. Es roch nach Hitze und Blut.

Dann ging die große Tafel mit Lampen über uns an. Grelle silbrige, blaue, rote Lichterstrahlen schnellten kreuz und quer auf uns zu, und das unglaubliche Kreischen im Saal erreichte seinen Höhepunkt. Die Menschen waren geschlossen aufgesprungen.

Ich spürte, wie das Licht über meine weiße Haut kroch, in meinem gelben Haar explodierte. Ich blickte mich um und sah meine sterbliche Band, die bereits, aufgeputscht und in höchster Erregung, inmitten der endlosen Drähte und blitzenden Geräte thronte.

Mir brach der Schweiß aus und lief mir übers Gesicht, als ich die zum Gruß erhobenen Fäuste sah. Überall im Saal waren Jugendliche in Vampirkleidern, und ihre Gesichter glänzten von künstlichem Blut, und einige hatten schlaffe gelbe Perücken, andere aber schwarze Ringe um die Augen gemalt, was sie noch viel unschuldiger und gräßlicher aussehen ließ. Und über dem allgemeinen Getöse erhoben sich schrille Pfiffe und Gejohle und heisere Schreie.

Nein, das war nicht wie bei den Dreharbeiten zu den Videos. Das war nicht wie bei den Aufnahmen in den klimatisierten, mit Kork gepolsterten Räumen des Musikstudios. Das hier war eine menschliche Veranstaltung mit vampirischer Ausstattung, mit vampirischer Musik, mit vampirischen Videoclips, deren Bilder das Blut in Wallung brachten.

Ich zitterte vor reiner Freude, und der rotverfärbte Schweiß rann mir übers Gesicht.

Die Scheinwerfer glitten über die Zuhörer, und wir selbst waren in quecksilberartiges Zwielicht gehüllt, und überall, wo der Lichtstrahl hinkam, brach die Menschenmenge in Krämpfe und Zuckungen aus und schrie noch mal so laut.

Was war mit diesem Höllenlärm? Er signalisierte, daß der Mensch zum Mob geworden war – so wie die Menschenmenge rund um die Guillotine, die alten Römer, die nach Christenblut schrien. Und die Kelten, die sich im Hain versammelten, um auf Marius, den Gott, zu warten. Ich sah diesen Hain vor mir, so wie ich ihn sah, als Marius mir die Geschichte erzählte; waren die Fackeln gespenstischer gewesen als diese bunten Lichtstrahlen hier? Waren die schrecklichen Weidenriesen größer gewesen als diese Stahlleitern hier, die die Tafeln mit den Lautsprechern und den grellen Scheinwerfern rechts und links von uns trugen?

Aber hier herrschte keine Gewalt, hier herrschte kein Tod – nur kindliche Überschwenglichkeit, die sich aus jungen Mündern und jungen Körpern ergoß, eine Energie, die sich genauso natürlich bündeln und im Zaum halten ließ, wie sie sich entladen hatte.

Wieder stieg eine Haschwolke aus den ersten Reihen zu uns herauf. Langhaarige Rocker in Lederkleidung und mit geflochtenen Lederarmbändern klatschten in ihre hocherhobenen Hände – wie die Geister der Kelten, so sahen sie aus, mit ihren langen wallenden barbarischen Locken. Und aus allen Ecken dieses hohlen dunstigen Orts strömte ungehindert etwas hervor, das sich wie Liebe anfühlte.

Die Lichter gingen an und aus, so daß die Bewegungen der Menschenmenge abgehackt wirkten, zersplittert.

Sie sangen, und immer lauter schwoll der Ton an, LESTAT, LESTAT, LESTAT, sangen sie im Chor.

Oh, es war einfach göttlich. Welcher Sterbliche hätte einem solchen Genuß, einer solchen Verehrung widerstehen können? Ich ergriff die Enden meines schwarzen Umhangs, das war das Zeichen. Ich schüttelte meine Haare in ihrer ganzen Fülle. Was erneut einen ganzen Strom von Schreien bis ganz hinten im Saal auslöste.

Die Scheinwerfer waren auf die Bühne gerichtet. Ich hob meinen Umhang an beiden Seiten hoch wie Fledermausflügel.

Die Schreie verschmolzen zu einem donnernden Gebrüll.

»ICH BIN DER VAMPIR LESTAT!« schrie ich aus vollem Hals, während ich weit hinter das Mikrophon trat, und der Ton nahm fast Gestalt an, als er sich über die ganze Länge des ovalen Saals wölbte, und die Stimmen der Menschen schwollen noch weiter an, noch lauter, als wollten sie den klingenden Ton verschlingen.

»NA LOS, MACHT SCHON, ICH WILL EUCH HÖREN! IHR LIEBT MICH DOCH!« Ich schrie es laut heraus. Die Leute trampelten mit den Füßen auf den Boden, sie trampelten nicht nur auf den Betonboden, sondern auch auf die Holzsitze.

»WIE VIELE VON EUCH WÄREN GERNE VAMPIRE?«

Nur noch tosender Donner. Mehrere Leute versuchten auf die Bühne zu klettern, doch die Ordner zogen sie wieder herunter. Einer der großen dunklen Rocker mit zottigem Haar sprang, in jeder Hand eine Bierdose, mit einem Satz hinauf und wieder hinunter.

Die Lichter wurden heller als die Stichflamme einer Explosion, und über die Lautsprecher und Verstärker hinter mir kam das Geräusch einer Lokomotive, so unglaublich ohrenbetäubend, als würde der Zug quer über die Bühne donnern.

Jedes andere Geräusch im Saal wurde davon verschluckt. In aufheulendem Schweigen tanzte und hüpfte die Menschenmenge vor mir auf und ab. Dann die durchbohrende, wild dröhnende elektrische Gitarre. Das Schlagzeug steigerte sich in einen Marschrhythmus hinein, und das knirschende Geräusch der Lokomotive aus dem Synthesizer erklomm seinen Gipfel, bevor es, im Takt mit dem Marsch, zu einem großen brodelnden Kessel mit Geräuschen auseinanderbrach. Jetzt konnte das Lied in Moll beginnen, dessen kindliche Lyrik die begleitenden Töne überragte.

ICH BIN DER VAMPIR LESTAT
IHR SEID HIER ZUM GROSSEN SABBAT
DOCH EUCH ERWARTET EIN SCHLIMMES LOS

Ich riß das Mikrophon aus dem Ständer und lief mit flatterndem Cape erst zur einen Seite der Bühne und dann zur anderen:

NEHMT EUCH IN ACHT
VOR DEN HERREN DER NACHT
DENN SIE NUTZEN IHRE MACHT

Sie grapschten nach meinen Fersen, warfen mir Kußhände zu, und die Mädchen wurden von ihren männlichen Begleitern hochgehoben, um meinen Umhang anzufassen, während er über ihre Köpfe wirbelte.

IN LIEBE NEHMEN WIR EUCH
IN VERZÜCKUNG BRECHEN WIR EUCH
IN DEN TOD ENTLASSEN WIR EUCH

UND SAGT NICHT
ICH HÄTTE EUCH NICHT GEWARNT.

Tough Cookie, die wie wild auf ihrer Gitarre klimperte, tanzte neben mir und drehte sich im Kreis, und die Musik endete in einem schrillen Glissando, Schlagzeug und Trommeln dröhnten und krachten, und der gurgelnde Kessel des Synthesizers drehte wieder auf und kochte über.

Ich spürte, wie die Musik durch meine Knochen jagte. Nicht mal der alte römische Sabbat hatte mich derart mitgerissen.

Ich stürzte mich in den Tanz, schwang geschmeidig die Hüften vor und zurück, während wir uns auf den Rand der Bühne zubewegten. Wir stellten die gleichen freien erotischen Zuckungen zur Schau, wie Punchinello und Harlekin und all die anderen alten Komödianten es getan hatten – improvisierten jetzt, wie auch sie es getan haben, und die Instrumente lösten sich von der Melodie, fanden dann wieder zusammen, während wir uns gegenseitig zum Tanz ermunterten, und nichts war einstudiert, alles improvisiert, spontan und völlig neu.

Die Ordner stießen die Leute, die sich uns anschließen wollten, grob zurück. Und doch tanzten wir über den Rand der erhöhten Bühne hinaus, als wollten wir sie verhöhnen, fuhren ihnen mit den Haaren durchs Gesicht, drehten uns um, um uns oben, auf den riesigen Bildschirmen, in einer unmöglichen Halluzination zu betrachten. Der Klang der Musik fuhr durch meinen Körper, während ich mich zu der Menschenmenge umdrehte. Fuhr wie eine Stahlkugel durch mich hindurch, in die Hüften und zu den Schultern hinauf, bis ich wußte, daß ich in einem großen, langsamen Sprung vom Boden abhob und dann schweigend wieder hinunterschwebte, mit flatterndem schwarzen Cape und offenem Mund, der meine Fangzähne enthüllte.

Euphorische Begeisterung. Ohrenbetäubender Applaus.

Und überall, wo ich hinsah, entblößte blasse sterbliche Kehlen, Jungen und Mädchen, die ihre Kragen zurückschoben und die Hälse reckten. Sie machten mir Zeichen und winkten, damit ich zu ihnen kam, um sie mir zu nehmen, luden mich ein und bettelten, und manche Mädchen begannen zu weinen.

Der Geruch von Blut war so dick wie der Rauch, der in der Luft hing. Fleisch, Fleisch und Fleisch. Und doch, überall diese nette Unschuld, dieses unumstößliche Vertrauen, daß es hier um Kunst ging, um nichts als Kunst! Niemand würde Schaden nehmen. Diese wunderbare Hysterie war eine absolut sichere Sache.

Als ich schrie, glaubten sie, es wären die Toningenieure. Als ich sprang, glaubten sie, es wäre ein Trick. Und warum auch nicht, wo doch von allen Seiten Magisches auf sie einwirkte und sie unser

Fleisch und Blut ruhig gegen diese großen strahlenden Riesen auf den Bildschirmen über uns mitansehen konnten?

Marius, ich wünschte, du könntest es sehen! Gabrielle, wo bist du?

Der Liedtext ergoß sich wieder über den Saal, von der ganzen Band gemeinsam gesungen, und Tough Cookies lieblicher Sopran schwebte über allem, bevor sie ihren Kopf im Kreis herumschwang, immer wieder und wieder, daß ihre Haare bis zu den Dielen vor ihren Füßen reichten und ihre Gitarre wie einen großen Phallus zucken und Tausende und Abertausende gemeinsam trampeln und klatschen ließ.

»ICH SAGE EUCH, ICH BIN EIN VAMPIR!« schrie ich plötzlich.

Ekstase, Delirium.

»ICH BIN BÖSE! BÖSE!«

»Ja, ja, *ja, ja,* JA, JA, JA.«

Ich riß die Arme hoch und streckte sie mit weitgeöffneten Händen aus.

»ICH MÖCHTE EURE SEELEN TRINKEN!«

Der lange Rockertyp mit dem Wuschelkopf und der schwarzen Lederjacke zuckte zurück, wobei er alle, die hinter ihm standen, umriß, dann sprang er mit einem Satz auf die Bühne und hob die geballten Fäuste über den Kopf. Die Leibwächter waren drauf und dran, ihn sich vorzuknöpfen, aber ich hatte ihn mir bereits geschnappt, hielt ihn fest an meine Brust gedrückt, hob ihn mit einem Arm hoch und legte meinen Mund an seinen Hals, so daß ihn die Zähne schon berührten, gerade so viel, daß der Blutgeiser jeden Augenblick losspeien konnte!

Aber sie entrissen ihn mir wieder, warfen ihn wie einen Fisch ins Meer zurück. Tough Cookie war neben mir, ihre schwarze Satinhose flimmerte im Licht, ihr Cape flatterte in der Luft, und sie hatte die Arme ausgestreckt, um mir Halt zu geben, während ich mich loszureißen versuchte.

Jetzt wußte ich, was es war, was in den Berichten über die Rocksänger nicht gestanden hatte – diese wahnsinnige Verbindung des Primitiven mit der Technik, diese religiöse Raserei. Wir befanden uns wieder in dem alten Hain, unter den Bäumen. Wir saßen wieder mit den Göttern in einer Runde.

Und gleich bei unserem ersten Song brannten alle Sicherungen durch, und wir glitten nahtlos in den nächsten, während die Menschen den Rhythmus aufnahmen, die Verse schrien, die sie aus den Plattenalben und Videoclips kannten. Tough Cookie und ich sangen und stampften mit den Füßen:

KINDER DER FINSTERNIS
FINDET DIE KINDER DES LICHTS

KINDER DER MENSCHHEIT
WEHRET DEN KINDERN DER NACHT

Und wieder grölten und klatschten und heulten sie, ohne die Worte zu verstehen. Hätten die alten Kelten kurz vor dem Massaker mit lustvollerem Gebrüll aufwarten können?

Aber wieder gab es kein Massaker, kein verbranntes Opfer.

Die leidenschaftlichen Gefühle entluden sich für die Symbole des Bösen, nicht für das Böse. Sie galten dem Bild des Todes, nicht dem Tod. Ich fühlte sie in den Poren meiner Haut wie sengende Hitze, in den Wurzeln meiner Haare, und Tough Cookies Schrei leitete zur nächsten Strophe über, und mein Blick wanderte bis in die hintersten Ecken und Winkel der Halle, und das Amphitheater gerann zu einer einzigen großen wimmernden Seele.

Erlöst mich, erlöst mich von dieser Sucht. Erlöst mich von dieser Besessenheit, die mich alles andere vergessen läßt und der ich alles opfere. Ich will euch, meine Kinder. Ich will euer Blut, euer unschuldiges Blut. Ich will eure Bewunderung, wenn ich meine Zähne in euch schlage. Oh, das ist schlimmer als jede Versuchung.

Und in diesem Augenblick köstlicher Stille und Scham sah ich sie, die Echten, sah sie da draußen. Kleine weiße Gesichter, die wie Masken auf dem wogenden Meer formloser sterblicher Gesichter schaukelten, prägnant wie jenes von Magnus damals, in jenem kleinen Saal am Boulevard, vor so langer Zeit. Und ich wußte, daß Louis sie, von hinter den Vorhängen aus, ebenfalls sah. Aber ich konnte ihnen nichts anderes ansehen, an ihnen nichts anderes entdecken als Furcht und Staunen.

»HE, IHR DA, ALLE ECHTEN VAMPIRE DA DRAUSSEN«, rief ich.

»ZEIGT EUCH!« Aber sie rührten sich nicht vom Fleck, während die Sterblichen um sie herum in ihren Kriegsbemalungen und ihren Kostümen völlig ausflippten.

Drei geschlagene Stunden lang tanzten wir, sangen wir, holten aus den Instrumenten heraus, was herauszuholen war, während zwischen Alex und Larry und Tough Cookie der Whisky nur so kreiste und die Menschenmenge tobte und immer wieder auf uns zuschwappte wie in Wellen, bis die Polizei die geschlossenen Reihen der Absperrung verdoppelt hatte und die Lichter angegangen waren. Stühle flogen durch den Saal, Blechdosen rollten über den Boden. Die Echten kamen nie auch nur einen Schritt näher. Manche verdrückten sich heimlich.

So war das.

Und das Kreischen wie von fünfzehntausend Menschen im Vollrausch hielt an, bis ganz zum Schluß, als wir *Zeitalter der Unschuld*, die Ballade vom letzten Clip, spielten.

Dann wurde die Musik leiser. Die Trommelwirbel rissen ab, die Gitarre verstummte, und der Synthesizer hob die zarten verschwommenen Töne eines elektrischen Spinetts hervor, Klänge, so leicht und doch so verschwenderisch, als würde die Luft mit Gold besprüht.

Ein weicher Lichtstrahl fiel auf die Stelle, an der ich stand, die Kleider in blutigen Schweiß getränkt, mit nassen zottigen Haaren und halb über die Schulter gerutschtem Cape.

Und vor dem großen gähnenden Schlund der Verzückung und berauschten Erwartungen erhob ich ganz langsam die Stimme, hob jede Silbe hervor:

Dies ist das Zeitalter der Unschuld
Der wahren Unschuld
Eure Dämonen sind sichtbar
Eure Dämonen sind stofflich

Nennt sie Schmerz
Nennt sie Hunger
Nennt sie Krieg

Böse Märchen braucht ihr nicht mehr

Vertreibt die Vampire und Teufel
Und die Götter, die ihr nicht mehr verehrt

Aber vergeßt nicht:
Der Mann mit den Fangzähnen, der trägt einen Umhang
Und was wie Zauber aussieht
Ist ein Zauber

Begreift, was ihr seht
Wenn ihr mich anseht

Tötet uns, meine Brüder und Schwestern
Wir sind im Krieg

Begreift, was ihr seht
Wenn ihr mich anseht

Ich schloß die Augen vor den aufsteigenden Beifallsstürmen. Weswegen klatschten sie wirklich? Was feierten sie?

Künstliches Tageslicht in diesem riesigen Auditorium. Die Echten gingen in der wogenden Menge unter. Polizisten in Uniformen waren auf die Bühne gesprungen, um vor uns eine Kette zu bilden. Alex stieß mich an, als wir hinter den Vorhang gingen: »Mann, wir müssen uns verziehen. Die haben das verdammte Auto eingekeilt. Und du schaffst es nie bis zu deinem.«

Ich sagte, nein, sie müßten hin, zu dem Auto, und zwar gleich.

Links von mir sah ich das harte weiße Gesicht eines Echten, der sich durch die dichte Menge drängte. Er trug die schwarze Lederkleidung der Rocker, und sein seidiges übernatürliches Haar war ein leuchtender schwarzer Mop.

Jetzt wurden die Vorhänge von den Stangen gerissen, und das ganze Haus drang bis hinter die Bühne vor. Louis war neben mir. Rechts von mir sah ich einen weiteren Unsterblichen, ein dürres grinsendes männliches Exemplar mit kleinen dunklen Augen.

Kalte Luftstöße, als wir uns zum Parkplatz durchzwängten, und ein Inferno drängelnder, um sich schlagender Sterblicher, und die Polizei, die Ordnung zu schaffen versuchte, und die Limousine, die wie ein Boot schwankte, als Tough Cookie und Alex und Larry hineingeschoben wurden. Einer der Leibwächter hatte den Porsche für mich angelassen, aber die Jugendlichen schlugen auf die Karosserie und das Dach, als wären sie eine Trommel.

Hinter dem schwarzhaarigen männlichen Vampir tauchte noch ein Dämon auf, eine Frau, und die beiden drängelten sich immer weiter zu mir durch. Was zum Teufel hatten sie vor?

Der starke Motor der Limousine brüllte auf wie ein Löwe, als die Fans nicht Platz machen wollten, und die Motorradeskorte ließ ihre kleinen Maschinen an, die Rauch in die Menge spien.

Das Vampirtrio hatte plötzlich den Porsche eingekreist, und das Gesicht des großen männlichen Vampirs war wutverzerrt und ganz häßlich, und mit einem Schwung seines kräftigen Arms hob er den niedrigen Wagen mitsamt den jungen Leuten, die sich daran festhielten, vom Boden. Er konnte jeden Augenblick umkippen. Plötzlich fühlte ich einen Arm an meiner Kehle. Und ich fühlte auch, wie sich Louis nach hinten drehte, und hörte das Geräusch seiner Faust, die auf die übernatürliche Haut mit Knochen hinter mir krachte, hörte das leise Fluchen.

Überall um uns herum brachen die Sterblichen in lautes Kreischen aus. Ein Polizist forderte die Menge über einen Lautsprecher auf, den Platz zu räumen.

Ich fuhr los, zwischen den Jugendlichen durch und konnte den Porsche gerade noch rechtzeitig bremsen, bevor er um ein Haar wie ein Käfer auf den Rücken gefallen wäre. Als ich die Tür aufmachen wollte, fühlte ich die Menschenmenge, die sich auf mich stürzte. Jeden Augenblick würde es einen Tumult geben. Es würde eine wilde Flucht geben.

Pfiffe, Schreie, Sirenen. Leiber, die Louis und mich fast zerquetschten, und dann dieser männliche Vampir in Leder, der an der anderen Seite des Porsche auftauchte und eine große silberne Sense über seinem Kopf schwang, die im Scheinwerferlicht blitzte. Ich hörte Louis' warnenden Schrei. Und sah, aus den Augenwinkeln, eine weitere Sense blitzen.

Aber dann gellte ein übernatürlicher Schrei durch diese Kakophonie, als der Vampirmann von einem grellen Blitz erfaßt wurde und in Flammen aufging. Direkt neben mir ging ein weiterer Blitz los. Die Sense fiel klirrend auf das Betonpflaster. Und dann schoß ein paar Meter entfernt plötzlich noch eine Vampirgestalt in einem knisternden Strahl in die Höhe.

Die Menschenmenge geriet in äußerste Panik, rannte zurück in den Saal, strömte auf den Parkplatz, lief in alle Richtungen, um vor den herumwirbelnden Gestalten zu fliehen, die in ihren eigenen privaten Infernos verbrannten, bis ihre geschwärzten Gliedmaßen in der Hitze bis auf die Knochen geschmolzen waren. Und ich sah noch andere Unsterbliche mit unsichtbarer Geschwindigkeit durch die gelähmte Menschenmenge davonrasen.

Louis sah verdutzt aus, als er sich zu mir umdrehte, und bestimmt war er es noch mehr, als er mein verblüfftes Gesicht bemerkte. Keiner von uns beiden hatte es getan! Keiner von uns beiden hätte es tun können! Ich kannte nur einen Unsterblichen, der so viel Macht besaß.

Aber plötzlich öffnete sich die Wagentür und stieß mich zurück, und eine kleine zarte weiße Hand streckte sich aus und griff nach mir, um mich ins Auto zu ziehen.

»Beeilt euch, ihr beiden!« sagte eine weibliche Stimme auf französisch. »Worauf wartet ihr, daß die Kirche es zu einem Wunder erklärt?« Und ich wurde in den Ledersitz gezogen, bevor ich begriffen hatte, was mit mir geschah, und dann zog ich Louis auch zu mir herein, der über mich hinweg nach hinten klettern mußte.

Der Porsche machte einen Satz nach vorn, scheuchte die fliehenden Sterblichen mit seinen Scheinwerfern auf die Seite. Ich starrte die schlanke Gestalt auf dem Fahrersitz neben mir an: Ihr gelbes Haar floß ihr bis weit über die Schultern, ihr schmutziger Filzhut war ihr tief ins Gesicht, bis fast über die Augen, gerutscht.

Ich wollte sie in meine Arme nehmen, sie mit Küssen übersäen, mein Herz an ihr Herz drücken und alles andere vergessen. Zur Hölle mit diesen idiotischen Sprößlingen. Und dann wäre der Porsche fast schon wieder umgekippt, als sie hinter dem Tor scharf nach rechts in die verkehrsreiche Straße abbog.

»Halt an, Gabrielle!« schrie ich und umklammerte ihren Arm. »Das kannst du nicht getan haben, sie einfach verbrennen – !«

»Natürlich nicht«, sagte sie, wieder auf französisch, und sah mich kaum an. Sie war hinreißend, wie sie jetzt mit zwei Fingern das Lenkrad einschlug und erneut in einem rechten Winkel abbog. Sie fuhr nunmehr in Richtung Freeway.

»Aber du fährst uns ja weg von Marius!« sagte ich. »Halt an.«

»Soll er doch erst den Wagen hinter uns in die Luft jagen!« rief sie. »Dann werde ich anhalten.« Sie hatte das Gaspedal voll durchgedrückt, und ihre Augen waren auf die Straße vor uns gerichtet, und ihre Hände lagen fest auf dem lederbezogenen Lenkrad.

Ich drehte mich um und sah es über Louis' Schulter – ein Monster von einem Fahrzeug, das mit erstaunlicher Geschwindigkeit hinter uns herkam – ein überdimensionaler Leichenwagen, wie es schien, plump und schwarz, mit einem ganzen Maul voller Chromzähne quer vor der stupsnasigen Stirn, und darin saßen vier von den Nichttoten, die uns durch das getönte Glas der Windschutzscheibe tückisch anstarrten.

»Bei dem Verkehr hängen wir die nie ab!« sagte ich. »Du mußt umdrehen. Fahr zurück zum Auditorium! Fahr zurück, Gabrielle!«

Aber sie fuhr weiter, kurvte wie wild um die Autos herum, rechts und links, drängte manche von ihnen in schierer Panik von der Straße.

Der Lieferwagen kam näher.

»Das ist eine Kriegsmaschine!« sagte Louis. »Die haben eine Stoßstange aus Stahl. Die werden versuchen, uns zu rammen, diese kleinen Monster!«

Ach, diesmal hatte ich mich geirrt. Ich hatte sie unterschätzt. Ich hatte nur meine eigenen Hilfsmittel in diesem modernen Zeitalter gesehen, aber nicht ihre.

Und wir entfernten uns immer mehr und mehr von dem einzigen Unsterblichen, der sie ins Jenseits hätte befördern können. Nun, ich würde mich ihrer mit Vergnügen annehmen. Als erstes würde ich ihre Windschutzscheibe zertrümmern und ihnen dann, einem nach dem andern, den Kopf abreißen. Ich machte das Fenster auf, kletterte halb hinaus und hinauf zum Dach, und der Wind fuhr durch meine Haare, als ich sie und ihre häßlichen weißen Gesichter hinter der Glasscheibe anstarrte.

Als wir in die Auffahrt zum Freeway einbogen, hatten sie uns fast eingeholt. Gut so. Noch ein Stückchen näher heran, und ich würde springen. Aber plötzlich kam unser Wagen schlitternd zum Stehen. Alles verstopft; zu viele Autos auf der Straße vor uns.

»Halt dich fest, er kommt!« schrie sie.

»Und ob er kommt!« rief ich und wollte im nächsten Augenblick herausspringen und wie ein Sturmbock auf sie losgehen.

Aber dazu blieb mir keine Zeit. Sie hatten uns mit voller Wucht gerammt, und mein Körper flog in hohem Bogen durch die Luft, bis über den Straßenrand hinaus, hinter dem Porsche her, der durch die Luft segelte.

Ich sah Gabrielle durch die Seitentür fliegen, bevor der Wagen auf den Boden prallte. Wir rollten beide über den Abhang, als der Wagen umkippte und mit einem ohrenbetäubenden Knall explodierte.

»Louis!« schrie ich. Ich kroch zu den Flammen. Ich wäre mitten durchgegangen, um ihn herauszuholen. Aber in diesem Augenblick kam er wie ein Geschoß durch das zersplitterte Glas des Rückfensters und landete auf dem Straßenrand, gerade als ich ihn erreichte. Und ich schlug mit meinem Cape auf seine brennende Kleidung ein, und Gabrielle riß sich ihre Jacke vom Körper, um mir zu helfen.

Der Lieferwagen hatte oben, neben der Leitplanke des Freeways, angehalten. Die Kreaturen ließen sich wie große weiße Insekten über den Rand fallen und landeten auf den Füßen auf dem Abhang.

Und ich war auf sie vorbereitet.

Aber wieder gellte, gerade als der erste mit schwingender Sense zu uns heruntergerutscht kam, dieser schreckliche übernatürliche Schrei durch die Luft, und dann kam die grelle Stichflamme, die das Gesicht der Kreatur in einem wilden orangefarbenen Feuermeer zu einer schwarzen Maske verbrannte. Der ganze Körper zuckte in einem gräßlichen Tanz.

Die anderen drehten sich um und rannten unter den Freeway.

Ich wollte hinter ihnen her, aber Gabrielle hatte die Arme um mich gelegt und hielt mich fest. Ihre Stärke machte mich wahnsinnig und versetzte mich gleichzeitig in Erstaunen.

»Hör auf, verdammt!« sagte sie. »Louis, hilf mir!«

»Laß mich los!« sagte ich wütend. »Ich will einen von ihnen, nur einen. Den letzten von dem Pack kann ich noch kriegen!«

Aber sie wollte mich nicht loslassen, und mit ihr kämpfen würde ich ganz gewiß nicht, und außerdem war ihr Louis auf ihre wütende und verzweifelte Bitte hin zu Hilfe gekommen.

»Lestat, laß sie gehen!« sagte er auf seine höfliche Art. »Wir hatten schon genug Ärger. Wir müssen weg von hier.«

»Na gut!« sagte ich und gab widerwillig auf. Es war sowieso schon zu spät. Der Verbrannte hatte sich in Rauch und sprühende Flammen aufgelöst, und die anderen waren ohne eine Spur in Schweigen und Dunkelheit verschwunden.

Außer dem donnernden Verkehr auf dem Freeway oben war die Nacht um uns herum plötzlich leer. Und da standen wir nun, wir drei, im gespenstischen Schein des brennenden Wagens.

Louis wischte sich müde den Ruß aus dem Gesicht; seine steife weiße Hemdbrust war beschmutzt, sein langes Samtcape angesengt und zerfetzt. Und da war Gabrielle, verwahrlost, wie schon vor so langer Zeit, der heruntergekommene, dreckige kleine Junge in durchgewetzter Khakijacke und ausgebeulten Hosen, mit dem zerdrückten braunen Filzhut schief auf dem hübschen Kopf.

Durch die Geräusche von der Stadt hörten wir das Heulen von Sirenen, das immer näher kam.

Und doch blieben wir bewegungslos dort stehen, wir drei, warteten, sahen einander an. Und ich wußte, daß wir alle nach Marius suchten. Sicher war es Marius. Es mußte Marius sein. Und er war für uns, nicht gegen uns. Und er würde uns antworten.

Mit weicher Stimme sagte ich laut seinen Namen. Starrte in die Dunkelheit unter dem Freeway und über die endlosen Reihen kleiner Häuser auf den Hängen ringsum.

Aber ich hörte immer nur die Sirenen, die lauter wurden, und das Gemurmel menschlicher Stimmen, als von dem Boulevard unter uns Sterbliche den Hang heraufgeklettert kamen.

Ich sah Angst in Gabrielles Gesicht. Ich streckte die Hand nach ihr aus, ging auf sie zu, trotz dieser unheimlichen Verwirrung, trotz der Sterblichen, die immer näher kamen, trotz der Wagen, die auf dem Freeway oben anhielten.

Ihre Umarmung war plötzlich und warmherzig. Aber sie deutete mir an, mich zu beeilen.

»Wir sind in Gefahr! Wir alle«, flüsterte sie. »In schrecklicher Gefahr. Komm!«

3

Es war fünf Uhr morgens, und ich stand allein an der Glastür der Carmel Valley Ranch. Gabrielle und Louis waren in die Hügel gegangen, um sich zur Ruhe zu legen.

Durch einen Telefonanruf aus dem Norden hatte ich erfahren, daß meine sterblichen Musiker in dem neuen Versteck in Sonoma in Sicherheit waren und hinter elektrischen Zäunen und Toren eine wilde Party feierten. Was die Polizei und die Presse und all ihre unabänderlichen Fragen betraf, nun ja, die würden warten müssen.

Und jetzt wartete ich allein auf das morgendliche Licht, wie ich es immer getan hatte, und fragte mich, warum sich Marius nicht gezeigt hatte, warum er uns nur gerettet hatte, um dann ohne ein Wort zu verschwinden.

»Und wenn es nun gar nicht Marius war?» hatte Gabrielle besorgt gefragt, als sie später im Zimmer auf und ab ging. »Ich hatte das überwältigende Gefühl von etwas Bösem. Ich hatte das Gefühl von Gefahr, für uns wie für die anderen. Ich hatte dieses Gefühl draußen vor dem Auditorium, als ich weggefahren bin. Ich hatte das Gefühl, als wir neben dem brennenden Auto standen. Da war irgendwas. Aber es war nicht Marius, das weiß ich sicher – «

»Etwas fast Barbarisches«, hatte Louis gesagt. »Fast, aber nicht ganz – «

»Ja, etwas fast Wildes«, hatte sie geantwortet und zustimmend genickt. »Aber selbst wenn es Marius war, wieso, glaubst du, daß er dich gerettet hat – damit er seine private Rache üben kann?«

»Nein«, hatte ich geantwortet und leise gelacht. »Marius will keine Rache, die hätte er längst haben können, da bin ich mir ganz sicher.«

Aber ich war zu aufgeregt gewesen. Ich hatte nur sie angesehen, derselbe Gang, dieselben Gesten, alles noch wie früher. Ah, diese ausgefransten Safarikleider. Nach zwei Jahrhunderten war sie noch immer genauso beherzt, genauso neugierig darauf, alles zu erforschen. Sie setzte sich rittlings auf den Stuhl wie ein Cowboy und stützte das Kinn auf der Rückenlehne in die Hände.

Wir hatten uns so viel zu erzählen, so viel zu reden, und ich war einfach zu glücklich, um Angst zu haben.

Und außerdem war es schrecklich, Angst zu haben, denn ich wußte jetzt, daß mir ein weiterer schwerer Irrtum unterlaufen war. Das erstemal hatte ich es gemerkt, als der Porsche explodierte, während Louis noch immer in ihm saß. Dieser kleine Krieg von mir würde alle, die ich liebte, in Gefahr bringen. Was für ein Narr war ich gewesen zu glauben, daß ich das Böse an mich reißen konnte.

Wir mußten reden, das stimmte. Wir mußten klug sein. Wir mußten sehr vorsichtig sein.

Aber für den Augenblick waren wir in Sicherheit. Das hatte ich ihr gesagt, um sie zu beruhigen. Sie und Louis fühlten das Böse nicht mehr, nicht hier; es war uns nicht bis ins Tal gefolgt. Und ich hatte es nie gefühlt. Und unsere jungen und dummen unsterblichen Feinde hatten sich aus dem Staub gemacht, denn sie glaubten, daß wir die Macht besäßen, sie zu Asche zu verbrennen, wenn wir nur wollten.

»Weißt du, daß ich mir tausendmal, viele tausendmal vorgestellt habe, daß wir wieder zusammen sind?« sagte Gabrielle. »Aber es war nie so wie jetzt.«

»Ich finde, daß alles ganz wunderbar war!« sagte ich. »Und glaube bitte nicht, keinen Augenblick lang, daß ich uns nicht hätte rausbringen können! Ich war drauf und dran, den mit der Sense zu erdrosseln, ihn durch das ganze Auditorium zu schleudern. Und dann sah ich, wie der andere kam. Ich hätte ihn in Stücke reißen können. Ich sage dir das eine: Das Frustrierendste an der ganzen Sache ist, daß ich keine Gelegenheit hatte – «

»Du bist ein absoluter Scherzbold, Monsieur!« sagte sie. »Du bist unmöglich! Du bist – wie hat dich doch selbst Marius genannt – das schrecklichste Wesen, das es gibt! Da gebe ich ihm völlig recht.«

Ich lachte entzückt. So süße Schmeicheleien. Und wie köstlich ihr altmodisches Französisch war!

Und Louis, der ganz eingenommen von ihr war, saß weiter hinten im Schatten und beobachtete sie, zurückhaltend und nachdenklich, wie er immer gewesen war. Jetzt war er wieder absolut makellos, als unterstünden seine Kleider seinem Befehl, und wir kamen gerade aus dem letzten Akt von *La Traviata*, um den Sterblichen zuzusehen, wie sie an den Marmortischen der Cafés ihren Champagner tranken, während draußen die schicken Wagen vorbeiholperten. Und ich hatte das Gefühl, daß wir ein neuer Orden waren und daß wir eine wunderbare Energie besaßen und aller menschlichen Realität enthoben waren – wir drei gemeinsam gegen alle Stämme, gegen alle Welt. Und ich hatte ein tiefes Gefühl von Sicherheit, von unaufhaltsamem Schwung – aber wie sollte ich es ihnen erklären.

»Hör auf, dir Sorgen zu machen, Mutter«, sagte ich schließlich und hoffte, damit alles bereinigt und einen Augenblick reinsten Gleichmuts herbeigerufen zu haben. »Es ist sinnlos. Ein Wesen, das mächtig genug ist, seine Feinde zu verbrennen, kann uns jederzeit, wann immer es will, finden und genau das tun, was es tun will.«

»Und deshalb sollte ich mir keine Sorgen zu machen brauchen?« fragte sie.

Ich sah, daß Louis den Kopf schüttelte.

»Ich besitze nicht soviel Macht wie du«, sagte er zurückhaltend, »trotzdem habe ich es gefühlt, dieses Wesen. Und ich sage euch, es war etwas Fremdes, etwas völlig Unzivilisiertes, anders kann ich es nicht ausdrücken.«

»Oh, du hast es völlig richtig getroffen«, unterbrach ihn Gabrielle. »Es war etwas völlig Fremdes, als käme es von einem Wesen, das so weit entfernt ...«

»Und dein Marius ist viel zu zivilisiert«, sagte Louis, »viel zu sehr mit Philosophie belastet. Deshalb weißt du ja auch, daß er keine Rache will.«

»Fremd? Unzivilisiert?« Ich starrte sie beide an. »Und warum habe ich dieses Böse dann nicht gefühlt?«

»*Mon Dieu*, es hätte alles mögliche sein können«, hatte Gabrielle schließlich gesagt. »Diese Musik von dir könnte Tote wecken.«

Ich hatte über die geheimnisvolle Botschaft der vergangenen Nacht nachgedacht – *Lestat! Gefahr!* –, aber es war schon zu spät am Morgen, um ihnen deswegen noch angst zu machen. Und außerdem erklärte es gar nichts. Das war nur ein weiterer Teil des Rätsels, und vielleicht sogar einer, der überhaupt nicht dazugehörte.

Dann waren sie zusammen weggegangen, und ich stand allein vor der Glastür und sah hinaus in das heraufdämmernde Licht über den

Santa-Lucia-Bergen, und immer heller und heller wurde es, und ich dachte: *Wo bist du, Marius? Warum zum Teufel zeigst du dich nicht?* Es konnte verdammt wahr sein, alles, was Gabrielle gesagt hatte. *Ist das ein Spiel für dich?*

Und war es vielleicht nur ein Spiel von mir, daß ich nicht nach ihm rief? Ich meine, daß ich nicht meine geheime Stimme erhob, mit aller Macht, die mir zur Verfügung stand, wie er es mir vor zweihundert Jahren gesagt hatte?

Bei all den Kämpfen, die ich geführt hatte, war es für mich immer eine Frage des Stolzes gewesen, ihn nicht zu rufen, aber was hatte dieser Stolz jetzt noch für einen Sinn?

Vielleicht wollte er, daß ich ihn rief. Vielleicht war es gerade das, was er von mir verlangte. Die Verbitterung und Dickköpfigkeit von früher hatte ich inzwischen abgelegt. Warum nicht wenigstens einen Versuch machen?

Ich machte die Augen zu und tat, was ich seit jenen Nächten im achtzehnten Jahrhundert nicht mehr getan hatte, in denen ich in den Straßen von Kairo oder Rom laut mit ihm gesprochen hatte. Lautlos rief ich seinen Namen. Und ich spürte, wie dieser wortlose Schrei in mir aufstieg und sich von mir löste und davonflog in die Vergessenheit. Ich fühlte fast, wie er die Welt der Sichtbaren durchquerte, fühlte, wie er immer schwächer wurde, fühlte, wie er ausbrannte.

Und für einen kurzen Augenblick, eine Sekunde lang, sah ich ihn wieder, diesen fernen unbekannten Ort, den ich letzte Nacht gesehen hatte. Schnee, endlose Weiten von Schnee, und eine Art Haus aus Steinen, und Fenster mit einer Eiskruste. Und auf einem hohen Vorgebirge ein seltsames modernes Gerät, eine große metallene runde Platte, die sich auf einer Achse drehte, um die unsichtbaren Wellen aufzufangen, die über den Himmel schwirrten.

Eine Fernsehantenne! Die von dieser eisigen Einöde nach den Satelliten griff – das mußte es sein! Und das zerbrochene Glas am Boden war das Glas eines Fernsehschirms. Ich sah es genau. Eine Steinbank ... ein zerbrochener Fernsehschirm. Geräusche.

Die schwächer wurden.

MARIUS!

Gefahr, Lestat. Wir sind alle in Gefahr. Sie hat ... Ich kann nicht ... Eis. Begraben im Eis. Das Funkeln von zerbrochenem Glas auf einem Steinboden, die leere Bank, das Klopfen und Schlagen und die Schwingungen der Musik, die *The Vampire Lestat* aus den Lautsprechern hämmerte – *Sie hat … Lestat, hilf mir! Wir sind alle … in Gefahr. Sie hat …*

Stille. Die Verbindung unterbrochen.

MARIUS!

Da war etwas, aber nur ganz schwach. Mit großer Intensität, aber viel zu schwach!

MARIUS!

Ich lehnte mich gegen das Fenster, starrte hinaus in das Morgenlicht, das immer heller wurde, und meine Augen tränten, und meine Fingerspitzen brannten fast an der heißen Glasscheibe.

Antworte mir, ist es Akascha? Willst du mir sagen, daß es Akascha ist, daß sie diejenige ist, daß sie es war?

Aber jetzt stieg die Sonne über den Bergen auf. Schüttete ihre tödlichen Strahlen hinunter ins Tal, bis weit über die Talsohle hinaus.

Ich lief aus dem Haus, quer über das Feld zu den Hügeln, hielt mir die Arme vors Gesicht, um meine Augen zu schützen.

In nur wenigen Minuten hatte ich mein verborgenes unterirdisches Grab erreicht, schob den Stein auf die Seite und ging die grobgehauene kleine Treppe hinunter. Noch eine Wendung und dann noch eine, und ich war von kalter und wohltuender schwarzer Dunkelheit umgeben, dem Geruch von Erde, und ich legte mich mit klopfendem Herzen und zitternden Gliedern auf den feuchten Boden der winzigen Kammer.

Akascha! *Diese Musik von dir könnte Tote wecken.*

Das Fernsehgerät in dem Zimmer, natürlich, das hatte ihnen Marius gegeben, und sie hatten alles direkt über Satellit empfangen. Sie hatten die Videofilme gesehen! Ich wußte es, ich wußte es so gewiß, als hätte er mir alles bis ins einzelne erzählt. Er hatte das Fernsehgerät hinunter in ihr Heiligtum gebracht, genauso wie er vor vielen, vielen Jahren die Filme zu ihnen gebracht hatte.

Und sie war aufgewacht, sie war aufgestanden. *Diese Musik von dir könnte Tote wecken.* Ich hatte es wieder getan.

Ach, wenn ich nur meine Augen hätte offenhalten können, nur einen Gedanken hätte fassen können, ach, wenn doch nur die Sonne nicht aufgegangen wäre.

Sie war in San Francisco gewesen, sie war ganz in unserer Nähe gewesen, sie hatte unsere Feinde verbrannt. *Fremdartig, etwas völlig Fremdartiges*, ja. Aber nicht unzivilisiert, nein, nicht wild. Das war sie nicht. Sie war einfach nur wieder erwacht, meine Göttin, hatte sich wie ein prächtiger Schmetterling aus dem Kokon aufgeschwungen in die Lüfte. Und was bedeutete ihr die Welt? Wie war sie zu uns gekommen? Was ging in ihrem Kopf vor? *Wir sind alle in Gefahr.* Nein. Das glaube ich nicht! Sie hatte unsere Feinde vernichtet. Sie war zu uns gekommen.

Aber ich konnte die Benommenheit und Schwere nicht länger bekämpfen. Meine reinen Sinne siegten über das Staunen und die Erregung. Mein Körper erschlaffte und lag hilflos und still in der Erde.

Und dann fühlte ich plötzlich eine Hand neben meiner.

Kalt wie Marmor war sie, und genauso hart.

Und meine Augen öffneten sich in der Dunkelheit. Und der Druck der Hand wurde stärker. Und eine dicke Strähne aus seidigem Haar berührte mein Gesicht. Und ein kalter Arm strich über meine Brust.

Oh, bitte, meine Liebste, meine Schöne, bitte! Wollte ich sagen. Aber meine Augen waren wieder zugefallen! Meine Lippen blieben stumm, und ich verlor das Bewußtsein. Die Sonne war aufgegangen.